କ୍ଷୁଦ୍ରଗଳ୍ପର ମୃତ୍ୟୁ

ସଇଁତିରିଶଟି ଦେଶରୁ ପଚାଶଟି ଗପର ଅନୁବାଦ

କ୍ଷୁଦ୍ରଗଳ୍ପର ମୃତ୍ୟୁ

ସଇଁତିରିଶଟି ଦେଶରୁ ପଚାଶଟି ଗପର ଅନୁବାଦ

ଅନୁବାଦ
ସତ୍ୟ ପଟ୍ଟନାୟକ

BLACK EAGLE BOOKS
2019

BLACK EAGLE BOOKS

7464 Wisdom Lane
Dublin, OH 43016
E-mail: info@blackeaglebooks.org
Website: www.blackeaglebooks.org

First Edition by Paschima Publication in 2017

First International Edition Published by
BLACK EAGLE BOOKS, 2019

Kshudragalpara Mrutyu
Translation of World Fictions by Satya Pattanaik

Translation Copyright © **Satya Pattanaik**
Copyright of original stories are with respective writers

Cover & Interior Design: Ezy's Publication

ISBN- 978-1-64560-045-9 (Paperback)

Printed in United States of America

To my son
Lagnajit
for living
my American dream

ଏହି ସଙ୍କଳନ ପଛର କାହାଣୀ

ମୁଁ ଗପ ପଢ଼େନା । ଏଥିପାଇଁ ଯେ, କବିତା ପଢ଼ିବା ପାଇଁ ଯେତିକି ସମୟ ଲୋଡ଼ା ମୋ ପାଠକୀୟତା ସେତିକି ମାତ୍ର ନିଷ୍କପଟ ସମୟ ମତେ ଦେଇଥାଏ । ତା'ପରେ ଧୈର୍ଯ୍ୟଚ୍ୟୁତି ଘଟେ । ଗଳ୍ପ ସହିତ ସହୃଦୟତା ଦେଖାଇ ପାରେନା । ଜାନୁଆରୀ ୨୦୧୬ର ପ୍ରଥମ ସପ୍ତାହ । ଘରପାଖ ଲାଇବ୍ରେରିରେ ବହି ଖେଳୋଉ ଖେଳୋଉ "ଫ୍ଲାସ୍ ଫିକ୍ସନ୍ ଇଣ୍ଟରନେସନାଲ୍ – ଭେରି ସର୍ଟ୍ ଷ୍ଟୋରିଜ୍ ଫ୍ରମ୍ ଆରାଉଣ୍ଡ୍ ଦି ୱାର୍ଲ୍ଡ଼" ବହିଟି ହଠାତ୍ ନଜରକୁ ଆସିଲା । ଭିତରେ ଆଖି ପକେଇଲି । ପ୍ରଥମଥର ପାଇଁ ଛୋଟ ଛୋଟ ଗପ ଦେଖି ଖୁସି ଲାଗିଲା । ସେଇଠି ଛିଡ଼ା ହୋଇ ଦୁଇ ତିନୋଟି ଗପ ପଢ଼ିଲି । ହୃଦୟକୁ ଛୁଇଁଲା । ବହିଟି ସାଥିରେ ଆଣିଲି ଓ ଦୁଇ ସପ୍ତାହ ଭିତରେ ଛୟାଅଶୀଟି ଗପ ପଢ଼ି ବହିଟିକୁ ସାରିଦେଲି । ତା' ଭିତରୁ ଯେଉଁ କିଛି ଗପ ଖୁବ୍ ଭଲ ଲାଗିଲା – ଦୁଇଥର ପଢ଼ିଲି । ଗପ ପଢୁନଥିବା କବିତାପ୍ରେମୀ ପାଠକଟିଏ ହଠାତ୍ ଗପର ମାୟାଜାଲରେ ବନ୍ଦୀ ହୋଇଗଲା । ଭାବିଲି, ହୁଏତ ମୋ ପରି ଏମିତି କିଛି ପାଠକ ଥିବେ ଯେଉଁମାନେ ଏମିତି ଛୋଟ ଗପ ପସନ୍ଦ କରିବେ, ସେମାନଙ୍କ ପାଇଁ ଏଇ ଗପରୁ କିଛି ଅନୁବାଦ କଲେ କେମିତି ହୁଅନ୍ତା ! ମୋ ସାମ୍ନାରେ

ଏବେ ଦୁଇଟି ଚ୍ୟାଲେଞ୍ଜ୍ – କଥା ସାହିତ୍ୟ ଓ ଅନୁବାଦ ସାହିତ୍ୟ । ସାହିତ୍ୟର ଏହି ଦୁଇ ଦିଗର ଗାରିମା ତଥା ଦାୟିତ୍ୱବୋଧକୁ ହୃଦୟଙ୍ଗମ କରି ପ୍ରଥମେ ନିଜକୁ ପ୍ରସ୍ତୁତ କଲି । ଅନୁବାଦର କୌଶଳକୁ ଉଚିତ ରୂପେ ଜାଣିବା ପାଇଁ ଦୁଇଟି ବହି ପଢ଼ିଲି ଓ ଫ୍ଲାସ୍ ଫିକ୍ସନ (ଝଲକ ଗଳ୍ପ)କୁ ନେଇ ବିଗତ ତିରିଶ ବର୍ଷରେ ହୋଇଥିବା ଶୋଧ ଓ ଘଟଣାକ୍ରମ ଉପରେ ପ୍ରକାଶିତ ଅନେକ ନିବନ୍ଧ ମଧ୍ୟ ପଢ଼ିଲି ।

ଝଲକ ଗଳ୍ପର ଅନେକ ନାମ ରହିଛି । ମାଇକ୍ରୋ ଫିକ୍ସନ, ମାଇକ୍ରୋ ନ୍ୟାରେଟିଭ୍, ମାଇକ୍ରୋ ଷ୍ଟୋରି, ପୋଷ୍ଟକାର୍ଡ଼ ଫିକ୍ସନ, ସର୍ଟ ସର୍ଟ ଷ୍ଟୋରି, ଭେରି ସର୍ଟ ଷ୍ଟୋରି, ସଡ଼ନ୍ ଫିକ୍ସନ ଇତ୍ୟାଦି । ବିଂଶଶତାବ୍ଦୀର ଆଦ୍ୟଭାଗରୁ ଚଳି ଆସୁଥିବା "ସର୍ଟ ସର୍ଟ ଷ୍ଟୋରି"କୁ ୨୦୦୦ ମସିହା ବେଳକୁ ନୂଆ ନାଆଁ ଦିଆଗଲା – ଫ୍ଲାସ୍ ଫିକ୍ସନ । ୧୯୯୨ରେ ଜେମ୍ସ ଥୋମାସଙ୍କ ସମ୍ପାଦନାରେ ବାସ୍ତରୀଟି ଗପକୁ ନେଇ "ଫ୍ଲାସ୍ ଫିକ୍ସନ – ସେଭେଣ୍ଟି ଟୁ ଭେରି ସର୍ଟ ଷ୍ଟୋରିଜ୍" ନାମରେ ସଙ୍କଳନ ପ୍ରକାଶିତ ହେଲା । ତାଙ୍କର ସମ୍ପାଦକୀୟରେ ସେ "ଫ୍ଲାସ୍ ଫିକ୍ସନ"କୁ ବର୍ଣ୍ଣନା କରିବାକୁ ଯାଇ କହିଲେ ଯେ ଡାଇଜେଷ୍ଟ୍ ସାଇଜ ପତ୍ରିକାର ପାଖାପାଖି ଦୁଇ ପୃଷ୍ଠାରେ ଯେଉଁ ଗପଟି ଠିକ୍ ଭାବରେ ରହିଯାଏ, ତାକୁ ଝଲକ ଗଳ୍ପ କୁହାଯାଇପାରେ । ଚୀନ୍‌ରେ ଏପରି ଗପକୁ "ସ୍ମୋକ୍ ଲଙ୍ଗ୍" କିମ୍ବା "ପାମ୍ ସାଇଜ୍" ଗପ କୁହାଯାଏ । "ସ୍ମୋକ୍ ଲଙ୍ଗ୍"ର ଅର୍ଥ ହେଲା ସିଗାରେଟଟିଏ ପିଇସାରିବା ପୂର୍ବରୁ ଗପଟିଏ ସରିଯାଏ । କ୍ଷୁଦ୍ରଗଳ୍ପର ଅସ୍ତିତ୍ୱ ପ୍ରାଗ୍‌ଐତିହାସିକ ସମୟରୁ ଦେଖାଯାଏ । ପଶ୍ଚିମରେ ଫେବ୍‌ଲ୍ ବା ପାରାବଲ୍ (ଏଓସୋପ୍ ଫେବ୍‌ଲ୍-୫୫୦ ବି.ସି.) ଓ ଭାରତରେ ପଞ୍ଚତନ୍ତ୍ର ତଥା ଯାତକ ଗଳ୍ପ ଏହାର ଉଦାହରଣ । ପ୍ରାକ୍‌ଆଧୁନିକ ସମୟରେ ଊନବିଂଶ ଶତାବ୍ଦୀରେ ୱାଲ୍ଟ ହୁଇଟମାନ୍, ଆମ୍ବ୍ରୋଜ୍ ବାୟାର୍ସ୍, କେଟ୍ ଚପିନ୍ ଆଦି ଆମେରିକୀୟ ଲେଖକମାନେ ମଧ୍ୟ ଅତି କ୍ଷୁଦ୍ରଗଳ୍ପ ଲେଖିଛନ୍ତି । ଆଧୁନିକ ଯୁଗରେ, ଆମେରିକାର ସବୁଠୁ ପୁରୁଣା ପତ୍ରିକା କସ୍ମୋପଲିଟାନ (୧୮୮୬ ରୁ ଏଯାବତ୍ ପ୍ରକାଶିତ) ୧୯୨୦ ମସିହା ବେଳକୁ ପ୍ରଥମେ ଅତି କ୍ଷୁଦ୍ରଗଳ୍ପକୁ ପ୍ରୋତ୍ସାହନ ଦେଲେ । ନୋବେଲ ବିଜେତା ୱିଲିୟମ ସମରସେଟ୍ ମମ୍‌ଙ୍କର ଅନେକ ଅତି କ୍ଷୁଦ୍ରଗଳ୍ପ ୧୯୨୦ରୁ ୧୯୩୦ ଭିତରେ କସ୍ମୋପଲିଟାନ୍‌ରେ ନିୟମିତ ଭାବରେ ପ୍ରକାଶିତ ହେଲା । ୧୯୩୦ରେ ଆମେରିକାରୁ ପ୍ରଥମ ଅତି କ୍ଷୁଦ୍ରଗଳ୍ପର ସଙ୍କଳନ "ଦି ଆମେରିକାନ୍ ଶର୍ଟ ଶର୍ଟ ଷ୍ଟୋରି" ପ୍ରକାଶିତ ହେଲା । ସମରସେଟ୍ ମମ୍‌ଙ୍କ ପ୍ରଥମ ଅତି କ୍ଷୁଦ୍ରଗଳ୍ପ ସଙ୍କଳନ ୧୯୩୬ରେ ପ୍ରକାଶିତ ହେଲା । ଧୀରେଧୀରେ ଏପ୍ରକାରର ଗଳ୍ପର ଲୋକପ୍ରିୟତା ବଢ଼ିବାରେ ଲାଗିଲା ଓ ପୃଥିବୀର ଅନ୍ୟଭାଗରେ ମଧ୍ୟ ଗାଳ୍ପିକମାନେ ଏପ୍ରକାରର ଗଳ୍ପ ଲେଖିବାରେ ଲାଗିଲେ । ଯେଉଁ ଗାଳ୍ପିକମାନେ ଏ ପ୍ରକାରର ଗଳ୍ପଲେଖି

ଲୋକଲୋଚନକୁ ଆସିଲେ, ସେମାନଙ୍କ ମଧ୍ୟରେ ରୁଷ୍‌ରୁ ଆଣ୍ଟନ ଚେଖଭ, ଯୁକ୍ତରାଷ୍ଟ୍ର ଆମେରିକାରୁ ଆର୍ନେଷ୍ଟ ହେମିଙ୍ଗୱେ, ଓ ହେନେରି, ଚେକୋସ୍ଲୋଭାକିଆରୁ ଫ୍ରାଞ୍ଜ କାଫ୍‌କା, ଜାପାନରୁ ୟାସୁନାରି କାୱାବାତା ପ୍ରମୁଖ । ଆଉ କିଛି ଉଲ୍ଲେଖଯୋଗ୍ୟ ବିଶ୍ୱ ଗାଳ୍ପିକଙ୍କ ମଧ୍ୟରେ ଯୁକ୍ତରାଷ୍ଟ୍ର ଆମେରିକାରୁ ରବର୍ଟ ଓଲେନ ବଟଲର, ଇଂଲଣ୍ଡରୁ ଡେଭିଡ୍ ଗାଫନେ, ଇଟାଲିରୁ ଇଟାଲୋ କାଲଭିନୋ, ଆର୍ଜେଣ୍ଟିନାରୁ ଜର୍ଜ ଲୁଇସ୍ ବୋର୍ଗେସ୍, ଫ୍ରାନ୍ସରୁ ଜାକ୍ୱେସ ଫ୍ୟୁଷ୍ଟାଲ୍‌ବା, ଜର୍ମାନୀରୁ ବର୍ଟୋଲଟ ବ୍ରେସଟ, ଇଜିପ୍ଟରୁ ନାଗିବ୍ ମେହଫୁଜ୍, ସିରିଆରୁ ଜାକାରିଆ ଟେମର୍, ରୁଷିଆରୁ ଲିନର ଗୋରାଲିକ ।

ଝଲକ ଗଳ୍ପର ବୈଶିଷ୍ଟ୍ୟ ହେଲା ସଂକ୍ଷିପ୍ତତା । ବଡ଼ ଗପକୁ ସଂକ୍ଷେପରେ ଛୋଟ କରିଦେଲେ ସେ ଝଲକ ଗପ ହୁଏନା । ବରଂ ସ୍ଥୂଳତମ, ଗଭୀରତମ ତଥା ଜଟିଳ କଥାକୁ କମ୍ ଶବ୍ଦ ମଧ୍ୟରେ ସୁଚାରୁରୂପେ ଦର୍ଶେଇବାରେ ଝଲକ ଗଳ୍ପର ବାହାଦୁରି । ଗାଳ୍ପିକ କେବଳ ନିହାତି ଦରକାରୀ ଶବ୍ଦମାନଙ୍କୁ ଗପ ଭିତରେ ରଖିଥାଏ । ଯେତେ ସବୁ ଅଦରକାରୀ ବର୍ଣ୍ଣନା ତଥା ଶବ୍ଦ ପ୍ରୟୋଗକୁ ଗପରୁ ଉଞ୍ଛି ଦିଆଯାଏ । କଙ୍କାଳ ଉପରେ ଯେତିକି ମାଂସ ରହିଲେ ସୁନ୍ଦର ଦେଖାଯାଏ – ସେତିକି ମାଂସ ରଖାଯାଏ । ଏହାର ଆଉ ଏକଦିଗ ହେଲା – ଉଚିତ ବିଷୟବସ୍ତୁର ଚୟନ । ଏହି ପ୍ରକାରର ଗଳ୍ପରେ ଆରମ୍ଭ, ମଧ୍ୟ ଓ ଅନ୍ତିମ ଭାଗକୁ ଦକ୍ଷତାର ସହିତ ଗଢ଼ାଯାଇଥାଏ । ଗଳ୍ପରେ ସମ୍ପୂର୍ଣ୍ଣତା ଥାଏ । ଗଳ୍ପର ଅନ୍ତିମ ଭାଗ ପାଠକଙ୍କୁ ବିସ୍ମିତ କରାଏ । ଅନେକ ଝଲକ ଗଳ୍ପରେ କିଛି ନା କିଛି ମହତ୍ତ୍ୱପୂର୍ଣ୍ଣ ସନ୍ଦେଶ ଥାଏ । ପ୍ରାୟ ପାଞ୍ଚଶହରୁ ହଜାରେ ଶବ୍ଦ ମଧରେ ସମସ୍ତ ଦରକାରୀ ବିଷୟକୁ ଧ୍ୟାନଦେଇ ଗପଟିଏ ସୃଷ୍ଟି କରାଯାଏ ।

ଏହି ସଙ୍କଳନରେ ନିଆଯାଇଥିବା ଗପଗୁଡ଼ିକୁ ବଡ଼ ଯତ୍ନର ସହିତ ବଛାଯାଇଅଛି । ଗପଟିଏ ଅନୁବାଦ କରିବା ପୂର୍ବରୁ ଗାଳ୍ପିକଙ୍କ ଜୀବନ ତଥା ସୃଜନ ବିଷୟରେ ବିସ୍ତାର ଭାବରେ ଅଧ୍ୟୟନ କରିଛି ଓ ଚମତ୍କୃତ ହୋଇଛି । ପଚାଶଟି ଗପକୁ ଅନୁବାଦ କରିବାରେ ଏହି ଏକ ବର୍ଷର ଯାତ୍ରା ମୋ ପାଇଁ ଯେତିକି ରୋମାଞ୍ଚକର ଓ ସୁଖପ୍ରଦ ହୋଇଛି ତା'ଠୁ ଅଧିକ ସାହାଯ୍ୟ ପାଇଛି ବିଶ୍ୱସାହିତ୍ୟକୁ ନେଇ ମୋର ଦୃଷ୍ଟିଭଙ୍ଗୀକୁ ବିସ୍ତାରିତ କରିବାରେ । ବିଶ୍ୱସାହିତ୍ୟ ଯେ ଏତେ ଋଦ୍ଧିମନ୍ତ, ମୁଁ ପ୍ରଥମଥର ପାଇଁ ଆବିଷ୍କାର କରିଛି । ସାହିତ୍ୟ ସମୁଦ୍ରରେ ଅଣନିଃଶ୍ୱାସୀ ହୋଇ ପହଁରୁ ପହଁରୁ ଆତ୍ମହରା ହୋଇଛି । ସେ ଅନୁଭୂତିକୁ ବର୍ଣ୍ଣନା କରିବା କଷ୍ଟ, କେବଳ ଅନୁଭବ କରିହୁଏ ଯାହା । ଏହି ସଙ୍କଳନ ପାଠକଙ୍କୁ ଭିନ୍ନ ପ୍ରକାରର ସ୍ୱାଦ ଦେବ, ଏଥିରେ ସନ୍ଦେହ ନାହିଁ ।

ସତ୍ୟ ପଟ୍ଟନାୟକ

ସୂଚୀପତ୍ର

କେନିଆ

ଉର୍ଦ୍ଧ୍ୱମୁଖୀ କ୍ରାନ୍ତି

ଗୁଗି ଓ୍ୱା ଟିଓଙ୍ଗୋ

ଅନ୍ୟ ଚତୁଷ୍ପଦ ପ୍ରାଣୀମାନଙ୍କ ପରି ଅନେକ ଦିନ ତଳେ ମଣିଷ ମଧ୍ୟ ଗୋଡ଼ ଓ ହାତ ଦ୍ୱାରା ଚାଲୁଥିଲା । ମଣିଷର ବେଗ ଠେକୁଆ, ଚିତା ଓ ଗଣ୍ଡା ଅପେକ୍ଷା ଅଧିକ ଥିଲା । ଦେହର ଅନ୍ୟ ଅବୟବଙ୍କ ଅପେକ୍ଷା ଗୋଡ଼ ଓ ହାତ ମଧ୍ୟରେ ଅଧିକ ସାମଞ୍ଜସ୍ୟ ଥିଲା । ସେମାନଙ୍କର ଏକା ପ୍ରକାରର ଗଣ୍ଠି ଥିଲା: କାନ୍ଧ ଓ ନିତମ୍ବ, କହୁଣି ଓ ଆଣ୍ଠୁ, ମଣିବନ୍ଧ ଓ ଘୁଟିକା, ହାତ ଓ ପାଦ, ପ୍ରତ୍ୟେକରେ ପାଞ୍ଚଟି ଆଙ୍ଗୁଠି ଏବଂ ପ୍ରତି ଆଙ୍ଗୁଠିରେ ନଖ । ବୁଢ଼ା ଆଙ୍ଗୁଠିରୁ କାଣି ଆଙ୍ଗୁଠି ପର୍ଯ୍ୟନ୍ତ ହାତ ଓ ପାଦଙ୍କ ଆଙ୍ଗୁଠି କ୍ରମରେ ମଧ୍ୟ ସମାନତା ଥିଲା । ସେଇ ସମୟରେ, ଗୋଡ଼ ଓ ହାତରେ, ବୁଢ଼ା ଆଙ୍ଗୁଠି ମଧ୍ୟ ଦେଖିବାକୁ ଅନ୍ୟ ଆଙ୍ଗୁଠିମାନଙ୍କ ପରି ଥିଲା । ଗୋଡ଼ ଓ ହାତଙ୍କୁ, ଦାଦା ପୁଅ ଭାଇ ଓ ବଡ଼ବାପା ପୁଅ ଭାଇ ବୋଲି କୁହାଯାଉଥିଲା ।

ଶରୀରକୁ ତା' ଇଚ୍ଛା ଅନୁସାରେ ବିଭିନ୍ନ ଜାଗାକୁ ନେବା ଆଣିବାରେ ଏ ଦୁହେଁ ପରସ୍ପରକୁ ସାହାଯ୍ୟ କରୁଥିଲେ – ବଜାର, ଦୋକାନ, ତଳ, ଉପର, ଗଛ, ପାହାଡ଼ ଇତ୍ୟାଦି, ଯେଉଁଠିକି ଯିବାପାଇଁ ଚାଲିବା ଦରକାର ହେଉଥିଲା । ଶରୀରକୁ ପାଣିରେ ଭାସିବା ପାଇଁ, ପହଁରିବା ପାଇଁ ଓ କୁଦିବା ପାଇଁ ମଧ୍ୟ ସେମାନେ ପରସ୍ପର ମଧ୍ୟରେ ଉତ୍ତମ ବୁଝାମଣା ରଖି ସାହାଯ୍ୟ କରୁଥିଲେ । ସମ୍ପର୍କକୁ ନେଇ ସେମାନେ ଲୋକତାନ୍ତ୍ରିକ ତଥା ନିଷ୍ପକ୍ଷ ନୀତି ଅବଲମ୍ବନ କରୁଥିଲେ । ସେମାନେ ମଧ୍ୟ ଅନ୍ୟ ଅବୟବମାନଙ୍କଠାରୁ ସେମାନଙ୍କର ବିଶେଷ ଗୁଣ ବେଳେବେଳେ ବ୍ୟବହାର

କରୁଥିଲେ, ଯେମିତି ପାଟି ନିକଟରୁ ଶବ୍ଦ, କାନ ନିକଟରୁ ଶ୍ରବଣ, ନାକ ନିକଟରୁ ଆଘ୍ରାଣ ଏବଂ ଆଖି ନିକଟରୁ ଦୃଷ୍ଟି ।

ସେମାନଙ୍କର ଲୟବଦ୍ଧ ଓ ସୁସଙ୍ଗତ ସମନ୍ୱୟ ଅନ୍ୟ ଅବୟବମାନଙ୍କର ଅସହିଷ୍ଣୁତାର କାରଣ ହେବାକୁ ଲାଗିଲା । ଏହି ଦୁଇ ଭାଇଙ୍କୁ ସେମାନେ ସେମାନଙ୍କର ବିଶେଷ ନିପୁଣତା ଦେବାପାଇଁ କୁଣ୍ଠାବୋଧ କରିବାକୁ ଲାଗିଲେ । ଈର୍ଷାପୂର୍ବକ ସେମାନେ ଭୁଲିଯାଉଥିଲେ ଯେ ହାତ ଓ ଗୋଡ଼ଙ୍କ ସହାୟତାରେ ସେମାନେ ସବୁ ଜାଗା ଯାଇପାରୁଛନ୍ତି । ସେମାନେ ଏଇ ଦୁଇ ଜଣଙ୍କ ବିରୁଦ୍ଧରେ ଷଡ଼ଯନ୍ତ୍ର କରିବାକୁ ଆରମ୍ଭ କଲେ ।

ଜିଭ ମସ୍ତିଷ୍କ ନିକଟରୁ ଗୋଟିଏ ଯୋଜନା ଆଣିଲା ଓ ତାକୁ ତତ୍କାଳ କାର୍ଯ୍ୟରେ ପରିଣତ କରିବାକୁ ଲାଗିଲା । ସେ ହାତ ଓ ଗୋଡ଼ଙ୍କ ତୁଳନାତ୍ମକ ଶକ୍ତିକୁ ନେଇ ତା'ର ସନ୍ଦେହ ଖୋଲାଖୋଲିଭାବେ ବ୍ୟକ୍ତ କଲା । ଦୁଇ ଭାଇ, ହାତ ଓ ଗୋଡ଼, ଯେଉଁମାନେ ପୂର୍ବରୁ କେବେ ପରସ୍ପରର କାର୍ଯ୍ୟ ଓ ଦକ୍ଷତାକୁ ନେଇ କେବେ କିଛି ଚିନ୍ତା କରୁ ନ ଥିଲେ, ଏବେ ପାଟି ନିକଟରୁ ଶବ୍ଦ ଆଣି ଶରୀର ପ୍ରତି ଅନ୍ୟ ତୁଳନାରେ ନିଜନିଜର ଆବଶ୍ୟକତା ସପକ୍ଷରେ ପ୍ରମାଣ ଦେବାକୁ ଲାଗିଲେ । ବହୁତ ଜଲ୍‌ଦି ଦୁହିଁଙ୍କ ମଧ୍ୟରେ କିଏ ସୁନ୍ଦର ବୋଲି ପ୍ରଶ୍ନ ଉଠିବାକୁ ଲାଗିଲା; ହାତ ନିଜର ଲମ୍ବା ତଥା ପତଳା ଆଙ୍ଗୁଠି ସପକ୍ଷରେ ଯୁକ୍ତି ବାଢ଼ିଲା, ଏବଂ ଉପହାସପୂର୍ଣ୍ଣ ସ୍ୱରରେ ଗୋଡ଼ ଆଙ୍ଗୁଠିର କ୍ଷୁଦ୍ରତା ଓ ପୃଥୁଳତାକୁ ନେଇ ଟିପ୍ପଣୀ ଦେଲା । ପଛରେ ରହିଯିବାର ଭୟରେ, ଗୋଡ଼ ଆଙ୍ଗୁଠି ମଧ୍ୟ ଉପହାସଭରା ସ୍ୱର ପ୍ରୟୋଗ କଲା ଓ ହାତ ଆଙ୍ଗୁଠିକୁ ତା'ର "ଭୋକିଲା ଭାଇ" ବୋଲି କହିଲା । କିଛିଦିନ ଧରି ଏମିତି ଆରୋପ ପ୍ରତ୍ୟାରୋପ ଚାଲିଲା, ଅନେକ ସମୟରେ ତାହା ଦୁହିଁଙ୍କର କାର୍ଯ୍ୟ କରିବାର ମିଳିତ ଦକ୍ଷତା ଉପରେ ପ୍ରତିକୂଳ ପ୍ରଭାବ ପକେଇଲା । ପରିଶେଷରେ ସତ୍ତାକୁ ନେଇ ପ୍ରଶ୍ନ ଉଠିଲା; ମଧ୍ୟସ୍ଥତା ପାଇଁ ସେମାନେ ଅନ୍ୟ ଅବୟବମାନଙ୍କର ସାହାଯ୍ୟ ଲୋଡ଼ିଲେ ।

ହାତ ଓ ଗୋଡ଼ ଭିତରେ ଗୋଟିଏ ପ୍ରତିଯୋଗିତା କରିବା ପାଇଁ ଜିଭ ପ୍ରସ୍ତାବ ଦେଲା । ବହୁତ ବଢ଼ିଆ ପ୍ରସ୍ତାବ କହି ସମସ୍ତେ ରାଜିହେଲେ । କିନ୍ତୁ କେଉଁ ପ୍ରତିଯୋଗିତା କରାଯିବ ? ତାଙ୍କ ଭିତରୁ କେହି କୁସ୍ତି ପ୍ରତିଯୋଗିତା କରିବା ପାଇଁ କହିଲେ । ଅନ୍ୟମାନେ ଅନ୍ୟ ପ୍ରତିଯୋଗିତା କଥା ଉଠେଇଲେ – ଖଣ୍ଡାଖେଳ, ଯାଦୁ, ଦୌଡ଼, ଚେସ୍ ଇତ୍ୟାଦି, କିନ୍ତୁ ପ୍ରତ୍ୟେକ ଖେଳକୁ ନାକଚ କରିଦିଆଗଲା, ଯେହେତୁ କେଉଁ ଖେଳକୁ ପୂରା କରିବା ସମ୍ଭବ ନଥିଲା ତ ଆଉ କେଉଁ ଖେଳ ଦୁଇ ପ୍ରତିଯୋଗୀଙ୍କ ମଧ୍ୟରୁ କାହା ପାଇଁ ନିଷ୍ପକ୍ଷ ନହେବାର ସମ୍ଭାବନା ଥିଲା । ଜିଭ ପୁଣି ଥରେ ମସ୍ତିଷ୍କ ସହିତ ପରାମର୍ଶ କରି

ସରଳ ଉପାୟ ବାହାରକଲା । ଏହି ଉପାୟ ଅନୁସାରେ ପ୍ରତି ଅବୟବ ଅନ୍ୟକୁ ଥର ଥର କରି ଅଲଗା ଅଲଗା ଚ୍ୟାଲେଞ୍ଜ୍ ଦେବେ । ହାତ ଓ ଗୋଡ଼ ଉଭୟେ ରାଜିହେଲେ ।

ନଦୀ କୂଳରେ, ଜଙ୍ଗଲର ଏକ ଖୋଲା ଜାଗାରେ ପ୍ରତିଯୋଗିତା ଆୟୋଜନ କରାଗଲା । ଯେହେତୁ ଶରୀରର ଦୁଇ ଅବୟବ ଆଭ୍ୟନ୍ତରୀଣ କଳହରେ ଜଡ଼ିତ ଥିଲେ, ଶରୀର ପ୍ରତି ବିପଦ ଅଥବା କୌଣସି ଅପ୍ରତ୍ୟାଶିତ ଘଟଣାର ଆଶଙ୍କାରେ ଅନ୍ୟାନ୍ୟ ଅବୟବମାନେ ଅତ୍ୟଧିକ ସାବଧାନ ଥିଲେ । ଯେ କୌଣସି ଦୂରତାରୁ ଯେତେ ଛୋଟ ବିପଦ ହେଉ ନା କାହିଁକି, ଦେଖିବା ପାଇଁ, ଆଖି ତା'ର ଚାରିପାଖରେ ଅନେକ ଦୂର ପର୍ଯ୍ୟନ୍ତ ସତର୍କ ଦୃଷ୍ଟି ପକେଇ ରଖିଲା; ଯେ କୌଣସି ଦୂରତାରୁ ଯେତେ ହାଲ୍‌କା ଶବ୍ଦ ହେଉ ନା କାହିଁକି, ଶୁଣିବା ପାଇଁ, କାନ ପ୍ରସ୍ତୁତ ହୋଇ ରହିଲା; ସତର୍କ ଆଖି ଓ କାନଙ୍କ ନିକଟରୁ ଯଦି କୌଣସି ବିପଦ ଖସିଯାଏ, ତାକୁ ଗନ୍ଧ ମାଧ୍ୟମରେ ଧରିବା ପାଇଁ ନାକ ତା'ର ନାସାରନ୍ଧ୍ରକୁ ସଫା ରଖିଲା; ଏବଂ ଜିଭ "ବିପଦ ବିପଦ" ଚିତ୍କାର କରିବାପାଇଁ ମଧ୍ୟ ନିଜକୁ ପ୍ରସ୍ତୁତ ରଖିଲା ।

ପ୍ରତିଯୋଗିତା ସମ୍ବନ୍ଧରେ ସମସ୍ତ ଖବର ବାୟୁ ଦ୍ୱାରା ଜଙ୍ଗଲର ଚାରି କୋଣ, ପାଣି, ପବନ ସବୁଆଡ଼େ ଖେଳିଗଲା । ପ୍ରଥମେ ଚତୁଷ୍ପଦ ପ୍ରାଣୀମାନେ ପ୍ରତିଯୋଗିତା ଜାଗାରେ ପହଞ୍ଚିଲେ, ଶାନ୍ତିର ପ୍ରତୀକ ସ୍ୱରୂପ ସେମାନଙ୍କ ମଧ୍ୟରୁ ଅନେକଙ୍କ ହାତରେ ସବୁଜ ଡାଳ ଥିଲା । ମହାବଳ, ଚିତା, ସିଂହ, ଗଣ୍ଡା, ହାତୀ, ଜିରାଫ, ଓଟ, ଗୟଳ, ମଇଁଷି, ହରିଣ, ଖୁରଙ୍ଗ, ଠେକୁଆ, ଚୁଚୁନ୍ଦ୍ରା ଓ ମୂଷାଙ୍କର ଗହଳି ଖୁବ୍ ରଙ୍ଗୀନ ଲାଗୁଥିଲା । ଜଳଜନ୍ତୁମାନଙ୍କ ମଧ୍ୟରେ ଜଳହସ୍ତୀ, ମାଛ, କୁମ୍ଭୀର ସେମାନଙ୍କର ଅଗ୍ରଭାଗକୁ ଭୂଇଁରେ ଓ ପଛଭାଗକୁ ପାଣିରେ ରଖି ପ୍ରତିଯୋଗିତା ଦେଖିବା ପାଇଁ ପ୍ରସ୍ତୁତ ରହିଲେ । ଦୁଇଗୋଡ଼ିଆ ଓଟପକ୍ଷୀ, ବଣ କୁକୁଡ଼ା, ମୟୂର ଖୁସିରେ ନିଜନିଜର ଡେଣା ଫଡ଼ଫଡ଼େଇଲେ, ଛୋଟ ପକ୍ଷୀମାନେ ଗଛ ଉପରେ ବସି ଗାଇଲେ, ଝିଣ୍ଟିକା ଅବିରତ ଗାଇ ଚାଲିଲା । ବୁଢ଼ିଆଣୀ, ଛୋଟ ଛୋଟ ପୋକ, ବିଛା ତଳେ କିମ୍ବା ଗଛରେ ଘୁଷୁରି ଘୁଷୁରି ଚାଲିଲେ । ଚମ୍ପେଇନେଉଳ ଧୀରେଧୀରେ ଛପିଛପି ଚାଲିଲାବେଳେ ଏଣ୍ଡୁଅ ଗୋଟିଏ ଜାଗାରେ ସ୍ଥିର ନରହି ଏପଟ ସେପଟ ହେଉଥିଲା । ମାଙ୍କଡ଼, ଗରିଲା ଓ ସିମ୍ପାଞ୍ଜି ଡାଳରୁ ଡାଳକୁ ଡେଇଁ ବୁଲୁଥିଲେ । ଏପରିକି ବୃକ୍ଷମାନେ ମଧ୍ୟ ଗୋଟିଏ ପାଖରୁ ଆର ପାଖକୁ ଧୀରେଧୀରେ ଝୁଲୁଥିଲେ, ମୁଣ୍ଡ ନୋଉଁଥିଲେ ଓ ପୁଣି ଉଠି ଛିଡ଼ା ହେଉଥିଲେ ।

ଗୋଟିଏ ଗୀତ ଗାଇ, ପାଟି ପ୍ରତିଯୋଗିତା ଆରମ୍ଭ କଲା ।

ଆମେ ଏହା କରୁଛେ ଖୁସି ପାଇଁ

ଆମେ ଏହା କରୁଛେ ଖୁସି ପାଇଁ
ଆମେ ଏହା କରୁଛେ ଖୁସି ପାଇଁ
ଯେହେତୁ ଆମେ ସମସ୍ତେ
ଆସିଛେ ଗୋଟିଏ ପ୍ରକୃତିରୁ ।

କ୍ରୋଧ, ଅସହଯୋଗର ଧମକ, ଧର୍ମଘଟ ଓ ଧୀର ଉତ୍ପାଦନ ବିନା, ପ୍ରତିଯୋଗିତାର ଫଳାଫଳକୁ ଉଦାରତାର ସହିତ ଗ୍ରହଣ କରିବେ ବୋଲି ହାତ ଓ ଗୋଡ଼ ଶପଥନେଲେ ।

ହାତ ପ୍ରଥମ ଚ୍ୟାଲେଞ୍ଜ୍ ଦେଲା; ସେ ଖଣ୍ଡିଏ କାଠ ଭୂଇଁରେ ଫିଙ୍ଗିଲା । ବାଁ ଗୋଡ଼କୁ ହେଉ କିମ୍ବା ଡାହାଣ ଗୋଡ଼କୁ ହେଉ ଅଥବା ସମ୍ମିଳିତ ଭାବେ, କାଠ ଖଣ୍ଡକୁ ଭୂଇଁରୁ ଉଠାଇ ଆଗକୁ ଫିଙ୍ଗିବାକୁ ହେବ । ସଫଳତା ପାଇବା ପାଇଁ, ଦୁଇ ଗୋଡ଼ ପ୍ରତିଯୋଗିତା ମଧ୍ୟରେ ଯେ କୌଣସି ସମୟରେ ପରସ୍ପର ସହିତ ବିଚାର ବିମର୍ଶ କରିପାରିବେ ଏବଂ ତାଙ୍କର ଆଙ୍ଗୁଠି ସବୁକୁ ଅଲଗା ଭାବରେ ଅଥବା ମିଳିତ ଭାବରେ ବ୍ୟବହାର କରିପାରିବେ ବୋଲି କୁହାଗଲା । ଗୋଡ଼ମାନେ ମିଳି ମିଶି କାଠଖଣ୍ଡିକୁ ଉଠେଇବାକୁ ଚେଷ୍ଟା କଲେ, ଠେଲିଲେ । ସମସ୍ତ ଚେଷ୍ଟା ସତ୍ତ୍ୱେ ବି ସେମାନେ ଠିକ୍‌ଭାବରେ କାଠକୁ ଧରିପାରିଲେନି, କେବଳ ପାଦରେ ଗୋଇଠାମାରି କେଇ ଇଞ୍ଚ ଘୁଞ୍ଚେଇପାରିଲେ ଯାହା । ଯାହା ଏହା ଦେଖି ହାତ ଆଙ୍ଗୁଠିମାନେ ପାଟିରୁ ଶବ୍ଦ ଉଧାର ଆଣି ହସିବାକୁ ଲାଗିଲେ । ସୌନ୍ଦର୍ଯ୍ୟ ପ୍ରତିଯୋଗିତାରେ ଚାଲିଲାପରି, ଚ୍ୟାଲେଞ୍ଜ୍ ଦେଇଥିବା ହାତମାନେ, ତାଙ୍କର ପତଳା ଚେହେରା ପ୍ରଦର୍ଶନ କରି ପ୍ୟାରେଡ୍ କରିବା ଭଙ୍ଗୀରେ ଚାଲିବାକୁ ଲାଗିଲେ ଏବଂ ଭିନ୍ନ ଭିନ୍ନ ଶୈଳୀରେ କାଠଖଣ୍ଡକୁ ଉଠେଇଲେ । ସେମାନେ ଦର୍ଶକ ଓ ପ୍ରଦର୍ଶକଙ୍କ ପ୍ରଶଂସା ପାଇବା ପାଇଁ, କାଠଖଣ୍ଡକୁ ଜଙ୍ଗଲର ଅନେକ ଭିତରକୁ ଫିଙ୍ଗିଲେ । ସେମାନେ ଅନେକ ପ୍ରକାରର କୌଶଳ ପ୍ରଦର୍ଶନ କଲେ; ଭାତ ଥାଳିରୁ ସରୁ ଗୋଡ଼ି ବାହାରକଲେ, ଛୁଞ୍ଚିରେ ସୂତା ପୂରେଇଲେ, ବଡ଼ ବଡ଼ କାଠ ବୋହିବା ପାଇଁ ଛୋଟ ଛୋଟ ଚକ ତିଆରିକଲେ, ବର୍ଛା ତିଆରି କରି ଦୂରକୁ ଫିଙ୍ଗିଲେ, ସେମାନେ ଏମିତି ସବୁ କୌଶଳ ପ୍ରଦର୍ଶନ କଲେ ଯାହା ଗୋଡ଼ ଆଙ୍ଗୁଠି କେବଳ ସ୍ୱପ୍ନରେ ହିଁ ଭାବିପାରିବେ । ଗୋଡ଼ମାନେ କେବଳ ସେଠି ବସି ସେମାନଙ୍କ ପତଳା ଭାଇମାନଙ୍କର ନିପୁଣତା ପ୍ରଦର୍ଶନକୁ ବିସ୍ମିତ ହୋଇ ଦେଖିଲେ । ସାଥୀ ହାତମାନଙ୍କର ପ୍ରଦର୍ଶନରେ ପ୍ରଶଂସା ମୁଖର ହୋଇ ଓ ସେମାନଙ୍କ ପ୍ରତି ସମର୍ଥନ ଜଣେଇ, ଦର୍ଶକମାନଙ୍କର ହାତମାନେ ଖୁବ୍ ଜୋର୍‌ରେ ତାଳି ମାରିଲେ ଯାହା ଗୋଡ଼ମାନଙ୍କୁ ବହୁତ ଖରାପ ଲାଗିଲା । କିନ୍ତୁ ଗୋଡ଼ମାନେ ଏତେ ଶୀଘ୍ର ହାର ମାନିବା ଅବସ୍ଥାରେ

ନଥିଲେ; ଯଦିଓ ସେମାନେ ଉଦାସ ହୋଇ ବସିଲେ ଓ ଗୋଡ଼ ଆଙ୍ଗୁଠିମାନେ ବାଲି ଉପରେ ଅର୍ଥହୀନ ଭାବେ ଗାର ଟାଣୁଥିଲେ, ସେମାନେ ଜିତିବା ପାଇଁ ପର ଚ୍ୟାଲେଞ୍ଜ୍ ବିଷୟରେ ବିଚାର ମଧ୍ୟ କରୁଥିଲେ ।

ଶେଷରେ, ଗୋଡ଼ ଓ ଗୋଡ଼ ଆଙ୍ଗୁଠିମାନଙ୍କର ଚ୍ୟାଲେଞ୍ଜ୍ ଦେବାର ପାଳି ଆସିଲା । ସେମାନଙ୍କର ଚ୍ୟାଲେଞ୍ଜ୍ ଏକଦମ ସରଳ ବୋଲି ସେମାନେ କହିଲେ । ତାଙ୍କର ଚ୍ୟାଲେଞ୍ଜ୍ ଅନୁସାରେ ହାତମାନଙ୍କୁ ଶରୀରକୁ ଉଠେଇ ପଡ଼ିଆର ଏକ ପାଖରୁ ଅନ୍ୟ ପାଖକୁ ନେବାକୁ ହେବ । ଏ କି ପ୍ରକାରର ବେକାର ଚ୍ୟାଲେଞ୍ଜ୍ – ଗର୍ବୀ ହାତ ଆଙ୍ଗୁଠିମାନେ ଭାବିଲେ । ଏହି ଦୃଶ୍ୟ ଦେଖିବାର ଥିଲା । ଶରୀର ସଂପୂର୍ଣ୍ଣରୂପେ ଓଲଟା ଛିଡ଼ାହୋଇଥିଲା । ହାତ ଭୂଇଁକୁ ଛୁଇଁଥିଲେ; ଆଖି ଭୂଇଁର ପାଖାପାଖି, ଏତେ ପାଖାପାଖି ଯେ ଆଖିକୁ ଆଖିକୁ କିଛି ଦେଖାଯାଉନଥିଲା; ନାକ ଭିତରେ ଧୂଳି ପଶିଯାଉଥିଲା ଓ ଛିଙ୍କ ଆସୁଥିଲା; ଗୋଡ଼ ଓ ଗୋଡ଼ ଆଙ୍ଗୁଠି ଶୂନ୍ୟରେ ଲଟକିଥିଲେ: ଯାୟୋ ଜୁ, ଦର୍ଶକ ଚିତ୍କାରକଲେ ଏବଂ ଖୁସିରେ ଗାଇଲେ:

ଯାୟୋ ଯାୟୋ ଜୁ
ହାକୁନା ମଟାଟା
ଫୁଆଟା ଯାୟୋ
ହାକୁନା ମଟାଟା
ଟୁରୁକେନି ଆଙ୍ଗାନି

କିନ୍ତୁ ସେମାନଙ୍କର ଧ୍ୟାନ ଗୋଡ଼ ଓ ହାତ ଉପରେ ସମ୍ପୂର୍ଣ୍ଣରୂପେ ସ୍ଥିର ଥିଲା । ଯେଉଁ ଅବୟବ କିଛି ସମୟ ପୂର୍ବରୁ ଅନେକ ପ୍ରକାରର କୌଶଳ ପ୍ରଦର୍ଶନ କରୁଥିଲେ, ଏବେ ଅତି କଷ୍ଟରେ ଦୁଇ ହାତ ଆଗକୁ ବଢ଼ିପାରିଲେ । କିଛି ପାହୁଣ୍ଡ ଚାଲିଲା ପରେ ହାତମାନେ ଯନ୍ତ୍ରଣାରେ କାନ୍ଦିବାକୁ ଲାଗିଲେ, ବାହୁ କମ୍ପିବାକୁ ଲାଗିଲା, ହାତ ଭାରସାମ୍ୟ ହରେଇଲେ ଏବଂ ଶରୀରକୁ ତଳେ ପଡ଼ିବାକୁ ଦେଲେ । ସେମାନେ କିଛି ସମୟ ବିଶ୍ରାମ ନେଲାପରେ ପୁଣି ଥରେ ଚେଷ୍ଟା କଲେ । ଭୂଇଁକୁ ଦୃଢ଼ଭାବେ ଧରିବାପାଇଁ ଏଥର ସେମାନେ ଆଙ୍ଗୁଠିସବୁକୁ ଖେଳେଇ ରଖିଲେ, କିନ୍ତୁ କେବଳ ବୁଢ଼ାଆଙ୍ଗୁଠି ହିଁ ଖେଳେଇ ହୋଇ ରହିପାରିଲେ । ହାତମାନେ ଶଗଡ଼ଚକ ବ୍ୟବହାର କରିବାକୁ ଚେଷ୍ଟାକଲେ, କିନ୍ତୁ ତାକୁ ତିଆରି କରିବାପାଇଁ ଯେହେତୁ ଗୋଡ଼ର ଅବଦାନ ଥଲା, ସେଥିପାଇଁ ଶଗଡ଼ଚକ ବ୍ୟବହାରକୁ ଅଯୋଗ୍ୟ ଘୋଷଣା କରାଗଲା । ଏହା ଗୋଡ଼ ଆଙ୍ଗୁଠିଙ୍କୁ ହସିବା ପାଇଁ ସୁଯୋଗ ଦେଲା । ହାତ ଆଙ୍ଗୁଠିମାନଙ୍କର ଚାପା ସ୍ୱରରେ ହସିବାର ଶୈଳୀଠୁ ନିଜର ଶୈଳୀକୁ ଅଲଗା ରଖିବା ପାଇଁ ଗୋଡ଼ ଆଙ୍ଗୁଠି ପାଟି

ନିକଟରୁ ଭାରୀ ସ୍ୱର ମାଗିଲେ । ସେମାନଙ୍କର ଉପହାସରେ ହାତ କ୍ରୋଧ ପ୍ରକାଶ କଲେ ଏବଂ ଶରୀରକୁ ବୋହିବାପାଇଁ ଆଉ ଏକ ପ୍ରୟାସ କଲେ, କିନ୍ତୁ ସେମାନେ ଗୋଟିଏ ପାହୁଣ୍ଡ ବି ଆଗକୁ ବଢ଼ିପାରିଲେନି । ହାତ ଓ ଆଙ୍ଗୁଠି ସଂପୂର୍ଣ୍ଣ ରୂପେ ଥକା ଅନୁଭବ କଲେ ଓ ବସିପଡ଼ିଲେ । ଗୋଡ଼ମାନେ ଖୁସିରେ ସେମାନଙ୍କର କୌଶଳ ପ୍ରଦର୍ଶନ ଆରମ୍ଭ କରିଦେଲେ: ସେମାନେ ଶରୀରକୁ ଥରଟିଏ ବି ତଳେ ନପକାଇ ଦୁଲୁକି ଚାଲିଲେ, ପୁଣି ଦୌଡ଼ିଲେ, ତା'ପରେ କିଛି ଉଚ୍ଚ ଡିଆଁ ଓ କିଛି ଲମ୍ବ ଡିଆଁ ପ୍ରଦର୍ଶନ କଲେ । ସେମାନଙ୍କ ପ୍ରତି ସମର୍ଥନ ଜଣାଇ ଦର୍ଶକମାନଙ୍କର ପାଦମାନେ ଭୂଇଁରେ କୁଦିବାକୁ ଆରମ୍ଭ କଲେ । ଏହାକୁ ଅନୁଚିତ ପ୍ରଦର୍ଶନ କହି ବାହୁ ସେମାନଙ୍କର ହାତ ଉପରକୁ ଉଠାଇଲେ, କିନ୍ତୁ ସେମାନେ ସହଜରେ ଭୁଲିଗଲେ ଯେ ସେମାନେ ହିଁ ଏହାକୁ ଆରମ୍ଭ କରିଥିଲେ ।

ଦର୍ଶକଙ୍କ ସମେତ, ସମସ୍ତେ ହାତ ବିଷୟରେ କିଛି ଆଶ୍ଚର୍ଯ୍ୟଜନକ କଥା ଲକ୍ଷ୍ୟ କଲେ: ଯେତେବେଳେ ହାତମାନେ ଶରୀରକୁ ବୋହିବାକୁ ଚେଷ୍ଟା କରୁଥିଲେ ଏବଂ ବୁଢ଼ା ଆଙ୍ଗୁଠି ଖେଳେଇ ରହିଥିଲେ, ସେମାନେ ସେହି ଭାବରେ ଅନ୍ୟ ଆଙ୍ଗୁଠିମାନଙ୍କଠାରୁ ଅଲଗା ରହିଗଲେ । ପ୍ରତିଦ୍ୱନ୍ଦ୍ୱୀ ଅବୟବମାନେ ପୁଣିଥରେ ହସିବାକୁ ଆରମ୍ଭ କରୁ କରୁ ଯାହା ଦେଖିଲେ ସେମାନଙ୍କର ହସ ବନ୍ଦ ହୋଇଗଲା, ବୁଢ଼ା ଆଙ୍ଗୁଠିମାନଙ୍କର ଅନ୍ୟ ଆଙ୍ଗୁଠିମାନଙ୍କଠୁ ଦୂରେଇ ରହିବା ହାତର କାର୍ଯ୍ୟକ୍ଷମତାକୁ କମ୍ କରିବା ବଦଳରେ ଏହା କୌଣସି ଜିନିଷକୁ ଧରିବାର ଦୃଢ଼ତାକୁ ବଢ଼େଇଦେଲା । ଏ କ'ଣ ? କୁରୂପତା ରୂପାନ୍ତରିତ ହେଲା ରୂପଦେବାର ଶକ୍ତିରେ !

ପ୍ରତିଯୋଗିତାର ଫଳାଫଳ ନେଇ ଅବୟବମାନଙ୍କ ମଧ୍ୟରେ ପାଞ୍ଚ ଦିନ ଧରି ଚର୍ଚ୍ଚା ଚାଲିଲା, ଯାହା ପ୍ରତି ଅଙ୍ଗରେ ଥିବା ଆଙ୍ଗୁଠିର ସଂଖ୍ୟା ସହିତ ସମାନ ଥିଲା । ସେମାନଙ୍କର ବହୁ ଚେଷ୍ଟା ସତ୍ତ୍ୱେ ମଧ୍ୟ କାହାକୁ ବିଜୟୀ ବୋଲି ଘୋଷଣା କରିବେ, ଏ ନେଇ କିଛି ନିଷ୍ପତ୍ତି ହୋଇପାରିଲା ନାହିଁ ଯେହେତୁ ନିଜ ନିଜର କାମରେ ପାରଙ୍ଗମ ହେଲେହେଁ ଜଣେ ଅବୟବ ଅନ୍ୟର ବିନା ସାହାଯ୍ୟରେ ସମ୍ପୂର୍ଣ୍ଣ କାମ କରିପାରିଲାନାହିଁ । ସେଇଠାରୁ ଏକ ଦାର୍ଶନିକ ତତ୍ତ୍ୱକୁ ନେଇ ତର୍କ ଆରମ୍ଭହେଲା: ଶରୀର କ'ଣ ? – ପଚାରିଲେ ସମସ୍ତେ ଏବଂ ଅନୁଭବ କଲେ ଯେ ସେମାନଙ୍କୁ ଏକତ୍ର ଭାବରେହିଁ ଶରୀର କୁହାଯିବ; ସେମାନେ ପରସ୍ପରର ପରିପୂରକ । ସାମଗ୍ରିକ କାମ ଠିକ୍ ଭାବେ ହେବାପାଇଁ ପ୍ରତ୍ୟେକ ଅବୟବକୁ ଠିକ୍ ଭାବେ କାମ କରିବାକୁ ହେବ ।

କିନ୍ତୁ ଏଭଳି ପ୍ରତିଯୋଗିତାକୁ ଭବିଷ୍ୟତରେ ରୋକିବାପାଇଁ ଏବଂ ପରସ୍ପରର କାମରେ ଦଖଲ ନ ଦେବାପାଇଁ, ସମସ୍ତ ଅବୟବ ମିଳିମିଶି ସ୍ଥିର କଲେ ଯେ ଶରୀର

ସିଧା ହୋଇ ଚାଲିବା ଉଚିତ, ପାଦ ଭୂଇଁ ଉପରେ ଦୃଢ଼ ଭାବରେ ରହିବ ଓ ହାତ ଉପରେ, ଶୂନ୍ୟରେ ଝୁଲିବ । ଶରୀର ଏହି ନିର୍ଣ୍ଣୟକୁ ସ୍ୱାଗତ କଲା କିନ୍ତୁ ସେମାନଙ୍କର ମୂଳରୂପକୁ ନ ଭୁଲିବାପାଇଁ ଶିଶୁମାନଙ୍କୁ କିଛି ମାସ ହାତ ଓ ଗୋଡ଼ ବ୍ୟବହାର କରି ଚାଲିବାକୁ ଅନୁମତି ଦିଆଗଲା । ସେମାନେ କାମ ବାଣ୍ଟିନେଲେ: ଗୋଡ଼ ଶରୀରକୁ ଗୋଟିଏ ଜାଗାରୁ ଅନ୍ୟ ଜାଗାକୁ ବୋହିବ, ପହଞ୍ଚିଲା ପରେ ହାତ ଅନ୍ୟ ସବୁ କାମ କରିବ ଯେଉଁଥିରେ ହତିଆର ତଥା ଯନ୍ତ୍ରପାତି ଆଦି ତିଆରି କରିବାକୁ ହେବ ଅଥବା ବ୍ୟବହାର କରିବାକୁ ହେବ । ଯେତେବେଳେ ଗୋଡ଼ ଓ ପାଦ ଶରୀରକୁ ବୋହିବାରେ ଭାରୀ କାର୍ଯ୍ୟ କଲେ, ହାତ ଚାରିପାଖ ପହଞ୍ଚି ନିଜର କୌଶଳ ପ୍ରଦର୍ଶନ ପୂର୍ବକ ସମସ୍ତ କାର୍ଯ୍ୟ ସମ୍ପନ୍ନ କରିବା ସହିତ ଖାଦ୍ୟକୁ ପାଟି ପର୍ଯ୍ୟନ୍ତ ପହଞ୍ଚେଇଲା । ପାଟି ନିଜର ଦାନ୍ତମାନଙ୍କ ସହାୟତାରେ ଖାଦ୍ୟ ଚେବେଇ ତଣ୍ଟି ଦେଇ ପାକସ୍ଥଳୀକୁ ପଠେଇଲେ । ପାକସ୍ଥଳୀ ଏହାର ସମସ୍ତ ଭଲ ଗୁଣକୁ ଚିପୁଡ଼ିଲା ଓ କେନାଲ ପ୍ରକ୍ରିୟାରେ ଛାଡ଼ିଲା ଯାହା ମାଧ୍ୟମରେ ଭଲଗୁଣ ଶରୀରର ପ୍ରତ୍ୟେକ ଅଂଶରେ ପହଞ୍ଚିପାରିଲା । ତା'ପରେ ପାକସ୍ଥଳୀ ଅବଶିଷ୍ଟାଂଶକୁ ମଧ ମଳପ୍ରବାହ ପ୍ରକ୍ରିୟାରେ ଛାଡ଼ିଲା, ଶରୀର ତାକୁ ନେଇ ଖୋଲା ପଡ଼ିଆରେ ଛାଡ଼ିଲା ଅଥବା ମାଟି ଭିତରେ ପୋତିଲା ଯାହା ମାଟିକୁ ଉର୍ବର କଲା । ସେଇ ଉର୍ବରତାକୁ ନେଇ ଗଛ ବଡ଼ ହେଲେ, ଫଳିଲେ; ହାତ ସେଇ ଫଳକୁ ତୋଳିଲେ ଏବଂ ପାଟିକୁ ଦେଲେ । ହଁ, ଏହାକୁ ଜୀବନବୃତ୍ତ କୁହାଗଲା ।

ଏପରିକି ଖେଳ ଓ ମନୋରଞ୍ଜନ ମଧ୍ୟ ଭାଗ ଭାଗ ହୋଇଗଲେ: ଗୀତ ଗାଇବା, କଥା ହେବା, ହସିବା ଆଦି ପାଟିକୁ ଛାଡ଼ି ଦିଆଗଲା; ଫୁଟବଲ ଓ ଦୌଡ଼ ମୁଖ୍ୟତଃ ଗୋଡ଼ ଭାଗରେ ପଡ଼ିଲା; ବାସ୍କେଟବଲ ଓ ବେସ୍‌ବଲ ହାତ ପାଇଁ ଆରକ୍ଷିତ ରହିଲା ଯେଉଁଥିରେ ଗୋଡ଼କୁ ଦୌଡ଼ିବାକୁ ପଡ଼ିଲା; ଖେଳକୁଦ ସମୟରେ ଗୋଡ଼ ଅଧିନରେ ସମସ୍ତ କ୍ଷେତ୍ର ରହିଲା । ଏପରିକି ବିଶାଳ ପଶୁମାନଙ୍କର ଚତୁରତାକୁ ପଛରେ ପକାଇ ଶ୍ରମର ସ୍ପଷ୍ଟ ବିଭାଜନ ଯୋଗୁ ପରିମାପ ଓ ଗୁଣବତ୍ତାକୁ ନେଇ ଶରୀର ଯାହା ହାସଲକଲା, ସେ ଏକ ଦୁର୍ଜୟ ଜୈବ ଯନ୍ତ୍ରରେ ପରିଣତ ହେଲା ।

ଏହା ସତ୍ତ୍ୱେ ଶରୀରର ସମସ୍ତ ଅବୟବ ବୁଝିପାରିଲେ ଯେ ସେମାନେ ଯେଉଁ ସ୍ଥାୟୀ ବ୍ୟବସ୍ଥାରେ ପହଞ୍ଚିଛନ୍ତି, ତାହା ମଧ୍ୟ ଦ୍ୱନ୍ଦ୍ୱ ସୃଷ୍ଟି କରିପାରେ । ଯେହେତୁ ମୁଣ୍ଡ ଶରୀରର ଉପର ଭାଗରେ ରହୁଛି, ସେ ହୁଏତ ନିଜକୁ ଭୂଇଁରେ ଚାଲୁଥିବା ପାଦ ଅପେକ୍ଷା ଶ୍ରେଷ୍ଠ ଭାବିପାରେ ଅଥବା ସେ ନିଜକୁ ମାଲିକ ଓ ତଳେ ରହୁଥିବା ଅନ୍ୟ ସମସ୍ତ ଅବୟବଙ୍କୁ ନିଜର ଚାକର ଭାବିପାରେ । ସମସ୍ତେ ଜୋର ଦେଇ କହିଲେ ଯେ ପ୍ରାଧିକାର ଦୃଷ୍ଟିରୁ ମୁଣ୍ଡ ତଥା ନିମ୍ନଭାଗର ଅବୟବମାନଙ୍କ ମଧ୍ୟରେ କୌଣସି ପାର୍ଥକ୍ୟ

ନାହିଁ । ଏହି ଯୁକ୍ତିକୁ ଦୃଢ଼ କରିବାକୁ ଯାଇ ଅବୟବମାନେ ନିଷ୍ପତ୍ତି କଲେ ଯେ ଖୁସି ଓ ପୀଡ଼ା ଯେ କୌଣସି ଅବୟବରେ ହେଲେ ମଧ୍ୟ ତାକୁ ସମସ୍ତେ ସମାନ ଭାବରେ ଅନୁଭବ କରିବେ । ସେମାନେ ପାଟିକୁ ଚେତାବନୀ ଦେଲେ ଯେ ସେ ଯେତେବେଳେ ମୋର ଯେ ମୋର ସେ କହୁଛି, ତା'ର ଅର୍ଥ ସମଗ୍ର ଶରୀରର ବୋଲି ବୁଝିବାକୁ ହେବ, ତା' ନିଜର ନୁହେଁ ।

ସେମାନେ ଗାଇଲେ:

ଆମ ଶରୀରରେ
କେହି ଚାକର ନୁହନ୍ତି
ଆମ ଶରୀରରେ
କେହି ଚାକର ନୁହନ୍ତି
ଆମେ ପରସ୍ପରର ସେବକ
ଆମପାଇଁ ଆମେ
ଆମେ ପରସ୍ପରର ସେବକ
ଆମପାଇଁ ଆମେ
ଆମେ ପରସ୍ପରର ସେବକ
ଜିଭ ଆମର ସମ୍ମିଳିତ ସ୍ୱର
ତୁମେ ମୋତେ ଧର ଓ ମୁଁ ତୁମକୁ ଧରେ
ଆମେ ଗଢୁ ସୁସ୍ଥ ଶରୀର
ତୁମେ ମୋତେ ଧର ଓ ମୁଁ ତୁମକୁ ଧରେ
ଆମେ ଗଢୁ ସୁସ୍ଥ ଶରୀର
ସୌନ୍ଦର୍ଯ୍ୟ ହିଁ ଏକତା
ଆମେ ମିଳିମିଶି କାମ କରୁ
ଗୋଟିଏ ସୁସ୍ଥ ଶରୀର ପାଇଁ
ଆମେ ମିଳିମିଶି କାମ କରୁ
ଗୋଟିଏ ସୁସ୍ଥ ଶରୀର ପାଇଁ
ଏକତା ହିଁ ଆମର ଶକ୍ତି ।

ଏହି ଗୀତ ହେଲା "ସମଗ୍ର ଶରୀର ସଂଗୀତ" । ଶରୀର ଏହାକୁ ଆଜି ପର୍ଯ୍ୟନ୍ତ ଗାଉଛି ଏବଂ ଏହା ମନୁଷ୍ୟ ଓ ପଶୁ ତଥା ଯେଉଁମାନେ ଊର୍ଦ୍ଧ୍ୱମୁଖୀ କ୍ରାନ୍ତିକୁ ଅସ୍ୱୀକାର କରୁଛନ୍ତି, ସେମାନଙ୍କ ମଧ୍ୟରେ ଥିବା ପ୍ରଭେଦ ବିଷୟରେ କହୁଛି ।

ଏ ସବୁ ଦେଖିବା ସତ୍ତ୍ୱେ ମଧ୍ୟ ଚତୁଷ୍ପଦ ପ୍ରାଣୀ ଏପରି କ୍ରାନ୍ତି ଆଣି ପାରିଲେନାହିଁ । ସେମାନଙ୍କର ଗୀତ ଗାଇବାର ଶୈଳୀ ହାସ୍ୟାସ୍ପଦ । ସେମାନଙ୍କର ପାଟି କେବଳ ଖାଇବାପାଇଁ ସୃଷ୍ଟି, ଗୀତ ଗାଇବାପାଇଁ ନୁହେଁ । ସେମାନେ ପ୍ରକୃତିର ରକ୍ଷଣଶୀଳ ଦଳ ଗଠନକଲେ ଏବଂ ସେମାନଙ୍କର କେବେବି ନବଦଳିବାର ସ୍ୱଭାବରେ ଅଟକିରହିଲେ ।

ଯେତେବେଳେ ମଣିଷମାନେ ତାଙ୍କର ଅବୟବମାନଙ୍କଠାରୁ ଶିଖିଲେ, ସେମାନେ ଉନ୍ନତି କଲେ; କିନ୍ତୁ ସେମାନେ ଯେତେବେଳେ ଜଣେ ଜଣଙ୍କଠୁ ଶ୍ରେଷ୍ଠ ହେବାର ପ୍ରଚେଷ୍ଟାରେ ଦେହ ଓ ମୁଣ୍ଡକୁ କଳହରେ ଲିପ୍ତ ହେବାର ଦେଖିଲେ, ସେମାନେ ସେମାନଙ୍କର ଊର୍ଦ୍ଧ୍ୱମୁଖୀ କ୍ରାନ୍ତିକୁ ଅସ୍ୱୀକାର କରୁଥିବା ଚତୁଷ୍ପଦ ଭାଇମାନଙ୍କର ନିକଟତର ହେଲେ ।

■

ଚେକୋସ୍ଲୋଭାକିଆ

ଭ୍ରାତୃହତ୍ୟା

ଫ୍ରାଞ୍ଜ୍ କାଫ୍‌କା

ପ୍ରମାଣ ଅନୁସାରେ ଏହିପରି ଭାବରେ ହୋଇଥିଲା ହତ୍ୟା:

ଘାତକ ସ୍ମାର୍, ପ୍ରାୟ ରାତି ନଅଟା ବେଳକୁ ତୋଫା ଜହ୍ନ ଆଲୁଅରେ ଦୁଇ ରାସ୍ତା ମିଶୁଥିବା କୋଣରେ ନିଜର ଅବସ୍ଥିତିକୁ ଠିକ୍ କରିନେଲା, ଯେଉଁଠି ୱେସ୍, ତା' ଶିକାର, ଅଫିସରୁ ଆସୁଥିବା ରାସ୍ତାରୁ ଘରକୁ ଯାଉଥିବା ରାସ୍ତାକୁ ମୋଡ଼ିବ ।

ଦେହ ଥରେଇଦେଲା ପରି ଥଣ୍ଡା ଥିଲା ରାତି ପବନରେ । ତଥାପି ସ୍ମାର୍ ଗୋଟିଏ ପତଳା ନୀଳ ରଙ୍ଗର ସୁଟ୍ ପିନ୍ଧିଥିଲା ଯାହାର ଜ୍ୟାକେଟ ବୋତାମ ଖୋଲାଥିଲା । ତାକୁ ଶୀତ ଲାଗୁନଥିଲା, ତା' ଛଡ଼ା ସେ ସ୍ଥିର ଛିଡ଼ା ନହୋଇ ସବୁ ସମୟରେ ଏପଟ ସେପଟ ହେଉଥିଲା । ସେ ଜୋରକରି ତା' ଛୁରିକୁ ଧରିଥିଲା ଯାହା ଦେଖାଯାଉଥିଲା ଅଧା ବନ୍ଧୁକର ବେୟୋନେଟ ପରି ଏବଂ ବାକି ଅଧା ରୋଷେଇଘରେ ବ୍ୟବହୃତ ଛୁରି ପରି, ଏକଦମ ଖୋଲା । ଜହ୍ନ ଆଲୁଅରେ ଦେଖାଇଲା ସେ, ଝଲସିଉଠିଲା ଛୁରି, ହୁଏତ ତା' ମନକୁ ପାଇଲାନି, ସେ ରାସ୍ତାକଡ଼ ଇଟାରେ ଛୁରିକୁ ହାଣି ଚାଲିଲା ଯେ ପର୍ଯ୍ୟନ୍ତ ନିଆଁ ଝୁଲ ଉଡ଼ିଲାନାହିଁ, ବୋଧହୁଏ ଛୁରିର ଦାଢ଼ ନଷ୍ଟ ହୋଇଗଲା, ମନ ଦୁଃଖରେ ସେ ସାମ୍ନାକୁ ନଇଁ ପଡ଼ି ଗୋଟିଏ ଗୋଡ଼ରେ ଛିଡ଼ାହୋଇ ଭାଓଲିନ ବଜେଇଲା ପରି ଜୋତା ତଳିପାରେ ଛୁରିକୁ ଘଷି ଘଷି ଦାଢ଼ କରିଚାଲିଲା ଏବଂ ଜୋତାରୁ ଆସୁଥିବା ଶବ୍ଦ ସହିତ ବାହାରର ଶବ୍ଦକୁ ଧ୍ୟାନ ଦେଇ ଶୁଣିଲା ।

ଏହି ଘଟଣାକୁ ପାଖ ଘର ଦ୍ୱିମହଲା ଝର୍କାରୁ ପଲ୍ଲାସ ନାମରେ ଜଣେ ସାଧାରଣ ନାଗରିକ ସବୁ ଦେଖୁଥିଲା, କାହିଁକି ଘଟିବାକୁ ଦେଲା ସେ? ମନୁଷ୍ୟପ୍ରକୃତିର ଗୂଢ଼ ରହସ୍ୟକୁ ବୁଝିବାକୁ ଚେଷ୍ଟା କରନ୍ତୁ। ତା'ର ପୃଥୁଳକାୟ ଶରୀରରେ ରାତ୍ରି ପୋଷାକ ଗୁଡ଼େଇ, ସାର୍ଟର କଲର ଉପରକୁ ଉଠେଇ, ସେ ତଳକୁ ଚାହିଁ ସବୁ ଦେଖୁଥିଲା ଓ ମୁଣ୍ଡ ଟୁଙ୍ଗାରୁଥିଲା।

ରାସ୍ତାର ଅପରପାର୍ଶ୍ୱରେ ପାଞ୍ଚଟି ଘର ଛାଡ଼ି ଶ୍ରୀମତୀ ୱେସ୍ ରାତ୍ରି ପୋଷାକ ଉପରେ କୋକିଶିଆଳି ଲୋମର କୋଟ ପିନ୍ଧି ଝରକା ଦେଇ ବାରମ୍ବାର ଆସି ଉଣ୍ଟୁଥିଲେ ଯେହେତୁ ତାଙ୍କର ପତି ଫେରିବାରେ ଅନ୍ୟଦିନ ଅପେକ୍ଷା ଖୁବ୍ ଡେରି କରୁଥିଲେ।

ଶେଷରେ ୱେସ୍‌ର ଅଫିସରୁ ଡୋର୍‌ବେଲ୍‌ର ଶବ୍ଦ ଶୁଣାଗଲା ଯାହା ସାଧାରଣ ଡୋର୍‌ବେଲ୍ ତୁଳନାରେ ତୀବ୍ର ଥିଲା, ତାହା ସହର ଉପର ଦେଇ ସ୍ୱର୍ଗ ପର୍ଯ୍ୟନ୍ତ ପହଞ୍ଚୁଥିଲା ଏବଂ କର୍ମଶୀଳ ରାତ୍ରି ଶ୍ରମିକ ୱେସ୍ ବିଲ୍ଡିଂରୁ ବାହାରି ଘଣ୍ଟି ଶବ୍ଦର ପଛେ ପଛେ ପାଦଚଲା ରାସ୍ତାରେ ନିଜର ନିଃଶବ୍ଦ ପାଦଚିହ୍ନକୁ ଲିପିବଦ୍ଧ କରି କରି ଚାଲୁଥିଲା।

ପଲ୍ଲାସ ଆଗକୁ ନଇଁ ଦେଖିବାକୁ ଲାଗିଲା, ସେ କୌଣସି ଘଟଣା ଛାଡ଼ିବାକୁ ଚାହୁଁନଥିଲା। ଶ୍ରୀମତି ୱେସ୍ ଘଣ୍ଟି ଶୁଣିବା ପରେ ଆଶ୍ୱସ୍ତ ଅନୁଭବ କଲେ ଏବଂ ଝରକାକୁ ଧଡ଼ କରି ବନ୍ଦ କରିଦେଲେ। କିନ୍ତୁ ସ୍ମାର ନଇଁ ପଡ଼ି ତା'ର ସମଗ୍ର ଶରୀରର କେବଳ ଖୋଲାଥିବା ଅଂଶ, ହାତ ଓ ମୁହଁକୁ ଲୁଚେଇବାକୁ ଚେଷ୍ଟା କରୁଥିଲା, ଯେତେବେଳେ ସବୁ କିଛି ହେମାଳ ହୋଇଯାଉଥିଲା, ସ୍ମାର ଦେହରୁ ଉତ୍ତାପ ବାହାରୁଥିଲା।

ଦୁଇ ରାସ୍ତା ଯେଉଁଠି ପରସ୍ପର ସହ ମିଶୁଥିଲା, ସେଇ କୋଣରେ ୱେସ୍ ଛିଡ଼ାହେଲା, କେବଳ ତା'ର ସହାୟକ ଥିଲା ତା' ହାତରେ ଥିବା ବାଡ଼ି ଖଣ୍ଡିକ, ଯିଏ ତା' ଘର ଆଡ଼କୁ ଯାଉଥିବା ରାସ୍ତାକୁ ଛୁଇଁଥିଲା। ସେ ନିଜ ଭିତରେ ହଠାତ୍ କିଛି ପ୍ରକାରର ତରଙ୍ଗ ସୃଷ୍ଟିହେବାର ଅନୁଭବ କଲା। ରାତିର ଗାଢ଼ ନୀଳ ଓ ସ୍ୱର୍ଣ୍ଣାଭ ଆକାଶ ତାକୁ ଆକର୍ଷିତ କଲାପରି ମନେହେଲା ତା'ର। ନିଜ ଅଜାଣତରେ ସେ ଆକାଶକୁ ଚାହିଁଲା, ଅଜାଣତରେ ସେ ମୁଣ୍ଡରେ ପିନ୍ଧିଥିବା ଟୋପିକୁ କାଢ଼ିଲା ଏବଂ ମୁଣ୍ଡ ବାଳକୁ ସାଉଁଳେଇଲା, ସେଠି ସେମିତି ଆଉ କିଛି ନଥିଲା ଯାହା ତା'ର ଅତି ନିକଟ ଭବିଷ୍ୟତ ଉପରେ କିଛି ସୂଚନା ଦେଇପାରିବ, ସବୁକିଛି ଚେତନାଶୂନ୍ୟ ଓ ଅଲକ୍ଷ୍ୟ ଥିଲା। ଏଇ ମୁହୂର୍ତ୍ତରେ ୱେସ୍ ପାଇଁ ସବୁଠୁ ବିଚାରଯୁକ୍ତ ଘଟଣା ହେଲା ସେ ନିଜର ଘର ଅଭିମୁଖେ ଚାଲିବା ଉଚିତ, କିନ୍ତୁ ସେ ସ୍ମାର୍‌ର ଛୁରି ନିକଟକୁ ଟାଣି ହୋଇଯାଉଥିଲା।

"ୱେସ୍!" ସ୍ମାର୍‌ର ସ୍ୱର କର୍କଶ, ସେ ବାହୁ ପ୍ରସାରଣ କରି, ଛୁରିକୁ ତଳକୁ

କରି ଆଙ୍ଗୁଠି ଟିପରେ ଛିଡ଼ା ହୋଇଥଲା, "ୱେସ୍! ତୁ ଜୁଲିଆକୁ ଆଉ କେବେବି ଦେଖି ପାରିବୁନି!" ପ୍ରଥମେ ଗଳାର ଡାହାଣ ପାଖ, ତା'ପରେ ଗଳାର ବାମ ପାଖ ଏବଂ ଶେଷରେ ୱେସ୍‌ର ପେଟ ଭିତରେ ଗଭୀର ଭାବରେ ସ୍ମାର୍ ଭୁସି ଚାଲିଲା ଛୁରି। ପାଣି ଛିଟ୍‌କି ପଡ଼ିଲା, ପେଟ ଖୋଲିଗଲା, ୱେସ୍ ଭିତରୁ ଏକ ଭୟାନକ ଶବ୍ଦ ବାହାରକୁ ବାହାରି ଆସିଲା।

"କାମ ହୋଇଗଲା," ନିଜକୁ ନିଜେ କହିଲା ସ୍ମାର୍ ଏବଂ ଛୁରିକୁ ଫିଙ୍ଗିଦେଲା ତଳେ, ବଳକା ରକ୍ତର ଛିଟା ଯାଇ ପାଖ ଘର ସାମ୍ନାରେ ପଡ଼ିଲା। "ହତ୍ୟାର ପରମ ତୃପ୍ତି! ଶାନ୍ତି, ଅନ୍ୟ ଜଣକର ରକ୍ତ ବୁହାଇବାରେ ଅତ୍ୟଧିକ ଉତ୍‌ଫୁଲ୍ଲିତ! ୱେସ୍, ପୁରୁଣା ରାତ୍ରିଚର, ବନ୍ଧୁ, ମଧୁଶାଳାର ମିତ୍ର, ତୁ କ୍ରମଶଃ ମିଶିଯାଉଛୁ ରାସ୍ତା ତଳର ଅନ୍ଧାରି ପୃଥିବୀ ସହିତ। ତୁ କାହିଁକି ରକ୍ତର ଗୋଟେ ଥଳି ହୋଇଯାଉନୁ, ମୁଁ ତୋ ଦେହରେ ଛାପା ମାରି ମାରି ତୋତେ ଶୂନ୍ୟତା ସହିତ ମିଶେଇ ଦିଅନ୍ତି! ଆମେ ଯାହା ଚାହୁଁ ସବୁ ସତ ହୁଏନା, ଯାହା ସ୍ୱପ୍ନ ଦେଖୁ ସବୁ ଫଳବତୀ ହୁଏନା, ତୋ ଦେହର ଅବଶିଷ୍ଟାଂଶ ଏଇଠି ପଡ଼ିରହିବ ଯାହା ପ୍ରତ୍ୟେକ ଗୋଇଠାର ଯୋଗ୍ୟ। କି ଲାଭ ଏପରି ମୂର୍ଖ ପ୍ରଶ୍ନରେ?"

ପଲ୍ଲାସ, ନିଜର ତୀବ୍ର ପ୍ରତିକ୍ରିୟାକୁ ଚାପିରଖି, ପବନରେ ଖୋଲିଯାଉଥିବା ତା' ଘରର ଦୁଇଚକିଆ କବାଟ ପାଖରେ ଛିଡ଼ା ହୋଇଥିଲା। "ସ୍ମାର୍! ସ୍ମାର୍! ମୁଁ ସବୁ ଦେଖିଲି, କିଛି ବି ଛାଡ଼ିନି।" ପଲ୍ଲାସ ଏବଂ ସ୍ମାର୍ ଘଟଣାବଳୀକୁ ପରସ୍ପର ସହିତ ଯାଞ୍ଚ କଲେ। ଯାଞ୍ଚର ପରିଣାମରେ ପଲ୍ଲାସ ଖୁସି ହେଲା କିନ୍ତୁ ସ୍ମାର କୌଣସି ନିଷ୍କର୍ଷରେ ପହଞ୍ଚି ପାରିଲାନି।

ରାସ୍ତାର ଦୁଇ ପାଖରୁ ଆସୁଥିବା ଲୋକମାନଙ୍କ ସହ ଶ୍ରୀମତୀ ୱେସ୍ ମଧ୍ୟ ଘଟଣାସ୍ଥଳକୁ ଆସିଲେ, ଏହି ଦୁଃଖଦ ଘଟଣାରେ ତାଙ୍କର ମୁହଁ ବୟସ୍କ ଦେଖାଯାଉଥିଲା। ତାଙ୍କର କୋଟ ପବନରେ ଖୋଲିଯାଇ ଉଡୁଥିଲା, ସେ ୱେସ୍‌ର ମୃତଶରୀର ଉପରେ ମୂର୍ଚ୍ଛା ଗଲେ, ରାତ୍ରିପୋଷାକରେ ତାଙ୍କର ଦେହ ୱେସ୍‌ର ହୋଇଥିଲା, ସମାଧିର ଘାସ ଗାଲିଚା ପରି ପତି ପତ୍ନୀଙ୍କ ଉପରେ ପଡ଼ିଥିବା କୋକିଶିଆଳି ଲୋମର କୋଟ ଦେଖଣାହାରୀଙ୍କର ହୋଇଥିଲା।

ତା'ର ଅନ୍ତିମ ଘୃଣା ସହିତ ବଡ଼ କଷ୍ଟରେ ଯୁଦ୍ଧ କରୁଥିବା ସ୍ମାର୍ ପୋଲିସର କାନ୍ଧରେ ନିଜର ମୁହଁକୁ ଚାପି ରଖିଲା ଓ ପୋଲିସ ଧିର ଭାବରେ ଭିଡ଼ ଭିତରୁ ରାସ୍ତା କାଢ଼ି ତାକୁ ବାହାରକୁ ନେଇଗଲା।

■

ଯୁକ୍ତରାଷ୍ଟ୍ର ଆମେରିକା

କ୍ଷୁଦ୍ରଗଳ୍ପର ମୃତ୍ୟୁ

ଜେ. ଡେଭିଡ୍ ଷ୍ଟିଭେନ୍‌ସ୍

ଗଳ୍ପର ମୃତ୍ୟୁ ଆମକୁ ଆଶ୍ଚର୍ଯ୍ୟରେ ପକାଇଥିଲା । ଆମେ କବିତାକୁ ଦେଖିବାରେ ଏମିତି ମଗ୍ନ ଥିଲୁଯେ ଗଳ୍ପର ମୃତ୍ୟୁ ସମ୍ବନ୍ଧରେ ଆସୁଥିବା ସମସ୍ତ ଚେତାବନୀକୁ ଆମେ ଅଣଦେଖା କରିଥିଲୁ । ଦିନେ ଗପ ଏଇଠି ଥିଲା, ଫୁଟବଲ ଖେଳ ଦେଖୁଥିଲା, ବାର୍ ଯାଉଥିଲା, କେକ୍ ତିଆରି କରୁଥିଲା । ପରଦିନ – ଉଭାନ୍ – ସକାଳୁ ସକାଳୁ ଟାଇମ୍‌ସ୍ ପତ୍ରିକାରେ ତା'ର ମୃତ୍ୟୁ ବିଷୟରେ ପଢ଼ିଲୁ, ବ୍ରେକ୍‌ଫାଷ୍ଟ ଟେବୁଲ ଉପରେ ଆମର ଟୋଷ୍ଟ୍ ସେମିତି ରହିଗଲା ଓ କଫି କପ୍ ଉପରେ ସର ପଡ଼ିଗଲା ।

ସ୍ୱଭାବତଃ, ସାଧାରଣରେ ଏକପ୍ରକାରର କୋଳାହଳ ସୃଷ୍ଟି ହୋଇସାରିଥିଲା । ଆମେ ଟେଲିଭିଜନ ପର୍ଦ୍ଦାରେ ପୃଥିବୀ ସାରା ଲୋକଙ୍କୁ ଲାଇବ୍ରେରି ବାହାରେ ଫୁଲ ଓ ମହମବତୀ ରଖିବାର ଦେଖିଲୁ । ପରେ ପରେ ଟେଲିଭିଜନରେ କେବଳ ଏଇ ବିଷୟରେ ହିଁ ଚର୍ଚ୍ଚା ହେବାକୁ ଲାଗିଲା । ସାହିତ୍ୟର ଏକ ପ୍ରମୁଖ ଶୈଳୀର ଅକାଳରେ ମୃତ୍ୟୁ ହେଲା ବୋଲି ସେମାନେ ମତ ରଖିଲେ । ଦର୍ଶକମାନେ ସ୍ତବ୍ଧ ହୋଇଗଲେ, ଯେତେବେଳେ ସ୍ମୃତିଲେଖାର ସ୍ୱୀକାରୋକ୍ତିରେ କୁହାଗଲା ଯେ "ଶୈଶାବ ସ୍ମୃତି" ଅବସ୍ଥାରେ କ୍ଷୁଦ୍ରଗଳ୍ପର କାହା ସହିତ ପ୍ରେମସମ୍ପର୍କ ଥିଲା । ମିଡ଼ିଆର ଅନୁସନ୍ଧାନ ଏତେ ତୀବ୍ର ଥିଲା ଯେ ସମସ୍ତ ଆତ୍ମଜୀବନୀ ପରିବାର ମାସକ ପାଇଁ ସହର ଛାଡ଼ି ଅନ୍ୟ କେଉଁ ଏକାନ୍ତ ଜାଗାରୁ ନିଜ ପ୍ରକାଶନ ଉପରେ କାମ କଲେ ।

ଶବଦାହ ସମୟରେ, ଗଦ୍ୟ କବିତା ଏକ ସାରଗର୍ଭକ ସ୍ମୃତିଚାରଣ ଭାଷଣରେ ପ୍ରକାଶକ ମାନଙ୍କୁ "ବେଶ୍ୟା" ଓ ସାହିତ୍ୟ ଅଧ୍ୟାପକମାନଙ୍କୁ "କ୍ଷୁଦ୍ରଗଳ୍ପର ମୃତ୍ୟୁ ପରେ ଆକାଶରେ ଖୁସିରେ ଉଡୁଥିବା ସାହିତ୍ୟ ଶାଗୁଣା" ବୋଲି ଅଭିମତ ରଖିଲା । କିନ୍ତୁ କ୍ଷୁଦ୍ରଗଳ୍ପର

ମୃତ୍ୟୁ ପାଇଁ ପ୍ରକୃତରେ ଆମେ ସମସ୍ତେ ଦାୟୀ । ଭୋଜିସଭାର ଚାରିପାଖରେ ଏକତ୍ରିତ ହୋଇ ଆମେ ନିଜକୁ ଦୋଷୀ ଭାବିବା ସହିତ କେଉଁଠି ନା କେଉଁଠି ଆମର ଭୁଲ୍ ରହିଯାଇଥିଲା ବୋଲି ଚିନ୍ତା କରୁଥିଲୁ । ଗୋଟିଏ କୋଣରେ ଶିଷ୍ଟାଚାରବିହୀନ ଉପନ୍ୟାସ ଶସ୍ତା ମଦିରା ନିଶାରେ ଅତୀତରେ ଗଛ ସହିତ ତା'ର ମଧୁର ସମ୍ପର୍କକୁ ନେଇ ବକବକ କରୁଥିଲା । ଯିବା ଆସିବା କରୁଥିବା ଅଚିହ୍ନା ଲୋକଙ୍କୁ କୋଳାଗ୍ରତ କରି ଓ ବଡ଼ପାଟିରେ "ଆଇ ଲଭ୍ ୟୁ" କହି ନିଜକୁ ମିଛ ସାନ୍ତ୍ୱନା ଦେଉଥିଲା ଏବଂ କିଛି ଦୂରରେ ବସିଥିବା ପତ୍ରିକା ସମ୍ପାଦକମାନଙ୍କୁ ଆଶ୍ୱାସନା ଦେବାପାଇଁ ଚେଷ୍ଟା କରୁଥିଲା ।

ଏଇ ଘଟଣାର କିଛି ସପ୍ତାହ ପରେ, ଓମ୍ହା ସହର ପାଖ ପୋଲିସ ଛାଉଣୀରେ ଗଛର ମସ୍ତିଷ୍କକୁ ନିମ୍ନତାପ ଭଣ୍ଡାରଘରେ ରଖାଯାଇଛି ବୋଲି ଚାରିଆଡ଼େ ଚର୍ଚ୍ଚା ହେବାକୁ ଲାଗିଲା । ଗ୍ଲାସ୍‌ଗୋ ବିଶ୍ୱବିଦ୍ୟାଳୟର ଜଣେ ପ୍ରଫେସର କ୍ଲୋନ୍ ପରୀକ୍ଷଣ ପାଇଁ ଗଛର ନମୁନା ଡି.ଏନ୍.ଏ ଉପଲବ୍ଧ କରାଇପାରିଲେ ଏକହଜାର ପାଉଣ୍ଡ ପୁରସ୍କାର ଦିଆଯିବ ବୋଲି ଘୋଷଣା କଲେ । ଅନେକ ସମୀକ୍ଷକ କହିଲେ ଯେ ପ୍ରକୃତରେ ଗଛର ମୃତ୍ୟୁ ହୋଇ ନାହିଁ, ବରଂ ଗଛ ନିଜର ମିଛ ମୃତ୍ୟୁର ଘୋଷଣା କରି ଆଣ୍ଡିଜ୍ କି ହିମାଳୟ ପର୍ବତରେ ଏକାନ୍ତବାସରେ ଅଛି ।

ସମୀକ୍ଷକଙ୍କ ଏଇ କଥାଟି ଆମକୁ କାହିଁକି ଉଚିତ ମନେହେଲା । ଗଛକୁ ନେଇ ଆମେ ଅନେକ ମନଗଢ଼ା କଥା ତିଆରି କଲୁ, ଏମିତି କଥା ଯାହା ମିଛ ହେଲେ ବି କିଛି ସମୟ ପରେ ସତ ଭଳି ଲାଗିଲା । ଆମେ ଗଛକୁ ଫାୟାରପ୍ଲେସ୍‌ର ଚାରିପାଖେ ଗାୟକ ଜନ୍ ଲେନନ୍, ଯୀଶୁଖ୍ରୀଷ୍ଟ ଓ ଲେଖିକା ଆମେରିଆ ଇଅରହାର୍ଟଙ୍କ ସହିତ ବସିଥିବାର କଳ୍ପନା କଲୁ । ସେମାନେ ଫ୍ରାନ୍ସ ତିଆରି ଶତାବ୍ଦୀ ପୁରୁଣା ବ୍ରାଣ୍ଡିର ଚୁସ୍କି ନେଉନେଉ ନିଜ ନିଜର ଫାଣ୍ଟାସି ବେସବଲ୍ ଟିମ୍‌ରେ କେଉଁ କେଉଁ ଖେଳାଳିଙ୍କୁ ରଖିବେ, ସେ ବିଷୟରେ ଗପସପ କରୁଥିଲେ । ଅନେକ ବର୍ଷ ତଳେ ଲୁଗାଶୁଖା ମେସିନ୍‌ରେ ହଜିଯାଇଥିବା ଆମର ମୋଜା ସେମାନେ ପିନ୍ଧିଥିଲେ ଏବଂ ସୋଫା କୁସନ୍ ମଝିରେ ଆମ ପକେଟରୁ ପଡ଼ିଯାଇଥିବା ଖୁଚୁରା ପଇସା ହାତରେ ଧରି ଝୁଣୁଝୁଣୁ କରୁଥିଲେ । ପାହାଡ଼ ଉପରୁ ଗୋଟିଏ ବଡ଼ ଝରକା ଦେଇ ସେମାନେ ବାଦଲ ଉପରେ ବିଭିନ୍ନ ରଙ୍ଗ ପରିବର୍ତ୍ତନ କରୁଥିବା ଗୋଟିଏ ଝୁଲନ୍ତା ଭଉଁରୀକୁ ଦେଖୁଥିଲେ । ସେଇ କଳ୍ପନାର ରଙ୍ଗ ସବୁ ସେମାନଙ୍କର ସ୍ୱପ୍ନ ଥିଲା । ଏବଂ ସେମାନେ ଧୈର୍ଯ୍ୟପୂର୍ବକ ସେଇ ମୁହୂର୍ତ୍ତକୁ ଅପେକ୍ଷା କରୁଥିଲେ ଯେବେ ରୂପାରଙ୍ଗର ତୀର୍ଯ୍ୟକ ଆଲୁଅ ଧାରେ ଖସିଆସି ନିଆଁ ଉପରେ କ୍ଷଣକପାଇଁ ଅଟକିଯିବ ଓ ରାତ୍ରିର ଦେହରେ ବିନା ଦ୍ୱିଧାରେ ମିଶିଯିବ ।

■

ଜାପାନ

ଆଲୋକର ଭୂଇଁ

ୟାସୁନାରି କାୱାବାତା

ହେମନ୍ତର ଏକ ସକାଳ । ମୋତେ ସେତେବେଳେ ଚବିଶ ବର୍ଷ । ସମୁଦ୍ରକୂଳ ସରାଇରେ ରହୁଥିବାବେଳେ ଗୋଟିଏ ଝିଅକୁ ଦେଖିଲି । ସେଇଠୁ ପ୍ରେମର ଆରମ୍ଭ ।

ଝିଅଟି ହଠାତ୍ ମୁଣ୍ଡ ଟେକିଲା ଉପରକୁ ଓ ପିନ୍ଧିଥିବା କିମିନୋ (ଜାପାନୀ ଗାଉନ୍) ହାତରେ ମୁହଁ ଢାଙ୍କିଲା । ଯେତେବେଳେ ମୁଁ ତା'ର ମୁହଁକୁ ଚାହିଁଲି, ତା'ର ପ୍ରତିକ୍ରିୟାରୁ ଲାଗିଲା ଯେମିତି ମୁଁ ଗୋଟେ କିଛି ଭୁଲ୍ କରିଛି ।

ମୁଁ ଲଜ୍ଜା ଅନୁଭବ କଲି ଓ ଦୁଃଖିତ ସ୍ୱରରେ କହିଲି –

"ମୁଁ ବୋଧେ ତୁମକୁ ଏମିତି ଚାହିଁବା ଉଚିତ ନଥିଲା ।"

"ହଁ... କିନ୍ତୁ ମୁଁ ଭାବିନି କିଛି ।" ତା'ର ସ୍ୱର ଥିଲା ନମ୍ର ଓ ଶବ୍ଦ ହାଲ୍କା । ମୁଁ କିଛିଟା ଆଶ୍ୱସ୍ତି ଅନୁଭବ କଲି ।

"ତୁମେ ଅପ୍ରୀତିକର ଅନୁଭବ କରିଥିବ ନିଶ୍ଚୟ ।"

"ନା, ଠିକ୍ ଅଛି... ସତରେ ।"

ସେ ତା' ହାତ ତଳକୁ କଲା । ତା' ମୁହଁର ଭଙ୍ଗୀରେ ତା' କଥାର ସତ୍ୟତାର ଝଲକ ଥିଲା । ତା' ଆଡ଼ରୁ ମୁହଁ ଫେରାଇ ମୁଁ ସମୁଦ୍ର ଆଡ଼କୁ ଚାହିଁଲି ।

ମୋ ପାଖରେ ବସିଥିବା ଲୋକଙ୍କ ମୁହଁକୁ ଗହିଁବା ଥିଲା ମୋର ଏକ ପୁରୁଣା ଅଭ୍ୟାସ । ଏ ଅଭ୍ୟାସ ସୁଧାରିବାକୁ ଅନେକ ଚେଷ୍ଟା କରି ମଧ୍ୟ ସୁଧାରିପାରୁନଥିଲି । ଯେତେବେଳେ ଉପଲବ୍ଧି କରୁଥିଲି ଯେ ମୁଁ ଅନ୍ୟମାନଙ୍କର ମୁହଁକୁ ଗହୁଁଛି, ନିଜ ଉପରେ ଘୃଣା ଆସୁଥିଲା । ପିଲାଦିନେ ମୁଁ ମୋର ପରିବାର ତଥା ଘର ହରାଇଲା ପରେ ବାହାରକୁ ଯାଇ ଅନ୍ୟମାନଙ୍କ ସହ ରହିଲି । ମନେମନେ ଭାବିଲି, ବୋଧହୁଏ ଏଇ କାରଣରୁ ଅନ୍ୟମାନଙ୍କ ମୁହଁକୁ ଗହିଁବାର ଅଭ୍ୟାସ ମୋର ହୋଇଯାଇଛି । ପୁଣି ଭାବିଲି ଯେ ଏ ଅଭ୍ୟାସ ବୋଧହୁଏ ସେତେବେଳେ ଆରମ୍ଭ ହେଲା ଯେତେବେଳେ ମୁଁ ଘରେ ଥିଲି । କିନ୍ତୁ ମୋର ଏମିତି କିଛି ବି ଘଟଣା ମନେନାହିଁ ଯାହା ମତେ କୌଣସି ନିଷ୍ପତ୍ତିରେ ପହଞ୍ଚାଇପାରିବ ।

ସେ ଯାହାବି ହେଉ, ଯେତେବେଳେ ମୁଁ ଝିଅଟି ଉପରୁ ଆଖି ଫେରାଇଲି, ସମୁଦ୍ରବେଳାରେ ଖରାରେ ପରିପୂର୍ଣ୍ଣ ଛୋଟ ଭୂଇଁଟିଏ ଦେଖିଲି । ସେ ଆଲୋକର ଭୂଇଁ ଅନେକ ଦିନୁ ପୋତିହୋଇ ରହିଥିବା ଏକ ପୁରୁଣା ସ୍ମୃତିକୁ ପୁଣି ମନେପକେଇଦେଲା ।

ବାପା ମା'ଙ୍କ ମୃତ୍ୟୁପରେ ମୁଁ ଗାଆଁରେ ପ୍ରାୟ ଦଶ ବର୍ଷ ଜେଜେଙ୍କ ସହିତ ରହିଥିଲି । ଜେଜେ ଥିଲେ ଅନ୍ଧ । ଅନେକ ବର୍ଷ ଧରି ସେ ସେଇ ଗୋଟିଏ କୋଠରିରେ, ଗୋଟିଏ ଚଉକିରେ ବସୁଥିଲେ, ପୂର୍ବକୁ ମୁହଁ କରି । ତାଙ୍କ ସାମ୍ନାରେ ସବୁବେଳେ ଜଳନ୍ତା କୋଇଲା ଚୁଲିଟିଏ ଥିଲା । କେବେକେବେ ସେ ତାଙ୍କର ମୁଣ୍ଡ ଦକ୍ଷିଣ ଦିଗକୁ ବୁଲେଇ ରଖନ୍ତି କିନ୍ତୁ କେବେବି ଉତ୍ତର ଦିଗକୁ ମୁହଁ କରନ୍ତି ନାହିଁ । ତାଙ୍କର ଏ ଗୋଟିଏ ଦିଗକୁ ମୁହଁକରି ବସିବାର ଅଭ୍ୟାସକୁ ନେଇ ଖୁବ୍ ଚିନ୍ତିତ ଥିଲି ମୁଁ । ବେଳେବେଳେ ମୁଁ ଅନେକ ସମୟ ଧରି ତାଙ୍କ ସାମ୍ନାରେ ତାଙ୍କ ମୁହଁକୁ ଗହିଁ ବସିରହେ କାଳେ କେତେବେଳେ ସେ ଉତ୍ତରକୁ ମୁହଁ କରିବେ ବୋଲି । କିନ୍ତୁ ଗୋଟେ ବିଜୁଳି କଣ୍ଟେଇପରି ଜେଜେ ପ୍ରତି ପାଞ୍ଚମିନିଟ୍‌ରେ ଥରେ ଡାହାଣକୁ ତାଙ୍କ ମୁଣ୍ଡକୁ ବୁଲେଇ ଦିଅନ୍ତି । ମତେ ତାହା ଏକ ଦୁଃଖଦ ଅନୁଭବ ଦିଏ । ଅସ୍ୱାଭାବିକ ଲାଗେ । କିନ୍ତୁ ଦକ୍ଷିଣଦିଗକୁ ଖରା ପଡ଼େ, ମୁଁ ଭାବେ ଦକ୍ଷିଣରେ ପଡ଼ିଥିବା ଖରା ହୁଏତ ଅଧିକ ଆଲୋକର ଅନୁଭବ ଦିଏ ଏପରିକି ଜଣେ ଅନ୍ଧ ବ୍ୟକ୍ତିକୁ ।

ଏବେ ସମୁଦ୍ରବେଳାର ଏଇ ଆଲୋକିତ ଭୂଇଁକୁ ଦେଖି ମୋର ସେଇ ପୁରୁଣା ଖରା ପଡ଼ିଥିବା ଜାଗା କଥା ମନେ ପଡ଼ିଲା ଯାହାକୁ ମୁଁ କେବେଠୁ ଭୁଲି ସାରିଥିଲି ।

ସେ ସମୟରେ ମୁଁ ଜେଜେଙ୍କ ମୁହଁକୁ ଘଣ୍ଟାଘଣ୍ଟା ଧରି ଗହିଁବସୁଥିଲି କେତେବେଳେ କାଳେ ଉତ୍ତରକୁ ମୁହଁ କରିବେ ବୋଲି । ଯେହେତୁ ସେ ଅନ୍ଧ ଥିଲେ

ମୁଁ ସ୍ଥିରତାପୂର୍ବକ ତାଙ୍କ ମୁହଁକୁ ଚାହିଁ ରହୁଥିଲି । ଏବେ ମୁଁ ଜାଣିଲି ଯେ ଜେଜେଙ୍କ ମୁହଁକୁ ଚାହିଁବାର ଅଭ୍ୟାସ ସେତେବେଳୁ ମୋ ଭିତରେ ରହିଯାଇଛି । ତେଣୁ ସେ ଅଭ୍ୟାସ ମୋ ନିଜଘରେ ଥିବା ସମୟରୁ ହିଁ ମୋ ପାଖରେ ଅଛି । ଏହା ମୋର କୌଣସି ଦୁର୍ବଳ ମନର ପ୍ରତିଫଳନ ନୁହେଁ ଜାଣିବା ପରେ ମୁଁ ନିଜକୁ ଲଜ୍ଜିତ ଅନୁଭବ କରୁଥିବା ଭାବନାରୁ ମୁକୁଳାଇଲି । ସେ ଝିଅଟି ପ୍ରତି ମୋର କୌଣସି ଖରାପ ଭାବନା ନାହିଁ ଜାଣିବା ପରେ ମୁଁ ଖୁସିରେ କୁଦିବାପାଇଁ ଇଚ୍ଛା କଲି ।

ଏବେ ଝିଅଟି କହିଲା – "ମୋର ଦେହସୁହା ହେଇଗଲାଣି, ତଥାପି ମତେ କିଏ ଚାହିଁଲେ ଲାଜ ଲାଗେ ।" ଝିଅଟିର କଥା ମତେ ଭରସା ଦେଲା ଯେ ମୁଁ ତା' ମୁହଁକୁ ପୁନର୍ବାର ଚାହିଁପାରିବି ।

ମୁଁ ତା' ଆଡ଼କୁ ଚାହିଁଲି । ଏବେ ମୋ ମୁହଁରେ ଔଜଲ୍ୟ । ତା' ମୁହଁ ଲାଜରେ ଲାଲ ଓ ମୁଁ ଦେଖିଲି ସେ ମତେ କଣେଇ ଚାହୁଁଛି । "ମୋ ମୁହଁ ଦିନୁଦିନ ପୁରୁଣା ଦେଖାଯିବ, ତେଣୁ ମୁଁ ବ୍ୟସ୍ତ ନୁହଁ" ସେ ଛୋଟ ପିଲାଟିଏ ପରି କହିଲା ।

ମୁଁ ହସିଲି । ମତେ ଲାଗିଲା ଯେମିତି ଆମ ସମ୍ପର୍କରେ କିଛି ନିବିଡ଼ତା ମିଶିଗଲା । ଜେଜେ ଓ ଝିଅଟିର କଥା ଭାବିଭାବି ବେଳାଭୂମିରେ ଥିବା ସେଇ ଆଲୋକର ଭୂଇଁ ଆଡ଼କୁ ଯିବାପାଇଁ ମୁଁ ପାଦ ବଢ଼ାଇଲି ।

■

ଇସ୍ରାଏଲ

ଈଶ୍ୱର ହେବାକୁ ଚାହୁଁଥିବା ବସ୍‌ଚାଳକ

ଏଟ୍‌ଗାର କେରେଟ୍

ଯେ ଗଳ୍ପ ଜଣେ ବସ୍‌ଚାଳକ ବିଷୟରେ ଯିଏ ବିଳମ୍ବରେ ଆସୁଥିବା ଯାତ୍ରୀମାନଙ୍କ ପାଇଁ କେବେବି ଦ୍ୱାର ଖୋଲୁନଥିଲା । କାହାପାଇଁ ବି ନୁହଁ । ସେଇ ହାଇସ୍କୁଲ ଛାତ୍ରମାନଙ୍କ ପାଇଁ ନୁହଁ ଯେଉଁମାନେ ପାଠର ବୋଝ ପିଠିରେ ପକେଇ ବସ୍ କଡ଼େକଡ଼େ ବଡ଼ ବିକଳ ଆଖିରେ ଦୌଡୁଥିଲେ, ନିଜକୁ ଅତିଶୟ ଚାଲାକ ଭାବୁଥିବା ସେଇ ବ୍ୟକ୍ତିଙ୍କ ପାଇଁ ମଧ୍ୟ ନୁହଁ ଯେଉଁମାନେ ବସ୍‌ର ବନ୍ଦ ଦ୍ୱାରକୁ ଜୋର୍‌ରେ ଧକ୍କା ଦେଇ ପ୍ରମାଣ କରିବାକୁ ଚେଷ୍ଟା କରୁଥିଲେ ଯେ ସେମାନେ ପ୍ରକୃତରେ ଠିକ୍ ସମୟରେ ଆସିଥିଲେ ଅଥଚ ବସ୍‌ଚାଳକ ନିର୍ଦ୍ଧାରିତ ସମୟ ପୂର୍ବରୁ ବସ୍ ଛାଡ଼ିଦେଉଛି, ଏପରିକି ସେଇ ବୃଦ୍ଧାମାନଙ୍କ ପାଇଁ ବି ନୁହଁ ଯେଉଁମାନେ ସଉଦାଭର୍ତ୍ତି ବ୍ୟାଗ ଧରି ରାସ୍ତା କଡ଼ରେ ଠିଆ ହୋଇ ଥରିଲା ହାତରେ ବସ ରହିବାକୁ ଇସାରା ଦେଉଥିଲେ । ଏମିତି ନୁହଁ କି ତା'ର ଖଳ ସ୍ୱଭାବ ଯୋଗୁ ସେ ଦ୍ୱାର ଖୋଲୁ ନଥିଲା, ତାହା ଥିଲା ତା'ର ସିଦ୍ଧାନ୍ତ । ତାହାର ସିଦ୍ଧାନ୍ତ ଅନୁସାରେ ତିରିଶ ସେକେଣ୍ଡ ଡେରିରେ ଆସୁଥିବା ବ୍ୟକ୍ତିକୁ ଯଦି କବାଟ ଖୋଲା ନଯାଏ ହୁଏତ ସେ ତା' ଜୀବନର ପନ୍ଦର ମିନିଟ୍ ହରେଇବସିବ କିନ୍ତୁ ବସ୍‌ରେ ବସିଥିବା ଷାଠିଏ ଲୋକ ମିଳିତ ଭାବରେ ତିରିଶ ମିନିଟ୍ ହରେଇବେ ଯାହା ସମାଜର କ୍ଷତିକୁ ଦୁଇଗୁଣା କରିବ । କେବଳ ଏଇ କାରଣ ପାଇଁ ଡ଼େରିରେ ଆସୁଥିବା ଲୋକଙ୍କ ପାଇଁ ଦ୍ୱାର ନଖୋଲିବାର ନିଷ୍ପତ୍ତି ସେ ନେଇଥିଲା ।

ସେ ଜାଣିଥିଲା ଯେ ବସ୍‌ରେ ବସିଥିବା ଯାତ୍ରୀମାନଙ୍କୁ ଓ ବସ୍ ପଛରେ ଦୌଡୁଥିବା ଲୋକମାନଙ୍କୁ ଦ୍ୱାର ନଖୋଲିବାର କାରଣ ସମ୍ପର୍କରେ ଲେସ ମାତ୍ର ଧାରଣା ନଥିଲା । ସେ ଏକଥା ମଧ୍ୟ ଜାଣିଥିଲା ଯେ ଅଧିକାଂଶ ଲୋକ ତାକୁ ଏକଜିଦିଆ ବୋଲି ଭାବୁଥିଲେ ଓ ସେମାନଙ୍କର ମତ ଥିଲା ଯେ ତାକୁ ଆଉ କିଛି ସମୟ ରହି ଡେରିରେ ଆସୁଥିବା ଲୋକମାନଙ୍କୁ ବସ୍ ମଧ୍ୟରେ ପ୍ରବେଶ କରିବାପାଇଁ ଅନୁମତି ଦେବା ସହିତ ସେହି ଲୋକମାନଙ୍କର ସ୍ମିତହାସ୍ୟ ଓ ଧନ୍ୟବାଦ ଗ୍ରହଣ କରିବା ଉଚିତ ହେବ ।

ଏକ ପାଖରେ ସ୍ମିତହାସ୍ୟ ଓ ଧନ୍ୟବାଦ, ଅନ୍ୟପାଖରେ ସୁନ୍ଦର ସମାଜ ଗଠନ – ବସ୍‌ଚାଳକ ଜାଣିଥିଲା ତାକୁ କାହାକୁ ବାଛିବାକୁ ହେବ ।

ବସ୍‌ଚାଳକର ସିଦ୍ଧାନ୍ତଦ୍ୱାରା ଯେଉଁ ବ୍ୟକ୍ତି ସବୁଠୁ ଅଧିକ ପ୍ରଭାବିତ ହୋଇଥାନ୍ତା, ତା'ର ନାଁ ଏଡ଼ି, କିନ୍ତୁ ଯେ ଗଳ୍ପରେ ଅନ୍ୟମାନଙ୍କ ପରି, ସେ କେବେବି ବସ୍ ଧରିବା ପାଇଁ ଚେଷ୍ଟା କରୁନଥିଲା । ସେ ଖୁବ୍ ଅଳସୁଆ ପ୍ରକୃତିର ଥିଲା । "ଦି ଷ୍ଟେକ୍‌ଆଓ୍ୱେ" ରେଷ୍ଟୁରାଣ୍ଟରେ ସହକାରୀ ଖାନସାମା ଭାବେ କାର୍ଯ୍ୟ କରୁଥିଲା । ଯଦିଓ ରେଷ୍ଟୁରାଣ୍ଟରେ ଖାଦ୍ୟ ସେମିତି କିଛି ଖାସ୍ ନଥିଲା, ଭଲ ବ୍ୟବହାର ପାଇଁ ଏଡ଼ିର ନାଆଁ ଥିଲା । ଖାଦ୍ୟ ଠିକ୍ ଭାବରେ ତିଆରି ହୋଇନଥିଲେ ଏଡ଼ି ଗ୍ରାହକଙ୍କ ଟେବୁଲ ପାଖକୁ ଆସି କ୍ଷମା ମାଗି ନିଜେ ଖାଦ୍ୟ ପରଷୁ ଥିଲା । ଏମିତି କ୍ଷମା ମାଗିବା ସମୟରେ ତା'ର ଥରେ ସାକ୍ଷାତ ହୋଇଥିଲା ହାପିନେସ୍ ସହିତ । ଏଡ଼ିର ବିନମ୍ରତା ସାମ୍ନାରେ ତରଳି ଯାଇଥିଲା ହାପିନେସ୍ ଓ ଏଡ଼ି ପରଷି ଥିବା ତନ୍ଦୁରି ଗୋମାଂସ ସଂପୂର୍ଣ୍ଣ ରୂପେ ଖାଇଦେଇଥିଲା ସେ, ଏଡ଼ି ମନଦୁଃଖ କରିବ ନାହିଁ ବୋଲି । ଯଦିଓ ହାପିନେସ୍ ତା'ର ନାଁ କହିନଥିଲା କି ଫୋନ୍ ନମ୍ବର ଦେଇନଥିଲା, ଏଡ଼ିର ଅନୁରୋଧରେ ପରଦିନ ପାଞ୍ଚଟା ବେଳେ ଡଲ୍‌ଫିନ୍ ଆକ୍ୱାରିୟମ୍ ପାଖରେ ଦେଖା କରିବାକୁ ରାଜି ହୋଇଯାଇଥିଲା ।

ଏଡ଼ିର ଏକ ପ୍ରକାରର ଶାରୀରିକ ସ୍ଥିତି ଥିଲା ଯେଉଁ କାରଣରୁ ତାକୁ ଜନ୍ମରୁ ଆଜି ପର୍ଯ୍ୟନ୍ତ ଅନେକ ଅସୁବିଧାର ସମ୍ମୁଖୀନ ହେବାକୁ ପଡ଼ିଛି । ଏମିତି କିଛି ବଡ଼ ଧରଣର ଅସୁବିଧା ଯଦିଓ ନୁହଁ । ଏଇ ଅସୁସ୍ଥତା ଯୋଗୁ ତା'ର ନିର୍ଦ୍ଦିଷ୍ଟ ସମୟ ଅପେକ୍ଷା ଦଶ ମିନିଟ୍ ବିଳମ୍ବରେ ନିଦ ଭାଙ୍ଗେ । ଘଡ଼ିରେ ଆଲାର୍ମ ଯେତେ ଜୋର୍‌ରେ ବାଜିଲେବି ତା'ର ନିଦ ଠିକ୍ ସମୟରେ ଭାଙ୍ଗେନା । ଏବଂ ବସ୍‌ଚାଳକର ସୁସ୍ଥ ସମାଜ ଗଠନ ପାଇଁ ତିଆରି କରିଥିବା ନିୟମ ଦ୍ୱାରା ପ୍ରଭାବିତ ଏଡ଼ି ରେଷ୍ଟୁରାଣ୍ଟ ଚାକିରିରେ ପ୍ରାୟ ପ୍ରତିଦିନ ବିଳମ୍ବରେ ପହଞ୍ଚେ । ଏଥର ଯେହେତୁ ହାପିନେସ୍‌କୁ ସେ କଥା ଦେଇଛି, ଅପରାହ୍ନର ସ୍ୱଳ୍ପ ନିଦ୍ରା ତ୍ୟାଗ କରିବାକୁ ଯାଇ ସେ ସୋଫା ଉପରେ ବସି ଟେଲିଭିଜନ ଦେଖିବାକୁ ସ୍ଥିର କଲା । କାଳେ ନିଦ ହୋଇଯିବ ବୋଲି ନିଜକୁ

ସୁରକ୍ଷିତ କରିବାକୁ ଯାଇ ସେ ଗୋଟିଏ ନୁହଁ ତିନି ତିନିଟା ଆଲାର୍ମ ଘଡ଼ିକୁ କାମରେ ଲଗେଇଦେଲା । ଏବଂ ଟେଲିଫୋନ୍ କମ୍ପାନୀକୁ ନିର୍ଦ୍ଦିଷ୍ଟ ସମୟରେ ୱେକ୍-ଅପ୍ ଫୋନ୍ କଲ୍ ପାଇଁ ଅର୍ଡ଼ର ମଧ୍ୟ ଦେଲା । କିନ୍ତୁ ଯେହେତୁ ତା'ର ରୋଗ ଅସାଧ୍ୟ, ସେ ଟେଲିଭିଜନରେ ଛୋଟ ପିଲାଙ୍କ ଚ୍ୟାନେଲ୍ ଦେଖୁ ଦେଖୁ ନିଜେ ଛୋଟ ପିଲାଟିଏ ପରି ଶୋଇପଡ଼ିଲା । ହଠାତ୍ ତା' କାନରେ ଲକ୍ଷ ଲକ୍ଷ ଆଲାର୍ମ ଘଡ଼ିଙ୍କ ଚିତ୍କାର ଶୁଣାଗଲା ଓ ତା'ର ନିଦ ଭାଙ୍ଗିଗଲା । ସେତେବେଳକୁ ଦଶ ମିନିଟ୍ ଡେରି ହୋଇ ସାରିଥିଲା । ସେ ପୋଷାକ ବଦଳେଇବାକୁ ଆଉ ସମୟ ପାଇଲାନି ଓ ସେମିତି ଝାଳ ସରସର ଦେହରେ ବସ ଷ୍ଟପ୍ ଆଡ଼କୁ ଦୌଡ଼ିଲା । ଅନେକ ଦିନ ହେଲା ଦୌଡ଼ି ନଥିବାରୁ ସେ ଦୌଡ଼ିବା ପ୍ରାୟ ଭୁଲି ଯାଇଥିଲା । ତା'ର ପାଦ ଠିକ୍‌ରେ ଭୂଇଁରେ ପଡୁନଥିଲେ । ଶେଷଥର ଦୌଡ଼ିଥିଲା ଯେତେବେଳେ ସେ ଷଷ୍ଠ ଶ୍ରେଣୀରେ ଥିଲା ଓ ଦୌଡ଼ି ନପାରିଲେ ତାକୁ ଖେଳରେ ନିଆଯିବ ନାହିଁ ବୋଲି ତା'ର ଖେଳଶିକ୍ଷକ ଶ୍ରେଣୀରେ ଘୋଷଣା କରିଥିଲେ । ତାକୁ ସେତେବେଳେ ପାଠ ଅପେକ୍ଷା ଖେଳ ଭଲ ଲାଗୁଥିଲା । ବର୍ତ୍ତମାନ ନ ଦୌଡ଼ିଲେ ଜୀବନରେ ସବୁଠୁ ବଡ଼ କିଛି ହରାଇବାର ଡର ତାକୁ ଅଧିକ ବେଗରେ ଦୌଡ଼ିବାକୁ ପ୍ରେରିତ କରୁଥିଲା । ତା' ରାସ୍ତାରେ କେବଳ ବାଧା ହୋଇ ଛିଡ଼ା ହୋଇଥିଲା ଆମର ବସ୍‌ଚାଳକ ଯିଏ ଏବେ ଏବେ ବସ୍ ଦ୍ୱାର ବନ୍ଦ କରି ବସ୍ ଷ୍ଟାର୍ଟ କଲା । ବସ୍‌ଚାଳକ ଏଡ଼ିକୁ ରିଅର୍ ଭ୍ୟୁ ଦର୍ପଣରେ ପଛରୁ ଆସୁଥିବାର ଦେଖିଲା । କିନ୍ତୁ ନ୍ୟାୟ ପ୍ରତି ପ୍ରେମ ଓ ସରଳ ଗଣିତକୁ ଭିତ୍ତି କରି ନିଜେ ତିଆରି କରିଥିବା ସିଦ୍ଧାନ୍ତ ସାମ୍ନାରେ ସେ ସର୍ବଦା ନତମସ୍ତକ ଥିଲା । ଏଡ଼ି ମଧ୍ୟ ଜୀବନରେ ପ୍ରଥମଥର କେଉଁଠି ଠିକ୍ ସମୟରେ ପହଞ୍ଚିବାକୁ ଚାହୁଁଥିଲା । ସେଥିପାଇଁ ଆଜି ସେ ବସ୍‌ଚାଳକର ସିଦ୍ଧାନ୍ତକୁ ସମ୍ମାନ ଦେବାପାଇଁ ରାଜି ନଥିଲା । ଯଦିଓ ସେ ଜାଣିଥିଲା ଯେ ବସ୍‌ଚାଳକ ବସ୍ ଛାଡ଼ିଲା ପରେ ବସ୍‌କୁ ଧରିବାର ସମ୍ଭାବନା କ୍ଷୀଣ ତଥାପି ସେ ଚେଷ୍ଟାରୁ ବିରତ ହେଲାନାହିଁ । ହଠାତ୍ ଏଡ଼ିର ଭାଗ୍ୟରେ ପରିବର୍ତ୍ତନ ଘଟିଲା ଓ ଶହେ ଗଜ ଚାଲିଲା ପରେ ଟ୍ରାଫିକ୍ ଆଲୁଅ ଲାଲ ହୋଇଯିବାରୁ ବସ୍ ରହିଲା । ଏଡ଼ି କୌଣସିମତେ ବସ୍ ନିକଟରେ ପହଞ୍ଚିଗଲା ଓ ବସ୍ ଦ୍ୱାରରେ କରାଘାତ ନକରି ସିଧା ଚାଳକ ଦ୍ୱାର ନିକଟକୁ ଗଲା । ସେ ଲୁହଭର୍ତ୍ତି ଆଖିରେ ବସ୍‌ଚାଳକକୁ ଚାହିଁଲା ଓ ଆଣ୍ଠୁମାଡ଼ି ଭୂଇଁ ଉପରେ ବସିପଡ଼ିଲା । ସେ ଖୁବ୍ ଜୋର୍‌ରେ ଧଇଁସଇଁ ହେଉଥିଲା ଏବଂ ତା' ନିଃଶ୍ୱାସର ବେଗ ଓ ଶବ୍ଦ ବେଶ୍ ବାରି ହୋଇ ପଡୁଥିଲା । ଏଡ଼ିକୁ ଏପରି ଦେଖି ବସ୍‌ଚାଳକକୁ ତା'ର ଅତୀତ ମନେ ପଡ଼ିଗଲା ଯେତେବେଳେ ସେ ବସ୍‌ଚାଳକ ହେବା ପୂର୍ବରୁ ଈଶ୍ୱର ହେବାକୁ ଚାହୁଁଥିଲା । ପରବର୍ତ୍ତୀ ସମୟରେ ଈଶ୍ୱର ନହୋଇପାରିବାର ଦୁଃଖ ତାକୁ କିଛି

ସମୟ ଆଚ୍ଛନ୍ନ କରିଥିଲେ ମଧ୍ୟ ତା'ର ଦ୍ୱିତୀୟ ପସନ୍ଦ ଅନୁସାରେ ବସ୍‌ଚାଳକ ହେବାର ସୁଖ ଅନୁଭବ କରିଥିଲା । ସେ ହଠାତ୍ ବସ୍‌ଚାଳକର ମନେ ପଡ଼ିଲା କେମିତି ସେ ନିଜକୁନିଜେ ପ୍ରତିଜ୍ଞା କରିଥିଲା ଯେ ସେ ଯଦି ଈଶ୍ୱର ହୁଏ ତେବେ ସେ ସୃଷ୍ଟି କରିଥିବା ତା'ର ପ୍ରାଣୀମାନଙ୍କ ପ୍ରତି ଖୁବ୍ ଦୟାଳୁ ହେବ ଏବଂ ତାଙ୍କ ପ୍ରାର୍ଥନା ଶୁଣିବ । ତେଣୁ ଯେତେବେଳେ ସେ ଏଡ଼ିକୁ ପିଚୁରାସ୍ତା ଉପରେ ଆଣ୍ଠୁମାଡ଼ି ବସିଥିବାର ଚାଳକ ସିଟ୍ ଉଚ୍ଚତାରୁ ଦେଖିଲା ସେ ନିଜର ସିଦ୍ଧାନ୍ତ ତଥା ସରଳ ଗଣିତକୁ କ୍ଷଣିକ ପାଇଁ ଭୁଲିଯାଇ ବସ୍‌ର ଦ୍ୱାର ଖୋଲି ଏଡ଼ିକୁ ଆସିବାକୁ ଦେଲା । ଏଡ଼ି ଏତେ ଜୋର୍‌ରେ ଅଣନିଃଶ୍ୱାସୀ ହୋଇ ପଡ଼ିଥିଲା ଯେ ସେ ବସ୍‌ଚାଳକକୁ ଧନ୍ୟବାଦ ଦେବାକୁ ବି ଭୁଲିଗଲା ।

ସମ୍ଭବତଃ ଏଇଠି ଗପକୁ ସାରିଦେବା ହିଁ ଉଚିତ ଥିଲା । ଯଦିଓ ଏଡ଼ି ଡଲଫିନ୍ ଆକ୍ୱାରିୟମ୍ ନିକଟରେ ଠିକ୍ ସମୟରେ ପହଞ୍ଚି ଯାଇଥିଲା ହାପିନେସ୍ ଆସି ପାରିନଥିଲା । ହାପିନେସ୍‌ର ପୂର୍ବରୁ ଜଣେ ପ୍ରେମିକ ଥିଲା । ହାପିନେସ୍ ଗୋଟିଏ ନରମ ହୃଦୟର ଝିଅ ହୋଇଥିବାରୁ ଏଡ଼ିର ଅନୁରୋଧକୁ ମୁହଁରେ ଟାଳି ପାରିନଥିଲା କିନ୍ତୁ ତା' ସହିତ ଦେଖା କରିବାକୁ ଉଚିତ ମନେ କରିନଥିଲା । ଦୁହେଁ ସ୍ଥିର କରିଥିବା ସିମେଣ୍ଟ ଉପରେ ବସି ଏଡ଼ି ହାପିନେସ୍‌କୁ ଅପେକ୍ଷା କଲା, ଦୁଇ ଘଣ୍ଟା । ସେଠି ବସି ସେ ସୂର୍ଯ୍ୟାସ୍ତର ସୌନ୍ଦର୍ଯ୍ୟକୁ ଉପଭୋଗ କରିବା ସହ ଜୀବନର ଉତ୍‌ଥାନ ପତନ ନେଇ ଅନେକ କଥା ଭାବିଲା । ସେ ଘରକୁ ଫେରିବା ପାଇଁ ବ୍ୟସ୍ତ ହେଲା ଓ ବସ୍ ଷ୍ଟପ୍ ଆଡ଼କୁ ମୁହେଁଇଲା । ସେ ଦୂରରୁ ସେଇ ବସ୍‌କୁ ଛିଡ଼ା ହେବାର ଦେଖିଲେ ମଧ୍ୟ ଦୌଡ଼ିବାକୁ ତା' ଶରୀରରେ ଶକ୍ତି ନଥିଲା । ପ୍ରତ୍ୟେକ ପଦପାତରେ ସେ ସହସ୍ର କ୍ଳାନ୍ତ ମାଂସପେଶୀଙ୍କ ଯନ୍ତ୍ରଣା ଅନୁଭବ କରିପାରୁଥିଲା । ସେ ବସ୍ ପାଖରେ ପହଞ୍ଚି ଦେଖିଲା ଯେ ଡେରି ହୋଇଯାଇଥିବାରୁ ବସିଥିବା ଯାତ୍ରୀମାନଙ୍କ ଚିତ୍କାର ସତ୍ତ୍ୱେ ବି ବସ୍‌ଚାଳକ ତାକୁ ଅପେକ୍ଷା କରିଛି । ଏଡ଼ି ବସିବା ମାତ୍ରକେ ବସ୍‌ଚାଳକ ଗାଡ଼ିକୁ ଆଗକୁ ବଢ଼ାଇଲା ଓ ତା' ରିଅର୍ ଭ୍ୟୁ ଦର୍ପଣରୁ ଏଡ଼ି ଆଡ଼କୁ ଚାହିଁ ଆଖିରେ ଆଶ୍ୱସ୍ତିର ଇସାରା ଦେଲା ଯାହା ଏଡ଼ିକୁ ପ୍ରକୃତିସ୍ଥ ହେବାରେ ସାହାଯ୍ୟ କଲା ।

■

ଚୀନ

ଇଣ୍ଟରନେଟର ଅଭିଶାପ

ହା ଜିନ୍

ମୋ ଭଉଣୀ ୟୁଚିନ ଓ ମୋ ଭିତରେ ଅନେକ ପୂର୍ବରୁ ନିୟମିତ ଭାବରେ ପତ୍ରାଳାପ ହେଉଥିଲା । ମୁଁ ମାସକୁ ଥରେ ଲେଖୁଥିଲି ଏବଂ ତା' ସହର ସିଚୁଆନରେ ଚିଠି ପହଞ୍ଚିବାକୁ ଦଶ ଦିନ ଲାଗୁଥିଲା । ତା' ବିବାହ ପରେ ଯଦିଓ ସେ ଅଧିକାଂଶ ସମୟ ଅସୁବିଧାରେ ରହୁଥିଲା, ମୁଁ କିନ୍ତୁ ତା' ବିଷୟରେ ପୂର୍ବପରି ଆଉ ଏତେ ଭାବୁନଥିଲି । ପାଞ୍ଚ ବର୍ଷ ତଳେ ତା' ବୈବାହିକ ଜୀବନରେ ଫାଟ ଦେଖାଗଲା । ତା' ପତି ନିଜର ମହିଳା ବସ୍‌ଙ୍କ ସହିତ ଅବୈଧ ସମ୍ପର୍କ ସ୍ଥାପନ କଲା ଏବଂ ଅନେକ ଥର ଅତ୍ୟଧିକ ମଦ୍ୟପାନ କରି ଘରକୁ ଫେରୁଥିଲା । ଦିନେ ରାତିରେ ସେ ୟୁଚିନକୁ ଏମିତି ନିର୍ମମଭାବେ ପିଟିଲା ଓ ଗୋଇଠା ମାରିଲା ଯେ ୟୁଚିନର ଗର୍ଭପାତ ହେଲା । ମୋ ପରାମର୍ଶକ୍ରମେ ସେ ତାଙ୍କୁ ଛାଡ଼ପତ୍ର ଦେଲା ଏବଂ ଏକାକୀ ରହିଲା । ସେ ପୂର୍ବ ଅପେକ୍ଷା ଖୁସିରେ ରହିଲା । ଯେହେତୁ ତାକୁ ମାତ୍ର ଛବିଶ ବର୍ଷ ହୋଇଥିଲା ମୁଁ ତାକୁ ଆଉ ଜଣେ ଜୀବନସାଥୀ ଖୋଜିବାକୁ କହିଲି । ସେ କହିଲା ଯେ ତା' ଜୀବନରେ ପୁରୁଷର ଆଉ ଆବଶ୍ୟକତା ଅଛି ବୋଲି ସେ ଉପଲବ୍ଧି କରୁନି । ସେ ଖୁବ୍ ପାରିବାର ଏବଂ ଗ୍ରାଫିକ୍ ଡିଜାଇନର୍ ପେସାରେ ଭଲ କରୁଛି, ଏପରିକି ଗତବର୍ଷ ତଳ ସେ ତା' ନିଜର ଆପାର୍ଟମେଣ୍ଟ ମଧ୍ୟ କିଣିଛି । ପ୍ରଥମ କିସ୍ତି ଦେବାପାଇଁ ମୁଁ ତାକୁ ଦୁଇହଜାର ଡଲାର ପଠେଇଥିଲି ।

ଗଲା ଶରତରେ ସେ ମୋତେ ଇ-ମେଲ୍ ପଠାଇବାକୁ ଆରମ୍ଭ କଲା । ପ୍ରଥମେ ପ୍ରଥମେ ପ୍ରତି ରାତିରେ ତା' ସହିତ ଚାଟିଂ କରିବାକୁ ଭଲ ଲାଗୁଥିଲା । ଆମେ ଚିଠିଲେଖିବା ବନ୍ଦ କରିଦେଲୁ । ଏପରିକି ମୁଁ ମୋ ବାପା ମା'ଙ୍କୁ ଚିଠି ଲେଖିବା ବନ୍ଦ କରିଦେଲି ଯେହେତୁ ୟୁଚିନ ସେମାନଙ୍କ ନିକଟରେ ରହୁଥିଲା ଓ ସବୁ ଖବର ଦେଇପାରିବ ବୋଲି କହିଲା । ଅଳ୍ପ ଦିନ ତଳେ ସେ କାର୍ କିଣିବାକୁ ଚାହିଁଲା । ଏହାକୁ ନେଇ ମୋ ମନରେ ଡର ଥିଲା, ଯଦିଓ ସେ ଘର କରଜ ସମ୍ପୂର୍ଣ୍ଣ ରୂପେ ପରିଶୋଧ କରିସାରିଥିଲା । ଆମ ସହର ଖୁବ୍ ଛୋଟ । ଅଧଘଣ୍ଟା ଭିତରେ ସାଇକେଲ୍‌ରେ ପୂରା ସହରକୁ ବୁଲିଆସିହେବ । ତା' ପାଇଁ କାର୍‌ର କୌଣସି ପ୍ରକାରର ଆବଶ୍ୟକତା ନଥିଲା । ଏଭଳି ଛୋଟ ସହରରେ ମଟରଗାଡ଼ି ରଖିବା ଏକ ମହଙ୍ଗା ବ୍ୟାପାର – ପେଟ୍ରୋଲ, ଇନ୍‌ସୁରାନ୍ସ, ରେଜିଷ୍ଟ୍ରେସନ୍, ଟୋଲ୍, ନିତିଦିନିଆ ରକ୍ଷଣାବେକ୍ଷଣ ଖର୍ଚ୍ଚ ଇତ୍ୟାଦି । ମୁଁ ତାକୁ କହିଲି ଏଠି ନ୍ୟୁୟର୍କରେ ମୁଁ ପ୍ରତିଦିନ ବ୍ରୁକଲିନ୍‌ରୁ ଫ୍ଲଶିଙ୍ଗ୍‌କୁ ଯିବାଆସିବା କରୁଥିଲେ ମଧ୍ୟ ମୋ ନିଜର କାର୍ ନାହିଁ । କିନ୍ତୁ ତା' ମୁଣ୍ଡ ଭିତରେ କାର୍ କିଣିବାର କଥା ଘର କରି ସାରିଥିଲା ଯେହେତୁ ତା'ର ପ୍ରାୟ ସାଙ୍ଗଙ୍କ ପାଖରେ କାର୍ ଥିଲା । ସେ ଇ-ମେଲ୍‌ରେ ଲେଖିଲା, "ମୁଁ ସେ ଲୋକକୁ ମୋର ସଫଳତା ଦେଖାଇବାକୁ ଚାହୁଁଛି ।" ତା'ର ଇଙ୍ଗିତ ତା'ର ପୂର୍ବ-ପତି ପ୍ରତି ଥିଲା । ମୁଁ ତାକୁ ତା' ପୂର୍ବ-ପତିକୁ ସଂପୂର୍ଣ୍ଣଭାବେ ମନଭିତରୁ ପୋଛିଦେବାକୁ କହିଲି । ଯେମିତି ସେ କେବେହେଲେ ତା' ଜୀବନରେ ନଥିଲା । ଉପେକ୍ଷା ହିଁ ସବୁଠୁ ତୀବ୍ର ଅବମାନନା । କିଛି ସପ୍ତାହ ଧରି ୟୁଚିନ ଏ ପ୍ରସଙ୍ଗ ତା' କଥାବାର୍ତ୍ତାରେ ଉଠେଇଲାନି ।

ତା'ପରେ ସେ କହିଲା ଯେ ସେ ସଡ଼କ ପରୀକ୍ଷଣରେ ମଧ୍ୟ ଉତ୍ତୀର୍ଣ୍ଣ ହୋଇସାରିଛି, ଅଫିସରକୁ ପାଞ୍ଚଶ ୟୁଆନ୍ (ଚାଇନିଜ୍ ଟଙ୍କା) ଲାଞ୍ଚଦେବା ବ୍ୟତୀତ ତାକୁ ଦରଖାସ୍ତ ତଥା ପରୀକ୍ଷଣ ବାବଦରେ ପ୍ରାୟ ତିନି ହଜାର ୟୁଆନ୍ ଖର୍ଚ୍ଚ କରିବାକୁ ପଡ଼ିଛି । ସେ ଇ-ମେଲ୍‌ରେ ଲେଖିଲା – "ଅପା, ମୋର କାର୍‌ଟିଏ ନିହାତି ଦରକାର । ଆମ ଝିଅାରି ମିନ୍‌ମିନ୍ କାଲି ନୂଆ ଭୋଲ୍‌କସ୍‌ୱାଜେନ୍ ଚଳେଇ ଆମ ସହରକୁ ଆସିଥିଲା । ସେ ଅଦ୍ଭୁତ ଯନ୍ତ୍ରଟି ଦେଖିଲାପରେ ଲାଗିଲା ସତେ ଯେମିତି ମୋ ଛାତିରେ ଡଜନେ ଲୁହା କଣ୍ଟା ଭୁସିହୋଇଗଲା । ସମସ୍ତେ ମୋ ଅପେକ୍ଷା ଭଲରେ ଅଛନ୍ତି । ମୁଁ ଆଉ ବଞ୍ଚିବାକୁ ଚାହେଁନା ।"

ମୁଁ ଅନୁଭବ କଲି ଯେ କେବଳ ସେ ତା'ର ପୂର୍ବ-ପତିକୁ ଦେଖାଇବାକୁ ଚାହୁଁନି, ସେ ମଧ୍ୟ ଜାତୀୟ ମୋଟର ଉନ୍ମାଦନାର ଶିକାର ହୋଇଛି । ଏଭଳି ପାଗଳାମୀ ମୂର୍ଖାମୀ ମାତ୍ର ବୋଲି ମୁଁ ତାକୁ କହିଲି । ମୁଁ ଜାଣିଥିଲି ଯେ ତା' ନିକଟରେ କିଛି ସଞ୍ଚୟ

ଅଛି । ସେ ବର୍ଷ ଶେଷରେ ବଡ଼ ରକମର ବୋନସ ପାଏ ଏବଂ ରାତିରେ ସ୍ୱତନ୍ତ୍ରଭାବେ କାମ କରି ଅଧିକ ଉପାର୍ଜନ କରେ । ସେ ଏମିତି ମୂଲ୍ୟହୀନ ଓ ଅବାନ୍ତର ଚିନ୍ତାଧାରାର ପରିଧି ଭିତରକୁ କେମିତି ଆସିଲା ? ମୁଁ ତାକୁ ବିବେକବାନ ହେବାପାଇଁ ଅନୁରୋଧ କଲି । ଏହା ସମ୍ଭବନୁହେଁ, ସେ କହିଲା, କାରଣ ଆମ ସହରରେ ପ୍ରତ୍ୟେକ ବ୍ୟକ୍ତି କାର୍‌ରେ ଯିବା ଆସିବା କଲେଣି । ମୁଁ ତାକୁ କହିଲି ଯେ ସେ "ପ୍ରତ୍ୟେକ ବ୍ୟକ୍ତି" ନୁହେଁ, ତେଣୁ ଏ ପ୍ରବାହକୁ ଅନୁସରଣ କରିବାର ଯଥାର୍ଥତା ନାହିଁ । ସେ ମୋ କଥା ନଶୁଣି ଧାର ସ୍ୱରୂପ ମୋତେ କିଛି ଟଙ୍କା ପଠାଇବାକୁ କହିଲା । ତା' ବ୍ୟାଙ୍କ ଆକାଉଣ୍ଟରେ ଏକ ବଡ଼ ରକମ, ପାଖାପାଖି ଅଶି ହଜାର ୟୁଆନ ଗଚ୍ଛିତ ଅଛି ବୋଲି ସେ ସ୍ୱୀକାର କଲା ।

ତେବେ ସେ କାର୍ କିଣୁନାହିଁ କାହିଁକି ଯଦି ସେ ସେଇଆ ଚାହୁଁଛି ? ସେ ଉତ୍ତର ଦେଲା – "ତୁ ବୁଝିପାରୁନୁ ଅପା ! ମୁଁ ଚାଇନିଜ୍ ମଡ଼େଲ ଗାଡ଼ି ଚଢ଼ିବାକୁ ଚାହୁଁନି । ଯଦି ଚଢ଼ିଲି, ଲୋକମାନେ ମୋତେ ଶସ୍ତା ଭାବିବେ ଏବଂ ହସିବେ । ଜାପାନୀ ଏବଂ ଜର୍ମାନ କାର୍ ମୋ ପାଇଁ ଅତ୍ୟଧିକ ମହଙ୍ଗା ତେଣୁ ମୁଁ ହ୍ୟୁଣ୍ଡାଇ ଏଲାଣ୍ଟ୍ରା କିମ୍ବା ଫୋର୍ଡ଼ ଫୋକସ୍ କିଣିବାକୁ ଭାବିଛି । ଦୟାକରି ମୋତେ ଦଶ ହଜାର ଡଲାର ଧାର ଦେ । ମୁଁ ତୋ ହାତଗୋଡ଼ ଧରୁଛି, ମୋତେ ସାହାଯ୍ୟ କର ।"

ଏ ତ ପାଗଳାମି । ବିଦେଶୀ କାର ଚାଇନାରେ ଦୁଇଗୁଣା ମୂଲ୍ୟରେ ବିକ୍ରିହେଉଛି । ଆମ ସହର ସିଚୁଆନ୍‌ରେ ଫୋର୍ଡ଼ ଟରସ୍ ଦୁଇ ଲକ୍ଷ ପଚିଶ ହଜାର ୟୁଆନ୍‌ରେ ବିକ୍ରିହେଉଛି ଯାହାର ଦାମ୍ ତିରିଶ ହଜାର ଡଲାରରୁ ଅଧିକ । ମୁଁ ୟୁଚିନ୍‌କୁ କହିଲି ଯେ କୌଣସି ପ୍ରକାରର କାର୍ ହେଉ ପଛେ, ସେ କେବଳ ନବାଆଣିବା କାମ କରିବା, ଏତେ ଚିକିମିକି ଗାଡ଼ି କିଣିବା କ'ଣ ଦରକାର ? ସେ ତା'ର ମହତ୍ତ୍ୱାକାଂକ୍ଷାକୁ ତ୍ୟାଗ କରିବା ଉଚିତ । ତାକୁ ଟଙ୍କା ଧାର ଦେବାଟା ଆଦୌ ଠିକ୍ ହେବନାହିଁ କାରଣ ମୁଁ ଜାଣେ ଯେ ତାହା କୁକୁରକୁ ମାଂସଖଣ୍ଡ ଦେଲାପରି, କିଛିବି ଫେରିବନାହିଁ । ତେଣୁ ମୁଁ ତାକୁ ମନା କରିଦେଲି । ଏବେବି ମୁଁ ଭଡ଼ାଘରେ ରହୁଛି ଏବଂ କ୍ୱିନ୍‌ସ ଅଞ୍ଚଳରେ ଛୋଟ ଆପାର୍ଟମେଣ୍ଟଟିଏର ଡାଉନ୍ ପେମେଣ୍ଟ ପାଇଁ ଟଙ୍କା ଏକାଠି କରୁଛି । ଚାଇନାରେ ମୋ ପରିବାର ଭାବନ୍ତି ଯେ ମୁଁ ଏଠି ଆମେରିକାରେ ଯାଉଣୁ ଆସୁଣୁ ପବନରୁ ପଇସା ତୋଳେ । ମୁଁ ଯେମିତି ଭାବରେ ବୁଝେଇଲେବି ସେମାନେ ବୁଝିପାରନ୍ତିନି ଯେ ଗୋଟିଏ ସୁଶି ରେଷ୍ଟୁରାଣ୍ଟରେ କାମ କରି ପଇସା ରୋଜଗାର କରିବା କେତେ କଷ୍ଟ । ମୁଁ ଦିନକୁ ଦଶ ଘଣ୍ଟା, ସପ୍ତାହରେ ସାତ ଦିନ ୱେଟ୍ରେସ୍ ଭାବରେ କାମକରେ । ରାତି ଦଶଟାରେ ଯେତେବେଳେ ମୁଁ କାମରୁ ଫେରେ ମୋ ପାଦ ଫୁଲିଯାଇଥାଏ । ଏମିତି ମଧ୍ୟ

ହୋଇପାରେ, ମୁଁ ଜୀବନରେ କେବେବି ଆପାର୍ଟମେଣ୍ଟଟିଏ କିଣିନପାରେ। ମୁଁ ବେଳେବେଳେ ଭାବେ ଯେ ଏ ଚାକିରି ଛାଡ଼ି ନିଜର କିଛି ଛୋଟମୋଟ ବ୍ୟବସାୟ ଆରମ୍ଭକରିବି – ଜଳଖିଆ ଦୋକାନ କିମ୍ବା ପାର୍ଲର ଅଥବା ଭିଡ଼ିଓ ଷ୍ଟୋର। ସେଥିପାଇଁ ମୋତେ ଗୋଟିଏ ଗୋଟିଏ କରି ଟଙ୍କା ଜମାକରିବାକୁ ହେବ।

ଦୁଇ ସପ୍ତାହ ଧରି ୟୁଚିନ୍ ଓ ମୁଁ ଯୁକ୍ତି କରିଚାଲିଲୁ। ଇ-ମେଲ୍ ଆଦାନପ୍ରଦାନ ମୋ ପାଇଁ ବିରକ୍ତିକର ଥିଲା। ପ୍ରତିଦିନ ସକାଳେ ମୁଁ କମ୍ପ୍ୟୁଟର ଖୋଲୁଖୋଲୁ ୟୁଚିନ୍‌ର ବାର୍ତ୍ତା କମ୍ପ୍ୟୁଟର ପରଦାରେ ଆପେଆପେ ଆସିଯାଉଥିଲା, କେବେକେବେ ତିନି କି ଚାରି। ବେଳେବେଳେ ଭାବୁଥିଲି ତା' ବାର୍ତ୍ତାକୁ ଉପେକ୍ଷା କରିବି। ହୁଏତ ସେମିତି କରିଥିଲେ ଅଫିସ କାମରେ ମନ ଲାଗିନଥାନ୍ତା, ଚଞ୍ଚଳତା ଅନୁଭୂତ ହୁଅନ୍ତା, ସତେ ଯେମିତି କ'ଣ ଖାଇଦେଇଛି ଯାହା ହଜମ ହୋଇପାରିନି। ଯଦି ପ୍ରଥମରୁ ମୁଁ କହିଥାଆନ୍ତି ଯେ ମୁଁ ତା' ଇ-ମେଲ୍ ପାଇନି, ହୁଏତ ଆମ ଭିତରେ ଚିଠିର ଆଦାନପ୍ରଦାନ ଅବ୍ୟାହତ ରହିଥାଆନ୍ତା। ମୋର ଧାରଣାଥିଲା ଯେ ଆମେରିକା ଆସିଲାପରେ ପଛରେ ଛାଡ଼ିଆସିଥିବା ପୁରୁଣା ସଂପର୍କମାନଙ୍କୁ ନୂଆ ରୂପ ପ୍ରଦାନ କରିହୁଏ – ନିଜ ହିସାବରେ ଜୀବନକୁ ନୂଆକରି ଆରମ୍ଭ କରିହୁଏ। କିନ୍ତୁ ଏ ଇଣ୍ଟରନେଟ ସବୁ କିଛି ବିଗାଡ଼ିଦେଇଛି – ମୋ ପରିବାର ଯେତେବେଳେ ଚାହୁଁଛନ୍ତି ମୋତେ ଅନାୟାସରେ ପାଇ ପାରୁଛନ୍ତି। ସତେ ଯେମିତି ସେମାନେ ଏଇଠି କେଉଁଠି ପାଖରେ ଅଛନ୍ତି।

ଚାରି ଦିନ ତଳେ ୟୁଚିନ୍ ମୋତେ ଏହି ବାର୍ତ୍ତା ପଠେଇଲା: "ଅପା, ଯେହେତୁ ତୁ ମୋତେ ସାହାଯ୍ୟ କରିବାପାଇଁ ମନା କରିଦେଲୁ, ମୋତେ କିଛି କରିବାକୁ ହେବ ବୋଲି ଭାବିଲି। କୌଣସି ପରିସ୍ଥିତିରେ ମୋତେ କାର୍ କିଣିବାକୁ ହେବ। ଦୟାକରି ମୋତେ ରାଗିବୁନି। ଏଇ ୱେବ୍‌ସାଇଟକୁ ଯାଇ ଦେଖିବୁ..."।

ମୋର କାମକୁ ଯିବା ପାଇଁ ବିଳମ୍ବ ହେଉଥିଲା, ସେଥିପାଇଁ ସେଇ ମୁହୂର୍ତ୍ତରେ ୱେବ୍‌ସାଇଟ ଭିତରକୁ ଯାଇପାରିଲିନି। ସାରାଦିନ ତା' କଥାହିଁ ଭାବୁଥିଲି, କେଉଁ ୱେବ୍‌ସାଇଟ ବିଷୟରେ କହୁଛି ଓ କ'ଣ ଚାହୁଁଛି। ମୋ ବାଆଁ ଆଖିପତା କ୍ରମାଗତଭାବରେ ଡେଉଁଥିଲା ସେ ବୋଧହୁଏ ଲୋକଙ୍କ ପାଖରୁ ଡୋନେସନ୍ ସଂଗ୍ରହ କରିବାପାଇଁ ବାର୍ତ୍ତା ରଖିଥିବ। ସେ ଖୁବ୍ ଆବେଗଶୀଳ ଏବଂ କୌଣସି ସ୍ତରର ପ୍ରତିକ୍ରିୟା କରିପାରେ। ମୁଁ ଯେତେବେଳେ ଘରକୁ ଫେରିଲି ଏବଂ କମ୍ପ୍ୟୁଟର ଖୋଲିଲି, ଗୋଟିଏ ଲୋକପ୍ରିୟ ୱେବ୍‌ସାଇଟ୍‌ରେ ତା'ର ବିଜ୍ଞାପନ ଦେଖି ହତଭମ୍ବ ହେଲି। ସେ ଘୋଷଣା କରିଥିଲା: "ସ୍ୱାସ୍ଥ୍ୟବାନ ତରୁଣୀ କାର୍ କିଣିବା ନିମନ୍ତେ ନିଜର ଅବୟବ ବିକ୍ରି କରିବା ପାଇଁ ଚାହୁଁଛି। ଯେ କୌଣସି ଅଙ୍ଗ ବିକ୍ରି କରିବା ପାଇଁ ପ୍ରସ୍ତୁତ ଯାହାପରେ ମୁଁ ଗାଡ଼ି

ଚଳେଇବା ପାଇଁ ସକ୍ଷମ ରହିବି । ଇଚ୍ଛୁକ ବ୍ୟକ୍ତି ମୋ ସହ ଯୋଗାଯୋଗ କରନ୍ତୁ ।” ବିଜ୍ଞାପନ ସହିତ ତା’ର ଫୋନ୍ ନମ୍ବର ଓ ଇ-ମେଲ୍ ଠିକଣା ମଧ୍ୟ ଅଛି ।

ବିଜ୍ଞାପନ ମାଧ୍ୟମରେ ସେ ମୋତେ ଧମକ ଦେଉଛି ବୋଲି ଭାବିଲି । ବୋଧହୁଏ ସେ ଦେଇଥିଲା । ଅନ୍ୟପକ୍ଷରେ, ସେ ଏମିତି ଜିଦ୍ଦି ସ୍ୱଭାବର ଯେ ଗୋଟିଏ କାର୍ ପାଇଁ ସେ ତା’ର ଗୁର୍ଦା କି ଯକୃତ କିମ୍ବା ଆଖି ବିକ୍ରି କରିବା ପାଇଁ ଦୁଇଥର ଭାବିବନି । ମୁଁ ମୋର କପାଳକୁ ଘଷି ଘଷି ତା’ ନାଁ ଉଚ୍ଚାରଣ କରି ଆଗକୁ କ’ଣ କରିବା ଉଚିତ ବୋଲି ଚିନ୍ତାକଲି ।

ମୋତେ ସେଇ ମୁହୂର୍ତ୍ତରେ କିଛି କରିବାର ଥିଲା । କେହିବି ପରିସ୍ଥିତିର ଲାଭ ଉଠେଇବାକୁ ଯାଇ ତା’ ସହିତ ଚୁକ୍ତି ହସ୍ତାକ୍ଷର କରିପାରିଥାଆନ୍ତା । ଯୁଚିନ୍ ବ୍ୟତୀତ ମୋର ଆଉ ଭାଇ, ଭଉଣୀ ନଥିଲେ – ତା’ର କୌଣସି ଅସୁବିଧା ହେଲେ ଆମର ବୁଢ଼ା ବାପା ମା’ଙ୍କର ଯତ୍ନ ନେବାପାଇଁ ଆଉ କେହି ନାହାନ୍ତି । ମୁଁ ଯଦି ତା’ ପାଖରେ ରହୁଥାନ୍ତି, ହୁଏତ ଏହାକୁ ତା’ର ଧମକ ଭାବିଥାଆନ୍ତି । କିନ୍ତୁ ମୋ ନିକଟରେ ଏବେ କୌଣସି ରାସ୍ତା ନାହିଁ । ମୁଁ ତାକୁ ଲେଖିଲି: “ଠିକ୍ ଅଛି, ମୋ ପାଗଳ ଭଉଣୀ, ମୁଁ ତୋ ନିକଟକୁ ଦଶ ହଜାର ଡଲାର ପଠାଉଛି, ତୁ ଏଇ ମୁହୂର୍ତ୍ତରେ ସେ ବିଜ୍ଞାପନକୁ ୱେବ୍‌ସାଇଟରୁ ବାହାର କର ।”

ଦୁଇ ମିନିଟ୍ ଭିତରେ ସେ ଉତ୍ତର ଦେଲା: “ଧନ୍ୟବାଦ ଅପା । ସାଙ୍ଗେ ସାଙ୍ଗେ ଉଠେଇନେଉଛି । ମୁଁ ଜାଣେ ଯେ ତୁ ହିଁ ଏ ପୃଥିବୀରେ ଏକମାତ୍ର ବ୍ୟକ୍ତି ଯାହା ଉପରେ ମୁଁ ଭରସା କରିପାରେ ।”

ମୁଁ ଜବାବ ଦେଲି: “ମୁଁ ତୋତେ ଧାର ସ୍ୱରୂପ ଏଇ ଟଙ୍କା ଦେଉଛି । ମୋର କଠିନ ପରିଶ୍ରମର ଉପାର୍ଜନ ଯେ । ଦୁଇବର୍ଷ ଭିତରେ ତୋତେ ପରିଶୋଧ କରିବାକୁ ହେବ । ମୁଁ ଆମ ଇ-ମେଲ୍ କଥୋପକଥନକୁ କାଗଜରେ ଛାପି ରଖିଲି, ତେଣୁ ଭାବିବୁନାହିଁ ଯେ ଋଣ କ୍ଷମା କରାଯିବାର କୌଣସି ବିକଳ୍ପ ଅଛି ।”

ସେ ଲେଖିଲା: “ବୁଝିଲି ଅପା । ଏବେ ତୁ ଶୋଇଯା ଏବଂ ସୁନ୍ଦର ସ୍ୱପ୍ନ ଦେଖ ।” ବାର୍ତ୍ତା ସହିତ “ସ୍ମାଇଲ୍” ପ୍ରତୀକ ଚିହ୍ନ ମଧ୍ୟ ପଠେଇଲା ।

“ମୋ ସାମ୍ନାରୁ ଯା ତୁ”, ମନେମନେ କହିଲି ମୁଁ ।

ଯଦି ତାକୁ ମୋ ଜୀବନରୁ କେଇ ସପ୍ତାହ ପାଇଁ ଚୁପ୍ ରଖି ପାରନ୍ତି । ପାରନ୍ତି, ଯେବେ ଏଇ ଇଣ୍ଟରନେଟ୍ ପାଖରୁ ଦୂର କେଉଁ ଏକ ଶାନ୍ତ ଓ ନିସ୍ତବ୍ଧ ଜାଗାକୁ ଯାଆନ୍ତି ।

■

ମାଲ୍‌ଟା

ଲିଭିଆର ବାର୍‌ରେ

ପିଅର୍ ଜେ ମଜଲାକ୍

ଏଥର ସେ ସହର ତିଆରି କରୁଛି । ସାତୋଟି ଦ୍ୱୀପ ପରେ ପ୍ରଥମ ସହର । ଈଷତ୍ ଲାଲ ରଙ୍ଗର ଫୋଲ୍ଡର ଭିତରେ ଏବେ ସବୁତକ ଏକାଠି କରି ରଖିଛି । ଯେତେବେଳେ ତା' ବାପା ବାହାରକୁ କଫି ପିଇବାକୁ ଯାଆନ୍ତି ଓ ସେ ନିଜକୁ ଏକଲା ଅନୁଭବ କରେ, ତା' ବେଡ୍ ପାଖ ଡ୍ରୟାର୍‌ରୁ ସବୁତକ ନକ୍ସା ବାହାର କରି ତା' ଭିତରେ ମଜ୍ଜିଯାଏ ।

କେବେକେବେ ସେ ପହଞ୍ଚିଯାଏ କୋକୋଆ ପାଉଡ଼ର ଓ ମହକ ଭରା ଚକୋଲେଟ ଦୋକାନରେ । କେବେକେବେ ବିଶାଳ ଟେଲିଭିଜନ ରଖାଯାଇଥିବା କାହା ଡ୍ରଇଁ ରୁମ୍‌ରେ । ଏବଂ କାଳେ କିଏ ଚୋର ଭାବି ଧରିନେବ ବୋଲି ସାଙ୍ଗେ ସାଙ୍ଗେ ବାହାରିଆସେ ମୁଖ୍ୟ ଦ୍ୱାର ଦେଇ । ବେଳେବେଳେ ସେ କାର୍ ଓ ମୋଟରସାଇକେଲଙ୍କ ଭିତରେ ରାସ୍ତା ମଝିରେ ନିଜକୁ ପାଏ ।

ସେ ତିଆରିକରିଥିବା ନକ୍ସାରେ ସବୁ କିଛି ଦେଖିପାରିବ ତୁମେ । ପିଲାମାନଙ୍କ ପାଇଁ ସେଓ ବଗିଚା ମଝିରେ ସ୍କୁଲ । ଯୁବକମାନଙ୍କ ପାଇଁ ଛୋଟ ବିଶ୍ୱବିଦ୍ୟାଳୟଟିଏ

ଯେଉଁଠୁ ପ୍ରତିବର୍ଷ ବାହାରୁଥିବା ଶିକ୍ଷକ, ଡାକ୍ତର, ଇଞ୍ଜିନିୟର ଓ ଆର୍କିଟେକ୍ଟ। ପୀଡ଼ିତମାନଙ୍କ ପାଇଁ ହାସପାତାଳ। ଶ୍ରମିକମାନଙ୍କ ପାଇଁ କାରଖାନା ଏବଂ ତା' ଚାରିପାଖେ ସବୁଜ ପ୍ରାନ୍ତର। ଭବିଷ୍ୟତରେ ଶ୍ରମିକଙ୍କ ସଂଖ୍ୟାରେ ବଢ଼ିବାର ସମ୍ଭାବନା ଦୃଷ୍ଟିରୁ, କାରଖାନାକୁ ସମ୍ପ୍ରସାରିତ କଲାପରି ଖାଲି ଜାଗା। ଖେଳପ୍ରେମୀମାନଙ୍କ ପାଇଁ ଫୁଟବଲ୍ ପଡ଼ିଆ ମଝିରେ ଓ ତା' ଚାରିପାଖେ ଭଲିବଲ୍, ବାସ୍କେଟବଲ୍ ଓ ଟେନିସ୍ ପାଇଁ ଛୋଟ ଛୋଟ କୋର୍ଟ। ପଡ଼ିଆ ସେପଟରେ ଗୋଟିଏ ଗୀର୍ଜାଘର ଏବଂ କିଛି ଦୋକାନ ଘର। ଗୋଟିଏ ବେକ୍‌ରୀ। ଫର୍ଣ୍ଣିଚର ଦୋକାନ। ତେଜରାତି ଦୋକାନ। ଅନେକ ରାସ୍ତା ଓ ବ୍ରିଜ୍। ବନ୍ଦର ଓ ସମୁଦ୍ରରୁ ବନ୍ଦରଗାହକୁ ଆସୁଥିବା ଜାହାଜ। ସୀମା ଶୁଳ୍କ ଅଫିସ୍, ପୋଷ୍ଟ ଅଫିସ୍। ପୋଲିସ୍ ଥାନା। ଦୁଗ୍ଧ ଉତ୍ପାଦନ ପାଇଁ ଗୋପାଳନ କେନ୍ଦ୍ର ଓ ଅନେକ ଗୋରୁ ଗାଈ। ଏୟାରପୋର୍ଟ ଓ ବସଷ୍ଟାଣ୍ଡ। ଏବଂ ରହିବା ପାଇଁ ଅନେକ ଘର। ଏକୁଟିଆ ଲୋକଙ୍କ ପାଇଁ ଛୋଟ ଛୋଟ ଘର – ଗୋଟିଏ ବେଡ୍‌ରୁମ୍ ଥାଇ। ଯେଉଁମାନେ ଅଧିକ ଖର୍ଚ୍ଚ କରିପାରିବେ ନାହିଁ ତାଙ୍କ ପାଇଁ ଆପାର୍ଟମେଣ୍ଟ୍। ଧନୀ ଲୋକଙ୍କ ପାଇଁ ବଡ଼ ବଡ଼ ଘର।

ଯେତେବେଳେ ସେ ଗୋଟିଏ ସହର କି ଦ୍ୱୀପର ନକ୍ସା ଶେଷ କରେ, ତାକୁ ସେ ପବନରେ ଝୁଲାଇଦିଏ। ସ୍କେଚ୍ ପେନ୍‌ର ନୀଳ ସ୍ୟାହିରେ କାଗଜ ଯେତିକି ଓଜନ ଲାଗେ, ଢାଞ୍ଚା ସେତିକି ମଜଭୁତ୍ ହୋଇଛି ଭାବି ସେ ଖୁସି ହୁଏ। ଏବଂ ଯେତେବେଳେ ସହର ଛୋଟ ପଡ଼ିଯାଏ ଓ ବଢ଼େଇବାକୁ ହୁଏ, ସେ କାଗଜକୁ ଉପରକୁ ଉଠେଇ ତା' ତଳେ ଆଉ ଗୋଟିଏ ସହର ଗଢ଼େ। ତାକୁ ସେ ଭୂତଳ ସହର ବୋଲି କୁହେ। ସେଥିରେ ଜଳ ନିଷ୍କାସନ ପାଇଁ ଅନେକ କେନାଲ, ପାଣି ପାଇପ, ବିଜୁଳି ଓ ଟେଲିଫୋନ୍ ତାର ଏବଂ ଗୋଟେ କି ଦୁଇଟା ମେଟ୍ରୋ ରେଳ ଲାଇନ୍ ଓ ଷ୍ଟେସନ୍‌ର ବି ବ୍ୟବସ୍ଥା ଥାଏ। ସେ ନକ୍ସାକୁ ଗୋଲାପି ଲ୍ୟାମ୍ପର ବଲ୍‌ବ୍ ସାମ୍ନାରେ ରଖେ। ଲ୍ୟାମ୍ପର ତୀବ୍ର ଆଲୋକ ନକ୍ସାକୁ ଭୂତଳ ସହରର ରୂପ ଦିଏ। ଭିଡ଼ଭାଡ଼ ରାସ୍ତାରେ ଯାଉଥିବା କାର୍ ପଛରୁ ଓ ଘର ଚିମିନୀରୁ କଳା ଧୂଆଁ ବାହାରିବାର ଦେଖାଯାଏ। ତା'ପରେ ସେ ସହରର ନାଁ ଦିଏ, ଈଷତ୍ ଲାଲ ଫୋଲ୍ଡର ଭିତରେ ସଜାଡ଼ି ରଖେ ଓ ପରବର୍ତ୍ତୀ ପ୍ରକଳ୍ପ ବିଷୟରେ ଭାବିବା ଆରମ୍ଭ କରେ। ପ୍ରତିଟି ନକ୍ସା ପରେ ସେ ସହରବାସୀମାନଙ୍କ ଜୀବନରେ ସମୃଦ୍ଧି ଆଣିବାପାଇଁ ପରବର୍ତ୍ତୀ ନକ୍ସାରେ ଗଢୁଥିବା ସହର କି ଦ୍ୱୀପର ଉତ୍କୃଷ୍ଟତା ଆଣିବାକୁ ଚେଷ୍ଟାକରେ। ଧରାଯାଉ ଯେ ପ୍ରଥମ ନକ୍ସାରେ ଗୀର୍ଜାଘର ସାମ୍ନାରେ ସେ ଡିସ୍କୋ ରଖିଛି (କାରଣ ତା' ପାଖରେ ଆଉ କେଉଁଠି ଖାଲିଜାଗା ନଥିଲା), ପର ନକ୍ସାରେ ସେ ଡିସ୍କୋକୁ ଫୁଟବଲ ପଡ଼ିଆ ପାଖକୁ ଆଣି ସେ ଜାଗାକୁ

ମନୋରଞ୍ଜନ କେନ୍ଦ୍ରରେ ପରିଣତ କରେ । ତେଣୁ ଫୁଟବଲ ପଡ଼ିଆରୁ କେହି ଯଦି ପଡ଼ିଆ ବାହାରକୁ ଲମ୍ବା କିକ୍ ମାରେ, ତେବେ ତାହା ପଡ଼ୋଶୀର କାଚ ଝରକା ନଭାଙ୍ଗି ଡିସ୍କୋର କାନ୍ଥରେ ବାଜେ ଯେଉଁଠି ପ୍ରାୟତଃ କାଚ ଝରକା ନଥାଏ । ଅଥବା ସେ ଘରମାନଙ୍କ ପାଖରେ ପୂର୍ବରୁ ଯଦି ମଶାଣି ରଖିଥାଏ, ଏବେ ମଶାଣିକୁ ଆଉ କେଉଁଠିକି ନେଇଯାଏ ଯାହା ଘରୁ ଦେଖାଯିବନାହିଁ । ଏହା ହେବା ଦ୍ୱାରା ଯଦି ମା' ଛେଉଣ୍ଡ ଛୋଟ ଝିଅଟିଏ ନିଦ୍ରାବିହୀନ ରାତ୍ରିରେ ଝରକା ବାହାରକୁ ଚାହେଁ, ସେ ପଥର ଉପରେ ଖୋଦେଇ ତା' ମାଆର ନାଁକୁ ଦେଖିପାରେନାହିଁ ।

ସହର ହେଉ କି ଦ୍ୱୀପ, ସେ ଆରମ୍ଭ କରେ ଗୋଟିଏ ବହିଃବୃତ୍ତରୁ । ବୃତ୍ତର ପରିଧି, ସାଧାରଣତଃ ଯାହା ଗୋଲାକାର, ତାହାକୁ କ୍ରମଶଃ ଭରିବାକୁ ହୁଏ । ଆଜି ରାତିରେ ସେ କିନ୍ତୁ ଆରମ୍ଭ କରିଛି ଗୋଟିଏ ଛୋଟ ବାର୍‌ରୁ, ଯେଉଁଠି ପ୍ରତ୍ୟେକ ସନ୍ଧ୍ୟାରେ ଅନେକ ଲୋକ ଏକାଠି ହେବେ, ସେମାନଙ୍କର ନିଃଶ୍ୱାସ ଝରକାକୁ ଧୂମ୍ରାଭ କରିବ । ଅନେକ ଲୋକ, ବିଶେଷ କରି ଛାତ୍ରମାନେ, ପ୍ରତ୍ୟେକ ସନ୍ଧ୍ୟାରେ ଆସି ଲିଭିଆ ତିଆରି କରୁଥିବା ବିଶେଷ ପାନୀୟ ବରାଦ କରିବେ । ଶ୍ୟାମଳୀ ରଙ୍ଗର ଝିଅ ଲିଭିଆ, କୌଣସିମତେ ବ୍ରାଜିଲରୁ ଆସି ଆଜିକାଲି ପୋର୍ଟୋ ଆଲେଗ୍ରାରେ ରହୁଛି । ସେ ତିଆରି କରୁଥିବା ପାନୀୟର ବିଶେଷତା ହେଲା ଯେ ଅଧରାତିରେ ଫ୍ୟୁଜ୍ ହୋଇଯାଇଥିବା ବଲ୍‌ବ୍ ପରି ଅପ୍ରତ୍ୟାଶିତ ସେ ପାନୀୟ । ତୁମକୁ କେବଳ ସଂଖ୍ୟା କହିବାକୁ ହେବ । ଯେମିତିକି ତୁମେ ଯଦି ଏକା ଆସିଛ, ତେବେ ଏକ । ତୁମ ସାଙ୍ଗରେ ଯଦି ଆଉ ତିନି ଜଣ ସାଙ୍ଗ ଅଛନ୍ତି, ତେବେ ଚାରି । କିନ୍ତୁ ପାନୀୟର ସ୍ୱାଦ କେମିତି ହେବ, ତାହା କେବଳ ଲିଭିଆ ଉପରେ ହିଁ ନିର୍ଭର କରେ । ତାହାହିଁ ପାନୀୟର ମଜା ସେହି ମୁହୂର୍ତ୍ତରେ ତା' ହାତରେ ଯାହା ପଡ଼େ, ତାକୁ ନେଇ ସେ ମିଶ୍ରଣ ତିଆରି କରେ । ତୁମକୁ କେବଳ କହିବାକୁ ହେବ ଯେ ତୁମର ପାନୀୟ ନିଆଁ ଲଗାଯିବ କି ନାଇଁ । ତୁମେ ଯଦି ନିଆଁକୁ ଡରୁଥାଅ ତେବେ ତାକୁ ବିନା ନିଆଁରେ ଦେବାକୁ କହିବ । ତା' ନହେଲେ ତୁମ ହାତରେ ନିଆଁ ଜଳୁଥିବା ଏକଦମ ଛୋଟ ଗ୍ଲାସଟିଏ ଧରେଇଦେବ ସେ । ନିଆଁ ଲିଭିଲା ପରେ ହିଁ ତୁମକୁ ପିଇବାକୁ ହେବ । ଯଦି ତୁମେ ନିଜକୁ ବାହାଦୁର ବୋଲି ଭାବ, ତେବେ ନିଆଁ ଜଳୁଥିବା ଅବସ୍ଥାରେ ହିଁ ତୁମେ ପାନୀୟକୁ ଶେଷ କରିବ । ଏପରିକି ତୁମେ ଯଦି ଚାହଁ, ଲିଭିଆକୁ ତୁମ ପାଟିରେ ଥିବା ପାନୀୟରେ ନିଆଁ ଲଗେଇବା ପାଇଁ କହିପାରିବ । ତୁମେ ଯଦି ସତରେ ସାହସୀ ଓ ନିଆଁ ବାହାରକୁ ଆସିବାର ଗୋଟେ ସେକେଣ୍ଡ ପୂର୍ବରୁ ମୁହଁ ତଳକୁ କର, ତେବେ ତୁମ ପାଟିର ଉପରଭାଗ ଜଳିଯିବାର ସମ୍ଭାବନା ଥାଇପାରେ । ସମସ୍ତେ ପେଗ୍ ପରେ ପେଗ୍ ପିଇ

ଚାଲନ୍ତି ଯେହେତୁ ପାନୀୟର ଦାମ କମ୍। ଦାମ କମ୍ ଏଇଥିପାଇଁ ଯେ ଛୋଟିଆ ଗ୍ଲାସ୍‌ରେ ପାନୀୟ ଏକଦମ କମ୍ ଥାଏ ଓ ଯେ ଜାଗା ଧନୀ ଲୋକଙ୍କ ପାଇଁ ଉଦ୍ଦିଷ୍ଟ ନୁହେଁ। ବାର୍‌କୁ ଆସୁଥିବା ଲୋକମାନେ ସମସ୍ତେ ପିଅନ୍ତି କେବଳ ଜଣେ ହାଲ୍‌କା ଦାଢ଼ି ଥିବା ଚନ୍ଦା ଲୋକ ବ୍ୟତୀତ ଯିଏ କାଠ ତିଆରି କାଉଣ୍ଟର୍‌ର ଗୋଟିଏ କୋଣରେ ବସି ଆଶ୍ଚର୍ଯ୍ୟ ଭାବରେ ଲିଭିଆର ହାତର ଚମତ୍କାରିତାକୁ ଦେଖୁଥାଏ ଯେ ସେ କେମିତି ପ୍ରତ୍ୟେକଥର ପାନୀୟରେ ନୂଆ ରଙ୍ଗ ଓ ନୂଆ ସ୍ୱାଦ ଆଣିଥାଏ। କେମିତି ସେ ସବୁ ମନେ ରଖିଥାଏ ? କେମିତି ସେ ସବୁକିଛି ଓଲଟ ପାଲଟ କରିଦିଏନି ? କେମିତି ତା' ହାତରୁ ଗୋଟେ ବୁନ୍ଦା ପାନୀୟ କି ଗୋଟେ ବୋତଲ ଖସିପଡ଼େନି ? ସବୁବେଳେ କେମିତି ରଙ୍ଗ ସବୁ ନିଜ ଭିତରେ ମେଳ ଖାଇଥାଏ ? ଏବଂ କେମିତି ସେ ପ୍ରତ୍ୟେକ ପେଗ୍‌କୁ ଗ୍ରାହକର ମନମୁତାବକ ସ୍ୱାଦିଷ୍ଟ କରିଥାଏ ?

ଯେତେବେଳେ ଲିଭିଆ ଗୋଟିଏ ଚମତ୍କାରିତା ପ୍ରଦର୍ଶନ କରେ, ଲୋକଟି କାଉଣ୍ଟରରେ ବସି ତାଳି ମାରିବା ଆରମ୍ଭ କରେ। ଧିରେ ଧିରେ ଅନ୍ୟମାନେ ତାଳି ମାରିବା ଆରମ୍ଭ କରନ୍ତି ଓ ଯେତେବେଳେ ତାଳିର ଶବ୍ଦ ଶିଖରରେ ପହଞ୍ଚେ, ସେ ତା'ର ସଙ୍କୋଚପଣକୁ ତା'ର ନୀଳ ଜିନ୍ ପକେଟରେ ରଖି ଗମ୍ଭୀରଗଳାରେ ଚିତ୍କାର କରି କହେ, "ଖୁବ୍, ଲିଭିଆ !"। ଆଜିକାଲି ଲିଭିଆ ଏଥିରେ ଅଭ୍ୟସ୍ତ ହୋଇଗଲାଣି। ସେ ଜାଣେ ଯେ ଲୋକଟି ପିଏ ନାହିଁ। ସେଥିପାଇଁ ଲିଭିଆ ତା' ନିକଟକୁ ଯାଇ ସେ ପିଇବାକୁ ଚାହେଁ ବୋଲି ପଚାରିବାର ଆବଶ୍ୟକ ଅନୁଭବ କରେନାହିଁ। ଲୋକଟି ଅଇଁଠା ଗ୍ଲାସ ସଂଗ୍ରହ କରି, ଧୋଇ, ଏକାଠି ସଜେଇ ରଖୁଥିବା ପିଲାକୁ ତା'ର ପାନୀୟ ବରାଦ କରେ। ବିନା ଦୁଧରେ କଫି।

ଲିଭିଆର ବାର୍ ସାମ୍ନାରେ ଷ୍ଟ୍ରିଟ୍ ପାଖରେ ଯେଉଁ ଛୋଟ ଖୋଲା ଜାଗା ଥିଲା, ସେଇ ଜାଗାର ଶୋଭା ବଢ଼େଇବାକୁ ଯାଇ ଏବେ ସେ ଛୋଟ ଫୁଆରାଟିଏ କରିଛି। ଫୁଆରାର ଠିକ୍ ମଝିରେ ସେ ବଡ଼ ଆଖି ଥିବା ଝିଅର ମୂର୍ତ୍ତିଟିଏ ରଖିଛି। ଝିଅଟି ଠେକୁଆ ଲୋମରେ ତିଆରି କୋଟ୍ ପିନ୍ଧିଛି ଓ କୋଟ୍ ପକେଟ୍‌ରେ ପାପୁଲିକୁ ଲୁଚେଇ ରଖିଛି। ତା' କୋଟରେ ଥିବା ପାଞ୍ଚୋଟି ବୋତାମ ଦେଇ ପାଣି ଆସି ତଳେ ଥିବା ବଡ଼ ପାତ୍ରରେ ପଡୁଛି। ଏବଂ ଯେତେବେଳେ ଲିଭିଆର ବାରର କବାଟ ଖୋଲୁଛି, ବଡ଼ ଆଖି ଥିବା ଝିଅଟି ଭିତରୁ ଆସୁଥିବା କୋଳାହଳ ଶୁଣିପାରୁଛି ଓ ଭିତରୁ ବାହାରି ଆସୁଥିବା ଗରମକୁ ଅନୁଭବ କରିପାରୁଛି। ଏବଂ ବଡ଼ ପାତ୍ର ପାଖରୁ ସେ ମଧ୍ୟ ସେମାନଙ୍କର ପାନୀୟକୁ ଗ୍ଲାସରେ ଢାଳିବାର ଦେଖିପାରୁଛି ଓ ତା'ର ଶବ୍ଦ ମଧ୍ୟ ଶୁଣିପାରୁଛି। ବେଳେବେଳେ ସେମାନେ ଗୋଟିଏ ପେଗ୍ ପିଇସାରିଲା ପରେ ସାଙ୍ଗେ

ସାଙ୍ଗେ ଗୋଟିଏ ଗ୍ଲାସରେ ଗ୍ଲାସେ ଅନ୍ୟ ପ୍ରକାରର ପାନୀୟ ପିଉଛନ୍ତି । ଯେମିତିକି ସେମାନେ କୌଣସି ଔଷଧି ପିଉଛନ୍ତି । ଅଧିକାଂଶ ସମୟରେ ସେ ଦେଖୁଛି ଯେ ତାଙ୍କ ଭିତରୁ କେହି ଜଣେ ମୁହଁକୁ ଏକ ଅଦ୍ଭୁତ ଭଙ୍ଗୀକରି ସମସ୍ତଙ୍କୁ ଚାହୁଁଛି ଓ ଅନ୍ୟମାନେ ତାକୁ ନକଲ କରୁଛନ୍ତି ଏବଂ ପରେ ଏକାଠି ହସୁଛନ୍ତି ଓ ତାଳି ମାରୁଛନ୍ତି । ଏବଂ ଚନ୍ଦା ଲୋକଟି ଚିତ୍କାର କରି କହୁଛି, "ଖୁବ୍, ଲିଭିଆ !"

ଚନ୍ଦା ଲୋକଟି ତାକୁ ଖୁବ୍ ଭଲ ଲାଗୁଛି । ଯେତେବେଳେ ଡେରି ହୋଇଗଲାଣି ବୋଲି ଲୋକଟିକୁ ଲାଗୁଛି, ସେ ତା' ମୁଣ୍ଡରେ ଛାପା ଟୋପିଟି ପିନ୍ଧି ଓ ବେକରେ ମଫଲର ଗୁଡ଼େଇ ବାହାରିଯାଉଛି । ଲୋକଟିର ଆଖିରେ ସେ ସପ୍ତାହକର ଦୁଃଖ ଦେଖିପାରୁଛି । ଲୋକଟି ଗଳିର ଶେଷରେ ପହଞ୍ଚିବା ପର୍ଯ୍ୟନ୍ତ ସେ ଦେଖିପାରୁଛି ତାକୁ । ଲୋକଟି ତା'ପରେ ରାସ୍ତା ମଝିରେ ବଡ଼ ଟାୱାର ଥିବା ଛୋଟ ଛକକୁ ପାର ହୋଇ ଗୋଟିଏ ସଂକୀର୍ଣ୍ଣ ଗଳିରେ ପ୍ରବେଶ କରୁଛି । ସେଇଠାରୁ କିଛି ଦୂର ଚାଲିଲା ପରେ ସେ ଛୋଟ ଛୋଟ ଆପାର୍ଟମେଣ୍ଟ ଥିବା କମ୍ପ୍ଲେକ୍ସରେ ପହଞ୍ଚୁଛି, ପାହାଚଦେଇ ଉପରକୁ ଯାଉଛି ଓ ଘର କବାଟ ଖୋଲୁଛି । ସେ ତା'ର କୋଟ୍ ଓ ମଫଲର ବାହାରକରି କରିଡ଼ୋର୍‌ରେ ଥିବା ଟେଲିଫୋନ୍ ପାଖ ଚଉକି ଉପରେ ରଖୁଛି ଓ ତା' ଝିଅର ରୁମ୍ ଖୋଲି ସେ ଶୋଇଲାଣି କି ନାହିଁ ଦେଖୁଛି ।

ସବୁଥର ପରି ସେ ଦେଖୁଛି ଯେ ଝିଅ ଆଲୁଅ ନ ଲିଭେଇ ଶୋଇ ଯାଇଛି । ସେ ଧିରେ କରି ଝିଅ ହାତରୁ ନକ୍ସାଟିକୁ ନେଉଛି ଯେଉଁଥିରେ ସହରରୁ ଅଧା ତିଆରି ସରିଛି ଓ ବାକି ଅଧା ଯୋଜନା ପର୍ଯ୍ୟାୟରେ ଅଛି, ତା' କପାଳରେ ଚୁମ୍ବନ ଦେଉଛି ଓ ଗୋଲାପି ଲ୍ୟାମ୍ପ୍‌ର ଆଲୁଅ ଲିଭେଇ ଦେଉଛି ।

■

ଇଜିପ୍ଟ

ସ୍ୱପ୍ନ

ନାଗିବ୍ ମେହଫୁଜ

ସ୍ୱପ୍ନ-୧

ମୋତେ ଖୁବ୍ ଭୋକ ଲାଗୁଥିଲା । ମୁଁ ସାଇକେଲ ଧରି ଗୋଟିଏ ଜାଗାରୁ ଆଉ ଗୋଟିଏ ଜାଗାକୁ ମୋ ପକେଟ ମୁତାବକ ଭୋଜନାଳୟଟିଏ ଖୋଜି ବୁଲୁଥିଲି । ପ୍ରତ୍ୟେକ ଭୋଜନାଳୟ ବନ୍ଦ ଥିଲା ମୁଁ ଛକ ଉପରେ ଥିବା ବଡ଼ ଘଡ଼ି ଆଡ଼କୁ ଚାହିଁଲା ବେଳକୁ ତା' ତଳେ ମୋ ସାଙ୍ଗକୁ ଛିଡ଼ା ହୋଇଥିବାର ଦେଖିଲି ।

ସେ ମୋତେ ହାତ ହଲାଇ ଡାକିଲା ଓ ମୁଁ ତା' ଆଡ଼କୁ ସାଇକେଲ ମୁହାଁଇଲି । ମୋ କ୍ଷୁଧାବସ୍ଥାକୁ ଦେଖି ମୋତେ ତା' ନିକଟରେ ସାଇକେଲ ଛାଡ଼ି ପାଖଆଖରେ ଭୋଜନାଳୟ ଖୋଜିବାକୁ ସେ ଉପଦେଶ ଦେଲା । ମୁଁ ତା' ଉପଦେଶକୁ ଗ୍ରହଣ କଲି । ଭୋଜନାଳୟ ଖୋଜିବା କାମ ଓ କ୍ଷୁଧା, ଦୁହେଁ ତୀବ୍ର ମାତ୍ରାରେ ବଢ଼ିଚାଲିଲା । ଶେଷରେ ଗୋଟିଏ ଛୋଟ ଘରୋଇ ଭୋଜନାଳୟରେ ପହଞ୍ଚିଲି । ଯଦିଓ ଜାଗାଟି ମହଙ୍ଗା ଲାଗୁଥିଲା, କ୍ଷୁଧା ଓ ନୈରାଶ୍ୟର ବଶବର୍ତ୍ତୀ ହୋଇ ମୁଁ ଭିତରକୁ ପ୍ରବେଶ କଲି ଏବଂ ଭୋଜନାଳୟର ମାଲିକକୁ ପର୍ଦା ସାମ୍ନାରେ ଛିଡ଼ା ହୋଇଥିବାର ଦେଖିଲି । ପର୍ଦା ଆଢ଼େଇ ଦେଖେତ ରୋଷେଇ ସରଞ୍ଜାମ ବଦଳରେ ଅଳିଆ ଆବର୍ଜନାରେ ହଲ୍ ପୂରିଥିଲା । ମନଦୁଃଖରେ, କ'ଣ ସବୁ ଏଠି ଚାଲିଛି ବୋଲି ଲୋକଟିକୁ ପଚାରିଲି ।

"କବାବ ବିକ୍ରି କରୁଥିବା ପିଲା ପାଖକୁ ଜଲ୍‌ଦି ଯାଇ," ଭୋଜନାଳୟ ମାଲିକ କହିଲା, "ସେ ଦୋକାନ ବନ୍ଦ କରିବା ପୂର୍ବରୁ ହୁଏତ ପହଞ୍ଚିଯାଇପାର ।"

ସମୟ ନଷ୍ଟ ନକରି ମୁଁ ଛକରେ ଥିବା ବଡ଼ ଘଡ଼ି ପାଖକୁ ଫେରି ଦେଖେତ ସେଠି ମୋର ସାଇକେଲ କି ସାଙ୍ଗ, କେହି ନଥିଲେ ।

ସ୍ୱପ୍ନ-୬

ଟେଲିଫୋନ୍‌ର ଘଣ୍ଟି ବାଜିଲା ଏବଂ ଆରପଟରୁ ଶୁଣାଗଲା, "ଶେଖ୍ ମହରମ, ତୁମର ଶିକ୍ଷକ, କହୁଛି ।"

ମୁଁ ନମ୍ରତା ପୂର୍ବକ ଓ ସମ୍ମାନର ସହ ଉତ୍ତର ଦେଲି, "ଆଜ୍ଞା କୁହନ୍ତୁ ।"

"ମୁଁ ତୁମକୁ ଭେଟିବାକୁ ଆସୁଛି ।" ସେ କହିଲେ ।

"ଆପଣଙ୍କ ଅପେକ୍ଷାରେ ରହିଲି ।" ମୁଁ କହିଲି ।

ଯଦିଓ ପ୍ରାୟ ଷାଠିଏ ବର୍ଷ ତଳେ ମୁଁ ତାଙ୍କର ଶବ ଶୋଭାଯାତ୍ରାରେ ଭାଗ ନେଇଥିଲି, ଆଜି ତାଙ୍କର ଏ କଥାବାର୍ତ୍ତା ମୋତେ ତିଳେମାତ୍ର ବିସ୍ମିତ କଲାନାହିଁ । ମୋର ପୁରୁଣା ଶିକ୍ଷକଙ୍କର ଅଭୁଲା କାହାଣୀ ସବୁ ସ୍ମୃତିପୃଷ୍ଠାରୁ ଗୋଟିଗୋଟିକରି ମାନସପଟଳକୁ ଓହ୍ଲେଇଆସିଲେ । ତାଙ୍କର ସୁଠାମ ଚେହେରା, ଇସ୍ତ୍ରୀକରା ପୋଷାକ ଏବଂ ଛାତ୍ରମାନଙ୍କ ପ୍ରତି ରୁକ୍ଷ ବ୍ୟବହାର – ସବୁ ମନେପଡ଼ିଗଲା । ଶେଖ୍ ଆସିଲେ । ତାଙ୍କ ଦେହରେ ଉଜ୍ଜ୍ୱଳ କାପ୍ତାନ ଓ ମୁଣ୍ଡରେ ପଗଡ଼ି ଥିଲା । ବିନା କିଛି ଉପକ୍ରମରେ ସେ କହିଲେ, "ମୁଁ ସେଠାରେ ଅନେକ ଧର୍ମ ବିଶାରଦ ତଥା ପୁରୁଣା ଛନ୍ଦ କବିତା ଆବୃତ୍ତି କରୁଥିବା କବିଙ୍କ ସହିତ ରହୁଛି । ସେମାନଙ୍କ ସହିତ କଥାବାର୍ତ୍ତା କରିବା ପରେ ମୁଁ ବୁଝିପାରିଲି ଯେ ତୁମକୁ ପଢ଼ାଇଥିବା କିଛି ପାଠ୍ୟକ୍ରମରେ ସଂଶୋଧନର ଆବଶ୍ୟକତା ରହିଛି । ମୁଁ ସମସ୍ତ ପାଠ୍ୟକ୍ରମକୁ ସଂଶୋଧନ କରି ତୁମ ନିକଟକୁ ଆଣିଛି ।"

ଏତିକି କହି ହାତରେ ଧରିଥିବା ଫାଇଲ୍‌କୁ ଟେବୁଲ ଉପରେ ରଖିଲେ ଓ ଚାଲିଗଲେ ।

ସ୍ୱପ୍ନ-୭୯

ଛୋଟ ହୋଟେଲର ବାଲ୍‌କୋନିରେ ବସି ମୁଁ ସମୁଦ୍ର ଆଡ଼କୁ ଚାହିଁଥିଲେ ବି ମୋ ପ୍ରେମିକାର ପ୍ରତୀକ୍ଷାରେ ଏମିତି ମଗ୍ନଥିଲି ଯେ ସମୁଦ୍ରର ସୌନ୍ଦର୍ଯ୍ୟକୁ ଉପଭୋଗ କରିପାରୁନଥିଲି । ମୋର ପ୍ରତୀକ୍ଷା କ୍ରମଶଃ ବଢ଼ିଚାଲୁଥିଲା ଏବଂ ତା' ସହିତ ମୋର ବ୍ୟସ୍ତତା । ହୋଟେଲ ମ୍ୟାନେଜର ମୋର ପିଲାଦିନର ସାଙ୍ଗ ଥିଲା । ସେ ମୋ ପାଖକୁ ଆସିଲା ଓ ବ୍ୟସ୍ତତାରୁ ମୁକ୍ତିପାଇବାକୁ ହେଲେ ମୋତେ ବସି ନରହି ଚଲାବୁଲା କରିବା ଉଚିତ ବୋଲି ପ୍ରସ୍ତାବ ଦେଲା । ମୁଁ ସମୁଦ୍ରକୂଳକୁ ଗଲି ଏବଂ ସେଠି ଏପଟସେପଟ ହେବାକୁ ଲାଗିଲି । ସେଠି ଦେଖିଲି ଯେ ମୋର ପ୍ରେମିକା ଦଳେ ଯୁବକଙ୍କ ସହିତ ପହଁରୁଛି । ମୁଁ ପୁଣି ଦେଖିଲି ଯେ ସିଏ ଜଣେ ଯୁବକ ସହିତ ବଡ଼ ପଥର ପଛକୁ ଗଲା । ମୁଁ ଛାତିରେ ଛୁରି ଭୁସାଯିବାର ଯନ୍ତ୍ରଣା ସାଙ୍ଗକୁ ପ୍ରଚୁର ପରିମାଣରେ ହତାଶପଣ ଅନୁଭବ କଲି । ହୋଟେଲ ମ୍ୟାନେଜର ମୋ ଭିତରର ଅସହାୟତାକୁ ବୁଝିପାରିଲା ଏବଂ କହିଲା, "ଏହା ହେଉଛି ପୃଥିବୀର ରୀତି-କିନ୍ତୁ ତୁମେ ଦୁଃଖ ନିକଟରେ ଆତ୍ମସମର୍ପଣ କର ନାହିଁ ।"

"ସତ କହିବାକୁ ଗଲେ ମୁଁ ଅନେକ କଥା ଜାଣିଛି, କିନ୍ତୁ ପହଁରା ଜାଣି ନାହିଁ ।" ମୁଁ ତାକୁ କହିଲି । ସେ ମୋତେ ହୋଟେଲ ଲନ୍‌ର ଗୋଟିଏ ନିସ୍ତବ୍ଧ କୋଣକୁ ନେଇଗଲା ଯେଉଁଠି ମୁଁ ପ୍ରାୟ ଘଣ୍ଟାଏ କାଳ ସନ୍ତାପ ଓ ଉଦ୍‌ବିଗ୍ନତାରେ କଟାଇଲି । ତା'ପରେ ଦେଖିଲି ଯେ ମୋର ପ୍ରେମିକା ହସହସ ମୁହଁରେ ମୋ ଆଡ଼କୁ ଆସୁଛି । କ୍ରୋଧକୁ ମୋ ଭିତରୁ ବାହାରକରିବାକୁ ଯାଇ ମୁଁ ଶୂନ୍ୟରେ ଡ଼େଇଁଲି ଏବଂ ଦେଖିଲି ଯେ ମୋ ଭିତରେ ଅପାର ଆନନ୍ଦ ଭରିଯାଇଛି ଓ କ୍ଲେଶର ତିଳେ ମାତ୍ର ସୂଚନା ଆଉ ମୋ ଭିତରେ ନାହିଁ । ଆମେ ଦୁହେଁ ପରସ୍ପରକୁ ଆଲିଙ୍ଗନ କଲୁ ଯେମିତିକି ଆମେ ଅତୀତରେ କରୁଥିଲୁ ।

ଆମେ ହାତ ଧରାଧରି ହୋଇ ସହର ସାରା ବୁଲିଲୁ, ଯେମିତି ଅତୀତରେ ବୁଲୁଥିଲୁ । ଗୋଟିଏ ଉପହାର ଦୋକାନ ଦେଖି ଭିତରେ ପଶିଲୁ ଓ ସିଧା ବିବାହସାମଗ୍ରୀ ମିଳୁଥିବା ବିଭାଗକୁ ଗଲୁ ।

ମୋ ପ୍ରେମିକାର ଆଖି ସେଠି ଥିବା ଅସଂଖ୍ୟ ପ୍ରକାର ଜିନିଷ ଉପରେ ପଡ଼ିରହିଲା । ଶେଷରେ ସେ କହିଲା, "ଆମ ପାଖରେ ଏତେ ସମୟ ନାହିଁ ।"

ସବୁ ସମୟ ଆମର, "ମୁଁ ନିର୍ବିକାର ଭାବେ ଉତ୍ତର ଦେଲି ।"

ସ୍ୱପ୍ନ-୧୧୬

ମୋର ଜଣେ ପୁରୁଣା ବନ୍ଧୁ ମନ୍ତ୍ରୀ ହେଲେ । ତାଙ୍କୁ ଅଭିନନ୍ଦନ ଜଣେଇବା ପାଇଁ ମୁଁ ତାଙ୍କ ଅଫିସରେ ପହଞ୍ଚିଲି । ଦୀର୍ଘ ପ୍ରତୀକ୍ଷା ପରେ ମଧ୍ୟ ତାଙ୍କ ସହିତ ସାକ୍ଷାତ ହୋଇପାରିଲା ନାହିଁ । ଶୁଣିବାକୁ ପାଇଲି ଯେ କିଛି ଲୋକ ମୋ ବିଷୟରେ ତାଙ୍କୁ ମିଛ କହିଛନ୍ତି ଯାହା ଫଳରେ ତାଙ୍କ ମନରେ ମୋ ପ୍ରତି ଥିବା ସ୍ନେହ ଘୃଣାରେ ପରିବର୍ତ୍ତିତ ହୋଇଛି । ଶେଷରେ କାହାକୁ କିଛି ନକହି ମୁଁ ସେ ଜାଗାରୁ ବାହାରି ଆସିଲି । ବାହାରେ ଜଣେ ସହକର୍ମୀଙ୍କ ସହିତ ଭେଟ ହେଲା ।

ସେ ଏବେବି ମୋ ପ୍ରତି ସହାନୁଭୂତିଶୀଳ ଥିଲେ । ମୋ କଥା ଶୁଣି ମୋ ବିରୁଦ୍ଧରେ କୁତ୍ସାରଟନା କରିଥିବା ଲୋକମାନଙ୍କୁ ଈଶ୍ୱର ଅଭିଶାପ ଦିଅନ୍ତୁ ବୋଲି ପ୍ରାର୍ଥନା ମଧ୍ୟ କଲେ । ମୁଁ ତାଙ୍କୁ ପ୍ରଶ୍ନ କଲି, "ମନ୍ତ୍ରୀ କାହିଁକି ମୋତେ ଦେଖା କଲେ ନାହିଁ ? ଘଟଣାର ସତ୍ୟାସତ୍ୟ ଜାଣିବା ପାଇଁ ମୋତେ ଥରେ ତ ଆସି ପଚାରି ପାରିଥାନ୍ତେ ।"

"ଏ ଭିତରେ ଅନେକ ଦିନ ବିତିଗଲାଣି, ସେ ଉତ୍ତର ଦେଲେ, ଏବଂ ସାକ୍ଷୀ ମାନଙ୍କୁ ଶୁଣିବାର ଅବଧି ସମାପ୍ତି ହୋଇଗଲାଣି ।"

■

ଡୋମିନିକିଆନ ରିପବ୍ଲିକ୍

ବାଦାମି, କଳା, ଗୋରା ଏବଂ ହାଫି ଝିଅଙ୍କ ସହ ଡେଟିଂର ଉପାୟ

ଜୁନୋ ଡିଅସ୍

ତୁମର ମାଆ ଓ ଭାଇଙ୍କୁ ଆପାର୍ଟମେଣ୍ଟ୍ ଛାଡ଼ିବା ପର୍ଯ୍ୟନ୍ତ ଅପେକ୍ଷା କର । ତୁମେ ଆଗରୁ ସେମାନଙ୍କୁ କହିସାରିଛଯେ ତୁମର ଦେହ ଆଜି ଭଲଲାଗୁନି, ତେଣୁ ୟୁନିୟନ ସିଟି ମାଉସୀଘରକୁ ଆଜି ଯାଇପାରିବନି । ଯଦିଓ ତୁମର ମାଆ ଜାଣନ୍ତି ଯେ ତୁମେ ବେମାର ନୁହଁ କିନ୍ତୁ ତୁମକୁ ତୁମ କାହାଣୀରେ ଅଟଳ ରହିବାକୁ ହେବ ଯେପର୍ଯ୍ୟନ୍ତ ସେ କହିନାହାନ୍ତି, ଠିକ୍ ଅଛି ବଦମାସ, ତୋ ଇଛା ଯାହା କରୁଛୁ କର ।

ରେଫ୍ରିଜିରେଟରରୁ ସରକାରୀ ଅନୁଦାନ ପନିର ସବୁ ହଟେଇଦିଅ । ଝିଅଟି ଯଦି ଟେରାସ୍ ଅଞ୍ଚଳରୁ ତେବେ ପନିର ପ୍ୟାକେଟକୁ କ୍ଷୀର କ୍ୟାନ ପଛରେ ଲୁଚେଇଦିଅ । ଯଦି ସେ ପାର୍କ କି ସୋସାଇଟି ହିଲ୍ ଅଞ୍ଚଳରୁ, ତେବେ ପନିର ପ୍ୟାକେଟକୁ ନେଇ ଓଭେନ୍ ଉପରେ ଥିବା କ୍ୟାବିନେଟରେ ରଖ, ଏତେ ଉପରେ ଯେଉଁଠି ତା' ନଜର ପଡ଼ିବନାହିଁ । କିନ୍ତୁ ସକାଳହେବା ପୂର୍ବରୁ ସେ ସବୁକୁ ରେଫ୍ରିଜିରେଟର ଭିତରକୁ ଆଣିବାପାଇଁ ନିଜପାଇଁ ଅନୁସ୍ମରଣ ପତ୍ରଟିଏ ଲେଖିରଖ ନହେଲେ ମାଆଠୁ ଗାଳି ଖାଇବାପାଇଁ ନିଜକୁ ପ୍ରସ୍ତୁତ ରଖ । ଡ୍ରଇଁ ରୁମ୍‌ରେ ତୁମ ପରିବାରର ଯେତେସବୁ ସଙ୍କୋଚଜନକ ଫଟୋ ରହିଛି, ବିଶେଷତଃ ଅଧାଲଙ୍ଗଳା ଛୋଟପିଲାଙ୍କର ଛେଳି ବେକରେ ବନ୍ଧାହୋଇଥିବା ରଶିକୁ ଟାଣି ଟାଣି ନେଉଥିବାର ଫଟୋ, ବାହାରକରି

କେଉଁଠି ଲୁଚାଇଦିଅ । ଫଟୋରେ ଥିବା ଛୋଟପିଲାସବୁ ତୁମର ସଂପର୍କୀୟ ଭାଇ, ଏବେ ସେମାନେ ବଡ଼ ହୋଇଗଲେଣି ଏବଂ ତୁମେ କ'ଣ ଓ କାହିଁକି କରୁଛ ବୋଲି ବୁଝିପାରିବେ । ଆଫ୍ରିକୀୟ ସାଙ୍ଗ ସହିତ ତୁମର ଫଟୋକୁ ଲୁଚେଇଦିଅ । ଗାଧୁଆଘର ଏକଦମ ସଫାସୁତୁରା ଅଛି ବୋଲି ଆଉ ଥରେ ଦେଖିନିଅ । ଶସ୍ତା ଟଏଲେଟ୍ କାଗଜ ଭର୍ତ୍ତି ବାସ୍କେଟକୁ ଲାଇଜଲ୍ ସ୍ପ୍ରେରେ ସଫା କରି ବେସିନ ତଳେ ଥିବା କ୍ୟାବିନେଟରେ ଲୁଚେଇଦିଅ ।

ଗାଧୋଇପଡ଼, ମୁଣ୍ଡ କୁଣ୍ଡାଅ, ଭଲ ପୋଷାକ ପିନ୍ଧ । କାଉଚ୍ ଉପରେ ବସ ଓ ଟେଲିଭିଜନ ଦେଖ । ସେ ଯଦି ଅନ୍ୟ ସହରରୁ ଆସୁଛି, ତେବେ ତା' ବାପା କିମ୍ବା ମାଆ ଆଣି ଛାଡ଼ିଦେବେ । ବାପା ହୁଅନ୍ତୁ କି ମାଆ, କେହି ଚାହିଁବେନି ତାଙ୍କ ଝିଅ ଟେରାସ୍ ଅଞ୍ଚଳର ପୁଅକୁ ଦେଖା କରୁ, ଯେହେତୁ ଟେରାସ୍ ଅଞ୍ଚଳରେ ଛୁରାମାଡ଼ ମଧ୍ୟ ହୁଏ, କିନ୍ତୁ ଝିଅଟି ଦୃଢ଼ମନସ୍କ ଥିବାରୁ ସେ ନିଶ୍ଚୟ ଆସି ପହଞ୍ଚିବ । ଯଦି ସେ ଝିଅ ଗୋରା, ତେବେ ତୁମକୁ କିଛି କାମ କରିବାକୁ ପଡ଼ିପାରେ ।

ତୁମେ ଘରେ ପହଞ୍ଚିବାପାଇଁ ରାସ୍ତା ସମ୍ପର୍କରେ ସମସ୍ତ ତଥ୍ୟ ସୁନ୍ଦର ଅକ୍ଷରରେ ଲେଖିକରି ଦେଇଛି, ତେଣୁ ତା' ବାପା ମା' ତୁମକୁ ମୂର୍ଖ ବୋଲି ଭାବିବେନାହିଁ । କାଉଚରୁ ଉଠି ପାର୍କିଂ ଆଡ଼କୁ ଦେଖ । କେହି ନାହାନ୍ତି । ଝିଅଟି ଯଦି ଏଇ ସହରର, ତେବେ ଚିନ୍ତାର କୌଣସି କାରଣ ନାହିଁ । ସେ ପୋଷାକ ଓ ପ୍ରସାଧନ ଠିକ୍ କରି ଉପରକୁ ଆସିବ । ଏମିତିକି ହୋଇପାରେ, ସେ ଏଇ ଆପାର୍ଟମେଣ୍ଟରେ ଥିବା ତା'ର ଅନ୍ୟ ସାଙ୍ଗମାନଙ୍କ ସହିତ କିଛି ସମୟ ବିତେଇ, ସେମାନଙ୍କୁ ସାଥିରେ ଧରି ତୁମ ପାଖରେ ପହଞ୍ଚିପାରେ । ଯଦିଓ ଏଥିରେ ତୁମର କିଛି ଲାଭନାହିଁ, ତଥାପି ତୁମେ ତା' ସାଙ୍ଗମାନଙ୍କ ସହିତ ବେଶ୍ କିଛି ସମୟ ଖୁସିରେ କଟେଇବ ଏବଂ ସେମାନେ ପୁଣି ଆସନ୍ତୁ ବୋଲି ଚାହିଁବ । ବେଳେବେଳେ ଏମିତିବି ହୋଇପାରେ, ଝିଅଟି ଆଦୌ ନଆସି ପରଦିନ ସ୍କୁଲରେ ତୁମକୁ ହସି ହସି କ୍ଷମା ଯାଚନା କରିବ ଏବଂ ତୁମେ ବୋକାଙ୍କପରି ତାକୁ କ୍ଷମା କରିଦେଇ ଭବିଷ୍ୟତରେ ତୁମ ସହିତ ଡେଟିଂରେ ଯିବାପାଇଁ ଅନୁରୋଧ କରିବ ।

ଅପେକ୍ଷାକର ଓ ଘଣ୍ଟାଏ ପରେ ବାହାରକୁ ଯାଇ ଏପଟ ସେପଟ ହୁଅ । ବାହାରେ ବହୁତ ଟ୍ରାଫିକ୍ । ବାହାରେ ଛିଡ଼ାହୋଇ କେଉଁ ଏକ ସାଙ୍ଗର ନାଁ ନେଇ ବଡ଼ପାଟିରେ ତାକୁ ଡାକ । ସେ ତୁମକୁ ପ୍ରତ୍ୟୁତ୍ତରରେ ନିଶ୍ଚିତଭାବେ ପଚାରିବ, ତୁ କ'ଣ ଏବେବି ସେଇ କୁତିକୁ ଅପେକ୍ଷା କରିଛୁ ? ତାକୁ କୁହ, ହଁ ବେ ଶଳା ।

ଭିତରକୁ ଆସ । ତା' ଘରକୁ ଫୋନ୍ ଲଗାଅ । ତା' ବାପା ଫୋନ୍ ଉଠେଇବେ ।

ତାଙ୍କୁ ପଚାରେ ଯେ ସେ କେଉଁଠି ଅଛି । ସେ ତୁମକୁ ପଚାରିବେ ଯେ ତୁମେ କିଏ କହୁଛ । ଫୋନ୍ କାଟିଦିଅ । ସେ ସ୍କୁଲ ପ୍ରଧାନଶିକ୍ଷକ କି ପୋଲିସ ମୁଖ୍ୟ ପରି ଶୁଣାଯିବେ, ଲମ୍ବା ବେକ ଥିବା ମଣିଷ ଯେ ତା' ପଛକୁ ମୁହଁ ବୁଲେଇ ଦେଖି ପାରେନାହିଁ । ପୁଣି ଚୁପଚାପ ବସ ଓ ଅପେକ୍ଷା କର । ଯେତେବେଳେ ତୁମକୁ ଖୁବ୍ ଭୋକ ଲାଗିବ ଏବଂ ତୁମର ସମସ୍ତ ଧୈର୍ଯ୍ୟ ସରିଆସୁଥିବ, ଗୋଟେ ହଣ୍ଡା କାର କି ଜିପ୍ ତୁମ ଘର ସାମ୍ନାରେ ଆସି ଛିଡ଼ାହେବ ଏବଂ ତା' ଭିତରୁ ଓହ୍ଲେଇ ଆସିବ ସେ ।

"ହେଁ, ତୁମେ କହିବ ।"

ଦେଖ, ସେ କହିବ, ମୋ ମାଆ ତୁମକୁ ଦେଖା କରିବାକୁ ଚାହୁଁଛି, ବିନା କାରଣରେ ତା'ର ଦୁନିଆଯାକର ଚିନ୍ତା ।

ଡରନାହିଁ । କୁହ, ହଁ, ଠିକ୍ ଅଛି । ଯଦିଓ ତୁମେ କଳା ପୁଅଙ୍କ ଢଙ୍ଗରେ ମୁଣ୍ଡବାଳକୁ ସାଉଁଳାଅ, ଆଜି ଗୋରା ପୁଅଙ୍କ ଢଙ୍ଗରେ ସାଉଁଳେଇବ । ସେ ଖୁସିହେବ । ତୁମେ ଗୋରା ଝିଅଙ୍କୁ ଚାହଁ । ଚାହଁନି ? କିନ୍ତୁ ସହର ବାହାରର ଝିଅମାନେ ସାଧାରଣତଃ କଳା, ସେମାନେ ନାଚ ଶିଖନ୍ତି, ସ୍କାଉଟରେ ମିଶନ୍ତି, ତାଙ୍କ ଡ୍ରାଇଭୱେରେ ତିନି ତିନିଟା କାର୍ । ସେ ଯଦି ହାଫି (ବାପା ଓ ମା' ଭିନ୍ନ ସମ୍ପ୍ରଦାୟର), ତା'ର ମାଆ ଗୋରା ବୋଲି ଆଶ୍ଚର୍ଯ୍ୟ ହୁଅନାହିଁ । ତା' ମାଆକୁ "ହାଏ" କୁହ । ତା' ମାଆ ମଧ୍ୟ "ହାଏ" କହିବେ ଏବଂ ତୁମେ ଅନୁଭବ କରିବଯେ ତୁମେ ତା' ମାଆଙ୍କୁ ଡରୁନ, ଆଦୌ ନୁହଁ । ସେ ତାଙ୍କ ଘରକୁ ଫେରିବାପାଇଁ ତୁମକୁ ସୁବିଧା ରାସ୍ତା ବିଷୟରେ ପଚାରିବେ । ଯଦିଓ ତାଙ୍କ ପାଖରେ ସବୁଠୁ ସୁବିଧା ରାସ୍ତା ଲେଖାହୋଇ ରହିଛି, କିଛି ନୂଆ ଲେଖିକରି ଦିଅ । ତାଙ୍କୁ ଖୁସି କରିବାକୁ ଚେଷ୍ଟାକର ।

ତୁମ ପାଖରେ ବିକଳ୍ପ ଅଛି । ଯଦି ଝିଅଟି ଆଖପାଖର, ରାତ୍ରିଭୋଜନ ପାଇଁ ତାକୁ ମେକ୍ସିକାନ୍ ରେଷ୍ଟୁରାଣ୍ଟ ଏଲ୍ ସିବାଓକୁ ନିଅ । ତୁମକୁ କହି ନଆସିଲେବି ତେଢ଼ାମେଢ଼ା ସ୍ପାନିସ୍ ଭାଷାରେ ଖାଇବା ଅର୍ଡ଼ର ଦିଅ । ଯଦି ସେ ଲାଟିନା, ତୁମ ସ୍ପାନିସ୍‌କୁ ଠିକ୍ କରି ଖୁସିହେବ । ଯଦି ସେ କଳା, ତୁମ ସ୍ପାନିସ୍ କହିବାର ଢଙ୍ଗରେ ବିସ୍ମିତ ହେବ । ଯଦି ଝିଅଟି ଆଖପାଖର ନୁହେଁ, ୱେଣ୍ଡିଜ୍ କି ମାକ୍‌ଡ଼ୋନାଲ୍‌ଡ଼ ପରି ଫାଷ୍ଟ୍‌ଫୁଡ଼୍ ରେଷ୍ଟୁରାଣ୍ଟ ମଧ୍ୟ ଚଳିବ । ରେଷ୍ଟୁରାଣ୍ଟ୍ ଚାଲିକରି ଯିବା ରାସ୍ତାରେ ସ୍କୁଲ ବିଷୟରେ କଥା ହୁଅ । ଏଇ ଅଞ୍ଚଳର ଝିଅ ତୁମ ଆପାର୍ଟମେଣ୍ଟ୍ ଆଖପାଖ ଘଟଣା ବିଷୟରେ ଶୁଣିବାପାଇଁ ଆଗ୍ରହ ପ୍ରକାଶ କରିବନାହିଁ, କିନ୍ତୁ ବାହାର ଝିଅ ଶୁଣିବାକୁ ଚାହିଁବ । ତାକୁ ତୁମ ଆପାର୍ଟମେଣ୍ଟ୍‌ରେ ରହୁଥିବା ସେଇ ପାଗଳ ବିଷୟରେ କୁହ ଯିଏ ତା' ଘରେ ଛୋଟଛୋଟ ଡବାରେ ଲୁହବୁହା ଗ୍ୟାସ୍ ଭର୍ତ୍ତିକରି ରଖିଥିଲା ଓ ଡବା

ଫାଟିଯାଇ କେମିତି ତୁମ ଅଞ୍ଚଳରେ ମିଲିଟାରୀ ଲୁହବୁହା ଗ୍ୟାସ ଛାଡ଼ିଲାପରି ଅବସ୍ଥା ସୃଷ୍ଟି ହୋଇଥିଲା । କିନ୍ତୁ ତୁମ ମାଆ ସାଙ୍ଗେସାଙ୍ଗେ ଗ୍ୟାସ ଗନ୍ଧରୁ ଏହା ଲୁହବୁହା ଗ୍ୟାସ ବୋଲି ଜାଣିପାରିଲେ ଯେହେତୁ ଆମେରିକା ଯେତେବେଳେ ତୁମ ଦ୍ୱୀପ ଉପରେ ଆକ୍ରମଣ କରିଥିଲା ସେ ସମୟର ଅନୁଭବ ତାଙ୍କ ନିକଟରେ ରହିଛି – ଏ କଥା ତାକୁ କୁହନାହିଁ ।

ଈଶ୍ୱର କରନ୍ତୁ, ତୁମେ ସେ ପ୍ୟୁର୍ଟୋରିକାନ୍ ଦୁଷ୍ଟ ପିଲା ହାୱି ଯେ ସବୁବେଳେ ଦୁଇଟା କୁକୁରଙ୍କୁ ସାଥିରେ ଧରି ଚାଲୁଥାଏ, ତା' ସାମ୍ନାକୁ ନଆସ । ସେ ଆପାର୍ଟମେଣ୍ଟ କମ୍ପ୍ଲେକ୍ସସାରା ବୁଲୁଥାଏ ଓ ବିଲେଇଙ୍କ ପଛରେ କୁକୁରଙ୍କୁ ଛାଡ଼ିଦିଏ । ଦୁଇଟାଯାକ କୁକୁର ମିଶି ବିଲେଇକୁ କାଗଜ କାଟିଲାପରି ଟିକି ଟିକି କରି କାଟିପକାନ୍ତି । କୁକୁରମାନେ ଯେତେବେଳେ ବିଲେଇକୁ ଶୂନ୍ୟରେ ଫିଙ୍ଗାଫିଙ୍ଗି କରନ୍ତି, ତା' ବେକ ପେଚା ପରି ଝୁଲିରହିଥାଏ, ନରମ ଲୋମ ଭିତରୁ ଲାଲ ମାଂସ ଦେଖାଯାଉଥାଏ, ହାୱି ଦର୍ପର ସହ ହସୁଥାଏ । ଯଦି ତା' କୁକୁରମାନେ କେଉଁ ବିଲେଇ ପଛରେ ପଡ଼ିନଥାନ୍ତି, ସେ ତୁମ ପଛେପଛେ ଆସିବ ଏବଂ ପଚାରିବ, ହେ ଯୁନିଅର, ଇଏ କ'ଣ ତୋର ନୂଆ ବେଡ୍ ପାର୍ଟନର୍ ?

ସେ ଯାହା କହିବ, କହୁ । ତା' ଓଜନ ନବେ କିଲୋଗ୍ରାମ । ସେ ଯଦି ଚାହେଁ ତୁମକୁ ମୁହୂର୍ତ୍ତରେ ଧରାଶାୟୀ କରିପାରେ । ସେ ତୁମ ପଛରେ ଅଧିକ ଦୂର ଆସିବନି । ଆଗରେ ପଡ଼ିଆ ପଡ଼ିବ, ତା' ନୂଆ ଜୋତା କାଦୁଅ ହୋଇଯିବା ଭୟରେ ସେ ପଛକୁ ଫେରିଯିବ । ଝିଅଟି ଯଦି ବାହାରର ତେବେ ସେ ଫିସ୍‌ଫିସ୍ ସ୍ୱରରେ କହିବ, କେମିତିକା ବାଜେ ପିଲା । ଯଦି ସେ ଏଇ ଅଞ୍ଚଳର ଏବଂ ଲାଜକୁଳୀ ନୁହେଁ, ତେବେ ପ୍ରଥମରୁ ଏଯାଏ ଗାଳି ଦେଇ ଦେଇ ଆସିବ । କୌଣସି ପରିସ୍ଥିତିରେ ତୁମେ କିଛି କରି ପାରିଲ ନାହିଁ ବୋଲି ନିଜ ଉପରେ ଖରାପ ଭାବିବନି । ପ୍ରଥମ ଡେଟ୍‌ରେ କାହାଠୁ ହାରିବାକୁ ଚେଷ୍ଟା କରିବନି, ନାଇଁତ ଯେ ଅନ୍ତିମ ଡ଼େଟ୍ ବୋଲି ଭାବ ।

ରାତ୍ରଭୋଜନ ସୁଖପ୍ରଦ ହେବନାହିଁ, ଯେହେତୁ ଅଜଣା ଲୋକମାନଙ୍କ ସହିତ ତୁମେ ଠିକ୍ ଭାବରେ କଥାବାର୍ତ୍ତା କରିପାରନି । ଝିଅଟି ଯଦି ହାଫି, ସେ କହିବଯେ ତା' ବାପା ମାଆ ଗୋଟିଏ ଆନ୍ଦୋଳନରେ ଭାଗନେଲାବେଳେ ପରସ୍ପରକୁ ଭେଟିଥିଲେ, ସେ ସମୟରେ ଏପରି ବିବାହକୁ ରକ୍ଷଣଶୀଳ ଘଟଣା ଭାବେ ନିଆଯାଉଥିଲା । ତା' ବର୍ଣ୍ଣନାରୁ ଲାଗିବ ଯେମିତି ତା' ବାପା ମାଆ ଏଘଟଣାକୁ ମନେରଖିବାକୁ ତାକୁ ବାଧ୍ୟ କରିଛନ୍ତି । ତୁମ ଭାଇ ଆଗରୁ ଏ ଘଟଣାଟି ଶୁଣି କହିଥଲା ଏହା ଯେମିତି ମାନ୍ଧାତା ଅମଳର କାହାଣୀ ପରି ଶୁଣାଯାଉଛି । ଏହାର ପୁନରାବୃତ୍ତି କରନାହିଁ ।

ହାମବର୍ଗରକୁ ପ୍ଲେଟରେ ରଖିଦିଅ ଏବଂ କୁହ, ଆଉ ଟିକେ ଟାଣ ହୋଇଥାନ୍ତା ।

ସେ ତୁମ ରୁଚିକୁ ବୁଝିପାରିବ । ସେ ତୁମକୁ ତା' ବିଷୟରେ ଅନେକ କଥା କହିବ । କଳା ଲୋକମାନେ ମୋ ସହିତ ଖରାପ ବ୍ୟବହାର କରିଛନ୍ତି, ସେ କହିବ, ସେଥିପାଇଁ ମୁଁ ସେମାନଙ୍କୁ ପସନ୍ଦ କରେନାହିଁ । ଡୋମିନିକୀୟମାନଙ୍କ ବିଷୟରେ ତା' ମନରେ କେଉଁ ପ୍ରକାରର ଧାରଣା, ତୁମେ ଜାଣିବାକୁ ଚାହିଁବ । ପଚାରନା । ତାକୁ ତା' ଆଡୁ କହିବାକୁ ଦିଅ । ଦୁହେଁ ଖାଇସାରିବା ପରେ ଆପାର୍ଟମେଣ୍ଟକୁ ଫେର । ଆକାଶ ଖୁବ୍ ସୁନ୍ଦର ଦିଶୁଥିବ । ସନ୍ଧ୍ୟାର ଉଡ଼ନ୍ତା ଧୂଳିରେ ନ୍ୟୁଜର୍ସିର ସୂର୍ଯ୍ୟାସ୍ତ ପୃଥିବୀର ଆଶ୍ଚର୍ଯ୍ୟମାନଙ୍କ ମଧ୍ୟରୁ ଗୋଟିଏ ପରି ଲାଗୁଥିବ । ତାକୁ ଦେଖାଅ । ତା' କାନ୍ଧରେ ହାତରଖି କୁହ, ବହୁତ ସୁନ୍ଦର ନା ?

ଏଥର ତା' ସାମ୍ନାରେ ଗମ୍ଭୀର ହୋଇଯାଅ । ଟେଲିଭିଜନ ସାମ୍ନାରେ ବସ କିନ୍ତୁ ସତର୍କ ରୁହ । ତୁମ ବାପା କ୍ୟାବିନେଟରେ ରଖିଥିବା ଡୋମିନିକୀୟ ରମ୍ ଯାହାକୁ କେହିବି ଛୁଅନ୍ତିନି, କେଇ ଚୁସ୍କି ନିଅ । ସେଇ ଅଞ୍ଚଳର ଝିଅର ନିତମ୍ବ ଆକର୍ଷଣୀୟ ହେଲେବି ସେ ତୁମକୁ ଛୁଇଁବାକୁ ଦେବାପାଇଁ ବ୍ୟଗ୍ରତା ଦେଖାଇବନି । ସେ ତୁମ ଆପାର୍ଟମେଣ୍ଟ କମ୍ପ୍ଲେକ୍ସରେ ରହୁଥିବାରୁ ଭବିଷ୍ୟତରେ ତୁମ ସହିତ ମିଶିବାର ଅନେକ ସୁଯୋଗ ପାଇବ । ସେ ତୁମ ସହିତ କିଛି ସମୟ ବିତାଇବ ଏବଂ ଘରକୁ ଫେରିଯିବ । ଅତିବେଶିରେ ସେ ତୁମକୁ ଚୁମ୍ବନ ଦେଇପାରେ । ଯଦି ସେ ଅତ୍ୟଧିକ ନିର୍ଭୀକ, ତୁମ ପାଖରେ ନିଜକୁ ସମର୍ପଣ ମଧ୍ୟ କରିପାରେ, କିନ୍ତୁ ଏମିତି ଘଟଣା ଘଟିବାର ସମ୍ଭାବନା କ୍ୱଚିତ । ଗୋରା ଝିଅ କିନ୍ତୁ ସମୟ ନେବନି । ତାକୁ ତୁମେ ମନା କରିବନି । ସେ ତା' ପାଟିରୁ ଚ୍ୟୁଂଗମ୍ ବାହାରକରି ତୁମ ସୋଫା କଭରରେ ଲଗେଇଦେବ ଓ ତୁମ ପାଖରେ ଲାଗିକରି ବସିବ । ତୁମ ଆଖି ଖୁବ୍ ଆକର୍ଷଣୀୟ, ସେ ତୁମକୁ କହିପାରେ ।

ତା'ର କେଶ, ତ୍ୱଚା ଏବଂ ଓଠ ତୁମକୁ ଭଲଲାଗୁଛି ବୋଲି କୁହ, କାରଣ ସତରେ ତୁମକୁ ତାହା ନିଜର କେଶ, ତ୍ୱଚା ଓ ଓଠ ଅପେକ୍ଷା ଭଲଲାଗୁଛି ।

ସେ କହିବ, ମୁଁ ସ୍ପାନିସ୍ ପୁଅଙ୍କୁ ପସନ୍ଦ କରେ । ଯଦିଓ ତୁମେ କେବେ ସ୍ପେନ୍ ଯାଇନ, ତୁମେ ମଧ୍ୟ ତାକୁ ପସନ୍ଦ କର ବୋଲି କୁହ ।

ତୁମ ସହିତ ସେ ସାଢ଼େ ଆଠଟା ପର୍ଯ୍ୟନ୍ତ ରହିବ ଏବଂ ତା'ପରେ ମୁହଁ ହାତ ଧୋଇବାପାଇଁ ବାଥରୁମ୍‌କୁ ଯିବ । ବାଥରୁମ୍‌ରେ ମୁହଁ ଧୋଇଲାବେଳେ ସେ ରେଡ଼ିଓର କେଉଁ ଏକ ଗୀତକୁ ଗୁଣୁଗୁଣୁକରି ଗାଇବ । ଭାବ, ଏବେ ତା' ମାଆ ତାକୁ ନବାପାଇଁ ଆସିବେ, ସେ କ'ଣ କହିବେ ଯେତେବେଳେ ଶୁଣିବେ ଯେ ତାଙ୍କ ଝିଅ କିଛି ସମୟ ପୂର୍ବରୁ ତୁମ ସହିତ ଶୋଇଥିଲା, ତୁମ କାନରେ ତୁମ ନାଆଁକୁ ଅଷ୍ଟମ ଶ୍ରେଣୀ ସ୍ପାନିସ୍‌ରେ

ଫିସ୍‌ଫିସ୍ କରି କହିଥିଲା । ସେ ଯେତେବେଳେ ବାଥରୁମ୍‌ରେ ଥିବ, ତୁମେ ତୁମର କୌଣସି ସାଙ୍ଗକୁ ଫୋନ୍ କରି ତୁମ ବିଜୟହେବାର ଖବରଦିଅ । କିମ୍ବା ଚୁପ୍‌ଚାପ୍ କାଉଚ ଉପରେ ବସ ଓ ମନେମନେ ହସ ।

କିନ୍ତୁ ସାଧାରଣତଃ ଏହା ଏମିତି ହୁଏନାହିଁ । ଅପେକ୍ଷାକର । ସେ ତୁମକୁ ଚୁମା ଦେବାପାଇଁ ଚାହିଁବନି । ଏତେ ବ୍ୟସ୍ତ କାହିଁକି, ସେ କହିବ । ହାଫି ଝିଅଟି ତୁମଠୁ ଟିକେ ଛାଡ଼ି କାଉଚକୁ ଆଉଜି ବସିବ । ସେ ନିଜର ଦୁଇ ହାତକୁ ଛନ୍ଦି ଛାତିକୁ ଲୁଚେଇବାକୁ ଚେଷ୍ଟାକରିବ ଓ କହିବ, ମୋତେ ମୋର ବକ୍ଷୋଜ ପସନ୍ଦ ନୁହଁ । ତା'ର କେଶ ସାଉଁଳାଇବାକୁ ଚେଷ୍ଟାକର । ସେ କିନ୍ତୁ ପଛକୁ ଘୁଞ୍ଚିଯିବ । ମୋ କେଶକୁ କେହି ଛୁଇଁଲେ ମୋତେ ଭଲଲାଗେନା, ସେ କହିବ । ସେ ତୁମକୁ ଅଚିହ୍ନା ଲୋକଭଳି ବ୍ୟବହାର କରିବ । ସ୍କୁଲରେ ସେ ଜୋର୍ ଜୋର୍‌ରେ ହସି ପୁଅମାନଙ୍କର ଧ୍ୟାନ ଆକର୍ଷଣ କରିବାରେ ନିପୁଣ, କିନ୍ତୁ ଏଇଠି ସେ ତୁମକୁ ମାନସିକ ଦ୍ୱନ୍ଦ୍ୱ ଭିତରେ ରଖିବ । ଏଇ ପରିସ୍ଥିତିରେ ତୁମକୁ କ'ଣ କହିବାକୁ ବା କରିବାକୁ ହେବ ତୁମେବି ଜାଣିପାରିବନାହିଁ ।

ମୋ ଜବୀନରେ ତୁମେହିଁ ଏକମାତ୍ର ପୁଅ ଯିଏ ମୋତେ ଡ଼େଟିଂରେ ନେବାକୁ ଚାହିଁଛ, ସେ କହିବ । ତୁମର ପଡ଼ୋଶୀ ବନ୍ଧୁମାନେ ପରାଜୟର ସ୍ୱାଦ ଅନୁଭବ କରିବାକୁ ଆରମ୍ଭ କରିବେଣି, ଏବେ ସେମାନେ ତୁମକୁ ପାର୍ଟି ଦେବେ ।

କିଛି କୁହନାହିଁ । ସେ ତା' ସାର୍ଟର ବୋତାମ ଦେବ, ମୁଣ୍ଡ କୁଣ୍ଡେଇବ । ତା' ବାପାଙ୍କର କାର୍ ପାର୍କିଂ କରିବାର ଶବ୍ଦ ଓ ହର୍ନ ଶୁଣି ସେ ବେଶି କିଛି ନକହି ଚୁପ୍‌ଚାପ୍ ଚାଲିଯିବ । ସେ ଯଦିଓ ଯିବାକୁ ଚାହୁଁନଥିବ । ପ୍ରାୟ ଘଣ୍ଟାଏ ପରେ ଫୋନ୍ ରିଙ୍ଗ୍ କରିବ । ତୁମେ ଫୋନ୍ ଉଠାଇବାକୁ ଚାହିଁବ । ଉଠାଅନା । ଟେଲିଭିଜନରେ ଯାହା ବି ଦେଖିବାକୁ ଚାହୁଁଚ, ଦେଖ । ତୁମ ସହିତ ଯୁକ୍ତି କରିବାକୁ ଘରେ କେହି ନାହାନ୍ତି । ତଳକୁ ଯାଅ ନାହିଁ । ଶୁଅ ନାହିଁ । ତୁମକୁ ଶୋଇବା କୌଣସି ପ୍ରକାରରେ ସାହାଯ୍ୟ କରିବନି । ତୁମର ମାଆ ତୁମକୁ କିଛି କହିବା ପୂର୍ବରୁ ସରକାରୀ ପନିର ରେଫ୍ରିଜିରେଟରରେ ଯେଉଁଠି ଥିଲା, ସେଇଠି ରଖିଦିଅ ।

■

ନାଇଜିରିଆ

ଆମେରିକା ଆମେରିକା

ଓକାଫର ଏମାନୁଏଲ ଟୋଚୁକ୍ବୁ

୧.

ଓନିସା ଛାଡ଼ି ଲାଗୋସ ଯିବାର ରାତିକ ପୂର୍ବରୁ ମୁଁ ମା'ଙ୍କୁ କହିଲି ଯେ ଏବେ ମୁଁ ଜଣେ ପୁରୁଷ ସହିତ ରହୁଛି । ସଂପୂର୍ଣ୍ଣ ଭାବେ । ବିବାହିତ ଦମ୍ପତି ଭାବରେ, ପୁରୁଷ ଓ ପୁରୁଷ । ଆମର ଡ୍ରଇଂ ରୁମ୍ ଖୁବ୍ ବଡ଼, ରାତିରେ ସେଠି ଝିଣ୍ଟିକାଙ୍କ ଟିଂ ଟିଂ ଶବ୍ଦ ଏବଂ ଦିନରେ ଝିଟିପିଟି ଓ ବୁଢ଼ିଆଣୀଙ୍କ ଯିବା ଆସିବା । ସେଇ ଘରେ ରଙ୍ଗ ଛାଡ଼ି ଯାଇଥିବା ଲାଲ ଓ କଳା ଚେକ୍ ଛପା କୁସନ ଉପରେ ଆମେ ବସୁ । ହଠାତ୍ ମା'ଙ୍କ ଚେହେରା ଶବଯାତ୍ରାରେ ଯାଉଥିବା ଲୋକଙ୍କ ପରି ଉଦାସ ଦେଖାଗଲା ଏବଂ ସେ ତାଙ୍କର ଦୁଇମୁଠାରେ ଦେହର ଦୁଇ ପାର୍ଶ୍ୱକୁ ଚିପିଧରିଲେ । ଯେତେବେଳେ ବାପାଙ୍କ ମୃତ୍ୟୁ ଖବର ସେ ପ୍ରଥମେ ଶୁଣିଥିଲେ, ତାଙ୍କର ପ୍ରତିକ୍ରିୟା ଠିକ୍ ସେମିତି ଥିଲା ।

"କ'ଣ ? ପୁରୁଷ ? ତୁ ଜଣେ ପୁରୁଷ ସହିତ ରହୁଛୁ ?" ତାଙ୍କ ମୁହଁରୁ ଶବ୍ଦ ସବୁ ଗୋଟି ଗୋଟି କରି ବାହାରୁଥିଲେ ଯେମିତି ଚାରି ବର୍ଷର ପିଲାଟିଏ ସଂଖ୍ୟା ଗଣୁଛି ।

ବୋଧହୁଏ ମା'ଙ୍କୁ କହିବା ଉଚିତ ଥିଲା ଯେ ମୋର ନିର୍ଭୀକତା ପାଇଁ ସେ ଏପରି ପ୍ରତିକ୍ରିୟା ପ୍ରକାଶ ନକରି ବରଂ ଆଭାର ବ୍ୟକ୍ତ କରିବା ଉଚିତ । ମୋର ଶବ୍ଦରେ କମ୍ପନ ନଥିଲା, ଦୃଢ଼ତା ଥିଲା । ମୁଁ ନାଇଜିରିଆ ସୀମା ସେପାଖରୁ ଚିଠି ଲେଖି ଏକଥା କହିପାରିଥାଆନ୍ତି । ମୁଁ ଜାଣେ ଯେ ନାଇଜିରିଆର ନିୟମ ଅନୁସାରେ ଏପରି ଭୁଲ୍ ପାଇଁ ମତେ ଚଉଦ ବର୍ଷ ସଶ୍ରମ କାରାବାସ ଭୋଗିବାକୁ ହେବ । ନାଇଜିରିଆ ଜେଲ୍‌ର

ଝରିକାନ୍ଥ ଭିତରେ ରହିବା ପାଇଁ ଅଥବା ସେଭଳି ସ୍ଥାନର ଅସହ୍ୟ ଦୁର୍ଗନ୍ଧକୁ ନିଃଶ୍ୱାସରେ ନେବାପାଇଁ ମୁଁ କେବେବି ଚାହେଁନା । କ'ଣ ହେବ ଯଦି ମୁଁ ଗୋଟେ ପୁରୁଷକୁ ପ୍ରେମ କରୁଛି ବୋଲି ମୋ ଉପରକୁ ପଥର ଫିଙ୍ଗି ଅଥବା ମୋତେ ନିଆଁରେ ଜାଳି ମାରିଦିଆଯାଏ ? ମା' ସୋଫା ଉପରେ ବସି ଏପାଖ ସେପାଖ ହେଉଛନ୍ତି ସତେ ଯେମିତି ଏପାଖ ସେପାଖ ହେଲେ ମୋ କଥା ସବୁ ତାଙ୍କର ହଜମ ହୋଇଯିବ । ସେ ତାଙ୍କର ଦାନ୍ତକୁ ଚୁମୁଛନ୍ତି ଓ ଓଠକୁ କାମୁଡୁଛନ୍ତି । ସେ ବାରମ୍ବାର ଦୀର୍ଘ ନିଃଶ୍ୱାସ ନେଉଛନ୍ତି ଓ ପ୍ରତିଟି ନିଃଶ୍ୱାସ ପରେ ତାଙ୍କର ଚେହେରା ଆହୁରି ନିଷ୍ପ୍ରଭ ହୋଇଯାଉଛି । ମୁଁ ତାଙ୍କର ଆଘାତକୁ ଅନୁଭବ କରିପାରୁଛି । ଏପରିକି ତାଙ୍କର ଶେଷ ଶବ୍ଦ କେତୋଟିରେ ଦେଖାଯାଇଥିବା କମ୍ପନ ତାଙ୍କର ଯନ୍ତ୍ରଣାକୁ ସ୍ପଷ୍ଟ ରୂପେ ସୂଚିତ କରିଛି । ତାଙ୍କର ଜେଜେମା ନହୋଇପାରିବାର ଦୁର୍ଭାଗ୍ୟର ଯନ୍ତ୍ରଣା ଯେ ।

"ମୁଁ ତାକୁ ଭଲପାଏ, ମାମା । ସତରେ ମୁଁ ଭଲପାଏ । ତୁମକୁ ଯଦି ଆଗରୁ କହିପାରିଥାନ୍ତି, ଯେତେବେଳେ ବାପା ଆମ ସହିତ ଥିଲେ ।"

ଆମ ଭିତରେ ଏକ ଲମ୍ବା ନିରବତା । ମୁଁ ଦେଖୁଛି ତାଙ୍କର ଆଖି ଦୁଇଟି ଘୂରୁଛି କୋରଡ଼ ଭିତରେ, ଗଭୀର ଭାବନା ଭିତରେ । ସେମାନେ ଯେମିତି ଏକ ଆକାରବିହୀନ ଛାଇ ଉପରେ ଲଟକି ପଡ଼ି ଶୂନ୍ୟତାକୁ ଦେଖିବାକୁ ଚେଷ୍ଟାକରୁଛନ୍ତି । ଆମ ନିଃଶ୍ୱାସର ଶବ୍ଦ ଧୀରେଧୀରେ ତୀବ୍ରତର ହେଉଛି । ମୁଁ ବାହାରକୁ ଚାହିଁଲି । ପୁଣିଥରେ ଦୃଷ୍ଟି ଫେରେଇଲି ମା'ଙ୍କ ଉପରକୁ । ଅନିର୍ଣ୍ଣୟତା, ମିଛ ଜୀବନ – ଏ ସବୁଥିରେ ମୁଁ ବିଶ୍ୱାସ କରେନା । ସେ ଜାଣିବା ଉଚିତ । ସମସ୍ତେ ଜାଣିବା ଉଚିତ । ଏପରିକି ମଶାଣିରେ ବାପା ବି ।

"ବୋଡ୍ ଓ ମୁଁ ଠିକ୍ କରିଛୁ ପିଲାଟିଏ ପୋଷ୍ୟ କରିବା ପାଇଁ । କିନ୍ତୁ ନାଇଜିରିଆରେ ଏହା ସମ୍ଭବ ନୁହେଁ । ତେଣୁ ଆସନ୍ତା ମାସରେ ଆମେ ଆମେରିକା ଚାଲିଯିବୁ । ତୁମେ ଆମ ନିକଟକୁ ଆମେରିକା ଆସି ପାରିବ ଓ ନାତି ନାତୁଣୀଙ୍କ ସହିତ ସମୟ ବିତେଇପାରିବ ।"

"ଆମେରିକା ।"

"ମାମା, କ'ଣ ଆମେରିକା ?"

"ହଁ, ଏ ଆମେରିକାର କଥା ।"

"ମାମା"

"ହଁ, ଆମେରିକା । ତୁ ସେମାନଙ୍କର ରୋଗରେ ଆକ୍ରାନ୍ତ । ସେମାନେ କେବଳ ତୋତେ ଶିକ୍ଷା ଦେଇ ନାହାନ୍ତି, ତା' ସହ ତାଙ୍କର ରୋଗ ବି ଦେଇଛନ୍ତି ।"

"ମାମା, ମୁଁ କୌଣସି ରୋଗରେ ଆକ୍ରାନ୍ତ ନୁହେଁ ।"

ମୁଁ ତାଙ୍କୁ କହିବାକୁ ଚାହୁଁଥିଲି ଯେ ମୋର ଝିଅମାନଙ୍କ ପ୍ରତି କୌଣସି ଅନୁଭବ ନାହିଁ । ସବୁବେଳେ ମୋର ଆଖି ଓ ହୃଦୟ କେବଳ ପୁଅମାନଙ୍କ ପାଇଁ ।

"ଦେଖ୍, ତୋ ବାପା ଓ ମୁଁ ଗୋଟେ ଭୁଲ୍ କରିଦେଲୁ । ତୋତେ କେବେବି ଆମେରିକା ପଠେଇବାର ନଥିଲା ।"

ସେ ଗୋଡ଼ ଲମ୍ବେଇ ତଳେ ବସିପଡ଼ିଲେ । ଲୁହ ଦୁଇ ଧାର ବୋହିଗଲା ତାଙ୍କର ବୟସ୍କ ଗାଲ ଦେଇ ।

୨.

ନିଦ ଆସିବାପାଇଁ ରାଜି ହେଉନି ଆଜି । ଚାରି ଦିଗରେ ଉଡ଼ିଯାଉଥିବା ମୋର ଭାବନାମାନଙ୍କ ଦ୍ୱାରା ଅଶାନ୍ତ ହୋଇ ମୁଁ ବିଛଣାରେ ଏପଟ ସେପଟ ହେଲି । ମୁଁ ବାପାଙ୍କୁ ଡାକିବାକୁ ଚେଷ୍ଟାକଲି, ସେ କ'ଣ କହିବାକୁ ଚାହିଁବେ ଜାଣିବା ପାଇଁ । ତାଙ୍କର ମୁଣ୍ଡ ଦେଖାଗଲା । ଏକାବେଳେ ନୁହେଁ । ପ୍ରଥମେ ତାଙ୍କର ଚମକୁଥିବା ପାଚିଲା କେଶ । ତା'ପରେ ତାଙ୍କର ଅଧାମେଲା ବାଦାମି ରଙ୍ଗର ଆଖି । ତା'ପରେ ତାଙ୍କର ନାକ, ଗୋଟିଏ କଣରୁ ଟିକେ ବଙ୍କା । ତା'ପରେ ଥରିଲା ଓଠ । ଶେଷରେ କେବଳ ଦାଗଯୁକ୍ତ ଲଟକିଥିବା ମାଂସ । କିନ୍ତୁ କାନ ନଥିଲା ।

"କାହିଁକି ଆମକୁ ତୁ ଲଜ୍ଜିତ କରୋଉଛୁ ପୁଅ ?" ବାପାଙ୍କ ସ୍ୱର ଠିକ୍ ସେମିତି – ଧୀର, ଆବେଗପୂର୍ଣ୍ଣ ଓ ଦୃଢ଼ ।

"ମୁଁ ତାକୁ ଭଲ ପାଏ ବାପା, ମୁଁ ବୋଡ୍‌କୁ ଖୁବ୍ ଭଲପାଏ ।"

ମୋ କଥାକୁ ଉପେକ୍ଷା କରି ବାପା କହି ଚାଲିଲେ । ସେ ଶୁଣିବା ଅବସ୍ଥାରେ ନଥିଲେ ।

"ତୁ ମୋତେ ଦୁଃଖ ଦେଲୁ, ବହୁତ ଦୁଃଖ । ସେଇ ଏକାନ୍ତ, ଦୁଃଖଦ ମଶାଣିରେ ଥିବା କଫିନ୍ ଭିତରେ ମୋ ଶରୀର ଅସ୍ଥିର ହୋଇଉଠୁଛି । ମୋ ଆତ୍ମା କେଉଁଠି ସୁଖ ଖୋଜିବ, ପୁଅ ? ତୁ ଆମେରିକାରୁ ଏଇ ଅସୁସ୍ଥତା ଆଣିଛୁ । ଏବେ ତୋତେ ଫେରେଇବାକୁ ହେବ ।"

"ବାପା, ମୋତେ କହିବାକୁ ଦିଅ । ବୋଡ୍ ମୋ ଜୀବନର ପ୍ରେମ, ମୁଁ ତା' ବିଷୟରେ କହିବାକୁ ଚାହେଁ ।"

"ଫେରେଇ ଦେ, କହିଲି ତତେ ।"

ବାପାଙ୍କର ଦେଖାଯାଉଥିବା ଅଙ୍ଗ ସବୁ ଗୋଟି ଗୋଟି କରି ଉଭେଇବାରେ ଲାଗିଲା, ଯେମିତି ଆସିଥିଲେ ଠିକ୍ ସେମିତି । ମୁଁ ତକିଆକୁ ଛାତି ପାଖରେ ଜାକି ଧରି ଆଖି ଜୋରରେ ବନ୍ଦ କରି ବାପାଙ୍କର ଧମକଭରା କୋହ ସହିତ ଯୁଦ୍ଧ କରୁଥିଲି ।

ସତେ ଯେମିତି ଜୋରରେ ଆଖି ବନ୍ଦ କଲେ ଅସ୍ୱୀକୃତିର ପୀଡ଼ା କମ ହୋଇଯିବ । ଶେଷରେ ମୋ ଆଖିରେ ନିଦ ଆସିଲା । ମୋ ନିଦରେ ମୁଁ ମୋତେ ଆଖି ଖୋଲି ବିଛଣାରେ ଶୋଇଥିବାର ଦେଖିଲି । ବୋଡ୍ ମୋ କଡ଼ରେ ଉଲଗ୍ନ ହୋଇ ଶୋଇଥିଲା ଓ ସକେଇ ସକେଇ କାନ୍ଦୁଥିଲା । ମୁଁ ତାକୁ କଥା ଦେଲି ଯେ ସକାଳ ହେବାର ଅନେକ ପୂର୍ବରୁ, ଖବର ବ୍ୟାପିଯିବା ଆଗରୁ ମୁଁ ଘର ଛାଡ଼ିଦେବି ଓ ଲାଗୋସରେ ପହଞ୍ଚି ପ୍ରଥମ ଫ୍ଲାଇଟ୍ ନେଇ ଆମେରିକା ଆସିବି । ବୋଡ୍ ତଥାପି କାନ୍ଦିବା ବନ୍ଦ କଲାନାହିଁ । ମୁଁ ତାକୁ ମୋ ବାହୁରେ ମୋ ଉପରକୁ ଟାଣିଆଣିଲି ଓ ଯେଉଁଭଳି ଭାବରେ ମୁଁ ଜାଣେ, ଠିକ୍ ସେମିତି ଭଲ ପାଇଲି ।

■

ଯୁକ୍ତରାଷ୍ଟ୍ର ଆମେରିକା

ମୂର୍ତ୍ତିପୂଜା

ଶେରମାନ ଆଲେକ୍ସି

ମେରି ଘଣ୍ଟା ଘଣ୍ଟା ଧରି ଅପେକ୍ଷା କଲା । ଅପେକ୍ଷା କରିବା ଭଲ କଥା । ସେ ଭାରତୀୟ ଏବଂ ପ୍ରତ୍ୟେକ ଭାରତୀୟ କାମ – ବିବାହ, ଅନ୍ତ୍ୟେଷ୍ଟି ଇତ୍ୟାଦିରେ ଧୈର୍ଯ୍ୟ ଲୋଡ଼ାହୁଏ । ଏହି ସ୍ୱର ପରୀକ୍ଷା ଭାରତୀୟ ନୁହେଁ, କିନ୍ତୁ ଯେତେବେଳେ ତା' ନାଁ ଡକା ହେଲା, ସେ ପ୍ରସ୍ତୁତ ଥିଲା ।

"କେଉଁ ଗୀତ ଗାଇବ ଆଜି ?" ପରୀକ୍ଷକ ପଚାରିଲେ ।

"ଏଭ୍ରି ରିଜର୍ଭେସନ ଗାର୍ଲ ଲଭ୍‌ସ ପାସି କ୍ଲାଇନ୍," ସେ କହିଲା ।

"ଠିକ୍ ଅଛି, ଶୁଣାଅ ।"

ସେ କେବଳ ପ୍ରଥମ ପଦ ହିଁ ଗାଇଛି, ତାକୁ ବନ୍ଦ କରିବାକୁ କୁହାଗଲା ।

"ତୁମେ ଜଣେ ବେସୁରା ଗାୟକ," ପରୀକ୍ଷକ କହିଲେ । "ଜୀବନରେ ଆଉ କେବେ ଗାଇବାକୁ ଚେଷ୍ଟା କରନାହିଁ ।"

ସେ ଜାଣିଥିଲା ଯେ ଏହି ପ୍ରୋଗ୍ରାମ ଜାତୀୟ ଚ୍ୟାନେଲ୍‌ରେ ପ୍ରସାରଣ କରାଯିବ । ସେଥିପାଇଁ ଯେ କୌଣସି ପ୍ରକାରର ଅପମାନକୁ ସେ ମାନିବ ବୋଲି ରାଜି ହୋଇଥିଲା ।

"କିନ୍ତୁ ମୋ ସାଙ୍ଗମାନେ, ମୋ ସଙ୍ଗୀତ ଶିକ୍ଷକ, ମୋ ମାଆ – ମୁଁ ଭଲ ଗାଉଛି ବୋଲି ସମସ୍ତେ କୁହନ୍ତି ।"

"ସେମାନେ ମିଛ କହୁଛନ୍ତି ।"

ମେରି ତା' ଜୀବନରେ କେତେ ଗୀତ ଗାଇଥିବ ? କେତେ ମିଛ ତାକୁ କୁହାଯାଇଥିବ ? କ୍ୟାମେରା ସାମ୍ନାରେ ମେରି ମନେମନେ ଗଣନା କଲା, ଗ୍ରୀନ୍‌ରୁମ୍‌କୁ ଦୌଡ଼ିଲା ଏବଂ ତା' ମା'ଙ୍କ ବାହୁରେ ମୁହଁ ଗୁଞ୍ଜି କାନ୍ଦିଲା ।

ଏ ପୃଥିବୀରେ, ଆମେ କେବଳ ମିଛ କହୁଥିବା ଲୋକଙ୍କୁ ଭଲପାଇବା । ଅଥବା ଏକାକୀ ଜିଇଁବା ।

■

ଜାପାନ

ଏପ୍ରିଲ୍‌ର ଏକ ସୁନ୍ଦର ସକାଳେ ପୂର୍ଣ୍ଣତମାକୁ ଦେଖି

ହାରୁକି ମୁରାକାମି

ଏପ୍ରିଲର ଏକ ସୁନ୍ଦର ସକାଳେ ଟୋକିଓର ସମ୍ଭ୍ରାନ୍ତ କଲୋନୀ ହାରୁଜୁକୁର ସଂକୀର୍ଣ୍ଣ ଗଳିରେ ଚାଲୁଥିଲା ବେଳେ ମୁଁ ପୂର୍ଣ୍ଣତମାକୁ ଅତିକ୍ରମ କଲି ।

ସତ କହିବାକୁ ଗଲେ, ସେ ଦେଖିବାକୁ ଏତେ ଖାସ୍ ନଥିଲା । ସେମିତି ବାରି ହୋଇ ପଡୁନଥିଲା । ତା'ର ପରିପାଟୀରେ କିଛି ବିଶେଷତା ନଥିଲା । ନିଦରୁ ଉଠିଲା ପରି ତା'ର କେଶରାଶି ଅସଂଯତ ଲାଗୁଥିଲା । ଚେହେରା ଢଳିଯାଇଥିଲା । ବୟସ ପାଖାପାଖି ତିରିଶ ଲାଗୁଥିଲା ଯାହାକୁ ଜଣେ ତରୁଣୀ ବୋଲି କୁହାଯାଇପାରିବ ନାହିଁ । ତଥାପି, ମୁଁ ପଚାଶ ଗଜ ଦୂରତାରୁ ଜାଣିପାରୁଥିଲି ଯେ ସେ ମୋ ପାଇଁ ପୂର୍ଣ୍ଣତମା ହିଁ ଥିଲା । ତାକୁ ଦେଖିବାର ମୁହୂର୍ତ୍ତରେ ହିଁ ମୋ ଛାତି ଭିତରେ ଉଦ୍‌ବେଳନ ସୃଷ୍ଟି ହେଲା ଓ ପାଟି ମରୁଭୂମି ପରି ଶୁଖି ଅଠା ଅଠା ହୋଇଗଲା ।

ଝିଅମାନଙ୍କୁ ନେଇ ହୁଏତ ତୁମର କିଛି ବ୍ୟକ୍ତିଗତ ପସନ୍ଦ ଥାଇପାରେ – ଯେମିତି ଛୋଟ ପାଦ, ପୋଟଳଚିରା ଆଖି ଅଥବା ଚମ୍ପାକଢ଼ି ଆଙ୍ଗୁଠି । ଏମିତି ବି ହୋଇପାରେ, ବିନା କିଛି କାରଣରେ ବସିବସି ଧୀରେଧୀରେ ଖାଉଥିବା ଝିଅଟି ଭଲ ଲାଗୁଥାଇପାରେ । ମୋର ମଧ୍ୟ କିଛି ନିଜସ୍ୱ ପସନ୍ଦ ରହିଛି । ବେଳେବେଳେ ରେଷ୍ଟୁରାଣ୍ଟରେ ମୁଁ ମୋ ଅଜାଣତରେ ପାଖ ଟେବୁଲରେ ବସିଥିବା ଝିଅକୁ ଦେଖୁଥାଏ ଯାହାର ନାକର ଆକାର ମତେ ଭଲ ଲାଗେ ।

କିନ୍ତୁ ପୂର୍ଣ୍ଣତମାକୁ ନେଇ ପୂର୍ବାନୁମାନ ଲଗେଇ ହେବନାହିଁ। ଯଦିଓ ମତେ ସୁନ୍ଦର ନାକ ଥିବା ଝିଅ ଭଲ ଲାଗନ୍ତି, କିନ୍ତୁ ସେଇ ଝିଅର ନାକ ଉପରେ ମୁଁ ନଜର ଦେଇ ନଥିଲି। ତା'ର ନାକ ବିଷୟରେ ମୋତେ ପଚାରିଲେ ମୁଁ କିଛି ବି କହି ପାରିବିନାହିଁ। କେବଳ ନିଶ୍ଚିତ ଭାବେ ଏତିକି କହିପାରିବିଯେ ସେ ଦେଖିବାକୁ ଆଦୌ ସୁନ୍ଦର ନଥିଲା।

"କାଲି ରାସ୍ତାରେ ମୁଁ ପୂର୍ଣ୍ଣତମାକୁ ଅତିକ୍ରମ କଲି", ମୁଁ ଜଣେ ବନ୍ଧୁଙ୍କୁ କହିଲି।

"ଆଚ୍ଛା?" ସେ ପଚାରିଲେ, "ଦେଖିବାକୁ ସୁନ୍ଦର?"

"ମମମ... ସେମିତି ଖାସ୍ ନୁହଁ।"

"ତା'ହେଲେ ତୁମର ବ୍ୟକ୍ତିଗତ ପସନ୍ଦ ନିଶ୍ଚୟ, ତା'ପରେ?"

"ମୁଁ ତା' ବିଷୟରେ କିଛି ଜାଣେନା। ଏବେ ବି ତା' ଚେହେରା ଆଉ ମନେ ପଡୁନି – ତା' ଆଖିର ଆକୃତି କି ତା' ଛାତିର ଆକାର କିଛି ମନେନାହିଁ।"

"ଆଶ୍ଚର୍ଯ୍ୟ।"

"ହଁ। ବିଶ୍ୱାସ ହେଉନି।"

"ସେ ଯାହାବି ହେଉ।" ସେ ବୋର୍ ହେବା ପରି ଲାଗିଲେ ଓ ପଚାରିଲେ, "କ'ଣ କଲ? କଥା ହେଲ? ନା ଦୂରରୁ ଦେଖିବାପାଇଁ କେବଳ ପଛେପଛେ ଗଲ?"

"ନାଇଁ, କେବଳ ଚାଲୁଚାଲୁ ରାସ୍ତାରେ ଅତିକ୍ରମ କଲି।"

ସେ ପୂର୍ବରୁ ପଶ୍ଚିମକୁ ଯାଉଥିଲା, ମୁଁ ପଶ୍ଚିମରୁ ପୂର୍ବକୁ। ଏପ୍ରିଲର ସକାଳ ଖୁବ୍ ମନୋରମ ଲାଗୁଥିଲା।

ଆଃ! ଯଦି ମୁଁ ତା' ସହିତ କଥା ହୋଇ ପାରିଥାଆନ୍ତି। ଅଧ ଘଣ୍ଟା ପାଇଁ ହେଉ ପଛେ। ତା' ବିଷୟରେ କିଛି ପଚାରିଥାନ୍ତି। ମୋ ବିଷୟରେ କିଛି କହିଥାଆନ୍ତି। ଯେମିତି ମୁଁ ଆଗକୁ ଯାଇ କ'ଣ କରିବାକୁ ଚାହୁଁଛି। ଭାଗ୍ୟର ଜଟିଳତା ବିଷୟରେ ମଧ୍ୟ ଚର୍ଚ୍ଚା କରିଥାଆନ୍ତି ଯାହା ୧୯୮୧ ଏପ୍ରିଲର ଏଇ ମନୋରମ ସକାଳରେ ହାରାଜୁକୁର ପାଦଚଲା ରାସ୍ତାରେ ଆମକୁ ଏମିତି ପରସ୍ପରକୁ ଅତିକ୍ରମ କରିବାକୁ ଦେଇଛି। ଏହା ପଛରେ ନିଶ୍ଚିତ ଭାବେ କିଛି ନା କିଛି ରହସ୍ୟ ରହିଛି, ଯେମିତି ପୃଥିବୀ ଶାନ୍ତିପୂର୍ଣ୍ଣ ଥିଲାବେଳେ ଗଢ଼ାଯାଇଥିଲା ସବୁଠୁ ଦୁର୍ମୂଲ୍ୟ ଘଡ଼ି।

କଥା ହୋଇସାରିଲା ପରେ ଆମେ ଭଲ କେଉଁ ରେଷ୍ଟୁରାଣ୍ଟରେ ମଧ୍ୟାହ୍ନଭୋଜନ କରିଥାନ୍ତୁ, ତା'ପରେ ହୁଏତ ଓ୍ୱୁଡି ଆଲେନ୍ ଚଳଚ୍ଚିତ୍ର ଦେଖିଥାନ୍ତୁ ଏବଂ କେଉଁ ଏକ ହୋଟେଲ୍‌ର ବାର୍‌କୁ କକ୍‌ଟେଲ୍ ପାଇଁ ଯାଇଥାଆନ୍ତୁ। ଭାଗ୍ୟ ଯଦି ସାହାଯ୍ୟ କରିଥାନ୍ତା, ଦୁହେଁ ହୁଏତ ଏକାଠି ରାତ୍ରିଯାପନ କରିଥାନ୍ତୁ।

ମୋ ହୃଦୟର ଦ୍ୱାରଦେଶରେ ଛିଡ଼ା ହୋଇ ସମ୍ଭାବନା ଠକ୍‌ଠକ୍ କରୁଥିଲା ।

ଆମ ଭିତରେ ମାତ୍ର ପନ୍ଦର ଗଜର ଦୂରତା ଥିଲା ।

କେମିତି କଥା ଆରମ୍ଭ କରିବି ? କ'ଣ କହିବି ?

"ଶୁଭସକାଳ ମିସ୍ । ତୁମେ କ'ଣ ଅଧଘଣ୍ଟା ସମୟ ଦେଇ ପାରିବ ମୋ ସହିତ କଥା ହେବାପାଇଁ ?"

ଆଃ, ନା । ଇନ୍ସୁରାନ୍ସ କମ୍ପାନିର ସେଲ୍‌ସମ୍ୟାନ୍ ପରି ଶୁଣାଯାଉଛି ।

"କହିପାରିବ ଏଇ ପାଖରେ ସାରା ରାତି ଖୋଲାଥିବା ଡ୍ରାଇକ୍ଲିନର କେଉଁଠି ଅଛି ?"

ନା, ଏ ମଧ୍ୟ ଠିକ୍ ଲାଗୁନି । ମୁଁ ଲଣ୍ଡ୍ରି କରିବାପାଇଁ କିଛି ବି ପୋଷାକ ଧରିନି ସାଥିରେ । ମୋ କଥାକୁ କିଏ ବିଶ୍ୱାସ କରିବ ?

ବୋଧହୁଏ ସତ କହିବାଟା ହିଁ ଠିକ୍ ହେବ । "ଶୁଭ ସକାଳ । ତୁମେ ମୋର ପୂର୍ଣ୍ଣତମା ।"

ନା, ସେ ହୁଏତ ବିଶ୍ୱାସ କରି ନପାରେ । ଯଦିବି ବିଶ୍ୱାସ କରେ, ସେ ହୁଏତ ମୋ ସହିତ କଥା ହେବାକୁ ଇଚ୍ଛା ନକରିପାରେ । ସେ ଏମିତିବି କହିପାରେ, ମୁଁ ତୁମ ପୂର୍ଣ୍ଣତମା ହୋଇପାରେ, ତୁମେ କିନ୍ତୁ ମୋର ପୂର୍ଣ୍ଣତମା ନୁହେଁ । ଆଉ ସତରେ ଯଦି ସେ ଏମିତି କୁହେ, ମୁଁ ଭାଙ୍ଗି ଖଣ୍ଡ ଖଣ୍ଡ ହୋଇଯିବି । ମୁଁ ସେ ଦୁଃଖରୁ ହୁଏତ କେବେବି ବାହାରି ପାରିବିନାହିଁ । ମୁଁ ବତିଶି – ପ୍ରୌଢ଼ତ୍ୱ ଆଡ଼କୁ ଗତି କରୁଛି ।

ଗୋଟିଏ ଫୁଲ ଦୋକାନ ସାମ୍ନାରେ ଆମେ ପରସ୍ପରକୁ ଅତିକ୍ରମ କଲୁ । ପିଚୁରାସ୍ତା ଓଦା ଓଦା ଲାଗୁଥିଲା ଏବଂ ଗୋଲାପ ଫୁଲର ବାସ୍ନା ନେଇ ଦଲକାଏ ପବନ ହଠାତ୍ ଆସି ମୋତେ ଛୁଇଁଲା । ମୁଁ ତା' ସହିତ କଥା ହେବା ପାଇଁ ତା' ସାମ୍ନାକୁ ଆସି ପାରୁ ନଥିଲି । ସେ ଧଳା ସ୍ୱେଟର ପିନ୍ଧିଥିଲା ଓ ତା'ର ଡାହାଣ ହାତରେ ବିନା ଡାକଟିକେଟର ଲଫାପାଟିଏ ଥିଲା । ବୋଧହୁଏ ସେ ଆଉ କାହାକୁ ଚିଠିଟିଏ ଲେଖିଥିଲା । ତା' ନିଦୁଆ ଆଖିରୁ ବାରିହୋଇ ପଡୁଥିଲାଯେ ସେ ସାରା ରାତି ଅନିଦ୍ରା ରହି କାହା ପାଇଁ ଚିଠିଟି ଲେଖିଛି । ସେଇ ଲଫାପା ଭିତରେ ସେ ତା'ର ସମସ୍ତ ଗୋପନୀୟତାକୁ ଖୋଲିଦେଇଥିବ ।

ମୁଁ ଆଉ କେତୋଟି ଛୋଟ ବଡ଼ ପାହୁଣ୍ଡ ପକେଇ ଅଙ୍କାବଙ୍କା ରାସ୍ତା ଦେଇ ତା' ପାଖରେ ପହଞ୍ଚିଲା ବେଳକୁ ସେ ଭିଡ଼ ଭିତରେ କୁଆଡ଼େ ହଜିଯାଇଥିଲା ।

ଏ ଭିତରେ ଅବଶ୍ୟ ମୁଁ ଜାଣି ସାରିଛି ଯେ ମୋତେ କ'ଣ କହିବାକୁ ଥିଲା । କହିଥିଲେ କିନ୍ତୁ ଖୁବ୍ ଗୋଟେ ଲମ୍ବା ଭାଷଣ ହୋଇଥାନ୍ତା, ମୁଁ ହୁଏତ ଏତେ ସମୟ

ଠିକ୍‌ରେ କହି ପାରି ନଥାନ୍ତି । ଯେତେ ପ୍ରକାରର କଳ୍ପନା ମୋ ମନକୁ ଆସିଥିଲା, କେଉଁଟାବି ବ୍ୟବହାରିକ ନଥିଲା ।

ଆମର କଥାବାର୍ତ୍ତା "ଅନେକ ଦିନ ତଳେ"ରୁ ଆରମ୍ଭ ହୋଇ "ଗୋଟିଏ ଦୁଃଖଦ କାହାଣୀ, ତୁମେ କ'ଣ ଭାବୁଛ ?" ରେ ସରିଥାନ୍ତା ।

ଅନେକ ଦିନ ତଳେ ଗୋଟିଏ ପୁଅ ଓ ଗୋଟିଏ ଝିଅ ଥିଲେ । ପୁଅକୁ ଅଠର ଓ ଝିଅକୁ ଷୋହଳ । ପୁଅଟି ଦେଖିବାକୁ ଖୁବ୍ ସୁନ୍ଦର ଥିଲା କିନ୍ତୁ ଝିଅଟି ଖାସ୍ ସୁନ୍ଦର ନଥିଲା । ଅନ୍ୟମାନଙ୍କ ପରି ସେମାନେ ବି ନିଜକୁ ଏକାକୀ ଅନୁଭବ କରୁଥିଲେ । କିନ୍ତୁ ସେମାନଙ୍କର ନିଜ ନିଜ ହୃଦୟ ଉପରେ ଭରସା ଥିଲା ଓ ପୃଥିବୀର କୌଣସି ସ୍ଥାନରେ ସେମାନଙ୍କ ପାଇଁ ପୂର୍ଣ୍ଣତମ ଓ ପୂର୍ଣ୍ଣତମା ଥିଲେ ବୋଲି ସେମାନେ ବିଶ୍ୱାସ କରୁଥିଲେ । ହଁ, ସେମାନେ ଚମତ୍କାରିତା ଉପରେ ବିଶ୍ୱାସ କରୁଥିଲେ । ଏବଂ ପ୍ରକୃତରେ ଚମତ୍କାରିତା ହେଲା ।

ଦିନେ ଗଳିର ଗୋଟିଏ କଣରେ ଉଭୟେ ପରସ୍ପରକୁ ଭେଟିଲେ ।

"ଆଶ୍ଚର୍ଯ୍ୟ," ପୁଅଟି କହିଲା । "ମୁଁ ତମାମ୍ ଜୀବନ ତୁମକୁହିଁ ଖୋଜୁଥିଲି । ତୁମେ ବିଶ୍ୱାସ ନକରିପାର, କିନ୍ତୁ ତୁମେ ହିଁ ମୋର ପୂର୍ଣ୍ଣତମା ।"

"ଆଉ ତୁମେ," ଝିଅଟି କହିଲା, "ପୂର୍ଣ୍ଣତମ, ଠିକ୍ ଯେମିତି ମୋର ପ୍ରତ୍ୟେକ କଳ୍ପନାରେ ଚିତ୍ରଣ କରିଥିଲି । ସ୍ୱପ୍ନ ପରି ଲାଗୁଛି ଏବେ ।"

ସେମାନେ ପାର୍କର ବେଞ୍ଚ ଉପରେ ବସିଲେ, ପରସ୍ପରର ହାତରେ ହାତକୁ ରଖିଲେ ଏବଂ ଘଣ୍ଟାଏ ପର୍ଯ୍ୟନ୍ତ ନିଜ ନିଜ ବିଷୟରେ ଗପି ଚାଲିଲେ । ସେମାନେ ଆଉ ଏକାଏକା ନଥିଲେ । ସେମାନେ ପରସ୍ପରର ପୂର୍ଣ୍ଣତମା ଓ ପୂର୍ଣ୍ଣତମଙ୍କୁ ପାଇସାରିଥିଲେ । ଏହା ଏକ ଚମତ୍କାର ସଂଯୋଗ ଥିଲା, ଅଲୌକିକ ଚମତ୍କାରିତା ।

ସେମାନେ ଏମିତି ଗପୁଥିଲାବେଳେ ତାଙ୍କ ହୃଦୟର ଗଭୀରତାରେ କେଉଁଠି ନା କେଉଁଠି ସନ୍ଦେହର କ୍ଷୁଦ୍ର ବୀଜଟିଏ ମୁଣ୍ଡଟେକିବାକୁ ଚେଷ୍ଟା କରୁଥିଲା: କାହାର ସ୍ୱପ୍ନ ଏତେ ସୁବିଧାରେ ସାକାର ହେବା କ'ଣ ସମ୍ଭବ ?

ଏବଂ ସେମାନଙ୍କର କଥାରେ ଯେତେବେଳେ ସ୍ଥିରତା ଆସିଲା, ପୁଅ ଝିଅକୁ କହିଲା, "ଚାଲ ଆମେ ନିଜକୁ ପରୀକ୍ଷା କରିବା, ଥରଟିଏ । ଯଦି ଆମେ ସତରେ ପରସ୍ପର ପାଇଁ ପୂର୍ଣ୍ଣତମା ଓ ଓ ପୂର୍ଣ୍ଣତମ ହୋଇଥିବା, ତେବେ କେବେବି ହେଉ, କେଉଁଠି ବି ହେଉ, ଆମେ ନିଶ୍ଚୟ ପରସ୍ପରକୁ ଭେଟିବା । ଏବଂ ଯେତେବେଳେ ତାହା ଘଟିବ, ଏବଂ ଏହା ପ୍ରମାଣିତ ହୋଇଯିବ ଯେ ଆମେ ପରସ୍ପରର ପୂର୍ଣ୍ଣତମା ଓ ପୂର୍ଣ୍ଣତମ, ସେଇ ମୁହୂର୍ତ୍ତରେ, ସେଇ ଜାଗାରେ ଆମେ ବିବାହ କରିବା । କ'ଣ କହୁଛ ତୁମେ ?"

"ହଁ", ଝିଅଟି କହିଲା, "ଆମେ ସେଇଆ ହିଁ କରିବା ଉଚିତ।"

ଏବଂ ସେମାନେ ପରସ୍ପରଠୁ ସେଇ ମୁହୂର୍ତ୍ତରେ ଅଲଗା ହୋଇଗଲେ, ଝିଅଟି ପୂର୍ବଦିଗକୁ, ପୁଅ ପଶ୍ଚିମ ଦିଗକୁ।

ସେମାନେ ଯେଉଁ ପରୀକ୍ଷା ପାଇଁ ରାଜି ହେଲେ, ତା'ର ଆଦୌ ଆବଶ୍ୟକତା ନଥିଲା। ସେମାନଙ୍କର ଏ ପରୀକ୍ଷା ନେବାର ନଥିଲା କାରଣ ସେମାନେ ପ୍ରକୃତରେ ପରସ୍ପରର ପୂର୍ଣ୍ଣତମା ଓ ପୂର୍ଣ୍ଣତମ ଥିଲେ। ସେମାନଙ୍କର ମିଳନ ହିଁ ଚମତ୍କାରିତା ଥିଲା। ଯେହେତୁ ସେମାନେ ଯୁବପିଢ଼ି ଥିଲେ, ତେଣୁ ସେମାନେ ଏ କଥାକୁ ଜାଣିପାରୁନଥିଲେ। ଭାଗ୍ୟର ଶୀତଳ ବେପରୱା ଢେଉ ତାଙ୍କୁ ନିର୍ଦ୍ଦୟ ଭାବେ ଅକୂଳରେ ଫିଙ୍ଗିବାକୁ ଆଗକୁ ବଢ଼ି ସାରିଥିଲା।

ପରବର୍ତ୍ତୀ ଶୀତଋତୁରେ ଖୁବ୍ ଶୀତ ପଡ଼ିଲା। ଲୋକମାନେ ଥଣ୍ଡା, କାଶ, ଇନ୍‌ଫ୍ଲୁଏଞ୍ଜାର ଶିକାର ହେଲେ। ସେ ଦୁହେଁ ବି ଭୟଙ୍କର ଇନ୍‌ଫ୍ଲୁଏଞ୍ଜା କବଳରୁ ନିଜକୁ ମୁକ୍ତ କରି ପାରିଲେନି। ଜୀବନ ଓ ମୃତ୍ୟୁ ସହ କେଇ ସପ୍ତାହ ଯୁଦ୍ଧ କଲା ପରେ ଯେତେବେଳେ ସେମାନେ ସୁସ୍ଥ ହେଲେ, ସେମାନେ ତାଙ୍କର ସମସ୍ତ ପୂର୍ବ ସ୍ମୃତିକୁ ହରେଇ ସାରିଥିଲେ।

ଦୁହେଁ ପ୍ରତିଭାବାନ୍, ଉଜ୍ଜ୍ୱଳ ଓ ସଙ୍କଳ୍ପିତ ବ୍ୟକ୍ତିବିଶେଷ ଥିଲେ। ସେମାନଙ୍କର ନିରବଚ୍ଛିନ୍ନ ପ୍ରଚେଷ୍ଟାରୁ ସେମାନେ ଧୀରେଧୀରେ ତାଙ୍କର ଚିନ୍ତା ଶକ୍ତି, ଜ୍ଞାନ ଏବଂ ଅନୁଭବ ଆଦି ଫେରିପାଇଲେ ଯାହା ତାଙ୍କୁ ସମାଜରେ ସାଧାରଣ ମଣିଷ ଭାବେ ବଞ୍ଚିବାର ଅଧିକାର ପ୍ରଦାନ କଲା। ଭାଗ୍ୟକୁ, ସେମାନେ ଖୁବ୍ ଶୀଘ୍ର ଜଣେ ଜଣେ ସାଧାରଣ ନାଗରିକ ଭାବେ ସବ୍‌ୱେରେ ଲୋକାଲ୍ ରେଳଗାଡ଼ି ପରିବର୍ତ୍ତନଠୁ ପୋଷ୍ଟ ଅଫିସରେ ଚିଠି ପକେଇବା ପରି ସବୁ କାମ ସୁରୁରୁ ରୂପେ କରିବାକୁ ଲାଗିଲେ। ଏପରିକି ସେମାନଙ୍କ ମନରେ ପ୍ରେମର ଭାବନା ମଧ୍ୟ, ପୂରା ନହେଲେ ବି ପଞ୍ଚସ୍ତରୀରୁ ପଞ୍ଚାଅଶୀ ପ୍ରତିଶତ, ଜାଗ୍ରତ ହେଲା।

ତତ୍ପରତାର ସହିତ ସମୟ ଆଗକୁ ବଢ଼ିଚାଲିଲା। ଦେଖୁ ଦେଖୁ ପୁଅ ବତିଶ ଓ ଝିଅ ତିରିଶ ବର୍ଷରେ ପହଁଚିଲେ।

ଏପ୍ରିଲର ଏକ ସୁନ୍ଦର ସକାଳେ, ଦିନ ଆରମ୍ଭ କରିବା ପାଇଁ କଫି କପ୍‌ଟେ ଖୋଜିବାକୁ ଯାଇ, ପୁଅଟି ପଶ୍ଚିମରୁ ପୂର୍ବ ଆଡ଼କୁ ଯାଉଥିଲା ବେଳେ, ଝିଅଟି ଚିଠି ପକାଇବା ପାଇଁ, ଟୋକିଓର ସମ୍ଭ୍ରାନ୍ତ କଲୋନୀ ହାରୁଜୁକୁର ସଂକୀର୍ଣ୍ଣ ଗଳିଦେଇ, ପୂର୍ବରୁ ପଶ୍ଚିମ ଆଡ଼କୁ ଯାଉଥିଲା। ରାସ୍ତାର ଠିକ୍ ମଝିଆମଝି ସେମାନେ ପରସ୍ପରକୁ ଅତିକ୍ରମ କଲେ। ସେମାନଙ୍କର ବିସ୍ମୃତ ସ୍ମୃତିରୁ କ୍ଷୀଣତମ ଧାରଟିଏ ସେମାନଙ୍କର ହୃଦୟକୁ

ମୁହୂର୍ତ୍ତଟିଏ ପାଇଁ ଆଲୋକିତ କଲା । ସେଇ ମୁହୂର୍ତ୍ତକପାଇଁ ଦୁହେଁ ନିଜ ଭିତରେ ପ୍ରଚଣ୍ଡ ଝଡ଼ର ପ୍ରଭାବ ଅନୁଭବ କଲେ । ଏବଂ ସେମାନେ ଜାଣିପାରିଲେ ଯେ:

ଝିଅଟି ପୁଅର ପୂର୍ଣ୍ଣତମା । ପୁଅଟି ଝିଅର ପୂର୍ଣ୍ଣତମ ।

କିନ୍ତୁ ସେମାନଙ୍କର ସ୍ମୃତିର ଝଲକ ଖୁବ୍ କ୍ଷୀଣ ଥିଲା ଏବଂ ସେମାନଙ୍କର ଭାବନା ଚଉଦ ବର୍ଷ ପୂର୍ବ ପରି ଏତେ ପ୍ରାଞ୍ଜଳ ନଥିଲା । ବିନା କିଛି କହି ସେମାନେ ପରସ୍ପରକୁ ଅତିକ୍ରମ କରି ଭିଡ଼ ଭିତରେ ମିଶିଗଲେ । ସବୁଦିନ ପାଇଁ ।

ଗୋଟିଏ ଦୁଃଖଦ କାହାଣୀ, ତୁମେ କ'ଣ କହୁଛ ?

ହଁ, ଠିକ୍ ସେଇଆ, ମୁଁ ତାକୁ ଠିକ୍ ସେଇଆ ହିଁ କହିବାର ଥିଲା ।

■

ଯୁକ୍ତରାଷ୍ଟ୍ର ଆମେରିକା

ନୀଳ ଦାଢ଼ିଧାରୀ ପ୍ରେମିକ

ଜଏସ୍ କ୍ୟାରଲ୍ ଓଏଟ୍‌ସ

୧.

ଯେତେବେଳେ ଆମେ ସାଥିହୋଇ ଚାଲୁଥିଲୁ ଅସ୍ୱାଭାବିକ ଉଚ୍ଚତାରେ ସେ ମୋ ହାତ ଧରୁଥିଲା, ତା' ଛାତି ପାଖାପାଖି, କୌଣସି ପୁରୁଷ ଏପରିଭାବେ ହୁଏତ ପୂର୍ବରୁ ଧରିନଥିବ । ଏପରି ଭାବେ ସେ ତା'ର ଅଧିକାର ସାବ୍ୟସ୍ତ କରୁଥିଲା ।

ଯେତେବେଳେ ଆମେ ମିଟିମିଟି ତାରାଭରା ବିଶାଳ ଆକାଶ ତଳେ ଛିଡ଼ାହେଉଥିଲୁ ତାରକାଙ୍କ ଛଳନା ବିଷୟରେ ଚାପା ସ୍ୱରରେ ସେ ଅବଗତ କରାଉଥିଲା । ସେ କହୁଥିଲା, "ତୁମ ମୁଣ୍ଡ ଉପରେ ଯେଉଁ ତାରକା ଦେଖୁଛ, ଲକ୍ଷ ଲକ୍ଷ ବର୍ଷ ତଳେ ସେମାନେ ଅନ୍ତର୍ଦ୍ଧାନ ହୋଇଯାଇଛନ୍ତି; ଏହା ସ୍ପଷ୍ଟ ଯେ ତୁମେ ଯେଉଁ ତାରକା ଦେଖିପାରୁନ ସେମାନେହିଁ ଅଛନ୍ତି ଏବଂ ତୁମ ଉପରେ ତାଙ୍କର ପ୍ରଭାବ ପକାଉଛନ୍ତି ।"

ଯେତେବେଳେ ଆମେ କାକର ଭର୍ତ୍ତି ଲମ୍ବା ଘାସ ଉପରେ ଆକାଶକୁ ଅନେଇ ଶୋଇଯାଉଥିଲୁ ଘାସମାନେ ଆମ ଉପରେ ଧୀରେ ଲୋଟିଯାଉଥିଲେ ସତେ ଯେମିତି ଆମକୁ ଲୁଚେଇଦେବେ ।

୨.

ମୁଁ ବୁଝିପାରିଥିଲି ଯେ ପୁରୁଷର ଆବେଗ ହିଁ ତା'ର ବିଜୟ । ଏବଂ ପୁରୁଷର ଆବେଗକୁ ଧାରଣ କରିବାରେହିଁ ନାରୀର ବିଜୟ ।

୩.

ସେ ମୋତେ ବିବାହ କରି ବଧୂ ଭାବରେ ତା'ର ବିଶାଳ ପ୍ରାସାଦକୁ ଆଣିଲା । ଲାଗୁଥିଲା ଯେମିତି ସେ ପ୍ରାସାଦରେ ସମୟକ୍ରମେ ଅନେକ ମୃତ୍ୟୁ ଘଟିଛି ଓ ତା'ର ଗନ୍ଧ ଏବେବି ସତେଜ । ସେ ପ୍ରାସାଦରେ ଅନେକ ଛୋଟ ଛୋଟ ଗଳି, ବଡ଼ ବଡ଼ ଦରଜା, ଉଚ୍ଚ ଛାତ ଥିବା କୋଠରି ଓ ସେଥିରେ ଲାଗିଥିବା ଡେଙ୍ଗା ଡେଙ୍ଗା ଝରକା ସବୁବେଳେ ବନ୍ଦ ଥାଏ । "ତୁମେ ଆଉ କୌଣସି ପୁରୁଷକୁ ଏମିତି ପ୍ରେମ କେବେ କରିଛ ପୂର୍ବରୁ ଯେମିତି ମୋତେ କରୁଛ ?" ମୋ ନୀଳ ଦାଢ଼ିଧାରୀ ପ୍ରେମିକ ପଚାରିଲା ଥରେ, "ତୁମେ ମୋତେ ତୁମର ଜୀବନ ଦେଇପାରିବ ?"

ନାରୀର ଜୀବନ ଏମିତି କ'ଣ ଯେ ଯାହା ଦେଇ ହେବନି !

ସେ ମୋତେ ସେଇ ସବୁ ଦରଜା ବିଷୟରେ କହିଲା ଯାହା ମୁଁ ଖୋଲିପାରିବି ଓ ସେଇ ଦରଜା ଦେଇ ଯାଇହେଉଥିବା କୋଠରିରେ ଅନାୟାସରେ ବିଚରଣ କରିପାରିବି । ସେ ମୋତେ ସପ୍ତମ ଦରଜା ବିଷୟରେ ମଧ୍ୟ କହିଲା ଯାହା ନିଷିଦ୍ଧ ଦରଜା, ଯାହାକୁ ମୋର ଖୋଲିବା ଉଚିତ ନୁହେଁ ଏବଂ ତା' ପଛରେ ଥିବା ନିଷିଦ୍ଧ କୋଠରିରେ ପ୍ରବେଶ କରିବା ମଧ୍ୟ ଉଚିତ ନୁହେଁ । "ମୁଁ କାହିଁକି ଖୋଲିପାରିବି ନାହିଁ ?" ମୁଁ ପଚାରିଲି । ସେ ହୁଏତ ଜାଣିଥିଲା ଯେ ମୁଁ ଏଭଳି ପ୍ରଶ୍ନ କରିବି । ମୋର ଭ୍ରୂଲତାରେ ଚୁମ୍ବନ ଦେଉଦେଉ ସେ କହିଲା, "ଯେହେତୁ ମୁଁ ତାକୁ ନିଷିଦ୍ଧ ଘୋଷଣା କରିଛି ।"

ସେ ମୋତେ ଘରର ଚାବି ବିଶ୍ୱାସର ସହିତ ଦେଇ ଲମ୍ବା ଯାତ୍ରାରେ ଗଲା ।

୪.

ଏବେ ମୋ ପାପୁଲିରେ ଗୋଟିଏ ସୁନାର ଚାବି, ଓଜନ ପକ୍ଷୀପରଠୁ ବି କମ ।

ଚାବିରେ ରକ୍ତର ହାଲକା ଦାଗ ଥିଲା ଓ ଆଲୁଅ ପଡ଼ିଲେ ଚାବିଟି ଖୁବ୍ ଉଜ୍ଜ୍ୱଳ ଦିଶୁଥିଲା ।

ମୁଁ ଜାଣିଥିଲି ଯେ ମୋ ପ୍ରେମିକର ପୂର୍ବତନ ବଧୂମାନେ ଏଇ ପ୍ରାସାଦକୁ ଆସିଥିଲେ ଏବଂ ଜଣଜଣ କରି ମୃତ୍ୟୁକୁ ପ୍ରାପ୍ତି କରିଥିଲେ । ମୁଁ ଏହା ମଧ୍ୟ ଜାଣିଥିଲି ଯେ ସେମାନେ ମୋ ପ୍ରେମିକକୁ ଅସଫଳ କରେଇଥିଲେ ଏବଂ ସେମାନଙ୍କ ଭାଗ୍ୟରେ ମୃତ୍ୟୁହିଁ ଥିଲା ।

ମୋ ପ୍ରେମିକର ମୋ ଉପରେ ଥିବା ବିଶ୍ୱାସପୂର୍ବକ, ଛବିକୁ ମୋ ହୃଦୟରେ ବାନ୍ଧି ରଖିବାପାଇଁ, ମୁଁ ମୋର ବକ୍ଷସ୍ଥଳକୁ ଧୀରେ ଫିଙ୍ଗିଦେଲି ସୁନାର ଛବିକୁ ।

୫.

ଯେତେବେଳେ ମୋ ନୀଳ ଦାଢ଼ିଧାରୀ ପ୍ରେମିକ ଲମ୍ବା ଯାତ୍ରାରୁ ଫେରିଲା,ସେ ଦେଖିଲାଯେ ନିଷିଦ୍ଧ କୋଠରିକୁ ପ୍ରବେଶ ନିମନ୍ତେ ଦରଜା ପୂର୍ବପରି ବନ୍ଦ ଅଛି । ସେ ସୁନାର ଛବିକୁ ମଧ୍ୟ ନିରୀକ୍ଷଣ କଲା, ଦେଖିଲାଯେ ମୋର ବକ୍ଷର ଉଷ୍ମତାରେ ଛବି ଉଷ୍ମ ଅଛି । ସେ ପୁଣି ଦେଖିଲାଯେ ଛବିରେ ଲାଗିଥିବା ଦାଗ ମଧ୍ୟ ପୁରୁଣା, ମୋ କାରଣରୁ ନୁହେଁ ।

ସେ ଆଗ୍ରହ ସହିତ ଘୋଷଣା କଲା ଯେ ମୁଁ ଏବେ ତା'ର ପ୍ରକୃତ ପତ୍ନୀ ଏବଂ ସେ ତା'ର ପୂର୍ବ ପତ୍ନୀଙ୍କ ଅପେକ୍ଷା ମୋତେ ଅଧିକ ଭଲପାଏ ।

୬.

ପ୍ରାସାଦର ଖୋଲା ଝର୍କା ଦେଇ ଅଦୃଶ୍ୟ ତାରକାସବୁ ତାଙ୍କର ଶକ୍ତିକୁ ପ୍ରୟୋଗ କରୁଥାନ୍ତି ।

କିନ୍ତୁ ସେ ଶକ୍ତି ଯଦି ଜ୍ଞାତ ତେବେ ତାରକା ଅଦୃଶ୍ୟ କେମିତି ?

ଯେତେବେଳେ ଆମର ରାଜକୀୟ ରତ୍ନପଲଙ୍କରେ ମୁଁ ଶୋଇଯାଏ, ଅଦ୍ଭୁତ ସୁନ୍ଦର ସ୍ୱପ୍ନ ଦେଖେ । ପରେ ସେ ସ୍ୱପ୍ନ ଆଉ ମନେପଡ଼ନ୍ତିନି । ବେଳେବେଳେ ମୋ ପତି ସେ ସ୍ୱପ୍ନମାନଙ୍କର ଚମତ୍କାରିତା ବିଷୟରେ ମୋତେ କୁହନ୍ତି ସତେ ଯେମିତି ମୋର ସେଇ ସ୍ୱପ୍ନସବୁ ତାଙ୍କର ନିଦ୍ରା ଭିତରକୁ ମଧ୍ୟ ଚାଲିଆସିଛନ୍ତି । "ତୁମେ କେମିତି ଏତେ ସୁନ୍ଦର କଳାତ୍ମକ ସ୍ୱପ୍ନ ସବୁ ଦେଖିପାର ?" – ସେ କୁହନ୍ତି ।

ତା'ପରେ ସେ ମୋତେ ଚୁମ୍ବନ ଦିଅନ୍ତି, ଯେମିତି ମୋର କୌଣସି ଭୁଲ୍‌କୁ କ୍ଷମା କରନ୍ତି ସେ ।

ଏବଂ ଖୁବ୍ ଶୀଘ୍ର ମୁଁ ତାଙ୍କର ସନ୍ତାନକୁ ଗର୍ଭରେ ଧାରଣ କରିବି । ତାଙ୍କର ଭବିଷ୍ୟତର ଅନେକ ସନ୍ତାନ ମଧ୍ୟରୁ ପ୍ରଥମ ସନ୍ତାନକୁ ।

■

ମାଲୟେସିଆ

ଝିଅ

ଶି ଲି କୋ

ମୋର ମନେଅଛି ପ୍ରଥମ ଥର ଯେତେବେଳେ ମୁଁ ଝିଅକୁ ଦେଖିଥିଲି ଡାକ୍ତରଖାନାରେ । ସେ ଗୋଟିଏ ଶିଶୁଦୋଳିରେ ଶୋଇଥିଲା । ସଦ୍ୟଜାତ ଶିଶୁମାନଙ୍କୁ ଦୋଳିରେ ଶୁଆଇ ଦୁଇଧାଡ଼ିରେ ରଖାଯାଇଥାଏ । ଡାହାଣ ପଟୁ ତୃତୀୟ ଦୋଳି ଥିଲା ଝିଅର । ଖବରକାଗଜରେ ମାଛ ଗୁଡ଼େଇଲାପରି ଗୋଲାପି ରଙ୍ଗର ଗୋଟିଏ କମ୍ବଳରେ ଗୁଡ଼େଇ ରଖାଯାଇଥିଲା ତାକୁ । ସମସ୍ତ ସଦ୍ୟଜାତ ଶିଶୁଙ୍କୁ ନୀଳ କିମ୍ବା ହଳଦିଆ ରଙ୍ଗର ଭେଲ୍‌ଭେଟ୍ କମ୍ବଳରେ ଗୁଡ଼େଇ ରଖାଯାଇଥାଏ । ନୀଳରଙ୍ଗର କମ୍ବଳରେ ପୁଅମାନଙ୍କୁ ଗୁଡ଼ାଯାଇଥିଲା, ସେଥିରୁ ମୁଁ ଅନୁମାନ ଲଗେଇଥିଲି ଯେ ହଳଦିଆ କମ୍ବଳରେ ଝିଅମାନେ ଥିଲେ ।

ଝର୍କା ଆରପାଖରେ ଥିବା ନର୍ସ ମୋତେ ଏଇ ପାଖକୁ ନେଇ ଆସିଥିଲେ । ମୋ ସ୍କୁଲ ୟୁନିଫର୍ମ ପରି ନର୍ସ ଜଣକ ମଧ୍ୟ ସବୁଜ ୟୁନିଫର୍ମ ଓ ରବର ତଳିପା ଥିବା ଧଳା ଜୋତା ପିନ୍ଧିଥିଲେ । ଚିକ୍କଣ ଚଟାଣ ଉପରେ ଚାଲୁଥିବା ସମୟରେ ତାଙ୍କ ଜୋତାରୁ ଆଦୌ ଶବ୍ଦ ଆସୁନଥିଲା । ସେ ଝିଅର ମୁଣ୍ଡରେ ଟିପମାରି ଚିହ୍ନେଇଦେଲେ ଯେ ସେ ମୋ ଭଉଣୀ । ମୁଁ ଝର୍କା କାଚରେ ମୋ ନାକକୁ ଲଗେଇଲି । କାଚ ଥଣ୍ଡା ଧାତୁ ପରି ଲାଗିଲା । ଯେତେବେଳେ ମୁଁ ଦୁଇ ଡ଼ୋଳାକୁ ନାକ ପାଖ କୋଣକୁ ନେଇ ଆସୁଥିଲି, ଯାହାକି ମୁଁ ଅଧିକାଂଶ ସମୟରେ କରୁଥିଲି, ମୁଁ ନିଜର ପ୍ରତିଫଳନ ଦେଖିପାରୁଥିଲି । ସିଧା ଚାହିଁଲେ ମା' ତିଆରି କରିଥିବା ନୂଆ ସାନଭଉଣୀର ମୁଣ୍ଡକୁ ଦେଖୁଥିଲି ।

ମୁଁ ଭଉଣୀ ଚାହୁଁନଥିଲି । ମୁଁ ଏମିତି କିଛି ଚାହୁଁନଥିଲି ଯାହା କେଶ ନଥିବା ସିମ୍ପାଞ୍ଜି କି ଅନ୍ୟ କେଉଁ ପ୍ରାଣୀ ପରି ଦେଖାଯିବ । ସେ ମଣିଷ ପରି ଦେଖାଯାଉନଥିଲା, କମ୍ବଳରେ ଗୁଡ଼ା ହୋଇଥିବା କୌଣସି ଶିଶୁ ବି ମଣିଷ ପରି ଦେଖାଯାଉନଥିଲେ ।

ମୁଁ ପଛକୁ ଫେରିଆସିଲି । ମୋତେ ଜର ହେଉଥିଲାବେଳେ ମା' ଯେଉଁ ଡାକ୍ତରଙ୍କ ପାଖକୁ ନିଏ, ଡାକ୍ତରଖାନା ଠିକ୍ ସେଇ ଡାକ୍ତରଙ୍କ କ୍ଲିନିକ୍ ପରି ଗନ୍ଧୋଉଥିଲା । କ୍ଲିନିକ୍ ଅପେକ୍ଷା ଯଦିଓ ଏହା ଖୁବ୍ ବଡ଼ ଓ ଥଣ୍ଡା ଲାଗୁଥିଲା । ମୁଁ ଗୋଟିଏ ନୀଳ ପ୍ଲାଷ୍ଟିକ୍ ଚଉକି ଉପରେ ବସିଲି, ଚାରୋଟି ଚଉକି ଗୋଟିଏ ଧାଡ଼ିରେ ରଖାଯାଇଥିଲା ଓ ତଳପାଖରୁ ଚଉକି ସବୁ ନିଜ ନିଜ ଭିତରେ ବନ୍ଧା ହୋଇଥିଲେ । ମୁଁ କଣରେ ଥିବା ଚଉକିରେ ବସିଲି ଓ ପାଦରେ ଭରା ଦେଇ ଝୁଲିବାକୁ ଚେଷ୍ଟା କଲି । ଫଳସ୍ୱରୂପ ସବୁତକ ଚଉକି ଝୁଲୁଥିଲେ । ମତେ ମନା କରିବାକୁ ମା' ପାଖରେ ନଥିଲେ । ମୁଁ ଆଗପଛ ଝୁଲୁଥିଲି ଓ ମୋ ସହ ସମସ୍ତ ଚଉକି କେଁ କେଁ ଶବ୍ଦକରି ଝୁଲୁଥିଲେ ।

"ବନ୍ଦ କର୍!" ନୀଳ ୟୁନିଫର୍ମରେ ଥିବା ନର୍ସ କହିଲେ । ତାଙ୍କ ଜୋତାରୁ ଶବ୍ଦ ଆସୁନଥିବାରୁ ସେ କେତେବେଳେ ଆସିଲେ ମୁଁ ଜାଣି ପାରିନଥିଲି । ମୁଁ ଡରି ଝୁଲିବା ବନ୍ଦ କରିଦେଲି । ତାଙ୍କର ଆଖି ବଡ଼ ବଡ଼ ଦେଖାଯାଉଥିଲା । ସେ ବହୁତ ମୋଟା ଥିଲେ, ତା' ଅର୍ଥ ସେ ଯଦି ଚାପୁଡ଼ା ମାରନ୍ତି ତେବେ ତାହା ନିଶ୍ଚିତଭାବରେ କାଟିବ । ସେ ଗଲାପରେ ମୁଁ ଅଳ୍ପ ଝୁଲିଲି କିନ୍ତୁ ସେଥିରେ ଆଉ ମଜା ନଥିଲା ।

ମୁଁ ବାରନ୍ଦାକୁ ଗଲି । ଗୋଟିଏ ଛୋଟ ପିଲା ବ୍ୟତୀତ ଆଉ କେହି ମୋ ଆଡ଼କୁ ଧ୍ୟାନ ଦେଉନଥିଲେ । ପିଲାଟି ମୋ ପଛେ ପଛେ ଆସିବାକୁ ଚେଷ୍ଟା କରୁଥାଏ ଓ ପ୍ରତ୍ୟେକ ପଦପାତରେ ତା' ଜୋତାରୁ ଏକ ପ୍ରକାରର ଶବ୍ଦ ବାହାରୁଥାଏ । ମୁଁ ତାକୁ ଚୁପ୍ କରାଇବାକୁ ଯାଇ ତାକୁ ଧରି ଗୋଟିଏ ଜାଗାରେ ଛିଡ଼ା କରେଇବାକୁ ଚେଷ୍ଟା କରୁଥାଏ । ମୁଁ ଭାବୁଥାଏ ଯେ ନୀଳ ୟୁନିଫର୍ମରେ ଥିବା ନର୍ସ ଆସିବେ ଓ ତା' ପାଦରୁ ଜୋତା ଉତାରିଦେବେ, କିନ୍ତୁ ସେ ଆସିବା ପୂର୍ବରୁ ପିଲାଟିର ବାପା ଆସିଲେ ଓ ହସି ହସି ପିଲାଟିକୁ ଉଠେଇ ନେଲେ ।

ମୁଁ ପ୍ରତ୍ୟେକ କୋଠରି ନିକଟରେ ରହି ଭିତରକୁ ଚାହିଁଲି । ପ୍ରତିଟି କକ୍ଷରେ କ୍ଳାନ୍ତ ମା' ମାନେ ଥିଲେ, ଲାଗୁଥିଲା ଯେମିତି ତାଙ୍କ ଦେହରୁ ସବୁ ପବନ ବାହାର କରିଦିଆଯାଇଛି । ସମସ୍ତଙ୍କର କେଶ ଅସଜଡ଼ା ଓ ଦେହରେ ଢିଲା ପୋଷାକ ଥିଲା । ଠିକ୍ ସେମାନଙ୍କର ବିବାହ ସମୟର ବିପରୀତ ଅବସ୍ଥା, ଯେତେବେଳେ ସମସ୍ତ ନାରୀଙ୍କର କେଶର ଯତ୍ନ ନିଆଯାଇଥାଏ ଓ ପିନ୍ଧିଥିବା ପୋଷାକ ଉପଯୁକ୍ତ ଥାଏ । ଶିଶୁମାନେ ପରଜୀବୀଙ୍କ ପରି ସେମାନଙ୍କ ଦେହରୁ ପବନ ଓ ସୁନ୍ଦର କେଶର ଦିନ

ତାଙ୍କର ସ୍ତନ୍ୟ ଦେଇ ଶୋଷି ନେଉଥାନ୍ତି । ମୁଁ ନିଶ୍ଚିତ ଭାବେ ମା'କୁ ପଚାରିବି ଯେ ସେ କେବେ କ'ଣ ମତେ ପରଜୀବୀ ବୋଲି ଭାବୁଥିଲେ ?

ମୁଁ ମା'ଙ୍କ କୋଠରି ଦ୍ୱାର ନିକଟରେ ଛିଡ଼ା ହୋଇଥିଲି । କୋଠରିରେ ଦୁଇଟି ଖଟ ପଡ଼ିଥିଲେବି ଗୋଟିଏ ଖଟ ଖାଲି ଥିଲା । ଜଣେ ସ୍ତ୍ରୀଲୋକ କାଲି ରାତି ପର୍ଯ୍ୟନ୍ତ ସେଇଠି ଥିଲେ । ତାଙ୍କର ଶିଶୁକୁ ଗୋଟିଏ କାଚବାକ୍ସରେ ଆଲୁଅ ତଳେ ରଖାଯାଇଥିଲା । "ତାକୁ ଜଣ୍ଡିସ୍ ହୋଇଛି," ନର୍ସ କହୁଥିଲେ । କିନ୍ତୁ ମତେ ସେ ହଳଦିଆ ନୁହଁ, ବାଦାମୀ ଦେଖାଯାଉଥିଲା । ଆଲୁଅ ତଳେ କାଚବାକ୍ସ ଭିତରେ ତା'ର ରହିବା ମତେ ଭଲ ଲାଗୁନଥିଲା । ସଦ୍ୟଜାତ ବିଲେଇ ଶିଶୁଟିଏ ଆଖି ବନ୍ଦ କରି ଭୂଇଁରେ ଲୋଟିଲା ପରି ସେ ଦେଖାଯାଉଥିଲା । ସେଥିପାଇଁ ତା'ର ଏ ସ୍ଥାନ ଛାଡ଼ି ଚାଲିଯିବାଟା ମୋତେ ଆନନ୍ଦିତ କରୁଥିଲା ।

ମୁଁ ବାପାଙ୍କ ସ୍ୱର ଶୁଣିପାରୁଥିଲି । ମା' କାନ୍ଦୁଥିଲେ । ମୁଁ କବାଟ ବାହାରେ ଛିଡ଼ା ହେଲି ଯେଉଁଠି ସେମାନଙ୍କ କଥା ଶୁଣିପାରିବି ଅଥଚ ସେମାନେ ମୋତେ ଦେଖିପାରିବେ ନାହିଁ ।

ମା' କହୁଥିଲେ, "ମୁଁ ଜାଣିନି, ମୁଁ ଜାଣିନି, ମୁଁ ଜାଣିନି ।"

"ମିଛ କୁହନି । ଏ ମିଛ କହିବାର ସମୟ ନୁହେଁ ।" ବାପା ଖୁବ୍ ରାଗିଥିବା ପରି ଜଣା ପଡୁଥିଲେ । ମା' ତାଙ୍କ କାର୍ ଚଳେଉଥିଲାବେଳେ ଘର ସାମନା ଗେଟ୍‌ରେ ଥରେ ଲଗେଇଦେଇଥିଲେ ଯାହା ଫଳରେ କାର୍‌ରେ ଦାଗ ପଡ଼ିଯାଇଥିଲା । ସେତେବେଳେ ବାପା ବହୁତ ରାଗିଥିଲେ । କିନ୍ତୁ ଆଜି ତା'ଠୁ ବି ଅଧିକ ରାଗିଲା ପରି ଲାଗୁଛନ୍ତି ।

"ନା ନା, ମୁଁ ମିଛ କହୁନି । ମୋତେ ବିଶ୍ୱାସ କର । ମୁଁ କିଛି ଜାଣିନି ।"

ମୁଁ ଜାଣେନା ବାପା ମା'ଙ୍କୁ ବିଶ୍ୱାସ କଲେ କି ନାହିଁ । ମୁଁ ଜାଣେନା ମା'ଙ୍କ କଥାରେ ମୁଁ ବିଶ୍ୱାସ କରିବି କି ନାହିଁ କାରଣ ସେ ବେଳେବେଳେ ମିଛି କହିବାର ମୁଁ ଜାଣିଛି । ଅଧିକାଂଶ ସମୟରେ ମୋତେ ଖୁଆଇବାକୁ ଯାଇ ଖାଦ୍ୟ ସ୍ୱାଦିଷ୍ଟ ହୋଇଛି ବୋଲି ସେ କୁହନ୍ତି ଯଦିଓ ଖାଦ୍ୟ ସ୍ୱାଦିଷ୍ଟ ଲାଗୁନଥାଏ । ସେ ଥରେ ତାଙ୍କର ଦେହ ଖରାପ ବୋଲି କହି ମୋତେ ପାର୍କକୁ ନେବାକୁ ମନା କରିଦେଲେ କିନ୍ତୁ ପାଞ୍ଚ ମିନିଟ ପରେ ତାଙ୍କ ସାଙ୍ଗଙ୍କ ଫୋନ୍ ପାଇ ମଲ୍‌କୁ ଯିବାପାଇଁ ରାଜି ହୋଇଗଲେ । ମୁଁ ଜାଣିଲି ଯେ ସେ ଦେହ ଖରାପର ବାହାନା କରିଥିଲେ । ଆଉ ଥରେ ବଜାରରୁ ରୋଷେଇ ସାମଗ୍ରୀ ଆଣିବାକୁ ଯାଇଥିଲି କହି ମୋତେ ସ୍କୁଲରୁ ନେବାପାଇଁ ଡ଼େରିରେ ପହଞ୍ଚିଲେ, ଅଥଚ ଗାଡ଼ିରେ କୌଣସି ସାମଗ୍ରୀ ନଥିଲା ।

ବାପା କହିଲେ, "ଏହା ଅସମ୍ଭବ।"

"ବୋଧହୁଏ ନର୍ସ ବଦଳେଇ ଦେଇଛି..."

"ମୁଁ ପ୍ରସୂତି କକ୍ଷର ଠିକ୍ ବାହାରେ ଥିଲି ଯେତେବେଳେ ସେମାନେ ଏଟାକୁ ବାହାରକୁ ଆଣିଲେ।"

"ଦୟାକରି ତାକୁ "ଏଟାକୁ" କୁହନାହିଁ। ସେ ତୁମର ଝିଅ।"

"ମୁଁ ନିଶ୍ଚିତ ନୁହେଁ।" ବାପାଙ୍କ ସ୍ୱର କବାଟ ଦେଇ ବାହାରକୁ ଆସୁଥାଏ ଓ ବାରନ୍ଦା ସାରା ଖେଳେଇ ହୋଇଯାଉଥାଏ। ତାଙ୍କର କ୍ରୋଧ ମୋତେ ଛୁଇଁ ପାରିବନି ବୋଲି ମୁଁ ମୋ ନିଜକୁ କାନ୍ଥ ପାଖରେ ଲୁଚେଇଦେଲି। ମୁଁ ଭିତରକୁ ନଯାଇ ବାହାରେ ରହିବାକୁ ସ୍ଥିର କଲି ଓ ନୀଳ ୟୁନିଫର୍ମରେ ଥିବା ନର୍ସକୁ ଅପେକ୍ଷା କଲି ଯେ ସେ କେତେବେଳେ ଆସିବେ ଓ ମୋତେ ଚୁପ୍ କରାଇବେ।

ମା' ପୁଣିଥରେ କାନ୍ଦିବାକୁ ଆରମ୍ଭ କଲେ। "ହେ ଈଶ୍ୱର, ମୋତେ ସାହାଯ୍ୟ କର। ମୁଁ ପ୍ରତିଜ୍ଞା କରି କହୁଛି ଯେ ମୁଁ କୌଣସି ଭୁଲ୍ କରିନି।"

ସେଇଦିନ ବାପା ଚାଲିଗଲେ ଯେ ଆଉ କେବେ ଫେରିଲେନି। ପାଞ୍ଚ ଦିନ ପର୍ଯ୍ୟନ୍ତ ମା' କାନ୍ଦୁଥାନ୍ତି ଓ ମୁଁ ମା'ଙ୍କ ହାତଧରି ପାଖରେ ବସିଥାଏ। ଡାକ୍ତର ମା'ଙ୍କୁ ଇଞ୍ଜେକ୍‌ସନ୍ ଦେଇ ଶୁଏଇଥାନ୍ତି। ମା' ନିଦରେ ଥାଇ ମଧ୍ୟ କାନ୍ଦୁଥାନ୍ତି ଓ ଏପଟ ସେପଟ ହେଉଥାନ୍ତି। ଝିଅ ମା'ଠୁ ସ୍ତନ୍ୟପାନ କରୁନଥାଏ। ନର୍ସ ଝିଅକୁ ଆସି ବୋତଲରେ ପିଓଉଥାନ୍ତି ଓ ମୋ ମୁଣ୍ଡରେ "ଭଲ ଝିଅ", "ମା'ର ଯତ୍ନ ନେବୁ" ଇତ୍ୟାଦି କହି ଆପୁଡ଼ୋଉଥାନ୍ତି। ମୁଁ କିନ୍ତୁ କିଛି କହୁନଥାଏ।

ଝିଅ ଶିଶୁ କୋଠରିରେ ଥିବା ସମୟରେ ଜେଜେମା ତାକୁ ଦେଖିବାକୁ ଆସିଥିଲେ। ସେ ଅନ୍ୟ ଜେଜେମାଙ୍କ ପରି ତା' ଗାଲ ଛୁଇଁ ଗେଲ କରିନଥିଲେ। ସେ ଆସିଥିଲେ ବୋଲି ମା' ଜାଣିନଥିଲେ। ଜେଜେମା ମୋତେ ଶହେ ଟଙ୍କା ଓ କିଛି ଚିକେନ୍ ବିରିୟାନି ଦେଇ ଯାଇଥିଲେ। ସେଥର ମୁଁ ଜେଜେମା'ଙ୍କୁ ଶେଷଥର ପାଇଁ ଦେଖିଥିଲି।

ସେଇଦିନଠାରୁ କେବଳ ମା', ମୁଁ ଓ ଝିଅ। ପ୍ରତିଦିନ ସକାଳେ ମା' ତାଙ୍କର କାମକୁ ଯାଆନ୍ତି, ମୁଁ ସ୍କୁଲକୁ ଏବଂ ଝିଅ ଜଣେ ଆୟା ନିକଟକୁ ଯାଏ। ପ୍ରତିଦିନ ସେଇ ଗୋଟିଏ ପ୍ରକାରର ଜୀବନ, ସେଇ ଗୋଟିଏ କଥା।

ଗଲା ସପ୍ତାହରେ ଝିଅକୁ ଚାରି ବର୍ଷ ପୂରିଲା। ମା' କହିଲେ, "ଚାଲ ଗୋଟେ ଫଟୋ ଉଠେଇବା।" ଝିଅ ମଝିରେ, ଦୁଇ ପାଖରେ ମା' ଓ ମୁଁ, ସାମ୍ନାରେ ଗୋଲାପି ରଙ୍ଗର ଜନ୍ମଦିନ କେକ୍। ସୁନ୍ଦର ଫଟୋ। ଫଟୋରେ ଆମେ ସମସ୍ତେ ହସୁଛୁ ଏବଂ

ସମସ୍ତେ ମଧ୍ୟ ଏକାପରି ଦେଖାଯାଉଛୁ । ଲାଗୁଛି, ଯେମିତିକି ଜଣେ ଲୋକର ବିଭିନ୍ନ ସମୟରେ ତିନୋଟି ଫଟୋ ନେଇ ଏକାଠି ଲଗାଯାଇଛି ।

ଆମକୁ ଦେଖ । ମୋ ଆଖି ମା' ଆଖି ପରି ଛୋଟ । ଆମେ ହସିଲେ ଆଖି ଦେଖାଯାଏନି । ଝିଅର ବି ଠିକ୍ ସେମିତି । ଆମ କେଶ ବି ଏକା ପରି, କଳା ଓ ସିଧା । ଝିଅ ଓ ମୋ ଭିତରେ ଯାହା ସମାନ ଥିଲା ଓ ମା'ର ନଥିଲା, ତାହା ହେଲା ଆମର ଚେପ୍‌ଟା ନାକ । ତାହା ଆମ ପାଖକୁ ବାପାଙ୍କ ପାଖରୁ ଆସିଥିଲା ।

ମୁଁ ଏହି ଫଟୋକୁ ନେଇ ଚାଇନିଜ୍ ନୂଆବର୍ଷ ଅଭିନନ୍ଦନ କାର୍ଡ଼ ତିଆରି କରିବାକୁ ଚିନ୍ତା କରୁଛି । ଗଲା ବର୍ଷ ଚିକ୍‌ମିକ୍ ତାରକା ଖଚିତ ମାଛ ଚିତ୍ର ତିଆରି କରିଥିଲି । ତା' ପୂର୍ବ ବର୍ଷ ଲାଲ କାଗଜରେ ବିଭିନ୍ନ ଆକୃତି । ବାପା ବେଳେବେଳେ ମୋତେ ଫୋନ୍ କରନ୍ତି । ଯେତେବେଳେ ସେ ଫୋନ୍ କରନ୍ତି, ତାଙ୍କର ନୂଆ ଚାକିରି ଓ ଜେଜେମା'ଙ୍କ କଥା କୁହନ୍ତି । ମୁଁ ଆଶା କରୁଛି ଯେ ଏ ଫଟୋ ପାଇ ଏବର୍ଷ ଚାଇନିଜ୍ ନୂଆବର୍ଷ ଦିନ ଫୋନ୍ କରିବେ ସେ ।

ସେ ଦେଖିବେ ଯେ ଝିଅ ଓ ମୁଁ କେମିତି ଏକାପରି ଦେଖାଯାଉଛୁ । କେମିତି ଦେଖିବେନି ? କେମିତି କିଏ ବି ଦେଖିବନି ? କେବଳ ଆମ ଭିତରେ ଏତିକି ଫରକ ଯେ ମା' ଓ ମୋ ଦେହର ରଙ୍ଗ ଦୁଧ ମିଶା ଚା ପରି ଓ ଝିଅ ଦେହର ରଙ୍ଗ ଭଜା ଗୁଆ ପରି, ବାସ୍ ।

■

ଇଟାଲି

ଯୁଦ୍ଧ

ଲୁଇଗି ପିରାଣ୍ଡେଲୋ

ଯେଉଁ ଯାତ୍ରୀମାନେ ରାତି ଦ୍ରୁତଗାମୀ ରେଳ ଦ୍ୱାରା ରୋମ୍‌ରୁ ଚଢ଼ିଥିଲେ ଏବଂ ଆଗକୁ ପୁରୁଣାକାଳିଆ ଲୋକାଲ ଗାଡ଼ି ଧରି ସୁଲ୍‌ମୋନା ସହର ଅଭିମୁଖେ ଯିବାର ଥିଲା, ସେମାନେ ସକାଳ ପର୍ଯ୍ୟନ୍ତ ଏଇ ଛୋଟ ଷ୍ଟେସନ ଫାବ୍ରିଆନୋରେ ଅପେକ୍ଷା କରିଥିଲେ ।

ସକାଳୁ ସକାଳୁ, ମାଲ ଓ ଧୂଆଁ ଭର୍ତ୍ତି ଯେଉଁ ଦ୍ୱିତୀୟ ଶ୍ରେଣୀ ଡବାରେ ପାଞ୍ଚ ଜଣ ଲୋକ ରାତି କଟେଇଥିଲେ, କାନ୍ଦ କାନ୍ଦ ମୁହଁ ନେଇ ଜଣେ ପୃଥୁଳକାୟ ସ୍ତ୍ରୀଲୋକ, ଦେଖିବାକୁ ଗୋଟିଏ ଆକାର ବିହୀନ ଗଣ୍ଠିଲି ପରି, ଚଢ଼ିଲେ । ତାଙ୍କ ପଛରେ ଥିଲେ ତାଙ୍କର ପତି, ଛୋଟ କଦ, ପତଳା ଶରୀର, ଶେତା ମୁହଁ, ଛୋଟ ଛୋଟ ଆଖି ଯାହା ଅଶାନ୍ତ ଓ ସଙ୍କୋଚପୂର୍ଣ୍ଣ ଲାଗୁଥିଲା ।

ସିଟ୍‌ରେ ବସିବା ପରେ, ଯେଉଁ ସହଯାତ୍ରୀମାନେ ତାଙ୍କ ପତ୍ନୀଙ୍କୁ ସାହାଯ୍ୟ କରିଥିଲେ ଓ ବସିବା ପାଇଁ ଜାଗା ଦେଇଥିଲେ, ବିନମ୍ର ସ୍ୱରରେ ସେ ସମସ୍ତଙ୍କୁ ଆଭାର ବ୍ୟକ୍ତ କଲେ । ତା'ପରେ ସେ ତାଙ୍କ ପତ୍ନୀଙ୍କ ଆଡ଼କୁ ଚାହିଁଲେ ଓ ତାଙ୍କ ମୁହଁରୁ ଢଙ୍କାଯାଇଥିବା କୋଟ କଲରକୁ ତଳକୁ ଟାଣି ପଚାରିଲେ, "ସବୁ ଠିକ୍ ତ ?"

କୌଣସି ଉତ୍ତର ନଦେଇ ତାଙ୍କ ପତ୍ନୀ ନିଜର କୋଟ କଲରକୁ ପୁଣି ଉପରକୁ ଟାଣି ନେଇ ମୁହଁ ଢାଙ୍କିଲେ ।

"ଦୁନିଆ ବଡ଼ ବେକାର," ଦୁଃଖ ମିଶା ହସରୁ ଧାରେ ଓଠରେ ଖେଳାଇ ଚାପା ଗଳାରେ ଲୋକ ଜଣକ କହିଲେ ।

ଏବଂ ସେ ଭାବିଲେ ଯେ ତାଙ୍କ ସ୍ତ୍ରୀ ପ୍ରତି ସମସ୍ତେ ସମ୍ବେଦନଶୀଳ ରହିବା ପାଇଁ ସାଥୀ ଯାତ୍ରୀମାନଙ୍କୁ କହିବା ତାଙ୍କର ଉଚିତ ହେବ ଯେହେତୁ ସେ ତା'ର

କୋଡ଼ିଏ ବର୍ଷର ଏକମାତ୍ର ପୁଅକୁ ଯୁଦ୍ଧକୁ ପଠେଇଛି, ଯେଉଁ ପୁଅ ପାଇଁ ସେମାନେ ସେମାନଙ୍କର ସାରା ଜୀବନ ସମର୍ପିତ କରିଛନ୍ତି, ସୁଲ୍‌ମୋନାରେ ଘରବାଡ଼ି ଭାଙ୍ଗି ସେ ପଢ଼ିବ ବୋଲି ତା' ସହ ରୋମ୍‌ରେ ଯାଇ ରହିଛନ୍ତି, ତା'ପରେ ଯୁଦ୍ଧରେ ଭାଗନେବାପାଇଁ ଏହି ସର୍ତ୍ତରେ ରାଜି ହୋଇଛନ୍ତି ଯେ ଅନ୍ତତଃ ଛଅମାସ ପର୍ଯ୍ୟନ୍ତ ତାକୁ ଯୁଦ୍ଧଭୂଇଁକୁ ପଠାଯିବ ନାହିଁ, ଯଦିଓ ସେ ତିନି ଦିନ ଭିତରେ ଯୁଦ୍ଧ ପାଇଁ ପ୍ରସ୍ଥାନ କରିବ ବୋଲି ଖବର ମିଳିଲା ଏବଂ ଏମାନଙ୍କୁ ଆସି ଦେଖା କରିଯାଆନ୍ତୁ ବୋଲି କୁହାଯାଇଥିଲା ।

ଲମ୍ବା କୋଟ ତଳେ ମହିଳା ଜଣକ ଛଟପଟ ହେଉଥିଲେ ଓ ଅସହ୍ୟ ବୋଧ କରୁଥିଲେ, ବେଳେବେଳେ ଜଙ୍ଗଲୀ ପଶୁପରି ବିଳପୁଥିଲେ, ଅନୁଭବ କରୁଥିଲେ ଯେ ଯଦିଓ ଅନ୍ୟମାନଙ୍କର ପରିସ୍ଥିତି ପ୍ରାୟ ତାଙ୍କ ପରି, ହେଲେ ତାଙ୍କ ପତିଙ୍କର ସ୍ପଷ୍ଟୀକରଣ ବୋଧହୁଏ ସେମାନଙ୍କର ମନରେ ତିଳେ ମାତ୍ର ଦୟା ସୃଷ୍ଟି କରିପାରିନି । ଲୋକମାନଙ୍କ ଭିତରୁ ଜଣେ ତାଙ୍କ କଥା ବଡ଼ ଧ୍ୟାନର ସହ ଶୁଣୁଥିଲେ ଏବଂ କହିଲେ:

"ଆପଣ ଈଶ୍ୱରଙ୍କୁ ଧନ୍ୟବାଦ ଦେବା ଉଚିତ ଯେ ଆପଣଙ୍କର ପୁଅ ଏବେ ଏବେ ଯୁଦ୍ଧ କ୍ଷେତ୍ରକୁ ଯାଇଛି । ଯୁଦ୍ଧର ପ୍ରଥମ ଦିନରୁ ମୋ ପୁଅକୁ ଯୁଦ୍ଧକ୍ଷେତ୍ରକୁ ପଠାଯାଇଥିଲା । ସେ ଏ ମଧ୍ୟରେ ଦୁଇଥର ଆହତ ହୋଇ ଘରକୁ ଆସିଲାଣି ଏବଂ ପୁଣି ଥରେ ଯାଇଛି ।"

"ଆଉ ମୋ କଥା ? ମୋର ଦୁଇ ପୁଅ ଓ ତିନି ପୁତୁରା ଯୁଦ୍ଧକ୍ଷେତ୍ରରେ," ଆଉ ଜଣେ ଯାତ୍ରୀ କହିଲେ ।

"ହୋଇପାରେ, କିନ୍ତୁ ଆମ ପାଇଁ ସେ ଆମର ଗୋଟିଏ ମାତ୍ର ପିଲା," ମହିଳାଙ୍କ ପତି କହିଲେ ।

"କ'ଣ ହେଲା ସେଇଠୁ ? ତୁମର ଗୋଟିଏ ପୁଅକୁ ହୁଏତ ତୁମେ ଅତ୍ୟଧିକ ଧ୍ୟାନ ଦେଇ ନଷ୍ଟ କରିଦେଇପାର କିନ୍ତୁ ତୁମର ଯଦି ଏକାଧିକ ସନ୍ତାନ ଥାଆନ୍ତେ, ଜଣକୁ ଅନ୍ୟଜଣଙ୍କଠୁ କ'ଣ ଅଧିକ ଭଲପାଆନ୍ତ ? ବାପା ମା'ଙ୍କ ଭଲପାଇବା ରୁଟି ନୁହେଁ ଯେ ଖଣ୍ଡ ଖଣ୍ଡ କରି ଭାଙ୍ଗି ସମସ୍ତଙ୍କୁ ଖଣ୍ଡେ ଖଣ୍ଡେ ଧରାଇଦେବ । ଜଣେ ବାପା ତା'ର ସମସ୍ତ ଭଲପାଇବା ବିନା ପକ୍ଷପାତରେ ପ୍ରତ୍ୟେକ ସନ୍ତାନକୁ ସଂପୂର୍ଣ୍ଣ ରୂପେ ଦେଇଥାଏ, ଗୋଟିଏ ହେଉ କି ଦଶଟା ହୁଅନ୍ତୁ, ମୁଁ ପ୍ରତି ପିଲା ପାଇଁ ଅଧା କଷ୍ଟ ପାଉନି ବରଂ ଦୁଇଗୁଣା..."

"ଠିକ୍... ଠିକ୍..." ମହିଳାଙ୍କ ପତି ଟିକେ ନରମି କହିଲେ, "ଧରନ୍ତୁ ଜଣେ ବାପର ଦୁଇ ପୁଅ ଯୁଦ୍ଧରେ ଲଢୁଛନ୍ତି ଏବଂ ସେ ଯୁଦ୍ଧରେ ଜଣକୁ ହରାଇଲା, ତଥାପି ତା' ଆଖିରୁ ଲୁହ ପୋଛିବା ପାଇଁ ଗୋଟିଏ ପୁଅ ରହିଲା... ଯଦିଓ ଆପଣଙ୍କର ସେମିତି କିଛି ହେବ ବୋଲି ମୁଁ କହୁନି... ତଥାପି..."

"ହଁ," ତାଙ୍କ କଥା ନସରୁଣୁ ଅନ୍ୟ ଲୋକଜଣକ କହିଲେ, "ଗୋଟିଏ ପୁଅ ରହିଗଲା ଆଖି ଲୁହ ପୋଛିବାକୁ କିନ୍ତୁ ଗୋଟିଏ ପୁଅ ରହିଗଲା ଯାହା ପାଇଁ ବାପାକୁ ଜିଇବାକୁ ମଧ୍ୟ ପଡ଼ିବ । ଯାହାର କେବଳ ଗୋଟିଏ ପୁଅ, ପୁଅ ମରିଗଲେ ବାପ ବି ମରିଯିବ ଏବଂ ତା' ଦୁଃଖକୁ ଅନ୍ତ କରିପାରିବ । ଦୁଇଟି ମଧ୍ୟରୁ କେଉଁଟା ଅଧିକ କଷ୍ଟଦାୟକ ? ଆପଣ କ'ଣ ଦେଖି ପାରୁ ନାହାନ୍ତି ଯେ ମୋର ସମସ୍ୟା ଆପଣଙ୍କ ଅପେକ୍ଷା ଅଧିକ ଗମ୍ଭୀର ?"

"ବାଜେ କଥା," ଆଉ ଜଣେ ଯାତ୍ରୀ, ଦେଖିବାକୁ ମୋଟା, ଲାଲ ମୁହଁ, ରକ୍ତରଞ୍ଜିତ ହାଲ୍କା ଧୂସର ଆଖି, ବାଧା ଦେଇ କହିଲେ ।

ସେ ଜୋର ଜୋରରେ ନିଃଶ୍ୱାସ ନେଉଥିଲେ । ତାଙ୍କର ଫୁଲିଲା ଆଖିରୁ ଏକ ଅନିୟନ୍ତ୍ରିତ ଉତ୍ସାହର ଗୋପନୀୟ ଉଗ୍ରତା ଉଚ୍ଛୁଳି ଉଠୁଥିଲା ଯାହା ତାଙ୍କର ଶରୀର, ନିଜ ଭିତରେ ରଖିବା ପାଇଁ ଅକ୍ଷମ ଥିଲା ।

"ଏକଦମ ବେକାର କଥା," ସେ ହରେଇଥିବା ତାଙ୍କର ଦୁଇ ସାମ୍ନା ଦାନ୍ତକୁ ପାପୁଲିରେ ଲୁଚେଇ ରଖିବାର ଚେଷ୍ଟା କରୁକରୁ କହିଲେ, "ବାଜେ କଥା, ଆମେ କ'ଣ ନିଜର ଫାଇଦା ପାଇଁ ପିଲାଙ୍କୁ ବଡ଼ କରିଥାଉ ?"

ଅନ୍ୟ ଯାତ୍ରୀମାନେ କରୁଣାତ୍ମକ ଚାହାଣିରେ ତାଙ୍କ ଆଡ଼କୁ ଚାହିଁଲେ । ଯେଉଁ ଲୋକର ପୁଅ ପ୍ରଥମ ଦିନରୁ ଯୁଦ୍ଧରେ ଯୋଗ ଦେଇଥିଲା, କହିଲେ, "ଆପଣ ଠିକ୍ କହିଛନ୍ତି । ଆମ ପିଲାମାନେ ଆମର ନୁହନ୍ତି, ସେମାନେ ସମଗ୍ର ଦେଶର..."

"ବକ୍‌ୱାସ୍," ପ୍ରତ୍ୟୁତ୍ତରରେ ମୋଟା ଯାତ୍ରୀ ଜଣକ କହିଲେ, "ଆମେ ଯେତେବେଳେ ପିଲାଙ୍କୁ ଜନ୍ମ ଦେଉଛେ, କ'ଣ ଦେଶ କଥା ଭାବୁଛେ ? ଆମ ପିଲାମାନେ ଜନ୍ମ ନେଇଛନ୍ତି କାରଣ... ହଁ, କାରଣ ସେମାନେ ଜନ୍ମହେବା ଦରକାର ଏବଂ ଯେତେବେଳେ ସେମାନେ ଜନ୍ମ ନିଅନ୍ତି, ତା' ସହିତ ସେମାନେ ଆମର ଜୀବନ ନିଅନ୍ତି । ଏହାହିଁ ସତ୍ୟ । ଆମେ ସେମାନଙ୍କର କିନ୍ତୁ ସେମାନେ ଆମର ନୁହନ୍ତି । ଆଉ ଯେତେବେଳେ ସେମାନେ କୋଡ଼ିଏ ବର୍ଷରେ ପାଦ ରଖନ୍ତି, ସେମାନେ ଠିକ୍ ସେଇଆ ହୁଅନ୍ତି ଆମେ ତାଙ୍କ ବୟସରେ ଥିବା ସମୟରେ ଯାହା ହୋଇଥିଲୁ । ଆମର ମଧ୍ୟ ବାପା ଓ ମା' ଥିଲେ, କିନ୍ତୁ ତା' ବ୍ୟତୀତ ଆମ ଜୀବନରେ ଅନେକ କିଛି ଥିଲା... ଝିଅ, ସିଗାରେଟ,ମରୀଚିକା, ନୂଆ ପୋଷାକ... ଏବଂ ଦେଶ ମଧ୍ୟ, ଯାହାର ଡାକ ଆମେ ମଧ୍ୟ ଶୁଣିଥାଆନ୍ତୁ - ଯେତେବେଳେ ଆମକୁ କୋଡ଼ିଏ ବର୍ଷ ହୋଇଥିଲା - ଏପରିକି ଆମ ବାପା ଓ ମା' ଯଦି ମନା କରିଥାଆନ୍ତେ । ଏବେ, ଏଇ ବୟସରେ, ଆମ ଭିତରେ ଦେଶପ୍ରେମର ଭାବନା ପ୍ରଚୁର, କିନ୍ତୁ ତା' ଅପେକ୍ଷା ସନ୍ତାନପ୍ରେମ

ନିଶ୍ଚିତଭାବେ ଅଧିକ । ଆମ ଭିତରେ ଏବେ ଏମିତି କିଏ ଅଛି ଯିଏ ଦରକାର ହେଲେ ବିନା ଦ୍ୱିଧାରେ ତା' ପୁଅର ସ୍ଥାନ ନନେବ ?"

ଘରିପାଖରେ ନିରବତା ଖେଳିଗଲା, ସମସ୍ତେ ମୁଣ୍ଡ ହଲେଇ କଥାକୁ ସମ୍ମତି ଦେଲେ ।

"ତା'ହେଲେ କାହିଁକି," ମୋଟା ବ୍ୟକ୍ତି ଜଣକ ପୁଣି କହିଲେ, "ଯେତେବେଳେ ଆମ ପିଲାମାନେ କୋଡ଼ିଏ ବର୍ଷରେ ପହଞ୍ଚିବେ, ତାଙ୍କର ଇଚ୍ଛାକୁ ସ୍ୱୀକୃତି ଦେବା କ'ଣ ଆମର ଉଚିତ ନୁହେଁ ? ସେଇ ବୟସରେ ବାପା ମା'ଙ୍କ ଅପେକ୍ଷା ଦେଶ ପ୍ରତି ସେମାନଙ୍କର ପ୍ରେମ ଅଧିକ ହେବା କ'ଣ ସ୍ୱାଭାବିକ ନୁହେଁ ? ଯଦି ଦେଶ ଅଛି, ଯଦି ଦେଶ ସ୍ୱାଭାବିକ ଭାବେ ଦରକାର ଯେମିତି ଭାତ, ଭୋକରେ ନମରିବା ନିମନ୍ତେ ଯାହା ଆମେ ଖାଇଥାଉ, ତେବେ ଦେଶକୁ ରକ୍ଷା କରିବାପାଇଁ କାହାକୁ ତ ସାମ୍ନାକୁ ଆସିବାକୁ ହେବ । ଏବଂ ଯେବେ ଆମର ପୁଅମାନଙ୍କୁ କୋଡ଼ିଏ ବର୍ଷ ହୁଏ ସେମାନେ, ଏବଂ ସେମାନେ ଲୁହ ଚାହାଁନ୍ତି ନାହିଁ, କାରଣ ଯଦି ସେମାନେ ମୃତ୍ୟୁକୁ ପ୍ରାପ୍ତ ହୁଅନ୍ତି ତେବେ ପରମ ଆତ୍ମତୃପ୍ତି ଲାଭକରନ୍ତି । ଜୀବନର କୁରୂପକୁ ନଦେଖି, ଜୀବନର ବିରକ୍ତିବୋଧକୁ ଅନୁଭବ ନକରି, ନିରାଶାର ତିକ୍ତତାକୁ ନଚାଖି... ଆଉ କ'ଣ ଚାହିଁବା ସେମାନଙ୍କ ପାଇଁ ଆମେ ? ଆପଣମାନେ ସମସ୍ତେ କାନ୍ଦ ବନ୍ଦ କରନ୍ତୁ ଏବଂ ହସନ୍ତୁ, ଯେମିତି ମୁଁ ହସୁଛି... ଅଥବା ଈଶ୍ୱରଙ୍କୁ ଧନ୍ୟବାଦ ଦିଅନ୍ତୁ – ଯେମିତି ମୁଁ ଦେଉଛି – କାରଣ ମୋ ପୁଅ, ମୃତ୍ୟୁ ପୂର୍ବରୁ, ମୋ ପାଖକୁ ବାର୍ତ୍ତା ପଠେଇଥିଲା ଯେ ସେ ଆତ୍ମତୃପ୍ତିର ସହ ମୃତ୍ୟୁଲାଭ କରୁଛି ଯେହେତୁ ମୃତ୍ୟୁଲାଭ କରିବାର ଶ୍ରେଷ୍ଠ କାରଣ ଆଉ କିଛି ହୋଇପାରେନା । ସେଥିପାଇଁ, ଯେମିତି ଆପଣମାନେ ଦେଖୁଛନ୍ତି, ମୁଁ କେବେବି ବିଳାପ କରେନା..."

ହସକୁ ଦେଖାଇବା ପାଇଁ ସେ ତାଙ୍କର ହାଲ୍‌କା ହଳଦିଆ କୋଟକୁ ଟିକେ ଝାଡ଼ିଦେଲେ; ତାଙ୍କର ଭଙ୍ଗା ଦାନ୍ତ ଉପରେ କଳା ଓଠ କମ୍ପୁଥିଲା, ତାଙ୍କର ଆଖି ଅଶ୍ରୁପୂର୍ଣ୍ଣ ଓ ସ୍ଥିର ଥିଲା, ଏବଂ ପରେ ପରେ ଏକ କର୍ଣ୍ଣଭେଦୀ ହସ ହସିଲେ ଯାହା ଭାରୀ ସ୍ୱରର କ୍ରନ୍ଦନ ପରି ଲାଗିଲା ।

"ଠିକ୍ କଥା...ଠିକ୍ କଥା..." ଅନ୍ୟମାନେ ତାଙ୍କ କଥାରେ ହଁ ମାରି କହିଲେ ।

ଯେଉଁ ମହିଳା ଜଣକ କୋଣରେ ତାଙ୍କ କୋଟ ଭିତରେ ଗଣ୍ଠିଲିଟିଏ ଭଳି ବସିଥିଲେ ଏବଂ ମୋଟା ବ୍ୟକ୍ତିଙ୍କ କଥା ଶୁଣୁଥିଲେ, ଗଲା ତିନି ମାସଧରି ତାଙ୍କର ପତି ଓ ବନ୍ଧୁମାନଙ୍କ କଥାରେ ନିଜ ଗଭୀର ଦୁଃଖର ସାନ୍ତ୍ୱନା ଖୋଜୁଥିଲେ, ଏମିତି କିଛି ଖୋଜୁଥିଲେ ଯାହା ତାଙ୍କୁ ଦେଖେଇପାରିବ ଜଣେ ମାଆ କେମିତି ନିଜ ପୁଅକୁ କେବଳ

ମୃତ୍ୟୁକୁ ନୁହେଁ ଏପରିକି ଜୀବନର ବିପଦକୁ ଠେଲିଦେବାର ଦ୍ୱନ୍ଦ୍ୱରୁ ନିଜକୁ ମୁକ୍ତ କରିପାରେ । ତଥାପି କାହା ପାଖରେ ଶବ୍ଦଟିଏ ଏଯାଏଁ ଦେଖିଲେନି ସେ... ଏବଂ ତାଙ୍କର ଦୁଃଖ ଖୁବ୍ ବଢ଼ିଯାଇଥିଲା ।

କିନ୍ତୁ ଏଇ ଯାତ୍ରୀ ଜଣଙ୍କର କଥା ତାଙ୍କୁ ଆଜି କେବଳ ବିସ୍ମିତ ନୁହଁ, ସ୍ତବ୍ଧ କରିଦେଲା । ସେ ହଠାତ୍ ଅନୁଭବ କଲେ ଯେ ଅନ୍ୟମାନେ ଯେଉଁମାନେ ତାଙ୍କୁ ବୁଝିପାରିଲେନି ବୋଲି ସେ ଭାବୁଥିଲା, ସେମାନେ ପ୍ରକୃତରେ ଭୁଲ୍ ନୁହନ୍ତି, ବରଂ ସେ ଅନ୍ୟ ବାପା ମା' ମାନଙ୍କର ସେଇ ଉଚ୍ଚତା ପର୍ଯ୍ୟନ୍ତ ପହଞ୍ଚିପାରିନି ଯେଉଁମାନେ ବିନା ଲୁହରେ ସେମାନଙ୍କର ପୁଅମାନଙ୍କୁ କେବଳ ବିଦାୟ ଦେଇନାହାନ୍ତି ବରଂ ମୃତ୍ୟୁମୁଖକୁ ଠେଲିଦେଇଛନ୍ତି ।

ସେ ତାଙ୍କର ମୁଣ୍ଡକୁ ଉଠେଇ, ବସିଥିବା ଜାଗାରୁ ଆଗକୁ ନଇଁ ବଡ଼ ଆଗ୍ରହ ସହକାରେ ମୋଟା ଲୋକଟି ସମସ୍ତ ସହଯାତ୍ରୀଙ୍କୁ ତା' ପୁଅର ବୀରତାକୁ ନେଇ କହୁଥିବା କଥା, କେମିତି ସେ ତା'ର ରାଜା ପାଇଁ ଓ ଦେଶ ପାଇଁ ଖୁସିରେ ଓ ବିନା ଦ୍ୱିଧାରେ ଜୀବନର ବଳିଦାନ ଦେଲା, ଶୁଣୁଥିଲେ । ତାଙ୍କୁ ଆଉ ଏକ ଅଜଣା ପୃଥିବୀରେ ହଠାତ୍ ପହଞ୍ଚିଗଲା ପରି ଲାଗିଲା ଏବଂ ଅନ୍ୟ ଯାତ୍ରୀମାନଙ୍କର ସେଇ ସାହସୀ ପିତାଙ୍କୁ, ଯିଏ ନିର୍ଲିପ୍ତଭାବରେ ତା' ପୁଅର ମୃତ୍ୟୁ କାହାଣୀ ଶୁଣେଉଥିଲା, ଅଭିବାଦନ କରିବା ଖୁବ୍ ଆନନ୍ଦ ପ୍ରଦାନ କଲା ।

ତା'ପରେ ହଠାତ୍ ତାଙ୍କୁ ଲାଗିଲା ସେ ଯେମିତି ସ୍ୱପ୍ନରୁ ଉଠିଛନ୍ତି, ଯେମିତି କିଛି ଶୁଣିନାହାନ୍ତି, ମୋଟା ଲୋକ ନିକଟକୁ ଯାଇ ସେ ପଚାରିଲେ, "ଆଚ୍ଛା...ତା'ହେଲେ କ'ଣ ଆପଣଙ୍କର ପୁଅ ପ୍ରକୃତରେ ମୃତ ?"

ସମସ୍ତେ ତା' ଆଡ଼କୁ ଚାହିଁଲେ । ମୋଟା ଲୋକଜଣଙ୍କ ମଧ୍ୟ ତାଙ୍କର ଫୁଲିଲା ଆର୍ଦ୍ର ହାଲ୍କା ପାଉଁଶିଆ ଆଖିକୁ ପୋଛି ତା' ଆଡ଼କୁ ଚାହିଁଲେ । ସେ କିଛି କହିବାକୁ ଚେଷ୍ଟା କଲେ କିନ୍ତୁ ଶବ୍ଦ ପାଇଲେ ନାହିଁ । ସେ ପ୍ରଥମେ ଉପରକୁ ଚାହିଁଲେ ଏବଂ ପରେ ମହିଳାଙ୍କୁ ଚାହିଁଲେ, ଏବଂ ଠିକ୍ ସେଇ ମୁହୂର୍ତ୍ତରେ, ମହିଳାଙ୍କର ସେଇ ଅସଙ୍ଗତ ପ୍ରଶ୍ନ ଶୁଣିଲାପରେ ବୁଝିପାରିଲେଯେ ତାଙ୍କର ପୁଅ ସତରେ ଆଉ ନାହିଁ...ସେ ସବୁଦିନ ପାଇଁ । ତାଙ୍କର ମୁହଁ ସଙ୍କୁଚିତ ଦେଖାଗଲା, ଭୟଙ୍କର ଭାବରେ ବିକୃତ ଦେଖାଗଲା, ତା'ପରେ ସେ ବ୍ୟତିବ୍ୟସ୍ତ ହୋଇ ପକେଟରୁ ରୁମାଲ ବାହାରକଲେ ଏବଂ ସମସ୍ତଙ୍କୁ ଆଶ୍ଚର୍ଯ୍ୟରେ ପକେଇ ଶୋକାର୍ତ୍ତ ଭାବେ, ହୃଦୟ ବିଦାରକ ସ୍ୱରରେ, ଫୁଲିଫୁଲି କାନ୍ଦିବାକୁ ଲାଗିଲେ ।

■

ଇରାକ

ଯୁଦ୍ଧ ବନ୍ଦୀ

ମୁନା ଫାଧିଲ୍

ସକାଳ ଖରା ରୋଷେଇଘରର ଧଳା କାନ୍ଥରେ ପଡ଼ି ଘରକୁ ଉଜ୍ଜ୍ୱଳ କରୁଥିଲା । ସାହିରା ଚୌକାଠ ଉପରେ ଛିଡ଼ାହୋଇ ଦେଖୁଥିଲା ତା' ବାପାଙ୍କୁ । ସେ ଶଙ୍ଖମଲମଲ ଟେବୁଲ ପାଖରେ ବସି ଛୋଟ ଟ୍ରାଞ୍ଜିଷ୍ଟର ରେଡ଼ିଓକୁ ଖୋଲି କ'ଣ ସବୁ ଠିକ୍ କରୁଥାଆନ୍ତି । ସୂର୍ଯ୍ୟାଲୋକ ଠିକ୍ ତାଙ୍କ ଉପର ଦେଇ କାନ୍ଥରେ ପଡୁଥାଏ । ସାହିରା ତାଙ୍କୁ କିଛି କହିବ କହିବ ହୋଇ ତାଙ୍କ ପାଖରେ ପହଞ୍ଚିବା ପୂର୍ବରୁ ସେ କୁଆଡ଼େ ଚାଲିଗଲେ, ଗୋଟେ ମରୀଚିକା ପରି ଧଳା କାନ୍ଥରେ ମିଶିଗଲେ ।

ଆଖପାଖରେ ଥିବା ଇଲେକ୍ଟ୍ରୋନିକ୍ସ ଜିନିଷ ପ୍ରତି ସଲ୍‌ହାଉଦ୍ଦିନଙ୍କର ଖୁବ୍ ଆକର୍ଷଣ ଥିଲା । ଏବେ ଅବଶ୍ୟ ସେତେ ପରିମାଣରେ ନାହିଁ ଯାହା କୋଡ଼ିଏ ବର୍ଷ ତଳେ ଥିଲା ଯେତେବେଳେ ତାଙ୍କୁ ଇରାନୀ ସୈନ୍ୟ ପ୍ରଥମେ ଧରିନେଇଥିଲେ । ଏବେ, ସେ କେବଳ ସେଇ ସମୟକୁ ମନେପକେଇବାକୁ ଚେଷ୍ଟା କରନ୍ତି ଯାହା । କାରାବାସରେ କିଛି ନୂଆ କଥା କୁହାଯାଏନା, ନୂଆ ଘଟଣା ଘଟେନା । ବନ୍ଦୀମାନେ ସେଇ ଗୋଟିଏ କଥାକୁ ବାରମ୍ବାର ଶହେଥର କୁହନ୍ତି କିନ୍ତୁ ନୂଆ କରି ଶୁଣିବାର ଛଳନା କରନ୍ତି । ସାହିରା ତାଙ୍କ ଆଡ଼କୁ ଚାହିଁଲା ଓ ହସିଲା । ସେ ଛୋଟ ପିଲାଟିଏ ପରି ଦେଖାଯାଉଥିଲେ ଯେମିତି ହୋମ୍‌ୱାର୍କ ଧରି ବସିଛନ୍ତି । ସାହିରା ଶାଗ ଧୋଇବାକୁ ବେସିନ୍ ପାଖକୁ ଗଲା ।

ସାହିରା ପାଞ୍ଚବର୍ଷ ଥିଲା ଯେତେବେଳେ ସଲ୍‌ହାଉଦ୍ଦିନଙ୍କୁ ଇରାନୀ ସୈନ୍ୟ ଧରିନେଇଥିଲେ । ମୁକ୍ତି ପାଇଲା ବେଳକୁ ତାକୁ ତେଇଶି ବର୍ଷ । ଯୁଦ୍ଧ ଆଠ ବର୍ଷ

ଫେରିଲା । ତା'ପରେ ଅନେକ ଦିନ ଯାଏ ସେ ଓ ତା'ର ମା' ଅପେକ୍ଷାକଲେ, ଇରାନ ଓ ଇରାକ ମଧ୍ୟରେ ପ୍ରଥମ, ଦ୍ୱିତୀୟ ଓ ତୃତୀୟ ପର୍ଯ୍ୟାୟ ଯୁଦ୍ଧ ବନ୍ଦୀ ବିନିମୟ ହେଲା ପର୍ଯ୍ୟନ୍ତ । ଫେରୁଥିବା ଯୁଦ୍ଧ ବନ୍ଦୀ ମାନଙ୍କୁ ସେମାନେ ସବୁବେଳେ ପଚାରନ୍ତି କାଳେ ସଲ୍‌ହାଉଦ୍ଦିନଙ୍କୁ ଭେଟିଥିବେ ବୋଲି । ତାଙ୍କ ବିଷୟରେ କେହି କିଛି କହିପାରନ୍ତି ନାହିଁ । ସାହିରାର ମାଆ, ବସ୍ରା, ୧୯୯୬ରେ ମୃତ୍ୟୁବରଣ କଲେ । ସଲ୍‌ହାଉଦ୍ଦିନ୍ ୧୯୯୮ରେ କାରାଗାରରୁ ମୁକ୍ତ ହେଲେ ।

ସେଇ ଶୀତରେ, ବାଗଦାଦର ଆଲ୍ ନୁସୁର୍ ଛକ ଉପରେ ଯେଉଁଠି ଶେଷ କେତେଜଣ ଯୁଦ୍ଧ ବନ୍ଦୀଙ୍କୁ ଛାଡ଼ିବାପାଇଁ ଘୋଷଣା କରାଯାଇଥିଲା, ସାହିରାକୁ କାର୍ ଭିତରେ ତିନି ରାତି କଟେଇବାକୁ ପଡ଼ିଥିଲା । ସାହିରା ତା' ବାପାଙ୍କର ଗୋଟେ ପୁରୁଣା ଫଟୋକୁ ବଡ଼ କରି, ସୁନାରଙ୍ଗର ଫ୍ରେମରେ ବନ୍ଧେଇ, ସାଥିରେ ଆଣିଥିଲା । ସାହିରା ଭାବିଲା, ଯଦିବି ତା' ବାପା ତାକୁ ଚିହ୍ନିନପାରନ୍ତି, ସେ ନିଜର ପୁରୁଣା ଫଟୋକୁ ନିଶ୍ଚୟ ଚିହ୍ନିବେ । ସାହିରା ତା' କାର୍ ସିଟ୍‌କୁ ପଛକୁ କରି, ତା' ସାର୍ଟର ଲମ୍ବାହାତରେ ଆଙ୍ଗୁଠିକୁ ଘୋଡ଼େଇ, ତା' ଉପରେ ଢଳି ପଡ଼ିଥିଲା । ଲୋକଙ୍କ ପାଟି ତୁଣ୍ଡ ଶୁଣି ସକାଳୁ ତା'ର ନିଦ ଭାଙ୍ଗିଥିଲା । ଲୋକଙ୍କ ଠେଲାପେଲାରେ ତା' କାର୍ ଆପେଆପେ ଆଗକୁ ବଢ଼ି ଯାଇଥିଲା ।

ଯେତେବେଳେ ଜେଲ୍‌ର ଫାଟକ ଖୋଲିଲା ଓ ଗାର୍ଡ଼ମାନେ ପାର୍ସି ଭାଷାରେ ବନ୍ଦୀମାନଙ୍କୁ ବାହାରିବା ପାଇଁ ଚିତ୍କାର କରି କହିଲେ, ପ୍ରଥମେ ସଲ୍‌ହାଉଦ୍ଦିନ୍ ବିଶ୍ୱାସ କରିପାରିଲେନି । ସଲ୍‌ହାଉଦ୍ଦିନ୍ ଭାବିଲେ ଅନ୍ୟ ଅନ୍ତେବାସୀଙ୍କ ପରି ସେମାନଙ୍କୁ ମଧ୍ୟ ଫାଶୀ ମିଳିବ । "ତୁମେ ଭାବୁଛ ଆମକୁ ଏମାନେ ଛାଡ଼ିଦେବେ" – ତା' ପାଖରେ ଛିଡ଼ା ହୋଇଥିବା ଅନ୍ୟ ବନ୍ଦୀଜଣକ ପଚାରିଲା । "ଚୁପ୍ କର!" – ସଲ୍‌ହାଉଦ୍ଦିନ୍ ତା' ଗାଲରେ ଚପୁଡ଼ାଟେ ପକାଇଲେ । ତା'ପରେ ବନ୍ଦୀମାନଙ୍କୁ ଗୋଟିଏ ଧାଡ଼ିରେ ବାହାରକୁ ଅଣାଗଲା । ବାହାରର ପୃଥିବୀ ଆଖି ଝଲସେଇ ଦେଲାପରି ଉଜ୍ଜ୍ୱଳ ଥିଲା । ସଲ୍‌ହାଉଦ୍ଦିନ୍ ଆକାଶକୁ ଦେଖିବାକୁ ଖୁବ୍ ଆତୁର ଥିଲେ କିନ୍ତୁ ତାଙ୍କର ଆଖି ଏ ଔଜ୍ଜ୍ୱଲ୍ୟକୁ ସହ୍ୟ କରିପାରୁନଥିଲା । ଯେତେବେଳେ ସେମାନେ ବନ୍ଦୀମାନଙ୍କୁ ନୂଆ ପୋଷାକ ପିନ୍ଧିବାକୁ ଦେଲେ, ସଲ୍‌ହାଉଦ୍ଦିନଙ୍କୁ ସନ୍ଦେହ ଲାଗିଲା । ସେ ତାଙ୍କର ପୁରୁଣା ସାର୍ଟରୁ ଲମ୍ବା କନା ଖଣ୍ଡେ ଚିରି ପକେଟରେ ଲୁଚେଇଲେ, ଯଦି ଜେଲ୍ ଅଧିକାରୀମାନଙ୍କର ଏ କୌଣସି ଚାଲ୍ ହୁଏ ତେବେ ସେ ନିଜ ବେକକୁ ସେ କନାରେ ବାନ୍ଧି ଆତ୍ମହତ୍ୟା କରିବେ । ତା'ପରେ ଯୁଦ୍ଧ ବନ୍ଦୀମାନଙ୍କୁ ଗଦିଥିବା ସିଟ୍‌ରେ ବସିବାକୁ ଦିଆଗଲା । ଅଠର ବର୍ଷହେଲା ସଲ୍‌ହାଉଦ୍ଦିନ୍ ଗଦିଥିବା ସିଟ୍‌ରେ ବସି ନଥିଲେ । ସେ

ତାଙ୍କର ପାପୁଲିକୁ କୁସନ୍ ଉପରେ ଦବେଇ ଦେଖିଲେ ଓ କାନ୍ଦିପକେଇଲେ । ସେଇ ସମୟରେ ସେ ନିଶ୍ଚିତ ହେଲେ ଯେ ସେ ଘରକୁ ଫେରୁଛନ୍ତି ।

"ବସ୍ରା !"

"ଡାଡ଼ି ! ଏଇଠି ମୁଁ ।" ସେମାନେ ପରସ୍ପରକୁ କୋଳାଗ୍ରତ କଲେ ଓ ସମୟର ସୀମାକୁ ଭୁଲିଗଲେ । ତାଙ୍କ ଚାରିପାଖେ ଲୋକମାନେ କୋଳାହଳ କରୁଥିଲେ ।

"ବସ୍ରା !" ସଲ୍‌ହାଉଦ୍ଦିନ୍ ସାହିରାର ଓଠରେ ଚୁମା ଦେବାପାଇଁ ତତ୍ପର ହେଲେ ।

"ଡାଡ଼ି, ମୁଁ ସାହାରି । ମମି... ସେ..." ସାହିରା ଆଗକୁ କହିବାକୁ ସଙ୍କୋଚ ପ୍ରକାଶ କଲା ।

ସଲ୍‌ହାଉଦ୍ଦିନ ବିଜୁଳି ଝଟକା ଖାଇଲା ପରି ତାଙ୍କର ହାତକୁ ସାହିରାର ଅଣ୍ଟାରୁ ଫେରେଇ ଆଣିଲେ । ସାହିରା, ତାଙ୍କର ସେଇ ଛୋଟ ଝିଅ ଯେ ତାଙ୍କ ଉପରେ ଚଢ଼ି ଖେଳୁଥିଲା, ହସିହସି ତାଙ୍କ ଉପରେ ଲୋଟି ପଡୁଥିଲା, ତା' କୁଞ୍ଚୁକୁଞ୍ଚୁ କେଶକୁ ତାଙ୍କ ଦେହ ସାରା ଛୁଉଁଉ ଥିଲା, ଆଜି ସେ ତା' ସାମ୍ନାରେ ଛିଡ଼ା ହୋଇଛି ।

"ସାହିରା ।", ସଲ୍‌ହାଉଦ୍ଦିନ୍ ତା' କପାଳରେ ଗେଲ କଲେ, "ମୁଁ ତୋତେ ଚିହ୍ନି ପାରିଲିନି ।"

"ଡାଡ଼ି ?" – ସାହାରି ତଉଲିଆରେ ହାତ ପୋଛୁ ପୋଛୁ କହିଲା, "ଖାଇବା ତିଆରି କରିଦେଇଛି, ଯେତେବେଳେ ଭୋକ ଲାଗିବ ଖାଇଦେବ । ଖାଇବା ପୂର୍ବରୁ ଗରମ କରିଦେବ । ଠିକ୍ ? ମୁଁ ଅଫିସ ବାହାରିଲି । ତମର ଆଉ କିଛି ଦରକାର ? ଠିକ୍ ଅଛି, ମୁଁ ଚାଲିଲି ।" ସାହିରା ତା'ର ଏକତରଫା କଥାବାର୍ତ୍ତା ଶେଷ କଲା । ସେ ତା'ର କୋଟ୍ ଓ ପର୍ସ ଆଣୁଆଣୁ ବାପାଙ୍କ ମୁଣ୍ଡକୁ ଥାପୁଡ଼େଇ କହିଲା, "ଘର ଛାଡ଼ି କୁଆଡ଼େ ଯିବନି, ଆଚ୍ଛା ? ଏବଂ କିଛି ଦରକାର ହେଲେ ମୋତେ ଫୋନ୍ କରିବ ।"

ସଲ୍‌ହାଉଦ୍ଦିନ୍ ରେଡ଼ିଓର ଭିତର ତକନିକୀ ନିରୀକ୍ଷଣରେ ଏତେ ମଜ୍ଜିଥିଲେ ଯେ, ଝିଅର କଥାକୁ ଠିକ୍ ଭାବେ ଧ୍ୟାନ ଦେଇପାରିଲେନାହିଁ । ସେ ଝିଅର ପାଦ ଶବ୍ଦ ବାହାରକୁ ଯିବାର ଓ କବାଟ ବନ୍ଦ ହେବାର ଶୁଣିଲେ । ସଲ୍‌ହାଉଦ୍ଦିନ୍ ବସିଥିବା ଚଉକିର ତଳକୁ ଝୁଙ୍କି ଚଉକିର ଗଦି ଅସଲି କି ନାଇଁ ବୋଲି ଦେଖିଲେ । ପରେପରେ ସେ ଉଠି ଛିଡ଼ାହେଲେ ଓ ପରଦା ବନ୍ଦ କରି ଆଖି ଝଲସେଇ ଦେଉଥିବା ସୂର୍ଯ୍ୟାଲୋକକୁ ଅବରୁଦ୍ଧ କଲେ ।

■

ଆଫଗାନିସ୍ତାନ

ବାଘ

ମୋହିବୁଲ୍ଲା ଜେଘାମ

ସେଦିନ ହାଟ ଥିଲା । ମୁଁ ଗୋଟେ ଛୋଟ ଟ୍ରକ୍‌ରେ ଡଜନେ ଆଳୁ ବସ୍ତା ଲଦିଲି ଏବଂ ଆମେ କୁନ୍ଦୁଜ ବଜାର ଅଭିମୁଖେ ପ୍ରସ୍ଥାନ କଲୁ । ଅନେକ ଦିନ ହେବ ମୁଁ ବଜାର ଯାଇନଥିଲି । ପଛରେ ଧୂଳିର ବାଦଲ ତିଆରିକରି ଟ୍ରକ୍ ସୋରାଓ ମରୁଭୂମି ଦେଇ ଗତି କରୁଥିଲା । ମରୁଭୂମି ଏତେ ବିସ୍ତାର ଓ ସମତଳ ଯେ, ଆମେ ଗୋଟେ ପାହାଡ଼ ଉପରେ ଥିଲୁ, ଏ କଥା ବିଶ୍ୱାସ ହେଉ ନଥିଲା । ପ୍ରାୟ ଘଣ୍ଟାଏ ହେବ ଆମେ କୌଣସି ଗାଡ଼ି ଆସିବାର ଦେଖିନଥିଲୁ ।

ଆମେ ଯେମିତି ପାହାଡ଼ରୁ କୁନ୍ଦୁଜ ସହର ଆଡ଼କୁ ଓହ୍ଲେଇଲୁ, ଲମ୍ବା ଖାକି ସାର୍ଟ ପିନ୍ଧା କିଛି ବନ୍ଧୁକଧାରୀ ଲୋକ ଆମକୁ ଚେକ୍‌ପୋଷ୍ଟ ନିକଟରେ ରହିବାକୁ ଇସାରା କଲେ । ସେମାନଙ୍କ ମଧ୍ୟରୁ ଜଣେ, ମୁଣ୍ଡର ଲମ୍ବା ବାଳକୁ ପଛରୁ ରୁମାଲ୍‌ରେ ବାନ୍ଧିଥିବା ଲୋକଟିଏ ସାମ୍‌ନାକୁ ଆସିଲା । ସେ ଆମ ଟ୍ରକ୍ ଚାରିପାଖେ କିଛି ସମୟ ଚକ୍କର କାଟିଲା ପରେ ଗୋଟିଏ ଜାଗାରେ ଛିଡ଼ାହେଲା ଓ ସାର୍ଟର ମଇଳା ହାତରେ କପାଳରୁ ଝାଳ ପୋଛିଲା ଓ ଉଚ୍ଚ ସ୍ୱରେ କହିଲା, "ଏ ମାଲ୍ କାହାର ?"

"ମୋର", ମୁଁ ଉତ୍ତର ଦେଲି ।

"ତଳକୁ ଆ", ସେ କହିଲା ।

ମୁଁ ତଳକୁ ଓହ୍ଲେଇଲି ଏବଂ ତା' ପଛେପଛେ ଚାଲିଲି । ସେ ଗୋଟିଏ ପୁରୁଣା ଦୁର୍ଗରେ ପ୍ରବେଶ କଲା । ଦୁର୍ଗର ମଝିଆମଝି ଝରଣାଟିଏ ବହିଯାଉଥିଲା । ତା' ପାଖରେ ଥିବା ଚିନାରଗଛ ତଳେ ବଡ଼ ବଡ଼ ଗାଲିଚା ପଡ଼ିଥିଲା । ତା' ଉପରେ ପଡ଼ିଥିବା ଭେଲଭେଟ୍ ଗଦି ଉପରେ ପାଞ୍ଚଜଣ ଲୋକ ବସି ପଶା ଖେଳୁଥିଲେ ।

ଖେଳ ପାଖରୁ ଟିକିଏ ଛାଡ଼ି, ଝରଣା କୂଳରେ, ଦଶ କି ପନ୍ଦର ଖାକି ସାର୍ଟ ପିନ୍ଧା ବନ୍ଧୁକଧାରୀ ଲୋକ ବସିଥିଲେ ଏବଂ ସେମାନଙ୍କ ମଧ୍ୟରୁ ଜଣେ ସିଗାରେଟ୍‌କୁ ଖୁବ୍ ଜୋର୍‌ରେ ଟାଣୁଥିଲା ।

"ଟାଣ୍, ଜୋର୍ ଜୋର୍‌ରେ ଟାଣ୍", ତା' ସାଙ୍ଗ ତାକୁ ଉସ୍‌କୋଉଥାଏ । ସେ ଆଉ ଥରେ ଜୋର୍‌ରେ ଟାଣିଲା ଓ ପାଞ୍ଚ କି ଛଅ ଥର ଖୁଁ ଖୁଁ କରି ଖାସିଲା । ହାତ ହଲେଇ ସମସ୍ତଙ୍କୁ ଧନ୍ୟବାଦ ଦେଇ ସିଗାରେଟକୁ ବଢ଼େଇଦେଲା ଅନ୍ୟ ଜଣକୁ ।

ଯେଉଁ ବନ୍ଧୁକଧାରୀ ଲୋକ ଜଣକ ମୋତେ ସାଥିରେ ଧରି ଆସିଥିଲା, ସେ ଗାଲିଚା ଉପରେ ଆଣ୍ଠୁମାଡ଼ି ବସି ଖେଳ ଦେଖୁଥିଲା ।

"ତୁମ ହାତରେ ଯାଦୁ ଅଛି", ସେ କହିଲା, ଯେତେବେଳେ ଖେଳାଳିମାନଙ୍କ ମଧ୍ୟରୁ ଜଣେ ବାଜି ଜିତିଲା ଓ ପଡ଼ିଥିବା ସମସ୍ତ ଧନରାଶିକୁ ନିଜ ଆଡ଼କୁ ସାଉଁଟି ନେଲା । ଝରଣା କୂଳରେ ବସିଥିବା ଅନ୍ୟ ବନ୍ଧୁକଧାରୀମାନେ ମଧ୍ୟ ତାକୁ ସମର୍ଥନ ଜଣାଇ ତା' କଥାକୁ ଦୋହରାଇଲେ ।

"ସମସ୍ତଙ୍କ ଭିତରେ ବାଣ୍ଟିଦେ", କହି ଜିତିଥିବା ଲୋକଟି ୧୦,୦୦୦ ଆଫଗାନି ଟଙ୍କାର ଦୁଇଟା ବଣ୍ଡଲ୍ ଫୋପାଡ଼ିଦେଲା ବନ୍ଧୁକଧାରୀ ଆଡ଼କୁ । ଏବଂ ଯେତେବେଳେ ତା' ଆଖି ମୋ ଉପରେ ପଡ଼ିଗଲା, କହିଲା, "ଆରେ କାଲିକ୍, ଏ ଲୋକଟା କିଏ ?"

"ସର୍ଦ୍ଦାର, ଟ୍ରକ୍‌ରେ ଲଦା ହୋଇଥିବା ଜିନିଷର ମାଲିକ", ବନ୍ଧୁକଧାରୀ କହିଲା ।

"କ'ଣ ନେଉଛୁ ?", ସର୍ଦ୍ଦାର ପଚାରିଲା ।

"କେଇ ବସ୍ତା ଆଳୁ", ମୁଁ ଉତ୍ତର ଦେଲି ।

"କୁଆଡ଼େ ?"

"କୁନ୍ଦୁଜ ବଜାରକୁ, ବିକ୍ରି କରିବାକୁ ।"

"ତା'ହେଲେ ତତେ କର ଦେବାକୁ ହେବ ।"

"କର କାହିଁକି ? ମୁଁ ଚାଷୀ, ନିଜ ଜମିରେ ଫଳେଇଛି ।"

"କାଲିକ୍, ଏ ଲୋକଟା ଏଇଠିକାର ଲାଗୁନି । ଏ ଗୁପ୍ତଚର କି ?"

"ଇନ୍ସାଲ୍ଲା, ମୁଁ ଆକୁ ଆଗରୁ ଦେଖିନି କେବେ ।", ମୋ ଆଡ଼କୁ ଚାହିଁ ବନ୍ଧୁକଧାରୀ କହିଲା ।

ମତେ ଲାଗିଲା ମୁଁ ଯେମିତି ସର୍ଦ୍ଦାରକୁ ପୂର୍ବରୁ କେଉଁଠି ଦେଖିଛି । ତା'ର ଲମ୍ବା ବାଳ, ଗୋରା ତକତକ ବଡ଼ ମୁହଁ, ଗୋଲାପି ଓଠ, ଢଳିଲା ଢଳିଲା କଳା ଆଖି, କୋମଳ ନାରୀସୁଲଭ ସ୍ୱର – ମତେ କେମିତି ଚିହ୍ନା ଚିହ୍ନା ଲାଗିଲା ।

ମୋର ହଠାତ୍ ମନେପଡ଼ିଗଲା । ସେ ଫିରୋଜ । ତା'ର ପତଳା ନିଶ, ଗାଲରେ ହାଲ୍‌କା ଦାଢ଼ି, ଲମ୍ବା ସାର୍ଟ ଏବଂ ଅଣ୍ଟାରେ ଗୁଳିର ବେଲ୍‌ଟ୍ ତାକୁ ସମ୍ପୂର୍ଣ୍ଣ ରୂପେ ବଦଳେଇ ଦେଇଥିଲା ।

ହାଜି ମୁରାଦ ପାଖରେ ରହି ତା'ର ବୋଲହାକ କରୁଥିଲା ଫିରୋଜ ଓ ବେଳେବେଳେ ନାଚୁ ବି ଥିଲା । ଅନେକ ବର୍ଷ ତଳେ ହାଜି ମୁରାଦ ଆମକୁ ତା' ଘରକୁ ସମୟ ସମୟରେ ଡାକୁଥିଲା । ଫିରୋଜ ଗୋଟିଏ ପାଦରେ ଘୁଙ୍ଗୁର ବାନ୍ଧି, ମୁହଁରେ ପାଉଡ଼ର ମାଖି, ଓଠରେ ଲିପ୍‌ଷ୍ଟିକ୍ ଲଗେଇ, ପାପୁଲିରେ ମେହେନ୍ଦି ପିନ୍ଧି, ଆଖିରେ କଜ୍ଜଳ ନାଇ, ନର୍ତ୍ତକୀ ପୋଷାକ ପିନ୍ଧି ଆମ ସାମ୍ନାରେ ଆସି ନାଚୁଥିଲା ।

ପାଞ୍ଚ ବର୍ଷ ତଳେ ଉଡ଼ା ଖବର ଆସିଲା ଯେ ଫିରୋଜ ହାଜି ମୁରାଦକୁ ଗୁଳି ମାରି ତା' ଯୁବତୀ ସ୍ତ୍ରୀକୁ ଧରି କୁଆଡ଼େ ପଳେଇଛି । ମୁରାଦର ସ୍ତ୍ରୀ ବୟସରେ ବହୁତ ସାନ ଥିଲା, ତା' ଝିଅ ବୟସର । କୁକୁଡ଼ା ଲଢ଼େଇ ପ୍ରତିଯୋଗିତା ଜିତି ସେ ତାକୁ ପାଇଥିଲା । ଯଦିଓ ମୁଁ ଶୁଣିଥିଲି ଯେ ଫିରୋଜ ଏକ ସନ୍ତ୍ରାସବାଦୀ ସଂସ୍ଥାରେ ଭର୍ତ୍ତି ହୋଇଥିଲା କିନ୍ତୁ ମୋ ପାଖରେ କୌଣସି ବିସ୍ତୃତ ସୂଚନା ନଥିଲା ।

"ମୁଁ ପଚାରୁଛି ତୁ କିଏ ଓ କାହାପାଇଁ ଗୁପ୍ତଚରୀ କରୁଛୁ ?", ଫିରୋଜର ସ୍ୱର ମୋ ଭାବନାରେ ବ୍ରେକ୍ ଦେଲା । "ମୁଁ କଦୁସ୍", ମୁଁ କହିଲି "ହାଜି ମୁରାଦର ସାଙ୍ଗ । ଫିରୋଜ, ମତେ ଚିହ୍ନି ପାରୁନୁ ?"

ମୋ କଥା ସରିବା ପୂର୍ବରୁ ମୋ କାନ୍ଧରେ ଜୋରକରି ଗୋଟେ ମୁଥ ପଡ଼ିଲା । ମୁଁ ତଳେ ପଡ଼ିଗଲି । ତା'ପରେ ବିଧା, ଗୋଇଠା ଓ ବନ୍ଧୁକ ଦ୍ୱାରା ମୋ ଉପରେ ମାଡ଼ ବର୍ଷିଗଲା ।

କେଇ ମିନିଟ ପରେ ପ୍ରଥମ ବନ୍ଧୁକଧାରୀ ଲୋକଟି ମୋ ବାଳକୁ ଧରି ଭୂଇଁରୁ ଉଠେଇଲା ଓ ଫିରୋଜ ସାମ୍ନାରେ ଛିଡ଼ାହେବାକୁ କହିଲା । ଛିଡ଼ା ହେବାପାଇଁ ମୋ ଦେହରେ କିନ୍ତୁ ଶକ୍ତି ନଥିଲା । ଫିରୋଜ ମୋତେ ଭୟଙ୍କର ଆଖିରେ ଚାହିଁଲା ଓ ମୋଟା ଗଳାରେ ଶବ୍ଦକୁ ଚୋବେଇ ଚୋବେଇ ପଚାରିଲା, "ମୁଁ କିଏ ?"

"ତୁ ଫିରୋଜ," ମୁଁ ଉତ୍ତର ଦେଲି ।

ସେ ତା'ର ସବୁ ବଳକୁ ଏକାଠି କରି ମୋ ମୁହଁକୁ ଦୁମ୍ କରି ମାରିଲା ।

"ନାଁ, ମୁଁ ସର୍ଦ୍ଦାର," ସେ ଚିତ୍କାର କରି କହିଲା, "ମୁଁ ବାଘ" ।

■

ବରମୁଡ଼ା

ସେଇ ରଙ୍ଗ

ଜନ୍ ମାକଗ୍ରେଟର

ସେ ଝରକା ପାଖରେ ଛିଡ଼ା ହେଲେ ଏବଂ କହିଲେ, "ଗଛ ସବୁ ପୁଣି ଥରେ ସେଇ ସୁନ୍ଦର ରଙ୍ଗ ପାଇବାକୁ ଆରମ୍ଭ କଲେଣି ।"

"ଆଚ୍ଛା ?", ମୁଁ ପଚାରିଲି । ମୁଁ ଘରର ପଛ ପାଖରେ ଥିଲି, ରୋଷେଇ ଘରେ । ବାସନ ଧୋଉଥିଲି । ପାଣି ସମ୍ପୂର୍ଣ୍ଣ ଭାବେ ଗରମ ହୋଇନଥିଲା ।

ସେ କହିଲେ, "ମୁଁ ଜାଣିପାରୁନି ଏଇଟା କୋଉ ପ୍ରକାରର ରଙ୍ଗ ।"

ସେ ଯେଉଁ ଗଛ କଥା କହୁଥିଲେ, ସେ ଗଛ ସବୁ ରାସ୍ତାର ଆର ପାଖରେ ଥିଲେ, ଛକ ସେପଟରେ । ସେ ଯେଉଁଠି ଥିଲେ, ଏକଦମ୍ ଠିକ୍ ଜାଗାରେ, ରାସ୍ତାର ଟ୍ରାଫିକ୍‌ରେ ସେଇ ଜାଗାରେ ହିଁ ଗଛଗୁଡ଼ିକ ସୁନ୍ଦର ଦିଶୁଥିଲେ । ମୁଁ ବି ଜାଣେନା କୋଉ ପ୍ରକାରର ଗଛ । ଗୋଟେ ଜାତିର ମ୍ୟାପଲ୍ କି ସାଇକାମୁର୍ । ଗଛର ପତ୍ର ପ୍ରତିବର୍ଷ ରଙ୍ଗ ବଦଳାନ୍ତି ଓ ତାଙ୍କୁ ପ୍ରତିଥର ଆଶ୍ଚର୍ଯ୍ୟ ଲାଗେ । ଯେମିତି ପ୍ରଥମ ଥର ପାଇଁ ଘଟୁଛି । ବର୍ଷର ଅବଧି ମଧ୍ୟ ଧୀରେଧୀରେ କମିଗଲାପରି ଲାଗୁଛି ।

"ମୁଁ ସାରା ଦିନ ଏମିତି ସେ ଗଛମାନଙ୍କୁ ଦେଖିପାରିବି, ସତରେ ମୁଁ ପାରିବି", ସେ କହିଲେ ।

ନଳରୁ ଆସୁଥିବା ପାଣି ତଳେ ହାତକୁ ରଖି ମୁଁ ତାଙ୍କ କଥା ଶୁଣୁଥିଲି । ତାଙ୍କ ନିଃଶ୍ୱାସ ପ୍ରଶ୍ୱାସର ଶବ୍ଦ ଶୁଣାଯାଉଥିଲା । ସେ କିଛି କହୁ ନଥିଲେ । କିନ୍ତୁ ସେଇଠି

ଛିଡ଼ା ହୋଇଥିଲେ । ମୁଁ ବାଉଲ୍ ଖାଲି କଲି ଓ ସେଥିରେ ଗରମ ପାଣି ରଖିଲି । ରୋଷେଇ ଘର ଥଣ୍ଡା ଲାଗୁଥିଲା । ଗରମ ପାଣିରୁ ଯେଉଁ ବାମ୍ପ ବାହାରୁଥିଲା ମୁଁ ମୋ ମୁହଁରେ ଅନୁଭବ କରିପାରୁଥିଲି ।

"ଏମାନଙ୍କର ରଙ୍ଗ କିନ୍ତୁ ପୂରାପୂରି ଲାଲ୍ ନୁହେଁ । ଠିକ୍ ନା ?", ସେ କହିଲେ ।

ମୁଁ ଫ୍ରାଇଙ୍ଗ୍ ପ୍ୟାନ୍‌କୁ ପିଛୁଳେଇଲି ଓ ଆଉ ତେଲିଆ ଲାଗୁଛି କି ନାଇଁ ଦେଖିବାକୁ ଚାରିପଟେ ଥରେ ଆଙ୍ଗୁଠି ବୁଲେଇ ଆଣିଲି । ସେତେବେଳକୁ ମୋ ଆଙ୍ଗୁଠି ଯୋଡ଼ମାନଙ୍କରେ ମୁଁ କଷ୍ଟ ଅନୁଭବ କଲିଣି ।

"ପ୍ରଚଣ୍ଡ ଖରାରେ ଆଖି ବନ୍ଦ କଲେ ଯେମିତି ଦେଖାଯାଏ, ଏ ରଙ୍ଗ ପ୍ରାୟ ସେଇ ପ୍ରକାରର", ସେ କହିଲେ । ତାଙ୍କର ସ୍ୱର ପ୍ରାୟ ନିରବ । ମୁଁ ସ୍ଥିର ଭାବରେ ଛିଡ଼ା ହୋଇ ଶୁଣିବାକୁ ଚେଷ୍ଟା କଲି ।

"ବର୍ଣ୍ଣନା କରିବା, ଖୁବ୍ କଷ୍ଟ", ସେ କହିଲେ ।

ଏ ସମୟରେ ବଡ଼ ଟ୍ରକ୍‌ଟିଏ ରାସ୍ତାରେ ଗଲା ଏବଂ ସାରା ଘର ଦୋହଲିଗଲା । ମୁଁ ଶୁଣିଲି ସେ ଝର୍କା ନିକଟରୁ ଚାଲି ଆସିଲେ, ଯେମିତି ସବୁଥର କରନ୍ତି ସେ । ମୁଁ ତାଙ୍କୁ ପଚାରିଲି ଯେ ଏଥିରେ ଏତେ ବିସ୍ମୟ ହେବାର କ'ଣ ଅଛି । ମୁଁ ତାଙ୍କୁ କହିଲି ଯେ ଏ ତ ଶରତ ଋତୁ । ଦିନ ଛୋଟ ହେଇ ଆସେ, କ୍ଲୋରୋଫିଲ୍ କମିଯାଏ, ପତ୍ରମାନେ ରଙ୍ଗ ବଦଳାନ୍ତି । ମୁଁ ତାଙ୍କୁ ପୁଣି କହିଲି ଯେ ସେ ପ୍ରତିବର୍ଷ ଯାକୁ ଦେଖି ଆସୁଛନ୍ତି ।

"ଏ ରଙ୍ଗ କିନ୍ତୁ ଖୁବ୍ ସୁନ୍ଦର, ବହୁତ ସୁନ୍ଦର, ତୁମର ବୁଝେଇବାର ଆବଶ୍ୟକତା ନାହିଁ," ସେ କହିଲେ ।

ମୋର ବାସନଧୁଆ ସରିଲା । ବାଉଲରୁ ପାଣି ଖାଲିକରିଦେଲି ଓ ପିଛୁଳେଇ ରଖିଦେଲି । ତାଙ୍କର ଗୋଟିଏ ଲାଲ ରଙ୍ଗର ସ୍କର୍ଟ ଥିଲା ଯାହା ସେ ବହୁତ ପୂର୍ବରୁ ପିନ୍ଧୁଥିଲେ, ନୂଆ ନୂଆ ବାହା ହୋଇ ଆସିଲାବେଳେ । ଥରେ ସେ ସ୍କର୍ଟକୁ ମ୍ୟାଚ୍ କରିବାକୁ ଯାଇ ମୁଣ୍ଡବାଳକୁ ସେମିତି ରଙ୍ଗରେ ରଙ୍ଗେଇଥିଲେ । ଏ କଥାରେ ତାଙ୍କର କିଛି ସାଙ୍ଗ ମଧ୍ୟ ଟିପ୍ପଣୀ ଦେବାକୁ ଚେଷ୍ଟା କରୁଥିଲେ । ଜଳନ୍ତା ଶିଖା ପରି ଲାଲ୍-ସେ କହିଥିଲେ । ବୋଧହୁଏ ଏବେ ପତ୍ର ସବୁ ସେଇ ରଙ୍ଗର, ଯାହା ସେ ବର୍ଣ୍ଣନା କରିବାକୁ ଚେଷ୍ଟା କରୁଛନ୍ତି ।

ମୁଁ ମୋର ହାତକୁ ଶୁଖାଇଲି ଏବଂ ସାମ୍ନା କୋଠରିକୁ ଗଲି । ତାଙ୍କ ନିକଟରେ ଯାଇ ବସିଲି । ତାଙ୍କ ହାତକୁ ଅନୁଭବ କଲି ଓ ଧରିଲି । କହିଲି, "ଆଉଥରେ କୁହ ।"

■

ବାଂଲାଦେଶ

ହାଡ଼

ଶବନମ ନାଦିୟା

ଦିଶା ରାଗରେ ଘର ଛାଡ଼ି ଚାଲି ଯାଇ ନଥିଲା ସେ ଏମିତି ଯାଇନି କେବେ । ସେ କିଛି ସମୟ ଅପେକ୍ଷା କଲା, ଭଲ ଭାବେ ଶାଢ଼ି ପିନ୍ଧିଲା, ଅଭ୍ୟାସ ମୁତାବକ ବାଳରେ ବେଣୀ ପକେଇଲା, ଯଦିଓ ଅନ୍ୟ ଦିନ ଅପେକ୍ଷା ଟିକେ ଟାଣି କରି, ପର୍ସ ଦେଖିଲା ଏବଂ ଦର୍ଜିକୁ ଭେଟିବାକୁ ଯିବା ବିଷୟରେ ଅସ୍ପଷ୍ଟ ଭାବେ କ'ଣ ସବୁ କହିଲା । ତା' ପତି ଟେଲିଭିଜନ ଉପରୁ ମୁହଁ ଫେରାଇ ତା' କଥା ଶୁଣିବା ଆବଶ୍ୟକ ବୋଲି ଭାବିଲାନି ।

"ସବୁ ସରିଗଲା," ଦିଶା ବଡ଼ ପାଟିରେ କହିଲା । "ଶେଷ ।" ରିକ୍ସାର ଧକଡ଼ଚକଡ଼ ଗତିରେ ତା'ର ଶେଷ ଶବ୍ଦରେ କମ୍ପନ ସୃଷ୍ଟି ହେଲା, ସତେ ଯେମିତି ଏବେବି କିଛି ଅନିଶ୍ଚିତତା ବାକି ଅଛି । ଦଶ ବର୍ଷର ବିବାହ; ଦଶ, ଗୋଟିଏ ସୁନ୍ଦର, ପୂର୍ଣ୍ଣ ଅଙ୍କ, ଦଶ, ବିନା ସନ୍ତାନରେ । କିଏ ଜାଣେ କାହିଁକି । ଚର୍ଚ୍ଚା, ଅଭିଯୋଗ ଏବଂ ଆରୋପ ବାହାରେ ନିଃସନ୍ତାନତାକୁ ଆବିଷ୍କାର କରିହେଉନଥିଲା ।

କେଉଁ ଏକ ଅଜଣା ଗଳି କୋଣରେ ରିକ୍ସାରୁ ଓହ୍ଲାଉ ଓହ୍ଲାଉ ସକାଳର ତିରସ୍କାର ତା'ର ମନେପଡ଼ିଗଲା । ଏଥର ନୂଆ ଥିଲା । ତା' ପ୍ରତି ବ୍ୟବହାର କରାଯାଉଥିବା ସମସ୍ତ ଉପହାସ ବିଷୟରେ ସେ ଜାଣେ: ତା'ର ମାଂସଳ ଉଦର ଓ ଦୋଳାୟମାନ ବକ୍ଷୋଜ, ତା'ର ପିଲା ଜନ୍ମ ନକରିପାରିବାର ଅନୁର୍ବରତା, ତା'ର କଳା ଚମ, ତା'ର ଅସ୍ତବ୍ୟସ୍ତ ପାରିବାରିକ ଜୀବନ, ତା'ର ନିର୍ଦ୍ଧନତା । ସେ ଭଲା କେଉଁ ଦିଗରୁ ଭଲ ?

ଏବଂ ଏବେ ଏ: ତା' ପତିକୁ କେବଳ "ତଲାଖ" କହିବାର ଥିଲା, ତିନି ଥର, ଏବଂ ଦିଶା ଘରୁ ବାହାର, ଡିଭୋର୍ସ ।

ତିନିଥର "ତଲାଖ" କହିବା ଡିଭୋର୍ସ ପାଇଁ ଯଥେଷ୍ଟ ନୁହେଁ, ଆଜିକାଲି କାନୁନ ପତ୍ନୀଠୁ ଅଲଗା ହେବା ପୂର୍ବରୁ ପତି ତରଫରୁ ଅଧିକ ପ୍ରୟାସ ଅପେକ୍ଷା କରୁଛି ବୋଲି ଖବରକାଗଜ ନିବନ୍ଧରେ ଲେଖାହୋଇଥିବା ବକ୍ତବ୍ୟ ବିଷୟରେ ସେ ଚୁପ୍ ରହିଲା । ସେ ଚୁପ୍ ରହିଲା ଏହି କଥାରେ ଯେ ସେମାନଙ୍କ ଭଳି ପରିବାରରେ ବିବାହର ଅନୈତିକତା ଓ ଅନିଶ୍ଚିତତାକୁ ନେଇ କିଛି କୁହାଯିବା ଉଚିତ ନୁହେଁ, ହୁଏତ ତା' ଚାକରାଣୀ ତା' ପତିଠୁ ଏ ବିଷୟରେ କିଛି ଶୁଣିପାରେ, କିନ୍ତୁ ଉଚ୍ଚବର୍ଗୀୟ କଲୋନିରେ ଶୀତତାପନିୟନ୍ତ୍ରିତ କୋଠରିରେ ରହୁଥିବା ଦିଶା ପରି ନାରୀଠୁ ନୁହେଁ ।

ରିକ୍ସାରୁ ଓହ୍ଲେଇ ସେ ଚାଲିବାକୁ ଆରମ୍ଭ କରିଛି, ଗ୍ରୀଲ୍ ହେଉଥିବା କୁକୁଡ଼ା ମାଂସର ତୀବ୍ର ବାସ୍ନା ତା'ର ଘ୍ରାଣେନ୍ଦ୍ରିୟ ଉପରେ ଆଧିପତ୍ୟ ବିସ୍ତାର କଲା । ଗନ୍ଧ ତା' ସହିତ କଥା ହେଲା, ସତେ ଯେମିତି ପହଁରି ଯାଉଥିବା ଧୂଆଁର ସୂକ୍ଷ୍ମ ଧାର ସନ୍ଦେଶବାହକ ହୋଇ ତା' ନାକ ଦେଇ ମୁଣ୍ଡ ଭିତରେ ପ୍ରବେଶ କଲା ଏବଂ କିଛି ଖବର ଛାଡ଼ିଆସିଲା । ତା' ନଜର ପଡ଼ିଲା ଭୋଜନାଳୟର ବାର-ବି-କ୍ୟୁରେ, ତା' ପାଟିରେ ଲାଳ ଆସିଲା । କାଫେର ଠିକ୍ ସାମ୍ନାରେ ସଜା ହୋଇଥିଲା ବାର-ବି-କ୍ୟୁ, ପାଦ ଚଲା ରାସ୍ତା ପାଖରେ । ସେ ଦେଖୁଥିଲା, ଲୁହାଛଡ଼ରେ ଗୁନ୍ଥାହୋଇ କୁକୁଡ଼ାମାନେ କୋଇଲା ତନ୍ଦୁରର ଲାଲ ଆଞ୍ଚ ଉପରେ ଅନବରତ ଘୂରି ଚାଲିଥିଲେ ଓ ତାଙ୍କ ଦେହରୁ ତରଳ ଚର୍ବି ଥପ ଥପ ହୋଇ ନିଆଁ ଉପରେ ପଡୁଥିଲା । ତା' ପାଖରେ ପିଲାଟିଏ ଛିଡ଼ା ହୋଇଥିଲା, ତା' ନିକଟରେ ଥିବା ଛୋଟ ଟେବୁଲ ଉପରେ କିଛି ବୋତଲ ଓ କାଟିବା ଉପକରଣ । ଗୋଟିଏ କୋଣରେ ତା' ପାଦ ପାଖରେ କିଛି ପ୍ଲାଷ୍ଟିକ୍ ଡବା ଓ କନା ବ୍ୟାଗ ରଖାଯାଇଥିଲା । କାଫେ ଭିତରକୁ ନଯାଇ ମଧ୍ୟ ଜଣେ ଗ୍ରାହକ ପାଇଁ ବାର-ବି-କ୍ୟୁ କୁକୁଡ଼ା ତିଆରି କରିବାର ସମସ୍ତ ସାମଗ୍ରୀ ସେଇଠି ମହଜୁଦ ଥିଲା ।

ଦିଶାର ଚାହାଣିରୁ କୁକୁଡ଼ାମାଂସ ପାଇଁ ତା'ର ଲାଳସା ଅଛି ବୋଲି ପିଲାଟି ବୁଝିପାରିଲା ଏବଂ ବିକ୍ରିକରିବାର କଳା ପ୍ରଦର୍ଶନ କରିବାକୁ ଯାଇ ତା'ର ପ୍ରାର୍ଥନା ଆରମ୍ଭ କରିଦେଲା । "ଆପଣଙ୍କ ପାଇଁ ଗୋଟିଏ ଆଣିବି, ଦିଦି ? ଏକଦମ ବଢ଼ିଆ ପୋଡ଼ି ହୋଇଛି । ଆପଣଙ୍କ ପସନ୍ଦ ଅନୁସାରେ ମସଲା ଗୋଳେଇ ଦେବି । ଆପଣ ଆଗରୁ ଏଠିକି ଅନେକଥର ଆସିଛନ୍ତି ଓ ଆମର କୁକୁଡ଼ାମାଂସ ଖାଇଛନ୍ତି । ମୋର ମନେ ଅଛି । ଗୋଟିଏ ନିଅନ୍ତୁ । ମୁଁ ଅଧିକ ସାଲାଡ଼ ଦେଇଦେବି ।"

ଦିଶା ତା' ବିଛଣା ଉପରେ ଦୁଇଗୋଡ଼ ଦୁଇଆଡ଼କୁ କରି ବସିଲା, ଉଲଗ୍ନ ।

ଦୁଇ ଗୋଡ଼ ମଝିରେ ରଖାଯାଇଥିବା ମଇଳା ପ୍ଲାଷ୍ଟିକ ଡବାକୁ ଚିରି ଖୋଲିଲା ସେ, ଏବଂ ଉପରକୁ ମୁହଁକରି, ଗୋଡ଼ ଛାଟି ପଡ଼ିଥିବା ମୃତ ଅଥଚ ଲୋଭିଲା ମସାଲାଦାର କୁକୁଡ଼ାକୁ ଚାହିଁରହିଲା ।

ଅପରାହ୍ଣ ନିସ୍ତେଜ ସୂର୍ଯ୍ୟର କ୍ଲାନ୍ତ ରଶ୍ମି ଏଠି ସେଠି ପଡୁଥିଲା, ଦିଶାର ମାଂସଳ ଜଙ୍ଘରେ ମଧ୍ୟ ଧାରେ ଆସି ପଡ଼ିଲା, ତା'ର ସୁନେଲି ରଙ୍ଗ ତାକୁ ଅଭିଭୂତ କଲା । କୁକୁଡ଼ା ତା' ପାଟିରେ ସ୍ୱର୍ଗୀୟ ଆନନ୍ଦ ଦେଲା, ଲଙ୍କା ସସ୍‌ର ଖଟା-ମିଠା, ଲୁଣି ଓ ରାଗ ସ୍ୱାଦରେ ତା' ଜିଭ ଜୀବନ୍ତ ହୋଇଉଠିଲା । ସେ ଖାଇବାରେ ଏମିତି ମଜ୍ଜିଯାଇଥିଲା ଯେ କୁକୁଡ଼ା ଦେହରୁ ବୋହି ଯାଉଥିବା ଚର୍ବି ତା' ଥୋଡ଼ି ଦେଇ ପେଟ ଉପରେ ପଡୁଥିଲେ ମଧ୍ୟ ସେ ପୋଛିବା ଦରକାର ମଣୁନଥିଲା ।

ଆଜି ଘରେ ଖାଇବାପାଇଁ ଆଉ କିଛି ନଥିଲା, ଦିଶା ରାନ୍ଧିନଥିଲା । ତା' ପତି ବେଡ଼୍‌ରୁମ୍ କବାଟ ପାଖରେ ଛିଡ଼ା ହୋଇଥିଲେ, ଆଶ୍ଚର୍ଯ୍ୟାନ୍ୱିତ, ସ୍ତମ୍ଭିତ ହୋଇ । କୁକୁଡ଼ା ଦେହରୁ ମାଂସ ସରିଯାଇଥିଲା, ତା' ସାମ୍ନାରେ ଗଦା ହୋଇଥିବା ହାଡ଼କୁ ଦେଖୁଥିଲା ଦିଶା । ତା' ମାଆ କେମିତି କୁକୁଡ଼ା ଖାଉଥିଲା ମନେପଡ଼ିଲା ତା'ର : ସେ କେବଳ ହାଡ଼ ଚୋବାଇବାକୁ ଭଲପାଉଥିଲା । ତା' ମାଆ ତାକୁ କହୁଥିଲା, ସବୁଠୁ ଭଲ ହାଡ଼ ଯାହା କେହି ଖାଆନ୍ତିନି । ତେଣୁ ମାଆ କୁକୁଡ଼ାର ବେକ, ଲାଞ୍ଜ, ପାଦ ଓ ମୁଣ୍ଡ ଖାଉଥିଲା । କିନ୍ତୁ ଦିଶା ନୁହେଁ: ସେ ପ୍ରଥମେ ସବୁ ମାଂସ ଖାଇଲା, ଏବେ ଯେ ହାଡ଼ ମଧ୍ୟ ଖାଇବ । ସେ ଗୋଟେ ବଡ଼ ହାଡ଼ ଧରିଲା ଏବଂ ଚାଟିବାକୁ ଲାଗିଲା । ସେ ସଂପୂର୍ଣ୍ଣ ହାଡ଼କୁ ଖାଇବ । ଆଜି ସେ ସମଗ୍ର ପୃଥିବୀକୁ ଖାଇଯିବ ।

ଚୀନ

ଦୁଇ ପଥର ମୂର୍ତ୍ତିଙ୍କ କାହାଣୀ

ୟାନ୍‌ଲି

ଜୀବନରେ ପ୍ରଥମେ ପ୍ରଥମେ ଦେଖିଥିବା ସ୍ୱପ୍ନ ସବୁ ଦିନ ପାଇଁ ସ୍ପଷ୍ଟ ହୋଇ ରହିଥାଏ । ଅନେକ ବର୍ଷ ତଳେ ମୁଁ ମୋର ପ୍ରଥମ ସ୍ୱପ୍ନ ଦେଖିଥିଲି । ସେଇ ଦିନଠୁ ମୁଁ ତାକୁ ମୋ ମନ ଭିତରେ ବାରମ୍ବାର ନିରୀକ୍ଷଣ କରିଚାଲିଛି । ଚିତ୍ରରେ ରଙ୍ଗ ମିଶାଯାଇଛି, ଏବଂ ସ୍ୱପ୍ନ କେବେ ଫିକା ପଡ଼ିନି । ମୁଁ ମୋ ଜୀବନ ଇତିହାସର ଘଟଣାକ୍ରମକୁ ଦେଖିଲେ, ସେ ସ୍ୱପ୍ନ କିନ୍ତୁ ଖୁବ୍ ସାଧାରଣ ଲାଗେ: ମୁଁ ଗୋଟେ କ୍ୟାମେରାର ସ୍ୱପ୍ନ ଦେଖିଥିଲି ।

ପ୍ରକୃତରେ, ସ୍ୱପ୍ନର ଅସଲ କଥା କ୍ୟାମେରା ନୁହେଁ କିନ୍ତୁ ମୁଁ କାହିଁକି ଚାହିଁଲି ? – ତା' ନହୋଇଥିଲେ କ୍ୟାମେରା ମୋ ଚିନ୍ତା ଭିତରକୁ ହୁଏତ କେବେବି ଆସିନଥାନ୍ତା । ୧୯୬୫ ମସିହାର ଶୀତଦିନେ ମୁଁ ରାଜନୈତିକ ପୂର୍ବାଭାସକୁ ଅନୁଭବ କରିବାପାଇଁ ଛୋଟ ଥିଲି । ତେଣୁ ଚୀନରେ ସାଂସ୍କୃତିକ କ୍ରାନ୍ତି କେମିତି ଆରମ୍ଭ ହେଲା, ଏ କଥା ମୁଁ ବୁଝିପାରିନଥିଲି । ସେତେବେଳେ ମୁଁ ସାଙ୍ଘାଇରେ ବଡ଼ ଅଗଣା ଥିବା ଗୋଟିଏ ଛୋଟ ଘରେ ରହୁଥିଲି । ଅଗଣାରେ ଦୁଇଟି ପଥର ମୂର୍ତ୍ତି ଥିଲେ, ଗୋଟିଏ ଫାଟକ ପାଖରେ ଓ ଅନ୍ୟଟି ଅଗଣାର ପଛପାଖେ ଥିବା ଘରର ମୁଖ୍ୟ ଦ୍ୱାର ନିକଟରେ । ସେମାନେ ଦେଖିବାକୁ ଅବିକଳ ସମାନ, କେବଳ ଜଣେ ପୁରୁଷ ଓ ଅନ୍ୟ ଜଣକ ନାରୀ । ପୃଥିବୀରେ ଯେହେତୁ ଦୁଇଟି ଲିଙ୍ଗର ମଣିଷ ଅଛନ୍ତି, ଆମ ଘରେ ଦୁଇଟି ମୂର୍ତ୍ତି ଥିଲା । ଯଦି ପୃଥିବୀରେ ପାଞ୍ଚଟି ଲିଙ୍ଗର ମଣିଷ ଥାଆନ୍ତେ, ତେବେ ହୁଏତ ଆମ ଘରେ ପାଞ୍ଚଟି ମୂର୍ତ୍ତି ଥାଆନ୍ତା । ସେ ଯାହାହେଉ, ଦୁଇଟି ମୂର୍ତ୍ତି ଗପକୁ ସହଜ କରିଦେଲେ । ପ୍ରକୃତରେ, ଦୁଇଟି ବର୍ଗର ମଣିଷ ସମାଜକୁ ପୂର୍ବରୁ ଜଟିଳ କରିସାରିଛନ୍ତି: ତାଙ୍କୁ ନେଇ ହଜାର ହଜାର ଗପ ଲେଖା ସରିଲା ପରେବି ପ୍ରତିଦିନ ନୂଆ ନୂଆ ଗପ ଲେଖାଯାଉଛି ।

ଦିନେ ସକାଳେ ଏତେ ଥଣ୍ଡା ଥିଲା ଯେ ଯେତେବେଳେ ମୁଁ ଝରକାରୁ ବାହାରକୁ ଚାହିଁଲି ଅଗଣା ସଂକୁଚିତ ଲାଗୁଥିଲା । ଫାଟକ ମଧ୍ୟ ଥଣ୍ଡାରେ ଛୋଟ ଦେଖାଯାଉଥିଲା

ଯଦିଓ ପ୍ରବେଶଦ୍ୱାର ଠିକ୍ ସେମିତି ଥିଲା । ଫଟା ପାଚେରିର ଫାଙ୍କ ଦେଇ ପବନ ମଣିଷ ପରି ଭିତରକୁ ପଶିଆସୁଥିଲା, ପ୍ରଥମେ ମୁଣ୍ଡ ପରେ ଦେହ । କିନ୍ତୁ ତା'ପରେ ଏଇ କାଳ୍ପନିକ ଚିତ୍ରକୁ ନେଇ ମୁଁ ହସିଲି କାରଣ ପବନ ପାଚେରି କାନ୍ଥରେ ଚଢ଼ି ଏପଟକୁ ଆସୁଥିଲା । ମୋର ମନେପଡ଼ିଲା ଯେ ପୂର୍ବ ରାତିରେ ଯେତେବେଳେ ଦାଦା ମୋର ଫଟୋ ନେଉଥିଲେ ମୁଁ ପୁରୁଷ ମୂର୍ତ୍ତି କାନ୍ଧଉପରେ ମୋ ଚଦରକୁ ରଖିଦେଇଥିଲି । ମୋ ବାପା ମା'ଙ୍କ ନିକଟକୁ ପଠାଇବେ ବୋଲି ଦାଦା ବଡ଼ ଆଗ୍ରହର ସହିତ ମୋ ଫଟୋ ନେଉଥିଲେ । ବାପା ମା' ଆଉ ଏକ ସହରରେ କାମ କରୁଥିଲେ, ସେମାନଙ୍କର ସୁବିଧା ଏବଂ ଅଧିକ ଦରମା ପାଇଁ – ଯାହାର କାରଣ ସହଜରେ ବୁଝିହୁଏ । କିନ୍ତୁ ସେମାନେ କାହିଁକି ବୁଝିପାରୁନଥିଲେ ଯେ ସାଙ୍ଘାଇରେ ଯେଉଁ ଦରମା ମିଳିବ ତା' ଅନୁସାରେ ତାଙ୍କୁ ସେଇ ସୁବିଧା ମଧ୍ୟ ମିଳିପାରିବ ? ପ୍ରତ୍ୟେକ ମଣିଷ ନିଜ ଇଚ୍ଛା ଅନୁସାରେ କାମ କରିବାର ଓ ରହିବାର ଜାଗା ସ୍ୱୟଂ ନିର୍ଦ୍ଧାରିତ କରିବ । ବୋଧହୁଏ ଏହାହିଁ ଏହି ପ୍ରଶ୍ନର ଶ୍ରେଷ୍ଠ ଉତ୍ତର । ଆମେ ଏହାକୁ "ଶକ୍ତି" କହୁ ଏବଂ ମୋ ବାପା ମା'ଙ୍କ ନିକଟରେ ତାଙ୍କ ନିଜ ପାଇଁ ନିର୍ଣ୍ଣୟ ନେବା ନିମନ୍ତେ ଶକ୍ତି ଆଦୌ ନଥିଲା । ସେମାନେ କ'ଣ ବିନା ଶକ୍ତିରେ ଜନ୍ମ ହୋଇଥିଲେ କିମ୍ବା ପରେ ସେମାନେ ନିଜର ଶକ୍ତି ହରେଇଲେ ? ଏମିତି ଅନେକ ପ୍ରଶ୍ନ ସେତେବେଳେ ମୁଁ ସେମାନଙ୍କୁ ପଚାରିନି, ଏବେ ସେ ପ୍ରଶ୍ନ ସବୁ ଆଉ ପ୍ରଶ୍ନ ହୋଇ ନାହିଁ । ଗୋଟିଏ ଯନ୍ତ୍ରର ଦୁଇଟି ଅଂଶ ପରସ୍ପରକୁ କେବେବି ପଚାରନ୍ତିନି ଯେ ତୁ କାହିଁକି ଅଛୁ ଏଠି ଯେହେତୁ ମୁଁ ଅଛି । ଯେତେବେଳେ ମୁଁ ଅଗଣାକୁ ମୋ ଚଦର ଆଣିବାକୁ ଗଲି, ତାହା ନାରୀ ମୂର୍ତ୍ତିର ବେକରେ ଝୁଲୁଥିଲା । କିନ୍ତୁ ମୁଁ ଜାଣିଥିଲି ଯେ ମୁଁ ତାକୁ ପୁରୁଷ ମୂର୍ତ୍ତିର କାନ୍ଧରେ ଟଙ୍ଗେଇ ଦେଇଥିଲି । ମୁଁ ସେତେବେଳେ ଛୋଟ ଥିଲି ଓ ମୋର ସ୍ମୃତି ଶକ୍ତି ପ୍ରଖର ଥିଲା । କିମ୍ବା ତାହା ମୋର କଳ୍ପନା ଥିଲା ? ତଥାପି, ମୁଁ କଳ୍ପନା କଲି ଯେ ଆଉ କେହି ଜଣେ ପୁରୁଷ ମୂର୍ତ୍ତିର କାନ୍ଧରୁ ଆଣି ନାରୀ ମୂର୍ତ୍ତିର ବେକରେ ଟଙ୍ଗେଇ ଦେଇଛି । ଘରେ ସମସ୍ତଙ୍କୁ ପଚରାଗଲା, କିନ୍ତୁ ମୋ ଚଦରକୁ କେହି ଦେଖିନାହାନ୍ତି ବୋଲି ସମସ୍ତେ ଉତ୍ତରଦେଲେ । ଯଦି ତାକୁ ଆଉ କିଏ ନେଇ ଥାଆନ୍ତା, ସେ ନେଇ ଯାଇଥାଆନ୍ତା – ଦାଦା କହିଲେ । ଏମିତି ଗୋଟିଏ ମୂର୍ତ୍ତିରୁ ନେଇ ଆଉ ଗୋଟିଏ ମୂର୍ତ୍ତି ଉପରେ ରଖିନଥାନ୍ତା । ସାଧାରଣ କଥା ।

ସେଇ ରାତିରେ, ଜେଜେମା' କହିଲା ଯେ ପରଦିନ ଅତ୍ୟଧିକ ଥଣ୍ଡା ପଡ଼ିବ ଓ ମୋତେ ଅଧିକ ପୋଷାକ ପିନ୍ଧି ସ୍କୁଲ୍‌କୁ ଯିବାକୁ ହେବ । ଶୋଇବା ପୂର୍ବରୁ ମୁଁ ଆଉଥରେ ଚଦର ଘଟଣାକୁ ମନେପକାଇଲି । ମୁଁ ଭାବିବାକୁ ଲାଗିଲି ଯେ ହୁଏତ

ପୁରୁଷ ମୂର୍ତ୍ତିଟି ଚଦରକୁ ନେଇ ନାରୀ ମୂର୍ତ୍ତି ବେକରେ ଲମ୍ୱେଇ ଦେଇଥିବ । କିନ୍ତୁ କେମିତି ସେ ଏତେ ଦୂର ଅଗଣାର ଆର ପାଖକୁ ଯାଇ ପକେଇଥିବ? ସେ ତ ନିଷ୍ପ୍ରାଣ । ମୁଁ ଘଟଣାର ଭିତରକୁ ଯିବାକୁ ଋହିଁଲି । ମୁଁ ଅଗଣାକୁ ଗଲି, ଚଦରରେ ପୁରୁଷ ମୂର୍ତ୍ତିର ଦେହକୁ ଢାଙ୍କିଦେଲି ଏବଂ ବିଛଣାକୁ ଫେରିଆସିଲି । ପରଦିନ ସକାଳେ, ନାରୀ ମୂର୍ତ୍ତିର ବେକରେ ଚଦର ଥିଲା । ମୁଁ ଜାଣିଲି ଯେ କିଛି ଗୋଟାଏ ଅଲୌକିକତାର ଅନାବରଣ କଲି ମୁଁ । କିନ୍ତୁ ଜେଜେମା' କିମ୍ୱା ଦାଦାଙ୍କୁ କିଛି କହିଲି ନାହିଁ । ମୁଁ ସ୍ଥିରକଲି ଯେ ସାରା ରାତି ଅନିଦ୍ରା ରହି କ'ଣ ଘଟୁଛି ଦେଖିବି ।

ସେଇ ରାତିରେ ମୋତେ ଖୁବ୍ ଅସ୍ଥିର ଲାଗିଲା । ଲାଇଟ ଲିଭେଇ ମୁଁ ଝରକା ପାଖରେ ବସିରହିଲି ଏବଂ ପୁରୁଷ ମୂର୍ତ୍ତି ଉପରେ ଦୃଷ୍ଟି ରଖିଲି । ପାଖ ରାସ୍ତାରେ ଥିବା ଲ୍ୟାମ୍ପପୋଷ୍ଟରୁ ଆସୁଥିବା ଆଲୁଅରେ ଅଗଣା ଆଲୋକିତ ଥିଲା । ଯାହାବି ହେବ ମୁଁ ସହଜରେ ଦେଖିପାରିବି । ଦୁଇଘଣ୍ଟା ପରେ ମୁଁ ସେଇଠି ବସି ବସି ଶୋଇପଡ଼ିଲି ଏବଂ ଯେତେବେଳେ ଆଖି ଖୋଲିଲା ଚଦରଟି ନାରୀ ମୂର୍ତ୍ତି ଉପରେ ଥିଲା । ମୁଁ ଅନିଛା ସତ୍ତ୍ୱେ ବିଛଣାକୁ ଯାଇ ଶୋଇଲି ଓ ଗୋଟେ ସ୍ୱପ୍ନ ଦେଖିଲି । ସ୍ୱପ୍ନରେ ଜେଜେମା' କହୁଥିଲା ଯେ ପୁଅମାନେ ପୁରୁଷ ପରି ବ୍ୟବହାର କରିବା ଉଚିତ । ଯଦି କେବଳ ଗୋଟିଏ ଚଦର ଥାଏ, ତାହା ଝିଅକୁ ଦିଆଯିବା ଉଚିତ । ପୁଅମାନେ ଝିଅଙ୍କ ଠାରୁ ଶକ୍ତିଶାଳୀ, ତେଣୁ ଝିଅମାନେ ଅଗ୍ରାଧିକାର ପାଇବା ଉଚିତ ।

ଯେତେବେଳେ ନିଦରୁ ଉଠିଲି, ମୁଁ କଳ୍ପନା କରିବାକୁ ଆରମ୍ଭ କଲି ଯେ କେମିତି ପୁରୁଷ ମୂର୍ତ୍ତିଟି ନାରୀ ମୂର୍ତ୍ତି ନିକଟକୁ ଯାଇଥିବ ଓ ଚଦର ଦେଇଥିବ । ମୂର୍ତ୍ତି କ'ଣ ଋଲିପାରେ? ମୁଁ କେବେବି ଋଲୁଥିବା ମୂର୍ତ୍ତି ଦେଖିନାହିଁ । ମୁଁ ସେଇ ରାତିରେ ଝରକା ପାଖରେ ବସିଲି ଓ ନିଜକୁ ଜଗେଇ ରଖିବା ପାଇଁ ମଝିରେ ମଝିରେ ଝରକା ଧାରରେ ଥିବା କଣ୍ଟାରେ ଆଙ୍ଗୁଠିକୁ ଫୋଡ଼ିଲି । ଶେଷରେ, ମୁଁ ପୁରୁଷ ମୂର୍ତ୍ତିକୁ ଋଲିବାର ଦେଖିଲି ।

ଆଶ୍ଚର୍ଯ୍ୟ କଥା ଯେ ନାରୀ ମୂର୍ତ୍ତିଟି ମଧ୍ୟ ଋଲିଲା । ସେମାନେ ରୋବୋଟ ପରି ଋଲିବାକୁ ଲାଗିଲେ ଯାହା ମୁଁ ଅନେକ ବର୍ଷ ପରେ ଆମେରିକାରେ ଦେଖିଲି । ଅଗଣାର ଠିକ୍ ମଝିରେ ଦୁହେଁ ପରସ୍ପରକୁ ସାମ୍ନା କରି ଅଟକିଗଲେ । ପୁରୁଷ ମୂର୍ତ୍ତି ନିଜ କାନ୍ଧରୁ ଚଦରଟି ବାହାରକରି ନାରୀ ମୂର୍ତ୍ତିକୁ ଯାଚିଲା । ନାରୀ ମୂର୍ତ୍ତି ପୁରୁଷ ମୂର୍ତ୍ତିର ହାତକୁ ପଛକୁ ପେଲିଦେଲା – ସତେ ଯେମିତି ତାକୁ ପିନ୍ଧେଇଦେବା ପାଇଁ ଇସାରା କଲା । ପଶ୍ଚିମରୁ ଆସୁଥିବା ଥଣ୍ଡା ପବନରେ ଚଦରଟି ଉଡ଼ିଗଲା ପରି ଲାଗିଲା । କାଳେ ଚଦର ତଳେ ଖସିପଡ଼ିବ ବୋଲି ମୁଁ ମନେ ମନେ ବ୍ୟସ୍ତ ହୋଇପଡ଼ିଲି ।

ସୌଭାଗ୍ୟବଶତଃ, ନାରୀ ମୂର୍ତ୍ତି ପୁରୁଷ ମୂର୍ତ୍ତିର ଆଗ୍ରହକୁ ସ୍ୱୀକାର କଲା ଏବଂ ଅନିଚ୍ଛା ସତ୍ତ୍ୱେ ବି ପୁରୁଷ ମୂର୍ତ୍ତିକୁ ତା'ର ବେକ ଚାରିପାଖେ ଚଦର ଗୁଡ଼େଇବାକୁ ଦେଲା । ତା'ପରେ ନାରୀ ମୂର୍ତ୍ତି ଫାଟକ ନିକଟକୁ ଗଲା ଓ ପୁରୁଷ ମୂର୍ତ୍ତିକୁ ଅଗଣାର ପଛ ପାଖକୁ ଯିବାପାଇଁ ଇସାରା ଦେଲା । ମୁଁ ଭାବିଲି ଯେ ମୁଁ ଏହାର କାରଣ ଜାଣିଛି: ଏବେ ଚଦର ବ୍ୟବହାର କରି ସେ ନିଜକୁ ଉଷୁମ ରଖିବ ଓ ଅଗଣାର ସାମ୍ନାରେ ଫାଟକ ପାଖରେ ଯେହେତୁ ଥଣ୍ଡାର ପ୍ରଭାବ ଅଧିକ, ସେଥିପାଇଁ ସେ ସେଠି ଛିଡ଼ା ହେବାକୁ ଚାହୁଁଛି । ମୁଁ ଭାବୁଥିଲି ଯେ ସେ ନାରୀ ମୂର୍ତ୍ତିର ସାଥେ ସାଥେ ନଯାଉ, ଏଥିପାଇଁ ଯେ, ପରିବାରର ଅନ୍ୟ ସଦସ୍ୟମାନେ ଏ ରହସ୍ୟକୁ ଅଚିରେ ଆବିଷ୍କାର କରିନେବେ । ମୁଁ ଜାଣିନଥିଲି ଯେ ଯଦି ଅନ୍ୟମାନେ ଜାଣିବେ ତେବେ ତା'ର ପରିଣାମ କ'ଣ ହେବ ବୋଲି । ଯେମିତି ମୁଁ ଚାହୁଁଥିଲି, ପୁରୁଷ ମୂର୍ତ୍ତିଟି ନାରୀ ମୂର୍ତ୍ତିକୁ ଫାଟକ ନିକଟକୁ ଯିବାକୁ ଦେଲାନାହିଁ । ନାରୀ ମୂର୍ତ୍ତି ନିଜ ବେକରୁ ଚଦର ବାହାର କରି ପୁରୁଷ ମୂର୍ତ୍ତିକୁ ଦେଲା । ନିଃସନ୍ଦେହଭାବେ ସେ ଚାହୁଁଥିଲା ଯେ ଯେହେତୁ ଫାଟକ ନିକଟରେ ଥଣ୍ଡା ଅଧିକ ସେ ଚଦର ଘୋଡ଼େଇ ହେବା ଉଚିତ । ମୋର ହଠାତ୍ ମନେପଡ଼ିଲା ମୋର ଆଉ ଗୋଟିଏ ଚଦର ଅଛି । ଦୁଇଟି ଚଦର ପାଇଲା ପରେ ଆସନ୍ତାକାଲି ସେମାନେ ଦ୍ୱନ୍ଦ୍ୱ ମୁକ୍ତ ହେବେ । ମୁଁ ମଧ୍ୟ ନିଜକୁ ମନେ ପକେଇଦେଲି ଯେ ସକାଳୁ ଅନ୍ୟମାନେ ଉଠିବା ପୂର୍ବରୁ ମୁଁ ଚଦରଟିକୁ ନେଇ ଆସିବି ଏବଂ ରାତି ହେଲେ ଶୋଇବା ପୂର୍ବରୁ ରଖି ଦେଇ ଆସିବି । ଏମିତିରେ ଅନ୍ୟମାନେ ଜାଣିପାରିବେ ନାହିଁ ।

ପର ସନ୍ଧ୍ୟାରେ ଦୁଇ ଜଣଙ୍କୁ ଦୁଇଟି ଚଦର ଦେଲି ଏବଂ ଭାବିଲି ଯେ ସେମାନଙ୍କୁ ସେଇ ରାତିରେ ଆଉ ଚାଲିବାକୁ ପଡ଼ିବ ନାହିଁ । କିନ୍ତୁ ପ୍ରକୃତରେ, ସେମାନେ ଚାଲିଲେ । ନାରୀ ମୂର୍ତ୍ତି ଉପରେ ଥିବା ଚଦର ଲମ୍ୱା ଓ ଓଜନିଆ ଥିଲା । ତେଣୁ ସେ ପୁରୁଷ ମୂର୍ତ୍ତିକୁ ନିଜର ଚଦର ନେବାପାଇଁ ବାଧ୍ୟକଲା ଯେହେତୁ ଫାଟକ ପାଖରେ ଥଣ୍ଡା ପବନର ପ୍ରକୋପ ଅଧିକ ଥିଲା । ତା'ପରଠୁ ଅନେକ ରାତି ପର୍ଯ୍ୟନ୍ତ ପ୍ରତ୍ୟେକ ରାତିରେ ସେମାନଙ୍କୁ ପରସ୍ପର ଆଡ଼କୁ ଚାଲିବାର ଓ କ'ଣ ସବୁ ଫିସ୍‌ଫିସ୍ କହିବାର ଦେଖିଲି । ମୋ ମନରେ ଏକ ଉପାୟ ଆସିଲା ।

ମୁଁ ଜେଜେମା' ଓ ଦାଦାଙ୍କୁ ଦୁଇ ମୂର୍ତ୍ତିକୁ ପାଖାପାଖି ରଖିପାରିବା କି ବୋଲି ପଚାରିଲି । ସେ ଦୁହେଁ କେମିତି ଆମ ଘରକୁ ରକ୍ଷା କରୁଛନ୍ତି, ଜେଜେମା' ମୋ ସାମ୍ନାରେ ବର୍ଣ୍ଣନା କଲା: ପ୍ରେତାତ୍ମା ବିରୋଧରେ ପୁରୁଷ ମୂର୍ତ୍ତି ସୁରକ୍ଷାର ପ୍ରଥମ ପାହ୍ୟା, ନାରୀ ମୂର୍ତ୍ତି ଦ୍ୱିତୀୟ । ମୁଁ କହିଲି ଏ ତର୍କ ମତେ ଅସଙ୍ଗତ ଲାଗୁଛି । ଯେହେତୁ ପୁରୁଷ ନାରୀ ତୁଳନାରେ ଅଧିକ ଶକ୍ତିଶାଳୀ, ଯଦି ପ୍ରେତାତ୍ମା ପୁରୁଷ ମୂର୍ତ୍ତିକୁ ପରାସ୍ତ କରିବ

ତେବେ ନାରୀ ମୂର୍ତ୍ତିକୁ ମଧ୍ୟ ସହଜରେ ପରାସ୍ତ କରିବ । କିନ୍ତୁ ଆମେ ଯଦି ଦୁହିଁଙ୍କୁ ପାଖାପାଖି ରଖିବା ତେବେ ଦୁହେଁ ଏକାଠି ମିଶି ଲଢ଼ିପାରିବେ । ଯଦିଓ ଜେଜେମା ତା' ଯୁକ୍ତିରେ ଅଟଳ ଥିଲା କିନ୍ତୁ ଦାଦାଙ୍କୁ ମୋ କଥା ଉଚିତ ଲାଗିଲା । ସେ ଦୁଇ ମୂର୍ତ୍ତିକୁ ପାଖାପାଖି ରଖିଲେ । ଯେତେବେଳେ ଦାଦା ନାରୀ ମୂର୍ତ୍ତିକୁ ଫାଟକ ପାଖକୁ ନେଲେ ମୁଁ ବଡ଼ ଉତ୍ସୁକତା ଅନୁଭବ କଲି । ମୁଁ ସମୟ ସମୟରେ ମୂର୍ତ୍ତିଙ୍କୁ ଲକ୍ଷ୍ୟ କଲି, ଭାବିଲି ଯେ ଦୁଇ ମୂର୍ତ୍ତିଙ୍କ ମୁହଁରେ ବୁଝାମଣାର ସ୍ମିତ ହସ ନିଶ୍ଚିତ ଭାବେ ଦେଖିବାକୁ ମିଳିବ । ମୁଁ ଖୁବ୍ ସନ୍ତୁଷ୍ଟ ଥିଲି ଯେ ଜେଜେମା, ଦାଦା ଏବଂ ଘରର ଅନ୍ୟ ସଦସ୍ୟମାନେ ମୋର ବିଚାରରେ ଏକମତ ହେଲେ । ସେଇ ରାତିରେ ମୁଁ କିଛି ପରିମାଣରେ ଅନୁତପ୍ତ ହେଲି, ପାଖାପାଖି ଛିଡ଼ା ହୋଇଥିବାରୁ ସେମାନେ ଆଉ ଚାଲୁ ନଥିଲେ । ଯେହେତୁ ତାହା ମୋର ପ୍ରସ୍ତାବ ଥିଲା, ମୁଁ ଦାଦାଙ୍କୁ ମୂର୍ତ୍ତିକୁ ପୂର୍ବ ସ୍ଥାନରେ ରଖିବା ପାଇଁ କହି ପାରୁନଥିଲି, ମୋର ଶିକ୍ଷା ନିଜର ପ୍ରସ୍ତାବରେ ପଛଘୁଞ୍ଚା ଦେବାପାଇଁ ଅନୁମତି ଦେଉନଥିଲା । ମୁଁ ଯେତେଥର ଝର୍କା ଦେଇ ମୂର୍ତ୍ତିଙ୍କୁ ଚୁପଚାପ୍ ଛିଡ଼ା ହେବାର ଦେଖୁଥିଲି, ପ୍ରତିଥର ସେଇ ଦ୍ୱନ୍ଦ୍ୱର ଶିକାର ହେଉଥିଲି । ଯେତେବେଳେ ମୁଁ ବାପା ମା'ଙ୍କର ଅନ୍ୟ ଏକ ସହରରେ ରହିବା କଥା ଭାବୁଥିଲି, ମୋର ନିର୍ଣ୍ଣୟ ଠିକ୍ ଲାଗୁଥିଲା । ମୋତେ ଏଇଠି ଛାଡ଼ି ସେମାନେ ଏତେ ଦୂରରେ କାହିଁକି କାମ କରୁଥିଲେ, ତା'ର କାରଣ ମୋତେ ଜଣାନଥିଲା । ଜେଜେମା କହୁଥିଲା ଯେ ତାଙ୍କର କାମ ତାଙ୍କୁ ଅନ୍ୟ ଏକ ସହରରେ ରହିବାପାଇଁ ବାଧ୍ୟ କରୁଥିଲା । କିନ୍ତୁ ତାଙ୍କର ଦୂରରେ ରହିବାର କାରଣ ମୋ ପାଇଁ ନିଷ୍ଠୁର ଥିଲା । ସେଥିପାଇଁ ମୁଁ ଦୁଇ ମୂର୍ତ୍ତିକୁ ଏକାଠି ରହିବାପାଇଁ ଚାହିଁଥିଲି । ଯଦି ଆଉ ଗୋଟିଏ ଛୋଟ ମୂର୍ତ୍ତି ଥାଆନ୍ତା, ମୁଁ ନିଶ୍ଚିତ ଭାବେ ତାକୁ ନେଇ ଦୁହିଁଙ୍କ ମଝିରେ ରଖିଥାନ୍ତି ।

ଏଇ ଉଲ୍ଲାସପୂର୍ଣ୍ଣ ପୁନଃମିଳନ ଦୀର୍ଘସ୍ଥାୟୀ ନଥିଲା । ୧୯୬୬ର ଗ୍ରୀଷ୍ମ ଋତୁରେ ସରକାରଙ୍କ ଲାଲ ସେନାର ଏକ ଦଳ କବାଟ ଭାଙ୍ଗି ଆମ ଘର ଭିତରେ ପଶିଲେ ଏବଂ ତନ୍ନ ତନ୍ନ କରି ଯାଞ୍ଚ କଲେ । ସେମାନେ ଅନ୍ଧବିଶ୍ୱାସ କହି ମୂର୍ତ୍ତିର ମୁଣ୍ଡକୁ ଭାଙ୍ଗିଦେଲେ ଏବଂ ପୃଥିବୀରେ ଥିବା ଏଭଳି ମୂର୍ତ୍ତି ସବୁ ଭାଙ୍ଗି ଦିଆଯିବା ଉଚିତ ବୋଲି କହିଲେ । ମୂର୍ତ୍ତି ସହିତ ନେଇଥିବା ଫଟୋ ସବୁ ନେଗେଟିଭ୍ ସହିତ ଅଗଣାରେ ଜାଳି ଦିଆଗଲା । ଲାଲ ସେନା ଗଲାପରେ ମୁଁ ମୁଣ୍ଡକୁ ନେଇ ମୂର୍ତ୍ତି ଦେହରେ ଲଗେଇବାକୁ ଚେଷ୍ଟାକଲି । ପୁରୁଷ ମୂର୍ତ୍ତିର ମୁଣ୍ଡ ଅନେକ ଖଣ୍ଡ ହୋଇଯାଇଥିଲା । ମୋର ମନେପଡ଼ିଲା ଯେତେବେଳେ ଦାଦାଙ୍କ ଗୋଡ଼ ଭାଙ୍ଗିଯାଇଥିଲା ସେ ବ୍ୟାଣ୍ଡେଜ ବ୍ୟବହାର କରୁଥିଲେ । ମୁଁ ଭଙ୍ଗା ଖଣ୍ଡକୁ ଯୋଡ଼ି ମୂର୍ତ୍ତିର କାନ୍ଧ ଉପରେ ଲଗେଇଲି । ତା'ପରେ ଦାଦାଙ୍କୁ ଡାକି ଆଉଥରେ ଫଟୋ ଉଠାଇବା ପାଇଁ କହିଲି । ଦାଦା ମୁହଁ ଶୁଖେଇ ମୋତେ ଯାଇ

କ୍ୟାମେରା ଦେଖିବାକୁ କହିଲେ । ମୁଁ ପାଖ କୋଠରିକୁ ଯାଇ ଦେଖିଲି ଯେ କ୍ୟାମେରାର ଅବସ୍ଥା ମୂର୍ତ୍ତିଙ୍କଠାରୁ କିଛି କମ ନଥିଲା । ଏଠି ବ୍ୟାଣ୍ଡେଜ ବି କାମରେ ଆସିବ ନାହିଁ । କ୍ୟାମେରାର ଲେନ୍ସକୁ ଭାଙ୍ଗି ଗୁଣ୍ଡ କରି ଦିଆଯାଇଥିଲା । ଦାଦାଙ୍କ ତକିଆ ପାଖରେ ଭଙ୍ଗା କ୍ୟାମେରା ପଡ଼ିଥିଲା । ତା' ମାନେ ସେ ତାକୁ ନେଇ ଶୋକ ପ୍ରକଟ କରିସାରିଛନ୍ତି । ଦାଦା କହିଲେ ଯେ ଯେହେତୁ କ୍ୟାମେରା ସୋଭିଏତ ରୁଷରେ ତିଆରି, ସେଥିପାଇଁ ଲାଲ ସେନା କ୍ୟାମେରାକୁ ଭାଙ୍ଗିଦେଲେ । କିନ୍ତୁ ମୁଁ ଚାହୁଁଥିଲି ଭଙ୍ଗା ମୂର୍ତ୍ତିଙ୍କ ସହିତ ଫଟୋ ନେବାପାଇଁ । ଦାଦାଙ୍କୁ ମୂର୍ତ୍ତି ବିଷୟରେ କହିବାପାଇଁ କୁଣ୍ଠାବୋଧ କରୁଥିଲି, ଠିକ୍ ଏଇ ସମୟରେ ତାଙ୍କୁ ତରତରରେ ଅଗଣା ଆଡ଼କୁ ଯିବାର ଦେଖିଲି ସତେ ଯେମିତି ମହତ୍ତ୍ୱପୂର୍ଣ୍ଣ ଘଟଣା କିଛି ଘଟିଛି । ମୁଁ ତାଙ୍କ ପଛେ ପଛେ ଚାଲିଲି । ସେ ଜଲଦି ଜଲଦି ମୂର୍ତ୍ତି କାନ୍ଧରୁ ମୁଣ୍ଡକୁ ବାହାର କରିଦେଲେ ଏବଂ ଏହା ପୂରା ପରିବାରକୁ ଅସୁବିଧାରେ ପକାଇପାରେ ବୋଲି ମତେ ଏମିତି ନକରିବାକୁ ତାଗିଦା କଲେ । ସେ ବ୍ୟାଣ୍ଡେଜ ବାହାର କରୁ କରୁ କହିଲେ ଯେ ଭାଗ୍ୟବଶତଃ ଲାଲ ସେନା ଦେଖିନାହାନ୍ତି । ମୋତେ ଏମିତି କେବେ ଆଉ ନକରିବାପାଇଁ ପ୍ରତିଜ୍ଞାବଦ୍ଧ ହେବାକୁ କହିଲେ । ମୁଁ ମୁଣ୍ଡହଲାଇ ସମ୍ମତି ପ୍ରକାଶ କରିବାରେ ସେ ଚିନ୍ତାମୁକ୍ତ ହେଲାପରି ଦେଖାଗଲେ । ତା'ପରେ ସେ ଚୀନ ତିଆରି ଗୋଟିଏ କ୍ୟାମେରା କିଣି ମୋର ଫଟୋ ଉଠେଇବେ ବୋଲି କଥା ଦେଲେ । ଆମେ ଆଉ ମୂର୍ତ୍ତି ସହିତ ଫଟୋ ଉଠାଇବାନି ବୋଲି ମୁଁ କହିଲି । ସେ ସମ୍ମତି ପ୍ରଦାନ କଲେ ଓ ଆହୁରି ଅନେକ ଜାଗାରେ ଫଟୋ ଉଠାଯାଇପାରିବ ବୋଲି କହିଲେ । ମୁଁ କହିଲି ଯେ ଏପରିକି ମୂର୍ତ୍ତିମାନେ ଲାଲ ସେନାକୁ ହରେଇବା ପରି ଶକ୍ତିଶାଳୀ ନଥିଲେ । ସେମାନେ ଏଇ ପ୍ରେତାତ୍ମାକୁ ଝାଡ଼ିଫୁଙ୍କି ବାହାର କରିପାରିଲେନାହିଁ । ଦାଦା ମୋ'ଠାରୁ ଦ୍ୱିତୀୟ ପ୍ରତିଜ୍ଞା କରେଇଲେ ଯେ ମୁଁ ଯେମିତି ଭବିଷ୍ୟତରେ ଏଭଳି କଥା ନକହେ । ଆମ ପରିବାର ଶ୍ରମିକ ଶ୍ରେଣୀ ଅନ୍ତର୍ଭୁକ୍ତ ଏବଂ ନିୟମ ଅନୁସାରେ ଆମକୁ କେବେବି ଜେଲ ଭିତରେ ଭର୍ତ୍ତି କରାଯାଇପାରିବ । ଆମ ବିରୁଦ୍ଧରେ ଏବେ କୌଣସି ପ୍ରମାଣ ନାହିଁ ବୋଲି ଆମକୁ ସେମାନେ ଜେଲକୁ ପଠେଇନାହାନ୍ତି । ତେଣୁ ଏମିତି କଥା ନକହିବା ପାଇଁ ସେ ଅନୁରୋଧ କଲେ । ମୁଁ ମୋର ଲୁହକୁ ଧରି ରଖିବା ପାଇଁ ମୁହୂର୍ତ୍ତେ ଚେଷ୍ଟା କଲି କିନ୍ତୁ ପର ମୁହୂର୍ତ୍ତରେ ଲୁହ ସବୁ ମୋ ଗାଲ ଦେଇ ବୋହିଗଲା । ମୁଁ ମୁଣ୍ଡବିହୀନ ମୂର୍ତ୍ତିଙ୍କ ସାମ୍ନାରେ ଛିଡ଼ାହେଲି ଏବଂ ଧୀରେ କହିଲି ଯେ ଯେହେତୁ କ୍ୟାମେରା ଭାଙ୍ଗିଗଲା ଆମର ଏକାଠି ଆଉ ଫଟୋ ନିଆଯାଇ ପାରିବନାହିଁ ।

■

ଇଂଲଣ୍ଡ

ମୋ ମାଆ ଥିଲା ଊର୍ଦ୍ଧ୍ୱମୁଖୀ ପିଆନୋ

ଟାନିଆ ହର୍ଷମ୍ୟାନ

ମୋ ମାଆ ଥିଲା ଗୋଟିଏ ଊର୍ଦ୍ଧ୍ୱମୁଖୀ ପିଆନୋ, ମେରୁଦଣ୍ଡ ସିଧା, ଢାଙ୍କୁଣି ଏକଦମ ଟାଇଟ୍, କେବଳ ଓସ୍ତାଦ ହିଁ ବଜେଇପାରିବ । ମୋ ବାପା ଓସ୍ତାଦ ନଥିଲେ । ବାପା ଥିଲେ ଜଣେ ଭଲ ପିଆନୋ ଟ୍ୟୁନର; ତକିନିକୀ ଦୃଷ୍ଟିରୁ ପାରଙ୍ଗମ, ସେ ମା'କୁ ଗାଇବାକୁ କହୁନଥିଲେ । ଆଉ କାହାର ପତି ମା'କୁ "ବେବି ଗ୍ରାଣ୍ଡ" ପିଆନୋରେ ପରିଣତ କରିଥିଲା ।

ମୁଁ ଜାଣିଲି କେମିତି ? ମା' କହିଲା । ଗଲା କିଛି ସପ୍ତାହ, ଯେତେବେଳେ ସେ ନଇଁଲା, ଢାଙ୍କୁଣି ଅଳ୍ପ ଖୋଲିଲା, ହାତୀଦାନ୍ତ ହଳଦିଆ ଦେଖାଗଲା ।

"ପ୍ରତ୍ୟେକ ମଙ୍ଗଳବାର," ସେ କହିଲା, "ଦ୍ୱିପ୍ରହର । କବାଟରେ କରାଘାତ ।" ପ୍ରଥମଥର ମୁଁ ସ୍ଥାଣୁ ପାଲଟିଗଲି । ମୁଁ ନିଜେ ଜଣେ ବିକଶିତ ନାରୀ, ମୁଁ ମା'କୁ କହିବାର ଶୁଣିଲି ଏବଂ ପଛପଟେ କଣ୍ଟେଇ ଓ ମହୁମାଛି ବସା ସହିତ ଖେଳିଲି । ମୁଁ ମୋର ଉପସ୍ଥିତିକୁ ସୀମିତ କରି ଫେରିଆସିଲି । ମା' ଜାଣିପାରିଲା ନାହିଁ । ସେ ହୁଏତ ସେତେବେଳକୁ ଶୋଇପଡ଼ିଥିଲା ।

ଦ୍ୱିତୀୟ ଥର ମୁଁ ପ୍ରଶ୍ନ ପଚାରିଲି । "ମା," ମୁଁ କହିଲି । "ସେ...ଆସୁଥିଲା । ମଙ୍ଗଳବାର ଦିନ । କେତେ ଥର ?"

"ଆମେ ସ୍ଖଳିତ ତା'ର କା, ସେ କହୁଥିଲା ମତେ," ମା', ଭୂତପୂର୍ବ ଊର୍ଦ୍ଧ୍ୱମୁଖୀ ପିଆନୋ, ଫିସ୍‌ଫିସ୍ କରି କହିଲା ।

"ତୁମେ ଓ ମୁଁ, ସେ କହୁଥିଲା ଓ ମୋ ହାତକୁ ଧରୁଥିଲା ।" ମା' ଓଠରେ ସ୍ମିତ ହସ । ସେ ଆଖି ବନ୍ଦ କଲା ।

ମୋ ଟ୍ୟୁନର ବାପା ଅନ୍ୟ କାହାର ହାତକୁ କେବେ ଧରିନାହାନ୍ତି । ସେ ବୁଦ୍ଧିମାନ ଓ ଦକ୍ଷ ଥିଲେ । ମା'ର ମୁହଁରେ ଆଉ କିଛି ଆଭାସ ବା ସୂଚନା ପଢ଼ିବାକୁ ଚେଷ୍ଟାକଲି । "ମୁଁ ମୋ ପାଇଁ ଖୋଜିବି ?" ପଚାରିବାକୁ ଚାହିଁଲି । "ଗୋଟେ ସ୍ଖଳିତ ତା'ରକା ? ଜଣେ ଓସ୍ତାଦ ? ମୁଁ କ'ଣ ତୋ ପରି ମାଆ ?" ସେ କିନ୍ତୁ କଥାବାର୍ତ୍ତା ବନ୍ଦ କରି ସାରିଥିଲା ଓ ହାଲ୍‌କା ଘୁଙ୍ଗୁଡ଼ି ମାରିବା ଆରମ୍ଭ କରିଥିଲା । ମୁଁ ତା' ନିକଟରେ ବସିଲି । ତା' ଛାତି ଉପର ତଳ ହେଉଥିବାର ଲକ୍ଷ୍ୟ କଲି । ତା' କୋଳରେ ତା' ଆଙ୍ଗୁଠି ପିଆନୋର ସ୍ୱର ପଟଳ ଉପରେ ଲହରେଇଲା ପରି ଲାଗୁଥିଲା, ମୁଁ ଚାହୁଁଥିଲି ମୋ ଭିତରେ ଶକ୍ତ ହୋଇଯାଇଥିବା ସ୍ୱର ପଟଳ ଯଦି ଝଙ୍କୃତ ହୋଇଉଠନ୍ତା !

■

ଯୁକ୍ତରାଷ୍ଟ୍ର ଆମେରିକା

ଦୁଇଟି ଗପ

ଲିଡ଼ିଆ ଡେଭିସ

ମୋ ପତି ଓ ମୁଁ:

ମୋ ପତି ଓ ମୁଁ ହେଲୁ ସଂଯୁକ୍ତ ଯାଆଁଳା । ଆମର କପାଳ ଯୋଡ଼ିହୋଇ ଥାଏ । ଆମର ମା' ଆମକୁ ଖୁଆଏ । ଯେତେବେଳେ ଆମକୁ ସହବାସ କରିବାକୁ ହୁଏ, ନଇଁଆସିଥିବା ଦେବଦାରୁ ଡାଳ ପରି ଆମର ନିମ୍ନଭାଗକୁ ଯୋଡ଼ି ବର୍ତ୍ତୁଳ ଆକୃତି ଗଠନ କରୁ । ସମୟ ଆଗକୁ ବଢ଼ିଚାଲେ । ମୁଁ ମୋ ପତିଙ୍କ ଠାରୁ ନିମ୍ନ ଭାଗରେ ଅଲଗା ହୁଏ ଏବଂ ଯାଆଁଳା ପିଲାଙ୍କୁ ଜନ୍ମ ଦିଏ । ସେମାନେ କିନ୍ତୁ ଆମ ପରି ସଂଯୁକ୍ତ ନୁହନ୍ତି । ସେମାନେ ଭୂଇଁରେ ଗଡ଼ୁଥାନ୍ତି । ଆମ ମା' ପିଲାମାନଙ୍କର ଯତ୍ନ ନିଏ । ସେମାନେ ଶୋଇଥିବାବେଳେ ଅଲଗା ଅଲଗା ଢଙ୍ଗରେ ଶୁଅନ୍ତି । ଖେଳୁଥିବାବେଳେ ଏକାଠି ରୁହନ୍ତି, ଆମ ପାଖରେ ଏବଂ ଆମ ମା' ପାଖରେ, ସତେ ଯେମିତି ଗୋଟିଏ ରବର ବ୍ୟାଣ୍ଡରେ ବନ୍ଧା ହୋଇଛନ୍ତି ଦୁହେଁ । ରାତିରେ ଆମମାନଙ୍କ ମଧ୍ୟରେ ବନ୍ଧନ ଆହୁରି ମଜଭୁତ ହୋଇଯାଏ । ଆମେ ପରସ୍ପରକୁ ଧରି ସ୍ତୂପାକାରରେ ଶୋଉ, ମୋ ପତିଙ୍କର କଠିନ ପେଶୀ ସହ ମୋର କୋମଳ ପେଶୀ, ତା' ସହିତ ଆମ ମା'ର ଲୋଳିତ ପେଶୀ ଏବଂ ତା' ସହିତ ଆମ ପିଲାଙ୍କର ପକ୍ଷୀ ପର ପରି ହାଲ୍‌କା ପେଶୀ, ଜଣେ ଆଉଜଣକର ବାହୁରେ ବାହୁ ଛନ୍ଦି, ଏକାଠି ଅନେକଗୁଡ଼ିଏ ସାପ ଶୋଇଥିଲା ପରି । ଆମ ପଛପାଖରୁ, ଦୂରରୁ, ସଙ୍ଗୀତର ଉଚ୍ଚାଙ୍ଗ ସ୍ୱର ଭାସି ଆସୁଥାଏ ।

ଶାଳୀନତା:

ମୁଁ ଠିକ୍ କରିପାରୁନି ଯେ ତାଙ୍କ ସହିତ ବନ୍ଧୁତ୍ୱ ରଖିବି କି ନାହିଁ । ଏ ବିଷୟରେ ଅନେକ ଭାବିଲି ମୁଁ । ସେ କିନ୍ତୁ କେବେବି ଭାବି ପାରିବେନି ଯେ ମୁଁ କେତେ ଚିନ୍ତିତ ଏ ବିଷୟକୁ ନେଇ । ଶେଷଥର ପାଇଁ ଚେଷ୍ଟା ବି କଲି ମୁଁ । ପ୍ରାୟ ବର୍ଷକ ପରେ ତାଙ୍କୁ ଫୋନ୍ କଲି । ଯେଉଁ ଭଳି ଭାବରେ କଥାବାର୍ତ୍ତା ଆଗକୁ ବଢ଼ିଲା – ମତେ କିଛି ଠିକ୍ ଲାଗିଲାନି । ତାଙ୍କ କଥାବାର୍ତ୍ତାରେ ଆଦୌ ଶାଳୀନତା ନାହିଁ । ଏମିତି ହୋଇପାରେ, ମୋର ଆଶାନୁଯାୟୀ ଶାଳୀନତା ତାଙ୍କ ନିକଟରେ ନାହିଁ । ତାଙ୍କୁ ଏବେ ପ୍ରାୟ ପଚିଶ ହେବ, ଅଥଚ କଥାବାର୍ତ୍ତାରେ କୌଣସି ପ୍ରକାରର ପରିବର୍ତ୍ତନ ହୋଇନାହିଁ । କୋଡ଼ିଏ ବର୍ଷ ତଳେ ତାଙ୍କ ସହିତ ପ୍ରଥମ ଥର ଦେଖା ହୋଇଥିଲା ଓ ଆମ ଗପସପ ମୁଖ୍ୟତଃ ପୁରୁଷମାନଙ୍କୁ ନେଇ ଥିଲା, ସେତେବେଳେ ତାଙ୍କର କଥାବାର୍ତ୍ତାରେ ଶାଳୀନତା ନଥିଲା । ଏବେବି ଠିକ୍ ସେମିତି । ତାଙ୍କର ସେତେବେଳର କଥାକୁ ମୁଁ ଖରାପ ଭାବୁନଥିଲି, ବୋଧହୁଏ ସେତେବେଳେ ମୋ କଥାବାର୍ତ୍ତା ବି ବେଢ଼ଙ୍ଗ ଥିଲା । କିନ୍ତୁ ମୁଁ ଏବେ ଆଗ ଅପେକ୍ଷା ଖୁବ୍ ମାର୍ଜିତ । ତାଙ୍କଠୁ ଅନେକ ଗୁଣରେ ମାର୍ଜିତ, ଯଦିଓ ତାଙ୍କ ବିଷୟରେ ଏପରି ଭାବିବାକୁ ଶାଳୀନତା କୁହାଯିବନି । କିନ୍ତୁ ମୋର କହିବାର ଅଛି । ସେଥିପାଇଁ ମୁଁ ଏହାଠୁ ଅଧିକ ଶାଳୀନ ହେବା ଉଚିତ୍ ମନେ କରୁନି ଏଇଥିପାଇଁ ଯେ ତାଙ୍କ ପରି ଜଣେ ଜଣେ ଅଶାଳୀନ ବନ୍ଧୁଙ୍କ ବିଷୟରେ ମତେ କହିବାକୁ ହେବ ।

■

ସ୍ଲୋଭେନିଆ

ଆମେରିକା ଷ୍ଟ୍ରିଟ୍

ଲିପି ପୋଟପାରା

ପ୍ରାୟ ସପ୍ତାହେ ହୋଇଯିବ, ଘର ଏକଦମ୍ ଶୁନଶାନ୍ । ବାପା ଓ ମା' ପରସ୍ପର ମଧ୍ୟରେ କଥା ହେଉନାହାନ୍ତି । ଅବଶ୍ୟ ଆଜି ଦୁହେଁ କାମକୁ ଯାଇଛନ୍ତି । ଛୋଟ ଝିଅଟି ଘରେ ଏକା, ନିଜ ସହ ନିଜେ କଥା ହୋଇ ହୋଇ ଗୋଟିଏ ଖେଳ ଖେଳୁଛି । ନିଜକୁ ପ୍ରଶ୍ନ ପଚାରୁଛି ଓ ଅଲଗା ଅଲଗା ସ୍ୱରରେ ତା'ର ଉତ୍ତର ଦେଉଛି । ମା' ଆଜି ଅଫିସରୁ ଶୀଘ୍ର ଆସିଲେ ଏବଂ ଡାକିଲେ, "ଆଲେଙ୍କା, ମା', ଟିକେ ରୋଷେଇଘରକୁ ଆସିଲୁ ।"

ଖେଳୁଥିବା ଖେଳନା ସବୁକୁ ଆଲେଙ୍କା କ୍ଷମା ମାଗିଲା ଓ ଶୀଘ୍ର ଫେରିବାର କଥା ଦେଇ ମା'ଙ୍କ ପାଖକୁ ଗଲା ।

"ଆଲେଙ୍କା, ତୋତେ କିଛି କହିବାକୁ ଅଛି, ପାଖକୁ ଆ," ମା' କହିଲେ ।

ମା'ଙ୍କ ଚେହେରା ଅଲଗା ଲାଗୁଥିଲା । ଆଲେଙ୍କା ଟିକେ ଡରିଗଲା ।

"ଡାଡ଼ି ତୋ ଜନ୍ମ ଦିନପାଇଁ କିଛି ଉପହାର ଆଣିଛନ୍ତି ।" ସେ କହିଲା । "ଫୋଲ୍ଡିଂ ସାଇକେଲ ।"

ଆଲେଙ୍କା ଚୁପ୍ ରହିଲା, କିଛି କହିଲାନି । ମା'ଙ୍କ କୌଣସି କଥା ତାକୁ କଷ୍ଟ ଦେଲା । ସେ ମନେମନେ ରାଗିଗଲା । ଖୁବ୍ ଶୀଘ୍ର ସେ ଏଗାର ବର୍ଷର ହେବାକୁ ଯାଉଛି । ଆଉ ପିଲା ନୁହେଁ । ସେ କେବେଠୁ ସାଇକେଲ ଚାହୁଁଥିଲା । ସିଲ୍ଭି ଓ କାଟାରିନାଙ୍କ ସହ "ଆମେରିକା" ଷ୍ଟ୍ରିଟ୍‌କୁ ଯିବା ପାଇଁ । ବିନା ସାଇକେଲରେ ଏତେ ଦିନ ହେଲାଣି । ଘରେ ଯେତେବେଳେ ବି ସାଇକେଲ କଥା ଉଠିଲା ସେମାନଙ୍କର ଗୋଟିଏ ଚିନ୍ତା – ଉଠାଣିରେ ସାଇକେଲ ଚଳେଇବା କଷ୍ଟ, ଗଡ଼ାଣିରେ ବ୍ରେକ୍ ଦେବାକୁ ଯଦି ଭୁଲିଯାଏ ଇତ୍ୟାଦି । ସାଇକେଲକୁ ନେଇ କୌଣସି କଥା ସେ ଶୁଣିବାକୁ ଚାହୁଁନଥିଲା ।

ମା'ଙ୍କ ଚେହେରାରେ କୌଣସି ପରିବର୍ତ୍ତନ ନାହିଁ । ସେ କହିବାକୁ ଲାଗିଲେ, "ଆଲେଙ୍କା, ତୋ'ର ଖୁସି ହେବା ଉଚିତ ଯେ ଡାଡ଼ି ଏପରିକି କରଜ କରି ତୋ ପାଇଁ ସାଇକେଲ ଆଣୁଛନ୍ତି ।"

"ହଁ, ମା' – କହି ଦେଇ ଆଲେଙ୍କା ଫେରିଗଲା ଝରକା ପାଖକୁ ଯେଉଁଠି ତା'ର ଖେଳନା ସବୁ ତାକୁ ଅପେକ୍ଷା କରିଥିଲେ ।"

"ଏଥର ଜନ୍ମଦିନର ଉପହାର ଭାବେ ମୋତେ ଗୋଟେ ସାଇକେଲ ମିଳିବ," ସେ ଖେଳନାସବୁକୁ କହିଲା ଏବଂ ଖେଳନାମାନେ ଡ଼େଇଁ ଡ଼େଇଁ ନାଚିଲେ ।

ଯେଉଁଦିନ ତା' ଜନ୍ମଦିନ ଆସିଲା, ଯଦିଓ ସେଦିନ ତା' ପେଟ କାଟୁଥିଲା, ତଥାପି ସେ ସ୍କୁଲ ଗଲା । ଶ୍ରେଣୀରେ ପଢୁଥିଲା ବେଳେ ତା'ର ସାଇକେଲ ଦେଖିବାକୁ ବହୁତ ଇଚ୍ଛା ହେଲା, ଲାଲ କି ନୀଳ । ସମସ୍ତଙ୍କର ସାଇକେଲ ଲାଲ କିମ୍ବା ନୀଳ । ସିଲ୍ଭାର ସାଇକେଲ ଗୋଲାପି, ତା' ବାପା ରଙ୍ଗ କରିଦେଇଛନ୍ତି ।

ମଧ୍ୟାହ୍ନଭୋଜନ ପରେ ପରେ ବାପା ଘରେ ପହଞ୍ଚିଲେ ଏବଂ ତାକୁ ବେସ୍‌ମେଣ୍ଟ୍‌କୁ ଆସିବାକୁ କହିଲେ । ଆଲେଙ୍କା ତଳକୁ ଆସିଲା । ସାଇକେଲ ସେଇଠି ଥିଲା । ହାଲ୍‌କା ନୀଳ ।

ସେ ବାପାଙ୍କୁ ଚାହିଁଲା । ସେ ଜାଣିଥିଲା ଯେ ତାକୁ ଖୁସି ହେବାକୁ ହେବ । କିନ୍ତୁ ତା' ପେଟ ଜୋରରେ କାଟିବାକୁ ଲାଗିଲା । ସେ ସାଇକେଲକୁ ଛୁଇଁଲା । ଏକଦମ ଠିକ୍ ଅଛି ।

"ଧନ୍ୟବାଦ ଡାଡ଼ି", କହିଦେଇ ସେ ଉପରକୁ ତା' ଖେଳନାମାନଙ୍କ ପାଖକୁ ଯିବାକୁ ବ୍ୟଗ୍ର ହେଲା । "ସାଇକେଲ ଚଳାଇବାକୁ ତୁ ଏଇନା ବାହାରକୁ ଯିବୁନି ?" ବାପା ପଚାରିଲେ ।

"ହଁ", ଆଲେଙ୍କା କହିଲା, ହଠାତ୍ କ'ଣ କହିବ ବୁଝି ନପାରି କହିଲା, "ଅଳ୍ପ ସମୟ ପରେ ।"

ବେସ୍‌ମେଣ୍ଟ୍ ଏକଦମ୍ ଛୋଟ ଥିଲା । ଭଲଭାବେ ଆଲୁଅ ପଡୁନଥିଲା । ଡାଡ଼ି ବହୁତ ବଡ଼ । ଆଲେଙ୍କା ଛୋଟ । ସେ ବାହାରକୁ ଯାଇ ପାରୁ ନଥିଲା । ତା' ମୁଣ୍ଡ ଭିତରେ କେବଳ ଗୋଟିଏ ଶବ୍ଦ ଶୁଣାଯାଉଥିଲା । "କରଜ" । ସେ ଚାହୁଁଥିଲା ତା' ବାପା ସେ ଜାଗା ଛାଡ଼ି ଯାଆନ୍ତୁ, ଯାହା ଫଳରେ ସିଲ୍ଭା ଓ କାଟାରିନା ଆସିବେ ଓ ତାଙ୍କ ସହିତ ସେ ଆମେରିକା ଷ୍ଟ୍ରିଟ୍‌କୁ ଯିବ ।

■

ପେରୁ

ପ୍ରଥମ ଛାପ

ରାଇକାର୍ଡ୍ରୋ ସୁମାଲାଭିଆ

ମୋ ହାଇସ୍କୁଲ ଅନ୍ତିମ ବର୍ଷର ଶେଷ କେଇ ମାସ ଅପରାହ୍ନ ସମୟରେ ମୁଁ ଗୋଟେ ଛାପାଖାନାରେ କାମ ଆରମ୍ଭ କରିଦେଲି । ମୋ ମାଆ ମୋର କାମ କରିବାକୁ ବାରଣ କଲେ ନାହିଁ । ଛାପାଖାନାର ମାଲିକ ଓ ତାଙ୍କର ପତ୍ନୀଙ୍କୁ ମୁଁ ଜାଣିଥିଲି । ତାଙ୍କର ପତ୍ନୀ ଦେଖିବାକୁ ଲମ୍ବା ଚୌଡ଼ା ଓ ଆକର୍ଷଣୀୟ ଥିଲେ । ସେ ନିୟମିତ ଭାବେ ମୋ ମାଆଙ୍କ ପାଖକୁ ବାଳ କାଟିବାକୁ ଓ ସାମୟିକ ଷ୍ଟାଇଲ୍ ଅନୁସାରେ ବାଳ ରଙ୍ଗ କରିବାକୁ ଆସୁଥିଲେ । ମୋ ନିଜ କବିତାସବୁକୁ ଦିନେ ଛପେଇବା ଆଶାରେ ମୁଁ ଛାପାଖାନାର ବିଭିନ୍ନ କାର୍ଯ୍ୟ ନିଜ ଆଗ୍ରହରେ ଶିଖିଥିଲି । ମୋର କାମ ଥିଲା ସୀସା ତିଆରି ଅକ୍ଷର ସବୁକୁ ଠିକ୍ ଭାବେ ନିଜ ନିଜ ଖାନରେ ରଖିବା । ମୁଁ ତାକୁ ବଡ଼ ଯତ୍ନରେ ସଜେଇ ରଖୁଥିଲି କାରଣ ମୋ ମନରେ ଡର ଥିଲା ଯେ ପ୍ରେସ୍ ମାଲିକଙ୍କ ପତ୍ନୀ ସେନୋରା ଲେନର ଅକସ୍ମାତ ଆସି ଯାଞ୍ଚ କରିବେ ଓ ଭୁଲ୍ ଥିଲେ ସେଇ କାମକୁ ଆଉ ଥରେ କରିବାକୁ ହେବ । ତାଙ୍କର ଉପସ୍ଥିତି ମୋ ଭିତରେ ଗୋଟେ ପ୍ରକାରର ଅସ୍ଥିରତା ଜଗାଏ ଏବଂ ଏ କଥା ସେ ଭଲଭାବେ ଜାଣନ୍ତି । ଏବେ ନୁହେଁ, ଏକଥା ସେ ମୋର ପିଲାଟି ଦିନରୁ ଜାଣନ୍ତି, ମୋ ଜାଣିବା ପୂର୍ବରୁ, ଯେତେବେଳେ ମୁଁ ବୁଝିନଥିଲି ଯେ ପିଲାଦିନେ ଖେଳନା କାର୍ ନେବା ସମୟରେ ତାଙ୍କ ଗୋଡ଼ ବା ଦେହରେ ମୋ ହାତ ବାଜିଗଲେ

ସେ କ୍ଷଣିକ ଆନନ୍ଦ ପାଆନ୍ତି ଏବଂ ମୁଁ କାର୍ ଧରି ଅଗଣାକୁ ଫେରିଯିବା ପୂର୍ବରୁ ତାଙ୍କ ଓଠରେ ହସର ଝଲକ ଆସେ । ସେତେବେଳର ସେଇ ଅସ୍ଥିରତା ଏବେ ଅନେକ ବର୍ଷ ପରେ ତାଙ୍କ ପତିଙ୍କ ଛାପାଖାନା ଭିତରେ ମୋ ଦେହରେ ବିଜୁଳି ପ୍ରବାହ ଦେଉଛି । ଛାପାଖାନାରେ ତାଙ୍କର ଅନିୟମିତ ଓ ଆକସ୍ମିକ ଭାବେ ପହଞ୍ଚିବା ମତେ ଆଉ ଏକ କାରଣରୁ ଅସୁବିଧାଜନକ ଲାଗୁଥିଲା: ମୋ କବିତାରେ ମୁଁ ଯେଉଁ ତରୁଣ ମନର ଶବ୍ଦ ଦେଇଥିଲି, ତାକୁ ସୀସା ଅକ୍ଷରରେ ସଜେଇ ଅନ୍ୟ କାମ ସହିତ ଲୁଚେଇ ରଖୁଥିଲି, ପରେ ଯଦି ମୋ ମନଭିତରେ ସଙ୍କୋଚ ବାଧା ନଦିଏ, ସେ କବିତାକୁ ଛପାଇବା ପାଇଁ ମୁଁ ଚାହୁଁନଥିଲି ଯେ କେହି ତାକୁ ପଢୁ ।

ଏମିତି ଭାବେ କିଛି ମାସ ବିତିଗଲା ଓ ମୋର ସ୍କୁଲ ସରିଗଲା । ତା' ସହ ଛାପାଖାନା ମାଲିକ ମୋ କାମରେ ଖୁସି ହୋଇ ମୋତେ ଅଧିକ ଦରମା, ଭତ୍ତା ଓ ସମ୍ମାନ ସହ ନିୟମିତ କର୍ମଚାରୀ ଭାବେ ଘୋଷଣା କଲେ । ଏହା ଥିଲା ଜାନୁୟାରୀର ଆରମ୍ଭ । ମୁଁ ଲକ୍ଷ୍ୟ କଲି ଯେ ତାଙ୍କର ପତ୍ନୀ ଛାପାଖାନାକୁ ଅଧିକରୁ ଅଧିକ ଆସିବାକୁ ଲାଗିଲେ ।

ତାଙ୍କର କେଶ ଛୋଟ ଓ ଲାଲରଙ୍ଗର ଥିଲା । ପିନ୍ଧିଥିବା ସ୍କର୍ଟ ମଧ୍ୟ ଖୁବ୍ ଛୋଟ ଥିଲା – ସତୁରୀ ବର୍ଷ ବୟସର ବୟସ୍କ ସ୍ତ୍ରୀଲୋକଙ୍କ ପରି । ତାଙ୍କ ବେଶପୋଷାକରେ ଏ ପରିବର୍ତ୍ତନକୁ ଗ୍ରୀଷ୍ମଋତୁର ଅସହ୍ୟ ଗୁଳୁଗୁଳିର ବାହାନା ଦେଉଥିଲେ । ମୁଁ ଏକଥା ସ୍ୱୀକାର କରିପାରେ ଯେ, ତାଙ୍କ କେଶର ଗାଢ଼ ଲାଲ ରଙ୍ଗ ଓ ତାଙ୍କ ଦେହର ହାଲ୍‌କା ଶ୍ୱେତରଙ୍ଗର ବିରୋଧାଭାସରେ ଅନୁପ୍ରାଣିତ ହୋଇ ମୁଁ ମୋର ଶ୍ରେଷ୍ଠ କବିତା ଲେଖିଥିଲି । ଏବଂ ସେ କବିତା ଥିଲା ସବୁଠୁ ଦୀର୍ଘ । ଏ କବିତାକୁ ମୁଁ ବିନା ଦ୍ୱିଧାରେ ସିସା ଅକ୍ଷରରେ ସଜେଇ ରଖିଥିଲି ଓ ତାଙ୍କୁ ପଢ଼େଇବାକୁ ପ୍ରାୟତଃ ନିଜକୁ ପ୍ରସ୍ତୁତ ରଖିଥିଲି । ମୋ ମନ ଭିତରେ ତାଙ୍କୁ କବିତା ପଢ଼େଇବାର ଭିନ୍ନ ଭିନ୍ନ ଷ୍ଟାଇଲ୍ ମଧ୍ୟ କଳ୍ପନା କରିସାରିଥିଲି । ମୁଁ ମଧ୍ୟ ନିଶ୍ଚିତ ଥିଲି ଯେ ତାଙ୍କର ପ୍ରତିକ୍ରିୟା ବ୍ୟକ୍ତ କରିବାକୁ ଯାଇ ସେ ମୋ ଗାଲରେ ଚୁମ୍ବନ ଦେବେ ଅଥବା ତାଙ୍କ ଆଙ୍ଗୁଠିରେ ମୋ ଚିବୁକକୁ ସ୍ପର୍ଶ କରିବେ ।

ସେଦିନ ଗୁରୁବାର । ତାଙ୍କର ଛାପାଖାନାକୁ ଆସିବାର ଦିନ । ତାଙ୍କ ପତି କାଗଜ କିଣିବା ପାଇଁ ବାହାରକୁ ଯାଇଥାନ୍ତି । ମୁଁ ମୋ କବିତାକୁ ସୀସା ଅକ୍ଷରରେ ସଜାଡ଼ି, କାଳି ଲଗେଇ ଟେବୁଲ ଉପରେ ରଖିଥାଏ, ସେନୋରା ଆସିଲେ ପଢ଼େଇବା ପାଇଁ । ସେ ଆସିଲେ, ଲାଲ କେଶ ଓ ମିନି ସ୍କର୍ଟରେ । ଗ୍ରୀଷ୍ମର ରୌଦ୍ର ତାପ ସତ୍ତ୍ୱେ ବି ସେ ଗୋରା ଦେଖାଯାଉଥାନ୍ତି । ମୋର ଠିକ୍ ଭାବରେ ଏବେ ମନେପଡୁନି ସେ କ'ଣ

କହିଲେ, ସେ ଆଦେଶ ଦେଲେ ଛାପାଖାନାରେ ମୁଖ୍ୟଦ୍ୱାର ବନ୍ଦ କରି ପଛକୁ ଆସିବାକୁ । ସେ ମୋ ସାମ୍ନାରେ ଛିଡ଼ା ହେଲେ, ମୁହୂର୍ତ୍ତକ ପାଇଁ ମୋତେ ଧ୍ୟାନର ସହିତ ଚାହିଁଲେ ଓ ଠିକ୍ ସେମିତି ଭାବରେ ହସିଲେ ଯେଉଁ ହସକୁ ମୁଁ ମୋ ପିଲାଦିନରୁ ଚିହ୍ନିଛି ଏବଂ ମୋତେ ଚୁମ୍ବନ ଦେଲେ । ସେ ତାଙ୍କର ହାତରେ ମୋ ହାତକୁ ପଥପ୍ରଦର୍ଶନ କଲେ, କେମିତି ମୁଁ ତାଙ୍କର ଦେହକୁ ସ୍ପର୍ଶ କରିବି, କେମିତି ତାଙ୍କର ମିନିସ୍କର୍ଟକୁ ଉପରକୁ ଉଠେଇବି, ଏବଂ ତାଙ୍କର ଅନ୍ତର୍ବାସକୁ ଖୋଲି ବାହାରକରିବି । ସେ ପିନ୍ଧିଥିବା ଅନ୍ତର୍ବାସ ସେଇ ସମୟରେ ଫେସନ ଅନୁରୂପ କି ନାଇଁ ମୁଁ ଚିନ୍ତା କରିପାରିଲିନି, ବରଂ ତାକୁ ଦେଖିବା ମାତ୍ରକେ ମୋ ଦେହ ଶିହରି ଉଠିଥିଲା । ନିଶାଗ୍ରସ୍ତ ଅବସ୍ଥାରେ ମୁଁ ତାଙ୍କୁ ଟେବୁଲ୍ ଉପରେ ଧୀରେ ଶୁଏଇ ଦେଲି ଏବଂ ତାଙ୍କ ଉପରକୁ ଚଢ଼ିଗଲି, ପ୍ରଭାବଶାଳୀ ସେନୋରା ଲେନରଙ୍କ ଉପରେ, ସେ ମୋତେ ଶିହରଣ ଓ କମ୍ପିତ ଉତ୍ତେଜନା ମଧ୍ୟରେ ସ୍ୱୀକାର କଲେ ।

ସେଇ ଅବସ୍ଥାରେ କିଛି କ୍ଷଣ ବିତେଇଲା ପରେ, ସନ୍ତୁଷ୍ଟି ଓ ଚେତନା ଆମକୁ ଅଲଗା କଲା । ସେ ଯେତେବେଳେ ଟେବୁଲ୍‌ରୁ ଉଠିଲେ ମୁଁ ମୋ କବିତାର ଭାଗ୍ୟକୁ ଆବିଷ୍କାର କଲି । ତାହା ତାଙ୍କର ପିଠିରେ ଛପିଯାଇଥିଲା । ସତ କହିବାକୁ ଗଲେ, କବିତାର ଆରମ୍ଭ, ଯାହା ତାଙ୍କ ପିଠିର ଉପରିଭାଗରୁ ଆରମ୍ଭ ହୋଇଥିଲା, ପ୍ରାଞ୍ଜଳ ଭାବେ ପଢ଼ିହେଉଥିଲା । ଧୀରେଧୀରେ କବିତାର ସ୍ପଷ୍ଟତା କମିଆସୁଥିଲା ଓ ତାଙ୍କର ଚୌଡ଼ା କଟିଭାଗରେ ଛପିଥିବା କବିତାର ଶେଷ ଭାଗ ଥିଲା ଅସ୍ପଷ୍ଟ, କେବଳ ଅବୋଧ୍ୟ କଳା ସ୍ୟାହିର ଦାଗ ଯାହା । ଯଦିଓ ମୁଁ ନିଜକୁ ବୁଝେଇବାକୁ ଚେଷ୍ଟା କଲି, ତଥାପି ମୁଁ ମୋର ନିରବତାକୁ ବୁଝିପାରିଲିନି । ସେ ଚୁପ୍‌ଚାପ୍ ତାଙ୍କର ପୋଷାକ ପିନ୍ଧିଲେ ଓ ମୋତେ ଏକ ସ୍ନେହପୂର୍ଣ୍ଣ ଚୁମ୍ବନ ଦେଇ ବିଦାୟ ନେଲେ । ଇତସ୍ତତଃ ହୋଇ ପଡ଼ିଥିବା ସୀସାର ଅକ୍ଷରକୁ ମୁଁ ସଜେଇ ପୁଣି ସେଇ କବିତାକୁ ତିଆରି କଲି ।

ମୁଁ ଅନ୍ୟ କବିତା ସବୁକୁ ସୀସା ଅକ୍ଷରରେ ଲେଖିପାରିବି, କିନ୍ତୁ ଭବିଷ୍ୟତରେ ଆଉ କେଉଁ ନୂଆ ଚାକିରିରେ, ମନକୁ ମନ କହିଲି ।

■

କ୍ୟୁବା

ତିନୋଟି ଅତି କ୍ଷୁଦ୍ର ଗପ

ଭର୍ଜିଲିଓ ପିନେରା

ଅନିଦ୍ରା:

ଲୋକଟି ଶୀଘ୍ର ବିଛଣାକୁ ଯାଏ । ସେ ଶୋଇ ପାରେନା । ସ୍ୱଭାବତଃ ସେ ବିଛଣାରେ ଏପଟ ସେପଟ ହୁଏ । ଚଦର ଭିତରେ ନିଜକୁ ବାନ୍ଧି ରଖେ । ସେ ସିଗାରେଟ ଜଳାଏ । କିଛି ପଢ଼େ । ପୁଣି ଆଲୁଅ ଲିଭାଏ । ସେ କିନ୍ତୁ ଶୋଇ ପାରେନା । ପାହାନ୍ତା ତିନିଟାରେ ବିଛଣାରୁ ଉଠି ଛିଡ଼ା ହୁଏ । ପାଖରେ ଶୋଇଥିବା ତା'ର ସାଙ୍ଗକୁ ସେ ଉଠାଏ ଏବଂ ତାକୁ ବିଶ୍ୱାସକୁ ନେଇ ସେ ଶୋଇପାରୁନି ବୋଲି କୁହେ । ସାଙ୍ଗଠୁ ଉପଦେଶ ମାଗେ । ବାହାରେ କିଛି ସମୟ ଚାଲି ଆସିଲେ ସେ କ୍ଲାନ୍ତ ଅନୁଭବ କରିବ ଓ ତାକୁ ନିଦ ଲାଗିପାରେ ବୋଲି ସାଙ୍ଗ ଉପଦେଶ ଦିଏ । ତା'ପରେ ସେ ଲେମ୍ବୁ ଚା କପେ ପିଇ ଆଲୁଅ ଲିଭାଏ । ଏସବୁ ପରେ ବି ସେ ଶୋଇପାରେନା । ସେ ପୁଣି ଥରେ ଉଠେ । ଏଥର ସେ ଡାକ୍ତରଙ୍କ ପାଖକୁ ଯାଏ । ସବୁଥର ପରି ଡାକ୍ତର ତାକୁ ଅନେକ କଥା କୁହନ୍ତି, ତଥାପି ସେ ଶୋଇପାରେନା । ସକାଳ ଛଅଟାରେ ସେ ରିଭଲଭରରେ ଗୁଳି ଭରେ ଏବଂ କପାଳରେ ଲଗେଇ ଘୋଡ଼ା ଦବାଏ । ଲୋକଟି ଏବେ ମୃତ ଅଥଚ ଏବେବି ତା'ର ଆଖି ଖୋଲା । ଅନିଦ୍ରା ଏକ ଦୀର୍ଘସ୍ଥାୟୀ ଅବସ୍ଥା ।

ପର୍ବତ:

ପର୍ବତର ଉଚ୍ଚତା ତିନି ହଜାର ଫୁଟ । ମୁଁ ତାକୁ ଖାଇବାକୁ ସ୍ଥିର କଲି, ଖଣ୍ଡ ଖଣ୍ଡ କରି । ଏ ପର୍ବତ ଅନ୍ୟ ଯେ କୌଣସି ବସ୍ତୁ ପରି: ବନସ୍ପତି, ପଥର, ମାଟି, ପଶୁ ଏବଂ ଏପରିକି ସେଇ ମଣିଷମାନଙ୍କ ପରି ଯେଉଁମାନେ ତା' ଉପରେ ଚଢ଼ନ୍ତି ଓ

ଓହ୍ଲାନ୍ତି । ପ୍ରତିଦିନ ସକାଳେ ମୁଁ ତା' ଉପରକୁ ଯାଏ ଏବଂ ମୋ ସାମ୍ନାରେ ଯାହା ପ୍ରଥମେ ଆସେ ତାକୁ ଖାଇବାକୁ ଆରମ୍ଭ କରେ । ମୁଁ ଏହି କାମରେ ଅନେକ ଘଣ୍ଟା ବିତାଏ । ଯେତେବେଳେ ମୁଁ ଥକିଯାଏ ଓ ମୋର ମାଢ଼ି ଫୁଲିଯାଏ, ଘରକୁ ଫେରେ । କିଛି ସମୟ ବିଶ୍ରାମ କରି ମୁଁ ଦୁଆରବନ୍ଧ ଉପରେ ବସେ ଓ ସେଇ ନୀଳ ଦୂରତ୍ୱ ଉପରେ ନଜର ପକାଏ । ମୁଁ ଯଦି ଏ ବିଷୟରେ ମୋ ପଡ଼ୋଶୀଙ୍କୁ କହିବି ତେବେ ସେ ହସିବେ ନିଶ୍ଚୟ ଏବଂ ମୋତେ ପାଗଳ ଭାବିବେ । କିନ୍ତୁ ମୁଁ ଜାଣେ ମୁଁ କ'ଣ କରୁଛି । ମୁଁ ସ୍ପଷ୍ଟ ଦେଖିପାରୁଛି ଯେ ପାହାଡ଼ ତା'ର ଉଚ୍ଚତା ଓ ଓଜନ ହରଉଛି । ଶୀଘ୍ର ଲୋକମାନେ ଭୂବିଜ୍ଞାନ ଜନିତ ଅସ୍ଥିରତାକୁ ଦୋଷ ଦେବେ । ଏବଂ ତାହାହିଁ ମୋର ଦୁଃଖ: କେହି କେବେ ସ୍ୱୀକାର କରିବେ ନାହିଁ ଯେ ମୁଁ ଏହି ତିନି ହଜାର ଫୁଟ ପର୍ବତର ଭକ୍ଷକ ।

ପହଁରା

ଶୁଖିଲା ଭୂଇଁରେ କେମିତି ପହଁରିବାକୁ ହୁଏ, ମୁଁ ଶିଖିଛି । ପାଣିରେ ପହଁରିବା ଅପେକ୍ଷା ଶୁଖିଲା ଭୂଇଁରେ ପହଁରିବା ସୁବିଧାଜନକ । ଯେହେତୁ ତୁମେ ଏକଦମ ତଳେ ଅଛ, ତେଣୁ ବୁଡ଼ିଯିବାର ଭୟ ନାହିଁ ସେଠି । ସତ କହିବାକୁ ଗଲେ, ସେଇ ଯୁକ୍ତିରେ ତୁମେ ପୂର୍ବରୁ ବୁଡ଼ି ସାରିଛ । ତୁମେ ମଧ୍ୟ ଲଣ୍ଠନ ଆଲୁଅ କିମ୍ବା ଗୋଟିଏ ଉଜ୍ଜ୍ୱଳ ଦିନର ଚିକିମିକି ଆଲୁଅରେ ମାଛ ପରି ବାହାରକୁ ଆସିବାକୁ ଟାଳିପାରିବ । ଶେଷରେ, ପାଣିର ଅନୁପସ୍ଥିତି ତୁମର ଶରୀରକୁ ଫୁଲିବାରୁ ବଞ୍ଚାଇବ ।

ମୁଁ ମନାକରୁନାହିଁ ଯେ ଶୁଖିଲା ଭୂଇଁରେ ପହଁରିବା ପରିବାର ଦୁଃଖ ସହ ସମାନ ନୁହଁ । ପ୍ରଥମ ଆଭାସରେ ଜଣେ ଭାବିବ ଯେ ତୁମେ ମୃତ୍ୟୁର ଚରମ ବେଦନାରେ ଅଛ । ତଥାପି ଏହା ସଂପୂର୍ଣ୍ଣ ରୂପେ ଅଲଗା: ତୁମେ ମୃତ୍ୟୁ ସହିତ ଯୁଦ୍ଧ କଲାବେଳେ ମଧ୍ୟ ସଂପୂର୍ଣ୍ଣ ଜୀବିତ, ସଂପୂର୍ଣ୍ଣ ସତର୍କ, ଝର୍କା ଦେଇ ବାହାରୁ ଆସୁଥିବା ସଂଗୀତ ଶୁଣୁଛ ଏବଂ ଭୂଇଁରେ ଚାଲୁଥିବା ପୋକକୁ ଦେଖୁଛ ।

ପ୍ରଥମେ ମୋ ବନ୍ଧୁମାନେ ମୋ ପସନ୍ଦକୁ ଅସ୍ୱୀକାର କଲେ । ସେମାନେ ମତେ ନଦେଖାଇ ମୁହଁ ଲୁଚାଇ କାନ୍ଦିଲେ । ଭାଗ୍ୟବଶତଃ, ସେ ସମୟ ଏବେ ଆଉ ନାହିଁ । ସେମାନେ ଏବେ ଜାଣନ୍ତି ଯେ ମୁଁ ଶୁଖିଲା ଭୂଇଁରେ ସହଜରେ ପହଁରିପାରେ । ବେଳେବେଳେ ମୁଁ ମୋ ଦୁଇ ହାତକୁ ମାର୍ବଲ ଟାଇଲ ଦେଇ ତଳକୁ ପୂରାଏ ଏବଂ ଭୂଇଁ ତଳ ଗଭୀର ପାଣିରୁ ଛୋଟ ମାଛଟିଏ ଆଣି ତାଙ୍କୁ ଦିଏ ।

ଇଂଲଣ୍ଡ

ସମ୍ରାରେ ସାକ୍ଷାତକାର

ୱିଲିଅମ୍ ସମରସେଟ୍ ମମ୍

ମୃତ୍ୟୁ ଉବାଚ:

ବାଗ୍‌ଦାଦର ଜଣେ ବ୍ୟାପାରୀ ତା'ର ଚାକରକୁ ଜିନିଷ କିଣିବାକୁ ବଜାରକୁ ପଠେଇଲା। କିଛି ସମୟ ପରେ ଚାକର ଘରକୁ ଫେରିଆସିଲା। ସେ ଗୋଟାପଣେ ଥରୁଥିଲା ଓ ତା'ର ଦେହ ଶେତା ପଡ଼ିଯାଇଥିଲା। ସେ ମାଲିକକୁ କହିଲା, "ଆଜ୍ଞା, ଏଇନା ବଜାରରେ ମୋର ଜଣେ ସ୍ତ୍ରୀଲୋକ ସହ ଧକ୍କା ହୋଇଗଲା ଓ ମୁଁ ଯେବେ ପଛକୁ ମୁହଁ ବୁଲେଇ ଚାହିଁଲି, ଦେଖିଲି ଯେ ମୃତ୍ୟୁ ମତେ ଧକ୍କା ମାରିଥିଲା। ସେ ମୋତେ ଧମକ ଦେଲା ପରି ଆଖିରେ ଚାହିଁଲା। ମତେ ଆପଣଙ୍କର ଘୋଡ଼ା ଦିଅନ୍ତୁ, ମୁଁ ଯେତେ ଶୀଘ୍ର ପାରିବି ଏ ସହର ଛାଡ଼ି ଚାଲିଯିବି ଓ ଦୁର୍ଭାଗ୍ୟକୁ ଏଡ଼େଇବି। ମୁଁ ସମ୍ରା ଚାଲିଯିବି, ମୃତ୍ୟୁ ମୋତେ ସେଇଠି ଖୋଜି ପାଇବନି।"

ବ୍ୟାପାରୀ ତାକୁ ଘୋଡ଼ା ଦେଲା। ସେ ଘୋଡ଼ାରେ ଚଢ଼ି ଆଖି ପିଛୁଳାକେ ସେଠୁ ଉଭାନ୍ ହେଇଗଲା। ତା'ପରେ ବ୍ୟାପାରୀ ସହରକୁ ଆସିଲା ଏବଂ ମତେ ଭିଡ଼ ଭିତରେ ଛିଡ଼ା ହୋଇଥିବାର ଦେଖି ମୋ ପାଖକୁ ଆସିଲା ଓ ପଚାରିଲା, "ତୁ ମୋ ଚାକରକୁ କାହିଁକି ଏମିତି ଧମକ ଦେଲାପରି ଆଖିରେ ଚାହିଁଲୁ ଯେତେବେଳେ ତାକୁ ଆଜି ସକାଳେ ଏଇଠି ଭେଟିଲୁ?"

"ତା' ଧମକେଇଲା ପରି ଆଖି ନଥିଲା," ମୁଁ କହିଲି, "ତା' ଥିଲା ଚମକେଇଦେବାର ଆରମ୍ଭ ମାତ୍ର। ମୁଁ ତାକୁ ବାଗ୍‌ଦାଦରେ ଦେଖି ଆଶ୍ଚର୍ଯ୍ୟ ହେଲି, ତା' ସହ ତ ଆଜି ରାତିରେ ସମ୍ରାରେ ସାକ୍ଷାତକାର ନିର୍ଦ୍ଧାରିତ ହୋଇଥିଲା।"

ଯୁକ୍ତରାଷ୍ଟ୍ର ଆମେରିକା

ବିଦାୟ

ଜେମ୍ସ୍ ଟେଟ୍

ଆମର ଜୀବନ ଆଗକୁ ବଢ଼ିଚାଲେ । ଆମର ବାପା ମା' ଦିନେ ମୃତ୍ୟୁ ଲାଭକରନ୍ତି । ଆମର ଝିଅମାନେ ଘର ଛାଡ଼ି ପଳାନ୍ତି । ଆମର ପତ୍ନୀମାନେ ମଧ୍ୟ ଆମକୁ ଛାଡ଼ିଦିଅନ୍ତି । ତଥାପି ଆମର ଜୀବନ ଆଗକୁ ଆଗକୁ ଚାଲୁଥାଏ । ବେଳେବେଳେ ଆମ ପାଖରେ ଥିବା ସମସ୍ତ ଦ୍ରବ୍ୟ ଛାଡ଼ି ଦେବାକୁ ବାଧ୍ୟ ହେଉ ଏବଂ ନୂଆକରି ଆରମ୍ଭ କରିଥାଉ ଜୀବନଯାତ୍ରା । ବୋଧହୁଏ ଏଥିପାଇଁଯେ ଧୀରେଧୀରେ ସବୁ କିଛି ହରେଇସାରିଲା ପରେ ଆମ ନିକଟରେ ହରେଇବା ପାଇଁ ପ୍ରାୟତଃ ଆଉ କିଛି ବାକି ନଥାଏ । ବାପାଙ୍କୁ ସମୟ ପୂର୍ବରୁ ଉଠେଇନେଇଥିବା ଈଶ୍ୱରଙ୍କ ଇଚ୍ଛା ସମ୍ମୁଖରେ ଆମେ ନାଚାର ରହୁ । ସେଇ ଦୁଃଖକୁ ସାମ୍ନା କରିବାକୁ ଯାଇ ଆମକୁ ଆଉଥରେ ଆରମ୍ଭ କରିବାକୁ ହୁଏ ଜୀବନକୁ । ଖୁବ୍ ବଡ଼ ଶଙ୍କାପୂର୍ଣ୍ଣ ଜୀବନକୁ ଉତ୍ସାହିତ କରିବାପାଇଁ ଆମ ନିକଟରେ ଖୁବ୍ କମ୍ ଉତ୍ତେଜନା ଥାଏ । ଆଉ ନୁହଁ, ଆଉ ପାରିବିନି, ମୁଁ ଅନେକ ଭୋଗିଲିଣି ଆଉ ଭୋଗିବାର ଶକ୍ତି ନାହିଁ – ଏମିତି କହିକହି ଆମେ ପୁଣି ଥରେ ଜୀବନକୁ ନୂଆକରି ଆରମ୍ଭ କରୁ । ସୁନ୍ଦର କିଛି ଘଟିବାର ସମ୍ଭାବନାରେ । ଆଗରୁ ହୁଏତ କିଛି ଛୋଟ ଅଥଚ ସୁମଧୁର ମୁହୂର୍ତ୍ତ ହାତରୁ ଖସିଯାଇଛି, ଯାହାକୁ ପୁଣିଥରେ ବାନ୍ଧିବାର ଅବସର ମିଳିଯାଇପାରେ ।

ନୂଆକରି ଆସିଥିବା ସହରରେ ଆମେ କାହାକୁ ପଚାରିବା ସେଠିକାର ଡେଣ୍ଟିଷ୍ଟ, ଡାକ୍ତର, ଟାକ୍ସ ସଲହାକାର, ଭରସାଯୋଗ୍ୟ ରିଅଲ୍ ଇଷ୍ଟେଟ୍ ଏଜେଣ୍ଟ, ଭଲ ବ୍ୟାଙ୍କ – ଏ ସବୁ କେଉଁଠି ? ଏବଂ ଏ ସବୁ ଜାଣିବା ପୂର୍ବରୁ ଜୀବନ ଗୋଟେ ରୁଟିନ୍‌ରେ ପଡ଼ିବାକୁ ଆରମ୍ଭ କରିଥାଏ । ତୁମେ ପାଇସାରିଥାଅ ସବୁଠୁ ଭଲ ଡ୍ରାଇକ୍ଲିନର, ସବୁଠୁ ଭଲ ଚାଇନିଜ୍ ରେଷ୍ଟୁରାଣ୍ଟ । ଜଣେ ଅଧେ ଦୋକାନୀ ବି ତୁମର ନାଁ ମନେରଖି ସାରିଥାନ୍ତି । ଏବଂ ଏମିତି ଏକ ସୁସଂଯୋଗକୁ ହୁଏତ ଅପେକ୍ଷା କରିଥାଅ ତୁମେ । କେବେଠୁ ଆସିଲଣି ଏ ସହରକୁ ? – ସେମାନେ ପଚାରନ୍ତି । ଏବଂ ତୁମେ ଏପର୍ଯ୍ୟନ୍ତ ପ୍ରତୀକ୍ଷା କରିଥିବା ଅନୁକୂଳ ସମୟର ଆରମ୍ଭ ଏଇଠୁ ହୁଏ ।

"ମୋର ଜନ୍ମ ଏଇ ସହରରେ," ତୁମେ ଉତ୍ତର ଦେବ, "ସାରା ଜୀବନ ଏଇଠି ରହିଛି ।"

ଯନ୍ତ୍ରଣାର କୋଠରି, ପଶ୍ଚାତାପର ଘାସବଗିଚା, ଅନୁତାପର ଗଳିକନ୍ଦି ଏବଂ ଦୁଃଖର ସପିଙ୍ଗ୍ ମଲ୍ ଧୀରେଧୀରେ ଦୂରେଇବାକୁ ଆରମ୍ଭ କରିବେ ତୁମ ନିକଟରୁ, ଏଇ ମଣିଷ ନିକଟରୁ, ଯାହାର ନାଁ ବିଲ୍ ।

"ମୋ' ନାଁ ବିଲ୍ । ମୁଁ ଏଇ ଆଗ ଗଳିରେ ରୁହେ । ଆଶ୍ଚର୍ଯ୍ୟ, ଆମର କେବେ ଦେଖା ହୋଇନି ଆଗରୁ ।"

"ବହୁତ ଖୁସି ଲାଗିଲା, ବିଲ୍ । ମୋ ନାଁ କାର୍ଲା । ଏଇ ସପ୍ତାହେ ହେବ ମୁଁ ଏ ଦୋକାନ ଆରମ୍ଭ କରିଛି । ଏଇ ଖରାଦିନେ ଚିକାଗୋ ଛାଡ଼ି ଏଠିକି ଆସିଲି । ଡିଭୋର୍ସ ପରେ ।"

କାର୍ଲା ଦେଖିବାକୁ ସୁନ୍ଦର । ପତଳା ଓ ଲମ୍ବା । କଥାବାର୍ତ୍ତାରେ ଶାଳୀନତା । ବିଲ୍ ବୁଝିପାରୁନଥିଲା ଯେ ଏଭଳି ସ୍ତ୍ରୀଲୋକକୁ କିଏ କାହିଁକି ଡିଭୋର୍ସ ଦେବ । ବିଲ୍ ନିଜ ଭାବନାକୁ ଅଟକେଇଲା । ତାହା ତା'ର ପୁରୁଣା ଜୀବନ । ସେ ପୁରୁଣା ଜୀବନକୁ ମନ ଭିତରୁ ଯିବାକୁ ଦିଆଯାଉ । କିନ୍ତୁ ସେ କାର୍ଲାକୁ ମିଛ କହିଲା କାହିଁକି ? ସେ ତାକୁ ଏଇକ୍ଷଣି ସତ କହି ଦେବା ଉଚିତ୍, ହେଲେ କାର୍ଲା କ'ଣ ଭାବିବ, ଗୋଟେ ଅଚିହ୍ନା ଲୋକକୁ ମିଛ କହିବା କି ପ୍ରକାରର ଆଚରଣ ?

"କାର୍ଲା, ମୋର ଆପଣଙ୍କୁ କ୍ଷମା ମାଗିନେବା ଉଚିତ ।"

"କାହିଁକି ? ମୁଁ ବୁଝିପାଇଲିନି ।"

"ମୁଁ ଏ ସହରରେ ସାରା ଜୀବନ ରହିନି । ମୁଁ ଏଠି ନୂଆ । ମୁଁ ଏବେ... ।"

"ହଁ, ଠିକ୍ ଅଛି । ଆପଣଙ୍କର ସେଥିପାଇଁ କ୍ଷମା ମାଗିବାର ଆବଶ୍ୟକତା ନାହିଁ ।"

"ଆଚ୍ଛା । ତେବେ ଆଜି ଦୋକାନ ବନ୍ଦ କଲା ପରେ କିମ୍ବା ଆଉ କେଉଁଦିନ ସମୟ ମିଳିଲେ ମୋ ସହିତ ରାତ୍ରଭୋଜନରେ ଯିବାକୁ ଅନୁରୋଧ । ମୋ ତରଫରୁ ।"

"ଓଃ ! ନିଶ୍ଚୟ । ଆଜି ସନ୍ଧ୍ୟାରେ ଆସନ୍ତୁ । ଠିକ୍ ପାଞ୍ଚଟା ପାଞ୍ଚରେ ।"

"ବାଃ, ଖୁବ୍ ଭଲ ।"

ଏବଂ ଏହା ଥିଲା ପୁନଃ ଆରମ୍ଭ । ଜୀବନର କେଉଁ ଏକନିଷ୍ଠ ଏଜେଣ୍ଟ୍ ଉସ୍‌କାଉଥିଲା ଭିତରୁ, ତା'ର ଫୁର୍ତିଲା ମସ୍ତିଷ୍କକୁ ଉଠେଉଥିଲା ଉପରକୁ । ବିଲ୍ ମନେମନେ ହସିଲା ଏବଂ କାର୍ଲାକୁ ବିଦାୟ କହି ଆଗକୁ ବଢ଼ିଲା ।

ତା' ଘର ସେଠାରୁ ମାତ୍ର ଅଳ୍ପ କେଇ ପାଦର ରାସ୍ତା । ଚାଲୁ ଚାଲୁ ସେ ଅନ୍ୟମନସ୍କ ଭାବେ ଗାୟକ ବିଲି ହଲିଡ଼େଙ୍କ ବହୁଚର୍ଚ୍ଚିତ ଗୋଟିଏ ପୁରୁଣା ଗୀତର ସୁରକୁ ଗୁଣୁଗୁଣେଇବାର ଶୁଣିଲା । ସେ ନିଜ ଉପରେ ଢେର ହସିଲା ଓ ମୁଣ୍ଡ ହଲେଇଲା । ସେ ଏବେ ନୂଆ ଏକ ଜାଗାରେ, ନୂଆ ଏକ ଜୀବନରେ, ଅନେକ କିଛି ଘଟିଗଲା ଜୀବନରେ ଯାହା ଆଉ ବଦଳେଇ ହେବନି । କିନ୍ତୁ କଷ୍ଟ ସବୁ ? କଷ୍ଟ ସବୁ ତ ତା'ର । ତାକୁ ହିଁ ସହିବାକୁ ପଡ଼ିଛି । ଏବଂ ହଠାତ୍ ସେ କଷ୍ଟ ସବୁ ଭୁଲିଗଲା । "କାର୍ଲା", ନାଁକୁ ସେ ବାରମ୍ବାର ବଡ଼ ପାଟିରେ ଉଚ୍ଚାରଣ କରିବାକୁ ଲାଗିଲା । "କାର୍ଲା", ବାଃ ! କିଏ ଭାବିଥିଲା ଏମିତି ଘଟିବ ବୋଲି ।

■

ବତ୍ସ୍ୱାନା

ମେଘ ଦେବତା

ବେଜି ହେଡ୍

ଯେଉଁ ଜମିରେ ଗାଁ ଲୋକେ ଚାଷ କରନ୍ତି, ସେ ଜମି ସବୁ ଏବେ ଖାଁ ଖାଁ ଲାଗୁଛି । ଜମି ଚାରିପାଖ ସାରା ଝାଡ଼ ଜଙ୍ଗଲ, ସେ ଜଙ୍ଗଲ ମଧ୍ୟ ଏବେ ଖାଲି ଖାଲି ଲାଗୁଛି । ସମସ୍ତ ଚାଷ ଜମି ଗାଁ ନିକଟରେ, ପାଦଚଲା ଦୂରତାରେ । ଜଙ୍ଗଲର ଯେଉଁ ଭାଗରେ ଅଳ୍ପ ଖୋଳିଲେ ପାଣି ମିଳିଯାଏ, ଲୋକମାନେ ସେଇ ବାଟ ଦେଇ ଜମିକୁ ଯାଆନ୍ତି । ମଝିରେ ମଝିରେ ଛାଇ ଜାଗା ଦେଖି ଛୋଟ ଛୋଟ ଚୁଆ ଖୋଳି ଯିବା ଆସିବା ବାଟରେ ସେଇ ଚୁଆରୁ ପାଣି ପିଇ ଶୋଷ ମେଣ୍ଟାନ୍ତି । ବଡ଼ ବଡ଼ ଗଛ ଦେହରେ ଗୁଡ଼େଇତୁଡ଼େଇ ହୋଇ ମାଡ଼ିଥାଏ ହାଲ୍‌କା ହଳଦିଆ ଓ ବାଇଗଣୀ ରଙ୍ଗର ଫୁଲ ଭର୍ତ୍ତି ଲତା । ତଳେ କଅଁଳ ଛନଛନ ନରମ ଶିଉଳିର ଗାଲିଚା । ପାଣି ପିଇ ସେଇ ଶିଉଳି ଗାଲିଚା ଉପରେ ଘଡ଼ିଏ ଶୋଇଯାନ୍ତି । କୋଳି ଦିନେ ପିଲାମାନେ ଜଙ୍ଗଲୀ କୋଳି ସବୁ ଖୋଜିଖୋଜି ଖାଆନ୍ତି । କିନ୍ତୁ ୧୯୫୮ ପରଠୁ ସାତ ବର୍ଷ ଧରି ଆସିଲା ଅକାଳ ମରୁଡ଼ି । ବର୍ଷା ଅଭାବରୁ ଯେଉଁ ଜାଗାରେ ଅଳ୍ପକରେ ପାଣି ପଡୁଥିଲା ସେଠି କେବଳ କିଛି କଣ୍ଟା ଗଛ ହିଁ ଦେଖାଗଲା, ଗଛର ପତ୍ର ସବୁ ମୋଡ଼ି ମୋଡ଼ି ହୋଇ ମୁରୁଝିଗଲେ, ଶିଉଳି ଶୁଖି ପଥର ହୋଇଗଲା, ଲତାରେ ଗୁଡ଼େଇ ହୋଇଥିବା ଗଛ ତଳ ଭୂଇଁ ପାଉଁଶିଆ ପଡ଼ିଆ ପରି ଦେଖାଗଲା । ମରୁଡ଼ିର ସପ୍ତମ ବର୍ଷ ଆରମ୍ଭରେ ଗ୍ରୀଷ୍ମର ପ୍ରକୋପ ଅସହ୍ୟ ହୋଇଗଲା । ପବନରେ ଜଳକଣିକାର ଅଭାବ ଓ ଅତ୍ୟଧିକ ଶୁଷ୍କତାରେ ଦେହ ଜଳିଗଲା ପରି ଲାଗିଲା । ଗ୍ରୀଷ୍ମରୁ ରକ୍ଷା ପାଇବାର ଉପାୟ କାହାରିକୁ

ଜଣା ନଥିଲା । ଚାରିଆଡ଼େ କେବଳ ଶୋକର ଛାୟା । ଗ୍ରୀଷ୍ମ ଆରମ୍ଭରେ କିଛି ପୁରୁଷ ଲୋକ ଘରୁ ବାହାରିଗଲେ ଓ ସେମାନଙ୍କୁ ଗଛ ଡାଳରେ ଝୁଲି ଆତ୍ମହତ୍ୟା କରିବାର ଦେଖାଗଲା । ଅମଳ ସମୟରେ ଅଧିକାଂଶ ଲୋକ ବିନା ଶସ୍ୟରେ ଖାଲି ହାତରେ ଘରକୁ ଫେରୁଥିଲେ ମଧ୍ୟ କିଛି ଲୋକଙ୍କୁ ଯାହା ମିଳୁଥିଲା ସେଥିରେ ସମସ୍ତେ ବାଣ୍ଟିକୁଣ୍ଟି କାମ ଚଳାଉଥିଲେ, କିନ୍ତୁ ଗଲା ଦୁଇବର୍ଷ ହେବ ଅମଳ ସମୟରେ ସମସ୍ତେ ଖାଲି ହାତରେ ଫେରୁଛନ୍ତି । କେବଳ ଗୁଣି ଗାରେଡ଼ି, ଝଡ଼ା ଫୁଙ୍କା ତଥା ଭଣ୍ଡବାବାମାନଙ୍କର ରୋଜଗାର ବଢ଼ିଯାଇଛି ଯାହା । ଭଲ ବର୍ଷା ଓ ଫସଲର ଆଶା ନେଇ ମେଘଦେବତାଙ୍କୁ ତୃପ୍ତ କରିବାପାଇଁ ଲୋକମାନେ ଏବେ ଏମାନଙ୍କୁ ପାଖରୁ ତାବିଜ, ତେଉଁରିଆ, ଜଡ଼ି ବୁଟି ଆଣି ନିଜ ନିଜ ଜମିରେ ପୋତୁଛନ୍ତି ।

ସେ ବର୍ଷ ଟିକିଏ ବିଳମ୍ବରେ ଆସିଲା ବର୍ଷା । ନଭେମ୍ବର ଆରମ୍ଭରେ, ଭଲ ବର୍ଷିବାର ସମ୍ଭାବନା ନେଇ । କିନ୍ତୁ ଶ୍ରାବଣର ମେଘ ପରି ମୂଷଳଧାର ବର୍ଷା ହେଲାନାହିଁ, ବର୍ଷାର ଧାର ଥିଲା ଆଶାତୀତ ଭାବେ କ୍ଷୀଣ ଓ ନମ୍ର । ଏହା ମାଟିକୁ ନରମ ଓ ଆର୍ଦ୍ର କଲା ଏବଂ ପଶୁମାନଙ୍କର ଚରିବା ପାଇଁ ଚାରିଆଡ଼େ ଦେଖାଗଲା କଅଁଳ ଛନଛନ ସବୁଜ ଘାସ । ଗାଁ ମୁଖିଆ ସମସ୍ତଙ୍କୁ ସଭାକୁ ଡକେଇଲେ ଏବଂ ଚାଷ ଆରମ୍ଭ କରିବାର ସମୟ ଆସିଲା ବୋଲି ଘୋଷଣା କଲେ । ଲୋକମାନଙ୍କ ମୁହଁରେ ଆନନ୍ଦର ଲହରୀ ଖେଳିଗଲା ଏବଂ ସମସ୍ତ ପରିବାର ନିଜ ନିଜର ଚାଷଜମି ଆଡ଼କୁ ଅଗ୍ରସର ହେବାକୁ ଲାଗିଲେ ।

ପ୍ରଥମେ ଘର ଛାଡ଼ି ଚାଷଜମିକୁ ଯିବା ପରିବାରମାନଙ୍କ ମଧ୍ୟରୁ ଜଣେ ହେଲା ଗାଆଁର ସବୁଠୁ ବୃଦ୍ଧ ବ୍ୟକ୍ତି ମୋକ୍‌ଗୋବ୍‌ଜାର ପରିବାର । ସେମାନଙ୍କର ଗଧ ଟଣା ଶଗଡ଼ଗାଡ଼ିରେ ସବୁ ଜିନିଷ ଲଦି, ସତୁରି ବର୍ଷ ବୟସ୍କ ମୋକ୍‌ଗୋବ୍‌ଜା, ତା' ଦୁଇ ଛୋଟ ନାତୁଣୀ ନିଓ ଓ ବୋଜେୟଙ୍ଗ, ସେମାନଙ୍କର ମାଆ ଟିରୋ ଓ ଅବିବାହିତ ଭଉଣୀ ନେଷ୍ଟା, ଏବଂ ସେମାନଙ୍କର ବାପା ଓ ଘରର ଏକମାତ୍ର ରୋଜଗାର କରୁଥିବା ବ୍ୟକ୍ତି ରାମାଡ଼ି ଜମିକୁ ଗଲେ । ରାମାଡ଼ି ଶଗଡ଼ଗାଡ଼ି ଚଲେଇଲା । ଜମିରେ ପହଞ୍ଚି ରାମାଡ଼ି ତାଙ୍କ ପତ୍ନୀ ଓ ବଡ଼ ଝିଅ ସହିତ ଜମି ଉପରେ ଉଠିଥିବା କଣ୍ଟା ଗୁଳ୍ମକୁ ସଫା କଲା ଏବଂ ଭବିଷ୍ୟତ ଫସଲକୁ ସେମାନେ ସାଥିରେ ଆଣିଥିବା ଛେଳିଙ୍କ କବଳରୁ ରକ୍ଷା ପାଇବା ପାଇଁ ସେଇ କଣ୍ଟା ଦ୍ୱାରା ଜମି ଚାରିପାଖେ ବାଡ଼ ଦେଲା । ଜମି ଧାରରେ ଥିବା କୂଅକୁ ସଫା କରି ଆଉ ଟିକେ ଗଭୀର କଲା ଏବଂ ହାଲ୍‌କା ହାଲ୍‌କା ବର୍ଷା ହେଉଥିଲେବି ରାମାଡ଼ି ଦୁଇ ବଳଦଙ୍କୁ ଯୋଚି ଲଙ୍ଗଳରେ ଚାଷକରିବା ଆରମ୍ଭ କଲା ।

ଜମି ଚାଷ ହୋଇଗଲା, ଏବେ ଫସଲକୁ ଅପେକ୍ଷା । ବେଳେବେଳେ ରାତିରେ

କୀଟପତଙ୍ଗ ଗୀତ ତଥା ଉଡ଼ିବୁଲି ଖାଦ୍ୟ ଖୋଜିବାର ଶବ୍ଦରେ ପୃଥିବୀ ମୁଖରିତ ହୋଇ ଉଠୁଥିଲା । କିନ୍ତୁ ହଠାତ୍, ନଭେମ୍ବର ମଝାମଝି, ବର୍ଷା ଛାଡ଼ିଗଲା । ଆକାଶକୁ ଶୂନ୍ୟ କରି ବାଦଲ ସବୁ କୁଆଡ଼େ ଉଭେଇଗଲେ । ଏକରକମର ନୃଶଂସ ଠାଣିରେ ସୂର୍ଯ୍ୟ ପୁଣିଥରେ ଆକାଶରେ ଆସି ନାଚିବାକୁ ଆରମ୍ଭ କଲା । ପ୍ରତିଦିନ ସକାଳେ ଜମି ଉପରେ କୁହୁଡ଼ି ଆଚ୍ଛାଦିତ ହେବାର ଦେଖାଗଲା ଏବଂ ଧରେଧରେ ସୂର୍ଯ୍ୟ ମାଟିରୁ ସମସ୍ତ ଆର୍ଦ୍ରତା ଶୋଷିନେଲା । ଲୋକମାନେ ସାରାଦିନ ଜମି ଚାରିପାଖେ ଆଶାହୀନ ଭାବରେ ମେଘକୁ ଅପେକ୍ଷା କରିବାକୁ ଲାଗିଲେ । ବର୍ଷା ଆସିଥିବାବେଳେ ତାଙ୍କର ଆଶା ଏତେ ଉଚ୍ଚରେ ଥିଲା ଯେ ସେମାନେ ଛେଳିମାନଙ୍କଠାରୁ ଦୁଧ ସଂଗ୍ରହ କରିବା ଆରମ୍ଭ କରିଦେଇଥିଲେ ଏବଂ ଦଲିଆ ସହ ଦୁଧ ମିଶେଇ ଖାଉଥିଲେ; ଏବେ ପୁଣିଥରେ ବିନା ଦୁଧରେ ଦଲିଆ ଖାଇବାକୁ ଆରମ୍ଭ କରିଦେଲେ । ଶୁଖିଲା ମାଟିରେ ମକା, ବାଜରା, କଖାରୁ ଏବଂ ତରଭୁଜ ମଞ୍ଜି ପୋତିବା ଅସମ୍ଭବ ହୋଇପଡ଼ିଲା । ସେମାନେ ସାରାଦିନ କୁଡ଼ିଆ ଛାଇରେ ବସିରହିଲେ, ଯେହେତୁ ମେଘ କେବେଠୁ ଯାଇଥିଲା, ସେମାନେ ମେଘ କଥା ଭାବିବା ମଧ୍ୟ ବନ୍ଦ କରିଦେଲେ । କେବଳ ଦୁଇ ପିଲା, ନିଓ ଏବଂ ବୋଜେୟଙ୍ଗ, ସେମାନଙ୍କର ନିଜ ଦୁନିଆରେ ଖୁସିଥିଲେ । ଯାହା ସେମାନଙ୍କର ମା' ସାରା ଦିନ ଘରେ କରୁଥାଏ ତାହାକୁ ଅନୁକରଣ କରି ସେମାନେ ନିଜ ନିଜ ଭିତରେ ତାକୁ ଖେଳୁଥିଲେ । ସେମାନେ ଛୋଟ ଛୋଟ କାଠିକୁ ପିଲା ବୋଲି କହି, କାଠି ଦେହରେ ପତ୍ରକୁ ଲୁଗା ଭାବରେ ପିନ୍ଧେଇ ବଡ଼ ପାଟିରେ ଗାଳି ଦେଉଥାଆନ୍ତି, ଠିକ୍ ତାଙ୍କର ମାଆ ଯେମିତି ସେମାନଙ୍କୁ କୁହେ । ସେମାନେ କାଠିକୁ କହୁଥାଆନ୍ତି, "ଦୁଷ୍ଟ ପିଲା, ମୁଁ ତୁମକୁ ପାଣି ଆଣିବାକୁ ପଠେଇଥିଲି, ଅଥଚ ତୁମେ ଅଧା ପାଣି ରାସ୍ତାରେ ଢାଳିଦେଲ ।" "ଦୁଷ୍ଟ ପିଲା, ତୁମେ ଦେଖିପାରୁନ, ଦଲିଆ ଗରମ କରୁ କରୁ ସବୁ ଜଳିଗଲାଣି ।" ଏବଂ କାଠିର ତଳ ପଟୁ ଜୋରରେ ପିଟନ୍ତି ।

ବଡ଼ମାନେ ଏସବୁକୁ ଧ୍ୟାନ ଦିଅନ୍ତି ନାହିଁ । ସେମାନେ ପିଲାମାନଙ୍କର ମଜା ମଜା କଥା ମଧ୍ୟ ଶୁଣନ୍ତି ନାହିଁ । ସେମାନେ କେବଳ ମେଘର ଅପେକ୍ଷାରେ ବସିରୁହନ୍ତି । ସେମାନଙ୍କର ଅପେକ୍ଷା ସୀମା ଲଙ୍ଘେ କିନ୍ତୁ ଆକାଶରୁ ମେଘ ଝରେନାହିଁ । ଅପେକ୍ଷା କରିବାଠୁ ବଳି ମହତ୍ତ୍ୱପୂର୍ଣ୍ଣ କାମ ସେମାନଙ୍କ ପାଇଁ ଆଉ କିଛି ନଥିଲା । ଶସ୍ୟ କିଣିବା ପାଇଁ ସେମାନେ ତାଙ୍କର ସମସ୍ତ ପଶୁ ଆଗରୁ ବିକ୍ରିକରିସାରିଥିଲେ । ଏବେ ଗୋଠ କହିଲେ କେବଳ ଦୁଇଟି ଛେଳି । ମେଘକୁ ଅପେକ୍ଷା କରିବାର ଥକାପଣରେ ପ୍ରଥମେ ପରିବାରର ଦୁଇଜଣ ମହିଳା ନିଜର ସଂଜ୍ଞା ହରେଇଲେ । ପ୍ରକୃତରେ କହିବାକୁ ଗଲେ ସେ ଦୁଇଜଣ ମହିଳାହିଁ ଦୁଇ ଛୋଟ ଝିଅଙ୍କ ମୃତ୍ୟୁ ପାଇଁ ଦାୟୀ । ପ୍ରତି ରାତିରେ

ସେମାନେ ଧୀର ଦୁଃଖଦ କ୍ରନ୍ଦନକୁ ଆରମ୍ଭ କରି ଜୋରରେ ଚିତ୍କାର କରି ଏକ ଅସ୍ୱାଭାବିକ ପରିସ୍ଥିତି ସୃଷ୍ଟି କରିବାକୁ ଲାଗିଲେ । ତା'ପରେ ପାଦକୁ ଜୋର ଜୋରରେ ଭୂଇଁରେ କଚାଡ଼ି ଚିତ୍କାର କରନ୍ତି ସତେ ଯେମିତି ସମସ୍ତ ବିଚାରଶକ୍ତି ହରାଇଛନ୍ତି । ପୁରୁଷମାନେ ନିଜର ମାନସିକ ସନ୍ତୁଳନ ନହରାଇ ନିଶ୍ଚୁପଭାବେ ବସିରହନ୍ତି । ସେମାନେ ଜାଣିଥିଲେଯେ ସ୍ତ୍ରୀଲୋକମାନେ ଆସନ୍ତା ବର୍ଷମାନଙ୍କରେ ଅତ୍ୟଧିକ କ୍ଷୁଧାର ଶିକାର ହେବାକୁ ଯାଉଛନ୍ତି ।

ହଠାତ୍ ବୃଦ୍ଧ ମୋକ୍‌ଗୋବ୍‌ଜାର ପିଲାଦିନ କଥା ମନେପଡ଼ିଗଲା । ଯେତେବେଳେ ସେ ଛୋଟ ଥିଲା ଓ ସମାଜ ପୁରୁଣା ପ୍ରଥାକୁ ନେଇ ଚଳୁଥିଲା, ବର୍ଷା ହେବାପାଇଁ ମେଘଦେବତାର ପୂଜାରେ ଥରେ ସେ ଉପସ୍ଥିତ ଥିଲା । ଖ୍ରୀଷ୍ଟିଆନ୍ ଚର୍ଚ୍ଚର ପ୍ରାର୍ଥନାରେ ଅନେକ ଦିନ ହେବ ସେ ପ୍ରଥା କୁଆଡ଼େ ଲୋପ ପାଇଗଲାଣି । ସେ ସମସ୍ତ କାର୍ଯ୍ୟପଦ୍ଧତିକୁ ଗୋଟି ଗୋଟି କରି ମନେପକାଇବାକୁ ଚେଷ୍ଟାକଲା । ଯେତେବେଳେ ତା'ର ସବୁକଥା ମନେପଡ଼ିଲା, ସେ ପୁଅ ରାମାଡ଼ି ସହିତ ଧୀର ଗଳାରେ କଥା ହେଲା । ସେ ପୁଅକୁ କହିଲା, କେହି କେହି ମେଘ ଦେବତା ଛୋଟ ପିଲାଙ୍କ ବଳି ସ୍ୱୀକାର କରନ୍ତି ଓ ବଦଳରେ ପ୍ରଚୁର ମେଘ ଦିଅନ୍ତି । ସେ ପାଣିରେ ଫସଲ ଭଲ ହୁଏ । ସେ ପୁଅକୁ ସଂପୂର୍ଣ୍ଣ ପଦ୍ଧତି ବୁଝେଇବାରେ ଲାଗିଲା ଏବଂ ଯେତେବେଳେ ନିଜ କଥା ନିଜକୁ ଅସତ୍ୟ ଲାଗିଲା, ସେ ମନେମନେ ସ୍ମରଣଶକ୍ତିର ଦ୍ୱାହିଦେଇ ବଡ଼ ଦୃଢ଼ତାର ସହ ନିଜର ଯୁକ୍ତି ବାଢ଼ିଲା । ସ୍ତ୍ରୀଲୋକମାନଙ୍କର କ୍ରନ୍ଦନରେ ରାମାଡ଼ି ଅସହ୍ୟ ବୋଧକରୁଥିଲା, ତେଣୁ ଦୁଇ ପୁରୁଷ ଦୁଇ ନାରୀଙ୍କ ସହିତ ବିଚାର ବିମର୍ଶ ଆରମ୍ଭ କଲେ । ପିଲାମାନେ ତାଙ୍କର ଖେଳ ଜାରି ରଖିଲେ, "ଦୁଷ୍ଟ ପିଲା, ଦୋକାନ ଯିବା ବାଟରେ ତୁ କେମିତି ପଇସା ହଜେଇଦେଲୁ! ସବୁବେଳେ ତୋର କେବଳ ଖେଳରେ ମନ!"

ସବୁ ସରିଗଲା ପରେ ଛୋଟ ଝିଅ ଦୁଇଟିର ଶରୀରକୁ ଜମିରେ ବିଞ୍ଚି ଦିଆଗଲା । କିନ୍ତୁ ବର୍ଷା ହେଲାନାହିଁ । ବରଂ ରାତିରେ ଥିଲା ପ୍ରାଣଘାତୀ ନିରବତା ଓ ଦିନରେ ସୂର୍ଯ୍ୟର ଅସହ୍ୟ ଉତ୍ତାପ । ସମସ୍ତ ପରିବାର ପ୍ରଗାଢ଼ ଭୟ ଭିତରେ ବଞ୍ଚିବାକୁ ଲାଗିଲେ । ସେମାନେ ନିଜନିଜର ଆସବାବପତ୍ର ଧରି ଗାଆଁକୁ ଫେରି ଆସିଲେ ।

ଖୁବ୍ ଶୀଘ୍ର ଗାଆଁରେ ଲୋକମାନେ ଛୋଟ ଝିଅ ଦୁଇଟିର ଅନୁପସ୍ଥିତି ଉପଲବ୍ଧି କଲେ । ସେମାନଙ୍କର ହଠାତ୍ ମୃତ୍ୟୁ ହେଲା ଓ ଆମେ ଜମିରେ ପୋତିଦେଇ ଆସିଲୁ ବୋଲି ଘରଲୋକ କହିଲେ । କିନ୍ତୁ ଲୋକମାନେ ସେମାନଙ୍କର ବିବର୍ଣ୍ଣ ଚେହେରା ଓ ଭୟାର୍ତ୍ତ ଆଖିକୁ ଦେଖି ଚୁପୁରୁଚାପର ହେଲେ । ପିଲାମାନଙ୍କ ମୃତ୍ୟୁ ସମ୍ପର୍କରେ ସତ୍ୟ

ଜାଣିବାକୁ ଚାହିଁଲେ । ପରିବାର ଏହାକୁ ସାଧାରଣ ମୃତ୍ୟୁ ବୋଲି ସଫେଇ ଦେଲେ । ଦୁଇଜଣ ପିଲାଙ୍କର ଏକା ସମୟରେ ସାଧାରଣ ମୃତ୍ୟୁ ହୋଇଥିବ ବୋଲି କେହି ଗ୍ରହଣ କଲେନାହିଁ । ଖୁବ୍ ଶୀଘ୍ର ପୁଲିସ୍ ଆସି ଘଟଣାସ୍ଥଳରେ ପହଞ୍ଚିଲା । ପରିବାର ପୁଲିସକୁ ମଧ୍ୟ ସେଇ କଥା କହିଲେ ଓ ମୃତ୍ୟୁର କାରଣ ସମ୍ପର୍କରେ କିଛି ଜଣା ନାହିଁ ବୋଲି ପ୍ରକାଶ କଲେ । ପୁଲିସ୍ କବର ସ୍ଥଳକୁ ଦେଖିବାକୁ ଇଚ୍ଛା ପ୍ରକାଶ କରିବାରୁ ଝିଅମାନଙ୍କର ମାଆ କାନ୍ଦି ପକାଇଲା ଓ ପୁଲିସକୁ ସତ ଘଟଣା କହିଦେଲା ।

ସେଇ ଭୟଙ୍କର ଗ୍ରୀଷ୍ମ ସାରା ଛୋଟ ଝିଅ ଦୁହିଁଙ୍କର କଥା ଗାଁ ଉପରେ ଦୁଃଖର କଳାବାଦଲ ପରି ଝୁଲି ରହିଲା ଏବଂ ଦୁଃଖ ଲାଘବ ହେଲା ଯେତେବେଳେ ରାମାଢ଼ି ଓ ତା'ର ବାପାକୁ ଧର୍ମ କୁସଂସ୍କାର ଜନିତ ହତ୍ୟା ଆରୋପରେ ମୃତ୍ୟୁଦଣ୍ଡ ମିଳିଲା । ସରକାରୀ ଅଧିନିୟମ ଅନୁସାରେ ଉପଜାତି ହତ୍ୟା ନିୟମ ବିରୁଦ୍ଧ ଏବଂ ହତ୍ୟାକାରୀକୁ ଅତି କମରେ ମୃତ୍ୟୁଦଣ୍ଡ ହିଁ ମିଳିବ । ଅନାହାର, ଯନ୍ତ୍ରଣା ଆଦି କାହାଣୀକୁ ପ୍ରମାଣସ୍ୱରୂପ ଗ୍ରହଣ କରିବାପାଇଁ ନ୍ୟାୟାଳୟ ଅସ୍ୱୀକାର କଲା । ମୋକ୍‌ଗୋବ୍‌ଜା ପରିବାର ଭୋଗୁଥିବା ଦୁର୍ଭାଗ୍ୟରୁ ଲୋମେଲୋମେ ବଞ୍ଚିଯାଇଛନ୍ତି ବୋଲି ଅନ୍ୟ ପରିବାରମାନେ ମନେମନେ ଭାବୁଥିଲେ । ମୋକ୍‌ଗୋବ୍‌ଜା ପରିବାର ମେଘଦେବତାକୁ ଆଣିବାପାଇଁ ହୁଏତ ଛେଳି କି ଆଉ କିଛି ମାରିପାରିଥାନ୍ତେ ।

■

ତୁରସ୍କ

ବ୍ରସେଲ୍‌ସର ଗାଈ

ୟେକ୍‌ତା କୋପାନ

"ପିଲାମାନେ ଗାଈଙ୍କର ଚିର ତଳେ ଶୋଇଲେ । ସେମାନେ ଏକାସାଙ୍ଗରେ ହସୁଥିଲେ ଏବଂ ଚିରରେ ମୁହଁ ଲଗେଇ କ୍ଷୀର ପିଇଲା ପରି ଅଙ୍ଗଭଙ୍ଗୀ କରୁଥିଲେ । ପତ୍ନୀ ଅତି ବ୍ୟସ୍ତ ହୋଇ ପିଲାମାନଙ୍କୁ ସେମିତି ନକରିବାକୁ କହୁଥିଲେ । ପିଲାମାନଙ୍କୁ ନ ରୋକିବା ପାଇଁ ମୁଁ ତାଙ୍କୁ କହିଲି । ଯଦି ଏହି ଗାଈମାନେ ପିଲାମାନଙ୍କୁ ଏତିକି କରିବାକୁ ଦେବେନି, ଆଉ କ'ଣ କରିପାରିବେ ସେମାନେ ?"

ମୁହୂର୍ତ୍ତକ ପାଇଁ ତାଙ୍କର ହାତ ସିଗାରେଟ ପ୍ୟାକେଟକୁ ଛୁଇଁବାକୁ ଯାଉଥିଲା । ସେ ହଠାତ୍ ରହିଗଲେ ଏବଂ ପୁଣି ଗପିବାରେ ଲାଗିଲେ । ଯେମିତି ସେ କିଛି କହିବାକୁ ଭୁଲିଯାଇଥିଲେ ଏବଂ ତାଙ୍କର ହଠାତ୍ ମନେପଡ଼ିଗଲା । "ପତ୍ନୀ ରାଗିନଥିଲେ କାରଣ ସେ ଦୁଃଖୀ ଦୁଃଖୀ ଲାଗୁଥିଲେ । କାହାର କିଛି କଥାକୁ ନେଇ ସେ କେବଳ ଚିଡ଼ିଚିଡ଼ା ହେଉଥିଲେ । ବେଲଜିୟମର ଲୋକେ ଭଲ, କିନ୍ତୁ ଆମ ପାଇଁ ବିଦେଶୀ । ମୁଁ ତାଙ୍କ କଥାରେ ଅଧିକ ଧ୍ୟାନ ନଦେଇ ଫଟୋ ଉଠେଇବାରେ ଲାଗିଲି ।" ଗୋଟିଏ ଆଖିରେ ତେରେଛା ଚାହାଣି ଦେଇ ଓ ଅନ୍ୟ ଆଖିରେ ସାମ୍ନାକୁ ସିଧା ଚାହିଁ ଗୋଟିଏ କାଳ୍ପନିକ କ୍ୟାମେରାର ପର୍ଦ୍ଦା କବାଟକୁ ତଳକୁ ଖସେଇଲେ ସେ ।

"ସେମାନେ ତାଙ୍କୁ ସାନ ସାନ କରି ତିଆରି କରିନାହାନ୍ତି, ପ୍ରକୃତ ଗାଈ ପରି ପୂର୍ଣ୍ଣ ଆକାରର କରିଛନ୍ତି । ଗୋଟିକୁ ପୃଥିବୀର ମାନଚିତ୍ର ପରି ଆଙ୍କିଥିଲେ ସେମାନେ ଏବଂ ଆଉ ଗୋଟିକୁ ଖାଇବା ପରଷିବା ପ୍ଲେଟର ଡିଜାଇନ୍ ପରି । କାହାର ମାଙ୍କଡ଼ ପରି ମୁଣ୍ଡ ତ ଆଉ କାହାର ବାରହା ପରି । ବିଚରା ଗାଈ..." ହଠାତ୍ ମୋଟରକାର ବ୍ରେକ ଦେବାର ଶବ୍ଦରେ ଚମକିପଡ଼ି ସେ ଚାହିଁଲେ ରାସ୍ତାକୁ ।

"ଗଲାଥର ଆମେ ସେଠିକୁ ପ୍ରାୟ ତିନି ବର୍ଷ ତଳେ ଯାଇଥିଲୁ । ଯେତେବେଳେ ଭିଣୋଇଙ୍କ ଅପରେସନ ହୋଇଥିଲା । ସେଥର ସେମାନେ ପ୍ଲେନ୍ ଟିକେଟ ମଧ୍ୟ

ପଠାଇଥିଲେ ।" ସେ ନଇଁପଡ଼ିଲେ ଓ ତାଙ୍କ ପ୍ୟାଣ୍ଟର ତଳ ଆଡ଼କୁ ଲାଗିଥିବା ସୂତା ଖଣ୍ଡକୁ ଝାଡ଼ିଦେଲେ । "ଗାଈ ସେତେବେଳେ ନଥିଲେ ।" ସେ ଚା'ର ଅନ୍ତିମ ଢୋକ ନେଉଥିଲେ ଓ ତାଙ୍କ ମୁହଁରେ ଆନନ୍ଦର ଢେଉ ସ୍ପଷ୍ଟ ଦେଖାଯାଉଥିଲା । "ଯେତେବେଳେ ମୁଁ ପତ୍ନୀଙ୍କ ସହ ଏହି ବିଷୟରେ କଥା ହେଲି, ସେ ଗରଗର ହୋଇ କହିଲେ, "ତମେ କେବଳ ଗାଈଙ୍କ କଥା ସବୁବେଳେ କହୁଛ ଯେମିତି ଆମେ ଆଉ କିଛି ଦେଖୁନେ ।" ସେ ଠିକ୍ କହୁଛନ୍ତି, କିନ୍ତୁ ମୁଁ କ'ଣ କରିବି, ମୋତେ ସେଇ ଛତରା ଟୋକାମାନେ ପ୍ରକୃତରେ ଭଲଲାଗିଲେ ।" ସେ ୱେଟରକୁ ଚାହିଁଲେ, ତାଙ୍କର ବିଶି ଆଙ୍ଗୁଠିକୁ ଚାମଚ ପରି ଖାଲି କପ ଭିତରେ ଘୂରେଇ ଆଣିଲେ: "ଆଉ କପେ ଚା' ଦେବ ?"

ଟେବୁଲ ଉପରେ ଚା ଆଣି ରଖାଗଲାବେଳେ ସେ କହିବାକୁ ଆରମ୍ଭ କଲେ, "ସେମାନେ ରାଜନଅର ସାମ୍ନାରେ ମଧ୍ୟ ଗୋଟିଏ ଗାଈ ରଖିଛନ୍ତି । ଗାଈ ହାତରେ ଅଳଙ୍କାରରେ ସଜା ହୋଇଥିବା ବାଡ଼ି ଓ ମୁଣ୍ଡରେ ମୁକୁଟ ।" ଅଳ୍ପ ସମୟ ପୂର୍ବେ ହାତରେ ଚାପି ଭାଙ୍ଗିଥିବା ଚିନି କ୍ୟୁବ୍‌ରୁ ଫାଳେ ନେଇ ସଦ୍ୟ ଆସିଥିବା ଚା'ରେ ପକେଇଲେ ସେ ଏବଂ ଘାଣ୍ଟିବାକୁ ଆରମ୍ଭ କଲେ । "ଯେଉଁ ଭାବରେ ବି ହେଉନା କାହିଁକି ତାଙ୍କର ରାଜା ଜଣେ ଭଲ ଲୋକ, ଗାଈମାନଙ୍କ ରାଜା ପ୍ରତିମୂର୍ତ୍ତିକୁ ନେଇ ସେ କିଛି କହିଲେ ନାହିଁ ।" ଲାଲ ରଙ୍ଗର ଚା କପ ଧାରରେ ବସିଥିବା ମାଛିକୁ ପାପୁଲିର ପଛ ପାଖରେ ଘଉଡ଼ୁ ପୁଣି କହିଲେ: "ଯଦି ତୁମେ ଏଠି ଗୋଟିଏ ଗାଈର ପ୍ରତିମୂର୍ତ୍ତି ବେକରେ ଟାଇ ପିନ୍ଧେଇ ପ୍ରଧାନମନ୍ତ୍ରୀଙ୍କ ଅଫିସ ଆଗରେ ରଖିବ, ସେମାନେ ସିଧା ତୁମକୁ ନେଇ ତା' ଶିଙ୍ଗ ଉପରେ ବସେଇଦେବେ... ବୁଝିପାରୁଥିବ କ'ଣ କହିବାକୁ ଚାହୁଁଛି ମୁଁ..." ଏଥର ସେ ଚୁପ୍ ହେଲେ । ଟ୍ୟୁଲିପ ଆକାରର ଚା ଗ୍ଲାସ ଭିତରେ ଥିବା ଲୋହିତ-ବାଦାମୀ ତରଳ ବସ୍ତୁ ଉପରେ ସୂର୍ଯ୍ୟକିରଣ ପଡୁଥିଲା ।

"ଓଃ, ମୁଁ ତ ତୁମକୁ ଏଯାଏ ଶୁଣିପାରିଲିନି, କେବଳ ମୁଁ କହିଚାଲିଛି, ଖରାପ ଭାବିବନି । ଏବେ ତୁମେ କୁହ, ଆମେ ଗଲା ପରେ ଏଠି କ'ଣ ସବୁ ବଦଳିଛି, କୁହ," ମୁଁ ତାଙ୍କୁ କହିବାର ଶୁଣିଲି ଓ ଛେପ ଢୋକିଲି । ତାଙ୍କର ଅନେକ ପୃଥିବୀର ଗପ ମଧ୍ୟରେ ମୋ କଥାର ପାହାଡ଼ର ଭାର ଓହ୍ଲେଇବା ପାଇଁ ଆଉ ଜାଗା ନଥିଲା । ମୋ ଓଠରେ ଶବ୍ଦ ମଧ ନଥିଲା । ସେ ଏମିତି ଆତ୍ମତୃପ୍ତିର ସହିତ କହୁଥିଲେ ଏବଂ ଏତେ ସଜୀବତାର ବାତାବରଣ ସୃଷ୍ଟି କରିଥିଲେ ଯେ ମୁଁ କେବଳ ମୋର ରିକ୍ତ ଆଖିରେ ତାଙ୍କ ମୁହଁକୁ ଚାହିଁ ରହିଥିଲି, ସତେ ଯେମିତି ମାଲବୁହା ଟ୍ରେନଟିଏ ମୋ ଆଖି ସାମ୍ନାରେ ଯାଉଥିବାର ଦେଖୁଥିଲି ।

ତାଇୱାନ

ପ୍ରଜାପତି ଚିରକାଳ

ଚେନ୍ କ୍ୱିୟୁ

ଝିପିଝିପି ବର୍ଷା ହେଉଥିଲା । ଥଣ୍ଡା ଓ ଓଦା ଲାଗୁଥିଲା ପିଚୁ ରାସ୍ତା । ସବୁଜ, ହଳଦିଆ ଓ ଲାଲ ଆଲୁଅର ପ୍ରତିଫଳନ ରାସ୍ତାକୁ ଚକ୍‌ମକ୍ କରୋଉଥିଲା । ବର୍ଷାରୁ ରକ୍ଷା ପାଇବା ପାଇଁ ଆମେ ବାଲ୍‌କୋନି ତଳେ ଅପେକ୍ଷା କରିଥିଲୁ । ରାସ୍ତା ସେପାଖରେ ସବୁଜ ରଙ୍ଗର ଚିଠିବାକ୍ସ ଚୁପ୍‌ଚାପ୍ ଏକାକୀ ଛିଡ଼ାହୋଇଥିଲା । ମା' ନିକଟକୁ ଲେଖିଥିବା ଚିଠି ମୋ ଜାକେଟ୍ ପକେଟରେ ସେମିତି ଥିଲା ।

ୟିଙ୍ଗ୍‌ଜି ମୋ ପାଇଁ ଚିଠି ପକେଇଦେବ କହି, ଚିଠି ଓ ଛତା ମାଗିଲା । ତା'ର ଅନୁରୋଧରେ ମୁଁ ମୁଣ୍ଡ ହଲେଇ ସମ୍ମତି ପ୍ରଦାନ କଲି ଏବଂ ତା' ହାତକୁ ଚିଠି ଓ ଛତା ବଢ଼େଇଦେଲି ।

"ଆମକୁ ଗୋଟିଏ ଛୋଟ ଛତା ଆଣିବାକୁ କିଏ କହିଥିଲା ?" – ଛତା ଖୋଲୁଖୋଲୁ ସେ ହସି ହସି କହିଲା ଏବଂ ଚିଠି ପକେଇଦେବ ବୋଲି ରାସ୍ତା ପାରହେବାକୁ ଉଦ୍ୟତ ହେଲା । ଛତା ଧାରରୁ କେଇବୁନ୍ଦା ମେଘ ମୋ ଚଷମା କାଚ ଉପରେ ଆସି ପଡ଼ିଲା ।

ଗାଡ଼ିରେ ହଠାତ୍ ବ୍ରେକ୍ ଦେବାର ତୀବ୍ର ଶବ୍ଦ ଓ ମଣିଷର ଆର୍ତ୍ତଚିତ୍କାର ସହ, ୟିଙ୍ଗ୍‌ଜିର ଶରୀର ଶୂନ୍ୟରେ ଉପରକୁ ଉଠିଗଲା ଏବଂ ରାତ୍ରିର ପ୍ରଜାପତି ପରି, ସେଇ ଥଣ୍ଡା ଓ ଓଦା ସଡ଼କ ଉପରେ ଧୀର ଭାବରେ ଆସି ନିଶ୍ଚଳ ହୋଇଗଲା ।

ଯଦିଓ ସେଦିନ ବସନ୍ତ ଋତୁ ଥିଲା, କିନ୍ତୁ ଅନୁଭବ ଥିଲା ଶରତ ଋତୁର ।

ସେ ମୋତେ ସାହାଯ୍ୟ କରିବାକୁ ଯାଇ ମୋ ଚିଠି ପକେଇବାକୁ ଯିବା –

ଏକ ସାମାନ୍ୟ ଘଟଣା ଥିଲା, କିନ୍ତୁ ମୁଁ ମୋର ଶେଷ ମୁହୂର୍ତ୍ତ ପର୍ଯ୍ୟନ୍ତ ଏହି ଘଟଣାକୁ ଭୁଲିପାରିବି ନାହିଁ ।

ମୁଁ ଆଖି ଖୋଲି ସେଇ ବାଲକୋନି ତଳେ ସେମିତି ଛିଡ଼ା ହୋଇଥିଲି । ମୋ ସାମ୍ନାରେ ଥିଲା କେବଳ ଶୂନ୍ୟତା । ଗରମ ଲୁହରେ ମୋ ଆଖି ଭରିଯାଇଥିଲା । ପୃଥିବୀରେ ଯେତେ ମୋଟରଗାଡ଼ି ହୁଏତ ସମସ୍ତେ ଅଟକି ଯାଇଥିବେ ସେତେବେଳେ । ଲୋକମାନେ ମଝି ରାସ୍ତାରେ ରୁଣ୍ଡ ହୋଇଥିବେ । କିନ୍ତୁ କେହି ବି ଜାଣି ନଥିବେ ଯେ ରାସ୍ତା ଉପରେ ଯିଏ ଶୋଇଛି ସେ କେବଳ ମୋର, ମୋ ପ୍ରଜାପତି । ସେ ମୋ'ଠୁ ମାତ୍ର ପାଞ୍ଚ ମିଟର ଦୂରରେ ଥିଲା, କିନ୍ତୁ ଲାଗୁଥିଲା ଯେମିତି ଅନେକ ଦୂରରେ ସେ । ମେଘର ବଡ଼ ବଡ଼ ବୁନ୍ଦା ପଡ଼ିବାକୁ ଆରମ୍ଭ କଲା ମୋ ଚଷମା ଉପରେ ଓ ଛିଟ୍‌କି ମୋ ଦେହକୁ ଓଦା କରୁଥିଲା ।

କାହିଁକି ? କାହିଁକି ଆମେ ଗୋଟିଏ ଛତା ଆଣିଥିଲୁ ? ମୁଁ କେବଳ ସେଇ କଥା ଭାବୁଥିଲି ।

ମୁଁ ଏବେ ଦେଖୁଛି ୟିଙ୍ଗ୍‌ଜିକୁ, ଧଳା ପୋଷାକରେ, ତା' ମୁଣ୍ଡ ଉପରେ ଛତା, ଶାନ୍ତଭାବରେ ରାସ୍ତା ପାର ହେଉଛି । ସେ ମୋ ଚିଠିକୁ ନେଇ ଚିଠିବାକ୍ସରେ ପକାଉଛି । ମୋ ମାଆ ପାଖକୁ ମୁଁ ଲେଖିଥିବା ଚିଠି । ମୁଁ ଏକାକୀ ବାଲ୍‌କୋନି ତଳେ ଛିଡ଼ାହୋଇ ପୁଣି ଥରେ ଦେଖୁଛି । ୟିଙ୍ଗ୍‌ଜି ଧୀରେଧୀରେ ରାସ୍ତା ମଝିକୁ ଯାଉଛି ।

ସେଦିନ ବର୍ଷାରେ ସେମିତି ଜୋର ନଥିଲା । ଅଥଚ ମୋ ସମଗ୍ର ଜୀବନର ସବୁଠୁ ପ୍ରଳୟଙ୍କରୀ ବର୍ଷା ଥିଲା ସେ । ମୋ ଚିଠିରେ ଏଇଆ ଲେଖାହୋଇଥିଲା ବୋଲି କ'ଣ ୟିଙ୍ଗ୍‌ଜି ଜାଣିଥିବ !

"ମା', ମୁଁ ଆସନ୍ତା ମାସରେ ୟିଙ୍ଗ୍‌ଜିକୁ ବିବାହ କରୁଛି ।"

■

ଇରାନ୍

କାନାଡ଼ା ସୀମାରେ ମୋ ଭାଇ

ଶୋଲେ ୱୁଲପ୍

ଲାଲ୍ ରଙ୍ଗର ମାଜ୍‌ଦାରେ ତାଙ୍କର କାନାଡ଼ା ଫେରିବା ରାସ୍ତାରେ, ମୋ ଭାଇ ଓ ତା' ସାଙ୍ଗ, ଦୁହେଁ ପିଏଚ୍.ଡ଼ି. କିନ୍ତୁ ସାଧାରଣଜ୍ଞାନ କମ୍, ଅଟକିଲେ କାନାଡ଼ା ସୀମାରେ । ସୀମାସୁରକ୍ଷା ପୋଲିସ୍ କାର୍ ଭିତରକୁ ଝାଙ୍କି ପଚାରିଲା, "କୁଆଡ଼େ ଯାଉଛ ଦୁହେଁ ?" ମୋ ଭାଇର ଆଖିରେ ଯେମିତି ଟଙ୍ଗା ହୋଇଛି "କାନାଡ଼ାରେ ଆପଣଙ୍କୁ ସ୍ୱାଗତ," କହିଲା – "ମେକ୍ସିକୋ" । ସୀମାସୁରକ୍ଷା ପୋଲିସ୍ ହଠାତ୍ ଚମକି ପଡ଼ିଲା । ପାଦେ ପଛକୁ ଯାଇ କହିଲା, "ସାର୍, ଏ ତ କାନାଡ଼ାର ସୀମା" । ମୋ ଭାଇ ତା' ସାଙ୍ଗ ଆଡ଼କୁ ଚାହିଁଲା । ତା' ହାତରୁ ମାନଚିତ୍ରଟି ଟାଣି ଆଣି ସେଥିରେ ତା' ଚନ୍ଦା ମୁଣ୍ଡକୁ ପିଟି କହିଲା, "ଶଳା, ମୂର୍ଖ, ସାରା ରାସ୍ତା ମାନଚିତ୍ରକୁ ଓଲଟା ଧରିଛୁ ।"

ପ୍ରଶ୍ନକକ୍ଷରେ ପଡ଼ିଥିବା ଷ୍ଟିଲ୍ ଟେବୁଲ୍ ଚଉକିର କେଁ କାଁ ଶବ୍ଦ ସାଙ୍ଗକୁ ଉପରୁ ପଡୁଥିବା ଫ୍ଲୋରେସେଣ୍ଟ୍ ଆଲୁଅର ଭ୍ରାମରୀ ଶବ୍ଦ ଭିତରେ ପ୍ରଶ୍ନବାଣର ବର୍ଷା ହେଲା ପରେ ପରିଶେଷରେ ଜେରା କରୁଥିବା ସ୍ତ୍ରୀଲୋକ ଜଣକ ପଚାରିଲେ, "ବଂଶ ?"

ଭାଇ ନିଜର କଥା କହିବାର ଗତିରେ ହଠାତ୍ ବ୍ରେକ୍ ଦେଇ କହିଲା, "ମୁଁ ସତରେ ଜାଣେନା । ମୋ ବାପା ମା' କେବେ ଏ ବିଷୟରେ କହି ନାହାନ୍ତି ।"

ଟେବୁଲ୍ ସେ ପାଖରେ ଜେରା କରୁଥିବା ସ୍ତ୍ରୀଲୋକ ଜଣକ ତା'ର ନୀଳ ଆଖିକୁ ଉପରକୁ ଟେକି ନିଜକୁ ପ୍ରସ୍ତୁତକଲେ ସତ୍ୟତା ବାହାର କରିବାପାଇଁ ମୋ ଭାଇର ବାଦାମୀ ତ୍ୱଚା, ଚିଲା ଆଖି ଓ ଧଳା ଚାଦର ଭିତରୁ ଯାହା ତା' ହାତ ଓ

ଗୋଡ଼କୁ ଢାଙ୍କି ରଖିଥିଲା । ସ୍ତ୍ରୀଲୋକଟି ତା' ଜାଗାରୁ ଉଠି ପ୍ଲାଷ୍ଟିକ୍ ପାର୍ଟିସନ୍ ସେପାଖକୁ ଗଲେ ଓ ହାତରେ ମୋଟା ପୁରୁଣା ବହିଟିଏ ଧରି ଆସିଲେ ।

"ତୁମ ବାପା କୋଉଠି ଜନ୍ମ ହୋଇଥିଲେ ?" ସେ ପଚାରିଲେ, ତାଙ୍କର ସିଙ୍ଗ ଫ୍ରେମ୍ ବାଲା ଚଷମା ଆଖିରେ ଦେଉ ଦେଉ ।

"ପର୍ସିଆ", ଭାଇ କହିଲା ।

"ମାନେ ଆଇ-ରାନ୍" ?", ସେ କହିଲେ ।

"ଆଇ-ରାନ୍, ୟୁ-ରାନ୍, ଆମେ ସମସ୍ତେ ଦୌଡୁଛେ", ଭାଇ ହସି ହସି କହିଲା

"ତୁମ ମା' କେଉଁଠୁ ?", ସେ ପଚାରିଲେ । ତାଙ୍କ ସ୍ୱର ଥିଲା ଧୀର ।

"ରୁଷିଆ", ଭାଇ କହିଲା ।

ସେ ଗୋଟିଏ ଆଙ୍ଗୁଠି ବହିରେ ଥିବା ଚାର୍ଟର ଉପର ଧାଡ଼ିରେ ଗୋଟିଏ ଶବ୍ଦ ଉପରେ ରଖି ଆର ଆଙ୍ଗୁଠିକୁ ଚାର୍ଟର ତଳେ ଥିବା ଆଉ ଗୋଟିଏ ଶବ୍ଦ ଉପରେ ରଖିଲେ ଓ ଦୁଇ ଆଙ୍ଗୁଠିକୁ ଧୀରେ ଧୀରେ ଚାର୍ଟର ମଝିକୁ ଆଣିଲେ, ଗୋଟେ ଅଧାପାଗଳ ଗଣିତଜ୍ଞ ପରି ଯେ ଗାଣିତିକ ସୂତ୍ର ଶୂନ୍ୟ ଗୁଣା ଶୂନ୍ୟ ହରଣ ଏକର ସମାଧାନରେ ଲାଗି ପଡ଼ିଥାଏ । ତାଙ୍କ ଆଙ୍ଗୁଠି ହଠାତ୍ ଗୋଟିଏ ଶବ୍ଦ ଉପରେ ସ୍ଥିର ହୋଇଗଲା । ସେ ଘୋଷଣା କଲେ, "ତୁମେ ଗୋରା" ।

ମୋ ଭାଇ ଚଉକି ଉପରୁ ପଛକୁ ଖସିପଡ଼ିଲା । ତା'ର ଗୋଟିଏ ହାତ ଥିଲା ଛାତିରେ, ଆଖି ଚଉଡ଼ା, ପାଟି ଆଁ ଗୋଲ୍ ଶୂନ ପରି । "ଏତେ ବଡ଼ କଥା ଅଥଚ ଏତେ ବର୍ଷ ଧରି ମୁଁ ଜାଣି ନଥିଲି", ତା'ପରେ ଜେରା କରୁଥିବା ସ୍ତ୍ରୀଲୋକଙ୍କୁ, ସୀମାସୁରକ୍ଷା ପୋଲିସ ଆଡ଼କୁ, କୋଠରିରେ ବସିଥିବା ଅନ୍ୟଲୋକଙ୍କୁ ଚାହିଁ କହିଲା, "ମୁଁ ଗୋରା । ମୁଁ କୁଆଡ଼େ ବି ଯାଇପାରେ । କିଛି ବି କରିପାରେ । ମୁଁ କାନାଡ଼ା ଯାଇପାରେ ଓ ମେକ୍ସିକୋ ଯାଉଛି ବୋଲି ଛଳନା କରିପାରେ । ମୁଁ ଗୋରା ଓ ତୁମେମାନେ କୌଣସିମତେ ଏଠି ଅଟକାଇ ପାରିବନି ମୋତେ ।"

■

ଆର୍ଜେଣ୍ଟିନା

ମାଛିଙ୍କ ଈଶ୍ୱର

ମାର୍କୋ ଡେନେଭି

ମାଛିମାନେ ତାଙ୍କର ଈଶ୍ୱରଙ୍କୁ କଳ୍ପନା କଲେ । ସେ ବି ଗୋଟିଏ ମାଛି ଥିଲା । ମାଛିଙ୍କ ଈଶ୍ୱର ଗୋଟିଏ ମାଛି, ଏବେ ସବୁଜ, ଏବେ କଳା ଓ ସ୍ୱର୍ଣ୍ଣାଭ, ଏବେ ଗୋଲାପି, ଏବେ ଧଳା, ଏବେ ବାଇଗଣୀ, କଳ୍ପନାତୀତ ମାଛି, ରମଣୀୟ ମାଛି, ବୃହଦାକାର ମାଛି, ଭୟଙ୍କର ମାଛି, ହିତୈଷୀ ମାଛି, ପ୍ରତିଶୋଧୀ ମାଛି, ସାଧାରଣ ମାଛି, ତରୁଣ ମାଛି, କିନ୍ତୁ ସବୁବେଳେ ମାଛି । କେହି କେହି ତା'ର ଆକାର ମାପିବାକୁ ଯାଇ ତାକୁ ବଳଦର ଆକାର ଦେଲେ, ଅନ୍ୟମାନେ ତା'ର ଆକାରକୁ ଏତେ ଛୋଟ କରିଦେଲେ ଯେ ସେ ଆଖିରେ ଦେଖା ଗଲାନାହିଁ । କେଉଁ କେଉଁ ଧର୍ମରେ ସେ ଡେଣାବିହୀନ (ସେମାନେ କହିଲେ ଯେ ସେ ଉଡ଼ିପାରେ କିନ୍ତୁ ଉଡ଼ିବା ପାଇଁ ତା'ର ଡେଣା ଲୋଡ଼ା ହୁଏନା), ଅନ୍ୟ ଧର୍ମମାନଙ୍କରେ ତା'ର ଅଗଣିତ ଡେଣା । କେଉଁଠି କୁହାଗଲା ତା'ର ବଡ଼ ବଡ଼ ଶିଙ୍ଗ, ଅନ୍ୟ କେଉଁଠି କୁହାଗଲା ତା'ର ଆଖି ତା' ମୁଣ୍ଡ ଘେରିପାଖେ ବିସ୍ତୃତ ହୋଇ ରହିଛି । କାହାପାଇଁ ସେ ସବୁବେଳେ ଗୁଣୁଗୁଣୁ ଗାଏ ତ ଆଉ କାହାପାଇଁ ସେ ସର୍ବଦା ନିଶ୍ଚୁପ ଯଦିଓ ସେ ସମାନ ଭାବରେ ଭାବର ଆଦାନ ପ୍ରଦାନ କରେ । ଏବଂ ସମସ୍ତଙ୍କ ପାଇଁ, ଯେତେବେଳେ ମାଛିମାନେ ମୃତ୍ୟୁ ପ୍ରାପ୍ତ ହୁଅନ୍ତି, ସେ ସେମାନଙ୍କୁ ପରଲୋକକୁ ନିଏ । ପରଲୋକ ପଚା ମାଂସର ଗୋଟିଏ ଭୂଖଣ୍ଡ, ଅରୁଚିକର ତୀବ୍ର ଗନ୍ଧଯୁକ୍ତ, ସେଇଠି ମୃତ ମାଛିଙ୍କ ଆତ୍ମା ବିନା କିଛି ଖାଇବାର ଲୋଭରେ ଅମରତ୍ୱ ପାଇଁ ପଡ଼ିରହନ୍ତି । ହଁ, ସ୍ୱର୍ଗୀୟ ନାମଞ୍ଜୁର ନିରନ୍ତର ମାଛିକୁ କେଉଁ ଏକ ମାଛି ଦଳ ଭିତରେ ଜନ୍ମ ଦିଏ । କେବଳ ଭଲ ମାଛିଙ୍କୁ । ଖରାପ ମାଛିଙ୍କ ପାଇଁ ଗୋଟିଏ ଜାଗା ଅଛି, ନର୍କ । ଅଭିଯୁକ୍ତ ପାଇଁ ନର୍କ ଏକ ଜାଗା ଯେଉଁଠି, ମଳମୂତ୍ର, ନାଳନର୍ଦ୍ଦମା, ଅଳିଆ ଆବର୍ଜନା, ଦୁର୍ଗନ୍ଧ ଇତ୍ୟାଦି ନାହିଁ, ସେ ଜାଗା ଚକମକ ସଫା, ଉଜ୍ଜ୍ୱଳ ଆଲୋକରେ ଆଲୋକିତ, ମାଛିଙ୍କ ପାଇଁ ଏକ ଅନୁଚିତ ଜାଗା ।

■

ଇଂଲଣ୍ଡ

ସମାପ୍ତି

ଜନ୍ ଗାଲ୍‌ସ୍ୱର୍ଦ୍ଦି

ପ୍ରାୟ ଅଠରଶହ ଅଣାନବେ ମସିହାର କଥା । ଲଣ୍ଡନରେ ହାରିସନ୍ ନାମରେ ଜଣେ ସୁଶୀଳ ଅଥଚ ଜିଦ୍‌ଖୋର ପ୍ରକୃତିର ବ୍ୟକ୍ତି ରହୁଥିଲେ । ଜଣେ ଭଦ୍ରମହିଳାଙ୍କୁ ସେ ମନେମନେ ଚାହୁଁଥିଲେ । ଥରେ ଚେରିଙ୍ଗ୍ କ୍ରସ୍ ରେଳଷ୍ଟେସନ ନିକଟରେ ଭଦ୍ରମହିଳା ଜଣକ ହାରିସନ୍‌ଙ୍କୁ କହିଲେ, "ମିଃ ହାରିସନ୍, ଆପଣ ଲେଖୁନାହାନ୍ତି କାହିଁକି ? ଆପଣ ଭଲ ଲେଖିପାରିବେ ବୋଲି ମୋର ବିଶ୍ୱାସ ।"

ହାରିସନ୍ ଭଦ୍ରମହିଳାଙ୍କ କଥାକୁ ଗୁରୁତ୍ୱର ସହିତ ଗ୍ରହଣ କଲେ ଓ ଲେଖିବାରେ ଲାଗିପଡ଼ିଲେ । ଦୁଇବର୍ଷ ନିରବଚ୍ଛିନ୍ନ ଭାବେ ଲେଖିଲାପରେ ତାଙ୍କ ନିକଟରେ ଏଗାରଟି ଗପ ହେଲା । ସେଥିରୁ ଦୁଇଟି ଗପ ତାଙ୍କର ପସନ୍ଦ ହେଲାନାହିଁ । ସେ କିନ୍ତୁ ସେଇ ଗପ ଦୁଇଟିକୁ ଖାରଜ ନକରି ସବୁତକ ଗପର ପାଣ୍ଡୁଲିପି ଜଣେ ପ୍ରକାଶକଙ୍କ ନିକଟକୁ ପଠେଇଦେଲେ । କିଛି ଦିନ ପରେ ସେ ପ୍ରକାଶକଙ୍କ ନିକଟରୁ ଚିଠିଟିଏ ପାଇଲେ ଯେଉଁଥିରେ ଲେଖାଥିଲା ଯଦି ହାରିସନ୍ ପ୍ରକାଶନର ସମସ୍ତ ଖର୍ଚ୍ଚ ବହନ କରନ୍ତି ତେବେ ବହିଟି ପ୍ରକାଶ କରିବାପାଇଁ ତାଙ୍କର କିଛି ଅସୁବିଧା ନାହିଁ । ହାରିସନ୍ ଚିଠିଟି ପଢ଼ି ଅତ୍ୟନ୍ତ ପ୍ରସନ୍ନ ହେଲେ ଏବଂ ଭାବିଲେ ଯେ ଆଉ ସମୟ ନଷ୍ଟ ନକରି ଯେତେ ଶୀଘ୍ର ହେଉ ବହିକୁ ଲୋକଲୋଚନକୁ ଅଣାଯିବା ଉଚିତ୍ । ସେ ପ୍ରକାଶକଙ୍କ ପ୍ରସ୍ତାବରେ ସହମତି ପ୍ରଦାନ କରି ଚିଠି ଲେଖିଲେ । ପରେ ପରେ ପ୍ରକାଶକଙ୍କ ନିକଟରୁ ସର୍ତ୍ତନାମା ଓ ହିସାବ ଆସିଲା, ଯାହାର ଉତ୍ତରରେ ହାରିସନ୍ ଚେକ୍ ପଠାଇଦେଲେ । କିଛିଦିନ ପରେ ସେ ପ୍ରକାଶକଙ୍କଠୁ ଆଉ ଏକ ଚିଠି ପାଇଲେ ଯେଉଁଥିରେ ହାରିସନ୍‌ଙ୍କୁ ବହିର ବିଜ୍ଞାପନ ନିମନ୍ତେ ଆଉ କିଛି ଅର୍ଥ ଖର୍ଚ୍ଚ କରିବାକୁ ପ୍ରକାଶକ ପ୍ରସ୍ତାବ ଦେଇଥିଲେ । ହାରିସନ୍‌ଙ୍କୁ ପ୍ରକାଶକଙ୍କ ପ୍ରସ୍ତାବ ଉଚିତ ଲାଗିଲା । ଦୁଇଜଣ ଭଦ୍ର ବ୍ୟକ୍ତିଙ୍କ ମଧ୍ୟରେ

ଟଙ୍କାର ପ୍ରଶ୍ନ ଆସିବା ଠିକ୍ ନୁହଁ ଭାବି ବିଜ୍ଞାପନ ବାବଦକୁ ସେ ଆଉ ଏକ ଚେକ୍ ମଧ୍ୟ ପଠେଇଦେଲେ ।

ସମୟ କ୍ରମେ ବହି ପ୍ରକାଶ ପାଇଲା । ବହିର ନାଁ ଥିଲା "ତାରକାଙ୍କ ମାର୍ଗରେ" । ପନ୍ଦର ଦିନ ମଧ୍ୟରେ ହାରିସନ୍ ବହିର ସମୀକ୍ଷା ସବୁ ପାଇବାରେ ଲାଗିଲେ । ହାରିସନ୍ ସେସବୁ ସମୀକ୍ଷାକୁ ଅତ୍ୟନ୍ତ ଆନନ୍ଦର ସହ ପଢ଼ିଲେ । ସେ ସବୁ ତୋଷାମଦପୂର୍ଣ୍ଣ ଥିଲା । ଜଣେ କହିଥିଲେ ସେ ଛଦ୍ମବେଶରେ କେହି ବଡ଼ ଲେଖକ ନୁହନ୍ତି ତ ? ଦୁଇଟି ଉଦାରପନ୍ଥୀ ଖବରକାଗଜ ତାଙ୍କ ଗପକୁ ଶ୍ରେଷ୍ଠ କୃତି କହିଲାବେଳେ ଆଉ ଗୋଟିଏ ଖବରକାଗଜ ଗପ ସବୁକୁ ଆଲାନ୍ ପୋ ଓ ମୋପାଁସାଙ୍କ ଗପ ସହ ତୁଳନା କରିଥିଲେ । ଅନ୍ୟ ଜଣେ ସମୀକ୍ଷକ ତାଙ୍କୁ ଦ୍ୱିତୀୟ ରୁଦ୍ୟାର୍ଡ଼ କିପ୍ଲିଙ୍ଗ୍ କହି ସମ୍ବୋଧିତ କରିଥିଲେ । ହାରିସନ୍ ଅତ୍ୟନ୍ତ ପ୍ରୋତ୍ସାହିତ ହେଲେ । ଯେହେତୁ ସେ ଲାଜକୁଳା ପ୍ରକୃତିର ବ୍ୟକ୍ତି, ପ୍ରକାଶକଙ୍କ ନିକଟକୁ ପତ୍ର ମାଧ୍ୟମରେ ଏହାର ଦ୍ୱିତୀୟ ସଂସ୍କରଣ ସମ୍ପର୍କରେ ସେ କ'ଣ ଭାବୁଛନ୍ତି ବୋଲି ନମ୍ର ଭାବରେ ପଚାରିଲେ । ଉତ୍ତରରେ ପ୍ରକାଶକ ଏ ପର୍ଯ୍ୟନ୍ତ ଚାରିଶହ କପି ବିକ୍ରି ସରିଲାଣି ସୂଚନା ସହ ଦ୍ୱିତୀୟ ସଂସ୍କରଣର ଖର୍ଚ୍ଚ ସମ୍ପର୍କରେ ଆକଳନ ପ୍ରସ୍ତୁତ କରି ପଠେଇଲେ । ହାରିସନ୍ ତାଙ୍କ ଚେକ୍ ବହିରୁ ନିଶ୍ଚିତ କଲେଯେ ହଜାରେ କପିର ଟଙ୍କା ଦିଆଯାଇଛି । ସେ ଏବେ ଅପେକ୍ଷା କରିବେ ବୋଲି ପ୍ରକାଶକଙ୍କୁ ଚିଠି ଲେଖି ଜଣେଇଦେଲେ । ଛଅ ମାସ ପରେ ପ୍ରକାଶକଙ୍କୁ ବହି ବିକ୍ରିର ସ୍ଥିତି ବିଷୟରେ ପୁଣି ଥରେ ପଚାରିଲେ । ପ୍ରକାଶକ ଏପର୍ଯ୍ୟନ୍ତ ଚାରିଶହ ତିନି କପି ବିକ୍ରି ହୋଇଥିବାର ସୂଚନା ଦେଲେ ଏବଂ ଯେହେତୁ ଏବେ କ୍ଷୁଦ୍ର ଗଳ୍ପର ପାଠକୀୟତା ବଜାରରେ ନାହିଁ ଓ ମିଃ ହାରିସନ୍ ଜଣେ ଅଜଣା ଗାଳ୍ପିକ, ସେ ଦ୍ୱିତୀୟ ସଂସ୍କରଣ ସପକ୍ଷରେ ନୁହନ୍ତି ବୋଲି ଜଣାଇଲେ । କିନ୍ତୁ ହାରିସନ୍‌ଙ୍କର ଲେଖିବାର ଶୈଳୀ, ଭଲ ସମୀକ୍ଷା ଏବଂ ସୀମିତ ବହି ବିକ୍ରିକୁ ଆଖି ସାମ୍ନାରେ ରଖି ସେ ତାଙ୍କୁ ଉପନ୍ୟାସ ଲେଖିବାପାଇଁ ପ୍ରସ୍ତାବ ଦେଲେ । ସେ ମଧ୍ୟ ହାରିସନ୍‌ଙ୍କ ନିକଟକୁ ଛୋଟ ରକମର ଚେକ୍ ସହିତ ସମସ୍ତ ସମୀକ୍ଷାର କପି ପଠେଇଲେ, ଯଦିଓ ହାରିସନ୍‌ଙ୍କ ନିକଟରେ ସମସ୍ତ ସମୀକ୍ଷା ଉପଲବ୍ଧ ଥିଲା ।

ସମାଲୋଚନାତ୍ମକ ପ୍ରଶଂସାକୁ ନିଜର ସଫଳତା ଭାବି ହାରିସନ୍ ଦ୍ୱିତୀୟ ସଂସ୍କରଣ ନକରିବା ପାଇଁ ସ୍ଥିର କଲେ ଏବଂ ଉପନ୍ୟାସ ଲେଖିବାକୁ ଆରମ୍ଭ କଲେ । ତାଙ୍କର ସମସ୍ତ ସମ୍ପର୍କୀୟ ଅତ୍ୟନ୍ତ ଖୁସି ଥିଲେ । ହାରିସନ୍‌ଙ୍କ ଶୁଭେଚ୍ଛୁମାନଙ୍କ ମଧ୍ୟରେ ଜଣେ ବିଦ୍ୱାନ ତଥା ପ୍ରତିଭାଶାଳୀ ବ୍ୟକ୍ତି ଥିଲେ ଯାହାଙ୍କ ନିକଟରୁ ହାରିସନ୍ ଚିଠିଟିଏ ପାଇଲେ ।

ଚିଠିରେ ଲେଖାଥିଲା, "ମୁଁ ଜାଣି ନଥିଲିଯେ ତୁମେ ଏତେ ଭଲ ଲେଖିପାର । କିନ୍ତୁ ଗପ ଗୁଡ଼ିକ ଉତୁରିନି । ଅବଶ୍ୟ ତୁମେ ଏବେ ଯୁବକ । ତୁମ ହାତରେ ଅନେକ ସମୟ ଅଛି । ସୁବିଧା ଦେଖି ମୋ ପାଖକୁ ଆସ । ତୁମ ଲେଖିବାର କ୍ଷମତାକୁ ନେଇ କଥା ହେବା ।"

ଚିଠି ପାଇଲା ମାତ୍ରକେ ହାରିସନ୍ ସମୟ ନଷ୍ଟ ନକରି ସେହି ବ୍ୟକ୍ତିଙ୍କ ନିକଟରେ ପହଞ୍ଚିଗଲେ । ଗ୍ରୀଷ୍ମର ଅପରାହ୍ନ ସମୟ । କାହିଁକି ଗପଗୁଡ଼ିକ ଉତୁରିପାରିନି ବ୍ୟକ୍ତିଜଣଙ୍କ ବୁଝେଇଦେଲେ । "ତୁମର ଗପରେ ବାହ୍ୟ ଦୁନିଆକୁ ପ୍ରାଧାନ୍ୟ ଦିଆଯାଇଛି । ମଣିଷ ଭିତରର ମନସ୍ତତ୍ତ୍ୱର ପ୍ରତିଫଳନ ଆଦୌ ନାହିଁ," ସେ କହିଲେ ।

ହାରିସନ୍ ପାଇଥିବା ସମସ୍ତ ସମୀକ୍ଷାକୁ ତାଙ୍କ ସାମ୍ନାରେ ରଖିଲେ । ସାଥିରେ ପୀଡ଼ାର ଅନୁଭୂତି ଧରି ସେ ପରଦିନ ଘରକୁ ଫେରିଲେ । କିଛି ସପ୍ତାହ ମଧ୍ୟରେ ତାଙ୍କର ପୀଡ଼ା କମିବାକୁ ଲାଗିଲା ଓ ସେ ଅନୁଭବ କଲେ ଯେ ତାଙ୍କ ଲେଖାରେ ପରିବର୍ତ୍ତନ ଆସୁଛି । ବିଦ୍ୱାନ ବ୍ୟକ୍ତିଙ୍କର ପରାମର୍ଶ ଫଳ ଧରିବାକୁ ଆରମ୍ଭ କରିଛି ।

ଦୁଇମାସ ପରେ ହାରିସନ୍ ବିଦ୍ୱାନ ବ୍ୟକ୍ତିଙ୍କ ନିକଟକୁ ଲେଖିଲେ, "ଆପଣ ଠିକ୍ କହିଥିଲେ । ଗପଗୁଡ଼ିକ ପ୍ରଭାବଶାଳୀ ହୋଇ ପାରିନଥିଲେ । ଏବେ କିନ୍ତୁ ମୁଁ ଠିକ୍ ରାସ୍ତାରେ ଚାଲୁଛି ବୋଲି ଭାବୁଛି ।"

ବିଦ୍ୱାନ ବ୍ୟକ୍ତିଙ୍କୁ ଥରେ କି ଦୁଇଥର ଦେଖାଇଲା ପରେ, ଲେଖା ଆରମ୍ଭ କରିବାର ପ୍ରାୟ ବର୍ଷକ ପରେ, ହାରିସନ୍ ତାଙ୍କର ଦ୍ୱିତୀୟ ବହି ଶେଷ କଲେ ଏବଂ ନାଁ ରଖିଲେ "ଜନ୍ ଏଣ୍ଡାକଟ୍" । ଏଇ ମୁହୂର୍ତ୍ତରୁ ସେ ତାଙ୍କର ଲେଖାକୁ "କାମ" ନକହି "ଉପାଦାନ" କହିବାକୁ ଆରମ୍ଭ କଲେ ।

ସେ ପ୍ରକାଶକଙ୍କ ପାଖକୁ ବହିର ପାଣ୍ଡୁଲିପି ପଠେଇଦେଲେ ଏବଂ ରୟାଲ୍ଟି ସର୍ତ୍ତରେ ବହିକୁ ପ୍ରକାଶ କରିବା ପାଇଁ ଅନୁରୋଧ କଲେ । ପ୍ରକାଶକ ବିଳମ୍ବରେ ତାଙ୍କର ଉତ୍ତରରେ ଲେଖିଲେ ଯେ ମିଃ ହାରିସନ୍ ତାଙ୍କ ପ୍ରଥମ ବହିର ପ୍ରତିଶ୍ରୁତିକୁ ଦ୍ୱିତୀୟ ବହିରେ ସମ୍ପନ୍ନ କରିବାରେ ଅସଫଳ ହୋଇଛନ୍ତି । କିଛି ପାଠକଙ୍କ ମତାମତର ସାରକଥାକୁ ଦର୍ଶେଇବାକୁ ଯାଇ ପ୍ରକାଶକ ଲେଖିଲେ ଯେ ମିଃ ହାରିସନ୍ କଳାତ୍ମକତାର ନିଷ୍କର୍ଷ ଓ ସାଧାରଣ ମଣିଷର ମନସ୍ତତ୍ତ୍ୱ ମଝିରେ ଦିଗ ହରେଇଛନ୍ତି । ଯଦି ମିଃ ହାରିସନ୍ ପ୍ରକାଶନ ଖର୍ଚ୍ଚର ଜିମା ନିଅନ୍ତେ, ତେବେ ହୁଏତ ପ୍ରକାଶକ ବହିଟିର ପ୍ରକାଶନ କରିପାରନ୍ତେ ।

ହାରିସନ୍ ତାଙ୍କର ହୃଦୟକୁ ଦୃଢ଼ କଲେ ଏବଂ ଉତ୍ତରରେ ଲେଖିଲେଯେ ସେ ଏବେ ଖର୍ଚ୍ଚର ଜିମା ନେବା ଅବସ୍ଥାରେ ନାହାନ୍ତି । ଏହାର ଉତ୍ତରରେ ପ୍ରକାଶକ ତାଙ୍କର

ପାଣ୍ଡୁଲିପି ଫେରସ୍ତ କରିଦେଇ ଲେଖିଲେ ଯେ ମିଃ ହାରିସନ୍ ଭୁଲ୍ ରାସ୍ତାରେ ଚାଲିବାକୁ ଆରମ୍ଭ କରିଛନ୍ତି, ଏଥିପାଇଁ ସେ ନିଜର କ୍ଷୋଭ ପ୍ରକାଶ କରୁଛନ୍ତି, ସେମାନଙ୍କ ମଧ୍ୟରେ ଥିବା ସୁସମ୍ପର୍କକୁ ସେ ସର୍ବଦା ସମ୍ମାନ ଦିଅନ୍ତି ।

ହାରିସନ୍ ପାଣ୍ଡୁଲିପିକୁ ଆଉ ଜଣେ ନୂଆ ପ୍ରକାଶକଙ୍କ ନିକଟକୁ ପଠାଇଲେ । ବହି ବିକ୍ରିହେଲେ ଭବିଷ୍ୟତରେ ରୟାଲ୍ଟି ମିଳିବ – ଏହି ସର୍ତ୍ତରେ ବହିଟି ପ୍ରକାଶିତ ହେଲା ।

ତିନି ସପ୍ତାହ ପରଠୁ ହାରିସନ୍ ସମୀକ୍ଷା ସବୁ ପାଇବାକୁ ଆରମ୍ଭ କଲେ । ପ୍ରତିକ୍ରିୟା ମିଶାମିଶି ଥିଲା । ଜଣେ କହିଲେ ଉପନ୍ୟାସରେ ବିଷୟବସ୍ତୁ ଆଦୌ ନାହିଁ । ଆଉଜଣେ କହିଲେ ଉପନ୍ୟାସର ବିଷୟବସ୍ତୁ ଅଧିକ ହୋଇଗଲା । ସାଧାରଣ ପ୍ରତିକ୍ରିୟା ଥିଲା ଯେ ଲେଖକ ତାଙ୍କର ପ୍ରଥମ ସଙ୍କଳନରେ ଯେପରି ଭାବରେ ପାଠକଙ୍କ ହୃଦୟକୁ ଛୁଇଁ ପ୍ରତିଶ୍ରୁତିବଦ୍ଧତା ଦେଖାଇଥିଲେ, ଏହି ଉପନ୍ୟାସରେ ତାକୁ ପୂରଣ କରିବାରେ ଅସଫଳ ହୋଇଛନ୍ତି । ଏହି ପ୍ରକାରର ସମୀକ୍ଷା ହାରିସନ୍‌ଙ୍କୁ ନିଶ୍ଚିତ ଭାବେ ବିବ୍ରତ କରିଥାନ୍ତା ଯଦି ସେ ବିଦ୍ୱାନ ବ୍ୟକ୍ତିଙ୍କ ନିକଟରୁ ଚିଠି ପାଇ ନଥାନ୍ତେ ।

ଚିଠିରେ ଲେଖାଥିଲା, "ପ୍ରିୟ ଲେଖକ, ମୁଁ ଯେତିକି ଖୁସି ଶବ୍ଦରେ ପ୍ରକାଶ କରୁଛି ପ୍ରକୃତରେ ତା'ଠୁ ଅତ୍ୟଧିକ ଖୁସି ଅଛି । ମୁଁ ପୂର୍ବାପେକ୍ଷା ଦୃଢ଼ ନିଶ୍ଚିତ ଯେ ତୁମେ ବହୁତ କିଛି କରିପାରିବାର କ୍ଷମତା ରଖିଛ ।"

ହାରିସନ୍ ତୃତୀୟ ବହି ଆରମ୍ଭ କଲେ ।

ଭବିଷ୍ୟତ ରୟାଲ୍ଟି ସର୍ତ୍ତ ହିସାବରେ ହାରିସନ୍‌ଙ୍କୁ ଦ୍ୱିତୀୟ ବହିରୁ କିଛି ବି ରୟାଲ୍ଟି ମିଳିଲାନାହିଁ । ପ୍ରକାଶକ ତିନିଶହ କପି ବିକିପାରିଲେ ବୋଲି ଜଣେଇଲେ । ତୃତୀୟ ବହି ଲେଖିବା ସମୟରେ, ବିଦ୍ୱାନ ବ୍ୟକ୍ତି ହାରିସନ୍‌ଙ୍କୁ ଜଣେ ସମୀକ୍ଷକଙ୍କ ସହିତ ପରିଚିତ କରାଇଲେ । ସେ କହିଲେ, "ତୁମେ ଏଇ ସମୀକ୍ଷକଙ୍କ ଉପରେ ଭରସା ରଖିପାର । ତାଙ୍କର ସମୀକ୍ଷା ନିଷ୍ପକ୍ଷ ।"

ସମୀକ୍ଷକଙ୍କୁ ଚାହିଁ ସେ କହିଲେ, "ମୁଁ କହୁଥିଲିନା, ଏଇ ନୂଆ ଲେଖକଙ୍କର ନିକଟରେ କିଛି ନୂଆ ଦେଖାଇବାର ଶକ୍ତି ରହିଛି ।"

ହାରିସନ୍‌ଙ୍କୁ ସମୀକ୍ଷକ ଜଣକ ଭଦ୍ରବ୍ୟକ୍ତି ପରି ଲାଗିଲେ । ତାଙ୍କ ସହିତ ସେ ବଡ଼ ନମ୍ରତାର ସହ ବ୍ୟବହାର କଲେ ।

ହାରିସନ୍ ତାଙ୍କର ତୃତୀୟ ବହି "ଗ୍ରୀଷ୍ମଋତୁ"କୁ ସଂପୂର୍ଣ୍ଣ କରି ବିଦ୍ୱାନ ବ୍ୟକ୍ତିଙ୍କୁ ଉତ୍ସର୍ଗ କଲେ ।

ଯେତେବେଳେ ବିଦ୍ୱାନ ବ୍ୟକ୍ତି ବହିର କପି ଖଣ୍ଡିଏ ପାଇଲେ, ସେ ହାରିସନ୍‌ଙ୍କୁ

ଲେଖିଲେ, "ପ୍ରିୟ ଲେଖକ, ଏହାକୁ କେବଳ ଚମତ୍କାର ହିଁ କହିବି । ମୁଁ ବହିଟି ପଢ଼ିଲା ପରେ ଅବର୍ଣ୍ଣନୀୟ ଆନନ୍ଦ ଲାଭ କଲି ।"

ସେଇ ଦିନ ସେ ସମୀକ୍ଷକଙ୍କ ନିକଟରୁ ମଧ୍ୟ ଚିଠିଖଣ୍ଡିଏ ପାଇଲେ । ଚିଠିରେ ଲେଖାଥିଲା, "ଯଦିଓ ଏହି ଉପନ୍ୟାସକୁ ମୁଁ ଏକ କଳାତ୍ମକ ସୃଷ୍ଟି ବୋଲି କହିବି ନାହିଁ କିନ୍ତୁ ନିଃସନ୍ଦେହ ଭାବେ ଆପଣଙ୍କ ଲେଖାରେ ପୂର୍ବାପେକ୍ଷା ଢ଼େର ଉତ୍ତରଣ ଘଟିଛି ।"

ଏହି ଚିଠି ଦୁଇଟି ହାରିସନ୍‌ଙ୍କୁ ଅତ୍ୟଧିକ ପ୍ରୋତ୍ସାହିତ କଲା । ସେଇ ପ୍ରକାଶକ ବହିଟିକୁ ଛାପିଥିଲେ ଓ ଦୁଇଶହ କପି ବିକ୍ରି ହେବାର ସୂଚନା ଦେବା ସହିତ ପାଠକୀୟତା ପ୍ରାୟତଃ ସରିଆସୁଛି ବୋଲି ଦୁଃଖର ସହିତ ଜଣାଇଲେ । ଏହି ପରିପ୍ରେକ୍ଷୀରେ ପ୍ରଥମ ବହି ସହିତ ଏହି ବହିର ବିକ୍ରିକୁ ନେଇ ତୁଳନାତ୍ମକ ଆକଳନ କରିବାର ଯଥାର୍ଥତାକୁ ହାରିସନ୍ ଠିକ୍ ଭାବିଲେ ନାହିଁ । ସେ ପ୍ରାୟ ଏହି ସମୟ ବେଳକୁ ତାଙ୍କର ବୃତ୍ତିଗତ ଆମଦାନିକୁ ବନ୍ଦ କରି ସାହିତ୍ୟ ଆମଦାନିରେ ଜୀବନ ନିର୍ବାହ କରିବା ପାଇଁ ଯେଉଁ ସ୍ୱପ୍ନ ଦେଖିଥିଲେ ତାହା ସ୍ୱପ୍ନ ହୋଇ ରହିଯିବାରେ ଲାଗିଲା । ତାଙ୍କ ପାଖରେ ଏହି ବହି ପାଇଁ ପୂର୍ବ ବହି ମାନଙ୍କ ତୁଳନାରେ ଏତେ ସମୀକ୍ଷା ମିଳିନଥିଲା । ତଥାପି ସେ ଚତୁର୍ଥ ବହି ଆରମ୍ଭ କଲେ ।

ଦୁଇ ବର୍ଷ ଲେଖିଲା ପରେ ବହିଟି "ନିଖୋଜ ମଣିଷ" ନାମରେ ପ୍ରକାଶିତ ହେଲା ଓ ସେ ଏଥର ବହିଟିକୁ ସମୀକ୍ଷକଙ୍କୁ ଉତ୍ସର୍ଗ କଲେ । ବହିରୁ ଖଣ୍ଡିଏ ସେ ମଧ୍ୟ ବିଦ୍ୱାନ ବ୍ୟକ୍ତିଙ୍କ ନିକଟକୁ ପଠେଇଲେ ।

ତାଙ୍କଠାରୁ ଉତ୍ତର ଆସିଲା, "ପ୍ରିୟ ଲେଖକ, ଭାବିଲେ ଆଶ୍ଚର୍ଯ୍ୟ ଲାଗୁଛି ଯେ ତୁମର କିଭଳି ଭାବରେ ଉତ୍ତରଣ ଘଟିଛି । କିଏ ବିଶ୍ୱାସ କରିବ ଯେ ତୁମେ ସେଇ ଲେଖକ ଯିଏ "ତାରକାଙ୍କ ମାର୍ଗରେ" ଲେଖିଥିଲ । ଆଃ ! ମୁଁ ହୁଏତ ତୁମ ପରି ଲେଖି ପାରୁଥାନ୍ତି । "ନିଖୋଜ ମଣିଷ" ଏକ ଚମତ୍କାର ସୃଷ୍ଟି ।"

ବିଦ୍ୱାନ ବ୍ୟକ୍ତି ତାଙ୍କର ମନ୍ତବ୍ୟକୁ ନେଇ ନିଷ୍କପଟ ଲାଗୁଥିଲେ । ପ୍ରଥମ ଛଅଟି ଅଧ୍ୟାୟ ପଢ଼ିସାରିଲାପରେ ସେ ଏହି ମନ୍ତବ୍ୟ ଦେଇଥିଲେ । ସତ କହିବାକୁ ଗଲେ ସେ ସଂପୂର୍ଣ୍ଣ ଉପନ୍ୟାସଟି ପଢ଼ିନଥିଲେ, କ୍ଳାନ୍ତ ଅନୁଭବ କଲେ, ସତେ ଯେମିତି ହାରିସନ୍ ଉପନ୍ୟାସ ମାଧ୍ୟମରେ ତାଙ୍କୁ ଶକ୍ତିହୀନ କରିଦେଇଛନ୍ତି । କିନ୍ତୁ ସେ ଉପନ୍ୟାସକୁ ଚମତ୍କାର ସୃଷ୍ଟି ବୋଲି ବାରମ୍ବାର କହିଛନ୍ତି, ସତେ ଯେମିତି ସେ ଉପନ୍ୟାସକୁ ସଂପୂର୍ଣ୍ଣ ଭାବେ ପଢ଼ିଛନ୍ତି ।

ହାରିସନ୍ ଖଣ୍ଡିଏ କପି ସମୀକ୍ଷକଙ୍କ ନିକଟକୁ ପଠାଇଲେ । ସେ ଏକ ସୌହାର୍ଦ୍ଦପୂର୍ଣ୍ଣ ଚିଠିରେ ଲେଖିଲେ ଯେ ହାରିସନ୍ ଶେଷରେ ଜଣେ ଉଚ୍ଚକୋଟୀର

ଲେଖକ ପରି ଲେଖିଛନ୍ତି । ସେ ଲେଖିଲେ, "ଏହି ଉପନ୍ୟାସଟି ସଂପୂର୍ଣ୍ଣଭାବେ ଏକ କଳାତ୍ମକ ସୃଷ୍ଟି । ମୁଁ ଭାବୁନି ୟା'ଠୁ ଆଉ ଭଲ କିଛି ହୋଇପାରିବ । ଯଦି କେବେ ଏହାଠୁ ଅଧିକ କିଛି ଭଲ ଲେଖିବ, ତେବେ ମୁଁ ତୁମକୁ ମୁକୁଟ ପିନ୍ଧେଇବି ।

ହାରିସନ୍ ତାଙ୍କର ପଞ୍ଚମ ବହି ଲେଖିବାକୁ ଆରମ୍ଭ କଲେ ।

ତିନି ବର୍ଷର କାମ ଓ ଅନେକ ଘାତ ପ୍ରତିଘାତ ପରେ ପ୍ରକାଶିତ ହେଲା ତାଙ୍କର ନୂଆ ବହି "ତୀର୍ଥଯାତ୍ରା" । ପ୍ରକାଶିତ ହେବାର ଦୁଇଦିନ ପରେ ସମୀକ୍ଷକ ହାରିସନ୍‌ଙ୍କୁ ଲେଖିଲେ, "ମୁଁ ଆପଣଙ୍କୁ କହିପାରିବିନି ଯେ ଆପଣଙ୍କର ନୂଆ ବହି କେତେ ସୁନ୍ଦର ହୋଇଛି । ଏହା "ନିଖୋଜ ମଣିଷ" ଅପେକ୍ଷା ନିଶ୍ଚିତ ଭାବରେ ବଳିଷ୍ଠ ଓ ଅଧିକ ମୌଳିକ । ଯଦି କୌଣସି ପ୍ରକାରର ତ୍ରୁଟି ଥାଏ, ମୁଁ ଏପର୍ଯ୍ୟନ୍ତ ଉପନ୍ୟାସକୁ ସଂପୂର୍ଣ୍ଣ ଭାବେ ପଢ଼ିନାହିଁ, ପଢ଼ିସାରିଲା ପରେ ଜଣେଇବି ।"

ପ୍ରକୃତରେ ସେ କେବେବି ବହିକୁ ସଂପୂର୍ଣ୍ଣରୂପେ ପଢ଼ିଲେ ନାହିଁ । ସେ ପାରିଲେନି, ଏହା ଅତିମାତ୍ରାରେ... ! "ଅତି ସୁନ୍ଦର ବହି" କହି ସେ ତାଙ୍କର ପତ୍ନୀଙ୍କୁ ପଢ଼ିବାକୁ କହିଲେ ।

ଏ ଭିତରେ ବିଦ୍ୱାନ ବ୍ୟକ୍ତିଙ୍କ ନିକଟରୁ ଟେଲିଗ୍ରାମ ଆସିଲା, "ମୁଁ ତୁମକୁ ତୁମ ନୂଆ ବହି ବିଷୟରେ ଜଣେଇବି । ଆର୍ଥ୍ରାଇଟିସ୍ ପାଇଁ କଲମ ଧରି ପାରୁନି । ଯେତେ ଶୀଘ୍ର ସୁସ୍ଥ ହେବି ତୁମକୁ ନିଶ୍ଚିତ ଭାବେ ଲେଖିବି ।"

ହାରିସନ୍ କେବେବି ଚିଠି ପାଇଲେ ନାହିଁ ତାଙ୍କଠାରୁ । କିନ୍ତୁ ସମୀକ୍ଷକ କହିଲେ ଯେ ସେ ବିଦ୍ୱାନ ବ୍ୟକ୍ତିଙ୍କ ନିକଟରୁ ଚିଠି ପାଇଛନ୍ତି ଯଦିଓ ଚିଠିରୁ କିଛି ବୁଝା ପଡୁନାହିଁ । ସେ ହାରିସନ୍‌ଙ୍କୁ ଅନୁରୋଧ କଲେ ଚିଠିଟି ପଢ଼ିବାକୁ ।

ହାରିସନ୍ ଉଲ୍ଲସିତ ହେଲେ । କିନ୍ତୁ ତାଙ୍କର ନୂଆ ପ୍ରକାଶକଙ୍କ ନିକଟରେ ଉଲ୍ଲସିତ ହେବାର କୌଣସି କାରଣ ନଥିଲା । ସେ ଚିଡ଼୍‌ଚିଡ଼ା ସ୍ୱରରେ ଜଣେଇଲେ ଯେ ବହିଟି ଆଦୌ ବିକ୍ରି ହେଉନାହିଁ । ମିଃ ହାରିସନ୍ ତାଙ୍କର ପାଠକଙ୍କୁ ଫେରିପାଇବାକୁ କିଛି କରିବା ଉଚିତ । ସେ ହାରିସନ୍‌ଙ୍କ ନିକଟକୁ ଏକ ସମୀକ୍ଷାର ନକଲ ପଠାଇଲେ ଯେଉଁଥିରେ ଲେଖା ଥିଲା, "ଏହି ବହିଟି କଳାତ୍ମକ ହୋଇପାରିଥାଏ, ଅତ୍ୟନ୍ତ ସୂକ୍ଷ୍ମ ହୋଇପାରିଥାଏ, ଆମକୁ କିନ୍ତୁ ବହିଟି ଜଡ଼ ପରି ଲାଗିଲା ।"

ହାରିସନ୍ ବିଦେଶଯାତ୍ରାରେ ବାହାରିଗଲେ ଓ ବିଦେଶରେ ରହି ତାଙ୍କର ଷଷ୍ଠ ପୁସ୍ତକ ଆରମ୍ଭ କଲେ । ଏକ ଶାନ୍ତ ଓ ସ୍ୱର୍ଗୀୟ ବାତାବରଣ ଭିତରେ ବହିଟି ଲେଖାଗଲା ଓ ତା'ର ନାଆଁ ରଖିଲେ "ସମାପ୍ତି" । ପ୍ରଥମଥର ପାଇଁ ସେ ଲେଖିବାର ଅହେତୁକ ଆନନ୍ଦ ଲାଭକଲେ । ସେ ଅନୁଭବ କଲେ ଯେମିତି ସେ ନିଜ ହୃଦୟର ରକ୍ତରେ

ଏବଂ ଏକରକମର ଦୁଃଖଦ ପ୍ରସନ୍ନତା ଭିତରେ ବହିକୁ ଲେଖୁଛନ୍ତି । କିପରି ଭାବରେ ପ୍ରଥମ ବହିରେ ସେ ପାଠକଙ୍କୁ ପ୍ରାୟତଃ ଛୁଇଁ ପାରିଥିଲେ, କେମିତି ତାଙ୍କର ଚତୁର୍ଥ ବହିକୁ ନେଇ ସମୀକ୍ଷକ କହିଥିଲେ ଯେ ଏହି ଉପନ୍ୟାସଟି ସଂପୂର୍ଣ୍ଣଭାବେ ଏକ କଳାତ୍ମକ ସୃଷ୍ଟି ଓ ସେ ଭାବୁନାହାନ୍ତି ୟା'ଠୁ ଆଉ ଭଲ କିଛି ହୋଇପାରିବ – ଏହି ସବୁ କଥା ଭାବି ଅନେକ ସମୟରେ ସେ ନିଜକୁ ନିଜେ ହସିବାକୁ ଲାଗିଲେ । ଆଃ ! ଏହି ବହି ହିଁ ପ୍ରକୃତରେ ଏକ ଅନନ୍ତ ଇଚ୍ଛାର ପରିସମାପ୍ତି ।

କିଛି ମାସ ଉପରାନ୍ତେ ସେ ଲଂଲଣ୍ଡ ଫେରିଆସିଲେ ଓ ହାମ୍ପଷ୍ଟେଡ୍ ଅଞ୍ଚଳରେ ଗୋଟିଏ ଛୋଟ ଘର ନେଇ ସେଇଠି ଉପନ୍ୟାସକୁ ଶେଷ କଲେ । ଉପନ୍ୟାସ ସରିବାର ପରଦିନ ସେ ଏକ ନିର୍ଜନ ସ୍ଥାନକୁ ଗଲେ, ଘାସ ଉପରେ ଶୋଇ ପାଣ୍ଡୁଲିପିକୁ ପଢ଼ିବାକୁ ଲାଗିଲେ । ତିନୋଟି ଅଧ୍ୟାୟ ପଢ଼ିଲା ପରେ ସେ ପାଣ୍ଡୁଲିପିକୁ ତଳେ ରଖିଲେ, ମୁଣ୍ଡକୁ ଦୁଇ ହାତ ଭିତରେ ରଖି ବସିଲେ ।

ସେ ଭାବିଲେ, "ହଁ, ଶେଷରେ ମୁଁ ଲେଖିଲି । ବହୁତ ସୁନ୍ଦର ହେଇଛି । ଆଶ୍ଚର୍ଯ୍ୟଜନକ ଭାବେ ସୁନ୍ଦର ।" ପ୍ରାୟ ଦୁଇଘଣ୍ଟା ସେମିତି ହାତରେ ମୁଣ୍ଡ ରଖି ସେ ବସି ରହିଲେ । ପ୍ରକୃତରେ ସେ ତାଙ୍କର ପାଠକୀୟତା ହରେଇଛନ୍ତି । ବହିଟି ଖୁବ୍ ସୁନ୍ଦର – ସେ ନିଜେ ବି ସମ୍ପୂର୍ଣ୍ଣରୂପେ ପଢ଼ି ପାରିଲେନି ।

ଘରକୁ ଫେରି ପାଣ୍ଡୁଲିପିକୁ ଡ୍ରୟାର ଭିତରେ ରଖିଦେଲେ । ତା'ପରଠୁ ଶବ୍ଦଟିଏ ଲେଖିନାହାନ୍ତି ସେ ।

■

ମେକ୍ସିକୋ

ପ୍ରେମ

ଏଟ୍‌ଗାର ଓମର ଆଭିଲ୍‌ସ

"ମୁଁ ଏବେ ନିଶ୍ଚିତ, ମା'," ଝିଅଟି ତା' ମାଆକୁ କାନ୍ଦ କାନ୍ଦ ହୋଇ କହିଲା, "ଈଶ୍ୱର ପ୍ରକୃତରେ ଅଛନ୍ତି, ଏବଂ ତାଙ୍କ ଭିତରେ ପ୍ରେମ ଭରପୂର ।"

"ତୁ ଏତେ ନିଶ୍ଚିତ କାହିଁକି ?"

"ମୁଁ ତାଙ୍କୁ ଦେଖିଛି ଓ ସେ ମୋ ସହିତ ସ୍ୱର୍ଗରୁ କଥା ହେଲେ । ପୃଥିବୀର ସବୁଠୁ ସୁନ୍ଦର ଜାଗା ସେ ।" ଝିଅଟି ଏମିତି ଦୃଢ଼ତାର ସହିତ ତୀକ୍ଷ୍ଣ ସ୍ୱରରେ ଉତ୍ତର ଦେଲା ଯେ ମାଆ ପିଆଜ କାଟୁଥିବା ଛୁରିରେ ତାକୁ କ୍ଷତାକ୍ତ କଲା ।

ଝିଅଟି ତରୁଣ ବୟସରେ ଥିଲା, ତାକୁ ପାପ ଛୁଇଁ ନଥିଲା । ତା' ଜୀବନ ଏମିତି ଦୟନୀୟ ହେଲା ଯେ ତାକୁ ରାସ୍ତାରେ ଛିଡ଼ାହୋଇ ଭିକ ମାଗିବାକୁ ପଡ଼ିଲା । ତା' ପାଖରେ ଦେହ ବିକ୍ରି କରିବା ବ୍ୟତୀତ ଆଉ କୌଣସି ଉପାୟ ନଥିଲା । ତା'ପରେ ତା'ର ସୁନ୍ଦର ସ୍ୱର୍ଗ ଓ ପ୍ରେମରେ ଭରପୂର ଈଶ୍ୱର ଆଉ ଗ୍ରହଣ କଲେନାହିଁ ।

ତା' କାମ ପାଇଁ ସେ ନର୍କକୁ ହିଁ ଯାଇଥିବ, ତା' ପେଟ ଭିତରେ ଦଶମ ଥର ପାଇଁ ଛୁରି ଭୁସୁ ଭୁସୁ ମାଆ ଭାବୁଥିଲା ।

■

ସିରିଆ

ପାଞ୍ଚ ପୁଅ

ଜାକାରିଆ ଟେମର

ଲୈଲା ଓ ଅବଦେଲ ସତ୍ତାରଙ୍କ ବିବାହ ବଡ଼ ଧୁମ୍‌ଧାମରେ ହୋଇଥିଲା । ସାଇ ପଡ଼ିଶା ସମସ୍ତେ ଯୋଗ ଦେଇଥିଲେ । ହେଲେ ଅବଦେଲଙ୍କ ଭାଗ୍ୟରେ ହନିମୁନ୍ ନଥିଲା । ବିବାହର ତୃତୀୟ ଦିନ ତାଙ୍କୁ ଜେଲ ଯିବାକୁ ପଡ଼ିଥିଲା । ଦଶବର୍ଷ ପରେ ଯେବେ ସେ ଜେଲରୁ ଆସିଲେ, ଆଖପାଖରେ ଯେତେ ଲୋକ, ପିଲା, ବୁଢ଼ା, ସ୍ତ୍ରୀ, ପୁରୁଷ – ସମସ୍ତେ ତାଙ୍କୁ ଅପେକ୍ଷା କରିଥିଲେ । ଦୂରରୁ ଫାଟକ ପାଖରୁ ତାଙ୍କୁ ଦେଖୁଦେଖୁ ସ୍ତ୍ରୀଲୋକମାନେ ଆନନ୍ଦରେ ବିହ୍ୱଳିତ ହେଲେ, ପିଲାମାନେ କୋଳାହଳ କରିବା ଆରମ୍ଭ କରିଦେଲେ, ପୁରୁଷମାନେ ତାଙ୍କ ନିକଟକୁ ଯାଇ ହୃଦୟରୁ ଅଭିବାଦନ ଓ କୋଳାଗ୍ରତ କଲେ । ସେ କମ୍ପିତ ସ୍ୱରରେ ସମସ୍ତଙ୍କୁ ଧନ୍ୟବାଦ ଜ୍ଞାପନ କଲେ ଯଦିଓ କୋଳାହଳ ନିମନ୍ତେ ତାଙ୍କର ସ୍ୱର ପ୍ରାୟତଃ ଶୁଣାଯାଉନଥିଲା । କିନ୍ତୁ ସମସ୍ତ କୋଳାହଳ ବନ୍ଦ ହୋଇଗଲା ଯେତେବେଳେ ସେ ଭିଡ଼ ଭିତରେ ତାଙ୍କର ପତ୍ନୀକୁ ଖୋଜୁଖୋଜୁ ହଠାତ୍ ପାଇଗଲେ ଏବଂ ପତ୍ନୀଙ୍କ ସହ ଭିନ୍ନ ବୟସର, ଭିନ୍ନ ଆକାରର – ପତଳା, ମୋଟା, ଡେଙ୍ଗା, ଗେଡ଼ା, ଗୋରା, କଳା, କହରା ଓ କଳା କେଶଥିବା ପାଞ୍ଚୋଟି ପିଲାଙ୍କୁ ଦେଖିଲେ । ଲୈଲା ତାଙ୍କ ଆଡ଼େ ଚାହିଁ ଗୋଟିଏ ହାତ ହଲାଇଲେ ଓ ଆର ହାତରେ ଲୁହ ପୋଛିଲେ । ଅବଦେଲ ଲୈଲାଙ୍କ ନିକଟରେ ପହଞ୍ଚିଲେ । ତାଙ୍କ ହୃଦୟ ଦ୍ରୁତ ଗତିରେ ଧକ୍‌ଧକ୍ କରୁଥିଲା । ବୁଡ଼ିଯାଉଥିବା ବ୍ୟକ୍ତିକୁ ଉଦ୍ଧାର କଲାପରି ସେ ଦୁଇ ହାତରେ ଆଖି ଲୁହ ପୋଛୁଥିବା ଲୈଲାଙ୍କ କୋମଳ ହାତକୁ ଧରିଲେ ।

ଅବଦେଲ ବିସ୍ମୟପୂର୍ଣ୍ଣ ଆଖିରେ ଲୈଲାଙ୍କୁ ଚାହିଁଲେ । ସେ ପୂର୍ବ ଅପେକ୍ଷା

ଆହୁରି ସୁନ୍ଦର ଦେଖାଯାଉଥିଲେ, ଯେମିତି ତାଙ୍କର ବୟସ ଆହୁରି କମିଯାଇଛି । ଲୈଲାଙ୍କୁ ତାଙ୍କର ଏମିତି ଚାହିଁବାକୁ ଲୋକମାନେ ଗ୍ରହଣ କଲେନାହିଁ । ହାଲ୍କା ପ୍ରତିବାଦର ସ୍ୱର ଶୁଣାଗଲା । ଅବଦେଲ ସତ୍ତାର ହସି କହିଲେ "ସେ ମୋର ପତ୍ନୀ । ମୁଁ ତାକୁ ଈଶ୍ୱର ଓ ଆଲ୍ଲାଙ୍କ କାନୁନ ଅନୁସାରେ ବିବାହ କରିଛି ।"

ଲୋକଙ୍କ କଥାବାର୍ତ୍ତା ସାଙ୍ଗକୁ ଗପାହସ ମିଶି ବାତାବରଣକୁ କୋଳାହଳମୟ କରିଦେଲା । ସମସ୍ତେ ତାଙ୍କ ସହିତ ତାଙ୍କ ଘରକୁ ଗଲେ । ଅଗଣାରେ ଥିବା କମଳା ଗଛ ଛାଇରେ ବସି ସେ ଧୀରେଧୀରେ କଫି ପିଇଲେ । କିଛି ଦୂରରେ ପାଞ୍ଚୋଟି ପିଲା, କିଏ ଅଚିହ୍ନା ନଜରରେ ଓ ଆଉ କିଏ ଲାଜ ଲାଜ ଆଖିରେ ତାଙ୍କ ଆଡ଼କୁ ଚାହିଁ ଛିଡ଼ା ହୋଇଥିଲେ । ସେ ସେମାନଙ୍କ ଆଡ଼କୁ ନିଜର ବିଶି ଆଙ୍ଗୁଠି ଦେଖାଇ ପଚାରିଲେ, "କିଏ ଏମାନେ ? ପଡ଼ୋଶୀଙ୍କ ପିଲା ନା ବନ୍ଧୁବାନ୍ଧବଙ୍କର ?"

ତାଙ୍କ ପତ୍ନୀ ହଠାତ୍ ପଡ଼ୋଶୀଙ୍କୁ ଖୁବ୍ ପ୍ରଶଂସା କରିବାକୁ ଆରମ୍ଭ କଲେ । ଜଣେ ଏକାକୀ ନାରୀ ଯାହାର କେହି ନାହାନ୍ତି, ତାକୁ ପଡ଼ୋଶୀମାନେ ବଡ଼ ଉଦାରତା ତଥା ବୀରତାପୂର୍ବକ କେମିତି ସାହାଯ୍ୟ କରିଛନ୍ତି ସେଇ ବିଷୟରେ କହୁଥିବାବେଳେ ଅବଦେଲ ଅଟକେଇ ପିଲାମାନଙ୍କୁ ନେଇ ପ୍ରଶ୍ନକୁ ପୁଣି ଥରେ ଦୋହରେଇଲେ । ଲୈଲା ତାଙ୍କୁ ବିସ୍ମୟତାର ଭଙ୍ଗିରେ ଚାହିଁଲେ ଓ କହିଲେ, "କେମିତିକା ପ୍ରଶ୍ନ ଏ ? ତୁମ ନିଜ ପିଲାଙ୍କୁ ଚିହ୍ନିପାରୁନ ? ଲାଗୁଛି, ଜେଲ୍ ରହଣି ତୁମର ସ୍ମରଣଶକ୍ତିକୁ ଦୁର୍ବଳ କରିଦେଇଛି ।"

ଅବଦେଲ ସତ୍ତାର ପ୍ରଶ୍ନ ପଚାରିବା ଶୈଳୀରେ କହିଲେ, "ମୁଁ ଯେତେବେଳେ ଗିରଫହେଲି ତୁମେ କ'ଣ ଗର୍ଭବତୀ ଥିଲ ?"

"ନାଇଁ", ଲୈଲା କହିଲେ । "କି କଥା ? ତୁମର କ'ଣ ମନେ ନାହିଁ ବିବାହର ତୃତୀୟ ଦିନ ତୁମେ ଗିରଫ ହୋଇଥିଲ ?"

ତା'ପରେ ଲୈଲା ଲାଜ ଲାଜ ହୋଇ କହିଲେ "କିନ୍ତୁ ଆମର ପଡ଼ିଶା ପରି ଆଉ ଭଲ ଜାଗା କେଉଁଠି ନାହିଁ । ସୟେଦ୍ ସାହେବ ମନେଥିବ ତୁମର । ପ୍ରାଇମେରି ସ୍କୁଲ ଶିକ୍ଷକ । ତାଙ୍କରି ସାହାଯ୍ୟରେ ପ୍ରଥମ ପିଲାର ଜନ୍ମ । ତାଙ୍କ ପରି ମଣିଷ ଖୁବ୍ ବିରଳ । ମୁଁ ତୁମକୁ କହି ପାରିବିନି ତାଙ୍କୁ କେତେ ଅସୁବିଧାର ସମ୍ମୁଖୀନ ହେବାକୁ ପଡ଼ିଲା ମୋ ପାଇଁ ।"

"ଆଉ ଦ୍ୱିତୀୟ ପୁଅ ?", ଅବଦେଲ୍ ପଚାରିଲେ ।

"ପିଲାକୁ ଟିକେ ପାଖରୁ ଭଲକରି ଦେଖ ।" ଲୈଲା ଉତ୍ତର ଦେଲେ, "ତେବେ ଯାଇ ଜାଣିପାରିବ କାହାର ସାହାଯ୍ୟର ଫଳ ଏ । ଆମ ପଡ଼ିଶାରେ କହରା ବାଳ ଥିବା

ଲୋକ ତ ଜଣେ । ଅବଦୁଲ୍ଲା ହାଫିଜ । ଯଦିଓ ତାଙ୍କର ଦୁଇ ଦୁଇଟି ସ୍ତ୍ରୀ, ତଥାପି ମତେ ମାତୃତ୍ୱ ପ୍ରଦାନ କରିବାରେ ସାହାଯ୍ୟ କରିବାକୁ ସେ କୁଣ୍ଠାବୋଧ କଲେ ନାହିଁ ।"

"ଆଉ ତୃତୀୟଟି ?", ଅବଦେଲ୍ ପଚାରିଲେ ।

"ତୃତୀୟ ପିଲାଟିର ମାତୃତ୍ୱ ପ୍ରଦାନ କରିଥିବା ବ୍ୟକ୍ତିଙ୍କ ବିଷୟରେ ଜାଣିଲେ ତୁମେ ମୋ ଚୟନକୁ ନେଇ ନିଶ୍ଚିତ ଭାବେ ଗର୍ବ କରିବ । ସାଧୁତା, ଧର୍ମପରାୟଣତା, ସର୍ବଦା ପ୍ରାର୍ଥନାଯୁକ୍ତ – ମୌଲବୀ ସାହେବ । ଆମ ପୁଅ ଏ ସବୁ ଭଲ ଗୁଣ ନେଇ ଜନ୍ମ ହୋଇଥିବ, ମୁଁ ଜାଣେ ।" ଲୈଲା ଉତ୍ତର ଦେଲେ ।

"ଚତୁର୍ଥ ପୁଅ ?" ଅବଦେଲ୍ ପଚାରିଲେ ।

"ମୁଁ ପ୍ରାୟତଃ ନିଶ୍ଚିତ ଯେ ଏ ଡାକ୍ତରବାବୁଙ୍କ ଉଦାରତାର ଫଳ ।" ଲୈଲା ଉତ୍ତର ଦେଲା, "ମୁଁ ଓ ପିଲାମାନଙ୍କ ପାଇଁ ସମସ୍ତ ଔଷଧି ସେ ମାଗଣାରେ ଦେଉଥିଲେ ।"

"ଆଉ ପଞ୍ଚମ ପିଲାଟି ?" ଅବଦେଲ ସତ୍ତାରଙ୍କ ପ୍ରଶ୍ନ ।

"ତୁମେ ଓ ମୋତେ ମିଛ କହୁଥିବା ବ୍ୟକ୍ତି ପସନ୍ଦ ନୁହଁ ।" ଲୈଲା କହିଲେ, "ମୁଁ ଏଯାଏଁ ଜାଣିପାରୁନି ଯେ କିଏ ଏଇ ପିଲାଟିର ବାପ । ମାତୃତ୍ୱ ପ୍ରଦାନ ପାଇଁ ଦଶଜଣ ଯୁବକ ସାହାଯ୍ୟ କରିଥିଲେ ମୋତେ । ସମସ୍ତେ ତାଳଗଛ ପରି ଡେଙ୍ଗା ଥିଲେ ଓ କବାଟ ପରି ଚଉଡ଼ା ।"

ଅବଦେଲ୍ ସତ୍ତାରଙ୍କ ହାତରୁ କଫି କପ୍‌ଟି ଭୂଇଁରେ ଖସିପଡ଼ିଲା ଓ ଖଣ୍ଡ ଖଣ୍ଡ ହୋଇ ଭାଙ୍ଗିଗଲା । ପାଖରେ ଥିବା କଳା ମୁଗୁନି କାନ୍ଥରେ ସେ ମୁହଁ ଗୁଞ୍ଜି ଦେଲେ । ତାଙ୍କର ଜୋର୍‌ରେ କାନ୍ଦିବାକୁ ଇଚ୍ଛା ହେଲା ଯେମିତି ଦିନେ ସେ ପୋଲିସର ମାଡ଼ରେ ଜେଲ୍‌ରେ କାନ୍ଦିଥିଲେ । କିନ୍ତୁ ତାଙ୍କ ଆଖିରୁ ଲୁହ ବୋହିଲାନି ।

■

ବଲିଭିଆ

ବାର୍ଣ୍ଣସ୍

ଏଡ୍‌ମଣ୍ଡୋ ପାଜ୍ ସୋଲ୍‌ଜାନ

ଜେଲ୍ କୋଠରି ଭିତରେ ଥାଇ ବାର୍ଣ୍ଣସ୍ ବୁଝିପାରିଲା ଯେ ଏହା ତା'ର ଭୁଲ୍ ଥିଲା । ସେ ଗର୍ବର ସହିତ ସତ୍ୟତା ସାଥିରେ ରହି ପାରିଥାନ୍ତା । ପରେ କିନ୍ତୁ ଗୋଟିଏ ନିଷ୍ପ୍ରଭ କୋଠରି ଭିତରେ, ତା' ଆଖିକୁ ତୀବ୍ର ଆଲୁଅର ଅନାବରଣରେ ରଖି, ପ୍ରଶ୍ନ ପଚରାଗଲା, ରାଷ୍ଟ୍ରପତିଙ୍କୁ ହତ୍ୟା କରିଥିବାର ଆରୋପ, ସେ ତା'ର ସାଧାରଣ ଜୀବନର ନିରର୍ଥକତାକୁ ଚିନ୍ତାକରି ଏବଂ ଅସଫଳତାକୁ ହୃଦୟଙ୍ଗମ କରି, ପ୍ରଥମ ଥର ପାଇଁ ଏଭଳି ପ୍ରାଧାନ୍ୟର ନିଷ୍ଫଳ ଓଜନକୁ ଅନୁଭବକରି, କହିଲା, ହଁ, ସେ ରାଷ୍ଟ୍ରପତିଙ୍କୁ ହତ୍ୟା କରିଛି । ତା'ପରେ ତା' ଉପରେ ଆରୋପ ଥିଲା ଯେ, ସୈନ୍ୟ ଛାଉଣୀରେ ସେ ଲଗେଇଥିବା ବୋମାରେ ଦୁଇଶହ ସତାଅଶୀ ସୈନ୍ୟଙ୍କର ମୃତ୍ୟୁ ହୋଇଥିଲା, ତାକୁ ମଧ୍ୟ ସେ ତିରସ୍କାରପୂର୍ଣ୍ଣ ହସ ଦ୍ୱାରା ସ୍ୱୀକାର କଲା । ପରେ, ବିନା ଦ୍ୱିଧାରେ, ସେ ସ୍ୱୀକାର କଲା ଯେ ଦେଶର ଗ୍ୟାସ୍ ଯୋଗାଣକୁ ସେ ସଂପୂର୍ଣ୍ଣ ଭାବରେ ନଷ୍ଟ କରିଛି ଯାହା ବଲିଭିଆର ଅର୍ଥନୀତିକୁ ଧ୍ୱସ୍ତ କରିଦେଇଛି, କୋଚବାମ୍ବା ଜଙ୍ଗଲରେ ସେ ଲଗେଇଥିବା ନିଆଁରେ ପଚସ୍ତରି ଭାଗ ଜଙ୍ଗଲ ଜଳିଯାଇଛି, ବଲିଭିଆ ଏୟାରଲାଇନ୍‌ସର ଚାରିଟି ଜେଟ୍‌କୁ ଆକାଶମାର୍ଗରେ ସେ ବୋମା ଦ୍ୱାରା ଉଡ଼େଇଦେଇଛି ଏବଂ ଲା ପାଜ୍ ସହରରେ ଆମେରିକୀୟ ରାଜଦୂତଙ୍କ ଝିଅକୁ ସେ ଧର୍ଷଣ କରିଛି । ସେମାନେ ଘୋଷଣା କଲେ ଯେ ପରଦିନ ସକାଳେ ତାକୁ ଫାଶୀ ଦିଆଯିବ । ନିଶ୍ଚିତଭାବେ ତାକୁ ଫାଶୀ ଦିଆଯିବା ଉଚିତ, ତା'ପରି ଲୋକର ବଞ୍ଚିବାର କୌଣସି ଅଧିକାର ନାହିଁ, ସେ ଭାବିଲା ।

■

আয়রলাণ্ড

ଅଣ୍ଡା ପିରାମିଡ୍

ନୁଆଲା ନି କଙ୍ଗୁଇର

ଯେତେବେଳେ ତୁମର ପତି ତୁମର ଭଉଣୀ ସହିତ ଗୋଟିଏ ବିଛଣାରେ ରାତ୍ରିଯାପନ କରିବେ, ତୁମେ ହୁଏତ ଏମିତି କିଛି କରିବ । ତୁମେ ତୁମର ଷ୍ଟୁଡ଼ିଓରେ ବସି ସେମାନଙ୍କୁ ବେଙ୍ଗ ଓ ମୂଷା ରୂପରେ କଳ୍ପନା କରିବ । କେତେବେଳେ ମୂଷା ଉପରେ ବେଙ୍ଗ କୁଦିବାର ଓ ଆଉ କେତେବେଳେ ବେଙ୍ଗ ଉପରେ ମୂଷା ବସିବାର କଳ୍ପନା କରିବ । ତୁମ କଳ୍ପନାରେ କେତେବେଳେ ମହୁରଙ୍ଗର କୋମଳ ତ୍ୱଚରେ କଳାରଙ୍ଗର କଠିନ ତ୍ୱଚର ଆଘାତ କରିବାର ଶବ୍ଦ ଶୁଣିପାରିବ ଓ କେତେବେଳେ ଶୁଣିପାରିବ କାମନା ଜର୍ଜରିତ ସ୍ୱର । କିନ୍ତୁ ଜଣେ ତୁମର ବେଙ୍ଗ – ତୁମର ପତି ଡିଏଗୋ, ଆଉ ଜଣେ ତୁମର ମୂଷା – ତୁମର ଭଉଣୀ କ୍ରିଷ୍ଟିନା । ତେଣୁ ସମସ୍ତ ଭାବନାକୁ, ସମସ୍ତ କଳ୍ପନାକୁ ତୁମେ ସ୍ରୋତରେ ବୋହିଯିବାକୁ ଦେବ କାହିଁକିନା ରକ୍ତପାତ ଅପେକ୍ଷା ତାହା ତୁମ ଆଖିରେ ଅଧିକା ଲୁହ ଆଣିବ ।

ତୁମେ ଏମିତି ବି କିଛି କରିପାରିବ । ତୁମର ଲମ୍ବା କେଶରେ ଲାଗିଥିବା ପିନ୍‌କୁ କାଢ଼ି ସେଥିରେ ବେଣୀକୁ ଖୋଲିବ । ତା'ପରେ କଇଁଚି ଆଣି କାନ୍ଧ ପାଖରୁ କେଶକୁ କାଟିବ । କଟିଯାଇଥିବା କେଶକୁ ଅଲଗା ଅଲଗା କରି ସାରା ଘର ଓ ତୁମର ହଳଦିଆ ଚଉକି ଉପରେ ବିଞ୍ଚିବ ଯେଉଁଠି ସେ ସବୁ ମଲାସାପ ପରି ପଡ଼ିଥିବେ । କୁକୁର ଓ ମାଙ୍କଡ଼, ଯେଉଁମାନେ ତୁମକୁ ଏବେ ମଧ୍ୟ ଭଲପାଆନ୍ତି, ତୁମକୁ ଏମିତି କରୁଥିବାର ଦେଖୁଥିବେ । ତୁମେ ତୁମର ରୁପା ମୁଦି ଓ ମୋତି ମାଳାକୁ କାଢ଼ିବ । ତୁମେ ଖାକିରଙ୍ଗର ସୁଟ୍ ଓ ମେରୁନ୍ ରଙ୍ଗର ସାର୍ଟ ପିନ୍ଧି ପୁରୁଷ ପରି ଦେଖାଯିବ ଏବଂ ସମସ୍ତ ଟିଜୁଆନା ପାର୍ଟି ଗାଉନକୁ ଆଲମିରାରେ ରଖି ଅତି ପ୍ରସନ୍ନତାର ସହ କବାଟ ବନ୍ଦ କରିବ ।

ଆଉ କ'ଣ କରିପାରିବ ତୁମେ ? ହଁ, ତୁମେ ତୁମ ଭଉଣୀର ଗର୍ଭରେ ତୁମ ପତିଙ୍କ ଭ୍ରୂଣକୁ ପଲ୍ଲବିତ ହେବାର କଳ୍ପନା କରିବ । ଏପରିକି ତୁମେ ତୁମ ଭଉଣୀର ପେଟକୁ କଠିନ ତରଭୁଜ ଆକୃତିରେ କଳ୍ପନା କରି ତା' ଭିତରେ ଗୋଟିଏ ଶିଶୁ ପୁତ୍ରକୁ ଦେଖିବ । ତୁମେ ନିଜେ କେବେ ମାତୃତ୍ୱର ସ୍ୱାଦ ଚାଖିନ । ତୁମକୁ ତିନିଥର ସୁଯୋଗ ମିଳିଛି ଏବଂ ତିନିଥରଯାକ ତୁମର ଗର୍ଭପାତ ହୋଇଛି । ତୁମେ ଦୁନିଆ ସାମ୍ନାରେ ମା' ହେବାର ଗୌରବ ପାଇବାରୁ ବଞ୍ଚିତ ହୋଇଛ । ତୁମେ ତୁମ ଭଉଣୀର ପିଲାମାନଙ୍କୁ ଦେଖିବ ଓ ସେମାନଙ୍କର କୌଣସି ଆକୃତି ତୁମ ପତିଙ୍କ ସହ ମିଶୁଛି ବୋଲି ନିଜକୁ ପଚାରିବ, ଯେମିତି ଲଟକିଥିବା ଆଖି, ମୋଟା ଓଠ, କ୍ରୂର ସ୍ୱଭାବ ।

ତୁମେ ସାଙ୍ଗେ ସାଙ୍ଗେ ତାଙ୍କ ସହ ବିତେଇଥିବା ସାତବର୍ଷ ଗଣିବ ଓ ଦେଖିବଯେ ଏମିତି ଅନେକ କ୍ଷତ ଅଛି ଯାହାକୁ ଉଖାରିଲେ ରକ୍ତ ବୋହିବ । କ୍ଷତ ଉଖାରିବାର ସ୍ୱଭାବ ଓ ତୀବ୍ର ଇଚ୍ଛା ତୁମଠୁ ତୁମ ପତିଙ୍କର ଅଧିକ, ଏ କଥା ତୁମେ ଜାଣ । ତାଙ୍କର ପ୍ରୟୋଜନ ଅବାରିତ । ତୁମ ପତିଙ୍କୁ ତାଙ୍କର ନିଜ ଦୁଃଖ ସହ ଲଢ଼ିବାପାଇଁ ଓ ତୁମର ଭଉଣୀକୁ ତା' ନିଜ ଦୁନିଆରେ ସ୍ୱଚ୍ଛନ୍ଦରେ ବିଚରଣ କରିବାପାଇଁ ତୁମେ ତୁମର ଘର ଛାଡ଼ି ମେକ୍ସିକୋର ସବୁଠୁ ଭଲଜାଗାରେ ଭଡ଼ାଘର ନେଇ ରହିବ । ତୁମେ ନ୍ୟୁୟର୍କ ବି ଯାଇପାର କିନ୍ତୁ ସେଠୁ ତୁମେ ଜଲ୍‌ଦି ଫେରିଆସିବ ଯେହେତୁ ଡିଏଗୋର ମାୟା ତୁମକୁ ସମୁଦ୍ର ଜହ୍ନକୁ ଟାଣିଲା ପରି ଟାଣିବ ।

ତୁମ ଜୀବନରେ ତୁମ ପତି ଏକ ଦୁର୍ଘଟଣା କିନ୍ତୁ ସେ ମଧ୍ୟ ତୁମର ଉତ୍ତର ଓ ଦକ୍ଷିଣ । ଏବଂ ଯେହେତୁ ତୁମେ ନିଜ ଅପେକ୍ଷା ତାଙ୍କୁ ଅଧିକ ଭଲ ପାଅ, ତୁମେ ବାରମ୍ବାର ତାଙ୍କୁ କ୍ଷମା କରୁଥିବ ଓ ଗ୍ରହଣ କରୁଥିବ । ଯେଉଁ ଯନ୍ତ୍ରଣା ତୁମକୁ ବିବ୍ରତ କରେ, ତୁମେ ତାକୁ ଦେହରେ ଲାଗିଥିବା କୃତ୍ରିମ ଯାନ୍ତ୍ରିକ ସହାୟତା ପରି ବାହାର କରିଦେଇ ପାରିବ ଓ ଯେତିକି କଷ୍ଟ ରହିଯିବ ତାକୁ ହସ ମାଧ୍ୟମରେ କାଢ଼ି ଫିଙ୍ଗିଦେଇ ପାରିବ ।

କିନ୍ତୁ, ଯେତେବେଳେ ତୁମର ଭଉଣୀ ତୁମର ପତିଙ୍କ ସହିତ ଗୋଟିଏ ବିଛଣାରେ ରାତ୍ରିଯାପନ କରିବ, ସେ ଅବସ୍ଥା କାଚ ଥାଳିଆ ଉପରେ ରଖାଯାଇଥିବା ଅଣ୍ଡାରେ ତିଆରି ପିରାମିଡ଼କୁ ମୁଣ୍ଡ ଉପରେ ରଖି ସନ୍ତୁଳନ କରିବା ପରି । କ'ଣ ହେବ ଭାବି ଭୟରେ ତୁମେ ଆଗକୁ ପାଦଟିଏ ରଖିପାରିବନି । ସବୁଠୁ ଭଲ ହେବ, ତୁମେ ଗୋଟିଏ ହାତରେ ଧରିବ ତୂଳୀ, ଅନ୍ୟ ହାତରେ ରଙ୍ଗ ମିଶେଇବାପାଇଁ ପାଲେଟ୍, ଏବଂ ଏଜେଲ୍ ସାମ୍ନାରେ ବସି ଚିତ୍ର ଆଙ୍କିବ । ହଁ, ତୁମେ ଆଙ୍କି ପାରିବ ଚିତ୍ର ।

■

ମାସେଡୋନିଆ

କୁହୁଡ଼ି ଓ ନିଆଁ

ନେନାଡ୍ ଜୋଲ୍ଡସ୍କି

କୁହୁଡ଼ି:

ବାହାରେ ଝିପିଝିପି ବର୍ଷା । ଅଧା ସହର ପାଣି ତଳେ, ବାକି ଅଧା କ୍ଷତାକ୍ତ ଅବସ୍ଥାରେ ଭାସୁଛି ସହର ହ୍ରଦରେ । ପକ୍ଷୀଟିଏ ଉଡ଼ିଯାଉଛି ଅଧା ଖୋଲା ଝର୍କା ଦେଇ । ଆଜିର ତୃତୀୟ ପକ୍ଷୀ ଏ । ବୃଏଘେଲ୍‌ଙ୍କ ଉପରେ ମାଗି ଆଣିଥିବା ବହି ଖଣ୍ଡେ ମୋ ପାଖରେ ଥୁଆ ହୋଇଛି । ମୋର ମନେ ଅଛି ତାଙ୍କର ତୈଳଚିତ୍ର "ଲ୍ୟାଣ୍ଡସ୍କେପ୍ ୱିଥ୍ ଦି ଫଲ୍ ଅଫ୍ ଆଇକାରସ୍" । ଆଶ୍ଚର୍ଯ୍ୟ ଯେ ୱିଲିୟମ୍‌ସ କାର୍ଲସ ୱିଲିୟମ୍‌ସଙ୍କ ସଙ୍ଗତି ବିନା ମୁଁ ବୃଏଘେଲ୍‌ଙ୍କ ବିଷୟରେ ଭାବିପାରିବି ନାହିଁ ।

ତୈଳଚିତ୍ରର ଶିରୋନାମାରେ ୱିଲିୟମ୍‌ସଙ୍କ କବିତା । କବିତାର ପ୍ରଥମ ଧାଡ଼ି – "ଆକର୍ଡ଼ିଂ ଟୁ ବୃଏଘେଲ୍ ହ୍ୱେନ୍ ଆଇକାରସ୍ ଫେଲ୍, ଇଟ୍ ୱାଜ୍ ସ୍ପ୍ରିଙ୍ଗ୍" ।

ମୁଁ ବହି ଭିତରେ ପେଣ୍ଟିଂକୁ ଖୋଜିଲି । ମିଳିଲାନି । ବଦଳରେ, ମୁଁ ଦେଖିଲି ଆଉ ଗୋଟିଏ ପେଣ୍ଟିଂକୁ, "ଦି ହଣ୍ଟର୍ସ ଇନ୍ ଦି ସ୍ନୋ" । ବୋଧହୁଏ ଦଶମଥର ପାଇଁ ମୁଁ ଏ ପେଣ୍ଟିଂକୁ ଦେଖୁଛି, ସଂଯୋଗବଶତଃ ହୋଇପାରେ । ଅଲିଭିଆ ସହିତ ଅନେକଥର ଏବଂ ଅନେକଥର ଏକା ଏକା । ମୁଁ ଏହାକୁ ଏବେ ପୂର୍ବ ନିର୍ଦ୍ଧାରିତ ବୋଲି ବିଶ୍ୱାସ କରିବାକୁ ଆରମ୍ଭକଲିଣି । ସେ ଯାହା ବି ହେଉ...

ବର୍ଷା ଏବେ ଏବେ ଛାଡ଼ିଛି । ମୁଁ ବାହାରକୁ ଯାଏ । ମାଳମାଳ କଳା ବାଦଲ ଓ କୁହୁଡ଼ି ଓହଳିଛି ସହର ଉପରେ, ରାସ୍ତା ଘାଟ ନିଃଶବ୍ଦ ଓ କୁହୁଡ଼ିରେ ଆଚ୍ଛନ୍ନ । ଚାରିଆଡ଼େ ଶୀତଋତୁର ବାସ୍ନା । ଦଲକାଏ ହେମାଳ ପବନ ଉଚ୍ଚ କୋଠା ଉପରୁ ତଳକୁ ପହଁରି ଆସିଲା । ପାଦଚଲା ରାସ୍ତା ଧାରରେ ହଠାତ୍ ବାନ୍ଧିହୋଇଗଲା ଧାରେ ବରଫ ।

ଯେଉଁ ରାସ୍ତା ସିଧା ସହର ମଝିକୁ ଯାଇଛି, ମୁଁ ସେଇ ରାସ୍ତାରେ ଚାଲିଲି । ମୁଁ ନିଶ୍ଚିତ ରୂପେ ଜାଣିନି ଏ ରାସ୍ତା ମୋତେ କେଉଁଠିକୁ ନେବ । ଘନ କୁହୁଡ଼ି ଓ ଝାପ୍ସା ଅନ୍ଧାରର ପର୍ଦ୍ଦା ଭିତରଦେଇ ଚାଲୁ ଚାଲୁ ମୁଁ ଅନୁଭବ କଲି ଦଳେ କ୍ଳାନ୍ତ କ୍ଷୁଧାତୁର କୁକୁର ମୋ ପଛେ ପଛେ ଆସୁଛନ୍ତି । ମୁଁ ଭୟରେ ଥରିବାକୁ ଆରମ୍ଭ କଲି ଏବଂ ଅଟକିଗଲି । କୁକୁରମାନେ କୁହୁଡ଼ି ଭିତରେ ମୋତେ ଦେଖିପାରିଲେନି ଏବଂ ପାର ହୋଇ ଚାଲିଗଲେ । ତା'ପରେ ମୁଁ ଦେଖିଲି ଯେ ତିନି ଜଣ ଶିକାରୀ ବନ୍ଧୁକ ଧରି ସେମାନଙ୍କ ପଛେ ପଛେ ଚାଲିଛନ୍ତି । ମୋ ମୁଣ୍ଡ ଉପର ଦେଇ କେତେଟା କାଉ ଉଡ଼ିଗଲେ । ଶିକାରୀ ଲକ୍ଷ୍ୟ ସାଧିଲେ ଏବଂ ଗୁଳି ଚଳେଇଲେ । ଗୋଟିଏ ଗୁଳି କାଚ ଭିତର ଦେଇ ଗଳିଗଲା । କିନ୍ତୁ ଭୂଇଁରେ କିଛି ପଡ଼ିଲାନାହିଁ । ଭାଗ୍ୟବଶତଃ ସେମାନେ ମୋତେ ଦେଖିନାହାନ୍ତି ।

ଲୁଚିବାପାଇଁ ଜାଗା ଖଣ୍ଡେ ଖୋଜି ଖୋଜି ସେଇ ବହଳ କୁହୁଡ଼ି ଭିତରେ ମୁଁ ଆଗେଇବାକୁ ସ୍ଥିରକଲି । ପାଖରେ ଏକ ଦୋକାନ ଖୋଲା ଦେଖି ମୁଁ ଭିତରେ ପଶିଗଲି । ଦୋକାନ କାଚ ଝରକାରୁ ଦେଖିଲି, ଶିକାରୀ ଓ କୁକୁରମାନେ କୁହୁଡ଼ି ସହିତ ମିଳେଇ ଯାଇଥିଲେ । ଭିତରେ ଦୋକାନୀ ମୃତାବସ୍ଥାରେ ପଡ଼ିଥିଲା । ଯେତେ ଜୋରରେ ପାରିଲି ଘର ଅଭିମୁଖେ ଦୌଡ଼ିବା ଆରମ୍ଭ କଲି ।

ଗୋଟିଏ କାଉ, ନିଶ୍ଚିତ ଭାବେ ବହଳ କୁହୁଡ଼ି ଭିତରେ ବାଟବଣା ହୋଇ, ଘରର କାଚ ଝରକାରେ ପିଟିହୋଇ ଏବଂ ଝରକା ଭାଙ୍ଗି, ଅଧାମରା ଅବସ୍ଥାରେ ଘର ଭିତରେ ପଡ଼ିଛି । ଏକ ପ୍ରକାରର ଶୁଭ୍ରତାରେ ଘର କରିବାକୁ ଲାଗିଲା । କାଉର ଗୋଡ଼ରେ ବାର୍ତ୍ତା ଥିବାର ଦେଖିଲି ।

"ବାହାରକୁ ଯାଅନା, ମୁଁ ଶିକାରୀଙ୍କୁ ସ୍ୱପ୍ନ ଦେଖୁଛି, ସେମାନେ କ୍ଷୁଧାମୁକ୍ତ ହେଉଛନ୍ତି, ପରାଜୟକୁ ଭୁଲିବାକୁ ଚେଷ୍ଟା କରୁଛନ୍ତି । –ଅଲିଭିଆ"

ମୁଁ କବାଟ ବନ୍ଦ କଲି । ବୃଏଘେଲ୍ ବହି ଟେବୁଲ୍ ଉପରେ ସେମିତି ପଡ଼ିଥିଲା । କାଉମାନେ କୋଠରି ଭିତରେ ତାଙ୍କର ସାମ୍ରାଜ୍ୟ ସ୍ଥାପନ କରୁଛନ୍ତି । ମୁଁ ଚା ତିଆରିକଲି ଏବଂ ସୋଫା ଉପରେ ଆରାମରେ ବସିଲି । ମୁଁ ଖୁସି ଯେ ମୁଁ ବଞ୍ଚିଛି । ଅଲିଭିଆ ଶୋଇଛି, ମୁଁ ତା'ର ନିଦ ଭାଙ୍ଗିବାକୁ ଅପେକ୍ଷା କଲି ।

ନିଆଁ:

ମୋ' ଜେଜେବାପାଙ୍କ ମୃତ୍ୟୁ ପରେ ଯେଉଁ ଗ୍ରୀଷ୍ମଋତୁ ଆସିଲା, ସେଇ ଗ୍ରୀଷ୍ମ ମୋ ବାପାଙ୍କ ଭିତରେ ଏକ ଆଗ୍ନେୟଗିରିକୁ ଜନ୍ମଦେଲା । ତାଙ୍କ କହିବା ଅନୁସାରେ, ସେ ଜଳନ୍ତା ଗହ୍ୱର ତାଙ୍କର ଆତ୍ମାକୁ ତରଳୋଉଥିଲା, ସେଥିରୁ ଆସୁଥିବା ଦ୍ୟୁତି ତାଙ୍କର ଆଖି ଦେଇ ବାହାରକୁ ଆସୁଥିଲା ଏବଂ ତାଙ୍କ ଆଖିକୁ ଚାହୁଁଥିବା ଲୋକର ଆଖିକୁ ଜଳନ୍ତା ନିଆଁ ହୋଇ ଦଂଶୁଥିଲା । ସେ ନିଆଁକୁ ଶାନ୍ତ କରାଇବା ପାଇଁ ତାଙ୍କୁ କୌଣସି ଉପାୟ ମିଳିଲାନାହିଁ । ମୋ ବାପାଙ୍କ ଭିତରେ କିଛି ପରିବର୍ତ୍ତନ ଘଟୁଥିଲା – ଗୋଟିଏ ସୂର୍ଯ୍ୟ ଅସ୍ତହେଉଥିଲା ଏବଂ ଆହୁରି ଉତ୍ତପ୍ତ, ଆହୁରି ଭୟଙ୍କର ଆଉ ଗୋଟିଏ ସୂର୍ଯ୍ୟ ଉଦୟ ହେଉଥିଲା । ଯଦିଓ ଡାକ୍ତରୀ ଚିକିତ୍ସା ତାଙ୍କର ସୁସ୍ଥତା ସପକ୍ଷରେ ଦୃଢ଼ସ୍ୱରରେ କହୁଥିଲା ଏବଂ ତାଙ୍କ ଆତ୍ମାର ଜଳନ୍ତା ଅଙ୍ଗାର ଉପରେ ସଂଶୟପୂର୍ଣ୍ଣ ଭାବେ ପାଣି ଓ ପାଉଁଶ ଢଳାଯାଉଥିଲା ମଧ୍ୟ, ତାଙ୍କ ଭିତରେ ନିଆଁର ପ୍ରଭାବ ସତେଜ ଥିଲା । ତାଙ୍କର ଭାବନାରେ ତାଙ୍କର ଯୁବକ ସମୟର ଚିନ୍ତାଧାରା ପ୍ରତିଫଳିତ ହେବାକୁ ଆରମ୍ଭ କଲା, ସେ ମୋ ମାଆକୁ ସେଇ ସବୁ ପୋଷାକ ପିନ୍ଧିବାକୁ ବାଧ୍ୟ କଲେ ଯାହା ଅନେକ ଦିନରୁ ତାକୁ ହେଉ ନଥିଲା, ଏବଂ ସେ, ବାପାଙ୍କ ତୀବ୍ର ଇଚ୍ଛା ବିରୁଦ୍ଧରେ ନ ଯାଇ ଛୋଟ ପିଲାଟିଏ ପରି ତାଙ୍କ କଥା ମାନୁଥିଲା । ଆମେ ସମସ୍ତେ ଜାଣିଥିଲୁ ଯେ ତାଙ୍କ ଭିତରେ ଗୋଟିଏ ତେଜବାନ, ସର୍ବନାଶୀ ଗଭୀର ଜ୍ୱଳନ୍ତ ଅଗ୍ନି କୁଣ୍ଡ ତିଆରି ହେଉଥିଲା ଯାହା ହୁଏତ ଅଧିକ ଦିନ ରହି ନପାରେ, କିନ୍ତୁ ସେ ଯିବା ପରେ କେଉଁ ପ୍ରକାରର ଦାଗ ଛାଡ଼ିଯିବ, ଏହା କଳନା କରିବାପାଇଁ ଆମ ଭିତରେ କେହି ଉପଯୁକ୍ତ ନଥିଲେ । ମୋ ବାପା ଧୀରେଧୀରେ ବାହାରକୁ ଯିବା କମେଇଦେଲେ, ଏବଂ ଯେତେବେଳେ ଗଲେ, ସେ ଘର ଛାଇରେ ଲୁଚିଲେ ଏବଂ କେହି ଦେଖି ପାରିବେନାହିଁ ବୋଲି ଭୂତ ପରି ପାଚେରି କଡ଼େ କଡ଼େ ଚାଲିଲେ । ମୁଁ ତାଙ୍କୁ ଘର ବାହାରେ ଛାତ ତଳେ ତରତର ହୋଇ ଚାଲିବାର ଦେଖୁଥିଲି ଓ ସମୟ ସମୟରେ ସେ ଛାତ ପର୍ଯ୍ୟନ୍ତ ଶୂନ୍ୟରେ ଉଠିଯାଉଥିଲେ ଏବଂ ତାଙ୍କ ପଛେ ପଛେ ମୋ ଜେଜେବାପାଙ୍କ ପୁରୁଣା ଛତା ମଧ୍ୟ ଉପରକୁ ଉଠୁଥିଲା । ବେଳେବେଳେ ସେ ନଦୀରେ କୁଦିଯାଉଥିଲେ ଓ ଘଣ୍ଟା ଘଣ୍ଟା ଧରି ବାହାରୁନଥିଲେ, ଯେତେବେଳେ ବାହାରୁଥିଲେ ସେ ଶୁଷ୍କ ଓ ଉଦାସ ଲାଗୁଥିଲେ । ସାରା ରାତି ସେ ଜହ୍ନକୁ ଚାହୁଁଥିଲେ ଏବଂ କେତେବେଳେ ନିଜର ଶତ୍ରୁ ଭାବି, କେତେବେଳେ ଏ ସୃଷ୍ଟିର ଆଖି ଭାବି ଦ୍ୱନ୍ଦ୍ୱରେ ପଡୁଥିଲେ, ତାଙ୍କର କଥାବାର୍ତ୍ତାରେ ଏହାର ପ୍ରତିଫଳନ ଅଧିକରୁ ଅଧିକ ଦେଖିବାକୁ ମିଳିଲା,

ସକାଳକୁ ଭୂଇଁରେ ସେ ପାଉଁଶର ଦାଗ ଦେଖିବାକୁ ପାଉଥିଲେ । ସକାଳେ, ଝାଳ ସରସର ହୋଇ ଅସହାୟ ଆଖିରେ ଆମେ ତାଙ୍କର ବ୍ୟଗ୍ରତାକୁ ଦେଖୁଥିଲୁ; ଆମେ ଆଶା କରୁଥିଲୁ ଯେ ଗ୍ରୀଷ୍ମଋତୁ ଶୀଘ୍ର ସରିବାକୁ ଯାଉଛି ଏବଂ ଶରତ ଋତୁର ତାତ୍ତ୍ୱିକ ଶକ୍ତି ତାଙ୍କୁ ଜୀବନର ସ୍ଥିତିକୁ ଫେରେଇଆଣିବ ।

ଯେତେବେଳେ ଶରତ ଋତୁ ଆସିଲା, ବାପା ପୂର୍ବ ପରି କେବଳ ଘର ଚାରିପାଖେ ଟହଲ ମାରିଲେ ଏବଂ କ୍ୱଚିତ ସମୟ ବେସ୍‌ମେଣ୍ଟରେ କଟାଇଲେ । ଯେତେବେଳେ ଶୀତ ଆସିଲା, ମୋ ଜେଜେବାପାଙ୍କ କଥା ତାଙ୍କର ମନେପଡ଼ିଲା । ଜେଜେବାପାଙ୍କ ପରି ତାଙ୍କର ଗୋଇଠିରେ ଯନ୍ତ୍ରଣା ହେଉଛି ବୋଲି ଅଭିଯୋଗ କଲେ । ଯେତେବେଳେ ସେ ତଳେ ପାଦ ରଖିଲେ, ଭୂଇଁରେ କଳା ଦାଗ ଦେଖାଗଲା ଏବଂ କହିଲେ ଯେ ତାଙ୍କ ଭିତରେ ସବୁ କିଛି କୋଇଲା ଓ ପାଉଁଶ ହୋଇଯାଉଛି । ମୋ ମାଆ ତାଙ୍କର ପାଦକୁ ମାପିଲା, ତାଙ୍କର ବେକକୁ ବିଞ୍ଚି ଥଣ୍ଡା ରଖିବାକୁ ଚେଷ୍ଟା କଲା, ତାଙ୍କୁ ଥଣ୍ଡା ବିଅର ପିଇବାକୁ ଦେଲା, କିନ୍ତୁ କୌଣସି ଫଳ ହେଲା ନାହିଁ । ଦିନେ, ବୋଧହୁଏ ଆମ କଥା ଓ ତାଙ୍କର ନିରାଶାଜନକ ଅବସ୍ଥା କଥା ଭାବି, ସେ ଅଦୃଶ୍ୟ ହୋଇଗଲେ ।

ପରବର୍ତ୍ତୀ ଦିନମାନଙ୍କରେ ଥଣ୍ଡା ଓ ଉଦାସପଣ ବଢ଼ିବାକୁ ଲାଗିଲା, ଘରସାରା କେବଳ ତାଙ୍କର ଅସ୍ତିତ୍ୱ ଓ ଅବଶେଷାଂଶ, ଆମର ଚଳିବା ପାଇଁ ଖାଲି ଜାଗା କମି କମି ଗଲା । ମୂଳଦୁଆ ଦୋହଲିବାକୁ ଆରମ୍ଭକଲା, କାନ୍ଥ ରଙ୍ଗ ଫିକା ଦିଶିଲା, ଉଷ୍ମତା ଉଭେଇଗଲା, ଏବଂ କେବଳ ଅତୀତର ସ୍ମୃତି, ବାସ୍ନା ଓ ପ୍ରତି କୋଣରେ ଦିଶିଲା ସେଇ ଆଶ୍ଚର୍ଯ୍ୟ ମଣିଷର ହସ ହସ ମୁହଁ ।

ମୋ' ଭାଇ ଓ ମୁଁ ତାଙ୍କୁ ସବୁ ଜାଗାରେ ଖୋଜିଲୁ ଏବଂ ତାଙ୍କର ଚିହ୍ନ କେବେ ନା କେବେ ପାଇବାର ଆଶାରେ ସେଇ ଅବକ୍ଷୟ ଦିନମାନଙ୍କର ଝାପ୍‌ସା ଆଲୁଅ ଦେଇ ଆମର ତୀକ୍ଷ୍ଣ ଦୃଷ୍ଟିକୁ ଧୀରେଧୀରେ ଲହରେଇଲୁ । ଏବଂ ଯେତେବେଳେ ଲାଗିଲା ଯେ ସବୁକିଛି ଖଣ୍ଡ ଖଣ୍ଡ ହୋଇଯାଉଛି ଓ ଆମର ମୂଲ୍ୟହୀନ ଜୀବନ ତାଙ୍କ ଅନୁପସ୍ଥିତିର ଶୂନ୍ୟତାର ଗହ୍ୱରରେ ଖସିପଡ଼ିବ ଓ ଧ୍ୱଂସାବଶେଷରେ ମିଳେଇଯିବ, ଚମତ୍କାରଭାବେ ଆମ ଘରକୁ ଉଷ୍ମତା ଫେରିଆସିଲା । ଅନେକ ଦିନ ଧରି ଆମେ ଆଶାହୀନଭାବେ ଝର୍କା ପାଖରେ ବସିଲୁ ଓ ରାସ୍ତା ଉପରେ ବରଫ ଜମିବାର, ସହରର ପିଚୁରାସ୍ତା ଫାଟରେ ବରଫ ଭରିବାର ଦେଖିଲୁ, ଏବଂ ଆଶାକଲୁ ଯେ ଏହି ବରଫ ହିଁ ତାଙ୍କ ଫେରିବାର ସନ୍ଦେଶବାହକ ।

ଜାନୁୟାରୀ ଶେଷ ଆଡ଼କୁ, ଋତୁର ପ୍ରଥମ ତୁଷାରପାତ ସହ, ତାଙ୍କର ଅଠାବନତମ ଜନ୍ମଦିବସରେ ବାପା ଫେରିଲେ: ପୂର୍ବାପେକ୍ଷା ଛୋଟ ଏବଂ

କଙ୍କାଳସାର । ତାଙ୍କ କହିବା ଅନୁସାରେ, ତାଙ୍କ ଭିତରର ଆଗ୍ନେୟଗିରି ବରଫ ତଳେ ଲୁଚିଯାଇଥିଲା ଏବଂ ସଫେଦ ତୁଷାରର ଆବରଣ ସବୁକିଛି ଘୋଡ଼େଇ ରଖିଥିଲା ଯାହା ତାଙ୍କର ପୂର୍ବ ଜୀବନର କୌଣସି ପ୍ରତିରୂପର ଆଭାସ ଦେବ । ବିଗତ ଦିନମାନଙ୍କୁ ସେ ସ୍ମରଣ କରିବାକୁ ଚେଷ୍ଟାକଲେ, ଲୁଣ ଛିଞ୍ଚି ବରଫ ତରଳାଇବାକୁ ଚେଷ୍ଟା କଲେ, ତାଙ୍କର ସମସ୍ତ ପ୍ରଚେଷ୍ଟା ବିସ୍ମୃତିର ଗର୍ଭରେ ଭୁଶୁଡ଼ିଗଲା, ସ୍ମିତି ହରେଇଲା, ଏବଂ ଖସଡ଼ିଗଲା । ଘରେ ନଥିଲାବେଳେ ତାଙ୍କ ଜୀବନରେ କ'ଣ ଘଟିଲା, ସେ ମନେ ପକେଇ ପାରିଲେନି ।

ଅନେକ ଦିନ ଧରି ମୋ ବାପା ତାଙ୍କ ସ୍ମୃତିର ଭଅଁରଜାଲ ଭିତରେ ଘୂରି ବୁଲିଲେ, ଜମିଥିବା ବରଫ ସଫାକଲେ ଏବଂ ପଥରଖଣ୍ଡ ଉପରେ ଜମିଥିବା ଟାଣ ବରଫ ଭାଙ୍ଗିଲେ, ଯାହା ତଳେ ତାଙ୍କ ପୁରୁଣା ସ୍ମୃତିର ଉଷ୍ମତା ଓ ବାସ୍ନା ଏବେ ଧିରେ ସାମ୍ନାକୁ ଆସିଲା । କେବଳ ଉଷୁମ ଜାଗାରେ ବସି ଧ୍ୟାନ କରିବାପାଇଁ, ଏଇ ବିଶ୍ୱାସରେ ଯେ ବିଲେଇ ସବୁବେଳେ ଘରର ସବୁଠୁ ଉଷୁମ ଜାଗାକୁ ବାଛେ, ସେ ବିଲେଇକୁ ଦେଖିଲେ ଓ ତା' ଜାଗା ଦଖଲକଲେ, ତାକୁ ନିଦରୁ ଉଠେଇଲେ ଏବଂ ନିଜର ନିୟମ ଓ ନ୍ୟାୟ ଦେଖାଇ ତା' ଭୂମି ଉପରେ ବିଜୟ ପ୍ରାପ୍ତ କଲେ । ଓଠରେ ସ୍ମିତହସ ଖେଳେଇ, ବାହାରକୁ ଗ୍ଲଲିବାକୁ ଯାଉଛି କହି, ଯେତେବେଳେ ସେ ଭାବନ୍ତି ଯେ କେହି ତାକୁ ଦେଖୁନାହାନ୍ତି, ସେ ସିଙ୍କୁଡ଼ିଯାଆନ୍ତି ଓ ଖଣ୍ଡ ଖଣ୍ଡ ହୋଇ ପରିବାରର ଫଟୋ ଆଲବମ୍ ସାରା ଖେଳେଇ ହୋଇଯାନ୍ତି । ଏବଂ ତାପରେ, ଫଟୋ ସାରା ଲୋଟିଲୋଟି, ସେ ଦିବାସ୍ୱପ୍ନ ଭିତରେ ହଜିଯାଆନ୍ତି – ଜେଜେବାପାଙ୍କ ବଗିଚ୍ଚ, ପୁରୁଣା ଗଛ ଯାହା ଦେହରୁ ଥରେ ମହୁ ଝରିଥିଲା, ସହରରେ ଛୋଟ ପଢ଼ା ଘରେ ତକିଆରେ ମୁହଁ ଗ୍ଲପି ଲାଜ ଲାଜ ହସୁଥିବା ମୋ ମାଆ । ଶହ ଶହ ବିଖଣ୍ଡିତ ମୁହୂର୍ତ୍ତ ବିଭାଜିତ ହୋଇଯାନ୍ତି କ୍ଷୁଦ୍ରାତିକ୍ଷୁଦ୍ର ଭଗ୍ନାଂଶରେ, ଆଉ ଗୋଟେ ଦିନ ଜିଇବାର ଅଧିକାର, ତାଙ୍କର ବାକି ଜୀବନ ଛିଡ଼ାହୋଇଥାଏ ଅନ୍ୟ କେଉଁ ନିୟମ ଉପରେ । ସେଇ ସଂକ୍ଷିପ୍ତ ଯାତ୍ରା ସମୟରେ ତାଙ୍କର ମଉଳିଯାଇଥିବା ଦୁନିଆରେ ସ୍ଥିରତା ଆସେ, ରଙ୍ଗ ଧରେ, ହାଲ୍‌କା ହୋଇ ଶୂନ୍ୟରେ ଭାସେ ଏବଂ ଶୈଶବର ନିଷ୍କପଟ କଳ୍ପନା ଭିତରେ ତାଙ୍କୁ ସାବୁନ ଫେଣର ବୁଦବୁଦ ପରି ଶୂନ୍ୟରେ ଝୁଲେଇରଖେ । ଖୁବ୍ ଶୀଘ୍ର ସ୍ମୃତିର ଭାରରେ ବେଲୁନ ସବୁ ନଇଁଗଲେ, ଫଟୋଗ୍ରାଫ ଫିକା ପଡ଼ିଗଲେ, ଏବଂ ହଜାର ହଜାର ସାଧାରଣ ଅଂଶରେ ସବୁ କିଛି ବିଭକ୍ତ ହୋଇଗଲେ ଯାହା ମୋ ବାପାଙ୍କୁ ଡ୍ରଇଂ ରୁମ୍‌କୁ ଏବଂ ତାଙ୍କର ଥଣ୍ଡା ଭଅଁର ଜାଲକୁ ଫେରେଇ ଆଣିଲା । ଅତୀତର ବୁଢ଼ିଆଣୀ ଜାଲ ଓ ବିସ୍ମୃତିର ମୋହରେ ସଂପୂର୍ଣ୍ଣ ରୂପେ ଆଚ୍ଛାଦିତ ହୋଇ ସେ ଉଦାସ ମନରେ ଘର ସାରା

ଟହଲିଲେ । ବିଚଳିତ ହୋଇ ସେ ଅତୀତର ଜାଲକୁ ତାଙ୍କ ମୁହଁରୁ ପୋଛିବାକୁ ଲାଗିଲେ ଏବଂ ଆମକୁ ଛାୟା ଅଥବା ଜୀବନର ମୂଲ୍ୟ ଉପରେ ଲଗାଯାଇଥିବା କର ଭାବି, ଆମର ଉପସ୍ଥିତିକୁ ଉପେକ୍ଷା କରି ସେ ଆଗକୁ ଚାଲିଲେ ।

ଦିନେ ସେ ସ୍ଥିର କଲେ ଯେ ଫଟୋ ଆଲବମ ଭିତରେ ଏମିତି ଯନ୍ତ୍ରଣାଦାୟକ ଭାବେ ଖୋଜିବାର ଲଜ୍ଜାଜନକ ପରିସ୍ଥିତିକୁ ସମାପ୍ତ କରିବେ । ସେ ତାଙ୍କର ପୁରୁଣା ଅଫିସ ଭିତରେ ନିଜକୁ ବନ୍ଦ କରିଦେଲେ ଏବଂ ଫାଇଲ୍ ଓ କାଗଜପତ୍ର ଭିତରେ ଶାନ୍ତି ପାଇଲେ । ସେଇ ଛୋଟ କୋଠରି ଭିତରେ ସେ ସଂଖ୍ୟାପତ୍ରର ବର୍ଗ ତିଆରି କଲେ ଏବଂ ଦେଖିଲେ ଯେ ସଂଖ୍ୟା ଓ ଅକ୍ଷର, ଚିହ୍ନ ଓ ନୂତନ ପଦବୀ ମଧ୍ୟରେ ସର୍ତ୍ତ ଓ ସଫଳତାର ଅଭିବ୍ୟକ୍ତିର ସମତା ଅଛି । ସେ ପୁରୁଣା ହିସାବଖାତା ଯାଞ୍ଚ କଲେ ଓ କହିଲେ ଯେ ସେଥିରେ ପ୍ରତିଫଳିତ ଅଙ୍କ ଗଚ୍ଛରେ ହୋଇଥିବା ସମୟୋଚିତ ଖର୍ଚ୍ଚ, ସାଙ୍କେତିକ ସଂଖ୍ୟାକୁ ବାକ୍ୟରେ ବ୍ୟାଖ୍ୟା କରିହେବ । ସେ ନୂତନ ବ୍ୟାଖ୍ୟା ଓ ବର୍ଣ୍ଣନାତ୍ମକ ବିବରଣୀ ପ୍ରସ୍ତୁତ କଲେ – ତାଙ୍କ ନିକଟରେ ଆଉ କୌଣସି ଉପାୟ ନଥିଲା, ଅତୀତ ସହ ଯୋଡ଼ି ରହିବାପାଇଁ ଏହା ଥିଲା ତାଙ୍କର ଅନ୍ତିମ ଶୃଙ୍ଖଳ । କିନ୍ତୁ ଏହା ଧୋଖା ଥିଲା: ସେ ବିବରଣୀର ବିମୁକ୍ତ ସଂଗତି ସହ ବିସ୍ମୃତ ସ୍ମୃତିକୁ ଦ୍ୱିଗୁଣିତ କଲେ, ତା'ପରେ ତାଙ୍କର ଆଗ୍ନେୟଗିରିରେ ଗୁପ୍ତଭାବରେ ତାଙ୍କ ଜୀବନର ସତ୍ୟ ମିଥ୍ୟା – ଗଚ୍ଛ ଓ ଝାଉଁଳି ପଡ଼ିଥିବା ସ୍ମୃତିର ମିଶ୍ରଣକୁ ଭରିଲେ ଯାହା ତାଙ୍କ ଆତ୍ମାର ନିମ୍ନତମ କୋଠରିରେ ଜଳୁଥିବା ନିଆଁକୁ ଲିଭେଇ ସଫେଦ ବରଫରେ ଘୋଡ଼େଇଲା । ସେ ଲେଖିଲେ, ଏବଂ ଯେତେବେଳେ ତାଙ୍କ ବିଷୟରେ ଗଚ୍ଛ ବିକଶିତ ହେବାକୁ ଲାଗିଲା, ସେ ପ୍ରଥମେ କ୍ଷୀଣ ହେବାକୁ ଲାଗିଲେ, ପରେ ଝାଉଁଳି ଫାଇଲରେ ଥିବା ଲେଖ ସହିତ ଦ୍ରବୀଭୂତ ହୋଇଗଲେ ।

ମୋ ମାଆ, ଭାଇ ଓ ମୁଁ ଅଫିସକୁ ଅନେକ ଦିନ ଧରି ନିରୀକ୍ଷଣ କଲୁ ଏବଂ ଝର୍କା ଦେଇ ତାଙ୍କର ଛାଇକୁ ଦେଖିଲୁ । ସେଇ ଛାଇକୁ ଆମେ ସକାଳେ ତଳକୁ ଯିବାର ଓ ରାତିରେ ପୁଣି ଉପରକୁ ଉଠିବାର ଦେଖିଲୁ, ଦିନକୁ ଦିନ ଏହା କ୍ଷୀଣରୁ କ୍ଷୀଣତର ହେବାକୁ ଲାଗିଲା ଏବଂ ଦିନେ ତାହା କେବଳ ଝର୍କା ଉପରେ ହାଲ୍‌କା ଦାଗଟିଏ ହୋଇ ରହିଗଲା – ମୋ ବାପାଙ୍କ ଅସ୍ତିତ୍ୱର ଶେଷ ଚିହ୍ନ, ତାଙ୍କର ସ୍ୱାକ୍ଷର, ତାଙ୍କ ଅନ୍ତିମ ଜଳନ୍ତା ଗ୍ରୀଷ୍ମର ଲିଭିଯାଇଥିବା ଅଙ୍ଗାରର ଅବଶେଷ ।

■

ଯୁକ୍ତରାଷ୍ଟ୍ର ଆମେରିକା

ନଦୀ

କ୍ୟାଥି ଫିସ୍

ଆମେ ଲଜ୍‌ରେ ରହିପାରିଥାଆନ୍ତୁ । ମୋ ପତି କିନ୍ତୁ ଖୋଲା ଜାଗାରେ ରହିବାକୁ ଚାହିଁଲେ । ତେଣୁ ଡେରିଡେରି କରି ସଂଧ୍ୟା ହେଲା ପରେ ଆମେ ଆସି ପହଞ୍ଚିଲୁ ଗୋଟିଏ କ୍ୟାମ୍ପ୍ ଅଞ୍ଚଳରେ । ପୂର୍ଣ୍ଣମୀ ସନ୍ଧ୍ୟାର ଜହ୍ନ ଆଲୁଅରେ ଦୂରରୁ କ୍ୟାମ୍ପ୍‌ଫାୟାର୍ ଆଲୁଅର ଝିଲମିଲ ଆଲୁଅ ଆମକୁ ସିଧା ଆଣି ପହଞ୍ଚେଇଦେଲା କ୍ୟାମ୍ପ୍ ପଡ଼ିଆରେ ।

"କାଲି ଆମେ ତମ୍ବୁ ଟାଙ୍ଗିବା । ଆଜି ରାତିରେ ଏଇ ତାରାଭରା ଖୋଲା ଆକାଶ ତଳେ ଶୋଇଯିବା । ଜହ୍ନ ବି ଆଜି ଖୁବ୍ ବଡ଼ ଦେଖାଯାଉଛି ।" – ସେ କହିଲେ ।

ଝିଅମାନେ ତାଙ୍କ ଆଖି ବନ୍ଦ କରି ଓ ହାତ ଖୋଲା କରି ଛିଡ଼ା ହେଲେ, ସତେ ଯେମିତି ମୁଁ ତାଙ୍କୁ ମଶା ସ୍ପ୍ରେରେ ତିଆରି ବଳୟ ଭିତରେ ଅଟକେଇ ରଖିଛି । ସେମାନେ କ୍ୟାମ୍ପଫାୟାର ପାଇଁ ଝୁରୁଝୁରିଆ ବାଣ ମାଗୁଥିଲେ ।

"ପ୍ରଥମେ ଡିନର", ମୁଁ କହିଲି । ଆମେ ନିଆଁ ଜଳେଇଲୁ, ଲଣ୍ଠନ ଲଗେଇଲୁ, ରନ୍ଧା ଷ୍ଟୋଭ୍‌ରେ ବିନ୍ ଗରମ କଲୁ ଓ ଜଳନ୍ତା ନିଆଁରେ ହଟ୍‌ଡ଼ଗ୍ ଗରମ କଲୁ ।

ଡ଼ିନର ପରେ ମୁଁ ମୁଣ୍ଡିଆ ଉପରକୁ ଧ୍ୟାନ କରିବା ପାଇଁ ଗଲି । ପ୍ରତିଦିନ କିଛି ସମୟ ଧ୍ୟାନରେ ବସିବା ମୋ ପାଇଁ ଭଲ ବୋଲି ମୋ ଡାକ୍ତର କହିଥିଲେ । ମୁଁ ଯେତେବେଳେ ଡିପ୍ରେସନରୁ ଠିକ୍ ହେବା ପାଇଁ ଡାକ୍ତରଙ୍କୁ ଔଷଧ ଲେଖିଦେବାକୁ ଅନୁରୋଧ କଲି, ମୋ ଡିପ୍ରେସନ ରୋଗ ନୁହେଁ ବୋଲି ସେ କହିଥିଲେ ।

ହାଲ୍‌କା ହାଲ୍‌କା ଥଣ୍ଡା ଖୁବ୍ ଭଲ ଲାଗୁଥିଲା । ବଡ଼ ବଡ଼ ଗଛର ଡାଳ ସବୁ ଆଲିଙ୍ଗନ ମୁଦ୍ରାରେ ତଳକୁ ଝୁଲିଥିଲେ । ମୁଁ ଭଲ ଜାଗାଟିଏ ପାଇଲି ଓ ସେଇଠି ବସିଲି । ଦୂରରୁ କ୍ୟାମ୍ପର ଲୋକମାନଙ୍କର ହସ ଓ କଥା ସହ ଅନ୍ୟ ଶବ୍ଦ ସବୁ ପବନରେ ଭାସି ଆସୁଥିଲା । ସମୟକ୍ରମେ ସେମାନଙ୍କର ସ୍ୱର କ୍ଷୀଣରୁ କ୍ଷୀଣତର ହୋଇଗଲା, ଶେଷରେ ନିରବତା ।

ମୁଁ ଅନେକ କଥା ଭାବୁଥିଲି, ଭୁଲିଯାଉଥିଲି ଯେ ମତେ ଧୀରେ ନିଃଶ୍ୱାସ ନେବାକୁ ହେବ ।

ଧ୍ୟାନର ଏକ ଶୈଳୀ ହେଲାଯେ ନିଜକୁ ନଦୀ କୂଳରେ ବସିବାର କଳ୍ପନା କରିବା । ନଦୀ ହେଲା ନିଜର ଭାବନା । ତୁମେ ନିଜ କଳ୍ପନାରେ ସେଇ ନଦୀକୁ ତୁମ ପାଖ ଦେଇ ବୁହାଇବ । ମୋର ମନେପଡ଼ିଲା କାର ଭିତରେ ମୋ ପତିଙ୍କ କହିବାର ଢଙ୍ଗ, ତାଙ୍କର ବିରକ୍ତିକର ଉତ୍ତର ଯେତେବେଳେ ମୁଁ ତାଙ୍କୁ ଜାକେଟ୍ ଆଣିଛନ୍ତି କି ନାହିଁ ପଚାରିଲି । ଧୈର୍ଯ୍ୟଚ୍ୟୁତି ସୀମାର ବାହାରେ, ବାଜେ ଅଭିନୟ ପରି । ଆଜିକାଲି ଝିଅମାନେ ବି ତାଙ୍କ ଆଖପାଖରେ ଚୁପ୍ ରହୁଛନ୍ତି ।

ମୁଁ କାହାର ପାଦଶବ୍ଦ ଶୁଣିଲି ଓ ପଛକୁ ବୁଲିଲି । ଜଣେ ବୃଦ୍ଧ ବ୍ୟକ୍ତି କେବଳ ହାଫ୍ ପ୍ୟାଣ୍ଟ୍‌ରେ । ତାଙ୍କର ଗୋରା ଗୋଡ଼ରୁ ଚମକ ବାହାରୁଛି । ମୁଣ୍ଡରେ ଟୋପି ।

"ଆପଣତ ମତେ ଡରେଇ ଦେଲେ ।", ମୁଁ କହିଲି ।

"ମୁଁ ଦୁଃଖିତ, ଝିଅ ।" ସେ କହିଲେ ।

"ନାଇଁ, ଠିକ୍ ଅଛି । ମତେ ବି ଏବେ ଫେରିବାକୁ ହେବ ।" ମୁଁ କହିଲି ।

ସେ ମୋ ହାତ ଧରି ଉଠାଇବାରେ ସାହାଯ୍ୟ କଲେ । ଆମେ ତଳକୁ ଓହ୍ଲେଇଲୁ ।

ସେ ତାଙ୍କର ପତ୍ନୀ ଓ ନାତି ନାତୁଣୀଙ୍କ ସହ ପ୍ରତି ବର୍ଷ ଏଠିକୁ ଆସନ୍ତି । ମୁଁ କହିଲି ଯେ ମୋର ଦୁଇଟି ଝିଅ ଓ ପତି, ସମସ୍ତେ ତଳେ ଅଛନ୍ତି ।

ସେ ହଠାତ୍ ଛିଡ଼ା ହେଲେ ଓ ଦୁଇ ପାପୁଲି ଯୋଡ଼ି ମୁହଁ ପାଖରେ ଲଗେଇଲେ ।

ଓଉଉ, ଓଉଉଉଉ, ଓଉଉଉଉଉ – ଶବ୍ଦ କରି ଡାକିଲେ । ଏବଂ ଦୂରରୁ ସେମିତି ଏକ ଶବ୍ଦ ଶୁଣାଗଲା, ଓଉଉଉଉଉ ।

"ମୋ ନାତି", ସେ କହିଲେ, "ଆମେ ନିଜକୁ ଶୃଗାଳ ବୋଲି ଛଳନା କରି ଖେଳୁ ।"

ମତେ ଏହା ଖୁବ୍ ଛୁଇଁଲା । ଅନ୍ଧାରକୁ ଏମିତି ଡାକିବା ଓ ଆଉ କିଏ ସେହି ଭାବରେ ଉତ୍ତର ଦେବା । ଯେମିତି ଅନ୍ଧାରରୁ ଶୃଗାଳଟିଏ କହୁଛି – ହାଏ, ମୁଁ ଏଇଠି ଅଛି । ହଁ ମୁଁ ତୁମର ସାଙ୍ଗ ଶୃଗାଳ ।

ମତେ ଲାଗିଲା ଯେ ବୃଦ୍ଧଙ୍କ ପାଦକୁ କଷ୍ଟ ହେଉଛି, ମୁଁ ଚାଲିବାର ବେଗକୁ କମେଇ ଦେଲି ।

"ଯେଉଁଠି ପାହାଡ଼ ଉପରେ ମୁଁ ବସିଥିଲି ?", ମୁଁ କହିଲି, "ମୁଁ ଏକ ନଦୀର କଳ୍ପନା କରିବାକୁ ଚେଷ୍ଟା କରୁଥିଲି ।"

"ନଦୀ ମାନେ ସୁନ୍ଦର", ସେ କହିଲେ ।

ଆମେ କ୍ୟାମ୍ପର ପାଖାପାଖି ହେଉଥିଲୁ । ପ୍ରଥମେ ମୁଁ କେବଳ ଝୁରୁଝୁରିଆ ବାଣ ଦେଖିଲି । ନାଚୁଥିବା ସଫେଦ ନିଆଁର ଝଲକ, ଗୋଲ ଗୋଲ ଆକାର, ପବନରେ ତିଆରି ହୋଇଯାଉଥିବା ଅକ୍ଷର । ଝିଅମାନେ ଦେଖାଯାଉନଥିଲେ, କିନ୍ତୁ ସେମାନଙ୍କର ନାଆଁ ପବନରେ ଦେଖାଯାଉଥିଲା, ଦୋଳାୟମାନ, ଉଜ୍ଜ୍ୱଳ, ଚିକ୍‌ଚିକ୍ ଏବଂ ଏତିକି ସମୟ ଧରି ଯାହାକୁ ମୁଁ ସହଜରେ ପଢ଼ି ପାରୁଥିଲି ।

■

କାନାଡ଼ା

ଠାର

ବେସ୍ ଉ୍ୱିଣ୍ଟର

ଅନେକ ବିବାହଯୋଗ୍ୟ ଅଥବା ବିବାହିତା ଯୁବ ଗବେଷିକାଙ୍କ ଗରିଲା "କୋକୋ"ର ଜୀବନକୁ ନେଇ ଲମ୍ବା ସମୟ ଧରି କରିଥିବା ଶୋଧର ଫଳସ୍ୱରୂପ ସେ ଶିଖିପାରିଛି "ସ୍ତନାଗ୍ର" ଶବ୍ଦର ଠାର ଭାଷା । ସେ ତା'ର ବଳିଷ୍ଠ ବାହୁ ଦୁଇଟିକୁ ତା'ର ଛାତି ନିକଟକୁ ଆଣେ ଏବଂ ତା'ର ଶକ୍ତ ଚମଡ଼ା ଭିତରୁ ସ୍ପ୍ରିଙ୍ଗ୍ ପରି ବାହାରକରି ଦେଖାଏ ଅନୁମାନ କରିପାରିନଥିବା ନୂତନ ଗବେଷିକାଙ୍କୁ । ମାଙ୍କଡ଼ ମୁହଁ ପରି ଦେଖା ଯାଉଥିବା ତା' ମୁହଁରେ ପ୍ରତ୍ୟାଶାର ଚାହାଣି ସ୍ପଷ୍ଟ ଦେଖାଯାଏ । ବେଳେବେଳେ ତା'ର ନଜର ଅଟକିଯାଏ ତା'ର କାନ୍ଧ ହାଡ଼ରେ, ଆଉ କେତେବେଳେ କାନ୍ଧଉପରେ ଆଣି ରଖିଥିବା ଲାଞ୍ଜରେ, ପୁଣି କେତେବେଳେ ଗବେଷଣା ନିରୀକ୍ଷକ ଡଃ ଥୋମାସଙ୍କ ମୁହଁରେ, ସତେ ଯେମିତି ସେ ତାଙ୍କୁ ପଚାରୁଛି ଯେ ସେ ଠିକ୍‌ରେ କରୁଛି କି ନାହିଁ ବୋଲି ।

ନିଃସନ୍ଦେହ ରୂପେ, ଗବେଷିକା ଜଣକ ଡଃ ଥୋମାସଙ୍କ ମୁହଁକୁ ଚାହାନ୍ତି । ତାଙ୍କ ମୁହଁର ଭଙ୍ଗୀରୁ ବୁଝିହୁଏ ଯେ ସେ ଯେମିତି କହିବାକୁ ଚାହୁଁଛନ୍ତି, "ଏବେ ମତେ କ'ଣ କରିବାକୁ ହେବ ? କ'ଣ କହିବାକୁ ହେବ ?"

"ସ୍ତନାଗ୍ର", କୋକୋ ଇସାରା କରେ ।

ନିଃସନ୍ଦେହରୂପେ, ଗବେଷିକାଙ୍କୁ କୁହନ୍ତି ଯେ ଯେହେତୁ ସେ ଜଣେ ବୈତନିକ ଗବେଷିକା, ସେ କୋକୋର କାମୋତ୍ତେଜନା ସମ୍ପର୍କରେ ମଧ୍ୟ ଗବେଷଣା କରିବା ଉଚିତ । ସେ ଗବେଷଣାର କୌଣସି ବିଭାଗକୁ ମନା କରିପାରିବେ ନାହିଁ ।

ନିଃସନ୍ଦେହ ରୂପେ, ଡଃ ଥୋମାସଙ୍କ ଅନୁରୋଧକୁ ନେଇ ଗବେଷିକା ଜଣକ କିଛି ସମୟ ଧରି ମାନସିକ ଦ୍ୱନ୍ଦ୍ୱ ଭିତରେ ରୁହନ୍ତି । ଡଃ ଥୋମାସ ମଧ୍ୟ ମାନସିକ ସ୍ତରରେ ଦ୍ୱନ୍ଦ୍ୱ ଭିତରେ ରୁହନ୍ତି, କେତେବେଳେ ପେନ୍‌ସିଲ୍‌ର ନିମ୍ନଭାଗକୁ ଖାତା ଉପରେ କ୍ରମାଗତ ଭାବେ ଥପଥପାନ୍ତି ତ ଆଉ କେତେବେଳେ ପେନ୍‌ସିଲ୍‌କୁ ଦୁଇ ଆଙ୍ଗୁଠି ମଝିରେ ରଖି ଘୂରେଇଚାଲନ୍ତି । ସେ ଏମିତି କରିଚାଲନ୍ତି ଯେପର୍ଯ୍ୟନ୍ତ ଗବେଷିକା ଜଣକ ଗୋଟେ ଲମ୍ବା ଓ ଗଭୀର ନିଃଶ୍ୱାସ ନେଇ ତଳକୁ ମୁହଁ କରି ଥରଥର ହାତରେ ନିଜ ବ୍ଲାଉଜର ବୋତାମ ଖୋଲନ୍ତି ।

ପର ମୁହୂର୍ତ୍ତରେ ଗବେଷିକା ତାଙ୍କର ବ୍ଲାଉଜ ଉତାରି ଦିଅନ୍ତି ଓ ବ୍ରା ର ହୁକ୍ ଖୋଲନ୍ତି । ଏବଂ ପରେପରେ ବ୍ରା କୁ ଉତାରି ଟେବୁଲ୍ ଉପରେ ରଖନ୍ତି ଅଥବା ଚଉକି ଧାରରେ ଗୋଟିଏ ଷ୍ଟ୍ରାପ୍‌ରେ ଲଟକେଇ ଦିଅନ୍ତି ।

ଡ଼ଃ ଥୋମାସ ଜାଣନ୍ତି ଯେ ଦୁଇ ପ୍ରକାରର ଗବେଷିକା ଅଛନ୍ତି: ଗୋଟିଏ ପ୍ରକାରର ଗବେଷିକାମାନେ ଟେବୁଲ୍ ଉପରେ ବ୍ରା ରଖନ୍ତି ଓ ଅନ୍ୟ ପ୍ରକାରର ଗବେଷିକାମାନେ ଚଉକି ଧାରରେ ଲଟକାନ୍ତି । ବ୍ରା'ର ପ୍ରକାରଭେଦକୁ ଭିତ୍ତି କରି ସେମାନଙ୍କୁ ମଧ୍ୟ ଆଉ ଦୁଇ ଭାଗରେ ବିଭକ୍ତ କରାଯାଇପାରେ – ପାରମ୍ପରିକ ଅନ୍ତର୍ବାସ ଓ ସ୍ପୋର୍ଟସ୍ । ଆଉ କିଛି ଗବେଷିକା ଆଦୌ ବ୍ରା ପିନ୍ଧନ୍ତି ନାହିଁ । ସାଧାରଣତଃ ଡଃ ଥୋମାସ ଅନୁମାନ କରିପାରନ୍ତିନାହିଁ ଯେ କେଉଁମାନେ ବ୍ରା ପିନ୍ଧନ୍ତି ଓ କେଉଁମାନେ ପିନ୍ଧନ୍ତି ନାହିଁ । କେବଳ ଗୋଟିଏ ତଥ୍ୟ ବ୍ୟତୀତ, ଯେଉଁମାନେ ପିନ୍ଧନ୍ତି ନାହିଁ, ସାଧାରଣତଃ ସେମାନଙ୍କର ସ୍ତନର ଆକାର ଛୋଟ ।

ଏବଂ ସମୟେ ସମୟେ ନାରୀ ଓ ପଶୁ ମଧ୍ୟରେ ଏମିତି ରହସ୍ୟପୂର୍ଣ୍ଣ ସମୟ ଆସେ ଯେତେବେଳେ ଗବେଷିକା ଏକ ଲମ୍ବା ନିଃଶ୍ୱାସ ନେଇ ଅର୍ଦ୍ଧନଗ୍ନ ଅବସ୍ଥାରେ ଗରିଲା ସାମ୍ନାରେ ବସନ୍ତି ଏବଂ ଗରିଲା କୌଣସି ଇସାରା ଦିଏନାହିଁ । ଯେତେବେଳେ ଉସ୍‌କେଇବା ପାଇଁ ଗବେଷିକା ତା' ଆଖିକୁ ସିଧାସଳଖ ଅନାନ୍ତି ନାହିଁ, ସେ ଇସାରା କରେନାହିଁ । କୋକୋ ଚାହେଁଯେ ବିନା ଶବ୍ଦରେ ତା' ଆଖିକୁ ଚାହିଁ ଇସାରା କରିବାକୁ କୁହାଯାଉ । ଡଃ ଥୋମାସ ଏଇ ସମୟରେ ତାଙ୍କର ନିରୀକ୍ଷଣକୁ ଖାତାରେ ଲିପିବଦ୍ଧ କରନ୍ତି, କିନ୍ତୁ ଏକଥା ବୁଝି ପାରନ୍ତିନି ଯେ ଏଇ ସମୟରେ କୋକୋ କାହିଁକି ଗବେଷିକାଙ୍କ ପାଖକୁ ଆସି ତାଙ୍କର ହାତ ଛୁଇଁବାକୁ ଚେଷ୍ଟା କରେ । ସେ କେବଳ ଅନୁମାନ ଲଗାନ୍ତି ଯେ କାହିଁକି କେହିକେହି ଗବେଷିକା ଗରିଲାର ହାଲ୍‌କା ସ୍ପର୍ଶରେ ବି ଡରିଯାଆନ୍ତି ଓ କାନ୍ଦନ୍ତି, କେହିକେହି ଗରିଲାକୁ ଚାହିଁ ହସନ୍ତି, କେହିକେହି ଗରିଲାର ବାହୁ ଭିତରେ ଆବଦ୍ଧ ହୋଇଯାଆନ୍ତି । କାହିଁକି କେହିକେହି ଗରିଲାକୁ ଛୁଇଁବାକୁ ଓ

ତାଙ୍କର ଆଖି, ନାକ ଓ କୋମଳ ବେକକୁ ତା'ର କଠିନ ଆଙ୍ଗୁଠିରେ ଆଉଁଷିବାକୁ ଅନୁମତି ଦିଅନ୍ତି । କାହିଁକି କେହିକେହି ଜାଣିଜାଣି ମୁଣ୍ଡ ହଲାନ୍ତି ଏବଂ ଗରିଲା ମଧ୍ୟ ମୁଣ୍ଡ ହଲାଏ ଏବଂ କାହିଁକି ସେ ଅନ୍ୟ କକ୍ଷକୁ ଚାଲିଯାଆନ୍ତି ଯେମିତିକି ତାଙ୍କର ରହିବାଟା ସେଇ ମୁହୂର୍ତ୍ତରେ ଅନୁଚିତ ।

ସେ କେବଳ ଏଇ ବିଷୟକୁ ନେଇ ଅନୁମାନ ହିଁ ଲଗାନ୍ତି – ପ୍ରତ୍ୟେକ ଗବେଷିକା ଦିନର କାମ ସାରି ଚାଲିଗଲା ପରେ ଯେତେବେଳେ କେବଳ ଡଃ ଥୋମାସ ଓ କୋକୋ ରହିଯାଆନ୍ତି, କାହିଁକି ଗରିଲା ତାଙ୍କୁ ଏକ ତିରସ୍କାରପୂର୍ଣ୍ଣ ଆଖିରେ ଚାହେଁ । କାହିଁକି ସେ ତା' ପାଖରେ ଥିବା ଫଳକୁ ଖଣ୍ଡଖଣ୍ଡ କରି ତାଙ୍କ ଆଡ଼କୁ ଚାହେଁ ଯେମିତି ପତ୍ନୀଟିଏ ଅପେକ୍ଷା କରିଥାଏ ଡିନର ଟେବୁଲ୍‌ର କୌଣସି ସମ୍ବେଦନଶୀଳ ବିଷୟକୁ ନେଇ ଚର୍ଚ୍ଚା ଆରମ୍ଭ କରିବାକୁ ।

ଏବଂ କାହିଁକି, ଯେତେବେଳେ ସେ ପରିଶେଷରେ ତାଙ୍କୁ "ସ୍ତନାଗ୍ର"ର ଠାର ଦିଏ, ଡଃ ଥୋମାସ ତା'ର ପେଙ୍କୁଆ ଆଖିରେ କୌଣସି ନିରବ ଅନୁଦେଶ ଖୋଜନ୍ତି । କିନ୍ତୁ ଯଦି ସେ ଆଖିରେ କିଛି ଶବ୍ଦ ଲେଖାଯାଇଥାଏ ତେବେ ସେ ତାହା ପାଆନ୍ତିନି । ସେ ଆଖି ଗଭୀର ଓ ପକ୍ୱ । ସେ ଅପହଞ୍ଚ ଇଲାକା । ସେ ଜାଣନ୍ତି ନାହିଁ ଯେ ତାଙ୍କୁ ସାର୍ଟ ଖୋଲିବାକୁ ହେବ କି କୌଣସି ଗବେଷିକାକୁ ଡାକିବାକୁ ହେବ । ସଙ୍କୋଚ ହାତରେ ସେ ନିଜ ସାର୍ଟର କଲର ଛୁଅଁନ୍ତି ଓ ବୋତାମ ଖୋଲିବାକୁ ଆରମ୍ଭ କରନ୍ତି । କିନ୍ତୁ ସେ ସଂକେତ ଦେବା ପୂର୍ବରୁ ତାଙ୍କୁ ଲାଗେ ଯେ ସେ କିଛି ଭୁଲ୍ କରି ସାରିଲେଣି । କୋକୋ ସେତେବେଳକୁ ଆଖି ଫେରେଇ ନେଇଥାଏ ।

■

ଆର୍ଜେଣ୍ଟିନା

ଶିଶୁ

ମାରିଆ ନେଗ୍ରୋନି

ମୋ ଶିଶୁ ଗାଧୁଆଘରେ ଖେଳୁଛି, ଆନନ୍ଦରେ । ମୁଁ ତା'ର ମୁଣ୍ଡ ଧୋଇବାକୁ ଆରମ୍ଭକରେ ଏବଂ କିଛି ସମୟ ସେଇ କାମରେ ବିତାଏ । ତା'ପରେ ସେ ଆରମ୍ଭକରେ । ମୁଁ ଯେତେବେଳେ ତା' ମୁଣ୍ଡ ପୋଛିବାକୁ ଆସେ, ସେ ସେଠି ନଥାଏ । ମୁଁ ପଛକୁ ବୁଲି ଦେଖେ, ସେ ପୁଣି ଦେଖାଯାଏ । କ'ଣ ହେଉଛି କିଛି ବୁଝିପାରେନା ମୁଁ, ମତେ ବିରକ୍ତ ଲାଗେ । ମୁଁ ତାକୁ ଗାଳିଦିଏ । ଯାହାବି କରୁଛି ସେ, ମୋତେ ଠିକ୍ ଲାଗୁନି ବୋଲି କହେ । ଶିଶୁ ହସେ, ହସି ହସି ଲୋଟି ପଡ଼େ, ମୁହୂର୍ତ୍ତକ ପାଇଁ ଦୃଶ୍ୟ ହୋଇଯାଏ, ପୁଣି ଅଦୃଶ୍ୟ । ମୋର ଅଧୈର୍ଯ୍ୟପଣ ଘଟଣାକୁ ଆହୁରି ଖରାପ ଆଡ଼କୁ ନିଏ । ସେ ଜଲ୍‌ଦି ଜଲ୍‌ଦି ଅଦୃଶ୍ୟ ହୋଇଯାଏ, ମୋତେ ପ୍ରତିବାଦ କରିବାକୁ ସମୟ ଦିଏନା । ପରସ୍ତ ପରସ୍ତ ବ୍ୟଗ୍ରତା ମଧ୍ୟରେ ମୁଁ ତା'ର ଦୁଷ୍ଟଭରା ଚାହାଣିକୁ ଲକ୍ଷ୍ୟକରେ: ମୋର ଅନ୍ଧପଣ ହୁଏ ତା'ର ବିଜୟ, ମୋର ଈର୍ଷା ତା'ର ଅଭିଳାଷ । ମୁହୂର୍ତ୍ତକ ପାଇଁ, ମୁଁ ସହିବାକୁ ଚେଷ୍ଟାକରେ, ମୁଁ ଜାଣେନା କେମିତି ଅସମର୍ଥତାକୁ ସ୍ୱାଗତ କରିବାକୁ ହୁଏ । ଶିଶୁ କେବଳ ଖେଳିବାକୁ ଚାହେଁ । ଏ ଖେଳ ଚମକପ୍ରଦ ଏବଂ ସାରା ଜୀବନ ପାଇଁ ।

କ୍ରୋଏସିଆ

ମୋ ପ୍ରେମିକା

ମିମା ସିମିକ

ମୋ ପ୍ରେମିକା ଅନ୍ଧ । ଯଦି ଚାହିଁଥାନ୍ତି, ତାକୁ ମୁଁ ସହଜରେ ବୋକା ବନେଇ ପାରିଥାନ୍ତି କିମ୍ବା ଅନ୍ୟ କେଉଁ ଝିଅ ସହିତ ଦୈହିକ ସମ୍ପର୍କ ରଖିପାରିଥାନ୍ତି । ଆମେ ଗୋଟିଏ କୋଠରି ଭିତରେ ଥିଲାବେଳେ, କୋଠରି ଭିତରେ ଶବ୍ଦ କହିଲେ – କେଟିଲିରେ ପାଣି ଗରମ ହେବାର, ମାଇକ୍ରୋଓଭେନ୍‌ରେ ପପ୍‌କର୍ନ ତିଆରି କରିବାର, ହେୟାର୍ ଡ୍ରାୟର୍‌ରେ ତା'ର ବାଳ ଶୁଖେଇବାର । ମୁଁ ଅଫିସରୁ ଘରକୁ ଫେରିଲେ ଦିନ କେମିତି କଟିଲା ସେ ପଚାରେନା । ଟ୍ରାଫିକ୍‌ର ଘନତା, ଆଖପାଖରେ ଚାଲିଥିବା ନିର୍ମାଣକାର୍ଯ୍ୟର ବୃଦ୍ଧି ଏବଂ ବସ୍‌ରେ ଲୋକମାନେ କେଉଁ ବିଷୟରେ କଥାବାର୍ତ୍ତା ହେଲେ ଇତ୍ୟାଦି ସମ୍ପର୍କରେ ସେ ଜାଣିବାକୁ ଚାହେଁ । ଆଜିର ଦିନ ଅନ୍ୟ ଦିନମାନଙ୍କ ଅପେକ୍ଷା କୋଳାହଳପୂର୍ଣ୍ଣ କି ନାଇଁ, ଜାଣିବାକୁ ଚାହେଁ ସେ ।

ଦିନେ ଦିନେ ମୁଁ ଅଫିସ ଯାଏନା । ତାକୁ ଚୁମା ଦିଏ, ବଡ଼ ପାଟିରେ ଗୁଡ଼୍‌ବାଏ କହେ, କବାଟ ଧଡ଼ କରି ବନ୍ଦ କରେ ଏବଂ ଭିତରେ ରହିଯାଏ । ନିଃଶ୍ୱାସ ବନ୍ଦ ରଖେ ଯେ ପର୍ଯ୍ୟନ୍ତ ମୁଁ ଯାଇନି ବୋଲି ସେ ଜାଣିପାଏନା । ଘର କୋଣରେ ଥିବା ଝରକା ପାଖରେ ମୁଁ ଘଣ୍ଟା ଘଣ୍ଟା ବସିପାରେ । ତଳକୁ ଆସୁଥିବା ପବନର ସ୍ରୋତରେ ମୁଁ ମୋ ଦେହକୁ ଦେଖାଏ, ମୋ ଦେହର ମହକକୁ ପବନ ଚାରିଆଡ଼େ ଖେଳେଇ ଦିଏ । ମୋ ନିଃଶ୍ୱାସ ତା' ନିଃଶ୍ୱାସ ସହିତ ତାଳ ଦିଏ, ମୋ ହୃଦୟ ତା' ହୃଦୟର ପ୍ରତିଧ୍ୱନି ହୁଏ, ମୋ ଫୁସ୍‌ଫୁସ୍ ତା' ଫୁସ୍‌ଫୁସ୍‌କୁ କୋଠରି ସାରା ପିଛା କରେ । ସେ ଫୋନ୍‌ରେ କଥା ହୁଏ, ରେଡ଼ିଓର ଗୀତ ସହିତ ସୁର ମିଳାଏ, ବେଳେବେଳେ ଅଳ୍ପ ନାଚେ ଏବଂ ଅଗଣାରେ ଦାନା ଖୁଣ୍ଟୁଥିବା କୁକୁଡ଼ାପରି ମୁଣ୍ଡ ହଲାଏ । ଯେତେବେଳେ ସେ ଖାଏ, ଦାନାର ଟୁକୁଡ଼ାପରି ଚାରିପାଖେ ତା' ଖାଉଥିବା ଖାଦ୍ୟର ଟୁକୁଡ଼ା ବିଞ୍ଚିହୋଇ ପଡ଼େ । ନିଶ୍ଚିତ ହେବା ପାଇଁ ସେ ସବୁ ଜିନିଷକୁ ଛୁଏଁ, ଏବଂ ଯେଉଁଠାକୁ ଯାଏ ଚଟାଣର ଟାଇଲ ଓ ନିଜର ପାଦକୁ ଗଣେ ।

ମୋ' ପ୍ରେମିକା ସିନେମା ଯିବାକୁ ଭଲପାଏ । ଆମେ ଲଭ୍ ସିଟ୍‌ରେ ବସୁ,

ପରସ୍ପରର ହାତ ଧରୁ, ଚକୋଲେଟ୍ ଦେବେଇ ଖାଉ, ଥଣ୍ଡା ପିଉ, ଅନ୍ୟମାନଙ୍କ ପରି ବଡ଼ପାଟିରେ ହସୁ । ଯେତେବେଳେ ସିନେମା ସରିଯାଏ ଆମେ ଜଲ୍‌ଦି ଜଲ୍‌ଦି ଟଏଲେଟ୍‌କୁ ଯାଉ ଏବଂ ସିନେମା ବିଷୟରେ ଲୋକମାନଙ୍କର କଥାବାର୍ତ୍ତା ଶୁଣୁ । ସେ କହେ, ଏମିତିରେ ତାକୁ ସିନେମାର ମୋଟାମୋଟି ଚିତ୍ର ମିଳିଯାଏ । ସିନେମା ବିଷୟରେ ସବୁ କିଛି ବୁଝିବା ସହଜ ହୋଇଯାଏ । ଏବଂ ଫେରିବା ରାସ୍ତାରେ ସେ ମୋ ନିକଟରୁ ସିନେମାର କାହାଣୀ ଶୁଣିବାକୁ ଚାହେଁ, କାହାଣୀର କ୍ରମକୁ ଠିକ୍ ଭାବରେ ସଜାଡ଼ି ବିସ୍ତୃତଭାବେ କହିବାକୁ କୁହେ । ଅଭିନେତା, ତାଙ୍କର ଚେହେରା ଏବଂ ସିନେମାର ନିରବ ଅଭିନୟ ବିଷୟରେ ଜାଣିବାକୁ ଚାହେଁ । ବିଶେଷତଃ ନିରବ ଅଭିନୟ । ତା' ସହିତ ମୁଁ ସିନେମା ଦେଖିବା ଶିଖିଗଲିଣି, ସତେ ଯେମିତି ମୋ ଜୀବନ ସିନେମା ଉପରେ ନିର୍ଭର କରୁଛି । ଯେତେବେଳେ ଆମେ ପ୍ରଥମେ ପ୍ରଥମେ ସିନେମା ଗଲୁ, ତାକୁ ଖୁସି କରିବା ପାଇଁ ମୁଁ ସମସ୍ତ ପ୍ରକାରର ପ୍ରଯତ୍ନ କରୁଥିଲି – ମୁଁ ସାଥିରେ ନୋଟ୍‌ବୁକ୍ ନେଉଥିଲି, ସେଥିରେ ସବୁ ଲେଖି ରଖୁଥିଲି । ଘରେ ଆସି ତାକୁ ସତର୍କତାପୂର୍ବକ ପୁନଃ ଲେଖୁଥିଲି, ଜୀବାଶ୍ମବିଜ୍ଞାନୀ ଡାଇନୋସରର କଙ୍କାଳ ଖଣ୍ଡସବୁକୁ ଏକାଠି କଲାପରି । ମୋର ଏମିତି କରିବା ତାକୁ ଖୁବ୍ ଭଲ ଲାଗୁଥିଲା – ଆମେ ସାରା ରାତି ରୋମାନ୍ସ କରୁଥିଲୁ ଏବଂ ସକାଳୁ ପ୍ରାତଃଭୋଜନ ସମୟରେ ମୁଁ ଆଉଥରେ ଗପକୁ ଦୋହରାଉଥିଲି ।

ବିଗତ କିଛି ଦିନ ଧରି ଗପ କହିବା ସମୟରେ ମୁଁ ସେଥିରେ ଅନେକ ଛୋଟ ଛୋଟ କାହାଣୀ ମିଶାଉଛି ଯାହା ଆମ ନିତିଦିନିଆ ଜୀବନକୁ ଆହୁରି ରୋମାଞ୍ଚିତ କରୁଛି । ମୁଁ ଗପରେ ଭିନ୍ନ ଭିନ୍ନ ମୋଡ଼ ଦେଉଛି, ଗପର ଢାଞ୍ଚା ବଦଳାଉଛି, ସମୟ ବଦଳାଉଛି, ଚରିତ୍ରମାନଙ୍କ ମଧ୍ୟରେ ସମ୍ପର୍କକୁ ଅଦଳବଦଳ କରୁଛି, ଗପଗୁଡ଼ିକୁ ଆହୁରି ଆକର୍ଷକ, ଆଧ୍ୟାତ୍ମିକ କରିବା ସହ ସେଥିରେ ବନ୍ଧୁ-ସମ୍ପର୍କିତ ତଥା ରକ୍ତ-ସମ୍ପର୍କିତ ସମ୍ଭୋଗର ଦୃଶ୍ୟ ମଧ୍ୟ ଯୋଡୁଛି । କେହି ହୁଏତ ଏହାକୁ ଧୋକା କହିପାରନ୍ତି, କିନ୍ତୁ ସେମାନେ ହେଲେ ଅଜ୍ଞ ଯେଉଁମାନେ ପ୍ରେମ ଓ ଗଳ୍ପ ଭିତରେ ତଫାତ ଦେଖାଇବାକୁ ସବୁବେଳେ ଆଗଭର । ତା' ବ୍ୟତୀତ, ଯେବେଠୁ ଗପଗୁଡ଼ିକୁ ମୁଁ ବନ୍ଧମୁକ୍ତ କରିଛି, ମୋ ପ୍ରେମିକା ବେଶି ବେଶି ଆନନ୍ଦ ଅନୁଭବ କଲା ପରି ଲାଗୁଛି । ଆଜିକାଲି ସେ ସାରା ରାତି ଶୁଣିବାକୁ ଚାହୁଁଛି । ତା'ର ଯୌନ ରୁଚି ମଧ୍ୟ କମିଗଲା ପରି ଲାଗୁଛି ।

ମୋ ପୂର୍ବରୁ, ତା'ର ଅନ୍ୟ ପ୍ରେମିକ ପ୍ରେମିକାମାନେ ଥିଲେ । ଅନେକ । କେହି କେହି ଏପରିକି କଳା, ଆଫ୍ରିକୀୟ । କେହି କେହି ଯାଆଁଳା, ଯେଉଁମାନେ ଜଣକ ପର ଜଣେ ଆସିଲେ । ହୁଏତ ଝିଅମାନଙ୍କ ମଧ୍ୟରୁ କେହି ପୁରୁଷ । ମୁଁ ସେମାନଙ୍କର ଛବି ଦେଖିଛି କିନ୍ତୁ କହିବା କଠିନ ଯେ ଏମାନେ କିଏ ଓ କ'ଣ ।

ସେମାନେ ସାଧାରଣ ଏବଂ ଅଲଗା ଦେଖାଯାନ୍ତି: ସେମାନେ ତା' ଶିକ୍ଷକ ହୋଇପାରନ୍ତି, ପଡ଼ୋଶୀ, ଭାଇ ଭଉଣୀ, ଅଥବା ମାଗାଜିନରୁ କଟାହୋଇଥିବା କାହାର ଫଟୋ । ତାଙ୍କ ଫଟୋକୁ କାଟି ଅଠା ଦେଇ ଲଗେଇବାରେ ହୁଏତ ସେମାନଙ୍କୁ କୌଣସି ଆପତ୍ତି ବା ଚିନ୍ତା ନଥାଏ । ତା' ପାଇଁ ସେମାନେ ନିଜକୁ ସଜେଇ ସୁନ୍ଦର ଦେଖାଯିବାର ଆବଶ୍ୟକତା ନାହିଁ । ହୁଏତ ସେମାନେ ମଧ୍ୟ ଅନ୍ଧ । ଯେତେବେଳେ ତୁମେ ସେମାନଙ୍କୁ ନାଚିବାର, ଖାଇବାର ଓ ଚାଲିବାର ଦେଖୁନ, ଏହା କହିବା କଠିନ ଯେ ସେମାନଙ୍କ ଫଟୋ କଟାହୋଇ କେବେ କାଗଜରେ ଲଗାହେଲା ।

ମୁଁ ଜାଣେନା, ମୋ ପ୍ରେମିକା ଜନ୍ମରୁ ଅନ୍ଧ କିମ୍ବା କୌଣସି ରୋଗରୁ ଅଥବା କୌଣସି ଦୁର୍ଘଟଣାର ସମ୍ମୁଖୀନ ହୋଇଥିଲା । ସେ କେବେ ନିଜ ଆଡୁ କହିବାକୁ ଚାହିଁନି ଏବଂ ମୁଁ ମଧ୍ୟ ପଚାରିବାର ଉଚିତ ସମୟ ପାଇନି । ଏବେ, ଚାରିବର୍ଷ ପରେ, ଏ କଥା ପୁରୁଣା, ଚର୍ଚ୍ଚା କରିବା ପାଇଁ ଆଉ ଉପଯୁକ୍ତ ନୁହେଁ । ଦିନେ ତା' ଆଖି ଖୁବ୍ ସୁନ୍ଦର ଲାଗୁଥିଲା – ମୁଁ ଯେତେବେଳେ ରଙ୍ଗକୁ ନେଇ କିଛି କହେ, ସେ ତା'ର ଓଠକୁ ଏମିତି କରେ ଲାଗେ ଯେମିତି ସେ ଜାଣେ ମୁଁ କ'ଣ କହିବାକୁ ଯାଉଛି । କିନ୍ତୁ ଯେତେବେଳେ ତା' ଆଖିରେ ଭୟ ଦେଖୁଥିଲି, ମୁଁ ମଧ୍ୟ ଭୟଭୀତ ହେଉଥିଲି ।

ଅଧିକାଂଶ ଦିନରେ, ଅନେକ ସମୟ ମୋ ପ୍ରେମିକା ଘରେ ରହୁ । ସେ ଆମ ପାଇଁ ରାନ୍ଧିବାକୁ ଭଲପାଏ । ତାଓ୍ୱାରେ ରଖାଯାଇଥିବା ଖାଦ୍ୟର ବାସ୍ନାରୁ ସେ ସମୟ କହିପାରେ । ଅଙ୍ଗହୀନ ବ୍ୟକ୍ତିମାନଙ୍କର ଏହା ଏକ ବିଶେଷ ଗୁଣ – ଅନ୍ୟ ଇନ୍ଦ୍ରିୟମାନେ ଅତ୍ୟନ୍ତ ବିକଶିତ ହୁଅନ୍ତି । ଯେତେବେଳେ ଗାନ୍ଧୀ ଆମରଣ ଅନଶନରେ ଥିଲେ, ତେର ସପ୍ତାହ ଧରି କିଛି ଖାଇ ନଥିଲେ, ଅନଶନର କିଛି ସପ୍ତାହ ପରେ ସେ ହଠାତ୍ ଶୂନ୍ୟରେ ଭାସିବାକୁ ଲାଗିଲେ । ଲୋକମାନେ ତାଙ୍କୁ ଆସି ପ୍ରଶ୍ନ ପଚାରନ୍ତି – ସେମାନେ କ'ଣ ଭାବୁଛନ୍ତି କି ତାଙ୍କ ପକେଟରେ କ'ଣ ଅଛି, ଇତ୍ୟାଦି । ଯଦି ତାହା କୌଣସି ଖାଦ୍ୟ ପଦାର୍ଥ ହୋଇଥାଏ, ସେ ଠିକ୍ ଭାବେ କହିପାରନ୍ତି କୋଉ ଖାଦ୍ୟ ସେ । ମୋ ପ୍ରେମିକା ସେହିପରି । ସେଥିପାଇଁ ମୁଁ ତା' ପୋଷାକ ପିନ୍ଧେ, ତା' କ୍ରିମ୍ ମୋ ମୁହଁରେ ଲଗାଏ ଏବଂ ତା' ଟୁଥବ୍ରସ୍ ବ୍ୟବହାର କରେ ଯେବେ ଅଫିସ ନଯାଇ ସେଇ ଦିନଟି ଝରକା ପାଖ କୋଣରେ ବସି ତାକୁ ସାରା ଦିନ ଦେଖିବି ବୋଲି ସ୍ଥିର କରେ ।

ମୋ' ପ୍ରେମିକା ଅନ୍ଧ ବୋଲି ଯେତେବେଳେ ଅନ୍ୟମାନେ ଶୁଣନ୍ତି, ଅଧିକାଂଶ ଲୋକ ଅନ୍ଧକୁ ପ୍ରେମ କରିବାର ନକାରାତ୍ମକ ଦୃଷ୍ଟିକୋଣରୁ ଭାବନ୍ତି, ଯେମିତି ପ୍ରେମର ସବୁଠୁ ସୁନ୍ଦର ଅନୁଭୂତିକୁ ଅନୁଭବ ନକରିବା – ଅର୍ଥପୂର୍ଣ୍ଣ ଚାହାଣିର ବିନିମୟ, ଶବ୍ଦବିହୀନ ଇସାରା ଇତ୍ୟାଦି । ମୁଁ ସେମାନଙ୍କୁ କହେ ଯେ ଆମେ ସେ ସମୟ ପଛରେ

ଛାଡ଼ି ଆସିଲୁଣି । ଆମର ପ୍ରଥମ ସାକ୍ଷାତ ଗୋଟିଏ ହାଲୋଇନ୍ ପାର୍ଟିରେ ହୋଇଥିଲା । ଦେଖିପାରୁନଥିବା ଦୁଃସାହସୀ ଯୁବକର ପୋଷାକରେ ଥିଲା ସେ, ମୁଁ ଥିଲି ତା'ର ସହଯୋଗୀ । ପରଦିନ ସକାଳେ ମୁଁ ନିଦରୁ ଉଠି ଦେଖେତ ସେ ଅଭିନୟ ଛାଡ଼ିନଥିଲା, ମୁଁ କିଛି ବୁଝିପାରିନଥିଲି ପ୍ରଥମେ । ଆମର ସମ୍ପର୍କ ଫୋନ୍ ମାଧ୍ୟମରେ ଆଗକୁ ବଢ଼ିଲା, ମୁଁ ତା'ର ସ୍ୱର ସହିତ ଅଭ୍ୟସ୍ତ ହେଲି । ଆମେ ମର୍ଣ୍ଣିଂଓ୍ୱାକ୍‌ରେ ଗଲୁ, ସଂଗୀତ କାର୍ଯ୍ୟକ୍ରମ ଦେଖିଲୁ, କିନ୍ତୁ କଥା ପ୍ରକୃତରେ ଆଗକୁ ବଢ଼ିଲା ଯେତେବେଳେ ଆମେ ସିନେମା ଗଲୁ । ତିନିଥର ସିନେମା ଗଲାପରେ ଏକାଠି ରହିବାକୁ ଆରମ୍ଭ କଲୁ ।

ଯଦିଓ ସେ ଅନ୍ଧ, ଯେବେ ଆମେ ବାହାରକୁ ବୁଲିବାକୁ ଯାଉ ସେ ନିଜକୁ ସଜେଇବାକୁ ଭଲପାଏ । ବେଳେବେଳେ ଲାଗେ ସେ ମୋ ସହିତ ଫ୍ଲର୍ଟ କରୁଛି, ହୁଏତ ତାହା ମୋର ଭ୍ରମ ହୋଇପାରେ । ଅନେକ ସମୟରେ ତା' ଆଖି ବୋତଲରେ ଥିବା ପାଣି ପରି ସ୍ୱଚ୍ଛ ଏବଂ କୋରଡ଼ ଭିତରେ ସ୍ଥିର, କିନ୍ତୁ ମୁଁ ଜାଣିବି କ'ଣ? କେବେକେବେ ସେ ମୋତେ ପଚାରେ, ଯଦି ସେ ପାରାଲାଇଜ୍ ହୋଇଯାଏ କିମ୍ବା ଅଚିହ୍ନା ରୋଗ କାରଣରୁ କୋମାରେ ପଡ଼ିରହେ, ମୁଁ କ'ଣ ତା' ସହିତ ରହିବି? ଯଦିଓ ମୁଁ ଜାଣେନା ଏ ଅଚିହ୍ନା ରୋଗ କ'ଣ ଓ ତା' ପାଖକୁ କେଉଁଠାରୁ ଆସିବ, ମୁଁ ସବୁବେଳେ ତା' ପାଖରେ ରହିବି ବୋଲି ତାକୁ କୁହେ, ଏବଂ ମୁଁ ଜାଣେ ଯେ ନିଶ୍ଚିତ ଭାବରେ ରହିବି ମୁଁ । ମୋ ପ୍ରେମିକା ଦେଖିବାକୁ ସତରେ ସୁନ୍ଦର । ସେ ତା' ଦେହର କୌଣସି ଅଙ୍ଗ ହରେଇଲେ ମଧ୍ୟ ମୁଁ ତା' ନିକଟରେ ସବୁବେଳେ ରହିବି ।

ସେଦିନ ମୁଁ ଜଣେ ଲୋକ ବିଷୟରେ ଗପଟିଏ ପଢ଼ିଲି । ଈଶ୍ୱରଙ୍କ ଉପରେ ତା'ର ବିଶ୍ୱାସ ପୁନଃପ୍ରତିଷ୍ଠିତ ହେଲା ଯେତେବେଳେ ସେ ଜଣେ ଅନ୍ଧଲୋକ ପାଇଁ ଚର୍ଚ୍ଚର ଛବି ଆଙ୍କିଲା । ଏହି ଗପଟି ମୋତେ ପ୍ରକୃତରେ ଆଚ୍ଛନ୍ନ କଲା, ମୁଁ ଭାବିଲି ଯେ ଏହି ଗପଟି ମୋ ପ୍ରେମିକାକୁ ଶୁଣେଇଲେ ହୁଏତ ଆମର ହଜିଯାଇଥିବା ସହବାସର ଜୀବନ ପୁଣି ଥରେ ଫେରିଆସିବ । ଆମେ ଯେତେବେଳେ ବିଛଣାକୁ ଗଲୁ ମୁଁ ବହିକୁ ସାଥିରେ ନେଲି, ଗପକୁ ଧୀରେ ଓ ଆବେଗାତ୍ମକଭାବେ ପଢ଼ି ଶୁଣାଇଲି, ତା'ପରେ ତାକୁ ପଚାରିଲି ସେ କ'ଣ ମୋ ଦ୍ୱାରା ଚର୍ଚ୍ଚର ଚିତ୍ର ଆଙ୍କିବାକୁ ଚାହିଁବ । ମୋ ହାତରେ ପେନ୍ ଥିଲା ଏବଂ ମୋ କୋଳରେ ଖଣ୍ଡେ ମୋଟା କାଗଜ, ମୁଁ ପ୍ରସ୍ତୁତ କରି ରଖିଥିଲି ।

ଏବଂ ମୋ ପ୍ରେମିକା, ସେ କେବଳ ହସିଲା – ଏତେ ଜୋର୍‌ରେ ତାକୁ ହସିବାର ପୂର୍ବରୁ କେବେ ଶୁଣିନଥିଲି ମୁଁ । ସେ ମୋ ହାତକୁ ଆସ୍ତେ ଧରିଲା ଏବଂ ଚର୍ଚ୍ଚର ଚିତ୍ରଟିଏ ଆଙ୍କିଲା, ଏମିତି ସମ୍ପନ୍ନ ଚିତ୍ର ମୁଁ ଆଗରୁ କେବେ ଦେଖିନଥିଲି ।

■

ଦକ୍ଷିଣ କୋରିଆ

ଗୌରବାନ୍ୱିତ ହତ୍ୟା

କିମ୍ ୟଙ୍ଗ-ହା

ଝିଅଟିର ବୟସ ଥିଲା ଏକୋଇଶି, ଗୋରା, ସୁନ୍ଦର ତ୍ୱଚା । ଏପରିକି ବିନା ପ୍ରସାଧନରେ ମଧ୍ୟ ତା' ମୁହଁ ଚମକୁଥିଲା, ସବୁବେଳେ ଦୀପ୍ତିମାନ ଓ ତାଜା । ତ୍ୱଚାବିଶେଷଜ୍ଞ ଅଫିସ ତାକୁ ରିସେପ୍ସନିଷ୍ଟ ଭାବରେ ନିଯୁକ୍ତି ଦେବାରେ ଏହାହିଁ ମୁଖ୍ୟ କାରଣ ଥିଲା । ତା' କାମ ଏକଦମ ସରଳ ଥିଲା । ତାକୁ କେବଳ ରୋଗୀର ନିଆଁ ଲେଖିବାକୁ ହେଉଥିଲା, ଏକ ସ୍ନେହଶୀଳ ସ୍ୱରରେ କହିବାକୁ ପଡୁଥିଲା "ଆମେ ନ ଡାକିଲା ପର୍ଯ୍ୟନ୍ତ ଦୟାକରି ବସନ୍ତୁ", ତାଙ୍କର ଚାର୍ଟ ବାହାରକରି ନର୍ସକୁ ଦେବାକୁ ହେଉଥିଲା । ରୋଗୀମାନଙ୍କୁ ଅଫିସ ଉପରେ ଗଭୀର ବିଶ୍ୱାସ ରଖିବାପାଇଁ ପ୍ରୋତ୍ସାହିତ କରିବାରେ ତ୍ୱଚାବିଶେଷଜ୍ଞ ଅଫିସ ତା'ର ଉଜ୍ଜ୍ୱଳ, ସ୍ୱଚ୍ଛ ତ୍ୱଚାରୁ ବେଶ୍ ଅପେକ୍ଷା ରଖିଥିଲା । ସେ କାମରେ ଯୋଗ ଦେଲାପରେ ରୋଗୀ ସଂଖ୍ୟା ହଠାତ୍ ବଢ଼ିଯାଇଥିଲା ।

କିନ୍ତୁ ଦିନେ, ତା' ମୁହଁର ତ୍ୱଚା ଫାଟିବାକୁ ଆରମ୍ଭକଲା । ପ୍ରଥମେ ଗୋଟିଏ ଛୋଟ ବ୍ରଣ ଦେଖାଗଲା, କ୍ରମଶଃ ତାହା ବଡ଼ ହେବାକୁ ଲାଗିଲା ଏବଂ ମୁହଁରେ ସଂପୂର୍ଣ୍ଣଭାବେ ମାଡ଼ିଗଲା । ଏହାର କାରଣ କେହି ଜାଣିପାରିଲେନି । ପ୍ରଥମେ ଯୁବକ ଡାକ୍ତର, ଯିଏ ବ୍ୟାଙ୍କରୁ ଋଣ ନେଇ ଏଇ ଅଫିସ ଖୋଲିଛନ୍ତି, ହାଲ୍‌କା ଭାବେ ତା'ର ଉପଚାର ଆରମ୍ଭ କଲେ, ପରେ ଆଶାହୀନତାର ସହ ରୋଗର ଗଭୀରତାକୁ ଯିବାକୁ ଚେଷ୍ଟାକଲେ । ଏବଂ ସେ ଯେତେ ଯେତେ ଧ୍ୟାନ କେନ୍ଦ୍ରିତ କଲେ, ସେତେ ସେତେ ଅବସ୍ଥା ଖରାପ ହେବାକୁ ଲାଗିଲା । ତା'ର ମୁହଁ ଲାଲ୍ ରଙ୍ଗର ଦାଗରେ ଘୋଡ଼େଇ ହୋଇଗଲା, ଦୂରରୁ ପିଜା ପରି ଦେଖାଗଲା । ହତାଶ ହୋଇ ଡାକ୍ତର ନିଜର ମୁଣ୍ଡ ବାଳ ଝିଙ୍କିବାକୁ ଲାଗିଲେ ଓ ଅନ୍ୟ ନର୍ସମାନେ ତାକୁ ଘୃଣା କରିବାକୁ ଆରମ୍ଭ କଲେ । ବସନ୍ତ ଋତୁରେ ଦିନେ, ସେ ଚିଠିଟିଏ ଛାଡ଼ି ଆତ୍ମହତ୍ୟା କଲା । ଚିଠିରେ ଲେଖିଥିଲା, "ମୁଁ ସମସ୍ତଙ୍କୁ କ୍ଷମା ମାଗୁଛି, ମୁଁ ଦୁଃଖିତ ।" ଅଫିସ ଆଉ ଜଣେ ରିସେପ୍ସନିଷ୍ଟକୁ ନିଯୁକ୍ତ କଲା । ତା'ର ତ୍ୱଚା ଏମିତି ଭାବରେ ଚମକପୂର୍ଣ୍ଣ ଥିଲା ଯେ ସମସ୍ତେ ଆଖି ବନ୍ଦ ରଖିବାକୁ ବାଧ୍ୟ ହେଲେ ।

■

ଯୁକ୍ତରାଷ୍ଟ୍ର ଆମେରିକା

ଜେଜେମା'ଙ୍କ ତକିଆ

ବ୍ରାୟାନ୍ ଡୋୟଲେ

ମୋ ପିଲାଦିନେ ଜେଜେମା ଆମ ପାଖରେ ଆସି ପ୍ରାୟ ଆଠ ବର୍ଷ ରହିଥିଲେ । ସେ ଥିଲେ ଏକାଧାରରେ କଠୋର, ପ୍ରଫୁଲ୍ଲ, ନିଷ୍ପକ୍ଷ ଓ ଅନ୍ୟାୟୀ । ମୋ ଅଜାଣତରେ ମୁଁ ତାଙ୍କ ନିକଟରୁ ଲୋକମାନଙ୍କୁ କେମିତି ଚିହ୍ନିବାକୁ ହୁଏ, ଏ କଥା ଶିଖିଛି । ସେ ମୋତେ ଓ ମୋ ତଳ ଭାଇକୁ ପସନ୍ଦ କରୁନଥିଲେ ଏବଂ ତାଙ୍କ ପଢ଼ା ଚଉକି ବା ବିଛଣା ଉପରେ ବସିବାକୁ ଦେଉ ନଥିଲେ । ଆମକୁ ତାଙ୍କ ଗାଧୁଆଘର ନିଷିଦ୍ଧ ଥିଲା । ତାଙ୍କ ରୁମ୍‌ରେ ଟେଲିଭିଜନ ଦେଖିବାକୁ ଆମକୁ ଅନୁମତି ମିଳୁଥିଲା ଯେତେବେଳେ ଆମ ବଡ଼ଭଉଣୀ ଆମ ସହିତ ରହୁଥିଲା । ବଡ଼ଭଉଣୀକୁ ସମସ୍ତେ ଭଲ ପାଉଥିଲେ । ଏବଂ ସମସ୍ତେ ଆଶ୍ଚର୍ଯ୍ୟ ହେଉଥିଲେ ଯେ କେମିତି ଏତେ ଶାନ୍ତ ଓ ସରଳ ଝିଅଟିଏ ଦୁଇ ଦୁଇଟା ଉଦ୍ଧତ, ଉପଦ୍ରବୀ ଛୋଟ ଭାଇଙ୍କୁ ବଡ଼ ଜଲ୍‌ଦି କାବୁ କରିପାରୁଛି ? ତା'ର ଉତ୍ତର ଥିଲା କାନମୂଳିଆ ବିଧା । ଆମକୁ ପୋପ୍ ପଲ୍‌ଙ୍କ ଶପଥ ଗ୍ରହଣ ଉତ୍ସବ ଓ ରବର୍ଟ କେନେଡ଼ିଙ୍କ ଶବ ଶୋଭାଯାତ୍ରା ଜେଜେମା'ଙ୍କ ଟେଲିଭିଜନରେ ଦେଖିବାକୁ ଅନୁମତି ମିଳିଥିଲା । ମଣିଷକୁ ଚନ୍ଦ୍ରରେ ଅବତରଣ କରିବା ଖବର ଦେଖିବାପାଇଁ ଆମକୁ ଅନୁମତି ମିଳି ନଥିଲା ଏଥିପାଇଁ ଯେ ଚନ୍ଦ୍ରରେ ମଣିଷର ଚାଲିବାକୁ ସେ ମଣିଷର ଅହଙ୍କାର ଓ ଅପରାଧ ବୋଲି ଭାବୁଥିଲେ । ଆମ ବଡ଼ଭଉଣୀ ଏବେ ଗୋଟିଏ ମୋନାଷ୍ଟ୍ରୀରେ ନନ୍ । ଜେଜେମା ସବା ସାନଭାଇକୁ କିନ୍ତୁ ଭଲ ପାଉଥିଲେ ଏଇଥିପାଇଁ ଯେ ସେ ସବୁଠୁ ଛୋଟ, କଥା ମାନେ ଓ ପାଠ ପଢ଼େ । ସେ ଏବେ ଗୋଟିଏ ହାଇସ୍କୁଲରେ ପ୍ରଧାନ ଶିକ୍ଷକ । କିନ୍ତୁ ଆମେ ଯେହେତୁ ଟିକେ ବଡ଼ ହୋଇଯାଇଥିଲୁ, ଜେଜେମା'ର ହାତ ପାଆନ୍ତାର ବାହାରେ ଥିଲୁ, ସେଥିପାଇଁ ମୁଁ ଏବେ ଜଣେ ଅବ୍ୟବସ୍ଥିତ କବି ଓ ମୋ ତଳ ଭାଇ ବଢ଼େଇ । ଯେତେବେଳେ ଆମେ କୌଣସି କଥା ନେଇ ଯୁକ୍ତି କରୁ, ସେ ଛିଡ଼ା ହୋଇ ଚୁପ୍‌ଚାପ୍ ଆମ କଥା ଶୁଣନ୍ତି, ବେଳେବେଳେ କଟୁ ମନ୍ତବ୍ୟ ଦିଅନ୍ତି ଓ ବେଳେବେଳେ କ୍ରମାଗତ ଭାବେ ଗାଳିଗୁଲଜ କରନ୍ତି ।

ସେତେବେଳେ ମା' ଆସି ତାଙ୍କ କଥାରେ ହସ୍ତକ୍ଷେପ କରେ । ସେ ରାଗ ତମତମ ହୋଇ ତାଙ୍କ ରୁମ୍‌କୁ ଚାଲିଯାଆନ୍ତି ଓ କବାଟ ବନ୍ଦ କରିଦିଅନ୍ତି । ବେଳେବେଳେ ସେ ସାରା ଦିନ କବାଟ ବନ୍ଦ କରି ଭିତରେ ରୁହନ୍ତି । ସେତେବେଳେ ତାଙ୍କଠୁ ଖରାପ ମିଜାଜର ମଣିଷ ଆଉ କେହି ମିଳିବେନି ।

ଜେଜେମା ଜଣେ ସମ୍ଭ୍ରାନ୍ତ ଆଇରିସ୍ ଥିଲେ । ଡାଇନିଙ୍ଗ୍ ରୁମ୍‌ର ପାଖ ରୁମ୍ ତାଙ୍କର ଥିଲା । ଆମେ ଯଦି ଖାଇବା ସମୟରେ ଟିକେ ଜୋର୍‌ରେ କଥା ହେଉ ତେବେ ସେ ଅସମ୍ମାନ ଅନୁଭବ କରନ୍ତି ଓ କବାଟ ବନ୍ଦ କରିଦିଅନ୍ତି । ମୁଁ ଘର ଛାଡ଼ିବା ପରେ ବି ଶୁଣୁଥିଲି ଯେ ତାଙ୍କ ରୁମ୍ ର କବାଟ ପ୍ରାୟତଃ ବନ୍ଦ ରହୁଛି । ଥରେ ଖୁସି ଖୁସିରେ ଆମେ ଆମର ସବା ସାନ ଭାଇକୁ ତାଙ୍କ ରୁମ୍‌ର କବାଟ ଭାଙ୍ଗି ତା' ଭିତରେ ଛାଡ଼ିଦେଲୁ । ଯଦିଓ ଆମ ବାପା କେବେ ରାଗନ୍ତି ନାହିଁ, ସେଦିନ ପ୍ରଥମଥର ବାପାଙ୍କୁ ରାଗିବାର ଦେଖିଲୁ । ଏବଂ କେମିତି କାଠ କାଟିବାକୁ, ପଲିସ୍ କରିବାକୁ ଓ ଯୋଡ଼ିବାକୁ ହୁଏ, ତାହା ମଧ୍ୟ ଆମେ ଶିଖିଲୁ । ନୂଆ କବାଟ ଶାଗୁଆନ କାଠରେ ତିଆରି ହେଲା, ଫଳସ୍ୱରୂପ ମୋ ତଳ ଭାଇ ଏବେ ଆମ ଅଞ୍ଚଳରେ ସବୁଠୁ ଭଲ ବଢ଼େଇ । ଆମ ସବା ସାନ ଭାଇକୁ ଜେଜେମା'ଙ୍କ ଚଉକିରେ ବସିବା ଓ ଟେଲିଭିଜନ ଦେଖିବାର ଅନୁମତି ଥିଲା । ବଡ଼ଭଉଣୀକୁ ଜେଜେମା'ଙ୍କ ଖଟ ଉପରେ ବସି ତାଙ୍କ ଆଲବମ୍‌ରୁ ତାଙ୍କ ଦିବଂଗତ ସ୍ୱାମୀଙ୍କର ଫଟୋ ଦେଖିବାର ଅନୁମତି ଥିଲା କିନ୍ତୁ କୌଣସି ସମୟରେ ତାଙ୍କ ତକିଆ ଉପରେ ଲୋଟିପଡ଼ିବା, ଏପରିକି ଛୁଇଁବାର ବି ଅନୁମତି ନଥିଲା । ଜେଜେମା'ଙ୍କ ତକିଆ ଠିକ୍ ତାଙ୍କ ପରି ବାସ୍ନା ଦେଉଥିଲା । ସେ ଲାଭେଣ୍ଡର୍, ଗୋଲାପ ଅଥବା ଲହୁଣୀ ବାସ୍ନାର ଟାଲକମ୍ ପାଉଡ଼ର ବ୍ୟବହାର କରୁଥିଲେ । ପବନରେ ସଂଗୀତର ଲହର ପରି ତାଙ୍କ ପାଉଡ଼ରର ସୁଗନ୍ଧରୁ କହିହେଇଯାଉଥିଲା ଯେ ସେ କିଛି ସମୟ ପୂର୍ବରୁ ଏଇ ଜାଗାରେ ଥିଲେ, ବାସ୍ନାର ଉଗ୍ରତା କିନ୍ତୁ ସବୁଠୁ ଅଧିକ ଥିଲା ତକିଆ ଉପରେ । ହୁଏତ ସେଥିପାଇଁ ଦିନେ ବଡ଼ଭଉଣୀର ବିଲେଇ ଜେଜେମା'ଙ୍କ ତକିଆ ଉପରେ ଶୋଇ ତିନୋଟା ଛୋଟ ଭୟଙ୍କର ପିଲାଙ୍କୁ ଜନ୍ମ ଦେଲା, ଯେମିତି ଲାଗୁଥିଲା ପ୍ରତି ପିଲା ଓଦା ସାଣ୍ଡୱିଚ୍ ବ୍ୟାଗ ଭିତରୁ ବାହାରିଛି । ମୁଁ ଓ ମୋ ତଳ ଭାଇ କେଇ ଇଞ୍ଚ ଦୂରତାରୁ ଦେଖୁଥାଉ । ବିଲେଇଟି ବଡ଼ ଧୈର୍ଯ୍ୟର ସହ ଛୁଆମାନଙ୍କ ପିଠିରୁ ଲାଳତକ ପୋଛିଲା ଓ ଯାଦୁ ହେଲାପରି ତାଙ୍କ ଟାଙ୍ଗରା ଦେହରୁ କୋମଳ ଲୋମ ସବୁ ବାହାରି ଆସିଲା ।

■

ନିଉଜିଲାଣ୍ଡ

ସତ୍ୟନିଷ୍ଠ ମିଥ୍ୟା

ଫ୍ରାଙ୍କି ମାକ୍‌ମିଲାନ୍

ମୁଁ ଜଣେ ସତ୍ୟନିଷ୍ଠ ମିଥ୍ୟାବାଦୀ, ମତେ ବିଶ୍ୱାସ କର । ତୁମେ ମୋ ହୃଦୟକୁ କାଟି ଖଣ୍ଡ ଖଣ୍ଡ କରି କୁକୁରଙ୍କ ସାମ୍ନାରେ ଫିଙ୍ଗିଦିଅ, ତଥାପି ମୁଁ ଠିକ୍ କଥା ଜଣେଇବିନି ।

ମତେ ପଚାର, ମୁଁ ଆଜି ପ୍ରାତଃଭୋଜନରେ କ'ଣ ଖାଇଲି । ପଚାର । ମୁଁ ସେକଥା କହିବି ଯାହା ତୁମ କାନକୁ ଭଲ ଶୁଣାଯିବ – ସାଧାରଣ ଓ ନିରାପଦ କଥା । ଯେମିତି ମୁଁ କହିବି – ବିସ୍କୁଟ୍, କଦଳୀ, କ୍ଷୀର ଗୋଟେ ଚାମଚ ଚିନି ସହ, ବ୍ରେଡ୍ ଆଉ ଜାମ୍ । ତୁମେ ତା' ବୁଝିପାରିବ । ତୁମେ ଭାବିବ ଯେ ମୁଁ ଠିକ୍ ତୁମ ପରି । ଠିକ୍ ଅଛି, ଏବେ ମତେ କିଛି ଏକଦମ୍ ନିଜ କଥା ପଚାର । ପଚାର ।

ପଚାର କେବେ କେଉଁ ବାମନ ସହିତ ମୋର ବାହାଘର ଲାଗିଛି ? ଦୁଇଟି ଉତ୍ତର ହୋଇପାରେ । ହଁ । ନା । ହଁକୁ ବାଛ ।

ତା' ନାଁ ଷ୍ଟାନ୍ ଥିଲା । ସେ କଳାରଙ୍ଗର ସୁଟ୍ ପିନ୍ଧିଥିଲା । କବାଟର କୁଣ୍ଡି ଧରିବାପାଇଁ ତାକୁ ଡ଼େଇଁବାକୁ ପଡୁଥିଲା । ସେ ଏକାବେଳେ ଦୁଇପାଦରେ ଡ଼େଉଁଥିଲା, ଡ଼େଇଁଲାବେଳେ ତା' ମୋଜା ଓ ପ୍ୟାଣ୍ଟ ମଝିରେ ଗୋଡ଼ ଦେଖାଯାଉଥିଲା ଯାହା ଗୋଲାପି ରଙ୍ଗର ଥିଲା । କବାଟ ଦୁଇପଟକୁ ଖୋଲିଯାଉଥିଲା ଓ ସେ ସିଧା ସିଧା ଆଗକୁ ଚାଲୁଥିଲା । ତା' ପାଖରେ ନିପୁଣତାର ଚିହ୍ନ କହିଲେ କେବଳ ଯାହା ତା'ର ହାତରେ ଥିଲା । ତା' ଥୁଲଥୁଲ୍ ହାତ ଡରିଯାଇଥିବା ଷ୍ଟାରଫିସ୍ ପରି ହଠାତ୍ ବାହାରକୁ ବାହାରିଆସେ । ସେ ଚୁମା ଦିଏ । ତା' ଜିଭ ବୋଧହୁଏ ସାଧାରଣ ଜିଭଠୁ ମୋଟା ଥିଲା । ଏବେ ଆଗକୁ ପଚାର । ପଚାର, ଆଉ ଯାହା କିଛି ଜାଣିବାକୁ ଚାହୁଁଛ ।

ତା' ଜୋତା ବିଶେଷ ଭାବେ ତିଆରି । ତା' ପାଦ ଲମ୍ବା ନୁହେଁ କିନ୍ତୁ ତା'ର ପୃଥୁଳକାୟ ଗୋଇଠି ଜୋତାକୁ ଚଉଡ଼ା କରିଦେଉଥିଲା । ଷ୍ଟାନ୍ ସାଣ୍ଡାଲ୍ ପିନ୍ଧିପାରିଥାନ୍ତା । ମୁଁ ତାକୁ କହିଥିଲି ରୋମାନ୍ ସାଣ୍ଡାଲ୍ ପିନ୍ଧିବାପାଇଁ । ଆଜିକାଲି ଆଉ ବୁଟ୍ କିଏ ପିନ୍ଧୁଛି ? କେବଳ ଯେଉଁ ଦାନ୍ତଡ଼ାକ୍ତରମାନେ ଆତ୍ମହତ୍ୟା କରନ୍ତି, ସେଇମାନେହିଁ ବୁଟ୍ ପିନ୍ଧନ୍ତି ।

ଏବେ ମୋର ପିଲାମାନଙ୍କ ବିଷୟରେ ପଚାର । ଦିନେ କହିବି ମୋର ଚାରୋଟି ପିଲା । ଆଉ ଦିନେ କହିବି ତିନୋଟି । ତେବେ ଚତୁର୍ଥ ପିଲାଟିର ହେଲା କ'ଣ ? ମତେ ଚାହଁ । ମୋ ଗାଲକୁ ଦେଖ, ଆଖିକୁ ନୁହଁ । ଦୁଇଟି ଉଜ୍ଜ୍ୱଳ ଲାଲ ରଙ୍ଗର ଦାଗ ଦେଖୁଛ ? ତାହା ରକ୍ତ ଦାଗ । ମୁଁ କହିବି ଯେ ଚତୁର୍ଥ ପିଲାକୁ କୋଉଠି ହଜେଇଦେଲି । ତୁମେ ଭାବିବ ଯେ ମୁଁ ଦାୟିତ୍ୱଶୂନ୍ୟ । ପିଲାକୁ ବସ୍‌ରେ ଛାଡ଼ିଦେଲି । କିମ୍ବା ନର୍ସରୀ ସ୍କୁଲରେ ବୋତାମ ଖୋଲା, ଚେକ୍ ସାର୍ଟ ପିନ୍ଧିଥିବା ଅଚିହ୍ନା ଲୋକ ନିକଟରେ ଛାଡ଼ିଦେଲି ।

ପିଲାଟି ଜନ୍ମ ହୋଇଥିଲା ଗ୍ୟାରେଜ୍‌ରେ । ଷ୍ଟାନ୍ ଓ ମୁଁ ମିଶି ଗ୍ୟାରେଜ୍‌କୁ ଠିକ୍ କରିଥିଲୁ । ସଙ୍ଗୀତଜ୍ଞ ଫ୍ରାଙ୍କ୍ ଜାପାଙ୍କ ପୋଷ୍ଟର ଲଗେଇଥିଲୁ କାନ୍ଥରେ । ଛାତରେ ହାତ ରଙ୍ଗା କପଡ଼ା । କପଡ଼ାର ରଙ୍ଗକୁ ଚାହିଁ ମୁଁ ଯେବେ ପିଲାକୁ ଜନ୍ମ ଦେଉଥିଲି, ଷ୍ଟାନ୍ ଡାକ୍ତର ଡାକିବାକୁ ଯାଇଥିଲା । ଘରେ ଫୋନ୍ ନଥିଲା ଓ ପଡ଼ୋଶୀ ସାହାଯ୍ୟ କରିବାକୁ ଚାହିଁ ନଥିଲା । କୁକୁର ପିଲାଟିକୁ ଚାଟି ସଫା କରୁଥିଲାବେଳେ ମୁଁ ହସୁଥିଲି ଓ କାନ୍ଦୁ ବି ଥିଲି । ଜାଣିନଥିଲି ଯେ ନୂଆ ଜନ୍ମ ହୋଇଥିବା ପିଲାକୁ କୁକୁର ଚାଟିବା ଉଚିତ୍ କି ନାହିଁ ।

ତୁମେ ପଚାରିଲ । ତୁମେ ଜାଣିବାକୁ ଚାହିଁଲ । ସେ ମରିଗଲା । କୁକୁର । କ୍ଷୀର ଟ୍ରକ୍ ମାଡ଼ିଗଲା ତା' ଉପରେ । ଭଲ କୁକୁର ଥିଲା ସେ । ଷ୍ଟାନ୍ ପିଲାଟିକୁ ନେଇଗଲା ଏଇଥିପାଇଁ ଯେ ସେ ତା' ପରି ଦିଶୁଥିଲା । ଦିନେ ରାତିରେ ପିଲାକୁ ଧରି କୁଆଡ଼େ ଚାଲିଗଲା । ବର୍ଷା ହେଉଥିଲା । ତା' ପାଖରେ ଛତା ଥିଲା । ତୁମେ କେବେ ଭାବି ପାରିବନି ଯେ କୌଣସି ଲୋକ ରାତିରେ ଛତା ଓ ସପ୍ତାହର ଶିଶୁଟିଏ ଧରି ଘର ଛାଡ଼ି ପଳେଇବ । କିନ୍ତୁ ଷ୍ଟାନ୍ ଗଲା ।

କେଇ ମାସ ଧରି ମୋ ସ୍ତନରୁ କ୍ଷୀର ଝରିଲା । ବିଛଣା କ୍ଷୀରୁଆ କ୍ଷୀରୁଆ ଗନ୍ଧେଇଲା । ମୁଁ ଯୁଆଡ଼େ ଗଲେ ବି ସେ ଗନ୍ଧ ମୋ ପିଛା କଲା ।

ଲୋକମାନେ ମିଛ ବୁଝନ୍ତି । ମୁଁ ମୋ ପିଲାକୁ ହରେଇଲି । ମୋର ମଧ୍ୟ ଗର୍ଭପାତ ହୋଇଛି । ଗୋଟେ ସୁନ୍ଦର ମିଛ ତୁମ ମୁଣ୍ଡରେ ଗୋଟେ ଚିତ୍ର ଆଙ୍କିପାରେ । ଗୋଟେ ବାମନ, ଗୋଟେ ଛତା, ଗୋଟେ ଗ୍ୟାରେଜ୍ ତୁମକୁ ମୁଣ୍ଡବ୍ୟଥା ଦେଇପାରନ୍ତି ।

ତୁମେ ମତେ କଣେଇ ଚାହିଁବ ଓ ଭାବିବ ଯେମିତି ମୁଁ କଥାର ଖିଅକୁ କୋଉଠି ହୁଏତ ଛାଡ଼ିଦେଲି ।

ମୁଁ ମିଛ କହିଲି ଯେତେବେଳେ ତୁମକୁ କହିଲି ଯେ ମୁଁ ମିଛ କହୁଛି । ତୁମେ ତା' ଜାଣିଥିଲ । ଆଉ ମିଛ କହିବା ପାଇଁ ମୁଁ ତୁମକୁ ଭାବିବାକୁ ସୁଯୋଗ ଦେଲି ଯେ ମୁଁ ମିଛ କହୁଛି । କିନ୍ତୁ ତୁମ ତା' ଜାଣିଲ । କାରଣ ତୁମେ ମଧ୍ୟ ମିଛ କୁହ । ତୁମର ମିଛ କିନ୍ତୁ ମାମୁଲି ମିଛ ।

ମତେ ତୁମେ କୁହ ଯେ ତୁମେ ସତ୍ୟନିଷ୍ଠ ମିଛରେ ଗଢ଼ା । ତୁମ ମିଛର ସଚ୍ଚୋଟତାରେ ମତେ ବିଶ୍ୱାସ କରିବାକୁ ଦିଅ । ଯାଅ । ମିଛ କୁହ । ଭଲକରି କୁହ ।

■

ହଂକଂ

ମୁନ୍

ମେରିଲିନ୍ ଚିନ୍

ଛୋଟ ଚୀନା ଝିଅଟିଏ ଥିଲା, ଡଉଲଡ଼ାଉଲ ଚେହେରା, ନାଁ ମୁନ୍। ତା' ମୁହଁ ବେଶ୍ ବଡ଼, ଗୋଲ ଓ ହଳଦିଆ – ନାଁ ସହିତ ଚେହେରା ଖାପ ଖାଉଥିଲା। ୧୯୯୧ରେ, ତା' ବୟସର ଅନ୍ୟ ଚୀନା ଝିଅଙ୍କ ପରି ସେ ମଧ୍ୟ ଦୁଃଖୀ ଥିଲା ଓ ନିଜକୁ ଏକାକୀ ଅନୁଭବ କରୁଥିଲା। ତା'ର ଗୋଟେ ଅଦ୍ଭୁତ ଇଚ୍ଛା ଥିଲା – ସ୍ମିଥ୍ ପରିବାରର ଦୁଇ ଗୋରା ଯାଆଁଳା ଭାଇଙ୍କ ସହ ବନ୍ଧୁତା କରିବ। ପ୍ରତ୍ୟେକ ରାତିରେ ସେ ସମୁଦ୍ରକୂଳକୁ ଯାଇ ତାଙ୍କୁ ଖୋଜୁଥିଲା – ତାଙ୍କର ନୀଳରଙ୍ଗର କନଭର୍ଟିବ୍ଲ ଇମ୍ପାଲାରେ ବସି ସମୁଦ୍ର କୂଳେ କୂଳେ କେମିତି ବୁଲିଆସନ୍ତା, ଦୁଇଭାଇଙ୍କ ଲମ୍ବା ବାଳ ପବନରେ ଘୋଡ଼ାର ବାଳ ପରି ପଛକୁ ଉଡୁଥାନ୍ତା, ତାଙ୍କର ମୁହଁ ଖରାରେ ସିଝି ପାଚିଲା ଫଳ ପରି ଦେଖାଯାଉଥାନ୍ତା।

ସେପ୍ଟେମ୍ବରର ଗୋଟିଏ ହେମାଳ ସନ୍ଧ୍ୟାରେ ଦିନେ ଦୁଇ ଭାଇ ସମୁଦ୍ରକୂଳରେ କ୍ୟାମ୍ପଫାୟାର୍ କରିବାପାଇଁ ରହିଲେ; ଏବଂ ମୁନ୍, ସେଦିନ ସମ୍ପୂର୍ଣ୍ଣ ବିଶ୍ୱାସର ସହିତ ଝୁଲି ଝୁଲି ଆସି ସେମାନଙ୍କ ନିକଟରେ ପହଞ୍ଚିଲା। ସମୁଦ୍ରରୁ ପବନରେ ଭାସିଆସୁଥିବା ଜଳକଣା ପଡ଼ି ତା' ଗୋଲ ମୁହଁ ଚକଚକ କରୁଥିଲା। ସେ ଦୁଇ ଭାଇଙ୍କୁ କାଜୁବାଦାମ ଚକୋଲେଟ ଦେଲା ଓ ତା' ଜେଜେମା ଚୀନ୍‌ରୁ ପଠେଇଥିବା ଖଞ୍ଜଣିପରି ବାଦ୍ୟଯନ୍ତ୍ରକୁ ବଜେଇ ବଜେଇ ଗୀତ ଗାଇଲା। ଏକ ପୁରାତନ ଗୀତକୁ ସେ ଉଚ୍ଚ ସ୍ୱରରେ ଗାଇବାକୁ ଆରମ୍ଭକଲା, ଗୀତରେ ଗୋଟିଏ ନିର୍ବାସିତ ହଂସୀର ଦିଗବଳୟର ଦୁଇ ପାର୍ଶ୍ୱକୁ ଛୁଇଁ ଉଡ଼ିବାର କଥା, ଭରା ସମୁଦ୍ରରେ ଜୁଆର ଓ ଭଟ୍ଟାର କଥା ଏବଂ କେଉଁ ନୂଆ ଦେଶର ଅଜଣା ଗହଳି ଭିତରେ ପିଲାମାନଙ୍କର ହଜିଯିବାର କଥା ଥିଲା।

ଦୁଇ ଭାଇ ପାହାଡ଼ ଅଞ୍ଚଳରେ ଜନ୍ମ ହୋଇଥିଲେ ଏବଂ ତାଙ୍କର ଚାଲିଚଳନ ଥିଲା ଅଶିକ୍ଷିତଙ୍କ ପରି । ସେମାନେ ପଞ୍ଚମ ଶ୍ରେଣୀରେ ଦୁଇଥର ଫେଲ୍ ହେଲାପରେ ପାଠରେ ଡ଼ୋରି ବାନ୍ଧିଥିଲେ – କେବେବି ସେମାନେ ମୁନ୍ ଗୀତର ଗଭୀରତାକୁ ବୁଝିପାରିନଥିବେ । ସେମାନେ ଉଚ୍ଛୃଙ୍ଖଳ ତରୁଣଙ୍କ ପରି ଉଛଳକୁଦ କରୁଥିଲେ ଓ ମୁହଁ ଲୁଚେଇ ଫିସ୍‌ଫିସ୍ କରି କଥା ହେଉଥିଲେ, ତାଙ୍କର ଛୋଟ ବାକ୍ୟ ଅଥବା ଅତି ଲମ୍ବା ବାକ୍ୟରୁ ମୁନ୍ ଜାଣି ପାରୁନଥିଲା ଯେ ସେମାନଙ୍କର କଥାର ବିଷୟବସ୍ତୁ ସେ କି ନାହିଁ । ଶେଷରେ ଦୁଇ ଭାଇ ମୁନ୍‌କୁ ସେମାନେ ସାଥିରେ ଆଣିଥିବା ଷ୍ଟେନ୍‌ଲେସ୍ ଷ୍ଟିଲ୍ ଛୋଟ ନୌକାରେ ବସିବାକୁ ଡାକିଲେ ।

ମୁନ୍ ସେମାନଙ୍କର ଅନୁରୋଧକୁ ଶାଳୀନତାପୂର୍ବକ ସ୍ୱୀକାର କଲା । ପ୍ରକୃତରେ, ତା'ର ତିକ୍ତ ସାମାଜିକ ଜୀବନଧାରାକୁ ବିଚାରକୁ ଆଣି ସେ ନିଜକୁ ଗର୍ବିତ ମନେକଲା; ତାକୁ ଲାଗୁଥିଲା ଯେମିତି ସେ ଗଲା ଶହେ ବର୍ଷ ଧରି କାହା ସହିତ ବନ୍ଧୁତା କରିନଥିଲା । ଦୁଇ ଭାଇ ନୌକାରେ ପେଡ଼ାଲ ମାରିଲେ, ଜଣେ ଆଗରେ, ଜଣେ ପଛରେ, ମୁନ୍ ମଝିରେ । ମୁନ୍ ଏତେ ଖୁସି ଥିଲା ଯେ ସେ ତା' ବାଦ୍ୟଯନ୍ତ୍ରକୁ ବାହାର କରି ବଜେଇବା ଆରମ୍ଭକଲା ଏବଂ ସାଥିରେ ଗୀତ ମଧ୍ୟ ଗାଇଲା । ହଠାତ୍ ଦୁଇ ଭାଇ ଜାଣି ଜାଣି ନୌକାକୁ ଦୋହଲେଇବାକୁ ଲାଗିଲେ –

ଆଗକୁ, ପଛକୁ ଦୋହଲି ଦୋହଲି ନୌକା ଘୋଡ଼ା ବୋବେଇଲାପରି ଶବ୍ଦ କରିବାକୁ ଲାଗିଲା ଏବଂ ମୋଟୀ ମୁନ୍, ତା' ବାଦ୍ୟଯନ୍ତ୍ର ଓ ସମସ୍ତଙ୍କୁ ନେଇ ଓଲଟି ପଡ଼ିଲା ।

ଦୁଇ ଭାଇ ଉଚ୍ଚ ସ୍ୱରରେ ହସିଲେ ଏବଂ ଅଶାନ୍ତ ପାଣି ଭିତରୁ ବାହାରିବାକୁ ମୁନ୍‌କୁ ଉପହାସ ସ୍ୱରରେ ଡାକିଲେ । କିଛି ସମୟ ବିତିଲା ପରେ ବି ମୁନ୍ ଯେତେବେଳେ ଦିଶିଲାନାହିଁ, ତାଙ୍କ ମନକୁ ଆସିଲା ହୁଏତ ସେ ବୁଡ଼ିଯାଇ ଥାଇପାରେ, ଏଇ ସମୟରେ ମୁନ୍‌ର ହଳଦିଆ କପାଳରୁ ରକ୍ତ ବୋହି ଢ଼େଉ ଲାଲ ହେବାର ଦୃଶ୍ୟ ସେମାନଙ୍କୁ ହତବମ୍ଭ କରିଦେଲା । ଦୁଇ ଭାଇ ପାଣିକୁ ଡେଇଁପଡ଼ିଲେ ଓ ମୁନ୍‌ର ଓଜନିଆ ଶରୀରକୁ ବଡ଼ କଷ୍ଟରେ ନୌକାକୁ ଟାଣି ଆଣିଲେ । ସେ ସମୁଦ୍ରୀୟ ଦଳରେ ଛନ୍ଦିହୋଇ ରହିଯାଇଥିଲା ଓ ପାଣିରେ ତା'ର ଦେହର ଓଜନ ପ୍ରାୟ ଦୁଇଗୁଣା ବଢ଼ିଯାଇଥିଲା ।

ଯେତେବେଳେ ଦୁଇ ଭାଇ ଶାନ୍ତ ହେଲେ, ମୁନ୍ ବୁଝିପାରିଲା ଯେ ସେମାନେ ତାକୁ ପାଣିରୁ ବାହାର କରିଛନ୍ତି କେବଳ ଅପମାନିତ କରିବାପାଇଁ । ସେମାନେ ତା'ର ଜୀବନ ବଞ୍ଚାଇବା ବଦଳରେ ପୁରସ୍କାର ଚାହିଁଲେ... ରକ୍ତର ଋଣ ପରିଶୋଧ । ଏହି ବସ୍ତୁବାଦୀ ଦୁନିଆରେ – ବସ୍ତୁର ବିନିମୟରେ ବସ୍ତୁ – ଏବଂ କାର୍ଯ୍ୟ ଯେତେ ବୀରତାପୂର୍ଣ୍ଣ

କିମ୍ବା ଭଲ ଉଦ୍ଦେଶ୍ୟ ନେଇ ହୋଇଥାଉ ପଛକେ ତା'ର ମୂଲ୍ୟ ଦେବାକୁ ପଡ଼ିଥାଏ । ଏବଂ ଆମେରିକୀୟ ନିୟମ ଅନୁସାରେ, ସମସ୍ତ ସେବା କରିସାରିଲା ପରେ ମୂଲ୍ୟ ଦେବାକୁ ହୋଇଥାଏ, ଏବଂ ସମସ୍ତ ଚୁକ୍ତିପତ୍ରର ଶେଷ ପୃଷ୍ଠାରେ ପ୍ରତ୍ୟେକ ସହଭାଗୀର ଆଇନଗତ ନାଁ ଲେଖି ସ୍ୱାକ୍ଷର କରିବାକୁ ପଡ଼ିଥାଏ । ସେଥିପାଇଁ, ଦୁଇ ଭାଇ ମୁନ୍ ପିନ୍ଧିଥିବା ପୋଷାକକୁ ଚିରିଦେଲେ ଏବଂ ଜଣଙ୍କ ପରେ ଜଣେ ମୁନ୍‌ର ଗୋଲ ମୁହଁ ଓ ପେଟ ଉପରେ ପରିସ୍ରା କରି କହିଲେ, "ତୁ କ'ଣ ଭାବୁଛୁ ତୋ ପାଇଁ ଆମ ମନରେ କିଛି ଭାବନା ଅଛି ?"

ଦୁଇ ଭାଇ ସେମାନଙ୍କର ବର୍ବରତାପୂର୍ଣ୍ଣ କାମ ସାରିଲାପରେ ମୁନ୍‌କୁ ସମୁଦ୍ରବେଳାରେ ଛାଡ଼ି ଚାଲିଗଲେ । ମୁନ୍ କାନ୍ଦି କାନ୍ଦି ତା' ସାଇକେଲରେ ଘରକୁ ଫେରିଲା ।

ଯେତେବେଳେ ମୁନ୍ ଘରେ ପହଞ୍ଚିଲା, ତା' ମାଆ ତାକୁ "କୁଳଟା" କହିଲେ । ତା' ବାପା ଚୀନ-ଜାପାନ ଯୁଦ୍ଧ ଓ କୁଆଂଟଂର ଭୋକିଲା ଝିଅ ବିଷୟରେ ଭାଷଣ ଦେଇ ଚାଲିଲେ – ଏବଂ କହିଲେ, "ଦେଖ୍, ତୁ ନିଜର ସମୟ ଓ ଜୀବନକୁ ଖରାପ କରୁଛୁ, ଏଇଥିପାଇଁ କାନ୍ଦୁଛୁ ଯେ କେଉଁ ବଦମାସ ଗୋରା ପିଲା ତୋତେ ଅସ୍ୱୀକାର କଲା ? ତୋତେ ଟିକେ ଲାଜ ଲାଗୁନି ? ତୋ ମାଉସୀ ପୁଅ – ସନ୍ – ହାର୍ଭାର୍ଡ଼ ବିଶ୍ୱବିଦ୍ୟାଳୟରୁ ପାସ୍ କଲା, ତୋ ଭାଇମାନେ ସମସ୍ତେ ଇଞ୍ଜିନିୟର । ତୋର ଅନ୍ୟ ସାଙ୍ଗମାନେ ସବୁ କୋଉଠି ପହଞ୍ଚିଲେଣି ।" ଯେହେତୁ ଆତ୍ମୋତ୍ସର୍ଗହିଁ ଚୀନା ଲୋକମାନଙ୍କର ପରମ ନୈତିକତା, ସେମାନେ ତାକୁ ବିନା ରାତ୍ରିଭୋଜନରେ ଶୋଇବା ପାଇଁ କହିଲେ ।

ନିଜର କୋଠରିରେ ଥିବା ବାଇବେଲ୍‌କୁ ଛୁଇଁ ମୁନ୍ ଶପଥ ନେଲା ଯେ ସେ ଏଇ ଭୟାବହ ଘଟଣାର ପ୍ରତିଶୋଧ ଦିନେ ନା ଦିନେ ନେବ, ଏପରିକି ଆଜି ଯଦି ତା'ର ମୃତ୍ୟୁ ହୋଇଯାଏ ସେ କ୍ରୋଧୀ ଭୂତ ହୋଇ ପୃଥିବୀକୁ ଆସିବ ଏବଂ ଦୁଇ ଭାଇଙ୍କ ଉପରେ ଆକ୍ରମଣ କରିବ । ଏହା ଭାବି ମୁନ୍ ପୂରା ଶିଶି ନିଦ ବଟିକା ଗିଳିଦେଲା ଏବଂ ଦଶ ମିନିଟ୍ ପରେ ସବୁ ବାନ୍ତି କରିଦେଲା । କହିବା ବାହୁଲ୍ୟ, ତା'ର ମୃତ୍ୟୁ ହେଲାନାହିଁ । କିନ୍ତୁ ଏଇ ଦଶ ମିନିଟ୍ ଧରି ବାନ୍ତି କରିବାର ପ୍ରୟାସ ତା' ମସ୍ତିଷ୍କରେ ଅମ୍ଳଜାନର ଗତିକୁ ରୋକିଥିବ ଏବଂ ତାକୁ ମାସେ ପର୍ଯ୍ୟନ୍ତ ବିବ୍ରତ କରାଇଥିବ । ରାତାରାତି, ସେ ନିଜର ମନ ଭିତରେ ନରସଂହାରର ପାଗଳାମି ସବାରହେବାର ଲକ୍ଷ୍ୟକଲା । ତାକୁ ଲାଗିଲା ଯେମିତି ଏକ ଭୟଙ୍କର ମହାମାରୀର ଚାଦର ସମଗ୍ର ସହରକୁ ଆବରଣ କରିବ କିନ୍ତୁ କେବଳ ଗୋରା ଯୁବକମାନେ ଏଥିରେ ସଂକ୍ରମିତ ହେବେ ।

ତିରିଶ ଦିନ ତିରିଶ ରାତି ସମୁଦ୍ର କୂଳେ କୂଳେ, ପବନର ତୀବ୍ର ବେଗ ଭିତରେ,

ବଡ଼ ପାଟିରେ ଚିତ୍କାର କରି ମୁନ୍ ଖୋଜି ବୁଲିଲା ତା'ର ଶିକାର – ଗୋରା ଯୁବକମାନଙ୍କୁ । ସମୁଦ୍ରରେ ନୌକାଚାଳନା କରୁ କରୁ କେତେ ଯୁବକ ପାଣିରେ ବୁଡ଼ିଗଲେ, ତାଙ୍କର କାର ସଫା କରୁ କରୁ ଆଉ କେତେ ବେହୋସ ହୋଇଗଲେ, ଆଉ କିଏ ତାଙ୍କର ପତ୍ନୀ କି ପ୍ରେମିକା ନିକଟରେ ଶୋଇଥିବାବେଳେ ଅଣନିଃଶ୍ୱାସୀ ହୋଇଗଲେ । କେହି କେହି ମୃତ୍ୟୁ ପୂର୍ବରୁ ଭୟରେ ମଳ ତ୍ୟାଗ କରିପକାଇଲେ । ପ୍ରାଚୀନ ରୋମାନ ନରେଶ ହେରଡ଼ଙ୍କ ପରେ ହୁଏତ କେହି ଏତେ ଭୟଭୀତ ହୋଇନଥିଲେ ।

ଏକତିରିଶତମ ରାତିରେ, ଭୟ କମିଗଲା । ଶେଷରେ ସେ ସ୍ମିଥ୍ ଭାଇଙ୍କୁ ତାଙ୍କର କନଭର୍ଟିବ୍ଲ ଇମ୍ପାଲାରେ ବୁଲୁଥିବାର ଦେଖିଲା । ସେମାନେ ସମୁଦ୍ରତଟ ସୁନ୍ଦର ରାସ୍ତାରେ ଦକ୍ଷିଣ ଦିଗକୁ ଯାଉଥିଲେ । ହାତରେ ଧରିଥିବା ଉଜ୍ଜ୍ୱଳ ଆଲୋକ ସେ ତାଙ୍କ ଆଖିରେ ପକାଇଲା । ଆଲୋକର ଉଜ୍ଜ୍ୱଳତା ଏତେ ତୀବ୍ର ଥିଲା ଯେ ତାଙ୍କର ଆଖିକୁ କ୍ଷଣକ ପାଇଁ ସବୁ କିଛି ଅନ୍ଧାର ଦିଶିଲା ଏବଂ ତାଙ୍କର କାର୍ ଉଚ୍ଚ ରାସ୍ତାରୁ ତଳକୁ ଗଡ଼ିଗଲା । ବାର ଥର ଓଲଟିଲା ପରେ କାର୍ ଯେତେବେଳେ ସ୍ଥିର ହେଲା, ତାଙ୍କ ଶରୀରରେ ଆଉ ମୁଣ୍ଡ ନଥିଲା । ମୃତ୍ୟୁ ସମୀକ୍ଷକ କହିଲେ ଯେ ଲାଗୁଛି ଯେମିତି ଶଲ୍ୟ ଚିକିତ୍ସକ ଲେଜର ଜରିଆରେ ଦେହରୁ ମୁଣ୍ଡକୁ ଅଲଗା କରିଛି ।

ମୁନ୍ ବଡ଼ ହେଲା, ଶରୀରର ଓଜନ କମ କରେଇଲା ଏବଂ ଗାୟିକା ଭାବରେ ପ୍ରସିଦ୍ଧି ଲାଭକଲା, ଏହା ପ୍ରମାଣିତ କଲା ଯେ ସୃଷ୍ଟିରେ ନ୍ୟାୟ ନାହିଁ, ଅଥବା ନିଃସନ୍ଦେହ, ନ୍ୟାୟ ଅଛି । ଏହି ଆରୋପକୁ ନେଇ ତୁମର ବ୍ୟାଖ୍ୟା – ପ୍ରାୟତଃ ତୁମର ଜାତି, ପ୍ରଥା, କେଶର ରଙ୍ଗ, ସାମାଜିକ ତଥା ଆର୍ଥିକ ସ୍ଥିତି ଏବଂ ରାଜନୈତିକ ଦୃଷ୍ଟିକୋଣ ସହିତ ତୁମେ ଜଣେ ନାରୀ ସଂଶୋଧନବାଦୀ କିମ୍ବା ତୁମର ଦଳିତମାନଙ୍କୁ ଉତ୍ସାହିତ କରିବାର ରୁଚି ଅଛି କି – ଏହା ଉପରେ ମଧ୍ୟ ନିର୍ଭରକରେ । ଏ ଗପର ନୀତି ଶିକ୍ଷା କ'ଣ ? ଏହା ନିଶ୍ଚିତ ଭାବେ ପ୍ରତିଶୋଧ ଭିତ୍ତିକ ଗପ ଗୋଟିଏ ଚୀନା-ଆମେରିକୀୟ ଝିଅର ଦୃଷ୍ଟିକୋଣରୁ ଲେଖାଯାଇଛି । ମୋର ଲେଖିବାର ଅଭିପ୍ରାୟ ଏହି ଯେ ମୋ'ପରି ଡଉଲଡ଼ାଉଲ ଚୀନା ଝିଅମାନଙ୍କ ସହିତ ଅସମ୍ମାନଜନକ ବ୍ୟବହାରରୁ ନିବୃତ୍ତ ରହିବାକୁ କହିବା । ନୌକା ଉପରେ ମୋ ସହିତ ସେଦିନର ସେଇ ନିର୍ଦ୍ଦୟ ଘଟଣା ହୁଏତ ମୋ ପାଇଁ ଅପମାନର ଘଟଣାବଳୀ । ଯଦିଓ ଆମେ ମିତ୍ରତାପୂର୍ଣ୍ଣ ପଡ଼ୋଶୀ, ତୁମେ ପ୍ରକୃତରେ ମୋତେ ଜାଣିନାହଁ । ତୁମେ ଜାଣିନାହଁ ମୋ ଅପମାନର ଗଭୀରତା । ଏବଂ ତୁମେ ଜାଣିନାହଁ ମୁଁ କ'ଣ କରିପାରେ ବା ମୋର କିଛି କରିବା ପଛରେ ଥିବା ଅଭିପ୍ରାୟ କ'ଣ ।

ଯୁକ୍ତରାଷ୍ଟ୍ର ଆମେରିକା

ସ୍ମାରକ

ଏମି ବେଣ୍ଡର୍

ମୋ ପ୍ରେମିକ ଏବେ ବିପରୀତ କ୍ରମ-ବିକାଶ ପରିସ୍ଥିତି ଦେଇ ଗତିକରୁଛି । ମୁଁ ଏ ବିଷୟରେ ଏପର୍ଯ୍ୟନ୍ତ କାହାକୁ କହିନାହିଁ । ଏହା କେମିତି ଘଟିଲା ମୁଁ ଜାଣେନା । ଦିନେ ସେ ମୋ ପ୍ରେମିକ ଥିଲା, ପରଦିନ ଗୋଟେ ପ୍ରକାରର ମାଙ୍କଡ଼ ପରି ଦେଖାଗଲା । ଏ ଘଟଣାର ପ୍ରାୟ ଏକମାସ ବିତିଗଲାଣି, ଏବେ ସେ ସମୁଦ୍ର କଇଁଛ ।

ମୁଁ ତାକୁ ଏବେ ଲୁଣପାଣି ଭର୍ତ୍ତି ଗୋଟିଏ ବଡ଼ କାଚ ପାତ୍ରରେ ରୋଷେଇଘର କାଉଣ୍ଟର ଟପ୍ ଉପରେ ରଖିଛି ।

"ବେନ୍", ଖୋଳପାରୁ ବାହାରକୁ ବାହାରିଥିବା ତା' ଛୋଟ ମୁଣ୍ଡ ପାଖରେ ଧୀରେ କହିଲି, "ମୋ କଥା ବୁଝିପାରୁଛ ?" ଏବଂ ସେ ତା'ର ଆଲକାତରା ବୁନ୍ଦା ପରି ଜୁଳୁଜୁଳୁ ଆଖିରେ ମୋ ଆଡ଼କୁ ଚାହିଁଲା । ମୋ ଆଖିରୁ ଧାର ଧାର ଲୁହ ବୋହି କାଚ ପାତ୍ରରେ ଥିବା ଲୁଣପାଣିରେ ମିଶିଗଲା, ଲାଗିଲା ଯେମିତି ମୁଁ ସମୁଦ୍ର ପାଲଟି ଗଲି ।

ତା'ର ଦିନକୁ ଦଶ ଲକ୍ଷ ବର୍ଷ ବିବର୍ତ୍ତନ ହେଉଥିଲା । ମୁଁ ପ୍ରାଣୀବିଜ୍ଞାନୀ ନୁହେଁ, କେବଳ ଯାହା ଅନୁମାନ ଲଗାଉଥିଲି । ମୁଁ ମହାବିଦ୍ୟାଳୟ ଯାଇ ପୁରୁଣା ପ୍ରାଣୀବିଜ୍ଞାନ ଅଧ୍ୟାପକଙ୍କୁ ଭେଟିଲି ଓ ମଣିଷ କ୍ରମ-ବିକାଶର ସମୟରେଖା ସମ୍ପର୍କରେ ସମସ୍ତ ତଥ୍ୟ ମାଗିଲି । ସେ ପ୍ରଥମେ ବିରକ୍ତ ହେଲେ ଓ ତଥ୍ୟ ଯୋଗାଇବା ପାଇଁ ପାରିଶ୍ରମିକ

ମାଗିଲେ । ମୁଁ ପାରିଶ୍ରମିକ ଦେବା ପାଇଁ ରାଜି ହେବାପରେ ତାଙ୍କ ବ୍ୟବହାରରେ ପରିବର୍ତ୍ତନ ହେଲା ଏବଂ ଓଠରେ କିଛି ମାତ୍ରାରେ ହସ ଦେଖାଗଲା । କିନ୍ତୁ ସେ ଯେଉଁ ସମୟରେଖା ହାତରେ ଲେଖିକରି ଦେଲେ, ତାହା ପ୍ରାଞ୍ଜଳଭାବେ ପଢ଼ି ତ ହେଲାନି, ଯାହା ବି ପଢ଼ି ହେଲା ତା' ଠିକ୍ ନଥିଲା । ବରଂ ସେ ଟାଇପ୍‌ରାଇଟରରେ ଟାଇପ୍ କରି ଦେବାର ଥିଲା । ତାଙ୍କ କହିବା ଅନୁସାରେ ସଂପୂର୍ଣ୍ଣ କ୍ରମ-ବିକାଶ ତା'ର ପ୍ରାରମ୍ଭିକ ସ୍ଥିତିକୁ ଯିବାପାଇଁ ଗୋଟିଏ ବର୍ଷ ଲାଗିବ, କିନ୍ତୁ ଯେଭଳି ଭାବରେ ପରିବର୍ତ୍ତନ ଘଟୁଥିଲା, ମୋତେ ଲାଗିଲାଯେ ମୋ ହାତରେ ମାସକରୁ କମ୍ ସମୟ ଅଛି ।

ପ୍ରଥମେ ପ୍ରଥମେ ବେନ୍‌ର ଅନୁପସ୍ଥିତିକୁ ନେଇ ଅନେକ ଫୋନ୍ ଆସିଲା । ସେ ଆଜି କାମରେ ନାହାନ୍ତି – ସେ ଆଜି କ୍ଲାଏଣ୍ଟ୍ ସହିତ ଲଞ୍ଚ୍ ମିଟିଂରେ ନଥିଲେ – ସେ ଅର୍ଡ଼ର ଦେଇଥିବା ବହି ପହଞ୍ଚିଯାଇଛି, ଆସି ନେଇଯାଆନ୍ତୁ ଇତ୍ୟାଦି ଇତ୍ୟାଦି । ମୁଁ ସେମାନଙ୍କୁ କହିଲି ଯେ ସେ ଅସୁସ୍ଥ, ଏକ ଅଜବ ଅସୁସ୍ଥତା, ତେଣୁ ସେମାନେ ଆଉ ଫୋନ୍ କରନ୍ତୁ ନାହିଁ । ସେମାନେ ମୋ କଥା ଶୁଣିଲେ ଓ ଫୋନ୍ କରିବା ବନ୍ଦ କରିଦେଲେ । ସପ୍ତାହେ ପରେ ଫୋନ୍ ସଂପୂର୍ଣ୍ଣ ରୂପେ ନିରବ ଥିଲା ଓ ମାଙ୍କଡ଼ ହୋଇଯାଇଥିବା ବେନ୍ ଝରକା ପାଖ କୋଣରେ ବସି ଲୁଗା ଚଉତୁ ଥିଲା ଓ ମନକୁମନ ବିଡ଼୍‌ବିଡ଼୍ କରୁଥିଲା ।

ଶେଷଥର ପାଇଁ ତାକୁ ଯେତେବେଳେ ମଣିଷ ଭାବରେ ଦେଖିଥିଲି ସେ ପୃଥିବୀକୁ ନେଇ ଖୁବ୍ ଦୁଃଖୀ ଥିଲା ।

ଏହା ଅସ୍ୱାଭାବିକ ନଥିଲା । ସେ ପୃଥିବୀକୁ ନେଇ ଏମିତି ସବୁବେଳେ ଦୁଃଖୀ ରହୁଥିଲା । ତାକୁ ଭଲପାଇବାର ଏହା ଏକ ବଡ଼ କାରଣ ମଧ୍ୟ ଥିଲା । ଆମେ ଦୁହେଁ ଏକାଠି ବସି ଦୁଃଖୀ ହେଉଥିଲୁ, ଦୁଃଖୀ ରହିବା ବିଷୟରେ ଚିନ୍ତା କରୁଥିଲୁ ଓ ବେଳେବେଳେ ଦୁଃଖକୁ ନେଇ ଚର୍ଚ୍ଚା କରୁଥିଲୁ ।

ମଣିଷଭାବେ ତା'ର ଶେଷ ଦିନରେ ସେ କହିଲା, "ଆନି, ଅନୁଭବ କରୁଛ ? ଆମେ ଅଧିକ ସ୍ମାର୍ଟ ହୋଇଯାଉଛେ । ଆମ ମସ୍ତିଷ୍କ କ୍ରମେ ସମ୍ପ୍ରସାରିତ ହେଉଛି । ଯେତେବେଳେ ହୃଦୟଠାରୁ ମସ୍ତିଷ୍କ ବଳିପଡ଼େ, ପୃଥିବୀ ଧୀରେଧୀରେ ଶୁଖିଯାଏ ଓ ମୃତ୍ୟୁ ଲଭେ ।"

ସେ ତା'ର ନୀଳ ଆଖିରେ ମୋତେ ତୀକ୍ଷ୍ଣ ଭାବେ ଚାହିଁ କହିଲା, "ଠିକ୍ ଆମ ପରି, ଆନି । ଆମେ ସତରେ ବହୁତ ଭାବୁଚେ ।"

ମୁଁ ତା' ପାଖରେ ବସିଲି । ମୁଁ ମନେପକେଇଲି ଯେବେ ପ୍ରଥମଥର ଆମର ଦୈହିକ ମିଳନ ହୋଇଥିଲା, ମୁଁ ଆଲୁଅ ଜଳେଇ ରଖିଥିଲି, ମୋ ଆଖି ମେଲାଥିଲା

ଏବଂ ମୁଁ ପ୍ରତ୍ୟେକ ମୁହୂର୍ତ୍ତକୁ ଗଭୀର ଭାବେ ଅନୁଭବ କରୁଥିଲି । ମୁଁ ଦେଖିଲିଯେ ବେନ୍‌ର ଆଖି ମଧ୍ୟ ମେଲା । ଏବଂ ସନ୍ଧ୍ୟୋଗ ମଝିରେ ଆମେ ଉଠି ଚଟାଣ ଉପରେ ବସିଲୁ ଓ ଘଣ୍ଟାଏ ପର୍ଯ୍ୟନ୍ତ କବିତାଚର୍ଚ୍ଚା କଲୁ । ଏ ଅନୁଭବ ଅଜବ ଅଥଚ ଅତ୍ୟନ୍ତ ଅନ୍ତରଙ୍ଗ ଲାଗୁଥିଲା ।

ଆଉ ଥରେ ସେ ଅଧରାତିରେ ମୋତେ ନିଦରୁ ଉଠାଇଲା, ଈଷତ୍ ନୀଳରଙ୍ଗ ବିଛଣାଚଦର ଉପରୁ ଦୁଇବାହୁରେ ଉଠେଇନେଇ ଅଗଣାରେ ତା'ରାମାନଙ୍କ ଗହଣରେ ମୋ କାନରେ ଫିସ୍‌ଫିସ୍ କରି କହିଲା: ଦେଖ ଆନି, ଦେଖ – ଏଠି କେବଳ ସ୍ୱପ୍ନ, ସ୍ୱପ୍ନ ବ୍ୟତୀତ ଜାଗା ନାହିଁ ଆଉ କାହାପାଇଁ । ମୁଁ ଶୁଣିଲି, ନିଦନିଦରେ, ବିଛଣାକୁ ଫେରିଲାପରେ ମୋ ଆଖିରେ ତିଳେ ବି ନିଦ ନଥିଲା, କେବଳ ଛାତକୁ ଚାହିଁ ରହିଲି, ସ୍ୱପ୍ନ ଦେଖି ପାରିଲିନି । ବେନ୍ ସେଇ ମୁହୂର୍ତ୍ତରେ ଶୋଇଗଲା । ମୁଁ ଧୀର ପାଦରେ ବାହାରକୁ ଆସିଲି, ତାରାମାନଙ୍କୁ କଳ୍ପନାରେ ଆଣି ସ୍ୱପ୍ନ ଦେଖିବାକୁ ଚେଷ୍ଟାକଲି, କିନ୍ତୁ ମୋ ପାଖରେ ସେ ନିପୁଣତା ନଥିଲା । ମୁଁ ସେଇ ତାରାକୁ ଖୋଜିବାକୁ ଚେଷ୍ଟା କଲି ଯାହାକୁ ଦେଖି ଇତିହାସରେ କେହି କେବେ କୌଣିସ ଅଭିଳାଷ କରିନଥିବେ ଏବଂ ମୁଁ ଯଦି ସେ ତା'ର ।କୁ ପାଇଯାଏ ତେବେ କ'ଣ ହେବ ବୋଲି ଭାବିଲି ।

ମଣିଷ ଭାବେ ଶେଷ ଦିନ ସେ ତା'ର ମୁଣ୍ଡକୁ ଦୁଇ ହାତ ଭିତରେ ରଖି ଫୁଲିଫୁଲି କାନ୍ଦିଲା । ମୁଁ ଛିଡ଼ା ହେଲି ଏବଂ ତା'ର ସମଗ୍ର ବେକର ପଛପାଖକୁ ଚୁମିଲି ଓ ପ୍ରାର୍ଥନା କଲି । ମୁଁ ଜାଣିଥିଲିଯେ ମୋ ପୂର୍ବରୁ କୌଣସି ନାରୀ ତା' ଦେହର ପ୍ରତ୍ୟେକ ବିନ୍ଦୁକୁ ଚୁମି ନଥିବେ । କାହିଁକି ପ୍ରାର୍ଥନା କଲି ମୁଁ? ଭଲ ପାଇଁ । ବାସ୍, କେବଳ ତା'ର ଶୁଭ ମନାସିବା ପାଇଁ । ପିଲାଦିନେ ମୋର ପ୍ରାର୍ଥନା ସାମଗ୍ରିକ ଥିଲା, ଖୁବ୍ ଶୀଘ୍ର ମୁଁ ବିଶେଷରୂପେ କରାଯାଉଥିବା ପ୍ରାର୍ଥନାର ମହତ୍ତ୍ୱ ବୁଝିଲି ।

ମୁଁ ତାକୁ ମୋ ବାହୁରେ କୋଳେଇନେଲି ଏବଂ କହିଲି, "ଦେଖ, ଆମେ କିଛି ଚିନ୍ତା କରୁନେ ଏବେ ।" ସେ ମୋ ବେକକୁ ଚୁମିଲା ବେଳେ ମୁଁ ତା' କାନରେ ଧୀରେ କହିଲି, "ଆମେ ଆଦୌ କିଛି ଚିନ୍ତା କରୁନେ ।" ସେ ତା'ର ମଥାକୁ ମୋ କାନ୍ଧ ପାଖରେ ରଖି ମୋତେ କୁଣ୍ଢେଇ ଧରିଲା । ପରେ ଆମେ ଆଉଥରେ ବାହାରକୁ ଗଲୁ । ଆକାଶରେ ଜହ୍ନ ନଥିଲା, କେବଳ ଅନ୍ଧକାର । ମୁହଁ ଖୋଲି କିଛି ବି କହିବାକୁ ଚାହିଁଲାନି ସେ । କେବଳ ମୋ ଆଖିକୁ ଚାହିଁ ଆଖିରେ ଆଖିରେ କଥା ହେବାପାଇଁ ଇଚ୍ଛାକଲା । ମୁଁ ତାକୁ ଠିକ୍ ସେମିତି କରିବାକୁ ଦେଲି, ତା' ଚାହାଣିରେ ମୋ ଦେହ ଆହୁରି ସୁନ୍ଦର ଦିଶିଲା । ତା'ପରେ କହିଲା ଯେ କୌଣସି କାରଣରୁ ଆଜି ରାତିରେ ସେ ବାହାରେ ଶୋଇବାକୁ ଚାହୁଁଛି । ମୁଁ ସକାଳୁ ବିଛଣାରୁ ଉଠି ଝର୍କାରୁ ଅଗଣାକୁ ଚାହିଁ

ଦେଖିଲିଯେ ଗୋଟିଏ ବଣମଣିଷ ସୂର୍ଯ୍ୟକିରଣ ଚମକରୁ ନିଜକୁ ଅବରୋଧ କରିବାପାଇଁ ତା'ର ଲୋମଶ ହାତକୁ ମୁହଁରେ ଢାଙ୍କି ତଳେ ଶୋଇଛି ।

ତା' ଆଖି ଦେଖିବା ପୂର୍ବରୁ ମୁଁ ଜାଣିସାରିଥିଲି ଯେ ସେ ବେନ୍ । ଆମେ ସାମ୍ନାସାମ୍ନି ହେଲା ମାତ୍ରେ ସେ ସେମିତି କରୁଣ ଆଖିରେ ମୋତେ ଋହିଁଲା ଓ ମୁଁ ତା'ର ବିଶାଳ କାନ୍ଧକୁ କୁଣ୍ଢେଇ ଧରିଲି । ମୁଁ କ୍ଷଣକ ପାଇଁ ବିଚଳିତ ହେଲିନି, ମୋତେ ଡର ଲାଗିଲାନି କି ମୁଁ ପୋଲିସକୁ ମଧ୍ୟ ଡାକିଲି ନାହିଁ । ମୁଁ ଅଗଣାରେ ତା' ସହିତ ବସିଲି ଏବଂ ତା' ହାତର ଲୋମକୁ ଆଉଁଷିଲି । ସେ ଯେତେବେଳେ ମୋତେ ଧରିବାକୁ ଋହିଁଲା, ମୋ ପାଟିରୁ "ନାଇଁ" ବୋଲି ବଡ଼ପାଟିରେ ବାହାରିଆସିଲା । ସେ ବୁଝିପାରିଲା ଓ ପଛକୁ ଫେରିଗଲା । ଏଥିପାଇଁ ଅବଶ୍ୟ ମୋ ମନଭିତରେ ମୁଁ ସୀମାରେଖା ଟାଣି ସାରିଥିଲି ।

ଆମେ ଲନ୍‌ରେ ସାଥିହୋଇ ବସିଲୁ ଓ ଘାସ ଛିଣ୍ଡେଇଲୁ । ମୁଁ ମଣିଷ ବେନ୍‌ର ଅଭାବକୁ ହଠାତ୍ ଅନୁଭବ କଲିନି । ମୁଁ ବଣମଣିଷ ବେନ୍‌କୁ ମଧ୍ୟ ଜାଣିବାକୁ ଋହିଁଲି, ମୋ ପ୍ରେମିକକୁ ପୁଅ ପରି ଅଥବା ପାଳିତ ଜୀବଟିଏ ପରି ଯତ୍ନ ନେବାକୁ ଋହିଁଲି । ମୁଁ ତାକୁ ସମସ୍ତ ସମ୍ଭାବ୍ୟ ପରିପ୍ରେକ୍ଷୀରୁ ବୁଝିବାକୁ ଋହିଁଲି ଅଥଚ ସେ ମୋ ସହିତ ଫେରିବାକୁ ଋହୁଁ ନାହିଁ ବୋଲି ମୁଁ ଭାବିପାରିନଥିଲି ।

ବର୍ତ୍ତମାନ ମୁଁ ଅଫିସରୁ ଫେରି ବ୍ୟସ୍ତତା ଭିତରେ ତାକୁ ଘର ସାରା ଖୋଜିଲି ଏବଂ ଅନୁମାନ କଲି ଯେ ସେ ଆଉ ନାହିଁ । ଦ୍ରୁତଗତିରେ ମୁଁ ସବୁ କୋଠରି ଭିତରେ ବୁଲିଆସିଲି । ମାତ୍ର କେଇ ମିନିଟ ଭିତରେ ଗୋଟେ ପ୍ୟାକେଟ ଚୁଇଙ୍ଗମ୍ ଶେଷ କରିଦେଲି । ମୁଁ ମୋର ସ୍ମୃତିର ସ୍ପଷ୍ଟତାକୁ ନିଶ୍ଚୟ କରିବାପାଇଁ ତାକୁ ନିରୀକ୍ଷଣ କଲି । କାରଣ ବେନ୍ ଯଦି ଆଉ ନାହିଁ ତେବେ ତାକୁ ସ୍ମରଣ କରିବା ମୋର କର୍ତ୍ତବ୍ୟ । ମୁଁ ଚିନ୍ତାକଲି କେମିତି ଭାବେ ସେ ମୋତେ ଦୁଇବାହୁରେ ଜାବୋଡ଼ି ଆଲିଙ୍ଗନ କରେ ଓ ମୁଁ ଅଣନିଃଶ୍ୱାସୀ ହୋଇଯାଏ, କେମିତି ଭାବେ ତା'ର ନିଃଶ୍ୱାସ ସିଧା ମୋ କାନ ଭିତରେ ମୁଁ ଅନୁଭବ କରେ ।

ରୋଷେଇଘରକୁ ଆସି କାଚପାତ୍ରରେ ଝାଙ୍କି ଦେଖିଲିଯେ ସେ ଗୋଟେ ପ୍ରକାରର ଏକକୋଷୀ ଜୀବ ହୋଇଯାଇଛି । ଏକଦମ୍ ଛୋଟ ଦିଶୁଛି ସେ ।

"ବେନ୍!" ମୁଁ ଧୀର ଗଳାରେ କହିଲି, "ମତେ ଜାଣିପାରୁଛ ? ମୁଁ ମନେ ପଡୁଛି ?"

ତା' ଆଖି ଦୁଇଟି ଉପରକୁ ଉଠିଗଲା । ମୁଁ ପାଣିରେ ମହୁ କେଇ ବୁନ୍ଦା ପକାଇଲି । ତାକୁ ମହୁ ଭଲ ଲାଗୁଥିଲା । ସେ ମହୁ ବୁନ୍ଦାକୁ ଋଟିଲା ଓ ପାତ୍ରର ଅନ୍ୟ ପାଖକୁ ପହଁରିଗଲା ।

ଏହା ହେଲା ମୋର ସମସ୍ତ ପରିସୀମାର ସୀମାରେଖା – ଏମିତି ଭାବେ: ତୁମେ ଜାଣି ପାରିବନି ସେ ସୀମାରେଖା କେଉଁଠି ଏବଂ ହଠାତ୍ ଦେଖିବ ଯେ ତା' ଉପରେ ଛିଡ଼ା ହୋଇଛ ତୁମେ । କାରଣ ପାଣିକୁ ଘଣ୍ଟା ଘଣ୍ଟା ଧରି ଅଣୁବୀକ୍ଷଣ ଯନ୍ତ୍ରଦ୍ୱାରା ଦେଖିବା ପରେ ମଧ୍ୟ ମୋର ଏକକୋଷୀ ଆଶ୍ଚର୍ଯ୍ୟ, ମସ୍ତିଷ୍କବିହୀନ, ଶାନ୍ତ ଏବଂ କ୍ଷୁଦ୍ରାତିକ୍ଷୁଦ୍ର ପ୍ରେମିକକୁ ଖୋଜି ନପାଇବାର ଦୁଃଖ ମୋ ପାଇଁ ଖୁବ୍ ଅସହ୍ୟ ହେବ ।

ମୁଁ ତାକୁ କାରର ପାସେଞ୍ଜର ସିଟ୍‌ରେ ରଖିଲି ଏବଂ ସମୁଦ୍ରକୂଳକୁ ନେଲି । ସମୁଦ୍ରବାଲିରେ ଚାଲୁଥିବାବେଳେ ତଉଲିଆ ପିନ୍ଧି ଖରା ପୋଉଁଥିବା ଲୋକମାନଙ୍କର ଅଭିବାଦନର ଉତ୍ତର ମୁଣ୍ଡ ହଲେଇ ଦେଲି । ପାଣିଧାରରେ ପାଣିକୁ ନଇଁ ବସିଲି ଓ କାଚପାତ୍ରକୁ ଗୋଟିଏ ଛୋଟ ଢ଼େଉ ଉପରେ ଧୀରେ ରଖିଲି । ପାତ୍ରଟି ଠିକ୍‌ରେ ଭାସିଲା, ଗୋଟିଏ ଚନ୍ଦନ ନୌକା ପରି । ସେ ହୁଏତ କୂଳକୁ କେବେ ଭାସିଆସିବ, କିଏ ଜଣେ ଗରିବଲୋକ ତାକୁ ପାଇବ ଯାହା ନିକଟରେ ବିସ୍କୁଟ୍ ତିଆରି କରିବାର ସମସ୍ତ ସାମଗ୍ରୀ ଥିବ ଅଥଚ ବିସ୍କୁଟ୍ ରଖିବାପାଇଁ ଉପଯୁକ୍ତ ପାତ୍ର ନଥିବ ।

ଏକକୋଷୀ ପ୍ରାଣୀ ବେନ୍ ପାତ୍ରରୁ ବାହାରି ସମୁଦ୍ରକୁ ପହଁରିଗଲା । ମୁଁ ଦୁଇ ହାତରେ ତା' ପଛରେ ପାଣି ବାହିଦେଲି । ଯଦିବି ସେ ପଛକୁ ଫେରି ଦେଖିବାକୁ ଚାହିଁଥିବ, ଦେଖିପାରି ନଥିବ କାରଣ ଢେଉର ଆକାର ତା' ତୁଳନାରେ ଅନେକ ବଡ଼ ଥିଲା ।

ମୁଁ ପଛକୁ ଫେରି କାର୍ ନିକଟକୁ ଆସିଲି ।

ବେଳେବେଳେ ମୁଁ ଭାବେ ସେ ଦିନେ କୂଳକୁ ଭାସିଆସିବ । ଉଲଗ୍ନ ମଣିଷଟିଏ ହୋଇ, ଚମକେଇଦେଲାପରି ଚେହେରାରେ । ଯିଏ ଇତିହାସ ହୋଇଯିବା ପରେ ମଧ୍ୟ ଫେରିଆସିଥିବ । ମୁଁ ଖବରକାଗଜ ଉପରେ ନିୟମିତ ଭାବେ ଦୃଷ୍ଟିରଖିଲି । ନିଶ୍ଚୟ କଲି ଯେ ମୋ ଫୋନ୍ ନମ୍ବର ଖବରକାଗଜ ଅଫିସରେ ଅଛି । କାଳେ ସେ ଘର ଭୁଲିଯାଇଥିବ ବୋଲି ମୁଁ ରାତିରେ ଉଠି ବାହାରକୁ ଯାଏ । ପକ୍ଷୀମାନଙ୍କୁ ବାହାରେ ଖାଇବାକୁ ଦିଏ ଓ ବେଳେବେଳେ ଶୋଇବା ପୂର୍ବରୁ ମୁଁ ମୋ ହାତକୁ ମୁଣ୍ଡ ଚାରିପଟେ ଗୁଡ଼େଇ ଜାଣିବାର ଚେଷ୍ଟାକରେ ଏହା ବଢୁଛି କି ନାହିଁ ଦେଖିବାପାଇଁ । ତା'ପରେ ଭାବେ, ଯଦିବା ବଢ଼େ, କେଉଁ କାମରେ ଆସିବ ଯେ ?

■

ପାକିସ୍ତାନ

ଟିଥ୍ୱାଲର କୁକୁର

ସାଦତ ହାସନ ମଣ୍ଟୋ

କେଇ ସପ୍ତାହ ଧରି ସୈନ୍ୟମାନେ ନିଜ ନିଜ ଜାଗାରେ ପ୍ରସ୍ତୁତ ଥିଲେ ମଧ୍ୟ ଯୁଦ୍ଧ ନାଁରେ କାଁ ଭାଁ କିଛି ଘଟୁଥିଲା, କେବଳ ଯାହା ଡଜନେ ଲେଖାଏ ଗୁଳି ଶାସ୍ତ୍ରବିଧି ପରି ପ୍ରତିଦିନ ବିନିମୟ ହେଉଥିଲା । ପାଗ ଖୁବ୍ ବଢ଼ିଆ ଥିଲା । ଜଙ୍ଗଲି ଫୁଲର ବାସ୍ନାରେ ପବନ ଭାରୀ ଲାଗୁଥିଲା ଏବଂ ପ୍ରକୃତି ସତେ ଯେମିତି ତା'ର ପ୍ରବାହକୁ ଅନୁସରଣ କରୁଥିଲା, ସୈନିକଙ୍କ ବଡ଼ ବଡ଼ ପଥର ପଛରେ ଅଥବା ପାହାଡ଼ି ଗୁଳ୍ମ ପଛରେ ଲୁଚିବାକୁ ତା'ର ଧ୍ୟାନ ନଥିଲା । ସବୁଥର ପରି ପକ୍ଷୀମାନେ ଗୀତ ଗାଉଥିଲେ ଏବଂ ଫୁଲମାନେ ପ୍ରସ୍ଫୁଟିତ ଥିଲେ । ମହୁମାଛିମାନେ ବଡ଼ ଅଳସ ଭାବରେ ଗୁଞ୍ଜରଣ କରୁଥିଲେ ।

କେବଳ ଯେତେବେଳେ ଗୁଳି ଫୁଟିବାର ଶବ୍ଦ ଶୁଣାଯାଉଥିଲା, ପକ୍ଷୀମାନେ ଡ଼େଣା ଫଡ଼ଫଡ଼ କରି ଉଡ଼ିଯାଉଥିଲେ ସତେ ଯେପରି କେଉଁ ସଙ୍ଗୀତକାର ତା'ର ବାଦ୍ୟଯନ୍ତ୍ରରେ କିଛି କଟୁ ସୁର ବଜାଉଥିଲା । ସେପ୍ଟେମ୍ବର ସରି ସରି ଆସୁଥିଲା, ଗରମ ସରିଯାଇଥିଲା ଓ ଥଣ୍ଡା ପଡ଼ିନଥିଲା । ଲାଗୁଥିଲା ଯେମିତି ଗ୍ରୀଷ୍ମ ଓ ଶୀତ ନିଜ ନିଜ ମଧ୍ୟରେ ଚୁକ୍ତି ସ୍ୱାକ୍ଷର କରିଛନ୍ତି । ନୀଳ ଆକାଶରେ ତୁଳାର ବାଦଲ ହ୍ରଦରେ ନୌକା ଭାସିଲା ପରି ଭାସୁଥିଲେ ।

ସୈନିକମାନେ ଏହି ଅନିର୍ଣ୍ଣାୟକ ଯୁଦ୍ଧରେ କ୍ରମଶଃ କ୍ଳାନ୍ତ ଅନୁଭବ କରୁଥିଲେ । ସେମାନଙ୍କୁ ନିଜ ନିଜର ସ୍ଥିତି ଏକଦମ ସୁଦୃଢ଼ ଲାଗୁଥିଲା । ସେମାନେ ଯେଉଁ ଦୁଇଟି ପାହାଡ଼ ପଛରେ ନିଜନିଜର ଆସ୍ଥାନ ଜମାଇଥିଲେ, ସେ ପାହାଡ଼ ଦୁଇଟି ପ୍ରାୟ ସମାନ ଉଚ୍ଚତାର ଥିଲା ତେଣୁ କୌଣସି ପକ୍ଷ ପାଇଁ ପରିସ୍ଥିତି ଲାଭଦାୟକ ନଥିଲା । ପାହାଡ଼ ତଳ ଉପତ୍ୟକାରେ ସରୁ ଝରଟିଏ ପଥରଭର୍ତ୍ତି ନଦୀତଳ ଦେଇ ସାପପରି ଅଙ୍କାବଙ୍କା ହୋଇ ବହିଯାଉଥିଲା ।

କୌଣସି ପକ୍ଷର ବାୟୁସେନା ଯୁଦ୍ଧରେ ଭାଗ ନେଇନଥିଲେ ଏବଂ କୌଣସି ପକ୍ଷରେ ଅତ୍ୟଧିକ ମାତ୍ରାରେ ବନ୍ଧୁକ ଓ ଗୋଳାବାରୁଦ ନଥିଲା । ରାତିରେ ସେମାନେ ନିଆଁ ଜାଳି ବସୁଥିଲେ ଏବଂ ପାହାଡ଼ ଦେଇ ପ୍ରତିଧ୍ୱନିତ ହେଉଥିବା ପରସ୍ପରର ସ୍ୱର ଶୁଣୁଥିଲେ ।

ରାତିର ଶେଷ ଢ଼ ପାନ ଏଇ ମାତ୍ର ସରିଥିଲା । ନିଆଁ ଲିଭି ସାରିଥିଲା । ଆକାଶ ସଫା ଦିଶୁଥିଲା, ପବନରେ ଆର୍ଦ୍ରତା ଥିଲା ଏବଂ ପାଇନ୍ ଫଳର ତୀବ୍ର ଅଥଚ ରୁଚିକର ଗନ୍ଧ ଆସୁଥିଲା । ରାତିରେ ଜଗୁଥିବା ଜମାଦାର ହରନାମ ସିଂ ବ୍ୟତୀତ ଅନ୍ୟ ସୈନିକମାନେ ଶୋଇଯାଇଥିଲେ । ରାତି ଦୁଇଟାରେ ରାତି ଜଗୁଆଳ କାମ ଆଗକୁ ଜାରି ରଖିବାକୁ ସେ ଗଣ୍ଡା ସିଂଙ୍କୁ ଉଠେଇଲା । ତା'ପରେ ସେ ବିଛଣାରେ ଗଡ଼ପଡ଼ ହେଲା, କିନ୍ତୁ ନିଦ ଆକାଶର ତାରା ପରି କାହିଁ କେତେ ଦୂରରେ ଥିଲା । ସେ ଗୋଟିଏ ପଞ୍ଜାବୀ ଲୋକଗୀତ ଗାଇବାକୁ ଆରମ୍ଭକଲା ।

"ମୋ ପାଇଁ କିଣିଦେ ହଲେ ଜୋତା, ରାଞ୍ଝା ମୋର
ହଲେ ଜୋତା, ତା' ଦେହରେ ଲାଗିଥିବ ତାରା
ବିକିଦେ ମଇଁଷି ତୋ'ର, ଯଦି ଚାହୁଁ
କିନ୍ତୁ କିଣି ଦେ ମୋ ପାଇଁ ହଲେ ଜୋତା
ଯେଉଁଥିରେ ଲାଗିଥିବ ତାରା ।"

ଗୀତଟି ତାକୁ ଭାବବିହ୍ୱଳ କରିଦେଲା । ସେ ଜଣ ଜଣ କରି ସମସ୍ତଙ୍କୁ ଉଠେଇଲା । ସୈନିକମାନଙ୍କ ମଧ୍ୟରେ ସମସ୍ତଙ୍କଠୁ ସାନ, ବନ୍ତା ସିଂ, ଯାହାର ସ୍ୱର ଖୁବ୍ ମିଠା, କାଳଜୟୀ ପ୍ରେମ ଓ ବିରହର ପଞ୍ଜାବୀ ମହାକାବ୍ୟ ହୀର-ରାଞ୍ଝାରୁ ଗୋଟିଏ ବିରହ ପଂକ୍ତି ଗାଇବାକୁ ଆରମ୍ଭ କଲା । ସେମାନଙ୍କ ମଧ୍ୟରେ ଏକ ଗଭୀର ଦୁଃଖଦ ବାତାବରଣ ଅନୁଭୂତ ହେଲା । ଏପରିକି ଗୀତର ଉଦାସୀପଣ ଧୂସର ପାହାଡ଼କୁ ଛୁଇଁଲାପରି ଲାଗିଲା ।

ହଠାତ୍ ଗୋଟିଏ କୁକୁରର ଭୁକିବାର ଶବ୍ଦ ଏମିତି ଏକ ଆବେଗାତ୍ମକ

ପରିବେଶକୁ ଚୂର ଚୂର କରି ଭାଙ୍ଗିଦେଲା । ଜମାଦାର ହରନାମ ସିଂ କହିଲା, "ୟେ ହାରାମଜାଦା କମିନା ଏତିକିବେଳକୁ କେଉଁଠୁ ଆସି ପହଞ୍ଚିଲା ?"

କୁକୁର ପୁଣି ଥରେ ଭୁକିଲା । ତା'ର ଶବ୍ଦ କ୍ରମଶଃ ନିକଟତର ହେଲା । ପାଖ ବୁଦା ଭିତରୁ ପତ୍ର ଖଡ଼ଖଡ଼ ହେବାର ଶୁଣାଗଲା । ବଣ୍ଟା ସିଂ ଘଟଣାର ଅନୁସନ୍ଧାନ କରିବ ବୋଲି ବାହାରିଗଲା ଓ କିଛି ସମୟ ପରେ ଗୋଟେ ବୁଲା କୁକୁରକୁ ଦଉଡ଼ିରେ ବାନ୍ଧି ଟାଣି ଟାଣି ଆଣିଲା । କୁକୁର ତା'ର ଲାଞ୍ଜ ହଲୋଉଥିଲା । "ମୁଁ ତାକୁ ବୁଦା ପଛପଟେ ପାଇଲି ଓ ସେ ତା' ନାଆଁ ଝୁନ୍‌ଝୁନ୍ କହିଲା, "ବଣ୍ଟା ସିଂ ଘୋଷଣା କଲା । ସମସ୍ତେ ବଡ଼ପାଟିରେ ହସିଲେ ।"

ହରନାମ ସିଂ ତା' ବ୍ୟାଗରୁ ବିସ୍କୁଟ ବାହାରକରି କୁକୁରକୁ ଦେଖାଇ ଭୂଇଁରେ ରଖିଲା । କୁକୁର ବିସ୍କୁଟକୁ ଶୁଙ୍ଘି ଖାଇବାକୁ ଯାଉଥିଲାବେଳେ ହରନାମ ସିଂ ବିସ୍କୁଟକୁ ଉଠେଇନେଲା ଓ କୁକୁରକୁ ଚାହିଁ କହିଲା, "ରହ ରହ, ତୁ ପାକିସ୍ତାନୀ କୁକୁର ହୋଇଥାଇପାରୁ ।"

ସମସ୍ତେ ପୁଣି ହସିଲେ । ବଣ୍ଟା ସିଂ କୁକୁର ପିଠିରେ ହାତ ଥାପୁଡ଼େଇ ହରନାମ ସିଂକୁ କହିଲା, "ଜମାଦାର ସାହେବ, ଝୁନ୍‌ଝୁନ ଭାରତୀୟ କୁକୁର ।"

"ତୋ ପରିଚୟ ପତ୍ର ଦେଖା," ହରନାମ ସିଂ କୁକୁରକୁ ଆଦେଶ ଦେବା ସ୍ୱରରେ କହିଲା । କୁକୁର ଲାଞ୍ଜ ହଲେଇଲା ।

"ସବୁ କୁକୁର ଲାଞ୍ଜ ହଲାନ୍ତି । ଲାଞ୍ଜ ହଲେଇବା ପରିଚୟ ପତ୍ର ନୁହେଁ ।" ହରନାମ ସିଂ କହିଲା ।

କୁକୁର ଲାଞ୍ଜ ସହ ଖେଳୁ ଖେଳୁ ବଣ୍ଟା ସିଂ କହିଲା, "ସେ ବିଚରା ରିଫ୍ୟୁଜି ପରା ।"

ହରନାମ ସିଂ ଉପରକୁ ବିସ୍କୁଟ ଖଣ୍ଡେ ଫିଙ୍ଗିଦେଲା ଯାହାକୁ କୁକୁର ଡେଇଁକରି ଧରିଲା ।

"ଏବେ କୁକୁରଙ୍କୁ ମଧ୍ୟ ସ୍ଥିର କରିବାକୁ ହେବ ସେମାନେ ଭାରତୀୟ କି ପାକିସ୍ତାନୀ," ଜଣେ ସୈନିକ କହିବାର ଶୁଣାଗଲା ।

ହରନାମ ସିଂ ଆଉ ଖଣ୍ଡେ ବିସ୍କୁଟ କୁକୁର ଆଡ଼କୁ ଫିଙ୍ଗି କହିଲା, "କୁକୁର ସମେତ ସମସ୍ତ ପାକିସ୍ତାନୀଙ୍କୁ ଗୁଳିରେ ଉଡ଼େଇ ଦିଆଯିବ ।"

ଜଣେ ସୈନିକ ଚିତ୍କାର କରି କହିଲା, "ଭାରତ ଜିନ୍ଦାବାଦ ।"

କୁକୁର ବିସ୍କୁଟ ଚୋବେଇବାକୁ ଯାଉଥିଲା । ସୈନିକର ଚିତ୍କାର ଶୁଣି ଲାଙ୍ଗୁଡ଼କୁ ଦୁଇ ଗୋଡ଼ ଭିତରେ ଜାକି ବିସ୍କୁଟ ଛାଡ଼ି ଚୁପ୍‌ଚାପ୍ ଛିଡ଼ାହେଲା । ସେ ଭୟାତୁର

ଲାଗୁଥିଲା । ହରନାମ ସିଂ ହସିଲା ଏବଂ କହିଲା, "ତୁ ନିଜ ଦେଶରେ କାହିଁକି ଡରୁଛୁ ? ନେ ଝୁନ୍‌ଝୁନ୍, ଆଉ ଖଣ୍ଡେ ବିସ୍କୁଟ ଖା ।"

ହଠାତ୍ ସକାଳ ହେଲା ଯେମିତି କେହି ଅନ୍ଧାର କୋଠରି ଭିତରେ ବିଜୁଳି ଆଲୁଅ ଲଗେଇଦେଲା । ଋହୁଁ ଋହୁଁ ସୂର୍ଯ୍ୟାଲୋକରେ ତିଥୱାଲର ଉପତ୍ୟକା ଆଲୋକିତ ହୋଇଗଲା ।

ଯଦିଓ ଯୁଦ୍ଧ ଆରମ୍ଭ ହେବାର କେଇ ମାସ ହୋଇଗଲାଣି, ଯୁଦ୍ଧ ଜିତିବା ନେଇ ଏ ପର୍ଯ୍ୟନ୍ତ କେହି ନିଶ୍ଚିତ ନୁହଁନ୍ତି ।

ଜମାଦାର ହରନାମ ସିଂ ତା' ଦୂରବୀନ୍‌ରେ ସଂପୂର୍ଣ୍ଣ ଉପତ୍ୟକାକୁ ନିରୀକ୍ଷଣ କଲା । ସେ ସାମ୍ନା ପାହାଡ଼ରୁ ଧୂଆଁ ଉଠିବାର ଦେଖିଲା ଯାହାର ଅର୍ଥ ହେଲା ସେମାନଙ୍କ ପରି ଶତ୍ରୁ ଶିବିରରେ ମଧ୍ୟ ପ୍ରାତଃଭୋଜନ ରନ୍ଧା ହେଉଛି ।

ମୋଟା ନିଶକୁ ମୋଡ଼ି ପାକିସ୍ତାନ ସେନାର ସୁବେଦାର ହିମ୍ମତ ଖାଁ ତିଥୱାଲ ଉପତ୍ୟକାର ମାନଚିତ୍ର ଉପରେ ଆଖି ବୁଲେଇବାକୁ ଲାଗିଲା । ତା' ପାଖକୁ ଲାଗି ବସିଥିଲା ତା' ୱେୟାରଲେସ୍ ଅପରେଟର ଯିଏ ପରବର୍ତ୍ତୀ ଆଦେଶ ପାଇଁ ପ୍ଲାଟୁନ୍ କମାଣ୍ଡର ସହିତ ଯୋଗାଯୋଗ କରିବାକୁ ଚେଷ୍ଟା କରୁଥିଲା । କେଇ ଫୁଟ ଦୂରରେ ପଥରକୁ ଆଉଜିହୋଇ ଓ ସାମ୍ନାରେ ବନ୍ଧୁକଧରି ସୈନିକ ବଶିର ଖାଁ ଭୂଇଁ ଉପରେ ବସି ଗୁଣୁଗୁଣୁ ଗାଉଥିଲା ।

"କାଲି ରାତି କେଉଁଠି ବିତେଇଲୁ, ମୋ ପ୍ରିୟା, ମୋ ଜହ୍ନ ?
କାଲି ରାତି ବିତେଇଲୁ କେଉଁଠି ?"

ସେ ଗୀତର ମଜା ନେଇ ନେଇ ବଡ଼ପାଟିରେ ଗାଇବାକୁ ଲାଗିଲା । ହଠାତ୍ ସେ ସୁବେଦାର ହିମ୍ମତ ଖାଁକୁ ଚିତ୍କାରକରି କହିବାର ଶୁଣିଲା, "କାଲି ରାତି କେଉଁଠି ବିତେଇଲୁ ?"

କିନ୍ତୁ ତାହା ବଶିର ପାଇଁ ନଥିଲା । ସେ ଗୋଟିଏ କୁକୁରକୁ ଋହିଁ ଚିତ୍କାର କରି କହୁଥିଲା । କିଛିଦିନ ତଳେ କୁକୁରଟିଏ କେଉଁଠୁ ଆସି ହଠାତ୍ ପହଞ୍ଚିଲା ଏବଂ କ୍ୟାମ୍ପ ଭିତରେ ମଜାରେ ରହିବାକୁ ଲାଗିଲା । କାଲି ରାତିରେ ସେ କୁଆଡ଼େ ଉଭେଇଗଲା ଏବେ ଗୋଟିଏ ଅଚଳ ଅଧୁଲି ପରି ଆସି ପହଞ୍ଚିଛି ।

ବଶିର ମୁରୁକି ହସିଲା ଓ କୁକୁରକୁ ଋହିଁ ଗାଇଲା, "କାଲି ରାତି କେଉଁଠି ବିତେଇଲୁ, କାଲି ରାତି କେଉଁଠି ବିତେଇଲୁ ?" କୁକୁର କେବଳ ତା'ର ଲାଞ୍ଜ ହଲେଇଲା । ସୁବେଦାର ହିମ୍ମତ ଖାଁ କୁକୁର ଆଡ଼କୁ ପଥର ଖଣ୍ଡେ ଫିଙ୍ଗି କହିଲା, "କେବଳ ଲାଞ୍ଜ ହଲେଇ ଜାଣିଛି, ବଦମାସ ।"

"ଆରେ, ତା' ବେକ ଚାରିପାଖେ କ'ଣ ଗୁଡ଼ାହେଇଛି ?" ବଶିର ପଚାରିଲା । ଆଉ ଜଣେ ସୈନିକ କୁକୁରକୁ ଧରି ତା' ବେକରେ ବନ୍ଧାଯାଇଥିବା ବେକପଟି ବାହାରକଲା । ସେଥିରେ ଖଣ୍ଡେ ମୋଟା କାଗଜ ବନ୍ଧାଯାଇଥିଲା । "କ'ଣ ଲେଖାଯାଇଛି ?" ପଢ଼ିପାରୁନଥିବା ସୈନିକ ଜଣକ ପଚାରିଲା ।

ବଶିର ଆଗକୁ ଆସିଲା ଏବଂ ବଡ଼ କଷ୍ଟରେ ଲେଖାକୁ ପଢ଼ିଲା । "ଏଥିରେ ଲେଖାଯାଇଛି ଝୁନ୍‌ଝୁନ୍," ସେ କହିଲା ।

ସୁବେଦାର ହିମ୍ମତ ଖାଁ ତା' ମୋଟା ନିଶକୁ ପୁଣି ଥରେ ମୋଡ଼ି କହିଲା, "ବୋଧହୁଏ ଯେ କିଛି ଗୁପ୍ତ ଭାଷା । ଏଥିରେ ଆଉ କିଛି ଲେଖା ଅଛି, ବଶିର ।"

"ଆଜ୍ଞା, ଏଥିରେ ଲେଖା ହୋଇଛି ଯେ ଏକ ଭାରତୀୟ କୁକୁର ।"

"କ'ଣ ତା' ଅର୍ଥ ?" ସୁବେଦାର ହିମ୍ମତ ଖାଁ ପଚାରିଲା ।

"ବୋଧହୁଏ ଯେ କୌଣସି ପ୍ରକାରର ଗୁପ୍ତ ସଙ୍କେତ ।" ବଶିର ଗମ୍ଭୀର ଭାବରେ ଉତ୍ତର ଦେଲା ।

"ଯଦି ଏହା ଭିତରେ ଗୁପ୍ତ ସଂକେତ କିଛି ଥାଏ, ତା' ହେଲା ଝୁନ୍‌ଝୁନ୍," ଆଉ ଜଣେ ସୈନିକ ନିଜ ବୁଦ୍ଧିମତ୍ତାର ପରିଚୟ ଦେବାକୁ ଯାଇ କହିଲା ।

"ସେଠି ନିଶ୍ଚିତ ଭାବରେ ଆଉ କିଛି ଲେଖା ହୋଇଥିବ ।" ସୁବେଦାର ହିମ୍ମତ ଖାଁ ଦୃଢ଼ତାର ସହ କହିଲା ।

କର୍ତ୍ତବ୍ୟନିଷ୍ଠାର ସହିତ ବଶିର ସଂପୂର୍ଣ୍ଣ ଲେଖାକୁ ଆଉ ଥରେ ପଢ଼ିଲା, "ଝୁନ୍‌ଝୁନ୍ । ଏହା ଏକ ଭାରତୀୟ କୁକୁର ।"

ସୁବେଦାର ହିମ୍ମତ ଖାଁ ୱେୟାରଲେସ୍ ଯନ୍ତ୍ରକୁ ଉଠେଇଲା ଓ କୁକୁରର ହଠାତ୍ ଆବିର୍ଭାବ ହେବା, କାଲି ରାତି ହଠାତ୍ ଉଭାନ ହୋଇଯିବା ଏବଂ ଆଜି ସକାଳେ ଫେରିବାକୁ ନେଇ ପ୍ଲାଟୁନ୍ କମାଣ୍ଡରକୁ ସବିସ୍ତୃତ ବିବରଣୀ ଦେଲା । "ଯେ କ'ଣ କହୁଛୁ ତୁ ?" ପ୍ଲାଟୁନ୍ କମାଣ୍ଡର ପଚାରିଲେ ।

ସୁବେଦାର ହିମ୍ମତ ଖାଁ ଆଉଥରେ ମାନଚିତ୍ରକୁ ନିରେଖିଲା । ତା'ପରେ ସେ ସିଗାରେଟ ପ୍ୟାକେଟ୍‌ରୁ ଛୋଟ କାଗଜ ଖଣ୍ଡେ ଚିରିଲା ଏବଂ ବଶିରକୁ ଦେଇ କହିଲା, "ଗୁରୁମୁଖୀ ଭାଷାରେ ଲେଖେ ଯାହା ଶିଖ୍‌ମାନେ ପଢ଼ିବେ ।"

"କ'ଣ ଲେଖିବି ?"

"ଉଁ... ।"

ବଶିର ମନକୁ ହଠାତ୍ କ'ଣ ଆସିଲା । "ଶୁନ୍‌ଶୁନ୍, ହଁ, ଯେ ଠିକ୍ ରହିବ । ଝୁନ୍‌ଝୁନ୍ ବଦଳରେ ଶୁନ୍‌ଶୁନ୍ ।"

"ବଢ଼ିଆ," ସୁବେଦାର ହିମ୍ମତ ଖାଁ ତା' କଥାରେ ରାଜି ହେଲା । "ଏବଂ ତା' ସହିତ ଲେଖେ – ଏହା ଏକ ପାକିସ୍ତାନୀ କୁକୁର ।"

ସୁବେଦାର ହିମ୍ମତ ଖାଁ ନିଜେ କୁକୁର ଗଳାରେ କାଗଜକୁ ବାନ୍ଧି କହିଲା, "ଯା, ଏବେ ତୋ ପରିବାର ସହିତ ଯୋଗ ଦେ ।"

ସେ କୁକୁରକୁ କିଛି ଖାଇବାକୁ ଦେଇ କହିଲା, "ଦେଖ୍, ମୋ ସହିତ ବେଇମାନି କରିବୁ ନାହିଁ । ବେଇମାନିର ସଜା ହେଲା ମୃତ୍ୟୁ ।"

କୁକୁର ଲାଞ୍ଜ ହଲେଇ ହଲେଇ ଖାଇଚାଲିଲା । ତା'ପରେ ସୁବେଦାର ହିମ୍ମତ ଖାଁ କୁକୁରର ମୁହଁକୁ ଭାରତୀୟ ଶିବିର ଆଡ଼କୁ ବୁଲେଇ କହିଲା, "ଯା, ଶତ୍ରୁପକ୍ଷକୁ ଏଇ ବାର୍ତ୍ତା ପହଁଞ୍ଚେଇ ଆ । ଯେ ତୋ କମାଣ୍ଡରର ଆଦେଶ ।"

କୁକୁର ଲାଞ୍ଜ ହଲେଇ ଉପତ୍ୟକାକୁ ଗଡ଼ିଯାଉଥିବା କଚ୍ଚା ରାସ୍ତା ଆଡ଼କୁ ଦୌଡ଼ିଲା ଯାହା ଦୁଇ ପାହାଡ଼କୁ ଭାଗ ଭାଗ କରୁଥିଲା । ସୁବେଦାର ହିମ୍ମତ ଖାଁ ତା'ର ବନ୍ଧୁକ ଉପରକୁ ଦେଖାଇ ଶୂନ୍ୟରେ ଗୁଳି ମାରିଲା ।

ଭାରତୀୟ ସୈନିକମାନେ ଦ୍ୱନ୍ଦ୍ୱରେ ପଡ଼ିଲେ ଯେହେତୁ ସକାଳର ଏହି ସମୟରେ ସାଧାରଣତଃ ଗୁଳି ଶବ୍ଦ ଶୁଣାଯାଏ ନାହିଁ । ଜମାଦାର ହରନାମ ସିଂ ଏମିତି ବିରକ୍ତିକର ଅନୁଭବ କରୁଥିଲା, ଗୁଳି ଶବ୍ଦ ଶୁଣି ବଡ଼ପାଟିରେ କହିଲା, "ଆସ, ତାଙ୍କୁ ମଧ୍ୟ ପାନେ ଦେବା ।"

ଦୁଇପକ୍ଷ ଅଧଘଣ୍ଟା ଧରି ଗୁଳି ବିନିମୟ କଲେ ଯାହା ସଂପୂର୍ଣ୍ଣରୂପେ ସମୟ ବରବାଦ ହିଁ ଥିଲା । ଶେଷରେ ଜମାଦାର ହରନାମ ସିଂ ବନ୍ଦ କରିବାକୁ କହିଲା । ସେ ତା'ର ଲମ୍ବା କେଶକୁ କୁଣ୍ଡେଇ ଦର୍ପଣରେ ନିଜ ମୁହଁକୁ ଦେଖିଲା ଏବଂ ବଣ୍ଟା ସିଂକୁ ପଚାରିଲା, "ସେ କୁକୁର ଝୁନ୍‌ଝୁନ୍ ଗଲା କୁଆଡ଼େ ?"

"କଥାରେ ଅଛି କୁକୁର କେବେହେଲେ ଘିଅ ହଜମ କରିପାରିବେନାହିଁ," ବଣ୍ଟା ସିଂ ବଡ଼ ଦାର୍ଶନିକ ଭାବେ କହିଲା ।

ବାହାରେ ପହରା ଦେଉଥିବା ସୈନିକ ହଠାତ୍ ଆସି କହିଲା, "ହେଇ, ଆସୁଛି ସେ ।"

"କିଏ ?" ଜମାଦାର ହରନାମ ସିଂ ପଚାରିଲା ।

"କ'ଣ ତା' ନାଆଁ ? ହଁ, ଝୁନଝୁନ୍ ।" ସୈନିକ ଉତ୍ତର ଦେଲା ।

"କ'ଣ କରୁଛି ସେ ?" ହରନାମ ସିଂ ପଚାରିଲା ।

"ଆମ ଆଡ଼କୁ ଆସୁଛି ।" ଦୂରବୀନ୍‌ରେ ଝାଙ୍କି ସୈନିକ କହିଲା ।

ଜମାଦାର ହରନାମ ସିଂ ସୈନିକ ହାତରୁ ଦୂରବୀନ୍ ଛଡ଼ାଇ ନିଜେ ଦେଖିଲା

ଏବଂ କହିଲା, "ହଁ ଆସୁଛି ସିଏ ଏବଂ ତା' ବେକରେ କ'ଣ ଗୋଟେ ଗୁଡ଼ା ହୋଇଛି । ହଉ, ଅପେକ୍ଷାକର, ସେ ଶଳା ପାକିସ୍ତାନୀ ପାହାଡ଼ ଆଡୁ ଆସୁଛି ।"

ସେ ତା' ବନ୍ଧୁକ ଉଠାଇଲା ଓ କୁକୁରକୁ ଲକ୍ଷ୍ୟ କରି ଟ୍ରିଗାର ଦବେଇଲା । ଗୁଳି ଯାଇ କୁକୁର ପାଖରେ ଗୋଟେ ପଥର ଦେହରେ ଲାଗିଲା । ସେ ଅଟକିଗଲା ।

ସୁବେଦାର ହିମ୍ମତ ଖାଁ ଖବର ଶୁଣିଲା ଓ ଦୂରବୀନ୍‌ରେ ଋହିଁଲା । କୁକୁର ବୁଲିପଡ଼ି ଫେରିଆସୁଥିଲା । "ବାହାଦୁର କେବେ ପଛକୁ ଫେରେନାହିଁ । ଆଗକୁ ଯା ଓ କାର୍ଯ୍ୟକୁ ସଂପୂର୍ଣ୍ଣ କର ।" ସେ କୁକୁରକୁ ଚିତ୍କାରକରି କହିଲା । ତାକୁ ଡରେଇବା ପାଇଁ ସେ କୁକୁର ଦେହରେ ନବାଜିଲା ଭଳି ଗୁଳି ଚଳେଇଲା । ଠିକ୍ ସେଇ ସମୟରେ ହରନାମ ସିଂ ମଧ୍ୟ ଗୁଳି ଚଳେଇଲା । କୁକୁର ତା'ର କାନ ହଲେଇ ଉପରକୁ କୁଦାମାରି ନିଜକୁ ବଞ୍ଚେଇଲା । ସୁବେଦାର ହିମ୍ମତ ଖାଁ ଆଉଥରେ ଗୁଳି ଚଳେଇଲା ଯାହା ପଥରରେ ଯାଇ ଲାଗିଲା ।

କ୍ରମଶଃ ଏହା ଦୁଇ ସୈନିକଙ୍କ ମଧ୍ୟରେ ଗୋଟିଏ ଖେଳରେ ପରିବର୍ତ୍ତନ ହେବାକୁ ଲାଗିଲା ଏବଂ କୁକୁର ମଝିରେ ଡରରେ ଚକ୍କର କାଟିବାକୁ ଲାଗିଲା । ହିମ୍ମତ ଖାଁ ଓ ହରନାମ ସିଂ ଦୁହେଁ ଜୋର୍‌ରେ ହସିବାକୁ ଲାଗିଲେ । କୁକୁର ହରନାମ ସିଂ ଆଡ଼କୁ ଦୌଡ଼ିବାକୁ ଲାଗିଲା । ହରନାମ ସିଂ ତାକୁ ଜୋର୍‌ରେ ଗାଳିଦେଲା ଏବଂ ଗୁଳି ମାରିଲା । ଏଥର ଗୁଳି ତା' ଗୋଡ଼ରେ ଲାଗିଲା । ସେ ଭୁକିଲା ଓ ବୁଲିପଡ଼ି ହିମ୍ମତ ଖାଁ ଆଡ଼କୁ ଦୌଡ଼ିଲା । "ତୋର ସାହସ ଦେଖା । ଯଦି ତୁ ଜଖମୀ, ତୋ ଜଖମକୁ ତୁ ଓ ତୋର କର୍ତ୍ତବ୍ୟ ମଝିକୁ ଆଣେନା । ଯା, ଯା, ଯା ।" ପାକିସ୍ତାନୀ ସୈନିକ ଜଣେ ଚିତ୍କାର କରି କହିଲା ।

କୁକୁର ବୁଲି ପଡ଼ିଲା । ତା'ର ଗୋଟିଏ ଗୋଡ଼ ସଂପୂର୍ଣ୍ଣରୂପେ ଅଚଳ ହୋଇସାରିଥିଲା । ସେ ଘୋଷାଡ଼ି ଘୋଷାଡ଼ି ହରନାମ ସିଂ ଆଡ଼କୁ ଋଲିଲା । ହରନାମ ତାକୁ ଠିକ୍‌ରେ ଲକ୍ଷ୍ୟ କଲା ଓ ଟ୍ରିଗାର ଦବେଇଲା । ଏଥର କୁକୁରର ମୃତ୍ୟୁ ହେଲା ।

ସୁବେଦାର ହିମ୍ମତ ଖାଁ ଧୀରେ କହିଲା, "ବିଚରା, ଶହୀଦ ହେଇଗଲା ।"

ଜମାଦାର ହରନାମ ସିଂ ତା' ହାତରେ ବନ୍ଧୁକର ଗରମ ନଳୀକୁ ଆଉଁଷୁ ଆଉଁଷୁ ଅସ୍ପଷ୍ଟ ଭାବେ ଉଚ୍ଚାରଣ କଲା, "କୁକୁର ମରଣ ମରିଲା ଶଳା ।"

■

ପୋଲାଣ୍ଡ

ଗପ ଯେତେ

ନାତାଶା ଗୋଏର୍କ

ଗପ ୧, "ବିଚ୍ଛେଦ" : ଅନେକ ବ୍ୟବଧାନ ଆମ ଭିତରେ ।

ଗପ ୨, : "ସ୍ମୃତି" : ତୁମେ ମନେ ପଡୁଛ ।

ଗପ ୩, "ମିଳନ" : ମୁଁ ଫେରିଲି ତୁମ ପାଖକୁ ।

ଏମିତି କେତେ ଗପ ।

ଗପଗୁଡ଼ିକ ସଂକ୍ଷିପ୍ତ ଅଥଚ ସଂପୂର୍ଣ୍ଣ । ଏମାନଙ୍କୁ ପରଖିବାର ଆବଶ୍ୟକତା ନାହିଁ । ଗପର ଶେଷ ଧାଡ଼ି ହିଁ ପ୍ରଥମ ଧାଡ଼ିରେ ଅଛି । ସମୟ ବଞ୍ଚିଯାଉଛି । ବାକି କଥା କିଏ ପଢ଼ୁରେ ? ମଝିରେ ଯେତେ ସବୁ ପୃଷ୍ଠା । ସମସ୍ତଙ୍କ ପାଇଁ ଗୋଟିଏ ଗୋଟିଏ ଅଛି । ବର୍ଣ୍ଣନା, ସୂଚୀପତ୍ର, ଟିପ୍ପଣୀ । ଅନେକ ବର୍ଷ ତଳେ ପଢ଼ିଥିଲି ।

ଏବଂ ବିଚ୍ଛେଦ ହେବାର ବାସ୍ତବିକତା ? ମୋର ମନେପଡ଼ିବାର କଥା ? ମୋର ପୁଣି ଥରେ ଫେରିଆସିବାର କଥା ? ଏମିତି ଗପ କାହାକୁ ଅଜଣା । ଗୋଟିଏ ଲେବ୍‌ଲ ହିଁ ଯଥେଷ୍ଟ : ସଂକ୍ଷିପ୍ତୀକରଣ, ଶୀର୍ଷକ, ପୁରୁଣା ବକବାସ୍, ସବୁତକ ଏକାଠି ଆସନ୍ତି ।

ମନେପଡ଼ିବା, ଅଲଗା ହୋଇଯିବା ।

ଯେ ଏହାକୁ ଅନୁଭବ କରିନି, ସେ ବୁଝିପାରିବନି କେବେବି । ଯେତେ ପରଖିବାକୁ ଚେଷ୍ଟା କଲେବି । ମଝିରେ ଯେତେବି ପୃଷ୍ଠା ରହିଛି । ସେ କେବେବି ଜାଣି ପାରିବନି ଏହାର ଅର୍ଥ କ'ଣ । ଅଲଗା ହେବାକୁ, ମନେ ପକେଇବାକୁ, ଫେରି ଆସିବାକୁ । ଏମିତି କେତେ କ'ଣ ।

■

ଇସ୍ରାଏଲ

ନରୱେ ସମ୍ରାଟ

ଆମସ୍ ଓଜ୍

ଆମ କିବୁଜ୍‌ର ନାଁ ଥିଲା କିବୁଜ୍ ୟେଖାତ୍ । କିବୁଜ୍ ଅନ୍ତେବାସୀଙ୍କ ମଧ୍ୟରେ ଜଣେ ପଞ୍ଚାବନ ବର୍ଷୀୟ, ବାଙ୍ଗରା ଲୋକ ଥିଲା, ତା' ନାଁ – ଜ୍ୱି ପ୍ରୋଭିଜର୍ । ତା'ର ଆଖିଡ଼ିଆଁ ଦୋଷ ଥିଲା । ସେ ଅନ୍ୟମାନଙ୍କୁ ଭୂକମ୍ପ, ଉଡ଼ାଜାହାଜ ଦୁର୍ଘଟଣା, ଘର ଭୁଷୁଡ଼ିବା, ଘରପୋଡ଼ି ଏବଂ ବନ୍ୟା ଇତ୍ୟାଦି ଦୁଃଖଦ ଖବର ଜଣେଇବାକୁ ଭଲ ପାଉଥିଲା । ସେ ବଡ଼ି ଭୋରରୁ ଖବରକାଗଜ ପଢ଼େ ଓ ରେଡ଼ିଓରୁ ଖବର ଶୁଣେ । ତା'ପରେ କିବୁଜ୍ ଡାଇନିଙ୍ଗ୍ ରୁମ୍ ପ୍ରବେଶ ଦ୍ୱାର ସାମ୍ନାରେ ଛିଡ଼ା ହୋଇ ଆମକୁ ଆଶ୍ଚର୍ଯ୍ୟ କଲାପରି ଖବର ସବୁ କହେ । ତା' ଖବରରେ କେତେବେଳେ ଚୀନ୍‌ର କେଉଁ କୋଇଲାଖଣିରେ ଅଢ଼େଇଶହ ଖଣିଶ୍ରମିକ ନିଃସହାୟ ଭାବେ ଅଟକିଥିବାର ଘଟଣା ତ ଆଉ କେତେବେଳେ କାରିବେଆନ୍ ଦ୍ୱୀପସମୂହରେ ସାମୁଦ୍ରିକ ଝଡ଼ରେ ହୋଇଥିବା ନୌକା ଦୁର୍ଘଟଣାରେ ଛଅଶହ ଲୋକଙ୍କ ବୁଡ଼ି ମରିବାର ଘଟଣା ଥାଏ । ଖବରକାଗଜରେ ଛପା ହୋଇଥିବା ମୃତ୍ୟୁ ଜନିତ ସମସ୍ତ ଶୋକ ସମ୍ବାଦ ମଧ୍ୟ ସେ ମନେ ରଖିଥାଏ । କେଉଁ ବିଖ୍ୟାତ ବ୍ୟକ୍ତିଙ୍କର ଆଜି ମୃତ୍ୟୁ ଘଟିଲା, ଅନ୍ୟମାନେ ଜାଣିବା ପୂର୍ବରୁ ସେ ଜାଣିଥାଏ ଏବଂ ସମସ୍ତ କିବୁଜ୍‌ବାସୀଙ୍କୁ ଜଣ ଜଣ କରି କହିବୁଲେ । ଦିନେ ମୁଁ କ୍ଲିନିକ୍ ଯିବା ରାସ୍ତାରେ ସେ ମୋତେ ଅଟକେଇଲା ଏବଂ କହିଲା –

"ଓ୍ୱିସ୍‌ଲାଭ୍‌ସ୍କି ନାମରେ ଲେଖକଙ୍କ ବିଷୟରେ ଜାଣିଛ ?"

"ହଁ, କ'ଣ ହେଲା ?"

"ସେ ଚାଲିଗଲେ ?"

"ଓଃ, ମୁଁ ଦୁଃଖିତ ।"

"ଲେଖକମାନେ ମଧ୍ୟ ମୃତ୍ୟୁଲାଭ କରନ୍ତି ।"

ଆଉଥରେ ମୁଁ ଡାଇନିଙ୍ଗ୍ ରୁମ୍‌ରେ କିଛି କରୁଥିବା ସମୟରେ ସେ ମୋ ନିକଟକୁ ଆସିଲା ଏବଂ କହିଲା –

"ଆଜିର ଖବରକାଗଜରେ ପଢ଼ିଲି ଯେ ତୁମ ଜେଜେବାପାଙ୍କର ଦେହାନ୍ତ ହୋଇଛି।"

"ହଁ।"

"ତିନି ବର୍ଷ ତଳେ ତୁମର ଆଉ ଜଣେ ଜେଜେବାପାଙ୍କର ମୃତ୍ୟୁ ଘଟିଥିଲା।"

"ହଁ।"

"ବୋଧହୁଏ ଏ ଶେଷ ଜେଜେବାପା ଥିଲେ।"

ଜ୍ୱି ପ୍ରୋଭିଜର୍ କିବୁଜ୍‌ର ମାଳୀ ଥିଲା। ସେ ପ୍ରତିଦିନ ସକାଳ ପାଞ୍ଚଟାବେଳେ ବଗିଚାକୁ ଯାଏ। ଫୁଲଗଛରେ ପାଣିଦିଏ, ବଢ଼ିଯାଇଥିବା ଗଛକୁ କାଟି ସଜାଡ଼େ, ଶବ୍ଦ କରୁଥିବା ଘାସକଟା ଯନ୍ତ୍ରରେ ଘାସ କାଟେ, ସାର ଦିଏ ଓ ଗଛରେ ଲାଗିଥିବା ପୋକଙ୍କ ଉପରେ ଔଷଧ ପକାଏ। ତା' ପ୍ୟାଣ୍ଟ ବେଲ୍ଟରେ ଗୋଟିଏ ଛୋଟ ରେଡ଼ିଓ ଲାଗିଥାଏ ଯାହା ତାକୁ କାମ କରୁଥିବା ସମୟରେ ମଧ୍ୟ ଖବର ଶୁଣାଉଥାଏ।

"ଶୁଣିଲ? ଆଙ୍ଗୋଲାରେ ବଡ଼ ପରିମାଣରେ ନରହତ୍ୟା ଘଟିଗଲା।"

କିମ୍ବା : "ଧର୍ମ ବିଭଗର ମନ୍ତ୍ରୀଙ୍କର ଦେହାନ୍ତ ହେଲା। ଏଇ ଦଶ ମିନିଟ୍ ତଳେ ଖବର ଆସିଲା।"

କିବୁଜ୍‌ର ଅନ୍ୟ ଅନ୍ତେବାସୀମାନେ ତା'ଠୁ ଦୂରେଇ ରହିବାକୁ ଚେଷ୍ଟା କରୁଥିଲେ। ଡାଇନିଙ୍ଗ୍ ରୁମ୍‌ରେ ତା' ଟେବୁଲ୍‌ରେ ବସି ଖାଇବା ପାଇଁ କେହି ରାଜି ହେଉନଥିଲେ। ଖରାଦିନେ ସନ୍ଧ୍ୟା ସମୟରେ ଡାଇନିଙ୍ଗ୍ ରୁମ୍ ସାମ୍ନା ଲନ୍‌ର ଗୋଟିଏ କୋଣରେ ପଡ଼ିଥିବା ସବୁଜରଙ୍ଗର ବେଞ୍ଚରେ ସେ ଏକାକୀ ବସେ ଓ ପିଲାମାନଙ୍କୁ ଘାସ ଉପରେ ଖେଳିବାର ଦେଖେ। ସୁଲୁସୁଲିଆ ପବନରେ ସେ ପିନ୍ଧିଥିବା ଢିଲା ସାର୍ଟ ଉଡ଼ି ଉଡ଼ି ତା' ଦେହର ଝାଳ ଶୁଖୋଉଥାଏ। ଖରାଦିନ ଜହ୍ନ ଡେ଼ଙ୍ଗା ଦେବଦାରୁ ଗଛ ଉପର ଦେଇ ଉଠିଲାବେଳେ ଖୁବ୍ ଲାଲ୍ ଦେଖାଯାଏ। ଦିନେ ସନ୍ଧ୍ୟାରେ ପାଖ ବେଞ୍ଚରେ ଏକାକୀ ବସିଥିବା ଲୁନା ବ୍ଲାଙ୍କ୍ ନାମ୍ନୀ ମହିଳାକୁ ସମ୍ବୋଧନ କରି ଜ୍ୱି ପ୍ରୋଭିଜର୍ ବଡ଼ ଦୁଃଖର ସହିତ କହିଲା, "ତୁମେ ଶୁଣିଲ କି? ସ୍ପେନ୍‌ରେ ଗୋଟିଏ ଅନାଥାଶ୍ରମରେ ନିଆଁ ଲାଗି ଅଶୀଜଣ ଅନାଥ ପିଲାଙ୍କର ମୃତ୍ୟୁ ଘଟିଛି।"

ପଇଁଚାଳିଶି ବର୍ଷୀୟା ବିଧବା ଶିକ୍ଷୟିତ୍ରୀ ଲୁନା ତା' ଭୂଲତାରୁ ଝାଳ ପୋଛୁ ପୋଛୁ କହିଲା, "ବଡ଼ ଦୁଃଖଦ ଖବର।"

"କେବଳ ତିନି ଜଣଙ୍କୁ ଉଦ୍ଧାର କରାଯାଇପାରିଲା। ସେମାନେ ଏବେ ସଙ୍କଟପୂର୍ଣ୍ଣ ଅବସ୍ଥାରେ," ଜ୍ୱି କହିଲା।

ଜ୍ୱି'ର କାମକୁ ଅବଶ୍ୟ ଆମେ ସମସ୍ତେ ପସନ୍ଦ କରୁଥିଲୁ। ସମ୍ମାନ ଦେଉଥିଲୁ।

ତା'ର ବାଇଶି ବର୍ଷର କିବୁଜ୍ ରହଣିରେ ସେ ଦିନେ ବି କାମରୁ ଛୁଟି ନେଇନି । କେବଳ ତା' ପାଇଁ ହିଁ କିବୁଜ୍ ଆଜି ଏତେ ସୁନ୍ଦର ଦିଶୁଛି । ପ୍ରତ୍ୟେକ ଛୋଟ ଛୋଟ ଅବ୍ୟବହୃତ ଜାଗାରେ ସେ କିଛି ନା କିଛି ଫୁଲଗଛ ଲଗେଇଛି । ମଝିରେ ମଝିରେ ଛୋଟ ପଥରଖଣ୍ଡକୁ ସଜେଇ ତା' ଭିତରେ ବିଭିନ୍ନ ପ୍ରକାରର କାକ୍‌ଟସ୍ ଲଗେଇଛି । ଅଙ୍ଗୁରଲତା ମାଡ଼ିବାପାଇଁ କାଠିରେ ରଞ୍ଜା ତିଆରିକରି ପୋତିଛି । ଡାଇନିଙ୍ଗ୍ ହଲ୍ ସାମ୍ନାରେ ବୁଦ୍‌ବୁଦ୍ ତିଆରି ହେଉଥିବା କୃତ୍ରିମ ଝରଣାଟିଏ କରିଛି ଓ ତା' ଭିତରେ ଛୋଟଛୋଟ ରଙ୍ଗୀନ୍ ମାଛ ଓ ଜଳଜ ଗୁଳ୍ମ ରଖିଛି । ତା'ର ସୌନ୍ଦର୍ଯ୍ୟବୋଧକୁ ସମସ୍ତେ ପ୍ରଶଂସା କରନ୍ତି ।

କିନ୍ତୁ ତା' ପଛରେ ଆମେ ତାକୁ ମୃତ୍ୟୁଦୂତ ବୋଲି ଡାକୁଥିଲୁ ଓ ତା' ନାଁରେ ଚର୍ଚ୍ଚା କରୁଥିଲୁ ଯେ ତା'ର ନାରୀଙ୍କ ପ୍ରତି କୌଣସି ଆକର୍ଷଣ ନାହିଁ । ଏପରିକି ପୁରୁଷଙ୍କ ପ୍ରତି ମଧ୍ୟ ନାହିଁ । ରୋନି ଶିଣ୍ଡଲିନ୍ ନାମକ ଜଣେ ଯୁବକ ତା'ର ଅଙ୍ଗଭଙ୍ଗୀର ନକଲ କରେ ଓ ଆମେ ମିଳିମିଶି ଖୁବ୍ ଜୋର୍‌ରେ ହସୁ । ଅପରାହ୍ନରେ ସମସ୍ତ କିବୁଜ୍‌ବାସୀ ଯେତେବେଳେ ନିଜ ନିଜ ଅଗଣାରେ ବସି କଫି ପିଅନ୍ତି ଅଥବା ଘର ସାମ୍ନା ଛୋଟ ଲନ୍‌ରେ ପିଲାଙ୍କ ସହ ଖେଳନ୍ତି, ଜ୍ୱି ପ୍ରୋଭିଜର୍ କ୍ଲବଘରକୁ ଯାଇ ତା'ପରି ପାଞ୍ଚ ଛଅ ଜଣ ଅବିବାହିତ ବୟସ୍କ ଯୁବକଙ୍କ ସହ ଖବରକାଗଜ ପଢ଼େ ।

ଗୋଟିଏ କଣରେ ବସି ରେଉକେ ରୋଥ୍ ନାମକ ଜଣେ ବାଙ୍ଗରା ଚନ୍ଦା ଲୋକ, ଯାହାର କାନ ବଡ଼ ଓ ବାଦୁଡ଼ି ପରି, ଅସ୍ପଷ୍ଟ ଭାବରେ କହେ ଯେ ପ୍ରତିହିଂସା ପରାୟଣତା କେବଳ ହିଂସାକୁ ବଢ଼େଇବାରେ ସାହାଯ୍ୟ କରିଥାଏ ଯେହେତୁ ପ୍ରତିଶୋଧରୁ ପ୍ରତିଶୋଧ ହିଁ ଜାତ ହୋଇଥାଏ ଓ ପ୍ରତିହିଂସାରୁ ପ୍ରତିହିଂସାର ଜନ୍ମ ।

ଅନ୍ୟମାନେ ଏକାସାଙ୍ଗରେ ତା' ଉପରେ କୁଦି ପଡ଼ନ୍ତି, "ଏ କ'ଣ କହୁଛୁ ତୁ ? ଆମେ ସେମାନଙ୍କୁ ଏମିତି ସହଜରେ ଯିବାକୁ ଦେବା ଉଚିତ ନୁହଁ । ଚୁପ୍‌ଚାପ୍ ସହିଯିବା ଏବଂ ସଂଯମତା ପ୍ରଦର୍ଶନ କରିବା – ଆରବୀମାନଙ୍କୁ ନପୁଂସକ ବୋଲି ପ୍ରମାଣ କରିବ ।"

ଜ୍ୱି ପ୍ରୋଭିଜର୍ ଆଖି ମିଟିମିଟି କରି କୁହେ, "ଶେଷରେ ଏହା ଯୁଦ୍ଧର ରୂପ ନେବ । ଭୟଙ୍କର ଯୁଦ୍ଧ ।"

କଥା କହିଲାବେଳେ ପାଟି ଲାଗୁଥିବା ଏମାନୁଏଲ୍ ଗ୍ଲସ୍‌ମାନ୍ ଉତ୍ତେଜନା ପୂର୍ବକ କୁହେ, "ଯୁ-ଯୁ-ଯୁଦ୍ଧ, ବ-ବ-ବଢ଼ିଆ ହେବ, ଆମେ ଜି-ଜି-ଜିତିବା ଏବଂ ସୀମାକୁ ଜୋ-ଜୋ-ଜୋର୍ଡ଼ନ ପର୍ଯ୍ୟନ୍ତ ନେଇନେବା ।"

ରେଉକେ ରୋଥ୍ ବଡ଼ ପାଟିରେ କୁହେ, "ବେନ୍ ଗୁରିଅନ୍ (ଇସ୍ରାଏଲ୍‌ର

ପ୍ରଥମ ପ୍ରଧାନମନ୍ତ୍ରୀ) ଜଣେ ଭଲ ଚେସ୍ ଖେଳାଳି । ସେ ଗୋଟିଏ ଚାଲ୍ ଚଳାଇବା ପୂର୍ବରୁ ପାଞ୍ଚୋଟି ଚାଲ୍ ଆଗକୁ ଦେଖେ । କେବଳ ଏହା ବ୍ୟତୀତ ବାକି ସବୁ ବଳ ପୂର୍ବକ କରେ ।"

ଏ ବିଷୟକୁ ନେଇ ଜ୍ୱି ପ୍ରୋଭିଜର୍ ବଡ଼ ଦୁଃଖର ସହିତ ଭବିଷ୍ୟବାଣୀ ଶୁଣାଏ, "ଯଦି ଆମେ ହାରିବା ତେବେ ଆରବୀମାନେ ଆସି ଆମକୁ ସଫା କରିଦେବେ, ଜିତିଲେ ଋଷୀମାନେ ଆସି ଆମକୁ ସିଧା ଉଡ଼େଇଦେବେ ।" ସମସ୍ତେ ନିଜନିଜର ମତ ଦେଲାବେଳେ ଏମାନୁଏଲ୍ ଗ୍ଲସ୍‌ମାନ୍ ନିବେଦନ କରେ, "ବା-ବା-ବାସ୍ ବନ୍ଧୁଗଣ, ଏ-ଏ-ଏବେ ଚୁପ୍ ହୋଇଯାଅ, ମୋ-ମୋ-ମୋତେ ଟିକେ ଶାନ୍ତିରେ ଖ-ଖ-ଖବରକାଗଜ ପଢ଼ିବାକୁ ଦିଅ ।"

କିଛି ସମୟର ନିରବତା ପରେ ଜ୍ୱି ମୁହଁ ଖୋଲେ, "ସମସ୍ତେ ଶୁଣ, ଖବର ଆସିଛି ଯେ ନରୱେ ସମ୍ରାଟଙ୍କର ଯକୃତ୍‌ରେ କର୍କଟରୋଗ ଦେଖାଦେଇଛି । ଆମ ଅଞ୍ଚଳ ପରିଷଦ ମୁଖ୍ୟଙ୍କୁ ମଧ୍ୟ କର୍କଟରୋଗ ହୋଇଛି ।"

ଯେତେବେଳେ ରୋନି ଶିଣ୍ଡ୍‌ଲିନ୍ ବଜାରରେ ମୋଚି ଦୋକାନରେ ଅଥବା ଲୁଗା ଦୋକାନରେ ଜ୍ୱି'କୁ ଦେଖେ, ତାକୁ ଚିଡ଼େଇବା ପାଇଁ ମଜା କରି ପଚାରେ, "ଆଉ, ମୃତ୍ୟୁଦୂତ ! ଆଜି କେଉଁ ଦେଶର ବିମାନ ଦୁର୍ଘଟଣାଗ୍ରସ୍ତ ହେଲା ?"

ଜ୍ୱି ପ୍ରୋଭିଜର୍ ଓ ଲୁନା ବ୍ଲାଙ୍କ୍ କ୍ରମଶଃ ଗୋଟିଏ ଧରାବନ୍ଧା କାର୍ଯ୍ୟସୂଚୀକୁ ଅନୁସରଣ କରିବାକୁ ଲାଗିଲେ । ସେମାନେ ପ୍ରତି ସନ୍ଧ୍ୟାରେ କଥାବାର୍ତ୍ତା ହେଲେ । ଲନ୍‌ର ଗୋଟିଏ କଣରେ ଦୁଇଟି ବେଞ୍ଚ ପଡ଼ିଥାଏ । ଜ୍ୱି ବାମ ବେଞ୍ଚର ଏକଦମ୍ ଡାହାଣ ପାର୍ଶ୍ୱରେ ଓ ଲୁନା ଡାହାଣ ବେଞ୍ଚର ଏକଦମ୍ ବାମ ପାର୍ଶ୍ୱରେ ପାଖାପାଖି ହୋଇ ବସନ୍ତି । ଜ୍ୱି ଲୁନାକୁ କିଛି କହିବା ସମୟରେ ତା' ଆଖି ଡିଏଁ, ଲୁନା ଖରାଦିନକୁ ସୁହାଇଲା ଭଳି ହାଲ୍‌କା କାଖକଟା ପୋଷାକ ପିନ୍ଧି ରୁମାଲକୁ ଦୁଇ ଆଙ୍ଗୁଠି ସନ୍ଧିରେ ମକଚୁଥାଏ । ଲୁନା ଜ୍ୱି'କୁ ପ୍ରଶଂସା କରି କହେ ଯେ ତା' ପରିଶ୍ରମର ଫଳ ସମସ୍ତ କିବୁଜ୍‌ବାସୀ ଉପଭୋଗ କରିଥାଆନ୍ତି । ସେ ତାକୁ ଧନ୍ୟବାଦ ଜଣେଇ କୁହେ ଯେ ତା' ଯୋଗୁ ସେମାନେ ସବୁଜ ଉପତ୍ୟକାର, ଘଞ୍ଚ ଲତାର ଛାଇରେ, ସୁନ୍ଦର ଫୁଲଭର୍ତ୍ତି ଉଦ୍ୟାନ ମଧ୍ୟରେ ବାସ କରନ୍ତି । ଲୁନା କଥା କହିବା ସମୟରେ ଅନେକ ସୁନ୍ଦର ଶବ୍ଦ ବ୍ୟବହାର କରିଥାଏ । ସେ ତୃତୀୟ ଶ୍ରେଣୀର ଶିକ୍ଷୟିତ୍ରୀ ଏବଂ ସୁନ୍ଦର ଚିତ୍ର ଆଙ୍କେ । ତା'ର ପେନ୍‌ସିଲ୍ ଚିତ୍ରସବୁ କିବୁଜ୍‌ର ଅନେକ ଆପାର୍ଟମେଣ୍ଟରେ ଝୁଲୁଥାଏ । ତା'ର ଚେହେରା ଗୋଲ ଓ ହସହସ, ଆଖିଲୋମ ଲମ୍ବା, ଯଦିଓ ତା'ର ବେକର ଦ୍ୱଚରେ ଭାଙ୍ଗ ବାରିହୋଇପଡ଼େ ଓ ବକ୍ଷୋଜ ପ୍ରାୟ ନାହିଁ କହିଲେ ଚଳେ । ଅନେକ ବର୍ଷ ତଳେ ଗାଜା ସୀମାନ୍ତରେ ଯୁଦ୍ଧ କରୁଥିଲା ବେଳେ ତା'

ପତିର ମୃତ୍ୟୁ ହୋଇଥିଲା । ସେମାନଙ୍କର ପିଲା ନଥିଲେ । କିବୁଜ୍ ଅନ୍ତେବାସୀମାନେ ଲୁନାକୁ ଖୁବ୍ ମାନନ୍ତି, ସେ ଯେପରିଭାବେ ସମସ୍ତ ଦୁଃଖରୁ ବାହାରିଆସି ନିଜକୁ ଶିକ୍ଷାଦାନରେ ବିନିଯୋଗ କରିଛି ସମସ୍ତେ ତା'ର ପ୍ରଶଂସା କରନ୍ତି । ଜ୍ୱି ତା' ସହିତ ଗୋଲାପର ବିଭିନ୍ନ ଉପଜାତି ବିଷୟରେ ଚର୍ଚ୍ଚା କରେ ଏବଂ ସେ ସବୁ ବୁଝିଲାପରି ଉତ୍କଣ୍ଠାର ସହ ମୁଣ୍ଡ ହଲାଏ । ତା'ପରେ ଜ୍ୱି ସୁଦାନରେ ହୋଇଥିବା ମହାମାରୀରେ ଘଟୁଥିବା ଅକାଳ ମୃତ୍ୟୁ ସମ୍ପର୍କରେ ବିସ୍ତୃତ ବିବରଣୀ ଦିଏ ।

ଲୁନା କହେ, "ତୁମେ ଅତ୍ୟନ୍ତ ସମ୍ବେଦନଶୀଳ ।"

ଜ୍ୱି ଆଖି ମିଟିମିଟି କରି କହେ, "ସୁଦାନରେ ସବୁଜିମା ନାହିଁ ।"

ଲୁନା କହେ, "ତୁମେ ପୃଥିବୀଯାକର ଦୁଃଖ ନିଜ କାନ୍ଧରେ ଉଠାଉଛ କାହିଁକି ?"

ଜ୍ୱି ଉତ୍ତର ଦିଏ, "ଜୀବନର ନିଷ୍ଠୁରତାକୁ ଆଖି ବନ୍ଦ କରିଦେବା, ମୋ ମତରେ, ମୂର୍ଖତା ଓ ପାପ । ଆମେ ବେଶି କିଛି କରିନପାରିଲେବି ଏହାକୁ ଅଙ୍ଗୀକାର କରିବା ଉଚିତ ।"

ଥରେ ଖରାଦିନେ ସନ୍ଧ୍ୟାରେ ଲୁନା ଜ୍ୱି'କୁ ତା' ଘରକୁ କଫି ପିଇବା ପାଇଁ ନିମନ୍ତ୍ରଣ କଲା । ଜ୍ୱି ତା' ଅଫିସ୍ ୟୁନିଫର୍ମ ବଦଳେଇ ଲମ୍ବା ଖାକି ପ୍ୟାଣ୍ଟ ଓ ହାଲ୍କା ନୀଳରଙ୍ଗର ହାଫ୍ ସାର୍ଟ ପିନ୍ଧି ଲୁନା ଘରକୁ ଆସିଲା । ତା' ରେଡ଼ିଓ ମଧ୍ୟ ତା' ବେଲ୍ଟରେ ବନ୍ଧା ହୋଇଥିଲା । ଲୁନା ପାଖରୁ ଅନୁମତି ନେଇ ଆଠଟାବେଳେ ସେ ରେଡ଼ିଓରୁ ଖବର ଶୁଣିଲା । ଲୁନାର ପେନ୍‌ସିଲ ଅଙ୍କା ଅନେକ ଚିତ୍ର- ସ୍ୱପ୍ନିଳ ତରୁଣୀ, ପରିଦୃଶ୍ୟ, ପାହାଡ଼ ଓ ଅଲିଭ୍ ଗଛ ଆଦି ଫ୍ରେମ୍ ହୋଇ ତା' କାନ୍ଥରେ ଟଙ୍ଗା ହୋଇଥିଲା । ଝରକା ତଳେ ପଡ଼ିଥିବା ଖଟରେ ଏମ୍ବ୍ରୋୟଡ଼ରି କରାଯାଇଥିବା ଓରିଏଣ୍ଟାଲ୍ ତକିଆ ରଖାଯାଇଥିଲା । ଖଟ ପାଖରେ ଥିବା ଧଳାରଙ୍ଗର ଟେବୁଲ୍ ଉପରେ ଉଚ୍ଚତା ଅନୁସାରେ ଦୁଇଧାଡ଼ି ବହି ସଜା ହୋଇ ରଖାଯାଇଥିଲା । ବହି ଭିତରେ ଭାନ୍ ଗୋଗ୍, ସେଜାନ୍ ଓ ଗାଉଗୁଇନ୍‌ଙ୍କ ଚିତ୍ରବହି, ବାଇବେଲ୍ ଓ ହାସିଫ୍ରିୟା ଲେଆମ୍‌ଙ୍କ ଉପନ୍ୟାସ ମଧ୍ୟ ଥିଲା । କୋଠରିର ମଝାମଝି ଗୋଟିଏ ଗୋଲ୍ କଫିଟେବୁଲ୍ ସହିତ ଦୁଇଟି ଆରାମଚଉକି ରଖାଯାଇଥିଲା । ଟେବୁଲ୍ ଉପରେ ଧଳାରଙ୍ଗର ଏମ୍ବ୍ରୋୟଡ଼ରିକରା ଟେବୁଲ୍‌କ୍ଲଥ୍ ଉପରେ କପ୍ ଓ ପ୍ଲେଟ୍ ସଜାହୋଇ ରଖାଯାଇଥିଲା ।

ଜ୍ୱି ପ୍ରୋଭିଜର୍ କହିଲା, "ତୁମର କୋଠରି ଖୁବ୍ ସୁନ୍ଦର, ସଫା ସୁତୁରା ।"

ଲୁନା ଲାଜଲାଜ ହୋଇ ଉତ୍ତର ଦେଲା, "ଧନ୍ୟବାଦ । ତୁମକୁ ଭଲ ଲାଗିଲା, ମୁଁ ସତରେ ଖୁସି ।"

କିନ୍ତୁ ଲୁନାର ସ୍ୱରରେ ପ୍ରକୃତରେ ଖୁସି ନଥିଲା, ଅପ୍ରତିଭ ହୋଇପଡ଼ିଥିଲା ସେ ।

ତା'ପରେ ସେମାନେ କଫି ପିଇଲେ, ବିସ୍କୁଟ ଖାଇଲେ ଏବଂ ବିଭିନ୍ନ କିସମର ଫଳ ଓ ଫୁଲ ଗଛ, ସ୍କୁଲରେ ଆଜିକାଲି ବଢୁଥିବା ଅନୁଶାସନ ଅବ୍ୟବସ୍ଥା ଏବଂ ପକ୍ଷୀ ପ୍ରବାସନ ସମ୍ପର୍କରେ ମଧ୍ୟ ଗପସପ କଲେ ।

ଜ୍ୱି ଆଖିମିଟିକାମାରି କହିଲା, "ମୁଁ ଏବେ ଖବରକାଗଜରେ ପଢ଼ିଲି ଯେ ହିରୋସିମାରେ ବୋମା ପଡ଼ିବାର ଦଶବର୍ଷ ପରେ ମଧ୍ୟ ସେଠି ପକ୍ଷୀ ନାହାନ୍ତି ।"

ଲୁନା ପୁଣି ଥରେ କହିଲା, "ତୁମେ ପୃଥିବୀଯାକର ଦୁଃଖ ନିଜ କାନ୍ଧରେ ଉଠାଉଥା ।"

ସେ ପୁଣି କହିଲା, "ପଅରଦିନ ମୋ ଝର୍କା ବାହାରେ ଥିବା ଗଛର ସବା ତଳ ଡାଳରେ କାଠହଣା ଚଢ଼େଇଟିଏ ଦେଖିଲି ।"

ଏବଂ ତା'ପରେ ସେମାନେ ପ୍ରତି ସନ୍ଧ୍ୟାରେ ନିୟମିତ ବଗିଚାର ଘଞ୍ଚ କାଗଜଫୁଲ ଲଟା ଛାଇରେ ପଡ଼ିଥିବା ବେଞ୍ଚ ଉପରେ ଅଥବା ଲୁନାର କଫି ଟେବୁଲ୍‌ରେ ଭେଟିବାକୁ ଲାଗିଲେ । ଜ୍ୱି କାମରୁ ଫେରି, ଗାଧୋଇ, ଦର୍ପଣ ସାମ୍ନାରେ ମୁଣ୍ଡ କୁଣ୍ଡେଇ, ଇସ୍ତ୍ରୀ କରା ଖାକି ପ୍ୟାଣ୍ଟ ଓ ହାଲ୍‌କା ନୀଳ ରଙ୍ଗର ସାର୍ଟ ପିନ୍ଧି ଲୁନା ପାଖକୁ ଯାଏ । ବେଳେବେଳେ ସେ ଲୁନାର ବଗିଚା ପାଇଁ ଫୁଲ ମଞ୍ଜି ସାଥିରେ ନିଏ । ଥରେ ସେ ଲୁନା ପାଇଁ ୟାକଭ୍ ଫିଚ୍‌ମାନ୍‌ଙ୍କ କବିତା ସଙ୍କଳନ ମଧ୍ୟ ନେଇଥିଲା । ଲୁନା ଜ୍ୱି'କୁ ପୋସ୍ତକ ବିସ୍କୁଟ ଏବଂ ଦୁଇଟି ଦେବଦାରୁ ଓ ଗୋଟିଏ ବେଞ୍ଚ ପଡ଼ିଥିବା ପେନ୍‌ସିଲ୍ ଚିତ୍ର ମଧ୍ୟ ଦେଇଥିଲା । କିନ୍ତୁ ଆଠଟା/ସାଢ଼େ ଆଠଟା ବେଳକୁ ସେମାନେ ପରସ୍ପରକୁ ଶୁଭରାତ୍ରି ଜଣାନ୍ତି ଓ ଜ୍ୱି ତା'ର ସନ୍ଥ ଆଶ୍ରମକୁ ଫେରିଆସେ ଯେଉଁଠି କୁମାରତ୍ୱର ଗନ୍ଧ ବଡ଼ କଷ୍ଟମୟ ଭାବେ ପବନରେ ଝୁଲୁଥାଏ ।

ରୋନି ଶିଣ୍ଡ୍‌ଲିନ୍ ଡାଇନିଙ୍ଗ୍ ରୁମ୍‌ରେ ମନ୍ତବ୍ୟ ଦେଲା, ଶେଷକୁ ମୃତ୍ୟୁଦୂତ ତା'ର ଡେଣା ବିଚରା ବିଧବା ଲୁନା ଉପରେ ବିସ୍ତାରିଦେଲା । ଅପରାହ୍ନରେ କ୍ଲବ୍ ଘରେ ରେଉକେ ରୋଥ୍ ମଜାମଜାରେ କହିଲା, "ତା'ହେଲେ ହାତକୁ ଗ୍ଲୋଭ୍ ମିଳିଗଲା ।" କିନ୍ତୁ ଜ୍ୱି ଓ ଲୁନା ଏସବୁ ଆକ୍ଷେପ ଓ ଚର୍ଚ୍ଚାକୁ ନେଇ ବିଚଳିତ ହେଲେନାହିଁ । ସେମାନଙ୍କର ସମ୍ପର୍କ ଦିନକୁ ଦିନ ଦୃଢ଼ୀଭୁତ ହେବାକୁ ଲାଗିଲା । ଜ୍ୱି ଲୁନାକୁ କହିଲା ଯେ ଆଜିକାଲି ସମୟ ମିଳିଲେ ସେ ଔପନ୍ୟାସିକ ଜାରୋସ୍କ ଓ୍ୱାସକୁସ୍‌ଙ୍କ ଉପନ୍ୟାସକୁ ପଲିସ୍ ଭାଷାରୁ ହିବ୍ରୁରେ ଅନୁବାଦ କରୁଛି । ଉପନ୍ୟାସଟି କୋମଳ ଓ ଦୁଃଖଦ । ଔପନ୍ୟାସିକ ଓ୍ୱାସକୁସ୍ ମାନବୀୟ ସ୍ଥିତିକୁ ଅବୋଧ୍ୟ ଅଥଚ ମର୍ମସ୍ପର୍ଶୀ ବୋଲି ବିଶ୍ୱାସ

କରନ୍ତି । ଲୁନା ଜ୍ୱି'ର କପ୍‌ରେ ଗରମ କଫି ଢାଳୁଢ଼ାଳୁ ତା' କଥା ଶୁଣିଲା, ତା' ମଥା ଗୋଟିଏ ପଟକୁ ଧୀରେ ଢଳିଗଲା, ଓଠ ଖୋଲିଗଲା, ସତେ ଯେମିତି କଫି ଔପନ୍ୟାସିକ ତଥା ଜ୍ୱି'ର ଦୁଃଖର ପ୍ରତିଫଳନ । ସେ ନୂଆ କରି ଗଢ଼ି ଉଠିଥିବା ସଂପର୍କର ମହାର୍ଘତାକୁ ଉପଲବ୍ଧ କଲା ଓ ଆଜି ପର୍ଯ୍ୟନ୍ତ ବିତିଆସିଥିବା ତା'ର ବେସୁରା ଓ ନିରସ ଜୀବନରେ ଏଇ କିଛିଦିନର ସୁଖଦ ଅନୁଭୂତିକୁ ମନେମନେ ପ୍ରଶଂସା କଲା । ଦିନେ ରାତିରେ ସେ ସ୍ୱପ୍ନ ଦେଖିଲାଯେ ଦୁଇଟି ପାହାଡ଼ ମଝିରେ ବୋହି ଯାଉଥିବା ଅଙ୍କାବଙ୍କା ନଦୀ କୂଳେକୂଳେ ଦୁହେଁ ଘୋଡ଼ାରେ ବସି ଦୌଡ଼ୁଛନ୍ତି, ସେ ତା'ର ବକ୍ଷୋଜକୁ ଜ୍ୱି'ର ପିଠିରେ ଚପି ରଖିଛି ଓ ଦୁଇ ବାହୁକୁ ଜ୍ୱି'ର ଅଣ୍ଟା ଚାରିପାଖେ ଭିଡ଼ିଧରିଛି । ଯଦିଓ ଅନ୍ୟମାନଙ୍କ ସ୍ୱପ୍ନ ନେଇ ବିନା ସଙ୍କୋଚରେ ଜ୍ୱି ସହିତ ପୂର୍ବରୁ କଥା ହୋଇଛି, ଏଇ ସ୍ୱପ୍ନ କଥା ଜ୍ୱି'କୁ କହିବ ନାହିଁ ବୋଲି ସେ ସ୍ଥିର କଲା । ତା' ନିଜ ସ୍ୱପ୍ନ ବିଷୟରେ ଜ୍ୱି କହିଲା ଯେ ସେ ପୋଲାଣ୍ଡର ଛୋଟ ସହର ୟାନୋଭ୍‌ରେ ସ୍କୁଲରେ ପଢ଼ୁଛି ବୋଲି ଥରେ ସ୍ୱପ୍ନ ଦେଖିଥିଲା । ପଢ଼ିବା ବଦଳରେ ସେ ଛାତ୍ର ଆନ୍ଦୋଳନରେ ଯୋଗଦେଇଛି । ତଥାପି ନୂଆ ନୂଆ କଥା ଶିଖିବାକୁ ସବୁବେଳେ ଚେଷ୍ଟା କରୁଛି ସେ । ଟେବୁଲ୍ କ୍ଲଥ ଉପରୁ ଛୋଟ ବିସ୍କୁଟ୍‌ଖଣ୍ଡ ଉଠୋଉ ଉଠୋଉ ଲୁନା କହିଲା, "ତୁମେ ପୂର୍ବରୁ ବି ଲାଜକୁଳା ଥିବାର ଜଣା ପଡ଼ୁଛି, ଏବେବି ଲାଜକୁଳା ଅଛ ।"

ଜ୍ୱି କହିଲା, "ତୁମେ ମୋତେ ଠିକ୍‌ରେ ଜାଣିନ ।"

ଲୁନା କହିଲା, "କୁହ, ମୁଁ ଶୁଣୁଛି ।"

ଜ୍ୱି କହିଲା, "ଆଜି ରେଡ଼ିଓରେ ଶୁଣିଲି ଯେ ଚିଲିରେ ଗୋଟିଏ ଆଗ୍ନେୟଗିରିରୁ ଲାଭା ଉଦ୍‌ଗୀରଣ ହୋଇ ଚାରୋଟି ଗାଆଁ ଭସ୍ମ ହୋଇଯାଇଛି । ଅଧିକାଂଶ ଲୋକଙ୍କୁ ଜୀବନରକ୍ଷାର ସୁଯୋଗ ମିଳିଲାନି ।"

ଦିନେ ସନ୍ଧ୍ୟାରେ ସୋମାଲିଆରେ ଚାଲିଥିବା ଦୁର୍ଭିକ୍ଷକୁ ନେଇ ଜ୍ୱି ବର୍ଣ୍ଣନା କରୁଥିବା ସମୟରେ ଲୁନାର ସମ୍ବେଦନଶୀଳତା ଚରମ ସୀମାରେ ପହଞ୍ଚିଲା ଓ ସେ ହଠାତ୍ ଜ୍ୱି'ର ହାତକୁ ଟାଣିନେଇ ନିଜ ଛାତିରେ ଜାକିଧରିଲା । ଜ୍ୱି ନିଜ ଭିତରେ କ୍ଷଣକ ପାଇଁ ଭୂକମ୍ପ ଅନୁଭବ କଲା ଓ ନିଜର ହାତକୁ ପଛକୁ ଟାଣିଆଣିଲା । ତା' ମୁହଁ ଲାଲ୍ ଦେଖାଗଲା ଓ ଆଖିପତା ଜୋର୍‌ରେ ଢ଼େଇଁବାକୁ ଲାଗିଲା । ବଡ଼ ହେଲାପରେ ସେ ଜାଣିଶୁଣି କେବେ କାହାକୁ ଛୁଇଁଲା ପରି ତା'ର ମନେପଡ଼ୁନାହିଁ । କେବେ କାହା ଦେହରେ ଭୁଲବଶତଃ ତା' ଦେହ ବାଜିଗଲେ ତାକୁ ଅପ୍ରସ୍ତୁତ ଲାଗେ । ଫପ୍‌ସା ମାଟିର ଉଷ୍ମତା ଓ କଞ୍ଚାଡ଼ାଳର କୋମଳତା ତାକୁ ଭଲଲାଗେ ସତ କିନ୍ତୁ ନାରୀ କି ପୁରୁଷର ସ୍ପର୍ଶରେ ତା'ର ସମସ୍ତ ଦେହ ଜଳିଗଲାପରି ଲାଗେ । ସେଥିପାଇଁ କରମର୍ଦ୍ଦନ,

ପିଠିଆପୁଡ଼ା ତଥା ଡାଇନିଙ୍ଗ୍ ଟେବୁଲ୍ ଉପରେ ଖାଇଲାବେଳେ କାହା କହୁଣି ସହ କହୁଣି ଘଷି ହୋଇଯିବାକୁ ସେ ଦିଏ ନାହିଁ । ଅଳ୍ପ ସମୟ ପରେ ସେ ଉଠି ଠିଆ ହେଲା ଓ ଚାଲିଗଲା ।

ତା' ପରଦିନ ସେ ଆଉ ଲୁନା ଘରକୁ ଗଲା ନାହିଁ । ସେ ଭାବିବାକୁ ଲାଗିଲାଯେ ସେମାନଙ୍କର ସମ୍ପର୍କ ଏକ ସଙ୍କଟମୟ ଅବସ୍ଥାକୁ ଗତି କରିବାକୁ ଆରମ୍ଭ କରିଛି ଯେଉଁଠାକୁ ସେ କେବେ ଯିବାକୁ ଚାହିଁନଥିଲା । ଜ୍ୱି ତା'ଦ୍ୱାରା ଅପମାନିତ ହୋଇଛି ବୋଲି ଲୁନା ଅନୁଭବ କଲା । ସେ ଜ୍ୱି'କୁ କ୍ଷମା ମାଗିବ ବୋଲି ସ୍ଥିର କଲା ଯଦିଓ କ୍ଷମା ମାଗିବାର କାରଣକୁ ନେଇ ସେ ନିଃସନ୍ଦେହ ନଥିଲା । ସେ କ'ଣ ଜ୍ୱି'କୁ ଏମିତି କିଛି ପ୍ରଶ୍ନ ପଚାରିଛି ଯାହା ପଚାରିବାର ନଥିଲା ? ଅଥବା ସେ ଏମିତି ଶବ୍ଦ ପ୍ରୟୋଗ କରିଛି ଯାହାର କିଛି ଲୁକ୍କାୟିତ ଅର୍ଥ ସେ ବୁଝିପାରିନି ଏବଂ ଜ୍ୱି ଅପମାନିତ ହୋଇଛି ?

ଦୁଇଦିନପରେ ଜ୍ୱି ଘରେ ନଥିବା ସମୟରେ ଲୁନା ତା' କବାଟ ଫାଙ୍କରେ ଛୋଟ କାଗଜଖଣ୍ଡିଏ ଛାଡ଼ିଦେଇ ଆସିଲା ଯେଉଁଥିରେ ଲେଖାଥିଲା, "ତୁମକୁ କଷ୍ଟ ପହଞ୍ଚେଇଥିବାରୁ ମୁଁ ଦୁଃଖିତ । କେବେ କଥା ହୋଇପାରିବା ?" ଜ୍ୱି ମଧ୍ୟ ତା' ଉତ୍ତରରେ ଲେଖିଲା, "ଆମର କଥା ନହେବା ହିଁ ଆମ ପାଇଁ ହିତକର । ଏହାର ପରିସମାପ୍ତି ସୁଖପ୍ରଦ ହେବନାହିଁ ବୋଲି ମୁଁ ଭାବୁଛି ।"

ତଥାପି ଲୁନା ରାତ୍ରିଭୋଜନ ପରେ ଡାଇନିଙ୍ଗ୍ ରୁମ୍ ବାହାରେ ଥିବା ନିମ୍ବଗଛ ମୂଳେ ତାକୁ ଅପେକ୍ଷା କଲା । ସେ ଆସିଲା । ଲୁନା କୁଣ୍ଠିତ ସ୍ୱରରେ କହିଲା, "ମୋର କ'ଣ ଭୁଲ୍ ହୋଇଛି କୁହ ।"

"କିଛି ନାହିଁ ।"

"ତେବେ ମୋତେ କାହିଁକି ଉପେକ୍ଷା କରୁଛ ?"

"ବୁଝିବାକୁ ଚେଷ୍ଟା କର... ଏହାର ଅର୍ଥ କିଛି ନାହିଁ ।"

ଏହାପରେ ସେମାନେ ଆଉ ପରସ୍ପରକୁ ଭେଟିଲେ ନାହିଁ । କେତେବେଳେ କେମିତି ରାସ୍ତାରେ ଚାଲୁଚାଲୁ ଅଥବା ଦୋକାନ ବଜାରରେ ଦୁହେଁ ଯଦି ସାମ୍ନାସାମ୍ନି ହୋଇଯାଆନ୍ତି ତେବେ ମୁଣ୍ଡହଲାଇ ପରସ୍ପରକୁ ଅଭିବାଦନ କରନ୍ତି ଓ ନିଜ ନିଜ ବାଟରେ ଚାଲିଯାଆନ୍ତି ।

ମଧ୍ୟାହ୍ନଭୋଜନ ସମୟରେ ରୋନି ଶିଣ୍ଡଲିନ୍ ତା' ଟେବୁଲ୍‌ରେ ବସିଥିବା ଲୋକମାନଙ୍କୁ କହୁଥିବାର ଶୁଣାଗଲାଯେ ମୃତ୍ୟୁଦୂତ ତା'ର ମଧୁଚନ୍ଦ୍ରିକାକୁ ଖୁବ୍ ଜଲ୍‌ଦି ସମାପ୍ତ କରିଦେଇଛି ଓ ସେମାନେ ଏବେ ବିପଦଗ୍ରସ୍ତ । ଏବଂ ସେଇ ଅପରାହ୍ନରେ ଜ୍ୱି କ୍ଲବ୍ ଘରେ ତା'ର ଅବିବାହିତ ବନ୍ଧୁମାନଙ୍କୁ ତୁରସ୍କରେ ରାସ୍ତାରେ ଭିଡ଼ଥିବାବେଳେ

ପୋଲ ଭାଙ୍ଗି ଅନେକ ଲୋକ ହତାହତ ହୋଇଛନ୍ତି ବୋଲି ଜଣେଇଥିଲା ।

ଦୁଇ ତିନି ମାସ ପରେ ଆମେ ଦେଖିଲୁଯେ ଲୁନା ବ୍ଲାଙ୍କ୍ ଶାସ୍ତ୍ରୀୟ ସଙ୍ଗୀତ କାର୍ଯ୍ୟକ୍ରମକୁ ଆସୁନାହିଁ । ଏପରିକି ଶିକ୍ଷକ ମିଟିଂରେ ମଧ୍ୟ ସେ ଅନୁପସ୍ଥିତ ରହିବାର ଦେଖାଗଲା । ସେ ତା'ର କେଶକୁ ତମ୍ବାରଙ୍ଗରେ ପରିଣତ କଲା ଓ ଗାଢ଼ରଙ୍ଗର ଲିପଷ୍ଟିକ୍ ଲଗେଇବାକୁ ଆରମ୍ଭକଲା । ବେଳେବେଳେ ତାକୁ ରାତ୍ରଭୋଜନ ବି ବନ୍ଦ କରିବାର ଦେଖାଗଲା । ଅମଳ ଛୁଟିରେ ସେ ସହରକୁ ଯାଇ କିଛି ଦିନ ରହିଲା । ଫେରିଲାବେଳେ, ଗୋଟିଏ ପାଖରୁ ଅଣ୍ଟା ଉପରକୁ କଟିଯାଇଥିବା ଯେଉଁ ପୋଷାକ ପିନ୍ଧିଥିଲା ସେ, ଆମ ବିଚାରରେ ତାହା ଏକ ସାହସିକ ପଦକ୍ଷେପ ଥିଲା । ଶରତ ଋତୁ ଆରମ୍ଭରେ ତାକୁ ଆମେ ଲନ୍ ବେଞ୍ଚରେ ତା'ଠୁ ଦଶ ବର୍ଷ ସାନ ବାସ୍କେଟ୍‌ବଲ୍ କୋଚ୍ ସହିତ କେତେଥର ବସିବାର ଦେଖିଲୁ । ବାସ୍କେଟ୍‌ବଲ୍ କୋଚ୍ କିବୁଜ୍‌କୁ ସପ୍ତାହକୁ ଦୁଇଥର ଆସୁଥିଲା । ରୋନି ଶିଣ୍ଡ୍‌ଲିନ୍ ମଜାରେ କହିଲା ଯେ ସେ ବୋଧହୁଏ ରାତିରେ ବାସ୍କେଟ୍‌ରେ ବଲ୍ ପକେଇବା ଶିଖୁଛି । ଦୁଇ ତିନି ସପ୍ତାହ ପରେ ସେ ବାସ୍କେଟ୍‌ବଲ୍ କୋଚ୍‌କୁ ଛାଡ଼ି କିବୁଜ୍‌ର ବାଇଶି ବର୍ଷୀୟ କମାଣ୍ଡର ସହିତ ମିଳାମିଶା କରିବାର ଦେଖାଗଲା । ଲୁନାର ଏସବୁ ଚାଲିଚଳଣକୁ ଆଡ଼ଆଖି କରିହେଲାନାହିଁ, ଶିକ୍ଷା କମିଟି ଏହାର ବୈଷୟିକ ପ୍ରଭାବ ସମ୍ପର୍କରେ ଚର୍ଚ୍ଚା କରିବାପାଇଁ ମିଟିଂ ଡକାଇଲେ ।

ପ୍ରତି ସଂଧ୍ୟାରେ, ଜ୍ୱି ପ୍ରୋଭିଜର୍, ନିଜ ହାତରେ ଲଗାଇଥିବା ଫୁଆରାର ପାଖ ବେଞ୍ଚରେ ଆସି ଚୁପ୍‌ଚାପ୍ ଏକାକୀ ବସେ ଏବଂ ଲନ୍‌ରେ ଖେଳୁଥିବା ପିଲାମାନଙ୍କୁ ଦେଖେ । ସେଇ ବାଟ ଦେଇ ଯାଉଥିବା କେହି ବ୍ୟକ୍ତି ଯଦି ତାକୁ ଶୁଭସନ୍ଧ୍ୟା ଜଣାଏ, ତେବେ ସେ ତାକୁ ମଧ୍ୟ ଶୁଭସନ୍ଧ୍ୟା ଜଣାଏ ଏବଂ ବଡ଼ ଦୁଃଖର ସହିତ ଦକ୍ଷିଣପୂର୍ବ ଚୀନ୍‌ରେ ଆସିଥିବା ଅଭୂତପୂର୍ବ ବନ୍ୟା ବିଷୟରେ ଖବର ଦିଏ ।

ସେଇ ବର୍ଷ ଶରତ ଋତୁ ସରି ଆସୁଥିବା ବେଳେ, କାହାକୁ କିଛି ନକହି, କିବୁଜ୍ ସେକ୍ରେଟାରିଏଟ୍‌ର ବିନା ଅନୁମତିରେ, ଲୁନା ତା' ଭଉଣୀ ନିକଟକୁ ଆମେରିକା ଚାଲିଗଲା । ତା' ଭଉଣୀ ତା' ପାଇଁ ଟିକେଟ୍ ପଠାଇଥିଲା । ସେ ସେଇ ଅର୍ଦ୍ଧନଗ୍ନ ପୋଷାକ ଓ ତୋଫା ରଙ୍ଗର ଓଢ଼ଣି ସାଙ୍ଗକୁ ପାଦ ଠିକ୍‌ରେ ପଡୁନଥିବା ହାଇହିଲ୍ ପିନ୍ଧି ଓ ହାତରେ ବଡ଼ ସୁଟ୍‌କେସ୍ ଧରି ବସ୍‌ଷ୍ଟାଣ୍ଡ ପାଖରେ ଏପଟସେପଟ ହେଉଥିବାର ଦେଖାଗଲା । ରୋନି ଶିଣ୍ଡ୍‌ଲିନ୍ ମନ୍ତବ୍ୟ ଦେଲା ଯେ "ବିଧବା ମୃତ୍ୟୁଦୂତକୁ ଛାଡ଼ି ହଲିଉଡ୍ ଅଭିମୁଖେ ଯାତ୍ରା କରୁଛି ।" କିବୁଜ୍ ସଭ୍ୟ ତାଲିକାରୁ ସେକ୍ରେଟାରିଏଟ୍ ତାକୁ ନିଲମ୍ବିତ କରିବା ସହ ଯାଞ୍ଚ୍ ଜାରି ରହିବ ବୋଲି ଘୋଷଣା କଲା । ଏ ମଧ୍ୟରେ କିବୁଜ୍‌ରେ ଯଦିଓ ଘରର ସ୍ୱଚ୍ଛତା ଜଣାପଡୁଥିଲା ଓ ହାଉସିଙ୍ଗ୍ କମିଟିର କିଛି ସଦସ୍ୟ

ତା’ ଘର ଉପରେ ନଜର ରଖିଥିଲେ, ଲୁନା ବ୍ଲାଙ୍କ୍‌ର କୋଠରି ସେମିତି ଅନ୍ଧାର ଓ ବନ୍ଦ ରହିଲା । ତା’ ଛୋଟ ଅଗଣାରେ ଥିବା ବାକ୍ସ, ସେବତୀ ଓ କାକଟସ୍ ଆଦି ସାଧାରଣ ଶ୍ରେଣୀର ପାଞ୍ଚ ଛଅଟି ଗଛ ସେମିତି ଅଲୋଡ଼ା ଭାବେ ପଡ଼ିରହିଥିଲା, ଯଦିଓ ଜ୍ଭି ମଝିରେ ମଝିରେ ଆସି ପାଣି ଦେଇଯାଉଥିଲା ।

ତା’ପରେ ଶୀତଋତୁ ଆସିଲା । ବାଦଲଖଣ୍ଡ ସବୁ ପାଇନ୍ ଓ ଦେବଦାରୁ ଗଛମାନଙ୍କ ଉପରେ ଆସି ରୁଣ୍ଡହେବାକୁ ଲାଗିଲେ । ଜମି ଓ ବଗିଚାସବୁ ମାଟି କାଦୁଅରେ ଭରିଗଲା । ପାଉଁଶିଆ ମେଘ ଅନବରତ ବର୍ଷିବାକୁ ଲାଗିଲେ । ରାତିରେ, ନଳାରେ ପାଣି ବୋହିବାର ଶବ୍ଦ ସାଙ୍ଗକୁ ଝରକା ଫାଙ୍କରେ ଥଣ୍ଡା ପବନ ପଶିଆସିବାର ଶବ୍ଦ ଶୁଣାଗଲା । ଜ୍ଭି ପ୍ରୋଭିଜର୍ ପ୍ରତ୍ୟେକ ରାତିରେ ରେଡ଼ିଓ ସାମ୍ନାରେ ବସି କେବଳ ଖବର ଶୁଣିବାରେ ଲାଗିଲା । ଖବର ମଝିରେ ଖାଲି ସମୟରେ ସେ ତା’ ଟେବୁଲ୍ ଉପରେ ବସି ବଗବେକ ପରି ଦିଶୁଥିବା ଟେବୁଲ୍‌ଲ୍ୟାମ୍ପ ଆଲୁଅରେ ଓ୍ୱାସକ୍ସ୍‌ଙ୍କ ଦୁଃଖଦ ଉପନ୍ୟାସର କେଇଧାଡ଼ି ହିବ୍ରୁରେ ଅନୁବାଦ ମଧ୍ୟ କଲା । ଲୁନା ଦେଇଥିବା ଦୁଇ ଦେବଦାରୁ ଗଛ ଓ ଗୋଟିଏ ବେଞ୍ଚର ପେନସିଲ୍ ଚିତ୍ର ତା’ ମୁଣ୍ଡ ଉପରେ ସେମିତି ଝୁଲୁଥିଲା । ଗଛ ଦୁଇଟି ଉଦାସ ଲାଗୁଥିଲେ ଓ ବେଞ୍ଚ ଖାଲି ଥିଲା । ରାତି ସାଢ଼େଦଶରେ ଦେହରେ ଲୁଗାଖଣ୍ଡେ ଗୁଡ଼େଇ ସେ ବାହାର ଅଗଣାକୁ ଯାଇ ବାଦଲଖଣ୍ଡ, ନିଛାଟିଆ କଙ୍କ୍ରିଟ୍ ରାସ୍ତା ଏବଂ ଓଦା ରାସ୍ତା ଉପରେ ପଡ଼ି ଚିକ୍‌ଚିକ୍ କରୁଥିବା ହଳଦିଆ ଷ୍ଟ୍ରିଟ୍ ଆଲୁଅକୁ ଦେଖୁଥିଲା । ମଝିରେ ବର୍ଷା ଛାଡ଼ିଗଲେ ସେ ଲୁନାର ଅଗଣା ଆଡ଼କୁ ଯାଇ ତା’ ଗଛସବୁ କେମିତି ଅଛନ୍ତି ବୋଲି ଦେଖି ଆସୁଥିଲା । ସେତେବେଳେକୁ ଲୁନା ଘରର ପାହାଚସବୁ ଗଛରୁ ପଡ଼ିଥିବା ପତ୍ରରେ ଲୁଚିଯାଇଥିଲେ । ଲୁନାର ବନ୍ଦ କବାଟ ଭିତରୁ ଶାମ୍ପୁ କି ସାବୁନର ହାଲ୍‌କା ବାସ୍ନା କାଳେ ବାରିପାରିବ ବୋଲି ସେ କବାଟ ପାଖରେ ଯାଇ ଛିଡ଼ାହେଉଥିଲା । ଖାଲି ରାସ୍ତାରେ କିଛି ସମୟ ଟହଲମାରିବା ପରେ ଯେତେବେଳେ ଗଛଡ଼ାଳରୁ ପଡୁଥିବା ପାଣିବୁନ୍ଦାରେ ତା’ ମଥା ଭିଜିଯାଉଥିଲା, ସେ ତା’ ଘରକୁ ଫେରିଆସୁଥିଲା ଓ ଅନ୍ଧାରରେ, ଆଖି ଖୋଲାକରି ରାତିର ଶେଷ ଖବର ରେଡ଼ିଓରୁ ଶୁଣୁଥିଲା । ଦିନେ ଭୋର୍‌ରେ, ଯେତେବେଳେ ସବୁକିଛି ଆର୍ଦ୍ର ଓ ଜମିରହିଥିବା ଅନ୍ଧାରର କମ୍ବଳ ଭିତରେ ଆଚ୍ଛାଦିତ ଥିଲା, ଗାଈଦୁହିଁବା ପାଇଁ ଯାଉଥିବା ଜଣେ ଗୋଶାଳା ଶ୍ରମିକକୁ ସେ ରାସ୍ତାରେ ଅଟକେଇ ଦୁଃଖର ସହିତ କହିଲା, “ତୁମେ ଶୁଣିଲ କି ? ନରଓ୍ୱେ ସମ୍ରାଟଙ୍କର କାଲି ରାତିରେ ଦେହାନ୍ତ ହେଲା । ଯକୃତ୍ କର୍କଟ ରୋଗରେ ।”

■

ଲେଖକ ପରିଚୟ

ଗୁଗି ଓ୍ୱା ଟିଓଙ୍ଗୋ, ୫ ଜାନୁୟାରୀ ୧୯୩୮ରେ କେନିଆର କାମିରିଥୁ ଗାଆଁରେ ଗୋଟିଏ କୃଷକ ପରିବାରରେ କିକୁୟୁ ଉପଜାତିରେ ଜନ୍ମ ଗ୍ରହଣ କରିଥିଲେ । ସେ କାମ୍ପାଲାର ମେକେରେରେ ବିଶ୍ୱବିଦ୍ୟାଳୟରୁ ଇଂରାଜୀ ସାହିତ୍ୟରେ ବି.ଏ. ଓ ଇଂଲଣ୍ଡର ଲିଡ଼୍ସ ବିଶ୍ୱବିଦ୍ୟାଳୟରୁ ଏମ୍.ଏ. ପାସ କରି ନାଇରୋବି ବିଶ୍ୱବିଦ୍ୟାଳୟରେ ପ୍ରଫେସର ଭାବରେ ଯୋଗ ଦେଇଥିଲେ । ୧୯୭୭ରେ ତାଙ୍କର ନାଟକ "ଆଇ ୱିଲ୍ ମ୍ୟାରି ହ୍ୱେନ୍ ଆଇ ଓ୍ୱାଣ୍ଟ୍"ରେ ଥିବା ରାଜନୈତିକ ବାର୍ତ୍ତା କେନିଆର ତତ୍‌କାଳୀନ ଉପ-ରାଷ୍ଟ୍ରପତି ଡାନିଏଲ୍ ଆରାପ୍ ମୋଇଙ୍କୁ କ୍ଷୁବ୍ଧ କରିଥିଲା, ଫଳସ୍ୱରୂପ ଗୁଗି ଆରେଷ୍ଟ ହୋଇ ଜେଲ୍‌ରେ ଭର୍ତ୍ତି ହେଲେ । ଜେଲ୍‌ରୁ ବାହାରିଲା ପରେ ତାଙ୍କୁ ବିଶ୍ୱବିଦ୍ୟାଳୟ ଚାକିରି ମିଳିଲା ନାହିଁ ଓ ସେ ବାଧ୍ୟ ହୋଇ ନିଜର ପରିବାର ସହିତ ଦେଶ ଛାଡ଼ିଲେ । ବାଇଶି ବର୍ଷ ପରେ ମୋଇଙ୍କ ଦଳ ସରକାରରୁ ବହିଷ୍କାର ହେଲା ପରେ ସେ ପୁଣି ଥରେ ଦେଶକୁ ଫେରିଲେ । ସେ ଉପନ୍ୟାସ, ଗଳ୍ପ, ପ୍ରବନ୍ଧ, ନାଟକ ତଥା ଶିଶୁସାହିତ୍ୟରେ ପଇଁତିରିଶରୁ ଅଧିକ ପୁସ୍ତକର ରଚୟିତା । ୨୦୦୧ର ନୋନିନୋ ଅନ୍ତର୍ଜାତୀୟ ସାହିତ୍ୟ ପୁରସ୍କାର, ୨୦୧୬ର ପାର୍କ କ୍ୟୋଙ୍ଗ-ନି ପୁରସ୍କାର ସମେତ ଅନେକ ଅନ୍ତର୍ଜାତୀୟ ପୁରସ୍କାର ତଥା ଦଶଟି ବିଶ୍ୱବିଦ୍ୟାଳୟରୁ ସମ୍ମାନଜନକ ଡକ୍ଟରେଟ୍ ଉପାଧି ପ୍ରାପ୍ତ । ୟେଲ ବିଶ୍ୱବିଦ୍ୟାଳୟ ଓ ନ୍ୟୁୟର୍କ ବିଶ୍ୱବିଦ୍ୟାଳୟରେ କିଛି ବର୍ଷ ଅଧ୍ୟାପନା କରିବା ପରେ ସମ୍ପ୍ରତି ସେ କାଲିଫର୍ଣ୍ଣିଆ ବିଶ୍ୱବିଦ୍ୟାଳୟର ଅର୍ଭାଇନ୍ ଠାରେ କମ୍ପାରେଟିଭ୍ ଲିଟ୍‌ରେଚର ବିଭାଗର ପ୍ରଫେସର ରୂପେ ଅବସ୍ଥାପିତ ।

ଫ୍ରାଞ୍ଜ କାଫକା (ଜୁଲାଇ ୩, ୧୮୮୩ - ଜୁନ୍ ୩, ୧୯୨୪) ପ୍ରାଗ୍‌ର ଏକ ମଧ୍ୟବିତ୍ତ ଇହୁଦି ପରିବାରରେ ଜନ୍ମଗ୍ରହଣ କରିଥିଲେ । ଜୁନ୍ ୧୮, ୧୯୦୬ରେ ସେ ପ୍ରାଗ୍‌ର ଚାର୍ଲସ ବିଶ୍ୱବିଦ୍ୟାଳୟରୁ ଆଇନରେ ଡକ୍ଟରେଟ୍ ଡିଗ୍ରୀ ପାଇଲା ପରେ ନଭେମ୍ବର ୧, ୧୯୦୭ରେ ଗୋଟିଏ ଇଟାଲୀୟ ଇନ୍ସୁରାନ୍ସ କମ୍ପାନୀରେ ଓକିଲ ଭାବରେ ଯୋଗଦେଲେ । ୧୯୧୭ରେ ସେ

ଟିବି ରୋଗରେ ଆକ୍ରାନ୍ତ ହେଲେ ଏବଂ ପରିବାର ସଦସ୍ୟାଙ୍କ ତତ୍ତ୍ୱାବଧାନରେ ରହିବାକୁ ବାଧ୍ୟହେଲେ । ତାଙ୍କର ମୃତ୍ୟୁ ପୂର୍ବରୁ ସେ ମାତ୍ର କେତୋଟି ଗପ ପ୍ରକାଶିତ କରିଥିଲେ – ୧୯୧୩ରେ "ଦି ଷ୍ଟୋକର, ଏ ଫ୍ରାଗମେଣ୍ଟ", ୧୯୧୫ରେ "ଦି ମେଟାମର୍ଫୋସିସ୍", ୧୯୧୬ରେ "ଦି ଜଜ୍‌ମେଣ୍ଟ୍", ୧୯୧୯ରେ "ଇନ୍ ଦି ପେନାଲ୍ କଲୋନି", ୧୯୨୦ରେ "ଏ କଣ୍ଟ୍ରି ଡକ୍ଟର" । ସେ ମୃତ୍ୟୁ ପୂର୍ବରୁ ତାଙ୍କର ଅନ୍ତରଙ୍ଗ ବନ୍ଧୁ ଓ ସାହିତ୍ୟ ପ୍ରତିନିଧି ମାକ୍ସ ବ୍ରଡ଼ଙ୍କୁ ମୃତ୍ୟୁ ପରେ ତାଙ୍କର ସମସ୍ତ ଲେଖାକୁ ନଷ୍ଟ କରିଦେବାପାଇଁ ଅନୁରୋଧ କରିଥିଲେ । କିନ୍ତୁ ମାକ୍ସ ସେପରି ନକରି ତାଙ୍କର ଲେଖା ସବୁକୁ ପ୍ରକାଶିତ କରି ଲୋକଲୋଚନକୁ ଆଣିଲେ । ତାଙ୍କର ମୃତ୍ୟୁ ପରେ ପ୍ରକାଶିତ ହେଲା ତାଙ୍କର ଉଚ୍ଚକୋଟୀର ଉପନ୍ୟାସ "ଆମେରିକା", "ଦି ଟ୍ରାୟାଲ୍", "ଦି କ୍ୟାସଲ୍" ଇତ୍ୟାଦି । ଯଦିଓ ଫ୍ରାଞ୍ଜ କାଫକା ତାଙ୍କର ପ୍ରେରଣା ଭାବରେ ଦସ୍ତୋଭେସ୍କିଙ୍କ ନଭେଲ୍ "ଦି ଡବଲ୍"ର ନାମ ନିଅନ୍ତି, କିନ୍ତୁ ଫ୍ରାଞ୍ଜ କାଫକାଙ୍କ ଗଳ୍ପ ଓ ଉପନ୍ୟାସ ଆଜି ହଜାର ହଜାର ଲେଖକଙ୍କ ପ୍ରେରଣାର ସ୍ରୋତ ।

ଜେ. ଡେଭିଡ୍ ଷ୍ଟିଭେନ୍ସ୍, ଏମୋରି ବିଶ୍ୱବିଦ୍ୟାଳୟରୁ ଇଂରାଜୀ ସାହିତ୍ୟରେ ପିଏଚ୍.ଡ଼ି କଲାପରେ ସମ୍ପ୍ରତି ଭର୍ଜିନିଆର ରିଚ୍‌ମଣ୍ଡ ବିଶ୍ୱବିଦ୍ୟାଳୟର ଇଂରାଜୀ ବିଭାଗରେ ଆସୋସିଏଟ ପ୍ରଫେସର ଭାବେ ଅବସ୍ଥାପିତ । ଏଯାବତ୍ ତାଙ୍କର ଦୁଇଟି ଗଳ୍ପ ସଙ୍କଳନ "ମେକ୍ସିକୋ ଇଜ୍ ମିସିଙ୍ଗ୍" ଓ "ଦି ଓ୍ୱର୍ଡ଼ସ୍ ରାଇଡ଼ସ ଏଗେଇନ୍" ପ୍ରକାଶିତ । ତାଙ୍କର ଗଳ୍ପ, କବିତା ଓ ପ୍ରବନ୍ଧ ଅନେକ ପତ୍ରପତ୍ରିକାରେ ପ୍ରକାଶିତ ।

ୟାସୁନାରି କାୱାବାତା (ଜୁନ୍ ୧୪, ୧୮୯୯ - ଏପ୍ରିଲ ୧୬, ୧୯୭୨) ଥିଲେ ଜାପାନୀ ଔପନ୍ୟାସିକ ଓ ଗାଳ୍ପିକ, ଯାହାର ସ୍ୱଚ୍ଛ, କାବ୍ୟିକ, କୋମଳ ଗଦ୍ୟ କଥନ ଶୈଳୀ ପାଇଁ ତାଙ୍କୁ ପ୍ରଥମ ଜାପାନୀ ଭାବରେ ୧୯୬୮ର ନୋବେଲ ସାହିତ୍ୟ ପୁରସ୍କାର ମିଳିଥିଲା । ଗଦ୍ୟରେ ସେ ଜାପାନୀ ପାରମ୍ପରିକ ସାହିତ୍ୟକୁ ଆଧୁନିକ ଜାପାନୀ ଭାଷା ସାହିତ୍ୟ ସହ ମିଶେଇ ଯେଉଁ ପରୀକ୍ଷା ନିରୀକ୍ଷା କରିଛନ୍ତି, ତାହା ତାଙ୍କୁ ଲୋକପ୍ରିୟ କରିଛି । କୌଣସି ତଥାକଥିତ ଶୈଳୀରୁ ନିଜ ଲେଖାରୁ ମୁକ୍ତ ରଖିବା ହିଁ ଥିଲା ତାଙ୍କ ଲେଖାର ବିଶିଷ୍ଟ୍ୟ । ତାଙ୍କର ଜୀବନକାଳ ମଧ୍ୟରେ କାୱାବାତା ଶତାଧିକ "ପାପୁଲି" ଗଳ୍ପ ଲେଖିଛନ୍ତି, ଯାହାକି ସାଧାରଣତଃ ଦୁଇ-ତିନି ପୃଷ୍ଠା ମଧ୍ୟରେ ସୀମିତ, ଯାହାକୁ ସେ ନିଜ ସାହିତ୍ୟକୃତିର ଆତ୍ମା ବୋଲି କୁହନ୍ତି । ତାଙ୍କର ଉପନ୍ୟାସ "ସ୍ନୋ କଣ୍ଟ୍ରି", "ଦି ଓଲଡ଼ କ୍ୟାପିଟାଲ୍" ଓ "ଥାଉଜାଣ୍ଡ କ୍ରେନ୍ସ୍" ପୃଥିବୀର ବହୁ ଭାଷାରେ ଅନୁବାଦ ହୋଇଛି ।

ଏଟ୍‌ଗାର କେରେଟ୍, ୨୦ ଅଗଷ୍ଟ ୧୯୬୬ରେ ଇସ୍ରାଏଲର ରମଟ୍ ଗନ୍ ସହରରେ ଜନ୍ମଗ୍ରହଣ କରିଥିଲେ । ତାଙ୍କର ଗପ "ସାଇରନ୍" ଇସ୍ରାଏଲର ହାଇସ୍କୁଲ ପାଠକ୍ରମରେ ଅନ୍ତର୍ଭୁକ୍ତ । ତାଙ୍କ

ଗଳ୍ପ ସଂକଳନ ପ୍ରାୟ ସତେଇଶିଟି ଭାଷାରେ ପ୍ରକାଶିତ ହୋଇଛି । ଇଂରାଜୀରେ ପ୍ରକାଶିତ ହୋଇଥିବା ସଙ୍କଳନ ହେଲା ୨୦୦୪ରେ "ଦି ବସ୍ ଡ୍ରାଇଭର୍ ହୁ ୱାଣ୍ଟେଡ୍ ଟୁ ବି ଗଡ୍", ୨୦୦୬ରେ "ଦି ନିପ୍ରୋଡ୍ ଫ୍ଲିପ୍ ଆଉଟ୍", ୨୦୦୮ରେ "ମିସିଙ୍ଗ୍ କିସିଞ୍ଜର୍" ଓ "ଦି ଗର୍ଲ ଅନ୍ ଦି ଫ୍ରିଜ୍", ୨୦୧୦ରେ "ଫୋର୍ ଷ୍ଟୋରିଜ୍" ଓ "ଏ ମୁନ୍‌ଲେସ୍ ନାଇଟ୍", ୨୦୧୨ରେ "ସଡ଼ନ୍‌ଲି ଏ ନକ୍ ଅନ୍ ଦି ଡ଼ୋର୍" (ଆମାଜନ୍‌ର ସବୁଠୁ ଅଧିକ ବିକ୍ରି ବହି) । ଏହାବ୍ୟତୀତ ତାଙ୍କର କିଛି ଶିଶୁ ସଙ୍କଳନ ଓ ଚିତ୍ରକଥା ମଧ୍ୟ ପ୍ରକାଶିତ । ସେ ଅନେକ ଚଳଚ୍ଚିତ୍ର ତଥା ଟେଲିଭିଜନ ସିରିଆଲ୍ ମଧ୍ୟ ଲେଖିଛନ୍ତି । ସେ ଇସ୍ରାଏଲ ପ୍ରଧାନମନ୍ତ୍ରୀ ସାହିତ୍ୟ ପୁରସ୍କାର, ସଂସ୍କୃତି ମନ୍ତ୍ରାଳୟ ସିନେମା ପୁରସ୍କାର ସମେତ ୨୦୦୬ରେ ସମ୍ମାନଜନକ ଇସ୍ରାଏଲ୍ କଲ୍‌ଚୁରାଲ୍ ଏକ୍ସଚେଞ୍ଜ୍ ପୁରସ୍କାର ପ୍ରାପ୍ତ । ୨୦୧୦ରେ ତାଙ୍କୁ ଫ୍ରାନ୍ସର ଅର୍ଡ଼ର୍ ଅଫ୍ ଆର୍ଟସ୍ ଏଣ୍ଡ୍ ଲେଟର୍ସ ଉପାଧି ମିଳିଛି । ସମ୍ପ୍ରତି ସେ ଇସ୍ରାଏଲ୍‌ର ବେନ୍ ଗୁରିଅନ୍ ବିଶ୍ୱବିଦ୍ୟାଳୟରେ ଓ ଅନେକ ଆମେରିକୀୟ ବିଶ୍ୱବିଦ୍ୟାଳୟରେ ଭିଜିଟିଙ୍ଗ୍ ପ୍ରଫେସର ଭାବେ ଅଧ୍ୟାପନା କରନ୍ତି ।

ହା ଜିନ, ୨୧ ଫେବୃଆରୀ ୧୯୫୬ରେ ଚୀନର ଲିଆଓନିଙ୍ଗ ପ୍ରୋଭିନ୍‌ସରେ ଜନ୍ମଗ୍ରହଣ କରିଥିଲେ । ସେ ତେର ବର୍ଷ ବୟସରେ ଚାଇନିଜ୍ ପିପୁଲ୍‌ସ ଲିବରେସନ୍ ଆର୍ମିରେ ଯୋଗଦେଇ ଊଣେଇଶି ବର୍ଷ ବୟସରେ ଆର୍ମି ଛାଡ଼ି ହେଇଲଙ୍ଗଜିଆଙ୍ଗ ବିଶ୍ୱବିଦ୍ୟାଳୟରେ ଇଂରାଜୀ ସାହିତ୍ୟରେ ବି.ଏ ପଢ଼ିଲେ । ଚୀନା ସରକାରଙ୍କ ଛାତ୍ରଦମନକୁ ବିରୋଧକରି ସେ ୧୯୮୯ରେ ଯୁକ୍ତରାଷ୍ଟ୍ର ଆମେରିକା ଚାଲିଆସିଲେ ଓ ପିଏଚ୍.ଡ଼ି ଡିଗ୍ରୀ ହାସଲ କଲେ । ତାଙ୍କର ଏଯାବତ୍ ଛଅଟି କବିତା ସଙ୍କଳନ, ଛଅଟି କ୍ଷୁଦ୍ରଗଳ୍ପ ସଙ୍କଳନ, ଆଠଟି ଉପନ୍ୟାସ ଓ ଗୋଟିଏ ପ୍ରବନ୍ଧ ସଙ୍କଳନ ପ୍ରକାଶିତ । ତାଙ୍କର ଦ୍ୱିତୀୟ ଗଳ୍ପ ସଙ୍କଳନ "ଅଣ୍ଡର୍ ଦି ରେଡ୍ ଫାଗ୍"କୁ ୧୯୯୭ର ଫ୍ଲାନେରି ଓ କର୍ନର କ୍ଷୁଦ୍ରଗଳ୍ପ ପୁରସ୍କାର, ଦ୍ୱିତୀୟ ଉପନ୍ୟାସ "ୱେଟିଙ୍ଗ୍"କୁ ୧୯୯୯ର ନେସନାଲ ବୁକ୍ ଆୱାର୍ଡ଼, ୨୦୦୦ ଓ ୨୦୦୫ର ପେନ୍/ଫାଉଲନର ପୁରସ୍କାର ସମେତ ଅନେକ ଜାତୀୟ ତଥା ଅନ୍ତର୍ଜାତୀୟ ପୁରସ୍କାର ମିଳିଛି ତାଙ୍କୁ । ସମ୍ପ୍ରତି ସେ ବୋଷ୍ଟନ ବିଶ୍ୱବିଦ୍ୟାଳୟର ଇଂରାଜୀ ପ୍ରଫେସର ରୂପେ ଅବସ୍ଥାପିତ ।

ପିଅର୍ ଜେ. ମଜଲାକ୍, ୧୯୮୨ରେ ମାଲ୍‌ଟା ଦ୍ୱୀପରେ ଜନ୍ମ ଗ୍ରହଣ କରିଥିଲେ । ସେ ୧୯୯୯ରୁ ୨୦୦୫ ପର୍ଯ୍ୟନ୍ତ ବିବିସିର ମାଲ୍‌ଟା ପ୍ରତିନିଧି ଭାବରେ ତଥା ଦୈନିକ "ଇନ୍-ନାଜ୍ଜନ"ରେ ସ୍ତମ୍ଭକାର ଭାବରେ କାର୍ଯ୍ୟ କରିଥିଲେ ଓ ଦୁଇଥର "ମାଲଟା ଜର୍ଣ୍ଣାଲିଜିମ୍ ଆୱାର୍ଡ଼"ରେ ପୁରସ୍କୃତ ହୋଇଥିଲେ । ମାଲ୍‌ଟା ରେଡ଼ିଓ ପାଇଁ ମଧ୍ୟ ସେ ବିଭିନ୍ନ ରକ୍ ଗାୟକଙ୍କୁ ନେଇ ଷାଠିଏଟି ଘଣ୍ଟିକିଆ କାର୍ଯ୍ୟକ୍ରମ ପ୍ରସ୍ତୁତ କରିଥିଲେ । ୧୯୯୬ରୁ ୨୦୦୦ ପର୍ଯ୍ୟନ୍ତ ସେ ନିଜର ମାସିକ ସାହିତ୍ୟ ପତ୍ରିକା ସମ୍ପାଦନା ଓ ପ୍ରକାଶନ କରିଥିଲେ । ୨୦୦୫ରୁ ମାଲ୍‌ଟା ଛାଡ଼ି ସେ ବେଲଜିୟମ୍‌ର ରାଜଧାନୀ ବ୍ରସେଲ୍‌ସରେ ବସବାସ କରୁଛନ୍ତି । ତାଙ୍କର ଏଯାବତ୍ ତିନୋଟି ଗଳ୍ପ

ସଙ୍କଳନ, ଗୋଟିଏ ଉପନ୍ୟାସ, ଦୁଇଟି ଶିଶୁ ସଙ୍କଳନ ଓ ଚାରୋଟି ଅନୁବାଦ ସଙ୍କଳନ ପ୍ରକାଶିତ । ତାଙ୍କ ଦ୍ୱିତୀୟ ଗଳ୍ପ ସଙ୍କଳନ "ହ୍ୱାଟ ଦି ନାଇଟ୍ ଲେଟ୍ସ୍ ୟୁ ସେ"କୁ ୨୦୧୪ର ସମ୍ମାନଜନକ "ୟୁରୋପିଆନ୍ ୟୁନିଅନ୍ ପ୍ରାଇଜ୍ ଫର୍ ଲିଟ୍ରେଚର୍" ମିଳିଛି । ତା' ବ୍ୟତୀତ ତାଙ୍କୁ ପାଞ୍ଚୋଟି ମାଲ୍ଟା ନେସନାଲ୍ ବୁକ୍ ଆୱାର୍ଡ଼, ଇଟାଲିଆନ୍ ରିଡ଼ର୍ସ ଚଏସ୍ ଆୱାର୍ଡ଼, ୟୁରୋପିଆନ୍ ସର୍ଟ ଷ୍ଟୋରି ଆୱାର୍ଡ଼ ମଧ୍ୟ ମିଳିଛି ।

ନାଗିବ ମେହଫୁଜ (୧୧ ଡିସେମ୍ବର ୧୯୧୧-୩୦ ଅଗଷ୍ଟ ୨୦୦୬) ତାଙ୍କର ସତୁରି ବର୍ଷର ଲେଖନୀକାଳରେ ଚଉତିରିଶଟି ଉପନ୍ୟାସ, ତିନିଶହ ପଚାଶଟି କ୍ଷୁଦ୍ରଗଳ୍ପ, ବାରଟି ଚଳଚ୍ଚିତ୍ର ଆଲେଖ୍ୟ ଓ ପାଞ୍ଚୋଟି ନାଟକର ରଚୟିତା । ସେ ମିଶର ସିଭିଲ ସର୍ଭିସ୍‌ରେ ଯୋଗଦେଇ ସଂସ୍କୃତି ମନ୍ତ୍ରଣାଳୟର ଉପଦେଷ୍ଟା ଭାବରେ ସେବା ନିବୃତ୍ତ ହୋଇଥିଲେ । ଅନେକ ଜାତୀୟ ଓ ଅନ୍ତର୍ଜାତୀୟ ପୁରସ୍କାର ତଥା ସମ୍ମାନ ସମେତ ପ୍ରଥମ ଆରବ ଭାବରେ ୧୯୮୮ର ନୋବେଲ ସାହିତ୍ୟ ପୁରସ୍କାରର ବିଜେତା ଥିଲେ ସେ ।

ଜୁନୋ ଡିଅସ୍, ୩୧ ଡିସେମ୍ବର ୧୯୬୮ରେ ଡ଼ୋମିନିକାନ ରିପବ୍ଲିକ୍‌ରେ ଜନ୍ମଗ୍ରହଣ କରିଥିଲେ । ମାତ୍ର ଛଅ ବର୍ଷ ବୟସରେ ତାଙ୍କ ପରିବାର ସହିତ ସେ ଯୁକ୍ତରାଷ୍ଟ୍ର ଆମେରିକାକୁ ଇମିଗ୍ରାଣ୍ଟ ଭାବରେ ଆସିଥିଲେ ଯେଉଁଠି ତାଙ୍କର ବାପା ଶ୍ରମିକ ଭାବେ ଆଗରୁ କାମ କରୁଥିଲେ । ସ୍କର୍ନେଲ୍ ବିଶ୍ୱବିଦ୍ୟାଳୟରେ ଏମ୍.ଏଫ୍.ଏ ପଢ଼ିଲାବେଳେ ସେ ନୋବେଲ ବିଜେତା ଟୋନି ମରିସନଙ୍କ ସଂସ୍ପର୍ଶରେ ଆସିଥିଲେ ଯାହା ତାଙ୍କୁ ଲେଖକ ହେବାରେ ପ୍ରେରଣା ଦେଇଥିଲା । ଇମିଗ୍ରାଣ୍ଟ ଜୀବନକୁ ନେଇ ତାଙ୍କର ପ୍ରଥମ ଗଳ୍ପ ସଙ୍କଳନ "ଡ୍ରାଉନ୍" ୧୯୯୬ରେ ପ୍ରକାଶିତ ହେଲା ଓ ସେ ଲୋକପ୍ରିୟତା ହାସଲ କଲେ । ତାଙ୍କର ପ୍ରଥମ ଉପନ୍ୟାସ "ଦି ବ୍ରିଫ୍ ଓ୍ୱଣ୍ଡରସ୍ ଲାଇଫ୍ ଅଫ୍ ଅସ୍କାର ଓ୍ୱାଓ" ୨୦୦୭ରେ ପ୍ରକାଶିତ ହେଲା ଓ ତାଙ୍କୁ ଆଣିଦେଲା ୨୦୦୮ର ପ୍ରସିଦ୍ଧ ପୁଲିଜର ପୁରସ୍କାର । ଏହି ଉପନ୍ୟାସକୁ ଆଠଟି ଜାତୀୟ ତଥା ଅନ୍ତର୍ଜାତୀୟ ପୁରସ୍କାର ମିଳିଥିଲା । "ମୀରାମାକ୍ସ" ଏହାକୁ ନେଇ ଫିଚର ଫିଲ୍ମ ତିଆରି କଲେ । ୨୦୧୨ରେ ତାଙ୍କର ଗଳ୍ପ ସଙ୍କଳନ "ଦିସ୍ ଇଜ୍ ହାଓ ୟୁ ଲୁଜ୍ ହାର୍"କୁ ନେସନାଲ୍ ବୁକ୍ ଆୱାର୍ଡ଼ ଫାଇନାଲିଷ୍ଟ ସହ ଅନେକ ପୁରସ୍କାର ଦେଇଥିଲା । ଏଥିରେ ଥିଲା ୫ ଲକ୍ଷ ଡଲାର ବିଶିଷ୍ଟ ମ୍ୟାକ୍ ଆର୍ଥର୍ ଫେଲୋସିପ୍ । ୨୦୧୦ରେ ସେ ପୁଲିଜର ପୁରସ୍କାର କମିଟିର ଜୁରୀ ଭାବରେ ମନୋନୀତ ହୋଇଥିଲେ । ବ୍ରାଉନ ବିଶ୍ୱବିଦ୍ୟାଳୟ ୨୦୧୩ରେ ତାଙ୍କୁ ସମ୍ମାନଜନକ ଡକ୍ଟରେଟ୍ ଉପାଧି ପ୍ରଦାନ କରିଥିଲେ । ଡ଼ୋମିନିକିଆନ ରିପବ୍ଲିକ୍‌ରେ ହାଇଟି ସଂପ୍ରଦାୟ ଲୋକମାନଙ୍କ ଉପରେ ହେଉଥିବା ଅତ୍ୟାଚାରକୁ ନେଇ ଅନେକ ବର୍ଷ ହେବ ତାଙ୍କର ସ୍ୱରଉତ୍ତୋଳନ ପାଇଁ ଡ଼ୋମିନିଆନ୍ ସରକାର ତାଙ୍କୁ ଦେଶଦ୍ରୋହୀ ଘୋଷଣା କରିଥିଲେ । ସଂପ୍ରତି ଜୁନୋ ମାସାଚୁସେଟସ୍ ଇନ୍‌ଷ୍ଟିଚ୍ୟୁଟ୍ ଅଫ୍ ଟେକ୍ନୋଲୋଜିରେ ଇଂରାଜୀ ପ୍ରଫେସର ରୂପେ ଅବସ୍ଥାପିତ ଏବଂ ବୋଷ୍ଟନ ରିଭ୍ୟୁ ପତ୍ରିକାର ଗଳ୍ପ ସମ୍ପାଦକ ।

ଓକାଫର ଏମାନୁଏଲ ଚୋଚୁକ୍ୱୁଙ୍କର ଜନ୍ମ ନାଇଜିରିଆ ଦେଶର ଲାଗୋସ ସହରରେ । ସମ୍ପ୍ରତି ସେ ବେନିନ୍ ବିଶ୍ୱବିଦ୍ୟାଳୟରେ ଇଲେକ୍ଟ୍ରିକାଲ ଇଞ୍ଜିନିୟରିଂର ଛାତ୍ର । ତାଙ୍କର କ୍ଷୁଦ୍ରଗଳ୍ପ ବିଶ୍ୱସ୍ତରରେ ବିଭିନ୍ନ ପତ୍ରପତ୍ରିକାରେ ପ୍ରକାଶିତ । ସେ ଏମ୍.ଟି.ଏନ୍ ଓ ଏଟିସାଲାଟ ସ୍କଲାର ତଥା ୨୦୧୪ର କମ୍‌ଟ୍ରୋଲର ଗର୍ଲସ ଏଡ଼ିକେ ପ୍ରବନ୍ଧ ପୁରସ୍କାର, ୨୦୧୫ର ଫେଷ୍ଟସ୍ ଇୟାରି ନାଟକ ପୁରସ୍କାର ପ୍ରାପ୍ତ ।

ଶେରମାନ ଆଲେକ୍ସି, ୭ ଅକ୍ଟୋବର ୧୯୬୬ରେ ଯୁକ୍ତରାଷ୍ଟ୍ର ଆମେରିକାର ୱାସିଂଟନ ରାଜ୍ୟର ସ୍ପୋକେନ ଅଞ୍ଚଳରେ ଜନ୍ମ ହୋଇଥିଲେ । ସେ "ସ୍ପୋକେନ" ସ୍ୱାଭାବିକ ଆମେରିକୀୟ ଉପଜାତିର ଅନ୍ତର୍ଭୁକ୍ତ । ତାଙ୍କର ପିତା ମଦ୍ୟପ ଥିବାରୁ ତାଙ୍କର ମା' କମ୍ବଳ ସିଲେଇ ତଥା ଅନ୍ୟାନ୍ୟ ଛୋଟ ମୋଟ କାମ କରି ଛଅଟି ପିଲାଙ୍କର ଭରଣ ପୋଷଣର ଦାୟିତ୍ୱ ନେଇଥିଲେ । ୧୯୯୫ରେ ସେ ୱାସିଂଟନ ବିଶ୍ୱବିଦ୍ୟାଳୟରୁ କ୍ରିଏଟିଭ୍ ରାଇଟିଙ୍ଗ୍‌ରେ ବି.ଏ. ପାସ୍ କଲେ । ତାଙ୍କର ଏଯାବତ୍ ନଅଟି କବିତା ସଙ୍କଳନ, ଆଠଟି ଗଳ୍ପ ସଙ୍କଳନ ଓ ତିନୋଟି ଉପନ୍ୟାସ ପ୍ରକାଶିତ । ସେ ପାଞ୍ଚଟି ଚଳଚ୍ଚିତ୍ରର ଚିତ୍ରନାଟ୍ୟ ଲେଖିବା ସହିତ ନିର୍ଦ୍ଦେଶନା ମଧ୍ୟ ଦେଇଛନ୍ତି । ସେ ପାଇଥିବା ଅନେକ ପୁରସ୍କାର ମଧ୍ୟରେ ୨୦୦୭ର ନ୍ୟାସନାଲ ବୁକ୍ ଆୱାର୍ଡ଼, ୨୦୧୦ର ପେନ୍/ଫାଉଲନର୍ ଆୱାର୍ଡ଼ ଉଲ୍ଲେଖଯୋଗ୍ୟ ।

ହାରୁକି ମୁରାକାମି, ୧୨ ଜାନୁଆରୀ ୧୯୪୯ରେ ଜାପାନର କ୍ୟୋଟୋ ସହରରେ ଜନ୍ମଗ୍ରହଣ କରିଥିଲେ । ତାଙ୍କୁ ଅଣତିରିଶ ବର୍ଷ ହୋଇଥିଲାବେଳେ ସେ ପ୍ରଥମ ଉପନ୍ୟାସ ଲେଖିଲେ ଯାହା ଏକ ବେସ୍‌ବଲ୍ ଖେଳ ଦେଖିବା ସମୟରେ ତାଙ୍କ ମନକୁ ଆସିଥିଲା । ଉପନ୍ୟାସଟି ଏକ ପ୍ରତିଯୋଗିତାରେ ତାଙ୍କୁ ପ୍ରଥମ ପୁରସ୍କାର ଦେଇଥିଲା । ସେଇଠୁ ତାଙ୍କର ଲେଖକ ଜୀବନ ଆରମ୍ଭ ହେଲା । ତାଙ୍କର ଏଯାବତ୍ ତେରଟି ଉପନ୍ୟାସ, ଚାରୋଟି ଗଳ୍ପ ସଙ୍କଳନ ଓ ଚାଳିଶଟି ପ୍ରବନ୍ଧ ତଥା ଅନୁବାଦ ସଙ୍କଳନ ପ୍ରକାଶିତ । ତାଙ୍କର ଉପନ୍ୟାସ ଓ ଗଳ୍ପ ସଙ୍କଳନ ପଚାଶଟି ଭାଷାରେ ଅନୂଦିତ ହୋଇଛି ଓ ଲକ୍ଷ ଲକ୍ଷ ସଂଖ୍ୟାରେ ବିକ୍ରି ହୋଇଛି । ତାଙ୍କର ପ୍ରତ୍ୟେକ ବହି ଜାପାନରେ "ବେଷ୍ଟ୍ ସେଲର୍" ହୋଇପାରିଛି । ତାଙ୍କୁ ମିଳିଥିବା ଅନେକ ପୁରସ୍କାର ମଧ୍ୟରେ ୨୦୦୬ର ଫ୍ରାଞ୍ଜ କାଫକା ଓ ଫ୍ରାଙ୍କ୍ ଓ କର୍ନର୍ ଅନ୍ତର୍ଜାତୀୟ ଗଳ୍ପ ପୁରସ୍କାର, ୨୦୧୪ର ୱେଲଟ ଲିଟରେଚର ପୁରସ୍କାର, ୨୦୦୯ର ଜେରୁଜେଲମ୍ ପୁରସ୍କାର, ୨୦୧୫ର ଡାନିସ୍ ଆଣ୍ଡ୍ରସନ୍ ଲିଟରେଚର ପୁରସ୍କାର ଉଲ୍ଲେଖଯୋଗ୍ୟ । ୨୦୧୧ରେ ଅନ୍ତର୍ଜାତୀୟ କାଟାଲୁନିଆ ପୁରସ୍କାରର ୮୦ହଜାର ପାଉଣ୍ଡକୁ ସେ ଜାପାନର ସୁନାମି ପୀଡ଼ିତଙ୍କୁ ଦାନ କରିଦେଇଥିଲେ । ଆମେରିକାର ପ୍ରିନ୍‌ସଟନ୍ ବିଶ୍ୱବିଦ୍ୟାଳୟ ସମେତ ତାଙ୍କୁ ତିନୋଟି ବିଶ୍ୱବିଦ୍ୟାଳୟରୁ ସମ୍ମାନଜନକ ଡକ୍ଟରେଟ୍ ଉପାଧି ମିଳିଛି । ଏପ୍ରିଲ୍ ୨୦୧୫ରେ ତାଙ୍କୁ ଟାଇମ୍ ପତ୍ରିକା ବିଶ୍ୱର ଶହେଜଣ ପ୍ରଭାବଶାଳୀ ବ୍ୟକ୍ତିଙ୍କ ମଧ୍ୟରେ ରଖିଛି ।

ଜଏସ୍ କ୍ୟାରଲ୍ ଓଏଟ୍ସ, ୧୬ ଜୁନ୍ ୧୯୩୮ରେ ନ୍ୟୁୟର୍କ ରାଜ୍ୟର ଲକ୍‌ପୋର୍ଟ ସହରରେ ଏକ କାଥୋଲିକ୍ ଖ୍ରୀଷ୍ଟିଆନ ପରିବାରରେ ଜନ୍ମଗ୍ରହଣ କରିଥିଲେ । ତାଙ୍କ ବାପା ଥିଲେ ଜଣେ କାରଖାନା ଶ୍ରମିକ ଓ ମା' ଗୃହିଣୀ । ସେ ଛାତ୍ରବୃତ୍ତି ପାଇ ସାଇରାକୁଜ୍ ବିଶ୍ୱବିଦ୍ୟାଳୟରେ ଯୋଗଦେଲେ ଓ ସେଠାର ବୌଦ୍ଧିକ ବାତାବରଣ ତାଙ୍କୁ ଲେଖିବାର ପ୍ରେରଣା ଦେଲା । ୧୯୬୦ରେ ଇଂରାଜୀ ସାହିତ୍ୟରେ ସ୍ନାତକ, ୧୯୬୧ରେ ଏମ୍.ଏ ପାସ କରି ସେ ରାଇସ୍ ବିଶ୍ୱବିଦ୍ୟାଳୟରେ ପିଏଚ୍.ଡ଼ି କରିବା ସମୟରେ ବୃତ୍ତିଗତ ଲେଖକ ହେବାକୁ ସ୍ଥିର କଲେ । ୧୯୬୩ରେ ତାଙ୍କର ପ୍ରଥମ ଗଳ୍ପ ସଙ୍କଳନ "ବାଏ ଦି ନର୍ଥ ଗେଟ୍" ପ୍ରକାଶିତ ହେଲା । ପର ବର୍ଷ ଭାନଗାର୍ଡ଼ ପ୍ରେସ ପ୍ରକାଶ କଲେ ତାଙ୍କର ପ୍ରଥମ ଉପନ୍ୟାସ "ଉଇଥ୍ ସଡ଼ରିଙ୍ଗ୍ ଫଲ୍" । ୧୯୩୦-୬୦ ମଧ୍ୟରେ ମିଚିଗାନର ଡ଼େଟ୍ରଏଟ୍ ଅଞ୍ଚଳରେ ହେଉଥିବା ଆଫ୍ରିକାନ୍ ଆମେରିକାନ୍ ଅପରାଧ ଭିତ୍ତିଭୂମି ଉପରେ ତାଙ୍କର ଉପନ୍ୟାସ "ଦେମ୍"କୁ ୧୯୭୦ର ଜାତୀୟ ଗଳ୍ପ ପୁରସ୍କାର ମିଳିଲା । ସେଇ ସମୟରୁ ଏ ପର୍ଯ୍ୟନ୍ତ ବର୍ଷକୁ ଦୁଇଟି ହାରରେ ତାଙ୍କର ପ୍ରାୟ ଏକଶହରୁ ଊର୍ଦ୍ଧ୍ୱ ସଙ୍କଳନ ପ୍ରକାଶିତ ଯେଉଁଥିରେ ତେପନଟି ଉପନ୍ୟାସ ଅନ୍ତର୍ଭୁକ୍ତ । ୨୦୧୨ର ନର୍ମାନ୍ ମେଲର ଲାଇଫଟାଇମ୍ ଆଚିଭ୍‌ମେଣ୍ଟ୍ ପୁରସ୍କାର ସମେତ ତାଙ୍କୁ ଅନେକ ପୁରସ୍କାର ମିଳିଛି ଓ ଦୁଇଟ ବିଶ୍ୱବିଦ୍ୟାଳୟ ତରଫରୁ ସମ୍ମାନଜନକ ଡକ୍ଟରେଟ୍ ଉପାଧି ମିଳିଛି ।

ଶି ଲି କୋ ୧୯୬୮ରେ ମାଲୟେସିଆର ରାଜଧାନୀ କୁଆଲାଲାମ୍ପୁରରେ ଜନ୍ମଗ୍ରହଣ କରିଥିଲେ । ସେ ବୃତ୍ତିରେ କେମିକାଲ ଇଞ୍ଜିନିୟର । ତାଙ୍କର ପ୍ରଥମ ଗଳ୍ପ ସଙ୍କଳନ "ରିପଲସ୍" କମନୱେଲ୍‌ଥ ରାଇଟର୍ସ ପ୍ରାଇଜ ଓ ଫ୍ରାଙ୍କ୍ ଓ କନ୍ନର୍ ଅନ୍ତର୍ଜାତୀୟ ଗଳ୍ପ ପୁରସ୍କାର ପାଇଁ ମନୋନୀତ ହୋଇଥିଲା । ଏଯାବତ୍ ତାଙ୍କର ଦୁଇଟି ଗଳ୍ପ ସଙ୍କଳନ ଓ ଗୋଟିଏ ଉପନ୍ୟାସ ପ୍ରକାଶିତ ।

ଲୁଇଗି ପିରାଣ୍ଡିଲୋ (ଜୁନ୍ ୨୮, ୧୮୬୭-ଡ଼ିସେମ୍ବର ୧୦, ୧୯୩୬) ଦକ୍ଷିଣ ସିସିଲିର ଏକ ଧନାଢ଼୍ୟ ପରିବାରରେ ଜନ୍ମଗ୍ରହଣ କରିଥିଲେ । ତାଙ୍କର ପ୍ରଥମ ଗଳ୍ପ ସଙ୍କଳନ ୧୮୯୪ରେ ପ୍ରକାଶିତ ହୋଇଥିଲା । ପରେ ପରେ ତାଙ୍କର ଅନେକ ଉପନ୍ୟାସ ଓ ନାଟକ ସଙ୍କଳନ ପ୍ରକାଶିତ ହେଲା । ତାଙ୍କର ନାଟକ ସବୁ ଲୋକପ୍ରିୟ ହେଲାପରେ ସେ ଅନ୍ତର୍ଜାତୀୟ ସ୍ତରରେ ନାଟକ ପ୍ରସ୍ତୁତ କଲେ । ଇଟାଲିର ତତ୍‌କାଳୀନ ପ୍ରଧାନମନ୍ତ୍ରୀ ମୁସୋଲିନିଙ୍କର ନିକଟତର ଥିଲେ ଲୁଇଗି । ତେଣୁ ତାଙ୍କୁ ଅନ୍ତର୍ଜାତୀୟ ଭ୍ରମଣ ପାଇଁ ସୁବିଧା ମିଳିଗଲା । ୧୯୨୯ରେ ସେ ଇଟାଲିର ଜାତୀୟ ଏକାଡ଼େମିକୁ ମନୋନୀତ ହୋଇଥିଲେ ଓ ୧୯୩୪ରେ ତାଙ୍କୁ ନୋବେଲ ପୁରସ୍କାର ମିଳିଥିଲା ।

ମୁନା ଫାଧିଲଙ୍କର ଜନ୍ମ ଇରାକ ଦେଶର ମସୁଲ୍ ସହରରେ । ସେ ଜଣେ ମାନବାଧିକାର କର୍ମୀ ଓ ପେସାରେ ଓକିଲ । ଶରଣାର୍ଥୀ, ମହିଳା ଅଧିକାର, ଜାତିଗତ ଓ ଧର୍ମଗତ ସହିଷ୍ଣୁତା ଆଦି ବିଷୟରେ ସେ ପରାମର୍ଶ ଦିଅନ୍ତି । ତାଙ୍କର ଲେଖା ମୁଖ୍ୟତଃ ତାଙ୍କ ନିଜର ଅନୁଭୂତିକୁ ଭିତ୍ତିକରି

ଏବଂ ଇରାକ ଯୁଦ୍ଧ ସମୟରେ ଜଣେ ସାଧାରଣ ମଣିଷର ଯୁଦ୍ଧ, ହିଂସା, ପତନ ଅର୍ଥନୀତି ମଧ୍ୟରେ ଜୀବନ ନିର୍ବାହକୁ ଲୋକଲୋଚନକୁ ଆଣିବାହିଁ ତାଙ୍କ ଲେଖିବାର ମୂଳ କାରଣ । ସମ୍ପ୍ରତି ସେ ସେଭେନିଙ୍ଗ୍ ସ୍କଲାରସିପ୍ ପାଇ ଲଣ୍ଡନରେ ଅଧ୍ୟୟନ କରନ୍ତି ।

ମୋହିବୁଲ୍ଲା ଜେଘାମ ୧୯୬୩ରେ ଆଫଗାନିସ୍ତାନର ରାଜଧାନୀ କାବୁଲ ସହରରେ ଜନ୍ମ ଗ୍ରହଣ କରିଥିଲେ । ପେସାରେ ସେ ଡାକ୍ତର । ଯେତେବେଳେ ସେ ଯୁଦ୍ଧଗ୍ରସ୍ତ କାଜାକି ସହରରେ କାମ କରୁଥିଲେ, ତାଙ୍କର ନିଜସ୍ୱ ଅଭିଜ୍ଞତାକୁ ନେଇ ୨୦୦୫ରୁ ଗପ ଲେଖିବା ଆରମ୍ଭ କଲେ । ପରବର୍ଷ ତାଙ୍କର ପ୍ରଥମ ସଙ୍କଳନ ପ୍ରକାଶିତ ହେଲା । ଏ ମଧ୍ୟରେ ତାଙ୍କର ଦଶଟି ଗଳ୍ପ ସଙ୍କଳନ ପ୍ରକାଶିତ । ଜନ୍ ମାକଗ୍ରେଗର ଫେବୃଆରୀ ୧୯୭୬ରେ ବରମୁଡ଼ାରେ ଜନ୍ମ । ୧୯୯୮ରେ ସେ ବ୍ରାଡ଼ଫୋର୍ଡ଼ ବିଶ୍ୱବିଦ୍ୟାଳୟରୁ ମିଡିଆ ଟେକ୍ନୋଲୋଜିରେ ସ୍ନାତକ ଡିଗ୍ରୀ ହାସଲ କଲେ । ତାଙ୍କର ପ୍ରଥମ ଗଳ୍ପ ସଙ୍କଳନ "ସିନେମା ୧୦୦" ସେଇ ବର୍ଷ ପ୍ରକାଶିତ । ୨୦୦୨ରେ ପ୍ରଥମ ଉପନ୍ୟାସ "ଇଫ୍ ନୋବଡ଼ି ସ୍ପିକ୍ସ ଅଫ୍ ରିମାର୍କେବଲ୍ ଥିଙ୍ଗ୍ସ୍" ପ୍ରକାଶିତ ଓ ବୁକର ପୁରସ୍କାର ପାଇଁ ଅନୁମୋଦିତ । ୨୦୦୬ରେ ଦ୍ୱିତୀୟ ଉପନ୍ୟାସ "ସୋ ମେନି ୱେଜ୍ ଟୁ ବିଗିନ୍" ପ୍ରକାଶିତ ଓ ବୁକର ପୁରସ୍କାର ପାଇଁ ଅନୁମୋଦିତ । ୨୦୧୦ରେ ତୃତୀୟ ଉପନ୍ୟାସ "ଇଭିନ୍ ଦି ଡଗସ୍" ଇଂଲଣ୍ଡ ଓ ଆମେରିକାରୁ ପ୍ରକାଶିତ । ୨୦୧୨ରେ "ଇଭିନ୍ ଦି ଡଗସ୍" ପାଇଁ ସେ ୧୦୦,୦୦୦ ପାଉଣ୍ଡ "ଇଣ୍ଟରନେସନାଲ ଇମ୍ପାକ୍ ଡବଲିନ୍ ଲିଟେରାରି ଆୱାର୍ଡ଼" ପୁରସ୍କାର ପ୍ରାପ୍ତ ।

ଶବନମ ନାଦିୟା ବାଂଲାଦେଶର ଗାଳ୍ପିକା ଓ ଅନୁବାଦିକା, ଜନ୍ମ ଢାକାର ଜାହାଙ୍ଗିରନଗର ବିଶ୍ୱବିଦ୍ୟାଳୟ ଅଞ୍ଚଳରେ । ସେ ୨୦୧୨ରେ ଯୁକ୍ତରାଷ୍ଟ୍ର ଆମେରିକାର ଆଏୱା ରାଇଟର୍ସ ୱର୍କସପରୁ ଏମ୍.ଏଫ୍.ଏ କରିବାପରେ ଆଏୱା ବିଶ୍ୱବିଦ୍ୟାଳୟରେ ସ୍ନାତକୋତ୍ତର ଫେଲୋସିପ ପଦବୀରେ କିଛି ଦିନ କାମକଲେ ଏବଂ ଏବେ ସେ ସଲ୍ଜ ଫେଲୋସିପ ପାଇ ଦୁଇଟି ଗଳ୍ପ ସଙ୍କଳନ ଉପରେ କାମ କରୁଛନ୍ତି । ତାଙ୍କର ଗଳ୍ପ, କବିତା ଓ ପ୍ରବନ୍ଧ ଅନେକ ଅନ୍ତର୍ଜାତୀୟ ପତ୍ରପତ୍ରିକାରେ ପ୍ରକାଶିତ ।

ୟାନ୍ ଲି ଏକାଧାରରେ ଜଣେ କବି, ଗାଳ୍ପିକ, ଔପନ୍ୟାସିକ ଓ ଚିତ୍ରକର । ସେ ୧୯୫୪ରେ ବେଜିଂରେ ଜନ୍ମ ହୋଇଥିଲେ ଏବଂ ୧୯୮୫ରେ ଆମେରିକା ଆସିଥିଲେ । ସମ୍ପ୍ରତି ସେ ନ୍ୟୁୟର୍କ, ସାଙ୍ଘାଇ ଓ ବେଜିଂରେ ରୁହନ୍ତି । ୧୯୮୭ରେ ସେ ନ୍ୟୁୟର୍କରେ "ଫାଷ୍ଟ ଲାଇନ୍" ନାମରେ ଚୀନା କବିତା ପତ୍ରିକା ଆରମ୍ଭ କରିଥିଲେ । ତାଙ୍କର ଏଯାବତ କୋଡ଼ିଏରୁ ଉର୍ଦ୍ଧ୍ୱ ସଙ୍କଳନ ପ୍ରକାଶିତ । ତାଙ୍କର କବିତା ଅନେକ ଭାଷାରେ ଅନୂଦିତ ଓ ସେ ଅନେକ ବିଶ୍ୱ କବିତାକୁ ଚୀନା ଭାଷାରେ ଅନୁବାଦ କରିଛନ୍ତି ।

ଟାନିଆ ହର୍ଷମାନ ୧୯୭୦ରେ ଲଣ୍ଡନରେ ଜନ୍ମ ହୋଇଥିଲେ । ତାଙ୍କର ପ୍ରଥମ ଗଳ୍ପ ସଙ୍କଳନ "ଦି ହ୍ୱାଇଟ୍ ରୋଡ୍ ଆଣ୍ଡ୍ ଅଦର୍ ଷ୍ଟୋରିଜ୍" ୨୦୦୮ରେ ପ୍ରକାଶିତ ଓ ୨୦୦୯ରେ ଅରେଞ୍ଜ୍ ଆୱାର୍ଡ୍ ପ୍ରାପ୍ତ । ତାଙ୍କର ଦ୍ୱିତୀୟ ଗଳ୍ପ ସଙ୍କଳନ "ମାଇଁ ମଦର ଇଜ୍ ଆନ୍ ଅପରାଇଟ୍ ପିଆନୋ:ଫିକ୍ସନସ୍" ୨୦୧୨ରେ ପ୍ରକାଶିତ । ତାଙ୍କର ପ୍ରଥମ କବିତା ସଙ୍କଳନ "ନଥିଙ୍ଗ୍ ହିଅର୍ ଇଜ୍ ୱାଇଲ୍ଡ:ଏଭ୍ରିଥିଙ୍ଗ୍ ଇଜ୍ ଓପେନ୍" ୨୦୧୬ରେ ପ୍ରକାଶିତ ଓ ପୁରସ୍କାରପ୍ରାପ୍ତ । ତାଙ୍କର ଗଳ୍ପ ଓ କବିତା ଅନେକ ଅନ୍ତର୍ଜାତୀୟ ପତ୍ରିକାରେ ପ୍ରକାଶିତ । ସମ୍ପ୍ରତି ସେ ବାଥ୍ ସ୍ପା ବିଶ୍ୱବିଦ୍ୟାଳୟରେ କ୍ରିଏଟିଭ୍ ରାଇଟିଙ୍ଗ୍‌ରେ ପିଏଚ୍.ଡ଼ି ଛାତ୍ରୀ ।

ଲିଡିଆ ଡେଭିସ, ଜୁଲାଇ ୧୫, ୧୯୪୭ରେ ଯୁକ୍ତରାଷ୍ଟ୍ର ଆମେରିକାର ମାସାଚ୍ୟୁସେଟସ ରାଜ୍ୟର ନର୍ଥଆମ୍ପଟନ ସହରରେ ଜନ୍ମଗ୍ରହଣ କରିଥିଲେ । ସେ ଝଲକ ଗଳ୍ପ ଲେଖିବାରେ ସିଦ୍ଧହସ୍ତା । ତାଙ୍କର ପ୍ରଥମ ଗଳ୍ପ ସଙ୍କଳନ "ଦି ଥାର୍ଟିନ୍‌ଥ ୱମାନ୍ ଆଣ୍ଡ୍ ଅଦର ଷ୍ଟୋରିଜ୍" ୧୯୭୬ରେ ପ୍ରକାଶିତ ହୋଇଥିଲା ଏବଂ ଏଯାବତ୍ ବାରଟି ଗଳ୍ପ ସଙ୍କଳନ ପ୍ରକାଶିତ । ସେ ଫରାସି ଭାଷାରୁ ଅନେକ ଲେଖକଙ୍କୁ ଇଂରାଜୀରେ ଅନୁବାଦ କରିଛନ୍ତି । ୨୦୧୩ର ମ୍ୟାନ ବୁକର ଇଣ୍ଟରନେସନାଲ୍ ପୁରସ୍କାର ସମେତ ଅନେକ ପୁରସ୍କାରପ୍ରାପ୍ତ ସେ । ସେ ଆଲବାନି ବିଶ୍ୱବିଦ୍ୟାଳୟରେ କ୍ରିଏଟିଭ୍ ରାଇଟିଙ୍ଗ୍ ପ୍ରଫେସର ।

ଲିଲି ପୋଟପାରା (ଜନ୍ମ ୧୯୬୫) ସ୍ଲୋଭେନିଆର ଗାଳ୍ପିକା ଓ ଅନୁବାଦିକା । ସେ ସ୍ଲୋଭେନିଆର ଲୁବ୍ଲାନା ବିଶ୍ୱବିଦ୍ୟାଳୟରେ ଇଂରାଜୀ ଓ ଫ୍ରେଞ୍ଚ୍ ଭାଷାର ଅଧ୍ୟାପିକା । ତାଙ୍କର ପ୍ରଥମ ଗଳ୍ପ ସଙ୍କଳନ "ବଟମସ୍ ଅପ୍ ଷ୍ଟୋରିଜ୍"କୁ ୨୦୦୨ରେ ସ୍ଲୋଭେନିଆ ପ୍ରକାଶକ ଓ ପୁସ୍ତକବିକ୍ରେତା ଆସୋସିଏସନ୍ ତରଫରୁ ସବୁଠୁ ଭଲ ପ୍ରଥମ ବହି ପୁରସ୍କାର ମିଳିଛି । ତାଙ୍କର ଗଳ୍ପ ବିଭିନ୍ନ ଅନ୍ତର୍ଜାତୀୟ ପତ୍ରିକା ମାନଙ୍କରେ ପ୍ରକାଶିତ ।

ରାଇକାର୍ଡୋ ସୁମାଲାଭିଆ ୧୯୬୮ରେ ପେରୁ ଦେଶର ରାଜଧାନୀ ଲିମାରେ ଜନ୍ମ ହୋଇଥିଲେ ଓ କାଥୋଲିକ୍ ୟୁନିଭର୍ସିଟି ଅଫ୍ ପେରୁରୁ ଭାଷା ଓ ସାହିତ୍ୟରେ ସ୍ନାତକ ହାସଲ କରିଥିଲେ । ତା'ପରେ ସେ ନେସନାଲ ୟୁନିଭର୍ସିଟି ଅଫ୍ ସାନ୍ ମାର୍କସରୁ ପେରୁଭିଆନ୍ ଓ ଲାଟିନ୍ ଆମେରିକୀୟ ସାହିତ୍ୟରେ ସ୍ନାତକୋତ୍ତର ଡିଗ୍ରୀ ହାସଲ କରି କାଥୋଲିକ୍ ୟୁନିଭର୍ସିଟି ଅଫ୍ ପେରୁରେ ପ୍ରଫେସର ଭାବେ ଅବସ୍ଥାପିତ ହେଲେ । ସେଇଠୁ ସେ ଭିଜିଟିଙ୍ଗ୍ ପ୍ରଫେସର ଭାବେ ଦକ୍ଷିଣ କୋରିଆର ଡାଙ୍କୁକ୍ ବିଶ୍ୱବିଦ୍ୟାଳୟରେ କାମ କଲେ । ସମ୍ପ୍ରତି ସେ ଫ୍ରାନ୍ସର ମିସେଲ୍ ମୋଣ୍ଟେନ୍ ବିଶ୍ୱବିଦ୍ୟାଳୟରେ ସ୍ପାନିସ୍ ଭାଷା ଓ ସାହିତ୍ୟରେ ପ୍ରାଧ୍ୟାପକ ଭାବେ ଅବସ୍ଥାପିତ । ତା' ବ୍ୟତୀତ ସେ ଦୁଇଟି ପତ୍ରିକାରେ ସମ୍ପାଦକ ଭାବେ ମଧ୍ୟ କାର୍ଯ୍ୟ କରୁଛନ୍ତି । ଏଯାବତ୍ ତାଙ୍କର ତିନୋଟି ଗଳ୍ପ ସଙ୍କଳନ ଓ ଦୁଇଟି ଉପନ୍ୟାସ ପ୍ରକାଶିତ । ତା'ଛଡ଼ା ସେ ଅନେକ କୋରିଆ ସାହିତ୍ୟକୁ ସ୍ପାନିସ୍ ଭାଷାରେ ଅନୁବାଦ କରିଛନ୍ତି ।

ଭର୍ଜିଲିଓ ପିନେରା (୪ ଅଗଷ୍ଟ ୧୯୧୨-୧୮ ଅକ୍ଟୋବର ୧୯୭୯) କ୍ୟୁବାର କାର୍ଡେନାସ ସହରରେ ଜନ୍ମଗ୍ରହଣ କରିଥିଲେ । ସେ ଥିଲେ ଏକାଧାରରେ କବି, ଗାଳ୍ପିକ, ନାଟ୍ୟକାର ଓ ପ୍ରାବନ୍ଧିକ । "କୋଲ୍ଡ ଟେଲସ୍" ଶୀର୍ଷକ ଅନେକ ଗଳ୍ପ ସଙ୍କଳନ ବ୍ୟତୀତ ସେ ତିନୋଟି ଉପନ୍ୟାସ, ଅନେକ ସାହିତ୍ୟ ସମ୍ବନ୍ଧୀୟ ପ୍ରବନ୍ଧ ସଙ୍କଳନ ଓ ଦୁଇଟି କବିତା ସଙ୍କଳନ ପ୍ରକାଶିତ । କ୍ୟୁବାର ନୂତନ ପିଢ଼ିର ସାହିତ୍ୟିକ ତାଙ୍କୁ ପ୍ରେରଣା ଭାବରେ ଗ୍ରହଣ କରନ୍ତି । କ୍ୟୁବାର ସାମାଜିକ ଜୀବନ, ସାହିତ୍ୟ, ନାଟକ, ରାଜନୀତି ତଥା ଜାତୀୟ ପରିଚୟକୁ ନେଇ ତାଙ୍କର ସରକାରୀ ବିରୋଧ ବିଚାରପାଇଁ ତାଙ୍କୁ ଅନେକ ବର୍ଷ ଦେଶ ବାହାରେ କଟାଇବାକୁ ହୋଇଛି ଓ ସମସ୍ତ ପୁରସ୍କାରରୁ ବଞ୍ଚିତ କରାଯାଇଛି ।

ସମରସେଟ୍ ମମ୍ (୨୫ ଜାନୁୟାରୀ ୧୮୭୪-୧୬ ଡିସେମ୍ବର ୧୯୬୫) ଥିଲେ ବ୍ରିଟିଶ ନାଟ୍ୟକାର, ଔପନ୍ୟାସିକ ଓ ଗାଳ୍ପିକ । ପ୍ରଥମ ଉପନ୍ୟାସର ସଫଳତା ପରେ ସେ ତାଙ୍କର ଡାକ୍ତରୀ ପେସା ଛାଡ଼ି ପେସାଦାର ଲେଖକ ଭାବେ କାମ କଲେ । ୧୯୩୦ ସମୟରେ ସେ ସବୁଠୁ ଲୋକପ୍ରିୟ ଓ ମହଙ୍ଗା ଲେଖକ ଥିଲେ । ତାଙ୍କର ଅନେକ ଲେଖାକୁ ନାଟକ ତଥା ଚଳଚ୍ଚିତ୍ର କରାଯାଇଛି ।

ଜେମ୍‌ସ୍ ଟେଟ୍, (୮ ଡିସେମ୍ବର ୧୯୪୩-୮ ଜୁଲାଇ ୨୦୧୫) ଯୁକ୍ତରାଷ୍ଟ୍ର ଆମେରିକାର ମିଜୋରୀ ରାଜ୍ୟର କାନ୍‌ସାସ୍ ସିଟି ସହରରେ ଜନ୍ମ ଗ୍ରହଣ କରିଥିଲେ । ତାଙ୍କର ପିତା ଥିଲେ ଜଣେ ପାଇଲଟ୍ ଓ ଦ୍ୱିତୀୟ ବିଶ୍ୱଯୁଦ୍ଧରେ ଯୁଦ୍ଧ କରୁଥିବା ସମୟରେ ପ୍ରାଣତ୍ୟାଗ କରିଥିଲେ । ସେ ହାଇସ୍କୁଲ ଶିକ୍ଷା ସମାପ୍ତ କରି ପେଟ୍ରୋଲପମ୍ପରେ କାମ କରିବାପାଇଁ ସ୍ଥିର କରିଥିଲେ ମାତ୍ର ତାଙ୍କର ଜଣେ ସାଙ୍ଗଙ୍କ କଥାରେ ପିଟ୍‌ସବର୍ଗ ଷ୍ଟେଟ୍ ବିଶ୍ୱବିଦ୍ୟାଳୟରେ ପ୍ରବେଶ କଲେ । ୧୯୬୫ରେ ବି.ଏ. ଓ ପରେପରେ ଆୟୋୱା ବିଶ୍ୱବିଦ୍ୟାଳୟରୁ ଏମ୍.ଏଫ୍.ଏ ପାସ୍ କରି ସେ ୧୯୭୧ରେ ମାସାଚ୍ୟୁସେଟ୍‌ସ୍ ବିଶ୍ୱବିଦ୍ୟାଳୟରେ ଅଧ୍ୟାପନା ଆରମ୍ଭ କଲେ ଓ ଜୀବନର ଶେଷ ପର୍ଯ୍ୟନ୍ତ ସେଇଠି ରହିଲେ । ସେ ଜଣେ ପ୍ରଖ୍ୟାତ କବି ଥିଲେ । ତାଙ୍କର ପ୍ରଥମ ସଙ୍କଳନ "ଦି ଲଷ୍ଟ୍ ପାଇଲଟ୍" ୧୯୬୭ରେ "ୟେଲ୍ ସିରିଜ୍ ଅଫ୍ ୟଙ୍ଗର ପୋଏଟସ୍" ପୁରସ୍କାର ପାଇଥିଲା । ସେ ତାଙ୍କର କବିତା ସଙ୍କଳନ "ସିଲେକ୍ଟେଡ୍ ପୋଏମସ୍" ପାଇଁ ୧୯୯୨ର ପୁଲିଜର ପୁରସ୍କାର ଓ ୧୯୯୧ ୱିଲିୟମ୍‌ସ୍ କାର୍ଲସ୍ ୱିଲିୟମ୍‌ସ୍ ପୁରସ୍କାର ପାଇଥିଲେ । ତାଙ୍କର କବିତା ସଙ୍କଳନ "ୱରସିପଫୁଲ୍ କମ୍ପାନି ଅଫ୍ ଫ୍ଲେଚରସ୍" ପାଇଁ ତାଙ୍କୁ ୧୯୯୪ର ନେସନାଲ୍ ବୁକ୍ ଆୱାର୍ଡ଼ ମିଳିଥିଲା । ତାଙ୍କର ଅଠେଇଶିଟି କବିତା ସଙ୍କଳନ ଓ ତିନୋଟି ଗଳ୍ପ ସଙ୍କଳନ ପ୍ରକାଶିତ ।

ବେଜି ଏମେଲିଆ ଏମେରି ହେଡ୍ (୬ ଜୁଲାଇ ୧୯୩୬-୧୭ ଏପ୍ରିଲ୍ ୧୯୮୬) ବତ୍‌ସ୍ୱାନାର ସବୁଠୁ ପ୍ରଭାବଶାଳୀ ଲେଖିକା ରୂପେ ପରିଚିତ । ଯେତେବେଳେ ଦକ୍ଷିଣ ଆଫ୍ରିକାରେ

ଅନ୍ୟ ଜାତିରେ ବିବାହ ଅବୈଧ ଥିଲା, ତାଙ୍କର ମା', ଜଣେ ଧନୀ ଗୋରା ମହିଳା ତାଙ୍କର ପିତା, ଜଣେ ନିଗ୍ରୋ ଚାଷୀଙ୍କୁ ବିବାହ କରିଥିଲେ । ତାଙ୍କ ମା'ଙ୍କ ମୃତ୍ୟୁ ପରେ ସେ ଅନାଥାଶ୍ରମରେ ବଢ଼ିଥିଲେ । ବଡ଼ ହୋଇ ସେ ପ୍ରଥମେ ଶିକ୍ଷକ ଓ ପରେ ସାମ୍ବାଦିକ ଭାବରେ କାମ କରିଥିଲେ । ରାଜନୈତିକ କାରଣରୁ ସେ ୧୯୬୪ରେ ତାଙ୍କର ଛୋଟ ପୁଅକୁ ଧରି ବତସ୍ୱାନା ଚାଲିଯାଇଥିଲେ ଓ ପନ୍ଦର ବର୍ଷ ପରେ ତାଙ୍କୁ ସେଠିକାର ନାଗରିକତା ମିଳିଥିଲା । ତାଙ୍କର ତିନୋଟିଯାକ ଉପନ୍ୟାସ ଖୁବ୍ ଲୋକପ୍ରିୟ । ତା' ବ୍ୟତୀତ ସେ ଅନେକ କ୍ଷୁଦ୍ରଗଳ୍ପ ଏବଂ ଆତ୍ମକଥାର ଲେଖିକା । ଯଦିଓ ସେ ଖ୍ରୀଷ୍ଟିୟାନ ଥିଲେ, ଦକ୍ଷିଣ ଆଫ୍ରିକାରେ ଥିବା ଭାରତୀୟ ସମ୍ପ୍ରଦାୟର ସଂସ୍ପର୍ଶରେ ଆସି ସେ ହିନ୍ଦୁଧର୍ମ ଦ୍ୱାରା ଗଭୀର ଭାବରେ ପ୍ରଭାବିତ ହୋଇଥିଲେ । ୨୦୦୩ରେ ସାହିତ୍ୟ, ସାମାଜିକ ପରିବର୍ତ୍ତନ ଓ ଶାନ୍ତି କ୍ଷେତ୍ରରେ ବିଶେଷ ଅବଦାନ ପାଇଁ ତାଙ୍କୁ ଦକ୍ଷିଣ ଆଫ୍ରିକାର ସର୍ବୋଚ୍ଚ ସମ୍ମାନ "ଅର୍ଡ଼ର ଅଫ୍ ଇଖାମାଙ୍ଗା" ସ୍ୱର୍ଣ୍ଣ ପୁରସ୍କାର ମିଳିଥିଲା । ମାତ୍ର ୪୮ ବର୍ଷ ବୟସରେ, ହେପାଟାଇଟିସ୍‌ରେ ଆକ୍ରାନ୍ତ ହୋଇ ତାଙ୍କର ମୃତ୍ୟୁ ହେଲା ।

ୟେକ୍‌ତା କୋପାନ ମାର୍ଚ୍ଚ ୨୮, ୧୯୬୮ରେ ଆଙ୍କାରାରେ ଜନ୍ମଗ୍ରହଣ କରିଥିଲେ । ତାଙ୍କ ବାପା ଜଣେ ଥିଏଟର କଳାକାର ଥିବାରୁ ୟେକ୍‌ତା ପାଞ୍ଚ ବର୍ଷ ବୟସରୁ ରେଡ଼ିଓ ନାଟକରେ ସ୍ୱର ଦେବା ଆରମ୍ଭ କରିଦେଇଥିଲେ । ସେ ଏଯାବତ୍ ପଚାଶରୁ ଊର୍ଦ୍ଧ୍ୱ ଚଳଚ୍ଚିତ୍ରରେ ସ୍ୱର କଳାକାର ଭାବରେ କାମ କରିଛନ୍ତି । ତାଙ୍କର ପାଞ୍ଚଟି ଗଳ୍ପ ସଙ୍କଳନ ପ୍ରକାଶିତ ଓ ତାଙ୍କୁ ତୁରସ୍କର ତିନୋଟି ସର୍ବୋଚ୍ଚ ସାହିତ୍ୟ ପୁରସ୍କାର ମିଳିଛି । ତା' ବ୍ୟତୀତ ସେ ଜଣେ ଉଚ୍ଚକୋଟୀର ମଞ୍ଚ କଳାକାର ଓ ସିନେମା ସମୀକ୍ଷକ ।

ଚେନ୍ କ୍ୱିୟୁ ୧୯୫୩ରେ ଦକ୍ଷିଣ ତାଇୱାନରେ ଜନ୍ମ ଗ୍ରହଣ କରିଥିଲେ । ଚାଇନିଜ୍ କଲଚର ୟୁନିଭର୍ସିଟିରୁ ଚାଇନିଜ୍ ଭାଷା ଓ ସାହିତ୍ୟରେ ପିଏଚ୍.ଡ଼ି କରି ସମ୍ପ୍ରତି ସେ ତାଇୱାନର ଟିଚର୍ସ କଲେଜରେ ଚାଇନିଜ୍ ଭାଷା ସାହିତ୍ୟର ପ୍ରଫେସର ଭାବେ ଅବସ୍ଥାପିତ । ସେ ଜଣେ କବି, ଗାଳ୍ପିକ ଓ ପ୍ରାବନ୍ଧିକ ଏବଂ ତାଇୱାନରେ ଚାଇନିଜ୍ ସାହିତ୍ୟର ପ୍ରସାରରେ ତାଙ୍କର ଅବଦାନ ଉଲ୍ଲେଖଯୋଗ୍ୟ ।

ଶୋଲେ ୱ୍ଲପ୍ ୬ ମାର୍ଚ୍ଚ ୧୯୬୨ରେ ଇରାନର ରାଜଧାନୀ ତେହେରାନ୍‌ରେ ଜନ୍ମ ହୋଇଥିଲେ । ତ୍ରିନିଦାଦ, ଇଂଲଣ୍ଡରେ କିଛି ସମୟ ରହିଲା ପରେ ଏବେ ସେ ଯୁକ୍ତରାଷ୍ଟ୍ର ଆମେରିକାରେ ରୁହନ୍ତି । ତିନୋଟି କବିତା ସଙ୍କଳନ, ଦୁଇଟି ଅନୁବାଦ ସଙ୍କଳନ ବ୍ୟତୀତ ସେ ଦୁଇଟି ସଙ୍କଳନର ସମ୍ପାଦନା କରିଛନ୍ତି । ତାଙ୍କର ଅନେକ କ୍ଷୁଦ୍ରଗଳ୍ପ ଅନ୍ତର୍ଜାତୀୟ ପତ୍ରିକାମାନଙ୍କରେ ପ୍ରକାଶିତ । ୨୦୧୦ର ଲଇସ୍ ରଥ୍ ପର୍ସିଆନ୍ ଅନୁବାଦ ପୁରସ୍କାର, ୨୦୧୩ର ମିଡ୍ ୱେଷ୍ଟ ବୁକ୍ ଆୱାର୍ଡ଼ ବ୍ୟତୀତ ସେ ୨୦୧୪ର ପେନ୍/ହେଇମ୍ ଅନୁବାଦ ଗ୍ରାଣ୍ଟ ମଧ୍ୟ ପାଇଛନ୍ତି ।

ମାର୍କୋ ଡେନେଭି (ମେ ୧୨, ୧୯୨୨-ଡ଼ିସେମ୍ବର ୧୨, ୧୯୯୮) ଆର୍ଜେଣ୍ଟିନାର ବୁଏନସ୍ ଏୟାରେଜ୍ ସହରରେ ଜନ୍ମଗ୍ରହଣ କରିଥିଲେ । ସେ ଜଣେ ଓକିଲ ତଥା ସାମ୍ବାଦିକ ଥିଲେ ମଧ୍ୟ ଆର୍ଜେଣ୍ଟିନାର ପୁରସ୍କୃତ ଗାଳ୍ପିକ ଓ ଉପନ୍ୟାସିକ ଭାବରେ ସୁପରିଚିତ ଥିଲେ । ତାଙ୍କର ପ୍ରଥମ ଉପନ୍ୟାସ "ରୋଜା ଆଟ୍ ଟେନ୍ ଓ କ୍ଲକ୍" ୧୯୫୫ରେ ପ୍ରକାଶିତ ଓ କ୍ରାଫ୍ଟ ପୁରସ୍କାରପ୍ରାପ୍ତ । ତାଙ୍କର ଅନ୍ୟ ଏକ ଉପନ୍ୟାସକୁ ୧୯୬୮ରେ "ସିକ୍ରେଟ୍ ସେରେମନି" ନାମକ ଫିଲ୍ମରେ ନିର୍ମାଣ କରାଯାଇଥିଲା ଯାହାର ମୁଖ୍ୟ ଭୂମିକାରେ ଥିଲେ ଏଲିଜାବେଥ ଟେଲର । ୧୯୮୭ରେ ତାଙ୍କୁ "ଆର୍ଜେଣ୍ଟିନା ଏକାଡ଼େମି ଅଫ୍ ଲେଟର" ଅନ୍ତର୍ଭୁକ୍ତ କରାଯାଇଥିଲା ।

ଜନ୍ ଗାଲସ୍‌ୱର୍ଦ୍ଦି (୧୪ ଅଗଷ୍ଟ ୧୮୬୭ - ୩୧ ଜାନୁୟାରି ୧୯୩୩) ଇଂଲଣ୍ଡର ସରେ ସହରରେ ଏକ ଧନାଢ଼୍ୟ ପରିବାରରେ ଜନ୍ମଗ୍ରହଣ କରିଥିଲେ । ୧୮୯୭ରେ ଜନ୍‌ଙ୍କ ପ୍ରଥମ ଗଳ୍ପ ସଙ୍କଳନ "ଫ୍ରମ୍ ଦି ଫୋର୍ ୱିଣ୍ଡ୍‌ସ" ଓ ୧୮୯୮ରେ ପ୍ରଥମ ଉପନ୍ୟାସ "ଜୋସିଲିନ୍" ପ୍ରକାଶିତ ହେଲା । ତାଙ୍କର ପ୍ରଥମ ନାଟକ ସଙ୍କଳନ "ଦି ସିଲଭର୍ ବକ୍ସ" ୧୯୦୬ରେ ପ୍ରକାଶିତ ହେଲା । କିନ୍ତୁ ତାଙ୍କୁ ପ୍ରସିଦ୍ଧି ଆଣିଦେଲା ତାଙ୍କର ଉପନ୍ୟାସ "ଦି ଫୋରସାଇଟ୍ ସାଗା" (୧୯୨୨) ଓ "ଏ ମଡ଼ର୍ନ କମେଡ଼ି" (୧୯୨୯)। ସେ ୧୯୨୧ରେ ପେନ୍ ଇଣ୍ଟରନ୍ୟାସନାଲ୍‌ରେ ସଭାପତି ରୂପେ ନିର୍ବାଚିତ ହୋଇଥିଲେ, ୧୯୨୯ରେ ତାଙ୍କୁ ସମ୍ମାନନୀୟ ଅର୍ଡ଼ର ଅଫ୍ ମେରିଟ୍ ଦିଆଯାଇଥିଲା । ୧୯୧୭ରେ ସେ ବ୍ରିଟିଶ୍ ପ୍ରଧାନମନ୍ତ୍ରୀ ଡେଭିଡ୍ ଜର୍ଜଙ୍କ ପ୍ରଦତ୍ତ ନାଇଟହୁଡ଼୍ ସମ୍ମାନକୁ ଅସ୍ୱୀକାର କରିଥିଲେ । ସେ ଲେଖକଙ୍କ ଅଧିକାରକୁ ନେଇ ଅନେକ ଯୁକ୍ତି ରଖିଥିଲେ ଓ ଲେଖକକୁ ତା'ର ଉଚିତ୍ ରୟାଲ୍ଟି ମିଳିବା ସପକ୍ଷରେ ନିୟମିତ ଭାବରେ ସଚେତନ କରାଉଥିଲେ । ତାଙ୍କର ବର୍ଣ୍ଣନା ଶୈଳୀ ପାଇଁ ତାଙ୍କୁ ୧୯୩୨ର ନୋବେଲ ସାହିତ୍ୟ ପୁରସ୍କାର ଦିଆଯାଇଥିଲା । ବର୍ମିଂହାମ୍ ବିଶ୍ୱବିଦ୍ୟାଳୟରେ ତାଙ୍କର ସମସ୍ତ ଚିଠି, ପାଣ୍ଡୁଲିପି ଇତ୍ୟାଦି ସଂରକ୍ଷିତ ଅଛି । ୨୦୦୭ରେ ଲଣ୍ଡନର କିଙ୍ଗ୍‌ଷ୍ଟନ୍ ବିଶ୍ୱବିଦ୍ୟାଳୟ ଗୋଟିଏ ବିଲ୍ଡିଂ ଓ ଡାକ୍ତରଖାନାକୁ ଜନ୍ ଗାଲସ୍‌ୱର୍ଦ୍ଦିଙ୍କ ନାଆଁରେ ନାମକରଣ କରିଛନ୍ତି ।

ଏଜଗାର ଓମର ଆଭିଲସ୍ ୧୯୮୦ରେ ମେକ୍ସିକୋର ମୋରେଲିଆ ସହରରେ ଜନ୍ମଗ୍ରହଣ କରିଥିଲେ । ସେ ଦର୍ଶନରେ ଏମ୍.ଏ ଓ ସୋଗେମ୍ ସ୍କୁଲ୍ ଅଫ୍ ରାଇଟର୍ସରୁ ମଧ୍ୟ ଡିଗ୍ରୀ ହାସଲ କରିଛନ୍ତି । ତାଙ୍କର ଗପ ଅନେକ ଅନ୍ତର୍ଜାତୀୟ ପତ୍ରିକାରେ ପ୍ରକାଶିତ । ତାଙ୍କର ପାଞ୍ଚୋଟି ସଙ୍କଳନ ପ୍ରକାଶିତ । ୨୦୧୧ରେ ତାଙ୍କୁ ନେସନାଲ୍ କୋମାଲା ୟଙ୍ଗ୍ ଷ୍ଟୋରି ପୁରସ୍କାର ମିଳିଥିଲା ।

ଜାକାରିଆ ଟେମର ଜାନୁଆରୀ ୨, ୧୯୩୧ରେ ସିରିଆ ଦେଶର ରାଜଧାନୀ ଡାମାସ୍କସ ସହରରେ ଜନ୍ମ ହୋଇଥିଲେ । ପରିବାରକୁ ଆର୍ଥିକ ସହାୟତା ଦେବାକୁ ଯାଇ ମାତ୍ର ତେର ବର୍ଷ ବୟସରେ ସେ ସ୍କୁଲ ଛାଡ଼ି ଗୋଟିଏ ଫାକ୍ଟୋରିରେ ତାଲା ମରାମତି କାମ କଲେ । ତାଙ୍କର ପଢ଼ିବାରେ ଆଗ୍ରହ

ଥିବାରୁ ବିଭିନ୍ନ ଉପାୟରେ ବହି ସବୁ ପଢ଼ିବାକୁ ଲାଗିଲେ ଓ ରାତ୍ର ବିଦ୍ୟାଳୟରେ ଯୋଗ ଦେଲେ । ତାଙ୍କ ଗପର ପାଣ୍ଡୁଲିପି "ଶିର୍" ପତ୍ରିକାର ସମ୍ପାଦକଙ୍କ ହସ୍ତଗତ ହେଲା ଓ ୧୯୬୦ରେ ତାଙ୍କର ପ୍ରଥମ ସଙ୍କଳନ ପ୍ରକାଶିତ ହେଲା । ସେ ଫାକ୍ଟୋରି କାମ ଛାଡ଼ି ସରକାରୀ ଚାକିରିରେ ଯୋଗଦେଲେ ଓ ସରକାରୀ ପତ୍ରିକାର ସମ୍ପାଦନା ଦାୟିତ୍ୱ ମଧ୍ୟ ନେଲେ । ୧୯୬୮ରେ ସେ ଆରମ୍ଭ କଲେ ସିରିଆ ଲେଖକ ସଂଘ । ୧୯୮୦ରେ ସେ ସିରିଆ ଛାଡ଼ି ଲଣ୍ଡନ ଆସିଲେ ଓ ଅନେକ ପତ୍ରିକାର ସମ୍ପାଦନା ଦାୟିତ୍ୱ ନେଲେ । ତାଙ୍କର ଏଯାବତ୍ ଏଗାରଟି ଗଳ୍ପ ସଙ୍କଳନ, ଦୁଇଟି ବ୍ୟଙ୍ଗଗଳ୍ପ ସଙ୍କଳନ ଓ ଅନେକ ଶିଶୁସାହିତ୍ୟ ସଙ୍କଳନ ପ୍ରକାଶିତ । ତାଙ୍କୁ ୨୦୦୨ରେ "ସିରିଆନ୍ ଅର୍ଡ଼ର ଅଫ୍ ମେରିଟ୍" ଓ ୨୦୦୯ରେ "ବ୍ଲୁ ମେଟ୍ରୋପ୍ଲିସ୍ ମଣ୍ଟ୍ରିଲ୍ ଅନ୍ତର୍ଜାତୀୟ ସାହିତ୍ୟ ପୁରସ୍କାର" ମିଳିଛି ।

ଏଡ୍‌ମଣ୍ଡ ପାଜ ସୋଲଡାନ, ମାର୍ଚ୍ଚ ୨୯, ୧୯୬୭ରେ ବଲିଭିଆର କୋଚାବାମ୍ବା ସହରରେ ଜନ୍ମଗ୍ରହଣ କରିଥିଲେ । ସେ ୧୯୯୧ରେ ଛାତ୍ରବୃତ୍ତି ପାଇ ଆମେରିକା ଆସିଥିଲେ । କାଲିଫର୍ଣ୍ଣିଆ ବିଶ୍ୱବିଦ୍ୟାଳୟରୁ ସ୍ପେନୀୟ ଭାଷାରେ ପିଏଚ୍.ଡ଼ି କଲାପରେ ସେ ୧୯୯୭ରୁ କର୍ନେଲ ବିଶ୍ୱବିଦ୍ୟାଳୟରେ ପ୍ରଫେସର ଭାବେ ଅବସ୍ଥାପିତ । ତାଙ୍କର ଏଯାବତ୍ ଦଶଟି ଉପନ୍ୟାସ, ଦଶଟି ଗଳ୍ପ ସଙ୍କଳନ ଓ ଦୁଇଟି ପ୍ରବନ୍ଧ ସଙ୍କଳନ ପ୍ରକାଶିତ । ସେ ପାଇଥିବା ଅନେକ ପୁରସ୍କାର ମଧ୍ୟରେ ୨୦୦୬ର ଗଗେନହାଇମ୍ ଫେଲୋସିପ୍ ଉଲ୍ଲେଖଯୋଗ୍ୟ ।

ନୁଆଲା ନି କଙ୍ଗ୍ଭଇର, ୧୪ ଜାନୁଆରୀ ୧୯୭୦ରେ ଆୟରଲାଣ୍ଡ ଦେଶର ଡବଲିନ୍ ସହରରେ ଜନ୍ମ ଗ୍ରହଣ କରିଥିଲେ । ତାଙ୍କର ଏଯାବତ୍ ତିନୋଟି ଉପନ୍ୟାସ, ପାଞ୍ଚୋଟି ଗଳ୍ପ ସଙ୍କଳନ, ଚାରୋଟି କବିତା ସଙ୍କଳନ ଓ ଗୋଟିଏ ନାଟକ ସଙ୍କଳନ ପ୍ରକାଶିତ । ସେ ମଧ୍ୟ ଚାରୋଟି ପତ୍ରିକା ସମ୍ପାଦନା କରିଛନ୍ତି । ୨୦୧୪ରେ ତାଙ୍କୁ "ଲରେଟ୍ ଫର୍ ଆଇରିସ୍ ଫିକ୍ସନ" ପାଇଁ ମନୋନୀତ କରାଯାଇଥିଲା । ୨୦୦୯ରେ ଆଇରିସ୍ ଟାଇମ୍‌ସ ତାଙ୍କୁ "ପିପୁଲ୍ ଟୁ ୱାଚ୍ ଇନ୍ ଦି ଇଅର୍ ଆହେଡ୍" ଫିଚରରେ ପ୍ରକାଶିତ କରିଥିଲା ।

କେନାଡ଼ ଜୋଲ୍ଲେସ୍କି ନଭେମ୍ବର ୨୬, ୧୯୮୬ରେ ମାସେଡ଼ୋନିଆର ଷ୍ଟୁଗା ସହରରେ ଜନ୍ମଗ୍ରହଣ କରିଥିଲେ । ୨୦୧୦ରେ ଅର୍ଥଶାସ୍ତ୍ରରେ ସ୍ନାତକ ଓ ୨୦୧୩ରେ ଉତ୍ତର ଆଧୁନିକ ଗଳ୍ପ ସାହିତ୍ୟରେ ସ୍ନାତକୋତ୍ତର । ତାଙ୍କର ପ୍ରଥମ ଗଳ୍ପ ସଙ୍କଳନ "ଦି ସାଇଲେନ୍ସ ଅଫ୍ ଏନହାଲନ୍"କୁ ୨୦୦୯ରେ ନୋଭାଇଟ୍ ପୁରସ୍କାରପ୍ରାପ୍ତ । ସେ ୨୦୧୬ର ୟୁରୋପିଆନ ୟୁନିଅନ ପ୍ରାଇଜ୍ ଫର୍ ଲିଟ୍ରେଚର୍ ବିଜେତା । ତାଙ୍କର ଗଳ୍ପ ଅନେକ ଭାଷାରେ ଅନୂଦିତ ।

କ୍ୟାଥି ଫିସ୍ଙ୍କ କ୍ଷୁଦ୍ର ଗଳ୍ପ ଇଣ୍ଡିଆନା ରିଭ୍ୟୁ, ମିସିସିପି ରିଭ୍ୟୁ, ଡ଼େନଭର୍ କ୍ୱାର୍ଟର୍ଲି, କ୍ୱିକ୍ ଫିକ୍ସନ୍ ତଥା ଆହୁରି ଅନେକ ପତ୍ରପତ୍ରିକାରେ ପ୍ରକାଶିତ । ତାଙ୍କର ଏଯାବତ୍ ତିନୋଟି କ୍ଷୁଦ୍ରଗଳ୍ପ ସଙ୍କଳନ

ପ୍ରକାଶିତ – "ଟୁଗେଦର ଓ୍ୱି କ୍ୟାନ୍ ବରି ଇଟ୍" (୨୦୧୩), "ଓ୍ୱାଇଲ୍ଡ ଲାଇଫ୍" (୨୦୧୧), "ଏ ପିକୁଲିଆର୍ ଫିଲିଙ୍ଗ୍ ଅଫ୍ ରେଷ୍ଟଲେସନେସ୍" (୨୦୦୮)। ସମ୍ପ୍ରତି ସେ ଡେନ୍‌ଭରର ରେଗିସ୍ ବିଶ୍ୱବିଦ୍ୟାଳୟରେ "କ୍ଷୁଦ୍ର ଗଳ୍ପ ଲିଖନ"ର ଅଧ୍ୟାପିକା ଭାବେ ଅବସ୍ଥାପିତା।

ବେସ୍ ଓ୍ୱିଣ୍ଟର, କାନାଡ଼ାର ଟରୋଣ୍ଟୋ ସହରରେ ଜନ୍ମ। ତାଙ୍କର ଗଳ୍ପ "ଠାର", ୨୦୧୩ର "ପୁସକାର୍ଟ ପୁରସ୍କାର" ପ୍ରାପ୍ତ। ବାଉଲିଙ୍ଗ୍ ଗ୍ରିନ୍ ବିଶ୍ୱବିଦ୍ୟାଳୟରୁ "ଗଳ୍ପ"ରେ ଏମ୍.ଏଫ୍.ଏ ପାସ୍ କରି ସମ୍ପ୍ରତି ସିନ୍‌ସିନାଟି ବିଶ୍ୱବିଦ୍ୟାଳୟରେ ପିଏଚ୍.ଡ଼ି ଛାତ୍ରୀ ଓ ଉପନ୍ୟାସ, ଗଳ୍ପ ତଥା ପ୍ରବନ୍ଧ ଉପରେ କାମ କରୁଛନ୍ତି। ଅନେକ ପତ୍ରିକାର ସମ୍ପାଦନା ଦାୟିତ୍ୱରେ ଅଛନ୍ତି।

ମରିଆ ନେଗ୍ରୋନି ୧୯୫୧ରେ ଆର୍ଜେଣ୍ଟିନାର ରୋଜାରିଓ ସହରରେ ଜନ୍ମଗ୍ରହଣ କରିଥିଲେ। ସେ ଲାଟିନ୍ ଆମେରିକାନ ସାହିତ୍ୟରେ କଲମ୍ବିଆ ବିଶ୍ୱବିଦ୍ୟାଳୟରୁ ପିଏଚ୍.ଡ଼ି କରିବାପରେ ସାରା ଲରେନ୍ସ କଲେଜରେ ପ୍ରଫେସର ଭାବରେ ଅବସ୍ଥାପିତା। ସେ ଏକାଧାରରେ କବି, ଔପନ୍ୟାସିକା, ପ୍ରାବନ୍ଧିକା ଓ ଅନୁବାଦିକା। ତାଙ୍କର ଦୁଇଟି ଉପନ୍ୟାସ, ଚାରିଟି ପ୍ରବନ୍ଧ ସଙ୍କଳନ ଓ ଛଅଟି କବିତା ସଙ୍କଳନ ପ୍ରକାଶିତ। ସେ ପାଇଥିବା ପୁରସ୍କାର ମଧ୍ୟରେ ୧୯୯୪ର ଗଗେନହାଇମ୍ ଫେଲୋସିପ୍, ୧୯୯୭ର ଆର୍ଜେଣ୍ଟିନା ନ୍ୟାସନାଲ ବୁକ୍ ଆଓ୍ୱାର୍ଡ଼, ୨୦୦୦ର ଅକ୍ଟାଭିଓ ପାଜ୍ ଫେଲୋସିପ୍ ଉଲ୍ଲେଖଯୋଗ୍ୟ।

ମିମା ସିମିକ ୧୯୭୬ରେ କ୍ରୋଏସିଆରେ ଜନ୍ମ ହୋଇଥିଲେ। ସେ ଜଣେ ଲେଖିକା, ପୁରସ୍କାରପ୍ରାପ୍ତ ଚଳଚ୍ଚିତ୍ର ସମୀକ୍ଷକ, ସମଲିଙ୍ଗୀ ସକ୍ରିୟତାବାଦୀ। ସେ ଜାଗ୍ରେବ ବିଶ୍ୱବିଦ୍ୟାଳୟରୁ ଇଂରାଜୀ ସାହିତ୍ୟ ଓ କେନ୍ଦ୍ରୀୟ ୟୁରୋପୀୟ ବିଶ୍ୱବିଦ୍ୟାଳୟରୁ ପ୍ରକୃତିଶିକ୍ଷାରେ ସ୍ନାତକ। ତାଙ୍କର ପ୍ରକାଶିତ କ୍ଷୁଦ୍ରଗଳ୍ପ ସଙ୍କଳନ "ଦି ଆଡ଼ଭେଞ୍ଚରସ ଅଫ୍ ଗ୍ଲୋରିଆ ସ୍କଟ୍"କୁ ଟେଲିଭିଜନରେ ଆନିମେସନ୍ ସିରିଜ୍ ଭାବରେ ପ୍ରସାରିତ କରାଯାଇଛି। କ୍ରୋଏସିଆର ସଂସ୍କୃତି ବିଭାଗ ପକ୍ଷରୁ ତାଙ୍କୁ ୨୦୧୨ରେ ସାହିତ୍ୟ ଗ୍ରାଣ୍ଟ ପ୍ରାପ୍ତ। ୨୦୧୩ରୁ ୨୦୧୫ ପର୍ଯ୍ୟନ୍ତ ସେ ଗୋଟିଏ ସାପ୍ତାହିକ ଟେଲିଭିଜନ ଶୃଙ୍ଖଳାର ହୋଷ୍ଟ ଭାବରେ କାର୍ଯ୍ୟ କରିଛନ୍ତି।

କିମ୍ ୟଙ୍ଗ-ହା, ନଭେମ୍ବର ୧୧, ୧୯୬୮ରେ ଦକ୍ଷିଣ କୋରିଆର ହ୍ୱାଚେଅନ ସହରରେ ଜନ୍ମଗ୍ରହଣ କରିଥିଲେ। ସେ ୧୯୧୩ରେ ୟନସେଇ ବିଶ୍ୱବିଦ୍ୟାଳୟରୁ ଏମ୍.ବି.ଏ କଲାପରେ କିଛିଦିନ ମିଲିଟାରୀରେ କାମ କଲେ। ୧୯୯୫ରୁ ସେ ଲେଖିବାରେ ମନୋନିବେଶ କଲେ। ତାଙ୍କର ପ୍ରଥମ ଉପନ୍ୟାସ "ଆଇ ହାଭ୍ ଦି ରାଇଟ୍ ଟୁ ଡ଼େଷ୍ଟ୍ରୟ ମାଇଁସେଲ୍ଫ"କୁ ୧୯୯୬ର ଡଙ୍ଗ୍-ଇନ୍ ଲିଟେରାରି ପୁରସ୍କାର ମିଳିଲା। ୨୦୦୫ରେ ତାଙ୍କର ଚିତ୍ରନାଟ୍ୟ "ଏ ମୋମେଣ୍ଟ୍ ଟୁ

ରିମେମ୍ବର୍"କୁ ଗ୍ରାଣ୍ଡ ବେଲ୍ ପୁରସ୍କାର ମିଳିଲା । ଏଯାବତ୍ ତାଙ୍କର ଏଗାରଟି ପୁସ୍ତକ ପ୍ରକାଶିତ । ତାଙ୍କର ପୁସ୍ତକ ଅନେକ ଭାଷାରେ ଅନୂଦିତ । ସେ ଅନେକ ଜାତୀୟ ଓ ଅନ୍ତର୍ଜାତୀୟ ପୁରସ୍କାରର ବିଜେତା ।

ବ୍ରାୟାନ୍ ଡୋୟଲେ ୧୯୫୬ରେ ନ୍ୟୁୟର୍କ ସହରରେ ଜନ୍ମଗ୍ରହଣ କରିଥିଲେ । ସମ୍ପ୍ରତି ସେ ପୋର୍ଟଲାଣ୍ଡ ବିଶ୍ୱବିଦ୍ୟାଳୟର ପ୍ରକାଶିତ ପୋର୍ଟଲାଣ୍ଡ ମାଗାଜିନର ସମ୍ପାଦକ । ତାଙ୍କର ତିନୋଟି ଉପନ୍ୟାସ, ଚାରୋଟି ଗଳ୍ପ ସଙ୍କଳନ ସହ ସତରଟି ପୁସ୍ତକ ପ୍ରକାଶିତ । ସେ ୨୦୦୦ରେ "ଦି ଆମେରିକାନ୍ ସ୍କଲାର ବେଷ୍ଟ୍ ଏସେ ଆୱାର୍ଡ଼" ପୁରସ୍କାରରେ ପୁରସ୍କୃତ ।

ଫ୍ରାଙ୍କ୍ ମାକମିଲାନ୍, ୧୯୫୦ରେ ଖ୍ରୀଷ୍ଟଚର୍ଚ୍ଚ, ନିଉଜିଲାଣ୍ଡରେ ଜନ୍ମଗ୍ରହଣ କରିଥିଲେ । ଭିକ୍ଟୋରିଆ ବିଶ୍ୱବିଦ୍ୟାଳୟରୁ ଏମ୍.ଏ. ପାସ୍ କରିଛନ୍ତି ଓ ଖ୍ରୀଷ୍ଟଚର୍ଚ୍ଚ ପଲିଟେକନିକ୍‌ରେ ଇଂରାଜୀରେ ଅଧ୍ୟାପନା କରନ୍ତି । ୨୦୦୧ରେ ତାଙ୍କର ପ୍ରଥମ ସଙ୍କଳନ "ଦି ବ୍ୟାଗ୍ ଲେଡ଼ିଜ୍ ପିକନିକ୍ ଆଣ୍ଡ୍ ଅଦର୍ ଷ୍ଟୋରିଜ୍" ପ୍ରକାଶିତ । କବିତା ପାଇଁ ୨୦୦୫ରେ ନିଉଜିଲାଣ୍ଡ କ୍ରିଏଟିଭ୍ ଟଡ଼୍ ରାଇଟର୍ସ ପୁରସ୍କାର ଓ ୨୦୦୯ରେ ନିଉଜିଲାଣ୍ଡ ପୋଏଟ୍ରି ସୋସାଇଟି ପୁରସ୍କାରପ୍ରାପ୍ତ । ଗପ ପାଇଁ ୨୦୧୩ ଓ ୨୦୧୫ର ନିଉଜିଲାଣ୍ଡ ଫ୍ଲାସ୍ ଫିକସନ୍ ପୁରସ୍କାରରେ ପୁରସ୍କୃତ ।

ମେରିଲିନ୍ ଚିନ୍ ୧୯୫୫ରେ ହଂକଂରେ ଜନ୍ମଗ୍ରହଣ କରିଥିଲେ । ତାଙ୍କ ପରିବାର ଆମେରିକା ଚାଲିଆସିବା ପରେ ସେ ଓରେଗନ ରାଜ୍ୟର ପୋର୍ଟଲାଣ୍ଡ ସହରରେ ବଡ଼ହେଲେ । ସେ ଆୟୋୱା ବିଶ୍ୱବିଦ୍ୟାଳୟରୁ ଏମ୍.ଏଫ୍.ଏ ଡିଗ୍ରୀ ହାସଲକର ସାନ୍ ଡିଆଗୋ ଷ୍ଟେଟ୍ ୟୁନିଭର୍ସିଟିରେ ପ୍ରଫେସର ଭାବେ ଅବସ୍ଥାପିତା । ଜଣେ ବିଶିଷ୍ଟ ଚୀନା-ଆମେରିକୀୟ କବି, ଗାଳ୍ପିକା, ପ୍ରାବନ୍ଧିକା, ସକ୍ରିୟତାବାଦୀ, ନାରୀବାଦୀ ଏବଂ ସମ୍ପାଦିକା ଭାବରେ ସେ ପରିଚିତ । ତାଙ୍କର ଲେଖା ପୃଥିବୀର ବହୁଦେଶର ପାଠ୍ୟ ପୁସ୍ତକରେ ଅନ୍ତର୍ଭୁକ୍ତ ।

ଏମି ବେଣ୍ଡର୍ଙ୍କ ଜନ୍ମ ୨୮ ଜୁନ୍ ୧୯୬୯ରେ ଲସ ଏଞ୍ଜେଲସଠାରେ ଗୋଟିଏ ଇହୁଦୀ ପରିବାରରେ ହୋଇଥିଲା । ତାଙ୍କର ପିତା ମନୋବିଜ୍ଞାନୀ ଓ ମା' କୋରିଓଗ୍ରାଫର୍ । ୟୁନିଭର୍ସିଟି ଅଫ୍ କାଲିଫୋର୍ଣ୍ଣିଆ, ସାନ୍‌ଡ଼ିଏଗୋରୁ ଇଂରାଜୀ ସାହିତ୍ୟରେ ପିଏଚ୍.ଡ଼ି କଲାପରେ ସଂପ୍ରତି ସେ ୟୁନିଭର୍ସିଟି ଅଫ୍ ସଦର୍ଣ୍ଣ କାଲିଫୋର୍ଣ୍ଣିଆ, ଲସ୍ ଏଞ୍ଜେଲସ୍‌ର କ୍ରିଏଟିଭ୍ ରାଇଟିଙ୍ଗ୍ ବିଭାଗରେ ପିଏଚ୍.ଡ଼ି ପ୍ରୋଗ୍ରାମ ଡାଇରେକ୍ଟର ଭାବେ ଅବସ୍ଥାପିତା । ୧୯୯୮ରେ ପ୍ରକାଶିତ ତାଙ୍କର ପ୍ରଥମ ଗଳ୍ପ ସଙ୍କଳନ "ଦି ଗାର୍ଲ ଇନ୍ ଫ୍ଲେମେବ୍ଲ ସ୍କର୍ଟ", ସେବର୍ଷ ନ୍ୟୁୟର୍କ ଟାଇମ୍ସର ନୋଟେବ୍ଲ ବୁକ୍ସ ସୂଚୀରେ ଅନ୍ତର୍ଭୁକ୍ତ ହୋଇଥିଲା ଓ ଲସ୍ ଏଞ୍ଜେଲସ୍ ଟାଇମ୍ସର ବେଷ୍ଟ ସେଲର ସୂଚୀରେ ମଧ୍ୟ ରହିଥିଲା । ତାଙ୍କର ଏଯାବତ୍ ଦୁଇଟି ଗଳ୍ପ ସଙ୍କଳନ ଓ ଚାରୋଟି ଉପନ୍ୟାସ ପ୍ରକାଶିତ ।

ସାଦତ ହାସନ ମଣ୍ଟୋ ୧୯୧୨ରେ ଲୁଧିଆନାର ଗୋଟିଏ କାଶ୍ମୀର ମୁସଲମାନ ପରିବାରରେ ଜନ୍ମ ଓ ପଞ୍ଜାବରେ ବଢ଼ିଥିବାରୁ ସେ ଶିଖ ସମ୍ପ୍ରଦାୟ ସହିତ ମଧ୍ୟ ବିଶେଷ ଭାବରେ ଜଡ଼ିତ ଥିଲେ । କଲେଜ ପାଠ ଶେଷ କଲା ପରେ ସେ ବମ୍ବେ ଟକିଜରେ ସ୍କ୍ରିପ୍ଟ ଲେଖକ ଭାବେ କାମ କରୁଥିଲେ । ତାଙ୍କର ଲେଖକ ଜୀବନକାଳର ଆରମ୍ଭରେ ସେ ଅସ୍କାର ୱାଇଲ୍ଡ, ଚେକଭ, ଗର୍କୀ ଆଦି ଲେଖକ ମାନଙ୍କୁ ଉର୍ଦ୍ଦୁରେ ଅନୁବାଦ କରିଥିବାରୁ ତାଙ୍କ ଗପ ମାନଙ୍କରେ ଏହି ବଡ଼ ଲେଖକଙ୍କ ପ୍ରଭାବ ଦେଖିବାକୁ ମିଳେ । ତାଙ୍କର ଲେଖାରେ ଉପନିବେଶ ସମୟର ସାମାଜିକ ତଥା ଅର୍ଥନୈତିକ ଚିତ୍ରଣ, ମାନବୀୟ ଆଚରଣ ଆଦି ଥିବାରୁ ତାଙ୍କୁ ବିଶିଷ୍ଟ ଲେଖକ ଡି.ଏଚ୍.ଲରେନ୍ସଙ୍କ ସହ ତୁଳନା କରାଯାଏ । ଭାରତ ବିଭାଜନ ସମୟରେ ତାଙ୍କର ହିନ୍ଦୁ ସହକର୍ମୀ ମାନଙ୍କର ମୁସଲମାନ ବିରୋଧୀ ବ୍ୟବହାରରେ ମର୍ମାହତ ହୋଇ ସେ ୧୯୪୭ରେ ପାକିସ୍ତାନକୁ ଚାଲିଯାଇଥିଲେ ହେଁ ସେଠି ତାଙ୍କୁ ଅନେକ ପ୍ରକାରର ସାମାଜିକ ତଥା ଆର୍ଥିକ ଅସୁବିଧାର ସମ୍ମୁଖୀନ ହେବାକୁ ପଡ଼ିଥିଲା । ଜୀବନର ଶେଷ ସମୟରେ ସେ ପ୍ରଚୁର ମଦ୍ୟପାନ କରୁଥିଲେ ଓ ୧୯୫୫ରେ ତାଙ୍କର ମୃତ୍ୟୁ ଘଟିଲା । ୨୦୦୫ରେ ପାକିସ୍ତାନ ସରକାର ତାଙ୍କ ଚିତ୍ର ଥିବା ଡାକଟିକେଟ ପ୍ରଚଳନ କରାଇଥିଲେ ଓ ୨୦୧୨ରେ ତାଙ୍କୁ ମରଣୋତ୍ତର ପାକିସ୍ତାନର ସର୍ବୋଚ୍ଚ ନାଗରିକ ପୁରସ୍କାର "ନିଶାନ-ଇ-ଇମିତିଆଜ"ରେ ପୁରସ୍କୃତ କରାଇଥିଲେ ।

ନାତାଶା ଗୋଏର୍କ, ୧୩ ମାର୍ଚ୍ଚ ୧୯୬୦ରେ ପୋଲାଣ୍ଡର ପୋଜନାନ୍ ସହରରେ ଜନ୍ମ ହୋଇଥିଲେ । ସେ ପଲିଶ୍ ସାହିତ୍ୟରେ ଡିଗ୍ରୀ ହାସଲ କଲା ପରେ ୧୯୮୦ର ମଧ୍ୟ ଭାଗରେ ଜର୍ମାନଦେଶର ନାଗରିକତା ନେଲେ ଓ ସେଠାରେ ତିବ୍ବତ ଓ ସଂସ୍କୃତ ଭାଷା ଶିଖିଲେ । ତାଙ୍କର ଚାରୋଟି ଗଳ୍ପ ସଙ୍କଳନ ପଲିଶ୍ ଭାଷାରେ ପ୍ରକାଶିତ ହୋଇଛି ଓ ଜର୍ମାନ, ସ୍ଲୋଭାକ୍, କ୍ରୋସିଆନ୍ ଭାଷାରେ ଅନୂଦିତ ହୋଇଛି । ୨୦୦୩ରେ ତାଙ୍କର ନାମ "ନାଇକ୍" ସାହିତ୍ୟ ପୁରସ୍କାର ପାଇଁ ବଛାଯାଇଥିଲା । ସମ୍ପ୍ରତି ସେ ଜର୍ମାନର ହାମ୍‌ବର୍ଗ ସହରରେ ରୁହନ୍ତି ।

ଆମସ୍ ଓଜ୍ (ମେ ୪, ୧୯୩୯ - ଡିସେମ୍ବର ୨୮, ୨୦୧୮) ଜେରୁଜେଲମର କରିମ ଆବ୍ରାହମ ନାମକ ପଡ଼ାରେ ଜନ୍ମଗ୍ରହଣ କରିଥିଲେ । ୧୯୫୪ରେ, ଆମସ୍‌ଙ୍କୁ ଯେତେବେଳେ ପନ୍ଦର ବର୍ଷ ହୋଇଥିଲା, ସେ ପିତାଙ୍କ ବିରୁଦ୍ଧରେ ବିଦ୍ରୋହକରି ଘର ଛାଡ଼ି ଜଣେ ଜିଓନିଷ୍ଟ ଶ୍ରମିକ ଭାବେ କିବୁଜ୍ ହୁଲ୍‌ଦାରେ ଯାଇ ରହିଲେ । ୧୯୬୬ରେ ତାଙ୍କର ପ୍ରଥମ ଉପନ୍ୟାସ "ଏଲ୍‌ସହୋୟାର୍ ପାର୍‌ହାପସ୍" ପ୍ରକାଶିତ ହେଲା । ୧୯୬୮ରେ ପ୍ରକାଶିତ ହେଲା ତାଙ୍କର ବହୁଚର୍ଚ୍ଚିତ ଉପନ୍ୟାସ "ମାଇଁ ମାଇକେଲ୍" । ପୁସ୍ତକଟି ଦୁଇବର୍ଷ ଭିତରେ ୨୩ଟି ଦେଶରେ ପ୍ରକାଶିତ ହେଲା । ୧୯୭୫ରେ ଡ୍ୟାନ୍ ଉଲମ୍ୟାନ୍ ଏହାକୁ ଚଳଚ୍ଚିତ୍ରରେ ପରିଣତ କଲେ ଓ ସାରା ବିଶ୍ୱରେ ଏହା ପ୍ରଦର୍ଶିତ ହେଲା । ୧୯୮୭ରେ ପ୍ରକାଶିତ ଉପନ୍ୟାସ "ବ୍ଲାକବକ୍ସ" ଇସ୍ରାଏଲର ସମସ୍ତ ବିକ୍ରିରେକର୍ଡ଼ ଭାଙ୍ଗିଦେଲା । ପୁସ୍ତକଟିକୁ ପ୍ରତିବେଶୀ ସାହିତ୍ୟ ବିଭାଗରେ

ସେଇ ବର୍ଷ ଫ୍ରାନ୍ସର ସର୍ବୋଚ୍ଚ ସାହିତ୍ୟ ପୁରସ୍କାର ମିଳିଲା । ଏଯାବତ୍ ତାଙ୍କର ତେରଟି ଉପନ୍ୟାସ, ଚାରୋଟି ଗଳ୍ପ ସଙ୍କଳନ ସମେତ ଅଠତିରିଶଟି ପୁସ୍ତକ ପ୍ରକାଶିତ । ତା'ଛଡ଼ା ତାଙ୍କର ପ୍ରାୟ ଚାରିଶହ ପଚାଶଟି ପ୍ରବନ୍ଧ ମଧ୍ୟ ପ୍ରକାଶିତ । ତାଙ୍କର ପୁସ୍ତକ ପ୍ରାୟ ବୟାଳିଶି ଭାଷାରେ ଅନୂଦିତ ହୋଇଛି । ଇସ୍ରାଏଲର ବେନ୍ ଗୁରିଅନ୍ ବିଶ୍ୱବିଦ୍ୟାଳୟ ତାଙ୍କର ସମସ୍ତ ପ୍ରକାଶିତ ପୁସ୍ତକର ଅଭିଲେଖାର ଦାୟିତ୍ୱ ନେଇଛି । ଆମସ୍ ଓଜ୍‌ଙ୍କୁ ତାଙ୍କର ସାହିତ୍ୟ କୃତି ପାଇଁ ୧୯୭୬ରୁ ୨୦୧୫ ମଧ୍ୟରେ ପ୍ରାୟ ପଚାଶରୁ ଊର୍ଦ୍ଧ୍ୱ ଜାତୀୟ ଓ ଅନ୍ତର୍ଜାତୀୟ ପୁରସ୍କାର ମିଳିଛି । ପ୍ରମୁଖ ପୁରସ୍କାର ମଧ୍ୟରେ ୧୯୯୮ର ଇସ୍ରାଏଲ ପୁରସ୍କାର, ୨୦୦୪ର ଓଭିଡ୍ ପୁରସ୍କାର, ୨୦୦୫ର ଗୋଏଥ୍ ପୁରସ୍କାର, ୨୦୦୭ର ଅଷ୍ଟ୍ରିଆ ପୁରସ୍କାର, ୨୦୧୩ର ଫ୍ରାଞ୍ଜ୍ କାଫକା ପୁରସ୍କାର ଓ ୨୦୧୫ର ପାର୍କ କ୍ୟଙ୍ଗ୍-ନି ପୁରସ୍କାର ଅନ୍ୟତମ । ବିଶ୍ୱର ଦଶଟି ବିଶ୍ୱବିଦ୍ୟାଳୟ ତାଙ୍କୁ ସମ୍ମାନନୀୟ ଡକ୍ଟରେଟ୍ ଉପାଧି ଦେଇଛନ୍ତି । ତାଙ୍କର ଆତ୍ମଜୀବନୀକୁ ନେଇ ହଲିଉଡ୍ ଅଭିନେତ୍ରୀ ନାଟାଲି ପୋର୍ଟମାନ କରିଥିବା ଚଳଚ୍ଚିତ୍ର ୨୦୧୫ରେ କ୍ୟାନ୍ସ ଫିଲ୍ମ ଫେଷ୍ଟିଭାଲ୍‌ରେ ପ୍ରଦର୍ଶିତ ହୋଇଛି । ଆମସ୍ ଓଜ୍ ୧୯୬୯-୭୦ରେ ଅକ୍ସଫୋର୍ଡ଼ ବିଶ୍ୱବିଦ୍ୟାଳୟ, ୧୯୭୫ ଓ ୧୯୯୦ରେ ଜେରୁଜେଲମ୍ ବିଶ୍ୱବିଦ୍ୟାଳୟ, ୧୯୮୪ରେ କଲରାଡ଼ୋ ବିଶ୍ୱବିଦ୍ୟାଳୟରେ ଭିଜିଟିଙ୍ଗ୍ ପ୍ରଫେସର ଭାବରେ କାର୍ଯ୍ୟ କରିଥିଲେ ।